U0595294

文学辽军对话录

林喦 著

北方联合出版传媒（集团）股份有限公司
春风文艺出版社
·沈阳·

图书在版编目（CIP）数据

文学辽军对话录 / 林喦著. —沈阳：春风文艺出版社，2020.12
ISBN 978 - 7 - 5313 - 5928 - 9

Ⅰ．①文… Ⅱ．①林… Ⅲ．①中国文学 — 当代文学 — 文学评论 — 文集 Ⅳ．①I206.7-53

中国版本图书馆CIP数据核字（2020）第242219号

北方联合出版传媒（集团）股份有限公司
春风文艺出版社出版发行
http://www.chunfengwenyi.com
沈阳市和平区十一纬路25号　邮编：110003
辽宁新华印务有限公司印刷

责任编辑：姚宏越		责任校对：曾　璐	
装帧设计：杨光玉		幅面尺寸：170mm × 240mm	
字　　数：520千字		印　　张：26.5	
版　　次：2020年12月第1版		印　　次：2020年12月第1次	
书　　号：ISBN 978-7-5313-5928-9			
定　　价：120.00元			

序：“对话”是对辽宁作家有价值的梳理

滕贞甫

2012年，渤海大学教授林喦在对辽宁文军进行研究的基础上，提出了“新东北作家群”的概念，将东三省的50、60、70、80四代作家涵盖其中。就我看来，这个概念的提出是基于“东北作家群”而言的，在老概念前加了一个含义不同的“新”字，既表达了传承又能代表发展或反叛，可谓事半功倍。比如后现代、超现实等概念便是如此。当年，从东北成长起来的本土作家和后来从延安奔赴白山黑水的老一代作家创造了东北文学的辉煌，这是彪炳史册的成就，因此有了“东北作家群”这个概念。改革开放后，第二代、第三代乃至第四代作家延续了这种文脉，所以称他们为“新东北作家群”并无不妥。新东北作家群是一个客观存在，他们正在也必将创造新的历史。

2020年12月，林喦教授50万字的《文学辽军对话录》即将付梓，这是我省文学创作研究中一件有意义的事情。实际上，我一直关注林喦教授关于辽宁作家的系列对话。据了解，在近10年时间里，林喦与我省60多位作家进行了关于文学创作方面的对话，这是一项时间长、涉及作家人数多、对话内容丰富的具有文化工程意义的事情。从某种程度上说，林喦以个人之力等于替省作协对文学辽军做了盘点和评述。这些访谈对于辽宁文学至少有梳理、传播和史料三个方面价值，如果未来有人对这个时代的辽宁作家群体感兴趣，想要做一些研究的话，林喦教授的对话将是十分难得的档案。

林喦的对话系列“立足文本，探讨文学”，既关注到作家的成长，也剖析了作家的作品，其与作家对话不囿于某一部具体作品，往往小口切入然后大开大合，这种发散式对话方式能最大限度挖掘作家的思想和情感储备。对话是对每一位作家思想和文学观的梳理，通过一次对话便把这个作家从浴缸中赤裸裸地拎了出来。这些有关文本创新和以地域为审美视角的对话涉及我省诸多文学成就可圈可点的作家，这些作家在对话中阐述的许多观点对我本人也很有启发。比如与王充闾先生的对话，与孙惠芬的对话，还有与鲍尔吉·原野和大连作家素素的对话等，都给我留下了深刻印象。这些作家都是传统意义上讲的纯文人，无论是文学思想还是文学经验都比较成熟。严格意义上讲，作家对话系列与传统意义的文学批评不同，采用了一种对话体的形式，我个人很欣赏这种对话形式，它最直接的好处是把文学批评这个属于小众的东西推送给大众，须知让大众去读批评家们动辄洋洋万言的高深论文是不现实的，因为那些佶屈聱牙的西理引文和海量的注释会让普通读者望而却步，而问答这一文体也许是文学评论走出象牙八股、从学院走向阡陌的捷径。阅读他们的对话是一种享受，同时，也让我思考了文学创作的相关问题。如隐喻与真相的关系问题，当真相以假面呈现的时候，是不是还有隐喻的必要。如质疑与批判的可能性、合理性问题，作家在创作的时候如何把握好一个"度"的问题。特别是具有浓烈地域情怀表达的作家，如何把本土经验上升到本土叙事，如何努力做到把地域文化有功夫的书写逐渐提升为人的叙事，如何把艺术理想融入党和人民的事业之中，做到胸中有大义、心里有人民、肩头有责任、笔下有乾坤，推出更多反映时代呼声、展现人民奋斗、振奋民族精神、陶冶高尚情操的优秀作品，这些是需要我们思考的。

林喦教授是一个有家乡情怀和文化担当的批评家，与其说他青睐于辽宁作家，不如说他更深爱着辽宁这片有情有义的土地。辽宁有大美，辽宁也有大爱，辽宁形象的塑造离不开文人之笔，林喦教授的作家访谈有意无意将会激发一些作家书写辽宁故事的欲望，当然，这也许是林喦教授的意外收获。

是为序。

目 录

小说创作的幽默、健康与个性

——与作家白天光的对话

作家简介：

白天光（1958— ），男，专业作家，辽宁省作家协会理事，阜新市作家协会主席，中国作家协会会员。在《人民文学》《当代》《十月》《收获》等20多家文学杂志发表中短篇小说500多万字，近百篇小说被《小说选刊》《小说月报》《新华文摘》等刊物发表和转载，有20多万字被译成英文、法文、日文、俄文介绍到国外，出版长篇小说《雌蝴蝶》等13部，部分作品被改为影视。蝉联三届辽宁文学奖，并获长江文艺奖和时代文学奖；有10多篇中短篇小说被收录到中国作家协会主编的中、短篇小说年选。

如果说今天的"新东北作家群"依然延续着"东北作家群"创作理念的话，那么这种理念就体现为作家对东北地域文化的坚守和对乡土家园的眷恋。无论时代如何变迁，这些作家们扎根于东北这片热土，执着地热爱着这片土地和在这片土地上生存的人们，他们目光敏锐、善于捕捉，用或深沉或欣悦的笔调描绘着东北人生活的原生态，白天光就是"新东北作家群"中这样的一位作家。他善于用一种关东大地所赋予他的独特"智慧"发掘生活的细节，对东北地域文化的偏爱加上天马行空的想象，以及幽默诙谐的笔调，使白天光的小说形成了既具有浓郁的"东北土气"，同时又不乏绚丽奇幻的艺术风格。秦朝晖说："香木镇系列小说，是白天光的'纸上建筑'，更是他的'精神与智慧'的建筑。因为有了这样的'建筑'，使中国小说家艺术性观照历史和现实的说服力得到了加强。"刘恩波说："就白天光的语言追求和选择来看，东北话的鲜活孟浪质朴幽默，尽在其中，有时候令人忍俊不禁。"白天光在小说创作中也坚守着"幽默、健康与个性"这一特点。

林　晶：在网上和国内的一些报纸上转载了你和一位记者的对话，你说，你的作品离茅盾文学奖、鲁迅文学奖越来越远，而离诺贝尔文学奖越来越近。这是一句幽默还是一个严肃的话题？

白天光：这些话是我和某报社的一位记者在无意中说出来的。他是想针对辽西地域文化让我谈谈感受。这个话题很大，我不是一位文化学者，也从来没有写过文化大散文，这样的话题很难驾驭。但是，我跟他提到了喜欢写什么。

我原本不是辽西人，我出生在哈尔滨。20世纪80年代初我来到阜新，那个时候不是我文学梦想的开始，而是延续，因为早在黑龙江当知青的时候我就已经开始文学创作了。那个时候黑龙江的文坛很活跃，张抗抗、陆星儿、梁晓声、郑九蝉等一批知青作家影响了我们的生活。国内第一部反映知青生活的长篇小说《征途》也诞生在黑龙江。在新华书店的书架上，黑龙江作家出版的小说很多，有郭先红的《征途》，郑加真的《江畔朝阳》等。那时候的文学创作对我们来说不是梦想而是出路，我所在的知青点有两个知青战友被推荐上了大学，都是因为他们在报纸上发表过小说和散文。而我在他们之后也不断地在《黑龙江日报》和《哈尔滨日报》发表小小说、散文，期盼着被推荐到大学去学习。

谁知不久知青开始全面大返城，我追求的就不是创作而是高考了。我在天津商学院读书的时候，忽然觉得知青时代的创作应该是梦想，所以我在大学读书期间就在《新港》（《天津文学》的前身）和《鸭绿江》上发表小说。毕业以后我梦想当商业局局长，后来才觉得这极不现实，随着商业局精简机构，我被分到了一所中等教育学校去教书，这时候我的创作便一发不可收。

那几年我回老家探亲，有幸见到了作家阿成和《北方文学》的编辑孙苏、鲁晓聪。记得鲁晓聪跟我说："阿成的作品在国内很热，他的《年关六赋》被评为全国优秀小说，阿成的创作风格除了幽默再就是他写出的东西很极端，别人无法和他雷同。"这大概就是文学的魅力所在，这句话对我以后的创作起了很大影响。我不会什么极端写作，但我的生活肯定不会与别人重复，这跟我的家族和我生活的那个小镇有关。后来我写出了短篇小说《七月鼓·八月瓮》，是地道的我生活的那个小镇上发生的事情。在语言的叙述上，我刻意地使用家乡最简洁的句子，有的句子只有几个字，想不到我在叙述这两件事情的时候，一种微妙的东西扑面而来，后来我知道这是幽默。这篇短篇小说很快就被《小说月报》转载。此后，我就用这种方式去写小说，这也引起了评论家曾镇南和老作家李国文的注意，他们分别写出了对我小说评价的文章。还有一位评论家叫宋丹，他说，白天光的小说很刻薄，对生活和社会的嘲弄有些随心所欲，这类的小说很难获茅盾文学奖和鲁迅文学奖。但白天光的小说和历届诺贝尔文学奖获得者相比较似乎有一些近亲的东西。这句话我很感兴趣。后来我的小说登上了全国的30多家杂志，有近百篇小说被《小说月报》《小说选刊》《中华文学选刊》《新华文摘》选载。因此，我才有了那句我的作品离茅盾文学奖、鲁迅文学奖越来越远，而离诺贝尔文学奖越来越近这句戏言。

林　晶： 你作品中的幽默并不低俗，是不是可以说你的幽默并不来自民间而是受到了国外一些幽默作家的影响？

白天光： 评论家、文学博士韩春燕称我的小说是西服上衣抿裆裤，这是对我作品的最精彩也是被我完全认可的评价。

我曾长时间地思考创作的幽默究竟在哪里。一次和散文家鲍尔吉·原野交谈，原野是最懂幽默的。他说，幽默绝对不是一种定式，有的时候是信手拈来，因为幽默偶尔会从你的思维中突然跳出来，拦都拦不住。从这个意义上讲，幽默没有国界。大量阅读外国文学或者借鉴他们的写作方法不会有幽默，因为我还没有能力去阅读原版的外国文学，所能读到的都是翻译家的直译，而许多翻译家都没有幽默。

有人说我的小说怪诞，其实这不是我故意哗众取宠，这和我的生存环境有关。我下乡的知青点有七八个中俄混血儿，我和他们非常好，他们就很幽默。有一个叫宋大伟的混血儿，有一次他跟我说，他每年都回俄罗斯的哈巴罗夫斯克，除了探亲还有更重要的使命。咱们哈尔滨的许多外来语都是从俄罗斯移来的，什么列巴、力道斯、苏泊，同样，他要把中国的语言也让俄罗斯人牢牢记住，比如酱驴肉、臭豆腐，还有扯淡。其实俄罗斯人很懂幽默而且很典雅。黑龙江的地方俚语很多，在乡村流行的都是淫秽的东西，但后人尤其是城里人渐渐把这些俚语给改造了，而且一点也不逊色于原创。

许多作家的创作不是缺少幽默，只是他们没有随意而生的大幽默境界而已。作家周建新对我的评价是，这家伙在他严肃的时候肯定是要幽默的，而在他不幽默的时候能吐出一些严肃的话题来。人对人的褒奖都是有限的，就像一个人的幽默一样，现在我正处在幽默的发育期或是成熟期，我知道我很快就会走到衰退期。我认为有些评论家对我的评价很准确。

林　晶： 最近很少看到关于评论家对你作品的评论，是因为你写的作品少了，还是因为你的作品不如以前？

白天光： 去年有一段时间我很厌倦文学创作，尤其是小说创作。我读了国内一些著名刊物的许多头题小说，这些小说大都被权威选刊选载。读这些小说让我生出许多疑惑，中国的纯文学是不是渐渐地变成一种殖民地文学。许多评论家也为这些小说摇旗呐喊，分出许多主义。许多读者并不看好这些小说，这些小说渐渐成为中国贵族阶层或者极少一部分人的精神佳肴。当然，我的观点不可能被评论家们认可，他们很可能会奚落我或者认为我的幽默很浅显。

曾经有一段时间，有大量的小说在写乱伦，在写同性恋，或者是无时代背景的小说，写作者的惬意和美妙肯定难以言表，因为他们心里知道有的读者不待见他们，评论家们却待见他们。许多杂志的主编在叫苦，刊物的发行量在日益下滑。有些刊物当年曾经是畅销刊物，现在每期只发行了七八千册，政府不再养活这些刊物，让他们自己去生存。但国内的几个刊物发行量直线上升，比如《当代》，一位三联书店的老板曾经跟我说过，书店每期要订3000多本《当代》，不到一周的时间全部卖光。这个刊物的小说很注意人物生存的内涵，故事精彩，如《国家干部》《古炉》等。一些通俗刊物正在包容着纯文学作家，比如《章回小说》和《佛山文艺》两家刊物的发行量都在5万册以上，自然稿费也很高。《章回小说》等刊物被一些纯文学作家看好，阿成、聂鑫森、石钟山等都曾为《章回小说》写作品。《佛山文艺》也是如此，国内一些知名作家王松、徐则臣等也经常给他们写稿，为此《佛山文艺》还开辟了名家专栏。从这两家畅销刊物阅读这些著名作家的作品，我们不难发现，他们的创作仍然还原于本色，没有受任何的影响。他们的文本也没有什么更多的创新，他们所能守住的是他们被读者认可的创作个性。这也是许多作家淡化小说创作而介入影视创作的主要原因。

去年我完成了一部30集的电视连续剧《小乌米》，北京的北广传媒已经通过了剧本的二次修改，计划今年7月开机。也可能是影视剧的创作，让我对文学创作有了更兴奋的反思。我在最初创作电视剧本的时候也是从枯燥寂寞开始的，后来随着剧情的发展才兴奋起来，才真正体验到了什么叫惬意。不久前在与作家刘嘉陵聊天的时候，他说，现在我们作家忽略了一个最重要的问题：健康。身体健康当然重要，身心健康才更重要。如何让作家自身能够身心健康，这不是在心理医生的辅助下能完成的，关键是我们要把生活的美好与自己的天性结合起来，而生活的美好就是对美好生活的发现。这话说得很对。这和伟大领袖毛主席早年说过的一句话相仿：我们要不断地改造世界观。改造世界观是一个炼狱过程，我们要经得起炼狱。我现在的创作已经渐渐恢复了常态。世界在变化，人的世界观也必须要变化。一个作家的创作个性可以不改变，但视觉的更新要有。对此，我对那些正在从事晦涩写作的作家们表示理解和深深的敬意。尽管他们有些作品读的人越来越少，但他们的身体和身心能够健康就足够了。

林　品：刚才你提到了创造个性可以不变，但视觉更新要有，创作个性不变与视觉要更新之间是什么关系？这是否意味着你今后的创作会有一个大的转变？

白天光：个性要保留，否则隐去姓名，人们就不会猜到这是白天光的作品了。当然，创作是要注入活力的，这个活力必须要有一个前提，那就是不能离生活太远，更不能离殖民地文学太近。导演陈家林是我的朋友，有一天我们在一起谈到反战电视剧，他说最早出现叫《敢死队》的电影在国外不下十几部，法国著名导演吕克·贝松以《杀手莱昂》闻名于世，据说他曾拍过敢死队，后来好莱坞出现了《加里森敢死队》，现在中国的电视剧铺天盖地也出现了敢死队。许多作品有移植情节的嫌疑。中国的编剧是不是真的到了山穷水尽的地步，这不言自明。

国内许多作家一度崇尚卡夫卡、米兰·昆德拉、杜拉斯，其作品仔细读来都有这些国外经典作家的痕迹。前不久读到了一部长篇小说，其内容和结构与米兰·昆德拉的《慢》同出一辙，我不知道这是编辑的疏忽，还是机智的作家在测试编辑，还是编辑在有意地勉励这种创作。

我的小说写作主张是自我。著名作家李国文曾经在《鸭绿江》杂志上发表过一篇对我小说的评价，说用三个字来概括就足够了，那就是：新、奇、帅。我理解前辈作家对我的勉励。我认为，新，应该是要故意张扬个性，无论语言还是结构都与别人不同。奇，指的是选材，我写的许多小说都是发生在一个叫香木镇的诡秘地方。现实生活中这个地方是存在的，这里的人来源复杂但还不能叫作移民小镇。这里有清朝被发配到黑水域的所谓叛臣，有从中原迁徙来的逃荒者，有俄罗斯后裔以及在这里稳定下来不再过游牧生活的鄂伦春人和达斡尔人。这个复杂的人群聚集地派生了一种特殊的地域文化。从历史上考察，这里没有发生什么大的事件，但这里发生着许多让人感到新奇的故事。这个小镇上出了三个土匪，在香木镇东南方向的张广才岭，他们各自都有几百号人，但能和睦相处，在下山去绑票或是打劫的时候有明确的地域分界线，而且有了困难相互还要接济。最有意思的是土匪陈东坡，三个山大王中他是老三，酷爱书法但文字没有章法，却喜欢将书写的作品赠予他人，如果山下谁家挂着他的作品，劫匪们一律不抢劫这家。他还喜好评剧，当年他派人去哈尔滨把太平桥戏园子的红角儿细粉儿莲和穿地两口子劫持到山上，让他们唱戏三天。开戏那天，他还把另两个山头的山大王请来一块看戏。这种事情恐怕在土匪之间很难发生，在旧社会的张广才岭这是真事，在我的作品当中也有。一位评论家说我的写作有明显的反逻辑倾向，这是他对我不了解，对古老的香木镇不了解，这是我作品的奇异所在。帅，当然指的是文本。我认为我作品中的帅是不够的，我欣赏阿成小说的叙述，喜欢汪曾祺的叙述，他们是真正的帅。我还是认为我的小说不会离香木镇太远，我只会用传统的话语去表达生活，我不会说"给力"，也不会说"神马都是浮云"。

林　品： 因为时间关系，今天我们就先聊到这吧，虽然你不说"给力"，但说到这已经是很给力了。期待您创作出更给力的作品。

散文集《乡邦札记》的创作观

——与作家丁宗皓的对话

作家简介：

　　丁宗皓（1964— ），男，就职于辽宁日报社，著有诗歌集《残局》，散文集《阳光照耀七奶》《乡邦札记》，曾主持"重估中国当代文学价值""重估中国当代文学批评"大型新闻策划，主编《重估中国当代文学价值》《重估中国当代文学批评》，获辽宁省优秀青年作家奖，全国百佳新闻工作者、全国优秀新闻工作者称号，散文与文学批评作品两次获辽宁文学奖。

　　我一直在尝试着做以"新东北作家群"研究为内容的文章。每一次与一个作家进行"对话"，力求真诚、新颖、具有可读性。努力探索一条"学术文章"要具有地域性、针对性、鲜活性、可读性的路子，使学术文章真正实现有价值、有意义。

　　《乡邦札记》是丁宗皓最近出版的一部散文集，字里行间透着别样的清新。尤其是在工业时代里，有些作家在不断寻求大主题、大主流、大都市、大制作等的时候，丁宗皓的《乡邦札记》却返璞归真，努力在乡间地头、田园村舍中信手拈来地捕捉着那份带有"人文情怀"的"乡土气息"。在"散文小道"化的时代，我们的研究也别有新意。

　　林　喦：你的散文随笔集《乡邦札记》出版以后，引起了广泛关注。《人民日报》《中华读书报》《文汇读书周报》都刊发了评论文章。特别是《当代作家评论》刊发了何言宏、吴俊、秦朝晖、苏妮娜的评论文字。今天，请你就《乡邦札记》写作的相关问题谈一下自己在创作上的想法，就是所谓的写作观吧。

　　丁宗皓：一提到"写作观"，这个事情就变得复杂。断断续续写了这么多年，原来感觉自己的观念是清晰的、确定的，但写着写着就混沌了。今天思考这个问题，得从文学有什么用开始。远的不用说了，20世纪80年代以来，文学从空前地被大众重视，到今天普遍地不被重视，当然也不被看好，可以说是从天堂来到了地狱。普遍的情况是，今天只要离开了文学人群，其他更广泛的人群里，几乎没有人关注文学，而这个文学的人群，仍然是由少数人组成的。

排除种种经济、社会因素不说，20世纪80年代以来的变化，本质上的确是文学回到自己应有位置上的过程。无论如何，文学都具有工具意义，但是应该是什么工具？我感觉我们赋予文学的工具意义太重，使文学根本无力承担。比如我们不自觉地首先强调的是文学的认识功能，动不动就说，深刻地揭示了什么等等。其实，这是文学无力承担的工作。而文学一旦承担起这个工作，就直接造成了概念化问题。文学批评这么多年里，一直在批评主题先行，概念化，图解政治、经济与文化。但是，同时你又要求它具有深刻的认识价值，这本身就是自相矛盾的。所以，我的写作观很简单，文学就是要写出美的东西。

林　晶：你所认为的文学工具意义在哪里？

丁宗皓：文学如果直接提供社会的结论，那么文学其实就不存在了。我所理解的文学工具意义，在于文学能够呈示精神世界的神秘、复杂，揭示现实与精神世界的关系，等等。它关注的是情感，是体验。这样，我们对文学的关注，就会从精神开始，从生活中的小，而不是从大开始。我的写作动机很简单，就是记录自己认为有意义和有意思的事情，除此以外没有别的。文学有一个责任，就是要让混乱、芜杂的现实世界变得有秩序，变得有生趣。特别是在当代物质生活中，文学为人生价值做出一个新排列，而排在第一个的，肯定不是物质。我想文学的力量就在这里。如果没有这个力量，文学就结束了。当然，人类向往的生活，可能也就结束了。

林　晶：《乡邦札记》写的是20世纪60年代出生的人的共同记忆。在这里，你用了大量的笔墨，回顾了自己的乡村生活，许多东西是我们熟悉的、亲切的。有人认为这些文字里，有一种彻骨的伤感，这和生活的急剧变化是否有关？虽然经历了太多的社会变迁，我们如此回忆过去的事情，是不是太早了？

丁宗皓：1998年，我出版了第一部散文集《阳光照耀七奶》，挚友、诗人野舟写了一篇评论，题目叫《这么早就开始回忆了》，说的也是这个意思。一个人写什么，似乎是他自己能够选择、掌控的。但是情况又未必如此，因为好的、能够被称为文学的东西，都和自己的记忆有关，即一个作家最为擅长的，其实只有自己熟悉的事情。只有自己熟悉的事情，经历了精神的储存、发酵，才能投入心灵的力量和温度。表面上看，一些作家写了当下题材，但是所使用的经验无不是来自记忆，否则，那就是纪实或新闻，而不会是文学本身。一个很年轻的朋友不认同我的写作方式，他认为我已经是一个靠回忆活着的老人，不再拥有现在。想想，这话没错呀！在当下，写乡村、回顾过去的生活，的确给人以怀旧感，如鲁迅笔下的九斤老太。这其中有一个缘由，即生活已经发生了剧烈变化，以至于回忆和当下生活脱节，特别是价值脱节。这倒是一个严峻的问题。

林　品：脱节难道不是文学写作一件危险的事情吗？如果作家和读者之间，共同经验丧失了，写作显然就面临了严峻的考验。

丁宗皓：文学现在面对诸多考验，共同经验的丧失即文化价值碎片化是写作的最大考验之一。所以，我认为，一个伟大的作家必然会是一个文化重建工作的承担者。因为作家需要通过作品重构文化记忆，做这项工作的前提是，一个作家要告诉人们，他要的是什么，生活价值的主流应该是什么。即一个作家要给出答案，要做价值选择。这个价值选择，是通过叙事、塑造形象来完成，通过对美的叙事来完成。我觉得一个作家的深刻，并不在于发现生活的不足甚至黑暗，也不在于让这些不足得到完全的呈示。这个不是文学的最后目的，这个任务，每天不断更新的博客都可以替你完成，快得甚至连文学都插不上手。

文学也不应该在这个揭露过程里，简单地扮演不断解构意义和价值的角色。我感觉在生活中，通过写作，当一个批判者不是一件很难的事情，如果我们按照现代化标准去要求中国当代生活，那么我们会觉得活着的每一天都是让人绝望的。文学要给出价值，尤其是要在废墟上指出价值。即使那是一些被视为陈旧的价值观，捡起来，擦拭它，也是文学的任务。

林　品：中国文学已经形成了一个写作动机，即求新。记得你在《在碎片上》一文中，描述"五四"以来诗歌现状时采用了这个说法。你现在所表达的，也是同样的判断。

丁宗皓：是。但这不是我的发现，我只是引述了一些海外学者的看法。但是我感觉这是中国文学，特别是当代文学的重要症结之一。一个国家的现代化，一个国家追求发展的历史，无疑是一个求新的历史。但是文学如果和经济社会一样，追逐新，会带来很多问题，事实上也带来了很多问题。这些问题关键之处在于，用二元对立的思维方式，处理精神价值问题。附带的问题是，中国当代文学在求新的动机下，根本摆脱不了图解政治、图解经济、图解文化的命运。文学只是复杂精神世界的重现，如果不关注痛苦，不关注个体命运，没有怜悯，没有同情，文学就找不到存在的理由。

林　品：《渤海大学学报》（哲社版）自2011年第三期开始，在《渤海论坛》栏目里，以"新东北作家群"研究为内容连续刊发了几篇文章，产生了一定影响，其中有人说，这是"乡土文学"研究的新开始。就我个人而言，"新东北作家群"的命名与研究范畴，固然具有了"乡土文学"的特点，但我觉得"乡土"二字中最为重要的是要具有"田园情结"，看了宗皓兄的《乡邦札记》，尤感"田园情结"的浓烈。那么，你是怎么理解"田园情结"的呢？

丁宗皓：不管怎么样，从技术上说，文学总是要分类的，而按照题材分，毕竟简单易行，但是在理论上容易碰到问题。我写作《乡邦札记》时，没有想到这是一部乡土文学。我只能说，一个人一辈子的写作都和记忆有关，都和熟悉的生活有关，而我恰好熟悉乡村，写那里的一草一木。如果你认为这就是乡土文学，我也没有什么意见。但同时我们都知道，真正好的文学都是关于心灵和命运的，与题材关系并不大，超越题材局限，达到哲学高度，是作家的梦想。我们都生活在这个梦想里。"田园情结"是乡土文学的精神本质，它为乡土文学找到了精神上的支撑点，这个是成立的。但是我们在解释"田园情结"时又会出现问题。我想这里有很多层面的意义可以阐述。

第一，我们所理解的"田园情结"，是传统意义上的，是与"庙堂文化"对应的文化。即：传统"士"的精神避难之乡，里面主要价值是"隐逸"，归隐田园。我想，道家文化提供了这方面的丰富滋养，中国古典文学有这样的传统，当然有伟大的作家作品。

第二，但在当下，文学"田园情结"具有特殊的含义，即它作为中国作家的乌托邦而存在。如果真切地到乡村中走走，看看那些熟悉的父老乡亲，了解他们的生活和困惑，就会发现，中国现代化过程中，乡土文化正处于急速的凋敝之中。原来尚有城乡文化的二元对立，乡村文化据有文化一极，但是现在连这个都没有了，乡土文化正处于分崩离析之中。这时的"田园情结"值得警惕，因为，它含有文学以外的意义。如果，我们对现代化生活严重地水土不服，你一定认为乡土是需要我们回去的地方，这就可笑了。如果文学中包含了这样的价值，无疑是一种倒退。

第三，我理解的"田园情结"，是对大自然——大地、山河、草木与生命包括其间并行的生活方式之间的关系进行文学考量后，形成的一种特殊思考。农耕文明背景下的文学，把人和自然的关系写到了极致——天人合一的境界，从《诗经》到唐诗宋词，莫不弥散着这种气息。而今天的文学，大自然已经完全退场。大自然重返文学时，则又改换了面孔，变成了一个被怜悯而非敬畏的对象，所谓的生态文学就是如此。在那里，大自然没有获得它应有的身份，生态文学中的价值取向，关注的仍然是人自身利益——他们要从大自然里获得长远而非短期的利益。我理解的"田园情结"，应该建立在正确的对人类有价值和有意义的、与自然关系的思考上，当然也是与自然关系的重新确立——那就是人，仍然是大自然的一部分，草芥而已。我们应该在这个基本姿态上，看待自己和世间万物。

林　品：你在《乡邦札记》中是如何展示"田园情结"的呢？

丁宗皓："田园情结"是个概念，而落笔下去的每一个字，都是具体的。走进一个乡下村庄，当然你会知道，这就是田园。四季轮转，生命更迭，我们的乡下父兄甚至比草更微末，草会有一个固定的名字，逢季再来，而生命逝去，尘烟散尽，无影无踪。但是人活着，总要为活着这件事情找到理由，金钱和富足都是短期目标，都构不成最后的、能够说服人的理由。那么还有什么是生命短短一季中，重要的生存理由呢？我想，快乐、放达、内心宁静、乐天知命、视死如归等，都是理由，这里面的每一项，都包含着生命的超越性。你可以注意到，在这些要素里，物质从未被视作必要条件。当然，在现实生活中，你会说，没有基本的物质保障，还谈什么生活态度？我想你说的当然是对的，但是，这个问题不能和文学搅在一起谈。天下伟大的作家里，似乎也没有几个是真正的有钱人。

如果一个人没有把自己放到大自然面前去思考命运问题的话，上述的一切无从获得。我的"田园情结"其实没有别的，只是复述了这个常识——我们生命所需要的，往往是最为简单的东西，最为简单的东西，往往最有力量并能够直指人心。这只能凭着真纯的心灵去搜寻，在当下，又往往是最难得到的。

如果非得把这样的写作和时下流行对立起来，我是不情愿的，文学应该有自己的征服心灵的方式，而不是自己跳出来赤膊相见。文学征服心灵的唯一方式，就是用简单的话，叙述简单的故事，你认为有趣的故事，让读者也觉得有意思，倘若能久久不忘，就成功了。还有，我认为，真正好的文学，不会有那么多读者，也不会那么快被人接受和喜爱，这就是文学和有价证券的区别。所以，我相信，文学的确是少数人的事情，如果变成了多数人的事情，那说明有心灵需求的人群已经成长起来，他们开始关注生命的意义，开始问，人怎么活着才有意思这样的问题。

《乡邦札记》中的"田园情结"并不复杂，也不是粉饰正在凋敝中的乡村，当然读者有权利这样认为。我想我写下了一些我认为乡村社会中最好也是最美的事物，我认为这些事物仍然是未来生活中必须恪守的价值。这些价值，并不随乡村文化的凋敝而失去意义，相反，那些价值带有巨大的稳定性。没有哪一种生活是完美无缺的，乡村社会一样，现代化的城市生活亦如此，我们能够选择的，只是有意义、有尊严、有爱的生活的一面。我要写的，是乡村生活的这一面，我选择写出这一面，而不是另外的，比如让人感到苦难、绝望无助的那一面。我想我有这个权利，表达我喜欢的生活期待。

一些朋友读《乡邦札记》，感受不同，差异竟然很大。有人说，整个一本小书，洋溢着悲悯，读后让人伤感。而有的朋友居然读起来就笑，说写得好玩。我想我呈现出的"田园情结"，是一种能够从乡村贯通到今天生活中的情绪，不是为了唤起读者的乡村记忆，让大家的思想和情绪往回走，而是唤起我们自身的文化记忆，让我们带着温暖的心绪，从容地往前走。我们生命中的文化记忆，我们的出身，不会成为现代化进程中，急于洗掉的、耻辱的精神印记。至少我是这样努力的。

林　晶：阅读你的《乡邦札记》，犹如行走在喷着乡土气息的田园农舍和乡间小路上一样。这是一部散文集，但阅读起来仿如小说，虽然每一篇都单独成章，但连起来，仿佛是一部长篇小说，这是种散文化的叙事方法，你为什么偏爱这种方法？

丁宗皓：我认为自己的文字，只是散文而已。可能只有那些大作家，才能做到囊中藏着多种手法，像用不完的飞镖，可以自由选择哪一种。我做不到，另外我觉得所谓的手法，其实只是叙事习惯。但讲别人和我自己的故事是我的偏爱，丝丝缕缕地说事也是。写作是一个做减法的过程，是把抒情去掉，把议论去掉，总之，把多余的东西去掉。选择并讲述了一个故事，其实作者的立场已经表达了，议论与抒情则是多余的。另外，讲述一个人或一件事，显然经过了把他或它从你经历的众多事物中挖出来的过程，这是一个什么过程呢？对于小说家来说，这是寻找陌生化阅读效果的过程；对于散文家来说，可能激发了抒情和议论的冲动。但是，对于一个诗人来说，则遇上一个提纯后意义丰沛的符号，他的关注点和兴趣，侧重于这个故事的隐喻性和寓言特征——一个很小的故事，仿佛带着更大的背景，而在文字中又不留一丝痕迹。诗歌写作帮助了我，培育了这样的习惯。在我看来，本书中的很多篇章，虽然像小说，但其实更像诗歌，很多东西可以写成诗歌，而诗歌又是文学的最高形式。为什么没有呢？因为，诗歌会造成浪费，会造成大量的富有张力的生活细节的浪费，因为我没有坚决舍弃的能力和信心，所以就以诗歌的习惯，做成了散文样式。没有想到的是，读起来却像小说。这个后果很奇怪。

林　晶：《乡邦札记》中，你写很多人，这些人各有特点，甚至传奇，如七奶；你也写了很多物，如水豆腐；也写了很多小生命，如麻雀；等等。感觉信手拈来。你对农村生活的观察相当细致，对凡俗的世相百态不仅有着细致的描摹，更充满了人文情怀，这些你是怎样做到的？你的写作原则是什么？

丁宗皓：为什么写作，这是一个很难回答的问题。我想是习惯吧，就像有压力时，不自觉地掏兜，摸一根烟出来。我在传媒工作25年，但文学写作从来没有放弃过，同时也从来没有想到去专门的文学部门工作。文学不是一个战线，不是一个行业，当然更不是一项工作。文学是超出这些界限，同时不能做这种区分的。只能说，文学是发生了精神困境、愿意以精神方式解决精神困境的人可以选择的一种生活方式。对，是一种生活方式。凡无心于事，则无事于心，观察生活，愿意把自己打开，不仅是解决精神问题，也是向更光明的世界敞开自己心灵，让心灵没有黑暗，没有恐惧。如果能站在这个角度上生活，写作就变成了一场持久的学习，万物与生命都成为奇迹，都是你的老师，都值得为之惊叹。包括一只鸟，包括它整理翅膀的动作。它蹲在电线上，任雨水淋湿身体，这时，你的心会软下来，会为之一悸。

当然，写作也会把一个人引进狭窄、黑暗与禁锢，把人生引入死局。这是写作的另一个后果。我的写作原则没有别的，就是写出美的、让你快乐的东西。在深刻与趣味之间，我选择后者；在小与大之间，我选择前者。

林　喦：读《乡邦札记》，感觉你有着丰富的人生经验和体验，这里是有你童年的记忆，还是成年人的感怀？

丁宗皓：文学需要温暖人心的力量。而今天的社会文化土壤上，最茂盛的作物，其实不是别的，而是相对主义、怀疑论，本质上是一种虚无主义。首先，讲述一个动人的故事，会不会有人相信？对于作家来说，自己是否相信天下有动人的故事。相对主义、怀疑论以及虚无主义，可以培育尖锐的思想家与批判者，可以尖锐地解构生活表面一层层的价值和意义，让森林成荒原，让存在变荒谬。和提供一点温暖人心的故事比起来，解构价值和意义，反而变成了一件容易的事情。

《乡邦札记》里，有童年记忆，也有成年人的感怀，这两个内容剥离不开。我对乡村的了解，其实是我写作和观察生活的一个出发地。无论是记忆还是感怀，都要找到一个核心，最能打动人心的东西。

一个作家要不要相信生活中到处都是打动人心的温暖，能不能呈现这些，已经成为一件关乎信仰的工作。1998年，我在《阳光照耀七奶》一书中，写了我的七奶，在《乡邦札记》里，我用三个短文续写了这个故事。故事很简单，就是一个老人坚持要回到故乡，平静等待死亡的过程。此间，老人没有焦虑，没有恐惧与悲伤，只是在那里乖乖地等待死神把她领走。里面的每一个细节都是真实的，也是微末的，但是震撼人心。我是因为震撼才把她写下来。一个人对待死亡的态度，是一次生命的布道。本质上说，表达了信仰。

我不是很喜欢感怀，尽管常常感怀。根本上，写作是一种感怀，但是碰到记忆，我就会变得小心翼翼。因为记忆可以拿出来感怀，但是旧岁记忆，留在你的心里，它要更加坚硬，对你更有认知价值，因为记忆不是不变的，在你一生中，每一次翻检，都会有新的体悟和认识。这一切，把它写出来就行了，无须感怀。

林　品：你在你任职的《辽宁日报》搞了影响巨大的"重估中国当代文学价值"系列报道，你本人怎么看待中国当代文学的价值？你认为中国当下文学创作存在的最大问题是什么？

丁宗皓："重估中国当代文学价值"之后，今年，我们又做了"重估中国当代文学批评"，也是一个影响巨大的策划。在两个策划过程中，每一个环节我都参与其中，每一个命题和结论都经过了与报社同人以及与专家的充分讨论。那些批评代表了我本人的想法。做这样的策划，是因为我们把文学问题，看成一个文化问题，因为文学问题，本质上已经成为一个文化问题。总体上来说，中国文学最大的困境是，没有信仰，没有稳定的终极价值关怀，连人、人性、人道主义这些基本的价值都坚守不住，并且参与了财富竞赛。这些都是社会转型期必然出现的特征，一点都不奇怪。但是，总要有人说出这个真相，总要有媒体表达对这个真相的认识，总要有人感到文化堕落的内在危机。我们用两年的时间，做了这样一项工作。

但我对文学抱有巨大的希望，因为，有王安忆、莫言、阎连科、余华这样的中国作家，在不断地进步。有那么多的批评家，积极投入我们的"重估"活动之中，他们不屑于智慧的沉默，站出来发言。而在更广阔的背景上，有更多的作家，已经把写作真正地变成了个人的生活方式，他们都是业余的，甚至不屑于作家的身份。文学的希望首先在这里。

林　品：谢谢，祝宗皓兄未来的创作更加顺意。

小说是茶，品过后让人回味绵长的才是上品

——与作家李铁的对话

作家简介：

李铁（1962— ），男，一级作家，锦州市作家协会主席，辽宁省作家协会主席团成员。第七批辽宁省优秀专家。在全国各大期刊发表了《乔师傅的手艺》《乡间路上的城市女人》《杜一民的复辟阴谋》等大量中短篇小说，多次入选多种年度文学选本，多次入选中国小说学会年度小说排行榜、中国最新文学作品排行榜等。作品被多家报刊转载，并被收入多种年度选本出版。曾获得首届青年文学创作奖、小说月报百花奖、中篇小说选刊奖、上海文学奖，连续六次获得辽宁文学奖等。

2012年，我继续做"当代辽宁作家研究"的相关学术研究。始终坚持对当代辽宁作家整体创作情况和个案作家、作品进行研究，并秉承历史赋予的使命，坚持客观纯正的立场，发扬严谨务实的作风，高举"辽宁文学创作与地域文化发展"的旗帜，承接东北作家群研究的传统，开辟新时代研究新思路，探讨当代辽宁文学发展的新世界。深度阅读辽宁作家李铁的作品，深感其创作关注"三工"问题，即工人、工厂和工业，或者说，他是以"三工"作为叙事背景的作家，并形成了具有李铁范式的小说创作特色和风格。

林　品：我们的谈话还是从写作本身开始吧，你怎样看待写作这件事？

李　铁：写作是一间飘满茶香的房间，在这样的房间里我感到舒缓和安静，我会想起许多久远的事情，许多童年的事情，许多儿时的玩伴，青葱时代的少女，我甚至会想起隔壁院子里的我称作外婆的老太太来。当然，还有更多的窗外正在发生的事情会像烟雾一样顺着窗缝挤进来。我知道不是所有的茶都可以用来做这种比喻，只有我们正在喝的普洱，相当地适合做这种比喻，普洱是越陈越香，味道越沧

桑就越纯正，写作亦如此。

写作对于写作者来说，是自然而然发生的一件事情，不是刻意，是自然，有点宿命，人生就是宿命，写作与人生有关，难逃宿命的结局，写作表现的是生命过程中的遭遇，更多的则是挣扎。从某种程度上来说，写作本身就是人生，人生是个悲剧，写作其实也是个悲剧，像跳高，在你极尽全力再也跳不过去的高度前终止。

林　品：写作与生活有着很复杂的关系，一个作家的生活会给他的习作带来无穷的资源，但往往又是生活制约了一些作家的写作，说说你的写作资源，和你的生活与写作的关系吧。

李　铁：写作的资源来自生活，这是很多人承认的，我也一样。但这些生活不是单纯的记忆，而是感受，作家的感受才是对写作起作用的生活，你说对吗？

记忆只是经历，甚至连经验都谈不上，有一种作家是靠经验写作的，我一贯认为那是一种比较初级的写作，超出生活经验的写作才是真正的文学创作。因为我的小说现实感很强，很容易给人以经验写作的感觉和印象。但我深知，在我的写作中经验是居次要地位的，我的小说更多地来自想象，如果硬说小说来自生活，那我小说里的生活也是飘在现实生活之上的，属于云彩和蒸气类的物质。换句话说，生活经验只是泥土，用于小说中的是从泥土中生长出的嫩芽。

林　品：聊到这里，我想起了你的小说《乔师傅的手艺》，我不知道别人如何看待这篇小说，在我看来，这篇小说的生活气息浓烈，它应该是建立在生活经验之中的，而且是浪漫主义的生活经验。尽管浪漫中有苦难，但苦难到了你的笔下，也有了一种别样的浪漫，能不能说，你的小说是浪漫与苦难的综合体呢？

李　铁：熟悉我的人都知道，我不是一个浪漫的人，但到了小说中，我就情不自禁地浪漫起来，这与我个人无关，而实在是与那间飘满茶香的房间有关。走进这个房间的无一例外都是浪漫的人，比如乔师傅，她就是一个浪漫的人，她也应该是一个浪漫的人，我总觉得她就是中国工人的一个代表，她的经历和千千万万的中国工人是一样的，从农村来到城市，来到工厂，光荣地成为一名工业文明的建设者。她们知道自己的肩上是负有使命的，因此做起事来总是使命感十足，她为什么那么执拗地要学会一桩手艺，仅仅是手艺高光荣吗？仅仅是年代的光荣感使然，这显然是肤浅的，她的执拗是一种宿命，这与时代有关，是时代赋予了她这种使命，不管她内心深处愿意不愿意，她都必须这么执拗，是时代赋予了她这种义无反顾的精神，她也只有这一条路可走，别无选择。她虽然损失了自己宝贵的处女贞洁，但失得其所，在写作的过程中，我对她的这种义无反顾是持支持态度的，我甚至以恣意的笔墨来描述这个在正常人看来是气愤至极、反感至极、惋惜至极的过程，我津津乐道，毫无悲剧之感。

是呀，在这种时候，我不想躲躲闪闪，我勇敢地站到了乔师傅的一边。人生即是苦难，没有浪漫做依托，人生还有什么意思呢？

林　晶：说到乔师傅，也就不可避免地触及你的写作题材，有人定位你的写作是工业题材写作，你自己怎么看？

李　铁：我不同意以题材来划分作家，就因为我的小说中主人公在工厂里工作的多一些就是工业题材？如果他们在医院工作就是医疗题材？小说是写人的，不管他在哪儿工作，在哪儿生活，人的生存方式、生存状态、精神世界、人性人道，才是小说家应该关注的。其实，我小说里的很多主人公也并不都在工厂工作。

林　晶：但给人印象最深的，还是你以工厂为背景的小说，它们表现了中国小说家们大多不想表现，或没有表现好的生活，比如《工厂的大门》，那种中国工厂的幻象，那种中国工人的无奈和迷茫，在这篇小说中被你表现得淋漓尽致。主人公刘志章令我想到了广大的工人弟兄，曾经是社会主角的他们，在沦为社会边缘的时候，我们的作家怎么会集体无语，或闭上眼睛？而好像只有你是张开眼睛的，是勇于面对这种现实的。

李　铁：这是个人感情问题，我在工厂工作过20年，不可能不对工厂，不对工人弟兄存有各种各样的感情，我写他们，是感情使然，是情不自禁。当然，这需要勇气，有这样一种说法，小说不能离现实太近，这样的作品在艺术质量上会受到质疑，我觉得这不单单是一个时间问题，在你接近现实的时候，你是否抓住了其中永恒的东西，抓住了永恒的东西也就抓住了文学本质，抓住了文学应该抓住的东西，这很重要，这基本决定了你的小说质量。

对我来说，我关注得更多的是他们的挣扎，他们的生存与欲望的矛盾。他们的遭遇、心灵的苦闷是否能够拨动读者心弦，我认为能拨动的，我就写，我认为能感动我的，我就写，反之就不写。

我们当代人都面临两个不同的困境，一个是生存的困境，一个是精神的困境。一个写作者要从文学的角度正视这种状况的存在。我们的所谓"工业题材"写作不能只面对那些所谓的社会问题，人类的精神上的问题才是文学的问题，用文学的叙事来呈现当代人的生存状态和灵魂所在，才是作家的责任。当然，写作是建立在作家的生活经验之上的，不了解当代工人的生活，当然也就写不好工人，也写不好工厂，只熟悉已经脱离了工人阶级的老总们是写不好"工业题材"的。无论你写以什么工作为生的人，都要站在人类的精神高度来看其处境，这样才有可能出大一点的作品。

刘志章为了生存要寻找工厂的那扇大门，他应该是有信心的，因为他对那扇大门太熟悉了。问题是，大门在新时代的背景下已经发生变化、位移，那扇熟悉的大门已经不好找了。是大门抛弃了他，还是他的能力出现了问题？这是一种困惑，更是一种苦难，是阳光下的苦难。

我觉得小说是茶，品过后让人回味绵长的才是上品。

林　岶： 阳光下的苦难，这种定位在你的写作中很重要吗？

李　铁： 很重要，它决定了小说的走向。面对现实，我们总是有太多的无奈和苦闷，但我在小说中总是想设置一点点温暖和一点点理想，温暖和理想是阳光，没有阳光，所有植物的生长都是病态的。一个写作者的成长过程决定了他作品的广度，我尊重我生活的这片土壤，尊重我的生命体验，没有丰富的人生阅历与体验，写出的作品就可能被悬置，随风摇曳。我其实在写作过程中总有一种莫名的焦躁，心神不宁，充满矛盾，面对阴影，却在向往一个透明的、有七彩阳光的精神居所。这对我来说难度太大了。

林　岶： 还有你的一篇小说不能不提到，那就是《冰雪荔枝》，在一个纯净透明的空间里，一个女孩的奔跑充满了诗意，它与你的其他小说是什么关系？你为什么要写这样一篇小说？

李　铁： 都知道写小说需要构思，但有的小说写作则不需要预谋，一个简单的场景触动了你，一篇小说便由此而诞生，《冰雪荔枝》就是如此。妻子的老家在黑龙江省的一座小镇，火车开到那里已经是最后一站了。我虽然没有到过那里，但妻子常常跟我提起那里的雪和那里的冷，她说那里到处都是整个冬季都不融化的积雪，山、树、房子和大地都是白色的，如果有一个穿红衣服的人从远处走来，会显得十分扎眼。于是我眯起眼睛，开始想象这样的场景，一个穿着红棉袄的女孩子在茫茫的雪地上一路跑过来，在被溅起的雪末衬托下，由远至近地到达我的面前……最初的创作欲望就是源于这幅简单得不能再简单的画面。

《冰雪荔枝》讲述的是一个女孩子成长的故事。刚开始写的时候，脑海里有了冰有了雪有了一个穿红棉袄的女孩子，却还没有一点点真正的情节。而我需要的情节又是什么呢？既然我想讲的是一个女孩的成长故事，那么情节就要与她的成长有关，而什么又是影响她成长的最重要的东西呢？我毫不犹豫地找到了答案，那就是家庭。我的眼睛一下子亮了，我决定在这个女孩的家庭上做文章。于是，为了维护自己赖以生存的家，这个女孩子在这个冰天雪地的白色世界里开始了自己的人生之旅。无论是跟踪、捉奸、恋爱，还是告发自己的父亲，维护这两个字都是她行动的主题，或者说是生命的旗帜。有旗帜高高飘扬，再寒冷的冰雪也阻挡不了她的脚步，她像一只滑行得飞快的雪爬犁，在雪地上跑来跑去，尽职尽责地做着自己认为应该做的事情。

给这个女孩子起名字的时候我煞费了一番苦心，最初起的几个名字都不太满意，有一天看女儿在吃荔枝，我的眼睛就又亮了一下。荔枝是生于南国的水果，现在交通发达，在全国的各个地方都不难看见它，但在十几年前，或者二十几年前，东北的大部分地区是根本看不见它的，我小的时候就对它充满了一种神秘化的想象，在这种想象中，荔枝已经不单单是一种水果，它是一种幻化了的东西，我想它是什么滋味它就是什么滋味，它包含了我对一些无法得到的美好东西的向往。我立即决定把这个女孩起名为荔枝，当她穿着红棉袄在雪地上来回走的时候，我仿佛看见有一颗荔枝在雪中摇曳，它的清香味道和雪花一样飘舞。

冰雪中的荔枝是需要温暖的，可惜我无法给予她更多的温暖，我所能给她的更多的是严酷的现实，和在这种现实中摸爬滚打所得到的生活的结论。当荔枝真正吃到水果荔枝时，她已经不是那个在雪地上奔跑的女孩了，而水果荔枝的味道也显然不是她想象中的味道了。她为那面高高飘扬的旗帜付出了沉重的代价，这是成长必须付出的代价吗？

许多时候，人都会沉迷于某种事物中不能自拔，比如荔枝的跟踪，荔枝母亲的捉奸，还有身边一些人爱玩的麻将。而我则深陷于我的小说中不能自拔，很难停下手中的笔。我希望我的小说会成为好的小说，就像我希望其他的女孩子的成长经历不会像荔枝的成长经历一样。这无疑是一个美好的希望，为了让美丽的女孩子们都有一个温暖的家，我们也应该携手共同努力。

林　品： 刚刚读完你今年新发表的中篇小说《花园》，《花园》是一篇非常有意思的，也是非常有隐喻意味的小说，它表现了当下小人物生活的有序、焦躁和精神困境。我认为，有意义的写作是引导他们逃离，可是，在你的笔下，他们不是逃离，而是不由自主地深入和滑下，起名《花园》也很有意思，我们究竟该怎么理解这个"花园"？

李　铁： 在这篇小说中，我营造的是一种身不由己向前走的氛围和画面，在现实强大的作用力面前，人是多么被动与无奈，被预设了程序的生活会推着你或我不断地毫无察觉地向着一个荒诞的方向前进，在路上，无休止。如果按题材划分，说这是一篇新工厂小说也说得过去。我的确讲述的就是打工者的故事。

现代企业里的工人越来越像一颗螺丝钉了，把你拧在哪里，你就只能待在那里发光发热。问题是人真的适合做一颗螺丝钉吗？我参观过南方的某一家工厂，看见过上下班时密如蚂蚁的人群，他们的脸上挂着没有多大区别的表情，迈着一颗螺丝钉与另一颗螺丝钉般一模一样的步伐。我感慨颇多，想了许多与他们或与自己有关的事情。

我曾听一位在企业做高管的朋友不无自豪地讲他们的企业如何如何注重企业文化建设，如何为职工搞体育比赛，如何开展爱厂如家的教育，他说在我们的工厂里当工人真的是一种幸福。我也听过同样是在这家企业当工人的朋友跟我说过，他说企业效益好，加班是经常性的，他工作中感觉最强烈的是没有感觉，如果硬说感觉，那就是麻木，是机械，是孤独，是空虚和无聊。他每天在同一个位置一坐就是10个小时以上，就像是一颗被拧在那里的螺丝钉。二人的感觉各异，究竟谁的感觉更真实呢？

作家内心的孤独是可以通过作品表达出来的，在写作《花园》的时候，我就强烈地感受到了一种忍无可忍的孤独，这种孤独感带着我挤在众多的打工者中间行走，用想象进入了他们的生活和精神世界。"我与表姐"的关系就是在写作过程中逐渐形成的，形成后虽然心有余悸，却欲罢不能，觉得只有他们俩才会产生那种成功的关系，而应该成功的张毛毛却只能是失败的。没有办法，现实生活中这样的事情太多了。小说虽然带有一些隐喻的东西，但真正的意义其实我自己也是模糊的。

林　品：是呀，见得多了，有多少应该行得通的路是行不通的，又有多少不该通的路却畅通无阻。

李　铁：我想建一座自己的花园，它不是物质的，是精神的。我知道大家其实都想建一座这样的花园。

写了多年小说，掌握了一些写作技巧，但小说是靠感觉来写的，不论你掌握了多少叙事技巧，你进入写作的时候，其他的东西都已退居其次，只有感觉是强大的，你要进入与你息息相关的小说中的生活中去，准确地表达你所熟悉的社会形态和生命意识。写这篇小说时心情很黏稠，我本不想这样写，可感觉拉着我只能这么写了。

这种黏稠不仅表现在叙述语言上，也表现在故事的场景里。当然，这与我对工厂的认识有关，这也是我每当想起工厂就无法避开的一种感觉。实话实说，工厂给我带来了太多的东西，有快乐的，有痛苦的，痛苦的更多一些。工厂在现代社会里是一个常常被人忽略的却又无法避开的地方，它给我带来许多警示性的东西，人在小说里是平等的，没有高低贵贱之分。我总是把高管们拉到与工人同等的位置来做文学审视，从文学的角度出发，对这一部分人群的生存状态和命运进行关注，而不是从社会学的角度出发，去给他们谋个说法，讨个公道。我想挖掘深层次的东西，尽管这些东西很可能是不美观的，但我仍然想用文学的视角来正视它们。人类的苦难更多地来源于精神层面，无论任何人都无法超脱。我不想只面对社会问题，而是想以文学的名义来关心人的灵魂，而且是时代阵痛下的挣扎的灵魂。

我无意深究，我只是想呈现，我知道，我心中的花园肯定不是小说里的那个花园。

林　品：我们的话题已触及了文学精神的层面，就此谈一谈我们每个人理解的文学精神吧。

李　铁：好的，这其实是个难以逾越的问题，写作者的文学精神是一面旗帜，是引领写作的旗帜。高贵的文学精神在当今社会更有其高贵的意义，只要你的心灵里向往着美好，那么文学就是滋养着美好的土壤和阳光。村上春树说过，写小说的目的只有一个，那就是要展现出个体灵魂的尊严，使其焕发光彩。故事的主旨是要发出警报，要让一束光芒射向固定了的某种体制，从而使我们的灵魂不再迷陷于已成体制的巨网中。小说家的职责就是要让人们意识到每一个灵魂的唯一性，这就是我以严肃的态度日复一日创作小说的原因。

村上春树的文学观点体现出了独立的伟大的文学精神，愿我们共勉。作家要努力使我们的文学从当下的社会生活中获得可靠的营养和源泉，社会生活也会从我们的文学中汲取高贵的精神品质。要让这种高贵的文学精神与我们的生活如影随形。

林　品：谈一谈你今年发表的另一篇中篇小说《犯桃花》吧，我觉得这是你的又一篇十分有趣的小说。

李　铁：我也这么认为，这的确是我的另一篇很有意思的小说。还是从桃花谈起吧，我目睹过许多命犯桃花的人，尽管他们的"桃花"大多与爱情无关，但终究还是要以爱的名义，其结局也总是耐人回味。在职场打拼不易，尤其是女性，在承担职业男女都将面临的压力外，还会额外承担一份来自职业男性的压力，那就是职业女性都很有可能绕不开的性骚扰问题。

这些性骚扰有来自上司的，有来自同事的，也有来自陌生人的，其骚扰力度尤以来自上司的为最。面对上司的骚扰，你采取的态度将决定你的职业前途和人生命运，在这样大的选择面前，自尊是脆弱的，女性承受的压力也是巨大的，是仅仅一个道德感所无法承载的。在权力越来越集中而营养越来越过剩的社会现实面前，男性越来越有了公牛一般的进攻力。而女性呢？我总是情不自禁地为职业女性担心，尽管这种担心是杞人忧天。

问题是主动送上门去让人"骚扰"的职业女性似乎比被动型的更多，当然这是另外一个其实也并不复杂的问题。我想让小说承载这些问题。

当然还有更令人难以逾越的问题，那属于我们每个人心中最柔软的那个部分。每个人的心中都有不愿被人触碰的地方，那是个柔软的不成形状的地带，为了抵抗侵入，有人也许会不自觉地付出超出常规的代价，那个地带叫"自尊"，小说里的李和会维护它，我们也可能会不自觉地维护它。尽管这个"自尊"大多时候是带引号的，是被异化了的。

小说脱离不开我们赖以生存的环境，小说因此是现实环境的产物，环境会慢慢沉淀在我们的心灵之中。如果作者是有忧患意识的，那它的气质一定是忧郁的，尽管情节带有喜剧色彩。我们的职场环境令人堪忧，我们的心灵环境呢？

面对现实，我们有太多的无能为力，有太多想说的话，作为写小说的人，我觉得我应该在小说里说出来。说出来，某种程度上就是意味着反抗和较量，是道德对人性的反抗，是生存与良心的较量，降低污染，净化环境。

人在环境面前是渺小的，也可能是被动与荒诞的，一个偶发事件会让一个人或一群人不断地向着一个荒诞的方向前进，我只想让这样的事情发生在小说里。作为小说，单单讲一个好看的故事是远远不够的，故事背后的东西才更重要，我想提出一些问题，却无意回答一些问题，让一些可能随时发生在现实中的事情在小说里有声有色地发生，对我来说是一件欲罢不能的事情，我会努力让它在小说里发生得更自然，让事情背后的东西令人警醒。

"桃花"不是贬义词，每个人都有桃花梦，我的桃花梦在生活里，更在小说里。

林　晶：你的小说以中篇见长，谈一谈你的长篇小说《长门芳草》的创作情况吧。

李　铁：我的小说绝大部分都是中篇，我喜欢中篇这种形式，既有短篇的精炼，又有长篇的舒展感，写着比较顺手和过瘾。但这并不妨碍我对长篇小说的崇拜，我一直认为作家最终还是要靠长篇小说说话的，《长门芳草》是我的第一个长篇，是我在工厂的生活经验的反映，也许太重视生活经验了，一些更重要的东西反而被忽略，成了大树下的小草。我当然还会写长篇，我的第二个长篇生活经验将被我当成小草，而让一些更重要的东西成为参天大树。

林　晶：把《长门芳草》说成是工业题材，你没有意见吧？再谈一谈工业题材可以吗？

李　铁：在《长门芳草》里，我写了一个女工从入厂一直到退休的故事，一个国企工人的历史其实就是新中国国企的历史，各个年代在中国工厂里必然发生的故事在这部小说里几乎都发生了，没办法，一个工人的一生是逃脱不开这些历史背景的。小说是写主人公乔芳草等人的命运，但背景使然，中国工厂的命运也在乔芳草等人的身后有声有色地上演着。小说里可能有一些我熟悉的人的影子，但所有故事几乎都没有真实的例子，我只是在真实的背景下发挥想象，把一些可能发生或必然发生的故事按情感和逻辑推演下去。

常常看到有人说工业题材没有好作品，我不这看，我觉得很多人把题材狭隘化了，认为只有正面写企业改革或领导者命运的才是工业题材，或先入为主地认为没有好作品。我觉得有些以工厂为背景的小说是写得不错的。我还认为我的《长门芳草》是一部被忽视了的作品。

林　晶：应该说，你是个直面生活写作的作家，但某些程度上讲，你其实是背对着生活的，这种背对，决定了你的小说的品质，决定了你的小说中有一种理想的光辉和精神的高贵，在你一刻不停地对生活的观察和打量中，你默默背过身去，做一个写作者的痛苦思考，然后俯下身去，去解释世界的本质。我本人并不主张作家在相似的题材里做文章，然而现在看来，是这个世界要求作家来挖一口深井，深入进去，即使这种工作带有重复性，但确有不可或缺的精神意义。

李　铁：我是一个执拗的叙述者，就像我小说中的许多主人公一样，一条道跑到黑。我对细节特别着迷，我喜欢描述画面中的阴影部分，往往事物的内涵与本质就藏在这个部分。我会继续向这个部分深挖，找出地下水源。

林　晶：我们还是无法绕开你的写作历程，谈一谈你是怎样开始写作的吧。

李　铁：我的写作经历其实很简单，爱好读书，尤其爱读文学作品，读多了，就想试着写一写，我的写作由此开始，我的小说由此诞生，从幼稚到相对成熟，一步一步，脚印有深有浅，行进缓慢，艰难前行。

最初写得并不顺利，磕磕绊绊的，这并不是指写作时的状态，而是发表之路极不顺利。许多人劝过我放弃，做这种类似冒险的营生很不划算，大道千万条，为什么要挤羊肠小道。但我还是挤了，从拥挤到空旷，一路走来，有很多感慨。

最初是这样开始的，上午的阳光透过玻璃窗照在我的桌子上，在一本小学生用的那种大笔记本前，我开始了自己的写作。写作过程中我是个注意力很容易分散的人，窗外树叶落地的声音很可能会打断我的写作。有的时候，即使没有什么声音，我也会自动中止写作，侧耳谛听片刻，我好像听到了户外楼角杂草生长的声音，还有一些人的窃窃私语，好在这种发呆不会持续太长的时间，片刻过后我还是会埋下头去，继续所谓的写作。

许多年了，我粗略地算了一下，我想不会少于15年吧，我都在断断续续地重复着如上的场景。我在一家发电厂工作过20年，因为长期上夜班，养成了我在上午写作的习惯。习惯是固执的，现在我改上了正常班，显然已没有多少可以在上午的阳光中写作的时间了，但这种习惯依然像一块石头一样阻碍着思绪的流淌。以至于我晚上即使伏案三个小时，也很难写出几行像样的文字，而一到上午，即使只有短短的一个多小时，对我来说也已经够用了，我的那些应该写出来的文字会像流水一样在指尖汩汩流过，或者像某个美丽女郎的长发在阳光下根根闪烁，能引起我不知疲倦的浪漫联想。

我是从写诗开始的，或者叫分行的文字更确切一些。一个故事、一点感触、一种情绪，或者一个眼神、一个背影，皆能令我心潮澎湃，并迅速变成分行的文字。20世纪80年代初，对于刚刚走出校门的我来说，诗歌就是文学，我写诗，几乎毫无功利色彩，我一首一首地写，却没想到要拿出去发表。我把写作当成了一种宣泄的工具，泄出去了，心情就轻松了就舒畅了。

上中学的时候我的学习成绩一直是不错的，如果想考，应该是可以考上大学的，但我固执地认为想当作家，社会是一所最好的大学。于是我放弃已经考上的高中，去上了一所技术学校，这样一来毕业后就被分配到了一家发电厂做了工人。因为同伴们的口碑宣传，厂里有个领导知道了我的所谓文才，要调我到厂宣传部去，征求我意见的时候我几乎毫不犹豫地拒绝了。若干年后，我又有一次调工会工作的机会，但依然被我拒绝了。我还是固执地认为，最底层是最接近文学的。我义无反顾地做了工人，而且一做竟然做了20年。

我的"功利主义思想"在最初写小说的时候就萌生了，从写第一篇小说开始，我就不屈不挠地开始向文学期刊投稿。我远离文学圈，在期刊界不认识一个人。写小说的过程其实也是投稿的过程，我一篇一篇地写，一篇一篇地寄，又一篇一篇地被退回来。20世纪80年代末期，我自认为自己的小说已经写得不比一些刊物上发表的差多少了，但事实证明，几乎没有哪家刊物肯要我的小说。

说心里话，退稿对我的打击并不是很大，或者说随着这种写、投、退流程的延续，我已经逐渐习惯了这种写作与退稿之间的关系，并且把它看成一种很自然的事情。这种只管耕耘不管收获的心态持续了好多年，偶有一点小小的收获就当是意外偏得了。令我自己都觉得奇怪的是，即使是在那种毫无亮光的处境里，我的潜意识里却依然光明一片，我固执地认为我的所谓小说会在某一天获得某种程度的成功。这种心态造就了我的锲而不舍……直到现在各大期刊开始频繁约稿，我经历了漫长的我都记不清了的时间。

林　品：小说是虚构的文本，是想象力和现实交织形成的东西，是把现实撕碎，砸开外壳看内瓤，是把人的皮肉剖开，看内脏，是虚构的理想和现实的冲撞。小说是假的，但在某种程度上是更接近真实，更深入生命本质，更靠近人体最柔软的最隐秘的那个部位。回到小说本身，说说你与小说的关系吧。

李　铁：是的，你说得有道理，我喜欢在小说中遭遇一些我喜欢的女性，如果顺利，也遭遇一些爱情。我是个生活在中小城市的人，与农村有距离，与都市亦有距离，我们看到城市的种种不信任，某某虚假，我们牢骚满腹，但并无更好的去处。文学是田园，是反映时代心理和各阶层的审美趣味的田园。我与小说的关系，是一种爱情，更像单恋，只求奉献，不求回报。是身不由己，是欲罢不能，是苦恋，是又恨又爱，恩恩怨怨。值得庆幸的是，我付出很多，回报也很多。对于小说，我依然深感惭愧，我会努力地爱，在路上，不停歇。

林　品：祝你未来创作的道路上有喜欢，有爱，有更大的收获！谢谢！

在一个盛夏的时节想到雪

——与诗人李轻松的对话

作家简介：

李轻松（1964— ），女，诗人、小说家、职业编剧，出版诗集、长篇小说、散文随笔集20多部，另有戏剧影视作品多部。曾参加过第十八届青春诗会，荣获第五届华文青年诗人奖，2007—2008年度首都师范大学驻校诗人，2008年中国最佳诗歌奖、2008年度优秀诗人奖、女子诗报·2006年女性诗歌年度奖等。

我们不能不说，文学中曾经最为重要的体裁——诗歌，在今天的文学与文化发展中已经沦为小众，不知道这是诗歌的悲哀还是这个时代的悲哀。当我在阅读当代辽宁知名女诗人李轻松诗歌作品的时候，我的目的似乎是在追忆一个关于"诗歌的时代"，唤醒沉醉于视图作品的人们重新关注具有灵性与意境的文学的灵魂——诗歌。也许，我的想法过于单纯和幼稚，似乎也过于浪漫，但我的态度绝对充满真诚和执着。李轻松曾以其极富质感的语言和深邃的女性意识在当代诗坛独树一帜。她曾经在精神病院工作过，后又专职从事文学创作活动，既是诗人又是剧作家，独特的人生经历以及真诚和真实的诗意表达，形成了李轻松式的诗风。在李轻松的诗歌作品中，隐藏着一颗滚烫的真诚、真实、坦荡的女性心灵，为真诚而发，为真心而作，为对这个世界的认知而书写个人的态度，淋漓尽致，率性至极。与李轻松的对话中，更加表现出李轻松做人与作诗的坦率与智慧，我很喜欢李轻松的话："生活里饱含着诗意，但诗意的生活需要发现……写日常生活需要更智慧，每个人都不可能十分懂生活，更不可能十分参悟，但这不重要，重要的是如何在纷繁的事物面前，用自己的眼睛看、用自己的心灵体味，只有这样才能用内在的丰富性真正不被事物表面的相似性所蒙蔽，从大众认识的普通性中摆脱出来。"虽然我不能期望今天已经走向小众的诗歌有更为辉煌的未来，但我期望我们能唤醒一些美好的记忆。

林　品： 李老师你好，我手头有你的《垂落之姿》《无限河山》和《李轻松诗歌》三本诗集，利用假期阅读了你三部诗集里的诗歌，仿佛重新游历了一次一位女性诗人的精神世界，同时也被你的文字和由文字所组成的意蕴所吸引。知道你在20世纪80年代末开始进行诗歌创作，在《诗歌报》上曾发表大量诗歌作品，引起不小轰动，被许多喜爱诗歌的人所传诵。想问问你，当初是基于什么原因走上诗歌创作道路的？起初又是如何创作的呢？

李轻松： 我最早的写作是因为我发现了我与外界的联系，这种联系严重地影响了我的认识。我从小就敏感、忧郁，觉得世上万物都与我有关，尤其是对季节的变化最为敏锐。夏天里我特别焦虑，阴天雨天都对我的情绪有影响，莫名地伤感、流泪，更不用说一朵花的凋谢，一个生命的消亡。如果用精神科的术语来说，有点关系妄想。还有一个原因是我整天活在自己的世界里，总是觉得还有一个我在别处，我就幻想着她的生活，我跟着她的轨迹喜怒哀乐。那是我虚构的一个人，一种现实，我时而跟她亲近时而跟她疏离，时而一分为二时而合二为一，这是我为自己构建的一个现实与虚幻相间的世界。在这个世界里，我与另一个我不断地纠缠、对峙、探寻或融合。我特别想替另一个自我说话，把她的所想所感表达出来，而诗恰好暗合了我内心里的这种诉求。

我最初的写作沉迷于对身体的探索，我并不认为这是歧途，直到现在，我都坚持认为，一个写作者，如果不能真正打开自己的身体，就无法真正触摸到自己的灵魂。我的身体包括皮肤、肌肉和骨骼，也包括快感与丧失、成长与衰落、融合与对峙，它是我通向自由灵魂的一个途径。至于目的，我从来认为一旦带上了目的性，就会变得不那么天然。

其实那时写诗是盲目的，执着于内心的挖掘，展示出一些黑暗的瞬间，或者沉到心灵最深处的迷宫，我企图展望伟大的自由精神世界，它是那么迷人，并诱我义无反顾地探索与沉迷。那时我几乎不关注心灵之外的东西，我认为那些与诗歌无关，诗歌就是主观的、臆想的，而现实必须要通过心灵的处理才可以进入诗歌。有许多评论者谈到我作品里的痛感，无论别人如何评价，那都是我珍视的部分，因为那是我生命的底色，它关乎我的灵魂，我无法绕开它而独立存在。

我喜欢一切带翅膀的动物，因为我崇拜飞翔。而我喜欢飞翔的原因并不是因为它可以俯瞰万物，恰恰相反，是万物默认了我。也许我什么都没有看见，我只沉迷于飞翔本身。我曾在作品里过分地表达过这种飞翔的欲望，它几乎就成为我写作的翅膀，使我超越了俗常的羁绊而到达精神的高处。我在前期曾经依赖这种状态而达到旁若无人或旁若无物的程度，它的好处是让我能够专注于自己的内心，无论是曲径幽深还是黑暗覆盖，我都能找到通往心灵的那条道路。当然我的探险太过执着，也限制了我对更辽阔空间的眺望。

所以后来我尽可能地降低自己的视角，尽量地站在最低处，用更加丰富的世界来填充自己的视野，我看见的是通过主观意识处理过了的事物，它是有意义的，有价值的。

林　品：请原谅，我可能不是很能读懂你诗歌的人，仅凭个人的感受，谈些个人的理解，感觉《李轻松的诗歌》里面大部分诗歌还是比较积极和乐观的，也很阳光。这本诗集出版于2007年，与2000年出版的《垂落之姿》里的诗歌相比，感觉风格不一样。其间有什么变化吗？包括在诗歌创作上和个人的感悟上。

李轻松：《垂落之姿》写于20世纪80年代末，我自认为就我个人的创作而言，那时候已经达到了一个高峰。那一年是特殊的一年，我从精神到肉体都极度疲惫与衰竭，我迫切地需要改变一下生存环境与心理环境，于是我从精神病院逃离，来到了另一座城市。那时我对自己的身体第一次有了非常深刻的理解，不仅是快感，还有恐惧，伤痛与茫然，摧残与践踏，这也许才是我们身体的全部。

我觉得2000年对我来说是一个分界线。在此之前，我更执着于写一些极端的事物，经常是一剑封喉、血光飞溅的状态，这就是我所说的暴力之美，暴力在我这里是我赋予词语的暴力，我觉得和我的生存际遇是紧密相连的。在我看来写作是一种快感的享受。之前，我认为我一直是在留白，是在这种大开大合的享乐里面，2000年之后，我觉得我是告别了。我曾经有过激情的闪烁，是在激情的路上不能停下的那种狂奔状态，于是写了很多长诗，有些长诗也是失控的。那个时候我使用最多的词汇就是那种破碎、破溃，那种死亡，那种深渊。尼采有一段诗，我很意会，他这样说："忧郁的心哪，你为什么不能停歇，我的双脚为什么总是流着鲜血在奔跑，我在期待着什么？是的，我知道了自己的深渊。"我想我也是这样的，我知道自己的深渊，那是万劫不复的。但随着《垂落之姿》这本诗集的出版，我想我是真的告别了。我希望我能够慢下来，静下来，能够有所节制，我对简单的、清澈的事物显示出极大的兴趣。我觉得再也不能像以前那样策马狂奔了，那种毫无章法、毫无节制的，完全的快意的放纵。我希望能够在平静之中看到自己的幽野心空，能够从我隐秘的地方看到更广阔的世界。诗歌让我对语言重新有了知觉、触觉与敏感力，于是想象力被诗歌调动起来，使我重新找到写作的状态，因此写诗是我身心的愉悦，是我的救赎。我觉得写作的目的就是要牺牲自己。

林　品：你刚刚有提到自己从精神病院逃离，看了你的创作年表，知道你曾在精神病院工作过，在常人的想象中，那是个令人恐惧的场所，想不到你居然在那里生活和工作了几年，而且创作出不少好作品，可以谈谈这段经历吗？你的学医经历与在精神病院工作的经历对你的创作有什么影响呢？

李轻松：那五年对我一生都很重要。从20岁到25岁，我就住在病区里，仿佛也成了他们中的一员。那是一座百年墓地，到处都是白骨和飘浮着的幽灵。我既恐惧又迷醉，在那种碰撞与交流中到达别人无法到达的地方。我们常人的幻想永远都赶不上他们的想象，我们的思维也永远赶不上他们的速度。我每天在精神病院患者歇斯底里的喊叫声中开始写诗和恋爱，这使我苦闷的青春有了细小的呻吟和回答。我觉得诗歌与精神病有些相通的地方，它使我对弗洛伊德的阅读并不只是停留在表面上，而且可能比弗洛伊德更加丰富。这些和我学医的经历都对我影响巨大。那使我残酷的青春散发着不可名状的气息。首先是破灭感，当我穿行在尸体与林立的标本之中时，那种死亡的腥气开始笼罩着我。其次是破碎感，精神病院使我有一种迷狂的依恋与厌恶，使我体验到了存在的丰富性和精神的无限性。它使我更多地了解我们自己的残缺，就更加企图展望内心最脆弱却最富有生机的部分，它改变了我对事物的看法，甚至改变了我思维的方式。

林　品：你是一位善于观察生活和领悟生活的人，善于从实际的生活中捕捉一些私人化的感受，进而进行诗歌创作，并将有意义的汉字组合成具有生活气息的诗句，比如《你好，亲爱的厨房》《一顿早餐》《夜生活》《来杯茶》等诗歌，都感觉仿佛是信手拈来，又好像是经过了精心的构思，当诗意跃然纸上的时候，你感觉诗人是十分懂得了生活甚至是参悟透了生活一样。

李轻松：生活里饱含着诗意，但诗意的生活需要发现。说实话，很多现实是没有意义的。比如大家都一样地吃饭睡觉、泡吧桑拿，这没有什么出奇的，如果这些现实你不能归结到内心中来，给它一个处理的过程，就没有写出来的必要。我现在想的是如何逾越那些客观现实而到达心理现实，不必太借助外界的力量，就能拥有一个个性化的认识。少有人太重视心理现实，其实它强大而丰富，是取之不尽用之不竭的。

写日常生活需要更具有智慧，每个人都不可能十分懂生活，更不可能十分参悟，但这不重要，重要的是如何在纷繁的事物面前，用自己的眼睛看，用自己的心灵体味，只有这样才能用内在的丰富性真正避免被事物表面的相似性所蒙蔽，从大众认识的普通性中摆脱出来。

林　晶：中国古典文学中诗词一直是以正宗的身份立足于文学的，而对于诗歌而言，诗人在创作中极其讲究对于意象或者物象的运用。有学者说，物象是客观的，它不依赖人的存在而存在，也不因为人的喜怒哀乐而发生变化，但是，当物象（意象）一旦进入诗人的创作世界，意象便成为融入诗人主观世界的客观物象，或者是借助客观物象而表现出来的主观情绪进而提升了物象的实际意义。中国古典诗歌与现当代诗歌创作中，常常会使用长亭、阳关、古道、芳草、杨柳、美酒，甚至女人作为一种寄情之物，而你在你的诗集《李轻松诗歌》里前三篇就以"铁"作为一种意象进行了三首诗歌的创作，分别为《让我们再打回铁吧！》《爱上打铁这门手艺》《铁这位老朋友》，很特别，也很有个性和特点，想听听你创作的初衷和想表达的意思。

李轻松：我知道铁就是一道伤口，潜伏在内心深处，那痛是迷人的。大概出于我对平庸生活的深刻厌倦，我时常会重温那激情荡漾的场面，把那些空虚无聊、那种堵，都逼出来，就像不吐不快。没有比麻木更可怕的了，我们的钙质日益流失，我们的精神日益疲软。这都让我回忆起铁，心就被微微刺痛。它曾经离我很近，以后又离我很远，现在我要找回它，却已隔了不知多少年。

在情感的层面上，它代表爱，而且是深入骨髓的爱，是那种销魂时刻的最好隐喻。在诗歌的层面上，它是碰撞。只有在那种火花飞溅时，那种哧啦一声撕裂时，我才会感到我遇到了对手，我才会被唤醒并被激发潜能，那些我平时做梦都没有过的灵感就会突然闪现，犹如神来之笔，令我心驰神往。而在精神的层面上，铁就是我们的故乡。它沉默无言地成为我们的底色，粗糙却深情，饱满而坚忍。我一直认为故乡并非单纯只是地图上的一个标志，或者是我们曾经生活过的一个地方，它更是一种灵魂的属地。我归属于铁，那么铁就可以代表我的故乡。我觉得再也没有一种东西能像铁那样坚韧、有力、温情四溢又强大无比，像一幅旧日时光的剪影，牢牢地映在心灵的底片上。

铁是存在的，也是我想象的。我从不把想象排除在现实之外。它又冷、又热、又软、又硬，几乎涵盖了我们生活的方方面面。所以有话就跟铁说，它从不戴面具，也不用思想发言。作为打铁的人，只需用手艺说话。

林　晶：我发现你也喜欢桃花这个意象，比如《冰凉桃花》《红桃》《三月之桃》等。我觉得桃花在南方是妖邪的，总和南方某些神秘的事物有关，能否谈谈你对"桃花"这个事物的理解？

李轻松：我觉得再也没有一种花能像桃花那样丰富了，它几乎象征着所有关于生与死的宿命。我确实对桃花有一种不能自拔的迷恋，因为它太暧昧了，太虚无了，这大抵就接近于我对于诗歌的理想。它把两种极端推向了一种极致，那灿烂与凋零、美与死、俗与雅、邪恶与诡秘，使我在两种完全对峙的东西里找到了秘而不宣的联系，也是我对传统美学颠覆的一种依据。

林　喦： 曾经在文学史和文学的生态环境中，诗作为一种文体，有过旷日持久的历史辉煌和挥之不灭的诗之精神，在人类的繁衍与进化中，个体生命内部和集体记忆的时空里，诗已经深深地埋下了希望圣洁的火种。然而当人类与时间一起以神速的步伐跨进一个工业化和科技化飞速发展的时代时，诗反而离人们远了，这是一个不争的事实，为诗人们所沉痛的事实。我们可以这样说，随着新大众文化的浪潮和影像文化的出现，诗歌已经退出文坛的"正选"位置，影视剧创作成了时髦的事情，在这样的大背景下，你个人的文学创作也有了一种转向，比如戏剧和影视创作，对这一实际现象你怎么看？

李轻松： 其实我现在写诗的时间很少，很多时间我用来做别的事情了。我做过太多的事，自己都记不清了。我写小说、散文、戏剧、影视等，我能涉足的领域我几乎都涉足了，可以说，所有这些只有写诗是无法给我带来任何利益的，但是从我17岁开始写诗到现在，30年过去了，我一直在写，从没有放弃过，暂且不说进步与否，仅仅是我把一件事能坚持到现在，就足以让我自己感动了。我不知道还有什么事情能值得我交付整个青春，诗歌到底给我带来了什么，让我不离不弃。

如果让我不加思索地回答的话，我会说是"抚慰"。诗歌给了我巨大的安慰，这与它到底能承载什么社会功能没有关系，事实上我也从未想过一首诗究竟能有什么用，对我来说它就是一个过程，我在其中享受到突如其来的灵感的照拂，与一些神秘的事物相遇，我感到快慰与满足，仅此而已。

我与诗坛保持着一定的距离，也就是保持着相对的独立性与个性。我们最终又该怎样在这个欲望时代里还抱有对人及对所有人的信仰呢？我永远在追问，却永远得不到回答。我写诗绝不是想表达什么，我越来越觉得"表达"这个词太低级了，其实我只要叙述就足够了，同时写诗就是一种快慰，是自我抚摸，对自己的一次拥抱。说到底可能又归结到感官上了，我并不看低"感官"这个词，也并不忽略感官的快感，反而我很珍视它。从某种意义上说，感官的深度比那些冠冕堂皇的精神意义更崇高，至少它给我们个体带来的安慰是不可替代的。

诗歌不会消亡，更不会退出文坛，可能会被更加边缘化，但这很好，我愿意被边缘化，可以不被那些所谓的正统、主流所左右，可以向着更加静寂、澄明的方向靠近。

林　晶：李老师，我想用你诗歌里的一个题目来作为我们这次对话的题目，即《在一个盛夏的时节想到雪》，我的意思很明显，虽然我们的对话在2011年的冬季，但是读你的诗歌仿佛让我又重新回到了文学青年时的盛夏。少年时的我也曾经想做个诗人，而你文字中的"雪"仿佛又是一种象征，就是在盛夏里想到"雪"仿佛又是对已经走向小众化诗歌的一种眷恋和悲伤的期待。

李轻松：其实这就是一个悖论，我习惯观照事物的两个极端，这很是奇妙。我是不知不觉就陷入这诡秘之中的。我对两种截然不同的东西、对完全对峙的东西产生了不可遏制的好奇，并在它们之间发现了那种秘而不宣的必然的联系。后来，我在三岛由纪夫的小说中读到了这种感觉，我一下子找到了依据，我一口气把他所有的作品都读了。虽然我与他隔着数不清的障碍，但我觉得我跟他是殊途同归。

举一个例子说明吧。我对鱼和水的运用非常多，从我着手写诗时开始。我觉得鱼是欲望和生殖的象征，它对于一个女性写作者来说可能是最容易触摸的；水可以理解为是经济的、社会的、大背景下的、历史的、身处的这种环境等。它对我的挤压、围困和我置身其中的挣扎、呼喊、沉浮，有时在水面，有时在水下，有时也可能是在水中，让我时而享受到畅游其中无比的快乐，时而感受到逆流而上的困顿。写作就像一条河，有时宽阔，有时狭窄；有时湍急，有时平缓；有时清澈，有时混沌，而我希望能把这些非常复杂的、灰的东西在我的诗中体现出来。我一直在寻找着一种词语的相对性，它不是它本真的东西，一个词带给我的不仅是字典上的解释，还有我在这个词中找到自己的、属于我的、跟我呼吸相接的，属于我的、跟我温度相适的语境。可以说在（20世纪）80年代，我非常热衷于这种寻找，我希望把形而下的东西转化为形而上的，所以我写到盛夏就会写到雪、写到冷，这肯定难以大众化，是一条通向小众的小径。大路有大路的风景，小径更加通幽，所以我一点不悲伤。

林　晶：我觉得诗歌应该是有血液的，它带着人生命中最激情的东西，你也曾经说过以前的写作近乎是一种炸裂的快意，那么现在呢？当物质生活充裕时你还会有这种血液和写作的快意吗？

李轻松：现在也是，只不过快意更丰富了。不仅是炸裂的快意，还有弥合、抚慰的快意。过去我渴望着破坏，现在我希望建设。我珍视诗歌中的生命气息，那些烫着头发，穿着道德外衣，甚至戴着假乳房的东西是最可恶的了。

我的诗歌带着我血液的浓度和温度，跟物质生活关系不大。我喜欢它给我带来突如其来的惊喜，那种意外之美是最大的快意。

林　晶：有位年轻的学者曾经这样评论过你和你的诗歌创作，她说："诗歌对于李轻松，是她的母体，是她整个创作中的灵魂。作为一个全面的、多线条的作家，虽然她在小说、戏剧方面有很高的建树，但是她的诗更具有深度和高度，她的诗歌世界多彩多姿，其诗歌意象的饱满性和丰富性是其他诗人无法企及的。她的诗更是生命的诗，从不同的侧面去感觉生命的限制与超越的矛盾，从而开掘出悲悯的情怀、超越的意愿和大爱的覆盖。其诗歌方面的身体写作，让她在肢体与精神的双重解放中得到自救，发现身体与广阔世界的内在联系，真正地把女性被淹没、被忽略甚至是被践踏的那部分人性呼唤出来，解救出来，而且她笔下的身体写作，绝不是表浅的、外在的，其内在的呈现相当复杂、相当丰富，很有必要对其进行深入的挖掘与探讨。"请问你对这样的评价认可吗？

李轻松：我信任我的思想，但更信任我的身体。所谓的精神，是人为地赋予它完美的意义使它高高在上，究竟是它遮蔽了我们的眼睛还是我们的眼睛看不到它？总之我对于看不见摸不着的东西就保持质疑。只有身体才是我们活着的证据，是我们与这个世界和万物交流的通道。现在人们一提起身体写作，似乎就有一种本能的反感，其实不光是写作，活着的一切功能都是靠身体来完成的。作为女人，我们的每一次革命也都是从身体开始的，那么我们为什么要视身体为大敌？早在（20世纪）80年代末期，已经有一些女性诗人开始把自己的身体作为写作的依据了。10年之后，有的人依然在写，也有的人把它推到了一种背景上，我觉得因为没有现在这种声势浩大的"运动"反而使它得到了自然而然的发展。我们都经历过那种躁动、欲望、解放与快慰，再回过头来看时，并不感到它有如洪水猛兽般那么可怕。只不过这一代人走得比我们60年代人更远、更决绝，所以我们没有必要大惊失色，一切东西的出现都有其深厚的背景和内在的规律，能走多远就走多远，能多彻底就多彻底，只要我们能在其中得到抚慰即可。还有我所理解的"身体写作"，也应该包括那种拒绝、那种不投合和那些我们不该丧失的权利。对于身体写作，那是每个写作者的权利与自由，我们无须过分地喝彩或排斥，其结果都是有损于我们的健康。

林　晶：人是身体局限与精神自由矛盾的统一体，那么我的疑问是，就算打开了身体，就会得到灵魂的自由了吗？当一个人有了被囚禁的痛苦，强烈地渴望着冲破这禁锢，忘我地向往更自由之后，结果灵魂并未得到拯救，相反，却更加失落与茫然，更加不能容忍周遭的际遇，那怎么办？你到底被什么所囚禁？究竟要逃到何方？哪里可以接纳你的心灵？

李轻松：我的回答是，可能恰恰是我自己的身体囚禁了我。懂得这一点时，我几乎崩溃，我自己的牢笼能否冲破？倘若如我所愿，真的挣脱了，我就得到了我想要的自由吗？我又想要什么样的自由？身体与灵魂这场永恒的戏剧，到底是不是一场永恒的误会或永恒地彼此背叛？

当我们努力从自己的身体里剥离出来，显现出这一个"我"的与众不同，我的诗歌发生了改变。我说过，年轻的时候，我太过极端，难免会沉湎于个人情感的抒写，但这个阶段是我珍视的，它太本质、太直接、太自然了，那里有我的挣扎与伤痛。可是一个人不能永久地沉浸在那样的氛围里面，这关系到一个人的成长。当我懂得了节制，也就懂得了取舍。有时舍掉是一种智慧，是另一种获得。所以在后来的人生里面，我慢慢地变得从容和淡定，它反映到我的诗作里，就是舒缓和辽阔一些。情绪太激烈的时候，往往太执着于一己之见，不会顾及更多的东西。

林　品：可否谈谈你创作时的感受和心态？灵魂和生命都是诗歌中最为沉重的东西，而生命于人只有一次，你说到你太爱或太嫌恶自己的生命，那么，你在创作中灵魂会产生巨大的震撼吗？是否认为诗歌就是生命中最大的热情？

李轻松：我在写作时，姿态尽可能地放低，我从来不俯瞰任何事物，而是虔诚地仰视。这使我能站在低处，与种种细小的事物达成妥协、订下婚约。在我这里，没有什么崇高与卑下，没有什么伟大与渺小，有的只是准备了充分的理由，对生命、欲望和走过的路最深刻的理解与尊重。

许多女性写作者太自恋，这是一种病态，是很要命的。我的嫌恶恰恰也是一种深刻的爱，这使我有勇气打碎一些东西，甚至亵渎一些东西，看到更远更深的地方。我写诗就是为了报复我自身最丑陋的部分，也是为了纵容我生命里最自由的部分，以此达到自救。在生命里，有比诗歌更大的热情。

林　品：一首诗歌可能是读者和作者之间交流的通道，也是座桥梁，你是怎么去建筑这座桥梁的？往往写作者和阅读者之间最难沟通的就是阅读，你如何通过阅读去寻找你作品的知音？还有，诗歌是可以解析的吗？你怎样对你的读者解释自己的作品？

李轻松：很惭愧，我在写作的时候并没有考虑到读者怎么阅读的问题，更多的是自我的需要。这样说并不是我轻慢读者，相反我很尊重读者，但是一个写作者在写作的过程中总是想着别人会怎么理解，那是很糟糕的。知音并不是寻找的，而是不期而遇的。

诗歌有不同的解析，有多少读者就有多少种理解，每一次阅读都是一次再创作。我从来不去解释自己的作品，事实上诗歌根本就不能解释，你读到什么就是什么，这也是诗歌无限的可能性所带来的魅力。

林　品：谢谢！祝你在今后的创作道路上取得更大的成就。

记忆与并未成往事的故事

——与作家陈昌平的对话

作家简介：

　　陈昌平（1963—　），男，一级作家。中国作家协会会员，1985年毕业于东北师大中文系，现为辽宁大学教师、《鸭绿江》杂志主编。1984年开始小说创作并发表小说，出版中短篇小说集四部，其中《汉奸》《英雄》《国家机密》等小说被多家选刊转载，并进入多家选本和各大排行榜。曾获得辽宁文学奖、辽宁优秀青年作家奖，获得《小说选刊》2003—2006年全国优秀中篇小说奖。

　　小说家陈昌平是辽宁作家群中具有另类创作风格的成员之一。之所以说他为另类，是因为他的小说作品并没有展示浓郁的东北地方风土人情，不具有任何地域特色，同时，他个人也不在体制内工作，现处在一个创作个体户的生活状态。也许就是这样，他的小说创作才让人体验到了一种不够俗的感觉，甚至具有一种黑色幽默的批判意蕴，其小说作品《国家机密》极具这一特征。但小说家陈昌平实实在在是当代辽宁作家群中的主要作家之一。新世纪的第一个10年，陈昌平的名字频频出现在国内一些重要的文学期刊上，如《人民文学》《收获》《钟山》《作家》等。他的小说经常被文学选刊及年度性的文学选本转载，还经常能见到重要批评家的评论文章，颇具影响力。他的小说笔触生活，直逼现实，意蕴深长。在近乎历史真实与生活真实之间选择了艺术真实，总会让读者感觉小说中所表现的内容曾经存在或正在发生。在与陈昌平的对话中，陈昌平直率而坦诚的表达更能体现其对当下文学创作、文学现状、个人创作体验等诸多问题的另类想法。

　　小说家不是历史学家，但小说家应该具有历史学家的责任，在纷乱无序、平凡普通的生活里厘清人的命运和历史，清理在历史境遇中人的意义和价值，这一点在陈昌平的小说中你会看到。

林　岜： 陈老师您好，一般意义上讲，小说作为一种叙事文体，讲求通过叙事和塑造人物来反映社会生活，是一种偏重于客观描述和再现性的文学体裁。我们注意到，你的小说创作与一般东北作家不同，没有特别的东北地域色彩，题材上也没有明显的工业、农业特色，这在东北作家群也是一个比较特殊的现象了。你是怎样看待这一问题的？

陈昌平： 我出生在大连，除了在长春求学的四年，大多数时间都生活在大连。大连地处辽东半岛南端，置身东北一隅，但文化上明显受到隔海相望的齐鲁文化的影响。大连本地居民，70%以上是山东人的后裔。这就决定了大连夹在齐鲁与东北两个文化板块之间，其文化感觉更偏向于前者。

我的父母都是20世纪50年代的移民，是50年代初户籍改革之前的最后一批移民。七大姑八大姨，都在胶东一个叫作莱山的地方。我是家里唯一的男孩，逢年过节，父亲都要命令我写信。山东省牟平县莱山人民公社两甲埠村一个地址，接受了我无数的家书。生活在大连，但是，又是在胶东文化的语言氛围里成长的——这多有意思。语言是文化的果实。我看罗福腾老师《牟平方言词典》的感觉，就像听父母在说话。我经常想，俺是胶东作家呀。

大连本地人把山东移民叫作"海南丢"。但是，我毕竟是在大连成长和接受教育的，这就决定了我们这些海南丢既难于融入齐鲁文化，又对东北文化比较陌生。大连的城市历史至今才百余年，所以，我身上传统文化的积淀比较薄弱。

我个人的经历比较平顺。小学教育几乎空白——不是学工就是学农，中学赶上了拨乱反正，然后高考，大学毕业后当了两年老师，然后进报社做编辑。既没有工厂和农村的生活经历，也缺少人生的大起大落。小学、中学、大学……我的经历像一条笔挺的人工沟渠。当我想说点什么的时候，那些现成的语句像好学生一样整齐地排列在我的脑际。所以说，我的作品里没有鲜明的地域色彩，题材上也不会打上鲜明的工业和乡村烙印。

再说了，传统现实主义的题材论的影响日渐式微，强调行业经验和地域特色的写作，大概是受传统现实主义"工具论"的影响吧。我们从来就相信，怎么写比写什么，是一个更具文学性的话题。可以说，像很多（20世纪）60年代城市出生的作家一样，我们的成长经历决定了我们只能用新华体写作，而且，我们只会用新华体写作。

林　岜： 我在《渤海大学学报》（哲社版）开辟了《当代辽宁作家研究》的栏目。这个栏目的设置，主要是延续现代文学研究领域中"东北作家群"这一命题，进而对当代辽宁作家及其文学创作进行一次整体的梳理和研究，包括对个案作家的创作扫描。严格意义上讲，当代辽宁作家人数比较多，作品也不少，但整体上看并没有出现如贾平凹、陈忠实、路遥、铁凝、张抗抗、余华、阎连科、格非、王朔等举国闻名的作家。从地域上讲，也没有出现如陕西、河北那样有影响力的创作集体。面对这样的事实，你作为当代辽宁作家群体中的一员，有什么想法？或者说，为什么当代辽宁作家整体上水平趋于一般呢？又或者说，是不是这样一个事实呢？

陈昌平：显然这是一个得罪人的话题，但是我还是试图回答一下吧。首先，我非常同意以东北作家的视角来研究辽宁作家。东北文化庞杂博大，虽然行政区划反复更迭，但黑吉辽三省具有极大的文化共性。正如你谈到的，相对于黑吉两省，当代辽宁作家人数比较多，作品也不少，影响也比较大，尤其是中短篇小说创作，在全国还是很有影响的，涌现出一大批优秀作家，这是事实，也是现状。

但是，客观地说，辽宁作家确实缺少在全国拥有持久影响力的大作家（如果马原不算辽宁作家的话）。我理解的大作家，作品表达时代情感，传统文化深厚，先锋姿态鲜明，其代表作品拥有广泛的读者、强大而持久的影响力。显然，用这个标准衡量，辽宁作家还是有一定差距的，尤其在长篇小说创作方面。我们还没有获得茅盾文学奖的作家。即便是鲁迅文学奖，近10年了，也就孙惠芬拿了一个中篇奖吧。界定一下，我的谈论话题，只限于小说。

其实我理解，作家写到一定程度，差别显然不在文学层面，其哲学修为、文化底蕴和思想观念，才是大作家比拼的关键素质，这也许就是差距所在吧。其实很多作家、学者都看到了这个问题。但是，这显然不是短期内可以解决的，学习、积累和参悟都需要时间，而且，这一切还都建立在天分和勤奋的基础上。

林喦：今天的社会越来越"培制"专才，很多学者都在呼吁要多多培养通才。事实上，专才和通才之间本不该矛盾，对于专才和通才而言，二者之间唯一衡量的标准应该是境界和格局。对于一个小说家而言，好像在今天也属于专才的范畴，但今天的小说家的"境界与格局"与20世纪初的一批现代小说家相比，如鲁迅、郭沫若、郁达夫、沈从文等而言，好像缺少了这种所谓的境界和格局。你的小说创作似乎也在展示着你个人对于历史、过去的一些思考，也非常注重个体命运，尤其关注小人物在大历史里的沉浮。《国家机密》里的小六子、《英雄》里的老高、《汉奸》里的李徵，都是这样的人物。请问这是你刻意追求的吗？

陈昌平：鸦片战争以降，中国文人的信心遭受重挫。五四运动，知识分子打起了反传统的大旗。20世纪以来，中国人突围的主要路径还是反传统的，是向外而不是向内寻求路径。就是说，中华传统文化虽然博大沉厚，但是近代以来，却断裂了、停滞了。面对列强，生存大于一切，救亡压倒启蒙，传统中医开不出药方，我们就遍寻西药，时至今天，我们依然摸着石头过河。

断裂的文化制约人类，更制约作家。与有着良好的传统文化熏陶的20世纪那批现代小说家相比，现在的作家，文化积淀浅显，文化身份模糊，专才多，通才少，这就是文化制约的结果。我前面分析过我个人的成长背景，通过自我解析，我们可以发现，我们这一代作家，先天营养不足，其知识结构和文学储备，基本来自英美文学，而且呈现生吞活剥的状态。有时候，我觉得我们的写作更像是欧美文学的分支与下属。这尤其表现在20世纪80年代，想想吧，我们的作家是多么热切、谦卑地学习和模仿西方现代派文学。

是的，我们就是这么走过来的。我们的路就这么宽、这么长。此背景下，言何境界，遑论格局。我在一次采访中曾经说，我是80年代之子，此语由衷，我从来不认为作家是可以教育出来的，但是，作家需要氛围。80年代的校园，就给我这样的氛围，这种氛围将影响我的一生。对我来说，80年代最主要的精神资源，就是培育了个人主义。那时的校园多活跃呀，独立思考成为知识分子浴火重生后的起点和支点，在这种精神背景下，我们开始关注个体命运，挖掘个人在大历史里的沉浮与苦难。

关注现实的作家，不可能不关注历史。"关注小人物在大历史里的沉浮"，是的，这是我小说创作的一个重要角度。小六子、老高和李微都是虚构的小人物，在历史大潮里身不由己。评论家洪治纲先生说过："陈昌平以其对历史与生活的特殊审视和理解，使叙事成功地摆脱了对社会表象结构的复制，并进入幽暗逼仄的文化记忆深处，以反讽式的话语呈现出个人与历史的荒诞性存在图景。"评论家孟繁华也指出："在小说创作的困境日益严峻，突围的可能越来越艰难的时刻，陈昌平异军突起，他以举重若轻的文字和机敏的想象、轻喜剧的风格和内在的紧张，书写了普通人在不同历史时期的卑微心理和悲凉人生。"我认为这些评论是恰当与中肯的。

林　岜：阅读你的小说，让我感觉到你格外关注历史，像《国家机密》这样的小说带有极大的符号性和寓言性色彩，甚至有点很隐晦的寓意在里面，或者说是对社会提出了一种幽默的质疑。是什么原因让你更加关注历史，并将你自己对历史和过去的事实的理解引入到小说的创作中？

陈昌平：克罗齐说过，一切历史都是当代史。历史与现实，互为标本，现实是历史的延续，在中国尤其如此。

现实是历史的影子。但是，我们经常发现，麋鹿的影子竟然是一头大象，而大象的影子是一粒跳蚤。这时候，你就会想，麋鹿是假的，还是跳蚤不是真的？历史，经常给我这种荒诞的感觉。可以说，幽默与反讽正是荒诞历史的艺术性分泌。历史——尤其是当代史，是我最大的写作资源。"文革"的暴烈与荒诞，当下对"文革"的屏蔽与遮掩，是让我心绪难平的事情。其实，我读书的兴趣，相当一部分集中在历史，比如案头的《山西抗战口述历史》《日本对华教育侵略》《伪满洲国首都规划》，看书是我的兴趣，有时候与写作无关。

我们知道，任何一个作家的写作，都无法摆脱童年的影响，这个影响至少有两层意思：第一，童年的经历塑造并影响着作家；第二，清理童年记忆。

罗布·格里耶说过这样一句话，他写小说，先有了结构，然后才有内容。这句看似有点无厘头的话，乃是肺腑之言！其实，作家没有不能写的，只是如何表达罢了。用小说表现"文革"这一段历史，必须要找到一个切口、一个结构。今天书写"文革"，当然不能写成20世纪80年代初期的伤痕文学。写作《国家机密》，我就摸到这样一个结构——借一个怪异儿童的视角和做梦的行为，将"文革"的几个重大事件串联起来，这个结构，就是一个颇具神性的针线，把散落一地的珍珠穿起来了。

林　品：生活无比丰富，小说家对此也是应接不暇，应该说，整个世界都是他创作的题材。但事实并非如此，每一个小说家选择进行创作的题材又总是有限的，世间"人、事、景、物、情、理"对于小说家而言，又各有各的选择，并非所有的对象都能引起小说家的创作冲动，只有那些与他创作个性相契合的对象，才能引起小说家的兴趣和激动，促使他进入创作的过程和状态。我想具体问，你是怎样构思《国家机密》这样的小说的，你想表达什么意义呢？

陈昌平：我写作时有这样一个习惯，每一篇作品，我都会找出一个或几个关键词。《国家机密》的关键词，就是一个词，刀锋一样的一个词——剥夺。它不仅剥夺人的尊严，甚至剥夺人的梦想，剥夺与践踏，侮辱与毁灭，这就是"文革"留给我的动词。初级的剥夺是强制的、暴力的；高级的剥夺却是平和乃至温情的。甚至，被剥夺者对剥夺者充满了感激。不战而屈人之兵，不言而屈人之心，从来就是国人之大智慧。

我是如此之深地迷恋这个词——剥夺。我在写作中篇小说《肾源》时也想到了这个词，是的，在《国家机密》里，我就传达这个感觉。至今我能清晰地回忆起写作《国家机密》的感觉。2003年冬天，一个半夜，当我写到"你的梦被列入了国家机密"那句话的时候，泪水溢出……我得承认，把自己写哭了，是我不多的体验。

《国家机密》是我比较看重的作品。也许是名字比较打眼吧，我的两部小说集，出版社都是以《国家机密》为名的，评论家李建军更是把这篇作品推崇为新时期文学的重要成果。我的许多作品不是"甜口"的，尤其是"文革"题材的作品。以《国家机密》为例，发表也是一波三折。最后是吴俊老师看了作品后，推荐给了《钟山》。我至今没见到的贾梦玮老师，是我非常感谢的一位编辑。

林　品： 对于小说家而言，创作个性特别突出地表现在他对生活的独特体会、理解和评价上，选择什么题材还是创作中的一个浅层次，而最为重要的是在选定一个题材之后如何体验、理解和评价，这才是小说创作过程中的深层次。小说家的独创性不仅在于他个性化的风格，还在于思维方法、信念和个人的执着的追求。你的小说有这方面的显现，你是怎么理解的？

陈昌平： 没有独立的思想，文字就是垃圾。

作品独创性的背后，一定是作家思想的强大和心灵的自由。用陈寅恪的话说，就是"独立之精神，自由之思想"。作家怎么写，不仅是技术问题，更是一个思想问题，我相当看重小说家的文化立场和精神品质。在我们这样一个时代，我对那些充满甜蜜叙事的小说是非常不屑的。在我看来，一是立场丧失，二是文化投机。

其实，任何一个有责任的写作者，在写作里感受的苦难要远远地多于甜蜜，甚至，这就是写作者的宿命。好在，在这宿命般的苦难里，写作者同时感受到心灵的涤荡和生活的饱满，并且获得一次机会，把自己从人性的黑暗里一点一点地拯救出来。

林　品： 你创作了很多短篇小说，在今天讲求"大部头"的时候，你为什么多选择短篇小说进行创作？

陈昌平： 短篇小说是作家的学校。迟子建有个比喻，短篇是作家的呼吸器官。对作家来说，写作短篇的兴趣是没有止境的。尤其当下，短篇小说偏离市场，其精神性更加纯粹。

写作不是选择，而是被选择。一个人物、一个场景乃至一个细节，构成了写作的动机。但是能写成短篇、中篇还是长篇，其实是由故事本身的体积、容量等因素决定的。回头审视自己的写作，我写了不到30篇短篇小说。既有获得良好反响的《特务》《纯洁》，也有反响不大但我非常喜爱的《大闸蟹》和《瓶子》。短篇小说强调的剪裁、精练与准确，都是一个优秀作家必备的素质。

我相信，一个无法完成优秀短篇的作家的"大部头"，其质地是令人怀疑的。回顾自己的创作，写短篇比较有把握，也有信心。但是长篇，如果写成一个平淡、温吞的文本，显然不是我的愿望。一个共识是，短篇可以藏拙，而长篇不能。我这几年一直没有写长篇，也有这个原因。其实，更深层的原因是，优秀的长篇小说应该体现作家的价值观。当下繁杂纷扰的社会，经常让我失语并产生文化休克。这也是憋着自己不碰"大部头"的原因之一吧。

林 品：随着科技的发展，影视作品、网络作品不断出现，有人说，这个时代是影像的视觉时代，而纸质文学逐渐在走向边缘化，作为当代小说家，你如何看待当下小说创作的现状？

陈昌平：这是相当宽泛、艰难的话题，也是我非常感兴趣的话题。小说的边缘化，这是不争的事实。现代传媒高度发达，小说最为擅长的叙事，早已被其他媒体分享甚至接管。尤其是网络与影像的冲击，直接压缩了小说的空间。所以有人说"小说死了"。的确，随着资讯的发达，人们几乎是无所不知的。一般的故事显然无法吸引见识辽阔、口味刁钻的读者了。

但是，我依然相信故事具有永恒的魅力。故事的魅力，叙述的魅力，这都是小说艺术独有的、其他艺术门类无法替代的魅力。此魅力深植人性。只是，小说家的故事，显然不是一般意义上的叙事——不是一般意义上的传奇和《故事会》。小说家的故事，应该，也必须注重故事里面的结构，结构的寓意，寓意里的精神与批判，而且，这一切，必须用母语优美地、一层一层呈现出来。

形式对小说家的手艺要求得更高了，对作家的思想境界要求得也更高了。比如，俄罗斯的电影《小偷》，简单的人物关系里，揭示的是一个民族的心路和成长。南斯拉夫导演库斯图里察的《地下》，更是一个结构极其有力的作品。巴尔扎克说过："小说被认为是一个民族的秘史。"《小偷》和《地下》都是那个民族的心灵秘史。这些高度，显然不是传统意义上的现实主义小说所能企及的。

小说的边缘化，很多原因在文学之外。今天，我们就文学内部的原因加以探讨，就涉及到小说性的理解了。

林 品：谈谈你对小说性的理解吧。

陈昌平：昆德拉说过，小说的唯一存在的理由，就是说出只有小说家能说出的话。那么，什么是"只有小说家能说出的话"呢？如果文学还需要，那么它的不能被取代的品性是什么？

近代以来，小说成为文学中最主要的文类，这显然与小说在叙事能力方面最为发达有关。以新时期文学为例，小说甚至担负起思想解放的重任了，比如当年的《班主任》和《绿化树》。这既是小说的荣耀，也是小说不能承受的悲哀。

30多年过去了，小说的空间在不断地缩小。甚至有人说，小说死了。我没看见死亡。我只是看见小说还原了它本来的面目。从这个意义上说，小说瘦了，而且瘦出了精神。小说遭遇危机和挑战，恰恰，危机暴露了小说的本质。洗尽铅华，芙蓉出水！我坚信，小说的魅力在于虚构。在于满足人类的梦想。只要有梦想，小说就不会死。

小说可以叙实，更应该叙虚。何为叙虚？此虚，就是生活里没有发生但是又可能发生的事情。小说脱胎于现实，但是，要穿越现实、超拔于现实。爵士乐大师戴维斯说过，不要演奏已有的东西，要演奏不在的东西。何为不在的东西？这当然不是说回避现实，更不是逃避苦难。我们在此言及的"不在"，恰恰是另一种的存在——小说性的存在。

从这个意义上说，说谎，正是小说的魅力所在。《第二十二条军规》的作者约瑟夫·海勒说过，即使我必须说谎，我也要说出事实的真相。他的《第二十二条军规》在美国销售就超过了1000万册。他虚构了二战时期一群飞行员的故事。但是这个故事的确反映了人类的普遍荒谬。CATCH-22作为一个词条，已经进入了英文词典，成为人类共有的经验。这也印证了斯蒂芬·金的那句话，小说没有通俗和高雅之分，只有好小说和坏小说之别。

现实里，我们看到很多小说家深陷现实泥淖，笨重，生硬，令人望而生畏，他们服钙过量，严肃得让老婆都畏惧。我们也看到炫技作家，看不到灾难和痛苦，他们在自己的盆景前浅吟低唱。这两种作家，都是对小说艺术的背叛和摧残，现实强大、坚硬、凶狠。但是对小说家而言，现实也是矮小、零碎、片段与散落的。小说的一个巨大魅力就在于探险，以一种独有的结构，探索存在之险、人性之险。

一个伟大小说家的写作，一定是呈现飞翔姿态的。一双翅膀：一个是道德激情（包括"人文""批判""质疑"等关键词），一个是虚构与想象。多少年前，遇见纳博科夫的一句话，一切现实主义小说都是伪小说。初读这句话，非常费解。现在我明白了，纳博科夫正是站在小说性的立场上，对一切非小说，哪怕是伟大的现实主义作品进行了剥离。

小说的边缘化，与作家创作的粗鄙化有关，与写作者对小说肤浅的理解有关。我们现在很多的小说都像思想小说和影视剧本。这样的作品也会轰动，只是这种轰动更像是爆炸，爆炸之后便是一地碎片。

林　晶：你下一步的创作计划是什么？

陈昌平：今年准备写作我的第一部长篇小说《影葬》，这已经酝酿好几年了。明年计划写作另一部长篇《首席人民》。两个长篇都是历史题材的，前者比较写实，后者相对虚幻。在这里喊一嗓子，把自己逼上去。

林　晶：期待你的新作问世。

陈昌平：谢谢，很高兴你激发我说了那么久的小说。

谁来记忆今天

——与作家白雪生的对话

作家简介：

白雪生（1952— ），男，锦州市文联原主席，其作品话剧《张鸣岐》获中宣部"五个一工程奖"；连续广播剧《追寻绿洲》连获中宣部、辽宁省"五个一工程奖"和优秀广播剧奖；30集电视评书《辽沈战役》获全国电视文艺"星光奖"一等奖，多首歌词、赋获得国内各种奖项。

白雪生是当代辽宁作家里的"杂家"，创作体裁、范围非常广泛，涉及话剧、广播剧、电视剧剧本创作，辞赋创作，歌词创作，散文创作；兼及文学评论和民俗研究。创作题材也相当广泛，历史的、现实的，同时也是各种体裁文学创作获奖专业户。涉猎之广、范围之杂，也属于当代辽宁作家里的"另类"。他的所有体裁的作品都呈现着历史的厚重与斑斓，挽携着时代的韵律与风流的风格特征。话剧《张鸣岐》反映现实，电视评书《辽沈战役》书写历史，诗词歌赋表达风土人情与个人情怀，这些都凝聚着作者的"文学介入现实"创作观念。一个作家不仅要关注、思考历史与传统，更要关注、参与现实与民生，这是白雪生创作的原动力，也是其作品的文学理念。"文学介入现实"是文学可以流传的动力所在，但"文学介入现实"绝不是一味地"表扬或者批评"，坚持真实反映，坚持贴近生活，坚持引起思考，应该是"文学介入现实"的本质。写"真人"难写，写"真事"难写，但白雪生关于"真人真事"各种体裁的作品，都拿捏得很到位、很精辟、很艺术，这表明了作家深厚的文化素养和高度的精神境界。

林　品：看了你的一些资料，读了你的一些作品，也了解到你的创作经历，本刊选择你作为这一期对话人，那就让我们放开聊聊吧。

白雪生：谢谢，将《渤海大学学报》这一期放低门槛，把我扩大进来，倍觉光荣！实在说，我是一个非写小说的文学作者，以这样的文学身份，在一向视小说为主体的"文学门"中能忝列其间，说明贵刊不愧有"博大"之称，能"兼容并包""有容乃大"呀！

林　品：这一点不言自明。一部文学史本来就包括小说、诗歌、散文、戏剧几大门类。当下正火的影视文学无疑也属于文学的范畴，只是现在有人潜意识中，把文学仅仅等同于小说了。中国文学本来就不够强大，更不应该画地为牢，自绝于现实，我们有意努力进行关于文学的还原和正名。

你是一名编剧，20世纪90年代，曾有话剧《张鸣岐》、广播连续剧《追寻绿洲》，近年又有舞剧《大辽西》等连获国家大奖，还有电视评书《辽沈战役》获得国家"星光奖"一等奖，除此以外，还有不少骈赋作品，如《萧军广场赋》《锦州赋》《津门赋》《闲斋赋》等也获得了全国奖项，还有电视剧、散文、随笔、歌词、评论、民俗研究等，在每个文体中都有不俗的表现和成绩，而且是国家好多协会会员，这在"作家"中也算是一种现象了。

白雪生：你说的就当是夸我吧。说是现象不敢当，但总是"打一枪换一个地方"，也挺尴尬。好像我在编剧里面，作赋最好；在散文里面，歌词最好。"杂"做到了，却没成为"家"，不用说评论家，自己给自己定位都有困难，一样还没弄明白呢，还总是乱花迷眼、大小通吃。一种很暧昧的文学身份，一个不够专一的文学立场，以前还有公务在身，曾写过一篇短文叫《职务的白天文学的夜晚》，道出了我的几分窘境。如果自我表扬的话，难怪人说我适合当文联主席，说明组织很有眼光。

林　品：在一定意义上说，写好英雄人物，决定着中国当代文学的思想艺术质量，是中华民族的重要精神标识，是主流意识形态在文学中的重要体现。你可以联系《张鸣岐》的创作实践，讲讲真实体会。

白雪生：其实我的创作动机非常单纯，就是很久没有写戏了，好像从天上掉下来一个林妹妹似的。尤其是有感于锦州人民群众对张鸣岐书记的一幕自发的"十里冒雨送行"，我好像从中看到了一种呼唤、一种期待、一种强烈的心理需求。

我写张鸣岐，至少就要遵守几个标准：一是真实的标准，或者叫"锦州标准"，原来我想这是最低标准，结果这一关就很难通过。二是艺术的标准，或者叫"国家标准"，瞄准全国一流剧本，力避雷同，争取突破。三是现代的标准，或者叫"自己的标准"，就是在一种夹缝中，讲究叙事策略，进行一点先锋实验。

林　品：很多人说到这个剧本，都说写得很智性，我想不仅是完成了一种"擦边"吧。在政治与艺术、文学与现实、虚构与生活等方面，我觉得你是有意地采取了一种现代叙述策略。

白雪生：简单说吧，这就涉及又一个问题了，就是写一个怎样的张鸣岐。我的确是煞费苦心、惨淡经营。为避免对号入座，肯定不能设计"二元对立"的戏剧冲突，这就逼出一个"心理内心冲突"；不能完全照搬真人真事，又不能放开想象虚构，就"憋"出来个"活人与死人对话"的结构；不能离开张鸣岐的真实生平经历，就虚构用他的女儿，打开他心灵的世界，努力开发虚拟心理空间；不能直白浅露，就有意尽可能多采用一些"复调""双声""不可靠叙述"，类似小说中的"间接引语"和"反讽"等叙述策略，使人物台词潜含两种话语的双声语式，构成微型对话，达到弦外有音、言外有意、一语双关的效果，演出实践证明，包括北京观众都能读懂且会心一笑。当时还有热心观众到后台索要台词。实践也证明，没有这样的现实压力，也出不来这样一种剧本样态。当然，如果现在来写，也能减少不少遗憾。还是那句话，英雄过去了，喧哗过去了，一切，都将过去……

林 喦：留下来的，只有文本，只有记忆。谁来记忆当下时代？谁来记忆盛世风华？只有文学文本文字，于是，就给我们提出又一个话题了：怎样的文本才能留下来呢？听过你的电视评书《辽沈战役》，被人评价为"电视评书的第二次革命"，你能在重大革命历史题材中，敢于创新，在主旋律题材中，大胆进行先锋式实验。

白雪生：那是纪念新中国成立50周年的时候，辽台向来以电视评书为知名艺术品牌。制作人和导演到锦州找到我，摆下大餐，结果"吃人嘴短"，没架住一番忽悠，就掉坑里了。

为什么这样说呢？因为辽沈战役堪称重大题材中的重中之重，特别是继电影《大决战》之后，其他艺术形式都没人触碰这一题材。这次尽管是评书样式，但内容是全景式东北解放战争，涉及众多的重要历史人物。可以说，当时这是国内第一个以文艺形式全方位反映这一重大题材的。为此，我从采访知情者到阅读资料近千万字，七易其稿，足足写了40多万字，可以说是大工程。

林 喦：那么，除了电影《大决战》，也有一些类似军史，但不必讳言，这些多是历史教科书一类的现成结论。您对这段历史有没有自己的新解读？

白雪生：最初策划会的时候，辽台请了好多专家，包括李准、仲呈祥，还有国内著名编剧作家，如《开国大典》编剧刘星，电视剧专家潘景路、崔凯等，可能也对我能否驾驭这一题材暗含担忧，一旦不能胜任，也许临阵换人。

几天里，对未来的电视评书从内容到形式，专家谈了好多意见，让我受益匪浅。当我发表应该如何观照这段历史时，好像说了七个方面，之所以能最后胜出，可能有些观点得到认可。最终专家一致建议由我执笔，说思想、艺术都很创新，甚至说有"国际大片"的味道。

林　品： 恕我直言，国内许多重大历史题材文艺作品，包括不久前播出的电视作品，还是文献价值大于艺术价值，社会学意义大于美学意义。当然造成这种现状，问题很复杂。在这方面，你的《辽沈战役》有意从潜在窠臼中超拔出来，从形式到内容都走了创新的路子。

白雪生： 当然，一部作品出现，需要一个良好的文艺生态。不可能也不现实都能做到全方位突破，只能尽其所能。通过电视评书《辽沈战役》，我们对那段历史选择了一种叙事策略，即"三说一评"，田连元代表共产党一方，单田芳代表国民党一方，叶景林代表国际一方，还特意设计一位现代人，让张洁兰不断进行现代追问。这样就同一个事件，有了四个视角，像日本经典电影《罗生门》一样，都是有限视角，各说各的理，若即若离，多声复调，构成了一种戏剧"迷宫"和对立的张力。因此，比传统评书只是一个全知视角无所不知的叙述更具有现代先锋性。这样一来，通篇就必须是一种戏剧结构，再加上四位评书大腕你进我退的迂回穿插，跨时空多角度的对话，给我们早已司空见惯的集体记忆，以一种类似新历史主义的、众声喧哗般的评书"话语狂欢"，煞是新颖别致。再如，虚构的小人物，也以人性的眼光重新打量那场战争，专家说这是一部战争大片的故事。例如，本来是慰问前方阵地我军官兵的女学生，却赢得几米之遥的对面战壕里的国民党官兵的掌声。于是，女学生就站在两军阵地之间，放开歌喉，歌声唤醒了同为中国人心底同样的柔软。本来是敌对双方，此时国民党士兵走到我方战壕，凑到一起听着家乡歌谣《小河淌水》。叶景林每讲到这里，都声泪俱下感人至深。我把《辽沈战役》视为对中国当代革命战争史的一种反思。在这部电视评书里，把质询的钻头凿进当代中国历史的坚壁，在某些层面上展现了新历史主义的叙事策略。有几个小人物是从个人命运出发，对已板结为集体记忆的历史展开了祛魅式的重述。20世纪过去了，一个谁也绕不过去的主题就是革命。革命是我们无法回避的一种标准、尺度和打量的眼光。可能有人早已弃革命如敝屣，但是，在20世纪中国社会强势的革命话语体系中，我们无不生存在革命的影子下，无论从神话革命，到解构革命，到消费革命，我们都是在反思革命，从新的时代高度精神站位重新解读革命，应该是我们当代作家的历史担当。

林　品： 在现代文学史上，"五四"那一代大家，包括鲁迅、周作人、郁达夫、老舍、沈从文等，也都是经历了新旧之变的一代文人。仍以《辽沈战役》为例，如果换成老作家，可能还是一种老旧的写法，如果用新作家，肯定又是一种写法，也有可能跑偏了。到现在，我们的话题逐步深入了。就这部作品，听说中央重大革命历史题材小组给予了很高评价，李准亲自写过评语，颁奖大会上广电部部长总结时，还特意点名表扬。但我想问的是：你能说说有什么遗憾吗？

白雪生：遗憾真是不少。本来可以做得更大，但限于当时的文化语境，辽台也不容易了。李准、刘星都建议以此为基础做成电视连续剧。我想起与这几位评书艺术家的合作，单田芳真诚邀我写本。特别是叶景林有一次请我喝酒，说没想到评书还可以这么策划。他是一位很有创作能力的评书艺术家，说这种古老的曲艺形式，如何走向现代，让青年喜欢，他困惑很多年了。这一次让他发现老玩意儿也能做出现代时尚的样式，不在于讲什么，在于怎么讲。所以他说了几个大题材，想跟我联手策划创作，策划好了肯定火。没想到他不久因病去世。但他这番话给了我启示。越是传统的艺术形式，越有实现现代转换的空间。当初恰好读了最新引进的西方叙述学理论，读了陈晓明的先锋文学的理论专著《无边的挑战》，就自觉地运用到中国评书这一古老叙述样式了。结合其实就是创造，关键看怎么结合。应了那句老话，"中学为体西学为用"吧。现在看，定位算是对了，但很不够彻底。正是话语狂欢的时代，中国评书应该大有作为。假如，更放开地使用后现代历史叙事学、新叙述手法，包括几位讲述人的设计，比如跳出、跳入，可以更间离、更自由、更假定、不断把当代与历史造成对撞，一定更有现代美学价值。

认识到位了，不等于贯彻实现到位，探索阻力包括创作自身的阻力还是不小。这还是叙述策略方面的，在内容上更是如此。为什么观众对有些重大题材不满，不仅仅是叙述策略、叙述语言老旧僵化，更深刻的问题是作家创作理念问题。重大题材中，甚至某些大片，缺文学；日常题材小制作中，缺精神。所以呢，大就大而无当，只有史料，没有真人、真情、真味；小就一地鸡毛，只有庸俗、龌龊、琐碎，没有形而上的精神超越。

林 喦：所以就是"娱乐至死"，因此人们就在武侠里找精神，在西方大片里找英雄，在古装戏里"找乐"，应该看作当下中国文艺现实的一个"瓶颈"。

白雪生：我们不知是值得庆幸还是悲哀，这一代作家赶上了一个大时代，但是学养严重先天不足。与"五四"那一代比，从小就没有文章学、文字学、文法学、文体学的严格训练，更不用说历史、哲学、美学、其他学问了。特别是想象力、原创力、认识力、情感等也很贫乏，作家本身也需要具备一种"软实力"。最近重读鲁迅、周作人的作品，对此大受刺激。亟须恶补的东西简直太多了！鲁迅一个阿Q，就奠定了中国现代文学的巅峰之作。从20世纪到新世纪，是个波澜壮阔的大时代，现在又是经济盛世，可我们的文学能留下什么呢？就像我们这个时代的教育很难培养出"大师级"人物一样，文艺也是如此，怎么就出不来"鲁郭茅巴老曹"呢？一个富得流油的城市，如果没有小说、影视剧，可以说还是一个贫困的城市，一个虽然解决了温饱的时代，如果没有文学大作产生，也是一个精神饥渴的时代。谁来叙述从而记忆这段大历史、大时代呢？太需要文学家、艺术家了。目前这种需求可以说比任何时代都强烈。不然，一看戏还是梅兰芳，一翻书还是阿Q、孔乙己，还是虎妞、祥子，打开电视还是《水浒传》《三国演义》《红楼梦》，一听歌还是《听妈妈讲那过去的事情》，不悲哀、不可怕、不严峻吗？

林　晶： 从革命时代走到经济时代，再发展可能就是文化时代了吧？

白雪生： 不久前参加了一个高端文化论坛，发言时我说了一个"国剧"的概念。就是国家级重大题材，国家级的创作质量，国家级的制作水准，国家级的社会效益和国家级的市场回报，得到赞赏。这应该是国家工程，像抓经济项目、抓体育项目那样抓文艺项目，才有可能出精品、大作。给主管部门和文化大省定指标、定项目、定投入，《永乐大典》《四库全书》就是这么抓出来的吧？

林　晶： 最后，谈谈你今后在创作上还有哪些规划吧。

白雪生： 说起自己的创作，当前除了省作协抓的"文学擦亮城市"作家读城，已经完成两万字大散文，还要完成30万字的锦州纪事。

最近读鲁迅、周作人，也想写周氏兄弟。但手头正在赶写两部连续剧，都与东北地域有关。一个是以义勇军为题材的抗战剧，一个是以辽沈战役为背景的谍战剧。简要说说这部戏，现在编剧多是被动创作，都由制片、策划人选择题材、选择编剧。其实一个优秀的编剧，应该就是一个策划大师，他必定选择一种国家需要、市场需求和文学期待三者都能看好的题材文本。这个戏就是自己的选材。看到当前的谍战剧几乎都是情报战，而我党最大的优势是政治攻心战，是策反统战工作，这是战胜国民党的重要法宝，特别是这种特工，是有战略思维，孤身入敌营能抵毛瑟三千的"无人敌"，是《孙子兵法》中都没有提过的能够"合纵连横"的"政治间谍"。而且这场波澜壮阔的"活剧"就发生在关东大地上，就发生在我们生活的城市里，也算一种缘分吧。这是对久被湮没的我党统一战线密档的文学揭秘，对我党地下工作者创造历史的英雄精神的形象还原，对首创和平解放大城市的先例的艺术演绎，通过绑定在同一使命下一对"反常合道"的间谍夫妻的对决，写出中外战争史上罕见的一支灵魂裂变之旅，努力想以新理念、新视角、新手法塑造一种独具特色的我党地下工作者的英雄形象，看过一些美剧，也努力借鉴现代叙述策略，开掘展示一种间谍人生的人格奇观和精神意象。说句狂话，尽量想在政治、思想、艺术、观赏性和市场上能制造一个新浪潮。究竟如何，当然还需实践检验。

林　喦：好哇，等着看你的好戏了。

白雪生：我努力。

文学无疆，作家永远是孤独的旅行者

——与作家周建新的对话

作家简介：

> 周建新（1963— ），男，满族，一级作家，现供职于辽宁省作家协会。著有长篇小说《大户人家》《血色预言》《老滩》《王的背影》《锦西卫》、中短篇小说集《分裂的村庄》《平安稻谷》等十余部。在《当代》《十月》《北京文学》等文学期刊发表中短小说百余篇。作品多次被《小说月报》《小说选刊》《新华文摘》等转载，多次入选年度文学选本。曾获得全国少数民族创作骏马奖、百花文学奖等。

2012年即将过去，无论这一年里发生了什么事情，它都将成为历史，而我们还将继续努力做着我们应该做的事情。做辽宁作家"对话"，我不期望它脱离社会现实，变成一种无意义的学院式智力游戏。我还是满怀热忱地期望在一种真诚、敏锐、自在并具有鲜明的批判意识的学术精神指引下，直面我们的学术现实，尤其是针对我省当代文学创作的现实，重新用一种相对理性的态度回到生活、回到作家、回到作品，秉承学术精神，坚持探讨和研究立场，建立新的现实的研究谱系，切切实实地为我省的文学创作和研究做出我们的努力。

周建新是一位勤奋的作家，30多年来笔耕不辍，作品颇丰，获奖多次，其小说《老滩》《大户人家》《街灯不语》，报告文学《飞天骄子——杨利伟》等作品很有影响力。纵观周建新的作品，我们发现他始终以客观、冷静的态度关注社会，关注底层，关注身边的人和事，并按照生活的本来样式精确细腻地加以描写，真实地塑造了不同社会历史阶段的众多人物形象，展现了社会在发展中的立体变化，达到了美与真的统一，实现了依据自然又要超越自然的小说创作的辩证关系，作品无不体现了作者对社会和生活的智性思考。通过与周建新的对话可以看出周建新的思考与创作态度："写作应该是一种慢功夫，慢下来是对社会的要求，更是对作家的要求，我们要做的，不是等一等灵魂，而是让灵魂跑到我们前边。不要浪费资源，即使无中生有的，也是有生活来源的。……人类是在挣扎中行进的，我挣扎得不够。"读读周建新的文学作品，会有更深一层的感受。

林　晶：周老师，你好，今天和你谈谈关于文学创作的诸多问题，其中以你的小说创作为主。应该说，在当代辽宁作家中你是比较勤奋的一位，你的作品获奖比较多，文学作品获奖应该是"作品优秀"的一个标志，请你总体谈谈近几年来的文学创作情况。

周建新：获奖的作品不一定是最好的作品，但肯定不是你不满意的作品。不可否认，获奖在必然性中多少有些偶然性，评委的偏爱，报评作品的平均质量，作家影响力都左右着评奖的结果。比如说，获茅盾文学奖的《你在高原》就一定比《古船》写得好吗？获奖、领奖金是件愉快的事情，但丝毫不能减轻文学对你内心的压力，丝毫不能减轻你内心的痛苦与思考。作品优秀与否，不在当下，应该留给后人去评判，如果后人连阅读的机会都没有，优秀也是自欺欺人。没人给《红楼梦》授奖，但《红楼梦》的艺术价值谁也不敢低估，因此，我说能够传承是对作家最好的奖励。

我不否认，我是个勤奋的作家，勤奋的原因是内心的压力太多，总想释放出一些，但同时也带来弊端，影响着厚积薄发。回过头来看，有些作品出版和发表后，自己很后悔，浅薄与粗糙跃然纸上。

我现在很喜欢一个词，叫"安静"，安静才能让思考沉淀，让压力成熟。当写作成为一种习惯时，最担忧的是思考的习惯性。人到50岁，依然不知天命，总是在探索中生活，总爱涵养写作资源。对于一个作家来说，写作资源就是矿藏，你的矿山越多，挖掘的机会就越多，写作的年限就会越长。这么多年来，我不愿意把每一座矿藏挖尽了，喜欢见异思迁，等思考成熟了，再回过头来挖掘。农村、矿山、海洋、工厂、城市、官场、地域历史、家族变迁，这些我熟悉的领域，都是我的资源，这么多年来，我分别用不同的写作方式，进行着不同的诠释。虽然有些杂，也有些良莠不齐，但我尽量用地域文化这根线，把自己的作品一脉承接下来。

有时候我会想，写作应该是一种慢功夫，慢下来是对社会的要求，更是对作家的要求，我们要做的，不是等一等灵魂，而是让灵魂跑到我们前边。不要浪费资源，即使无中生有的，也是有生活来源的。因此，前几年的创作，就不要说了，谈起来自己脸红，没有几篇满意的。人类是在挣扎中行进的，我挣扎得不够。

林　品：《大户人家》是你的成名作，当初是怎样构思并创作这部小说的？在这部小说创作中，采取了哪些比较独特的创作技巧，你是如何塑造小说中的人物的？

周建新：国画的技法是散点透视，把我领进小说创作的海军作家徐宝琦，也是个无师自通的美术天才，他给我讲了许多散点透视的妙处。开始写《大户人家》的时候，我还很年轻，才30岁出头，毕竟是第一部长篇，还不怎么会结构，我就把散点透视移花接木过来了。把20世纪80年代末的一个暴发户家庭拆开来写，每一个人一章，有分有合，每一章都是一部独立的中篇小说，组合在一起，就是长篇小说了。这种写法多少有些小聪明，那时，我只会和杂志社打交道，不懂得出版，这么写下去，就是想规避不能出版的风险。现在看，自作聪明完全是多余，完整的长篇应该无懈可击，组装成长篇的作品多少是能看出些裂痕的。

但这种写法不是我的发明，《水浒传》就是个范例，像打组合拳，也像是组合家具，装在一起是长篇，拆开了是中篇。包括小说中的人物，也有《水浒传》的特点，每一个人都是那么鲜明，每一场冲突都是那么有特点，只是多了一些现代色彩，糅进一些当红作家的写作技巧。《大户人家》毕竟是我的长篇处女作，难免有处女的单纯。但那些轻灵、机智，我现在反倒找不到了。

年轻时允许投机取巧，就像老人看孩子的把戏，可爱可笑，好看好玩，作品翻过去便罢了，余味不多。天命之年了，就应该是老酒，沉静、安稳，写的是内在的波澜。品一壶老酒之后，我总是感觉形式永远也抵不上内容。

林　品：《老滩》是你小说作品中很有特色的一部，后来这部小说也被拍成数字电影。目前，很多小说作家纷纷转向影视剧的创作，你对这种转型性触电的做法有什么想法？就目前文学的整体创作情况看，当小说遇到影视的时候，是不是标志着纸质文学样式的没落？

周建新：《老滩》是我较为钟爱的作品，我喜欢自然，热爱海的宽广，更怀念那些朝夕相处的左邻右舍的老少渔民，是他们送到我家的鱼虾滋润和丰富了我对大海的感情，也感谢1984年那场让潮水涌进我们家炕头的台风雨，它让我感受到了大海的疼。因为有了独特的生活经历，所以作品也就有了自己的特色。写这部书的时候，我正当文联副主席，为没有意义的事情天天忙碌，所以，作品中的一部分有赶时间的感觉，我现在还为之遗憾。

说到小说触电，不是坏事，美国有一批作家在给好莱坞写本子，并不影响他们当个好作家。没落与不没落，不在于传媒方式的转换，好的小说在转换成影视之后，反倒促进了小说的阅读。小说触电，只不过卖了版权，那是别人的孩子了，养成啥样是别人的事情，只有小说是自己的。

作家转向写剧本，无可非议，是个好事情，让自己的作品广为人知，何乐而不为？经过剧本锤炼的小说家，无论是对人物的把握，还是人物对白的凝练与生动，都应该是本质上的飞跃，因此，小说家触电应该是件好事。之所以出现了这么多问题，是我们的影视病了。我们数目众多的电视剧的制作权操控在众多不懂艺术的人手中，所以，我们这个以电视为主要夜生活的国度，大多数电视剧的收视率居然低得可怜，许多年轻人宁愿在网上看《越狱》，也不回到电视前。

我们都知道，在中国，影视已经完全是导演的艺术，编剧已经无足轻重，并非是"剧本剧本一剧之本"，没有谁在关心编剧是谁，常常在片头片尾一滑而过，演员和导演已经把编剧压垮了。影视为了取悦大众，谄媚审查，增加消遣阶层的收视率，无所不展其能。编剧们很无奈，作家在写剧本的时候，屡遭强暴，堕落成了给钱就行。渐渐地没有激情，只剩下操作，操作时间长了，只有一种结果，无法再回到小说，想象力被模式化了，语言的感觉找不到了。有人说，培养一个好小说家，需要20年，让电视剧折磨两年，便可以摧毁他。

从功利的角度上讲，写剧本的报酬是小说的四五十倍，钱像鸦片一样吸引着作家，长此以往丧失了精神内核与自由的想象。而美国的影视恰恰与我们不同，好莱坞大片无处不炫耀着美国精神。导演特别注意从文学中提炼精华、增加修养，比如斯皮尔伯格，每天至少读两篇小说，所以，无论《辛德勒名单》还是《拯救大兵瑞恩》，总能抓住最震撼人心的内核。

我认为，影视可有，不可成瘾。好作家是在争取未来、争取永远的读者，就像史铁生。当然，作家也有责任，不能为了影视逃离了深层次的独立思考。有些作家学会坚守与兼顾，回来了，小说写得照样好，比如叶广芩，还有我省的孙春平，也有李铁。

关于现在纸质文学样式的没落，一方面，阅读方式的多样化，自然要分离出一部分读者，另一方面，浅阅读时代自然要夺走浅层次的读者。但，我们也要思考，我们现在每年出版的长篇小说达3000多部，比纸媒盛行的时代多了10多倍，这是个可怕的数字。浮躁让我们无法写到洛阳纸贵的程度，但，谁也不会在网上读《红楼梦》。

林　品： 你创作的小说《街灯不语》也很有特色，也很打动人。因为从乡村走进城市的共同经历，在这篇小说中很多情节与人物仿佛我曾经看到过，读起来觉得每个人都遇到过周不语，都亲眼见证过羊皮街灯一类事物的消失，当然还有许许多多生命为存在意义和价值的奋力挣扎。你是如何看待这部作品的呢？同时，在《街灯不语》中我还读到了对现代生活方式的质疑和拒绝，你警惕地发现了在追赶现代文明的道路上我们抛却了一些诗意的东西，在这个角度上你把《老滩》这部长篇写成了一部人类精神的反思录。这增加了你作品的厚重感，你在以后的创作中会在这个向度上继续操戈前行吗？

周建新：我很关心我们这个民族的精神内核，常常思考民族成长过程中脆弱的心灵史，也许我没有那么厚重的学养，没有那么深邃的思想，没有那么强大的表现能力，但这都阻止不了我的思考与创作实践。

随着工业化的进程，尤其是改革开放30多年的变化，我们说我们取得了有目共睹的辉煌成就。但同时，我们也应该看到，快速城市化的乡村，不仅仅是《街灯不语》，很多事情都让我们无语，家族没了秩序，道德没了底线，利益让芸芸众生趋之若鹜，作家只能空悲伤，如果作家连悲伤都忘了表达，那真是世界的末日了。我们坚守着道德的最后一盏灯，这是我活着的意义。

林　喦：据了解，你在创作20年来，获过我省的多项文学大奖，但是你对奖项看得很淡，你认为创作是自己的事，评奖是别人的事，但评上了终究是个好事，让人有个面子。你曾经说过："对于我这样笨拙的人还被评上奖是幸运的，但也可能是文学的不幸，说明我们省的创作实力不够，竞争不够激烈。"你怎样评价辽宁省目前整体的文学创作现状，在"很好""比较好""还有差距"三个尺度中，你认为我们处在什么样的水平上，存在的问题是什么？

周建新：我能写到今天，得益于坚守，一个练太极的人，不会去争武林盟主，慢慢打好自己的太极吧。

关于辽宁文学，我想多说几句，因为工作使然，我现在在辽宁省作协作创联工作，不说有点失职。可以说，辽宁是文学大省，有一批有潜质的作家群体，如中短篇小说作家群、东北小虎队儿童文学作家群、70后诗群、"新辽西派"乡土散文作家群，但这些优势并没有转化成强势，每一个群体都缺少独树一帜的人物，不管承认与否，我们都不是文学强省，我把你的尺子移到了第三档。但我们希望，通过大家的努力会有很大的进步，在这方面，相关部门也在努力做一些事情，我们都期待着，当然，我们的作家更要努力。

林　喦：你曾经在某一个场合说，"如果一个作家想当个好作家的话，应该沉默20年"，为什么要发这样的感慨？

周建新： 正常情况下，18岁开始迷恋写作，写到38岁小有名气，已经是很不容易了。快节奏的时代，让人很难甘于寂寞，文学的成就感觉慢得像乌龟，直到成就来临时，仍浑然不觉。人生就是悲剧，我们都在过程中挣扎，褪净黄毛之后，没有20年的思考，怎能悟透人生？我在另一场合也说过，文学就像和尚在修行。对于一个作家而言，修养是在日积月累中形成的，不沉默怎能行？既然沉默就沉默吧，不是在沉默中爆发，就是在沉默中灭亡。

林　岚： 在你的《阳关三叠》《收获》《阿门，1900》中叙述语调低缓缠绵，语言从容精致，情感收放自如，读起来令人眼前一亮。我的感觉是你在表述历史的时刻那种焦躁的情绪得到了沉淀、缓解和释放，难道只有在历史的氛围中你的笔墨才是舒展的？

周建新： 历史自然也包括口传的历史，本身就是沉淀、取舍之后的结晶。无论是国家还是家族，都想让光彩的历史流传下去。于是，我们听到与看到的历史并不一定是真实的历史，我不过是从民间的角度还原一下历史，诠释一下历史的另一种可能。想让你的诠释具备说服力，娓娓道来是最佳的选择。

老人们说，这都是过去的事情了。这话本身就有宽宥、悠远与平和的色彩。过去的事情，已经过去了，不必着急表达，有时间继续沉淀。这时，你不选择从容，不用醇厚的老酒以飨读者，就对不起前人馈赠给你的精华。比如，我今年发表的中篇小说《塔山兄弟》《平安稻谷》，我都选择了从容与精致。但对于人类本源的思考，深度还略显单薄。自己认为写得很投入，但站在大的历史观和人类观以及未来意义方面，思考得还有些仓促。有时，内容决定形式，选择不同的题材，需要选择与其相适应的表达方式。

林　岚： 实际上，你在艺术表达上面是很自觉的，也是积极主动的，我发现在《天空的蝌蚪》《翅膀上的二弟》《螃蟹》《魂牵梦绕》中你有意识地把一些意象处理成一些象征，比如风筝、蝴蝶、螃蟹、以及象征野性生命的渔村麻姑，在你的小说观念中，这种处理方式会屏蔽掉什么，又会诠释什么呢？

周建新： 我习惯在作品中引进象征，有时就像戏剧里的道具，增加氛围，提升作品阅读的审美情趣，更重要的是，象征运用得好，便是你作品的精神内核。当然，你上述提出的这些作品，添加的象征物有些牵强，然而，如果没有这样的象征物，可能是一钱不值的垃圾。

在写作过程中，我极想屏蔽掉明显的象征，用较为隐蔽和顺其自然的象征物，在重读和思考中恍然大悟，这才是引用象征的高境界。一目了然的象征物，往往会给人一种玩弄技巧的感觉，尤其是在《天空的蝌蚪》中。当然，有些作品的多象征和隐象征，收到了事半功倍的效果，比如我的短篇《收获》里的小麦与老鼠，长篇《老滩》里的大海与巨蟹，与作品融为一体，无法分割。小说的最高境界应该是无技巧。

林　品：读你的官场、政治生活小说如《无虑之虑》《乌黑的黄金》《月亮也是亮》《水门事件》《黄金搭档》《咱俩谁当哥》等，让我想到了乔治·奥威尔，想到了他在《我为什么写作》中的一段话："我写它，是因为有一个谎言需要我去揭穿，有一些事实需要我引起公众的注意。""我该做的，是将自己根深蒂固的好恶感跟这个时代强迫我们每个人做的那些基本上是公共的、非个人的事物调和起来。"在你的眼中这类现实题材的小说承载了哪些功能呢？

周建新：三四十岁时，我经常游荡在各个社会角色中，现实让我很紧张，我在现实中活得惊慌失措，知道的越多，越让我无所适从，可是，一个作家，逃避现实，与现实格格不入，又是多么可怕的事情，现实中那么多的纠结，让我们无可奈何，义愤填膺毫无用处。

当写作成为一种批判与宣泄、揭穿与评判的工具时，肯定会影响你的写作态度，就像骂人，你不会选择低缓的语气，那样就会失去战斗力，不等上场就败下阵来。这种君临天下、不容置疑的语气，这种直抒胸臆、酣畅淋漓的表达方式，似乎让你赢得了更多人的同情，获得了更广泛的读者群，付出的代价，必须是作品的品质。写这些作品的时候，我经常地徘徊在现实主义的冲击波与人文关怀的冲突中，没有能力把两种味道融为一体。尽管小说是真实的谎言，但过于贴近现实，真实并不代表余味。小说首先是艺术，距离产生美。回头再读自己的小说，我很后悔。

林　品：在你的创作领域，报告文学也是你表达现实的一个出口，跟随时代主旋律唱响光荣与梦想，塑造了一批久违的社会中流砥柱人物形象，如《杨利伟的少年时、青年时、现在时》中的航天英雄杨利伟，《大音希声》中的中国科学院院士、著名力学家钱令希，《苦禅》中的农药研制专家刘长令。倘若把报告文学和小说比作两个容器，把现实注入其中，在这两个框定的空间内，你感悟的现实有何不同？

周建新：写报告文学是我的副业，用同行的话来说我是个听话的作家。个性表现在作品中，不在工作与生活中。所以，有创作任务的时候，领导首先想到的就是我，原因是，我不是那种会拒绝的人。我在接受任务的时候，也经常打着小九九，找不到感觉，不写又能怎样？采访过程中，人格不能让我敬佩的人，我找借口推掉又如何?

对于小说家而言,写报告文学似乎是一种折磨。但对于我来说是件好事,因为,行政工作占用了我大量时间,让我很无奈。写报告文学,给我提供了体验生活的机会,也让我有借口推掉一些烦琐的工作,虚报创作报告文学的时间,挤出空闲时间写一段小说。

我个人觉得,一个作家,能够同时操作几种文体,是一种创作的互补,大量的小说因素裁剪进报告文学中,会让报告文学生动活泼起来。大量的原生态生活,又让我进一步了解了世界,增加了学问,丰富了情感。比如,短篇小说《我是谁》,就是写报告文学的副产品,主产品却没有成胎。

小说与报告文学,这两个容器其实是个连通器,没有什么本质区别。报告文学必须依据实事说话,给主人公归纳出理性的思考。小说靠虚构为主,把理性藏起来,让读者自己悟,就像一千个人有一千个哈姆雷特。述说人物的命运,寻找灵魂的高度,刻画人物的性格,表达生活的细节,小说与报告文学都是异曲同工。

留意一下,上述这些报告文学作品,主人公无一不是能拨动我心弦的高尚人物,无一不是献身于国家与民族利益的人物,是他们感动了我,才能通过我的作品感动别人。包括去年写郭明义的报告文学《朋友——我能给你什么》。写公众人物,对作家最大的挑战,就是写出让人相信的"这一个"。

林　岊: 你对个人的未来创作有什么计划?

周建新: 还想写两到三部有关辽西地域文化的长篇小说,正在构思的几个中短篇小说也与辽西地域文化有关。

人活过一生,总要对得起生他养他的土地,对得起生活或者曾活在这片土地上的人们。写作是一种心灵的释放,也是与过去和未来的心灵沟通。

充满阳光的《小日子》世界

——与作家张鲁镭的对话

作家简介：

　　张鲁镭（1971— ），女，现居大连。已在《人民文学》《中国作家》《北京文学》《青年文学》《十月》《山花》《长城》等全国各大杂志发表作品若干，荣获2005—2007年度第五届辽宁文学奖，2007—2009年度第六届辽宁文学奖，2009—2011年度第七届辽宁文学奖，并获第七届辽宁青年作家奖，2007年《鸭绿江》文学奖，中国作家协会会员，辽宁省作家协会理事，辽宁文学院签约作家，大连市作家协会主席团成员，现为大连市戏剧创作室专业作家。

　　张鲁镭是当代辽宁作家中的新锐，短篇小说创作颇丰，且一贯本着"视野向下"的创作理念。她关注社会生活的底层，用日常生活叙事观照质朴纯粹的生命，在现实生活中会着力捕捉生活中小人物的琐碎之事，但每每进入作者笔下的都是"幸福着""快乐着"的人与事，这和当代一些作家坚守的"底层写作"有着本质的区别。因此，当你阅读张鲁镭的作品时，你会感觉到，她在创造着一个新的"乡镇式的世外田园"图景，形成了张鲁镭式的独特美景。通观其小说，无不展示了作家的机智和幽默，对生活的真实和热情，体现了张鲁镭式的人生态度。同时，又体现了作家的艺术追求，坚持了文学的本质规律。今天，当人们在紧张与繁忙、执着与忍受中过大日子的时候，偶尔尝试体验一下生活的小日子，小日子接地气。读《小日子》，看文学评论，希望我们每一天都过着充满幸福和快乐的小日子。

　　林　晶：我们都是同龄人，所以交流也会很方便，相信有些观点能够达成共识。读你的小说集《小日子》有一种清新畅快的感觉。仿佛回到了一个世外桃源的境界，它没有武侠小说里的江湖血腥杀伐，没有官场小说里的尔虞我诈，没有言情小说里的爱恨情仇，也没有历史小说的宏大叙事和真与假的辨伪，《小日子》就是极为普通的小人物的真实的恬淡的生活状态，这种状态令人钦羡，更使人仰止，感觉作者在创作这些小说的时候，内心也是极为稳定和恬淡的，充满着一种祥和的感觉，你自己认为是这样吗？

张鲁镭：林博士你好，感谢你给了我这样一个机会。其实我们都很渴望生活得稳定恬淡祥和，这几乎是每个人的理想和为之奋斗的方向。然而，当我们拥有了稳定的生活，拥有了一定的财富，拥有了可喜的成功，这个时候我们满足了吗？我们是否考虑过该放慢脚步，安静地品味一下生活，悠闲地欣赏一下路边的风景？没有。我们依然如百米冲刺那样迈着大步，甩开膀子，奋斗，拼搏，跟后面有老虎撵着差不多。我身边有好多朋友和亲人都是这百米跑道上的一员，他们富足华丽，却并不恬淡悠闲。富足和疲惫纠结在一起，苦不堪言！这时候，是一个又一个热气腾腾的市井画面感动了我。卖菜女孩头上的一个漂亮发卡，人力车夫手里的一本破了皮的《读者》，农民工在大树下吃小葱拌豆腐喝啤酒，鞋匠铺的男人为女儿买了一双芭蕾舞鞋……是他们触动了我心灵中某个柔软的部分，怜惜和敬仰油然而生，后来他们成了我小说里的王阿牛、橘子、闵嫂子、四巧……说到我的小说，他们就像我这个人一样"胸无大志"，这些年我笔下的人物几乎都是贫穷的、无为的、底层的，是在夹缝中求生存的一个群体。他们活得卑微清贫，却又生机勃勃。

在我母亲家楼下的车库里，住着一家弹棉花的安徽人，二十几平方米的空间里，盛着他们一家人的生活工作理想还有爱情，这个逼仄的陋室就好比他们家的潘多拉宝盒，生命和奇迹涓涓流淌。一堆堆破棉絮在这里被翻新，进去时黑黢黢出来时白花花，儿子和母亲每天站在板铺前不停地忙碌着。这是个多功能板铺，工作吃饭娱乐睡觉统统在上面完成，通过母子俩不辞辛苦的劳作，他们有了一定的资本积累，他们要利用这笔钱来完成人生的一件大事——娶媳妇。他亲口告诉我小媳妇是花一万六娶回来的。这小媳妇应该是南方人，说十句话有九句半让人听不懂，瘦小枯干，也就二十出头。车库里变成三个人的世界，小媳妇很快投入弹棉花的工作中，儿子耐心辅导着笨手笨脚的小媳妇，满脸的甜蜜和爱意。儿子常忙里偷闲叫住街上的水果小贩，给他媳妇挑几个鲜嫩可口的水果。晚上天蒙蒙黑，他们在外边坐在棉花堆上说情话，后边的背景是车库里淡黄的灯光，他们聊着聊着就笑了，嘿嘿……这棉花堆上的爱情啊！好不浪漫。但是，某一天这小媳妇在人们的视线里消失了，她跑路了。唉，棉花堆上的平淡日子也潜伏着人世之无常。那母亲依旧在家里干活，还是那样有条不紊，仿佛她就是为弹棉花而生的，再大的事也阻止不了她弹棉花，哪怕天塌下来也要一只手撑着天，一只手弹棉花。儿子开始满大街寻找，可惜茫茫人海，她想跑，又如何找得到呢？儿子又回到正常的工作中，他似乎比先前更卖力气了。只是话少了些。这个儿子并没有因为一时的挫折而丧失生活的信心，没出几个月，他又从老家领回来一个，这个媳妇人高马大，看面相有三十岁。这个媳妇能干，她很快就进入了状态，弹棉花的技术已经赶上并超越了婆婆。没多久这媳妇的肚子渐渐鼓起来，后来他们有了自己的儿子，车库里热热闹闹的祖孙三代人。这个新生儿一满月就被放在车库门前的婴儿车里，媳妇在里边弹棉花，棉花绒漫天飞，媳妇仿佛一个雪人。她会定时出来给孩子喂奶喂水，路过的人上前瞧热闹，这孩子也太好养活了！几个没事的老太太还用棉花围成个圈，在里边放个盆给孩子洗澡，对面一排小商店里的几个已经上小学的小姑娘，她们一放学就过来推婴儿车玩，一时车库门前车水马龙。这个媳妇还是个讲究人，她对食物的新鲜度很看重，她开始在狭窄的空间里养鸡养鸭养兔子，逢节便宰杀烹调。现在，那个孩子已经长到能把棉花包拽个老远。

我从心里敬佩这些"劳苦大众"，敬佩他们面对生活的信心和勇气，他们把平淡寡味的日子打理得如火如荼。他们背后的支撑是坚强是信念，我要向平凡的生活致敬，向能在平凡生活里找到意思的人致敬。

林　岊： 我特别喜欢《小日子》这个题目，"小日子"的"小"让我感觉是回到了小说作为一种文体的源流时代。现代小说的概念无须解释，但古代的"小说"一词最早出现于《庄子·外物》中："饰小说以干县令，其于大达亦远矣。"这里的"小说"专指"琐碎之言，非道术所在"，即远离道家自认为"大达"之道的浅识、小道。"琐碎之言""浅识小道"，在我看来恰恰是小说之为小说的本来含义。现代的小说创作，很多作家都追求宏大叙事，而对关注小人物、关注底层往往不屑。所以我说，你的《小日子》颇有一种小说的小道之风，恰恰是这种小道道出了生活的真谛，展示了生活的真善美。所以，请你谈谈你是如何构思你的这些小说的。

张鲁镭： 哈，我笔下的"小日子"，可以说是没大出息的日子，那么，过"小日子"的人也不是有大出息的人。他们生活的主题基本是老婆孩子热炕头，柴米油盐酱醋茶，这些胸无大志的小人物几乎是谦卑的，对世界需索甚少，他们也不想知道太多，他们都清楚自己的生活限度。"小日子"的"小"就是指生活空间狭小，是极限范围内的日子，而这种小环境小背景本身就滋生着一种安稳、一种踏实、一种恬淡。小环境屏蔽了外面的花花世界，屏蔽了许多庸人自扰，小人物在自己的一亩三分地里，勤奋努力地经营自己的日子。他们自得其乐，他们的喜乐微弱隐蔽，类似于萤火虫的光芒，苍茫黑夜里，这样的光芒也是人心里的一盏灯，无数的小人物在它的照耀下，乐此不疲，繁衍生息。他们就生活在我们身边，菜市场里的大叔、鞋匠铺的老头、换煤气罐的小伙、快餐店的姑娘……是他们对生活的态度在打动我，我去找他们聊天，去了解他们的故事，去挖掘他们身上被人忽视了的闪光点。他们也兴致勃勃地讲给我听，讲自己的辛酸还有快乐。外边的世界广大无边、热闹喧哗，有人发财有人倒霉，这些和他们没有关系，他们是"小日子"的主人，"小日子"属于他们。我让这些小人物走进我的小说，让他们在我的小说里大放光彩。我也不清楚为什么会把笔触伸向这个角落，好多人问过我这个问题，该怎么说呢？是不经意间的感受，是天意，也是宿命吧。

林　岊：说你是文学新人也不为过，你的小说集《小日子》出版是在2009年，书的封面上标有"21世纪文学之星丛书"的字样，也就是说，"70后"的你是被当作文坛新星的，在2005—2007年度曾获辽宁省文学短篇小说奖，以后多次获得各种小说创作的奖项，这说明，你虽是所谓的小说家里的新人，但你成绩斐然，到目前为止，已经有多年的小说创作经历，也有了你对创作的理解，在小说集《小日子》中，你塑造了王阿牛（《幸福王阿牛》）、橘子（《橘子豆腐》）、四巧（《小日子》）、闵嫂（《酸菜馅饺子》）、马玉红（《家庭主妇》）、"我"（《缅怀青春痘》）等诸多活灵活现的底层小人物，这里的底层小人物，与其他作家笔下以揭示苦难的具有异质批判的写作大相径庭，你的作品里社会环境既不庞杂，个人态度又不暧昧，而是真真切切地书写着个人真实的感受，你的作品里有着个人心底世界的独特风景，并热切关注这些小人物的群体素描，这是你的想象或者是憧憬，还是你对生活真实的体悟和所观、所想呢？

张鲁镭：我是个很浪漫也很爱幻想的人，我经常对着饭桌把自己想象成一个受苦受难者，在经历了饥肠辘辘的痛苦后，忽然看见眼前的饭菜，这时候拿起筷子，味道完全不一样了，因为心里边已经拟定了特殊环境，舌尖上的感受也发生了质的转变，刚刚还食不甘味的我，已经在狼吞虎咽了。我一直在利用这个办法来打开我的胃口打动我的味觉，效果非常之好。没一个凄苦的背景掺杂，即便满桌的朱门酒肉也是难以下咽。没有痛苦，幸福多么不真实。为了进一步体会到幸福的真实，我曾辟谷训练，当我看见墙上的大葱都要扑过去时，我真真正正体会到了食物的宝贵，有饭吃是件多么幸福的事呀！我的第一篇小说《幸福王阿牛》得到了著名评论家李敬泽先生的好评，是写一个农民工的故事。这里我不想就这篇小说多讲，只想谈谈对"幸福"这两个字的认知，这也是近期大家都在讨论的一个热门话题。在我理解的幸福的含义里面，期望和希望占有很大成分。人的需求一旦能非常容易就得到满足的话，幸福指数就会大大下降。每天在肉林酒海里泡着，哪里还能感觉到温饱是件幸福的事？在逆境里，能够克服困难不懈努力，处境就会变得好一些，就会感觉到幸福，还有憧憬还有希望。我笔下的小人物，在环境的驱使下，将平凡的日子化作了幸福的炊烟。人活在世上，包括我们的生活、事业、感情，这些都不能太过于饱满，正所谓水满则溢月圆则亏，我把我的小说设定在一个社会的底层面上，赋予小人物们幸福、理想和快乐，我让他们活得有滋有味、充满希望。

生活中的不期而遇，我发现了他们身上的光泽，我用小说来把这些光泽变成火焰，这火焰里有我想象力的发挥，也有我对世事的憧憬，我喜欢祥和宁静的生活，没有战争，没有杀戮，没有争夺，大家都着相安无事的日子，不被打扰。人类的理想境界，中庸之道。我不是在有意地回避痛苦与磨难，而是这些小人物面对苦难的毅力和坚强让人敬仰。当弹棉花的小伙子跑了第一个媳妇后，他依然积极工作，积极赚钱，积极为找下一个媳妇做准备。这些小人物不是没有痛苦磨难，他们也在本能地抗拒挣扎，他们的抗拒就是无声的劳作。他们没有时间停下来痛苦与思考，只有劳作才是他们的生存之本和希望。他们质朴的精神让人感动。相信这样的精神也会感动那些"大人物"吧。

林　品：生活中也许你是一位具有俏皮的冷幽默的人吧！阅读你的小说《我想和你一起玩》《靴子沟里的文化人》《双黄蛋》《歪子有张风光脸》《俺家有台"神舟七号"》等，几部短篇小说在叙事上具有极其浓郁的幽默风格，带有一定意义上的批判意识和寓言的意味，读起来让人忍俊不禁。这与你《小日子》集中其他作品的风格略有不同，虽然同放一集，但风格迥异，这是你刻意安排的，还是不经意中制造的一种反差？

张鲁镭：我写小说随意性很强，从没考虑过什么风格、什么题材，都是想到哪儿就写到哪儿。生活中的我能发现很多好玩有趣的事。我愿意把这种幽默和趣味放进小说里，写着读着都很轻松。生活中的我是散淡的，我愿意生活中的一切都轻轻松松，包括写作在内。我曾经在一个远房亲戚那儿定了一口家养的笨猪，头年去取猪时，这亲戚在原来定好的价格上又让我添了几千块钱，他为了这几千块钱动了不少脑筋，他向我要钱的时候，不是一次性的，而是钝刀慢割，一会儿说装猪肉的桶是他花钱买的，一会儿又说他清理猪圈时摔了一跤，花去不少药费，当时和我一起去的朋友都气得捏了拳头，可我一点都没动气，还在心里开动脑筋为他盘算着各种理由。居然找到了十几个，可惜亲戚他没有跟上我心里的思路，只用上一半，这么想着我还省了。回到家我迅速完成了一篇《黑毛猪》，因为写的时候夹杂着发泄，写完就把它扔到一边给忘了，直到有人要稿催稿才想起来。前不久有朋友打电话来说，他们看完都笑喷了，可我再回头看时却怎么也笑不出来。

林　品：不管怎样，你的小说中都表达了你积极的人生态度，是这样吧？

张鲁镭：我特别喜欢一部叫《美丽人生》的电影，这部电影是用喜剧的手法来描写一个悲剧，笑过之后是那种悲凉的沧桑。这是我崇尚的也是我试图追求的一种风格，如果这也算一种风格的话。人生无常，苦难无法回避，但积极的态度和笑脸，却是凄苦的稀释剂，就像咖啡加糖的滋味。《美丽人生》中的主人公用他的笑脸和智慧，在一场血腥的屠杀中演绎了一段动人的美丽人生，拥有灿烂的笑容和乐观的心态，美丽人生近在咫尺。

林　品：当代的文学创作，尤其是小说，动则就是上百万言，就是大部头，如同今天的电视剧，不弄出个四五十集的，不整出上中下三部的就不算是好作品，就不能火爆。而你的小说创作总是保持在每篇万字左右的短篇，你发给我即将出版的集子《美丽鞋匠铺》也是20篇短篇，写短篇你会信手拈来，这意味着你自己没有驾驭大部头的能力，还是意味着写短篇小说是你个人的一种创作理念？

张鲁镭：写小说我喜欢，写短篇我更喜欢。我喜欢零零碎碎的家长里短市井人情，我很热爱这种题材，从骨子里往外地爱。对于爱不释手的东西，有谁会轻易就把它丢弃？目前短篇是我的最爱，我会继续把爱倾注给它，给它阳光和雨露。一些德高望重的老师也在劝我先别急着写长篇，他们是担心我种不好西瓜，再把一颗亮晶晶的芝麻给扔了，我会用心来保护这颗芝麻的，让它在我的关爱下发出星星一样的光芒。至于某一天，我是不是会移情别恋，这个嘛，写作本身就存在着一种宿命，如果它现在已经在人生的某个路口等我了，那还说什么，张开双臂，拥抱吧！

林　品：对了，我特别喜欢你创作的《橘子豆腐》这篇小说。从一般意义上讲，小说的叙事性是由摹写人生的内容因素决定的，人生的主体是人，核心是人的生命运动，并由此构成人的种种活动，也就是人的所作所为，都是叙事文学之所谓"事"。《橘子豆腐》中，开篇先"磨叽"的是什么是橘子豆腐，非常烦琐但富于意义，接着又从各色人等纷纷购买橘子豆腐来铺垫橘子这个人物的出场，橘子这个人物让你描写得特别鲜活，像鲜活的豆腐，小说中你对做豆腐的整个加工过程都了如指掌、不惜笔墨，结尾处处理橘子人物又极为冷静，出乎意料又在情理之中，这种叙事的方式很特别，想听听你是怎么创作这篇小说的。

张鲁镭：我妈妈家楼下的菜市场里开着一个豆腐店，很小的一个店。女老板是个年轻小媳妇，长得小巧玲珑，她头上总爱包着一个花布头巾，青花瓷图案的那种，当时就是这头巾吸引了我，这头巾让女老板滋生了文艺情调，气质都脱俗了，小家碧玉一般。开始还觉得为她惋惜，这样的女子偏偏来卖豆腐，最差也是在大商场的专柜销售兰蔻香奈儿。豆腐店巴掌大的地方让她打理得干干净净、有井有条，她手脚麻利地做豆腐卖豆腐。后来发现她天生就该卖豆腐的，豆腐白，她也白，豆腐嫩，她皮肤也嫩，是豆腐的滋养才让她有了这番姿色吧？有一次我忍不住问：你每天都吃豆腐吗？她说差不多，当天卖不掉的就吃了或送人。小说一起笔我就决定了她的天使形象，我让周围的人和物，包括门前的大树豆腐房里的摆设，都来映衬我心中的这个美丽善良的豆腐天使。橘子的美是家常的是内敛的，收着手脚，她是中国良家妇女的形象代表，在城市，在乡下，在犄角胡同里，好多个橘子像那些不知名的花草一样，飘散着她们淡淡的芳香。

林　品：《小日子》集子中，多篇小说都写到了吃臭豆腐，是不是你也很喜欢吃这种食品哪？有人说，喜欢吃臭豆腐的人，尤其是女人都是很有别样性格的？你是吗？

张鲁镭：哈哈，小说本身来源于生活，但更是高于生活的虚构，林博士也发现了吧。我的小说里有好多菜谱，有不少朋友还拿到灶上去实践，结果可想而知。小说就是小说，想做菜还是要买一本正规的菜谱为好，你说是吧，林博士？至于臭豆腐，我愿意看别人吃，看的过程很过瘾，那食客们的眼神动作嘴角都别有一番情致，和吃一般饭菜大相径庭，我自己没这福气，来不了那个。

林　品：对你而言，写小说一定是一件很有意义的事情，你也会乐此不疲，但当影视剧出现的时候，你觉得小说作为一种艺术形式，还有未来发展的空间吗？你觉得小说会不会被影视这种视图艺术给挤兑得体无完肤或者是走向艺术末路？

张鲁镭：这怎么可能呢？完全是两个载体。小说的魅力在于用文字来告诉读者一个故事、一个场景。读者通过这些文字会在大脑中加工成一个画面，同样的文字在不同的读者心里会产生不同的画面。小说会把人带到无限的遐想之中，这就是小说和其他载体所具有的不可比拟的魅力。我们不可能丧失幻想，小说就好比装着幻想和梦想的船一样，在浩瀚的大海中漂游前行。

林　品：小说创作常常摹写"虚拟的人生幻象"，既包括奇幻的想象，也包括现实，前者是虚构自不必说，后者的虚构性也显而易见。在你的小说中，也有你的虚构，对现实的虚构，如《靴子沟里的文化人》《双黄蛋》《歪子有张风光脸》，这些虚构是否意味着你对现实的生活有着独到的理解和阐释？

张鲁镭：听朋友讲过一件事，因为工作需要他经常天南海北出差，他非常愿意和单位一个长相怪异身材威猛的同事一起出门，原因是和这人一起有安全感。他们无论去哪个城市，出入任何公共场所都没有听见一个"不"字，此人的外形极有威慑力，人们看见他都退避三舍，跟见了鬼似的。我朋友和这人一起逛街市，要价100块的东西，还价1块钱对方也不生气，唯一的表情就是闭着眼睛摇头。后来这人辞职不知去向，人们开玩笑说他去当私人保镖了。于是就有了我的小说《歪子有张风光脸》，这篇小说也不能说是完全的虚构，我是把故事演绎升华了。

还有我的亲戚是一对空巢老人，他们为了排遣寂寞就买来两台治疗仪，左邻右舍的老人都趋之若鹜，家里一下子就热闹了，儿女说出这样做的安全隐患，他们也不听，这是他们打发日子的快乐方式。我的小说《俺家有台"神州七号"》由此产生。像《双黄蛋》《靴子沟里的文化人》等，都是我先捕到风然后去捉影子，和我的其他小说一样，不经意间就完成了，没有"虚构之上的虚构"。

林　品：《小日子》有一幅底层图景的感觉，而这幅底层图景充满着祥和和恬淡的世外桃源的意味，这也是我开头提及的话题。我阅读你的这部《小日子》集子的时候，时常在脑海里会把《小日子》里各个短篇中的人和事搅合在一起，构成一部独立的《小日子》，仿佛感觉就有这么一座小镇，小镇上生活着橘子、王阿牛、冯棉花、葛民兵、石胖子、云晓、歪子等诸多活生生的人物，很像一部电视剧。你有创作电视剧的愿望吗？作家触电不仅是一种创作文体的尝试，更是一种时髦和新的获利手段，我建议你尝试一下。

张鲁镭：哈哈，目前我还没有尝试别的文体，像刚刚说过的那样，如果未来的路上有这样的契机，也未尝不可。

林　品：在我的微博里我推荐大家阅读《小日子》，我的目的很简单，就是在今天极为繁忙、极为郁闷的时代，读读《小日子》也许会使我们获得对生活、对生命的重新理解，珍惜生活、珍惜生命，恬淡的小日子才是每一个人的生活意义和生命的真谛。

张鲁镭：谢谢林博士的推荐，但愿我的《小日子》能在茶余饭后给阅读者带来一丝慰藉和快乐，愿大家都能在自己的"小日子"里，温暖着，快乐着。

用文字铺一条精神的通道

——与文学评论家韩春燕的对话

作家简介：

　　韩春燕（1966— ），女，文学博士，文学博士后，文学评论家，辽宁文学院院长，《当代作家评论》主编。中国作家协会理论与批评委员会委员，中国作家协会青年工作委员会委员，中国当代文学研究会常务理事，辽宁省作家协会副主席，辽宁省作家协会文学理论与批评委员会主任，辽宁省文艺理论家协会副主席。辽宁大学博士生导师，渤海大学、沈阳师范大学兼职硕士生导师，中国海洋大学、西北师范大学客座教授。茅盾文学奖等奖项和文学排行榜评委。20世纪80年代开始小说、诗歌创作。

　　当代辽宁作家群作为一个地域性写作群体，它的繁盛必有与其伴生的地域性文学评论群体。但目前的现实是，在当代文学研究领域，对作品的研究远远多于对文学评论的研究，辽宁亦然。韩春燕作为辽宁作家和文学评论家，一直关注新东北作家的创作，发表过大量相关评论和学术文章。其中，学术专著《文字里的村庄——当代中国小说的村庄叙事》于2012年获得第七届辽宁文学奖文学评论奖。在我看来，该专著中所谈及的"村庄文化"问题很有学术价值和现实意义。村庄文化是中国文化发展中的重要内容，是中国文人极为关注的话题，是社会发展与变迁的晴雨表。在中国，村庄作为一种特殊的社会基本单位，一直成为作家书写的对象，但描写村庄文化的文学作品也不都能反映村庄的全部。而韩春燕却以饱含深情的态度、精细巧妙的构思、敏锐的独特视角和散文式的笔法，将当代中国作家笔下的村庄融为一体，梳理了文学研究视界里的文化的村庄和村庄的文化。

　　林　嵒：我们既是同事，又是好朋友，相识很多年，像这样的聊天也有多次，但这次我们要聊的话题相对比较集中。很早以前，就知道你是一位文学青年，写过很多中短篇小说，也出版过长篇小说。你发表在《百花洲》《当代小说》《佛山文艺》《鸭绿江》《海燕》《芒种》等刊物上的小说，我都看过。如《花井》《血棒槌》《楼对面的风景》《城市"妇救会"》《红馆》《你拍一我拍一》《二十三点五十八分的火车》《一枝梅站着死》等，写得比较有特点。2003年，你攻读文学博士，开始对现当代文学进行研究，从起初的文学创作到文学研究，这是一次很大的转型。这期间，一定有你自己比较成熟的思考。先谈谈你是如何走上文学创作道路的吧。

韩春燕：怎么说呢？我觉得一个人跟文学的缘分是天生的，或者说文学是一种病，这种病是先天的，你一出生就显现着"文学青年"的病症。比如我自小就比其他孩子敏感，喜欢读书，爱冥想，常常无端地伤感。我小的时候是个有些异禀的孩子，独爱文字，谁家炕头上糊的报纸，我也能趴那里看半天。小学时代就读了大量的杂书，只要带字的，无论鲜花还是毒草、阳春白雪还是下里巴人，能弄到的都读得如饥似渴，而且记忆力相当好，一遍成诵。我现在也奇怪，那些油印的竖排版的繁体字我竟是无师自通的。当时，我父亲是一个完全中学的校长，他教哲学。父亲和母亲都是文学青年，都爱看书，并在日记上写些具有那个时代特色的所谓诗歌。当然，我可能是遗传了他们的一些东西。可我看的那些书，大多是我自己通过各种渠道淘弄来的——我的父母坚决反对我看那些东西，包括《红楼梦》。我家邻居有个老先生，他们家有个柳条包，里面都是线装书。村里还有一个从城里下放来的"五七战士"，他家也有书，大多是小说。供销社柜台里还出租图书，押金一元，每天八分。几乎全村的藏书我都读过，那时点煤油灯。一日，大雪，那个夜晚我很矫情地学了次"孙康映雪"。为了蹭书看，我拉关系，出苦力，把家里东西拿去卖废品，什么招数都用过。

书看得多了，就爱瞎想，海阔天空的，包括上课时也走神儿，当时冥想是我最大的乐趣。我在10岁之前心灵所经历的东西很多，内心很沧桑，每次露天电影散场之后，我都无比落寞和伤感，每有一个人离世，我都经历一次生和死的煎熬。我那时候和现在性格很不同，没这么乐观向上。

严格地说，我发表第一篇作品是在我9岁那年。那年，我写了一首诗，姑且算诗吧，被公社广播站采用了，面向全公社各村各户广播了。记得题目是《贫下中农管学校》，是歌颂贫宣队入驻学校的。当然，现在看来，那所谓的诗无论内容和形式都幼稚得很。

我的作文一直不错，经常成为范文。我中学的语文老师给了我非常多的肯定，这也强化了我对文字的信心。那时候初中就分文理科，我是学理科的，我数理化成绩很不错，到重点高中也学的是理科，"学好数理化，走遍天下都不怕"嘛！其实我内心一直很纠结，最后终于在高考前痛下决心转到了文科。其实文科里面的地理和历史，因为文理分科，我根本没学过，基础很差，转文科也就是缘于对文学的热爱和憧憬了。

真正发表第一篇作品是在1986年，还是诗歌。记得那首诗的题目是《我的小城》，写得很文艺，在一家文学刊物上发表后挣了30多块钱的稿费，很激动。大概是同年吧，我投了一篇小说给《春风》杂志，当时《春风》的主编张少武老师是个非常负责任的人，他还给我回了一封亲笔信，对我进行了鼓励。小说很顺利地刊载出来，挣了89块钱的稿费，当时觉得好大一笔收入哇。就这样，我便开始了所谓的文学生涯。

林　品：你的短篇小说创作相对而言比较散，没有集中的题材，但塑造的人物很有特色。你觉得哪些人物是你比较喜欢的，是否有生活中的原型，或者说通过塑造这样的人物，你个人想表达什么？

韩春燕：我比较喜欢的人物好像没有。我喜不喜欢他不重要，我希望他有特点。一个写作者对笔下人物的喜欢和我们日常对某个人或某类人那种喜欢不同。我生活中比较喜欢有趣的人，无论男女，有特点有个性，即使本人古板，你也能觉得他有趣。我小说里的人物大多没有原型，是我自己杜撰出来的，若说有，也仅是有点影子。比如说《你拍一我拍一》里面的女主人公，她有点我一个小学同学的影子。我写作，其实就是享受想象的快乐。我是个爱梦想的人，胡思乱想是我最大的爱好。

林　品：记得多年前你有部小长篇里面写到了高校教师的网恋。我觉得在网络刚刚走进人们生活的时候，你的这部小说带有一定的预言性和前瞻性。后来很多网恋事件的事实证明你当时的判断是正确的。

韩春燕：其实我一直相信文学的预言性。西方的诗人是先知，我们现在的写作神性已经消失很多了，但它仍然有预言的功能。我2002年发表《城市"妇救会"》，2006年媒体就报道了古城西安出现了全国首家无偿服务的女子侦探组织，这个被称作"二奶杀手"的妇女组织，由一些受到丈夫婚外情伤害的中年妇女组成。她们专门帮助广大受害妇女搜集丈夫出轨的证据，惩戒小三和出轨的男人。这个组织的好坏我们姑且不论，她们暗合我虚构的小说，让我觉得惊异。现在回来说这个小长篇，其实我不愿意提这部书，确实是因为它的名字，怎么说呢？这个名字容易让人望文生义，但当时有关方面为了销路，没办法。书里面的内容其实是很严肃的，也确实很有前瞻性，在那个时候就表达了对人类性别危机的忧虑，后来的事实证明，这并不是杞人忧天。当然，也包括你所说的网恋的事情，那时刚有电脑，还不怎么会用，对于这些东西真的就是瞎想的，没想到，后来这些东西成了一种普遍的社会现象。

林　岊：作为文学青年，暂用这样的词汇，也表示你还年轻吧，从文学创作转型到文学理论，这是一个变化。对于你而言，有着个人的写作经验，再到文学理论研究，我觉得这是一个好事。当下很多文学研究者仅仅是文学研究者，缺少个人创作的经验，严格意义上讲对小说研究是有一定阻碍的。我个人比较喜欢既是作家又是评论家的文学研究者的研究思维，你觉得呢？

韩春燕：你说的有道理。现在中国比较活跃的批评家大多数都有过文学青年的经历，他们因为懂得文学，所以才能产生到位的批评。而且我个人比较喜欢美文批评，那些佶屈聱牙的评论文字我也读不下去。

林　岊：从2007年到2010年短短的三年间，你出版了两部文学研究专著，前一部是春风文艺出版社出版的《风景颗粒——当代东北地域文化小说解读》，后一部是上海人民出版社出版的《文字里的村庄——当代中国小说的村庄叙事》。应该说你的写作和研究总是与乡村和乡土有关，这是否是一种经验的传达？

韩春燕：一个人的童年其实已经规定了他整个一生，这有点像种子，种子里有枝有叶有花有果，有这棵植物后来的一切。所以说，这更像是一种宿命。我生在乡村，在乡土中生活了十几年，乡村的一切已经在我的生命中刻上了深深的印记。我的底色就是乡村的，即便后来的城市生活如何漫长如何繁复，它都是在这底色之上的。无论写作还是研究都需要兴趣的驱动，我的兴趣点就是乡村和乡土，它们连接着我的记忆和情感。

我不知道你有没有这样的感觉，我们的一生其实就是一次向童年的回归。童年是我们的原点，然后我们长大、离开，但这种离开是一次漫长的返回，当然，这种返回往往是隐性的，路径也是不同的。比如说，我有一个朋友，1969年出生的，至今，他心目中最美的女人还是电影《甜蜜的事业》中的李秀明，而不是范冰冰。为什么呢？因为他的美学标准在他很小的时候就被确定了，这很难改变。还比如饮食，人的胃口是有记忆的，我们心中最美味的东西，往往是小时候认为最好吃的。这些都是经验，经验决定我们的兴趣和判断，而最根本的经验，深潜在我们意识深处的经验，就是童年的经验。所以说，人的一生是有内在限制的，而限制的一部分就来自我们拥有过什么样的童年生活。

林　岊：一个村庄就是一个世界，村庄就是一个社会的缩影。村庄这个社会的灵魂是人，作家关于村庄的创作，就是通过村庄中的人的故事、人的命运来揭示人性，来揭示社会的变迁，来传达作家个人对生命、生活和社会的认知。你在《文字里的村庄——当代中国小说的村庄叙事》这部专著里也有这样的论述。你觉得中国作家笔下的村庄具有怎样的特点呢？

韩春燕：我在这本书中也阐述了这个问题，中国作家笔下的村庄面貌各不相同，但大多赋予了村庄某种隐喻。村庄作为中国几千年农业文明的生成物，作为华夏民族和传统文化的象征物，在文学作品中具有着文化符码的功能。因作者的叙事目的不同，这些文学村庄可分为具有政治隐喻功能的村庄，具有文化隐喻功能的村庄，具有国家民族隐喻功能的村庄以及作为精神家园审美乌托邦的村庄。而由于作者叙事立场的不同，同一种隐喻功能的村庄可以表达出不同的隐喻。

在新文学中，对生活的现实书写不是生活的简单再现，而是作品世界与现实世界之间存在着一定的距离。作家对现实生活也有自己主观性的判断，将自己的理想和价值尺度渗透到作品中，以此作为现实世界的参照，在理想与现实的对比中去发现世界和生活的本质，去探索关于人的核心问题。因此，作品中所叙述的表层故事背后具有一定的深刻意义，而这深刻意义大部分是通过隐喻手法实现的。

林　品：现当代文学中，中国作家关于乡村、关于村庄的写作，哪些小说或者说小说里的人物、故事是你非常认可的？

韩春燕：呵呵，也就是说和我气味相投的呗！写乡村写得好，写得真实厚重，具有强烈现实主义震撼力和艺术感染力的很多——当然，说这些作品真实，其实是应该打引号的。文学是作者主观对现实的重构，它本身更像一个巨大的梦境——从鲁迅和20世纪20年代的乡土小说派的创作，到以赵树理为代表的"山药蛋派"的创作，直到当下贾平凹、阎连科、张炜、李锐、曹乃谦等人的创作，乡土小说作为中国新文学的主脉，100多年来确实出现了数不清的优秀作品。对这样的作品我很敬重。可是我更喜欢具有诗性的书写，比如废名、沈从文、萧红、汪曾祺等人的小说。你看，中国的乡村在不同的书写向度上，就是完全不同的样子，而乡村的构成单位——村庄，在不同作家的笔下，更是面貌各异。我一直认为中国的村庄是最耐人寻味的，它是一个民族最丰富最复杂的文化标本，它完全可以满足持有不同叙事立场、叙事爱好的写作者的需要。

林　品：中国的村庄文化具有保存相对完好的儒释道传统文化系统，也是在长期生产劳动和共同生活中形成的具有地方特色的文化现实，但随着时间的变化，新的外部文化也会不断冲击着中国传统的乡村文化和村庄文化，尤其是约定俗成的乡村礼俗文化。新旧杂糅，变化难定。但众所周知，现代化还在进行。你怎么看待中国乡村变迁和未来的乡村命运？

韩春燕：中国乡村的命运在100多年前就注定了。现代化的标志就是城市化，城市的扩张就是乡村的萎缩，而100多年来现代化是全体中国人的梦想，一切都要为这个梦想让路，但我觉得我们对现代化负面的东西还是缺乏思想准备。世界上没有绝对好的东西，现在现代化的问题已经呈现出来了，而曾经竭力为现代化鼓而呼的作家们，面对当下现代化的困境，也开始了反思。当然，文学是审美的，也许乡土社会农耕文明更契合这种审美。每个人其实都来自土地，都希望清楚看到自己的根。我一直认为人是有神性的，而这种神性一定要与土地和自然相联系。有一天我们必然要遗忘麦子的模样，而村庄社会也注定会变成一个遥远的童话，因为现代化已经成为呼啸的过山车，谁也无法抵挡它的疯狂。

我前几天去外地开会，在一个城市新区里看到一个住宅小区，上面写着"××村"。也就是说，这里的居民原来都是一个村子的农民，他们的土地被征用盖了高楼，他们也搬入了楼房，成了城市居民。村子整体搬迁变成城市中的一个住宅小区，而且这个小区就沿用了"××村"这个名字。面对这样一个小区，我怎么看怎么觉得意味深长。我不禁会想到，人住上了高楼，那么他们养的牛羊猪鸡呢？他们使用惯了的镰刀犁杖呢？形式上他们告别土地变成城里人，那么他们的生活习性呢？他们的思想意识呢？还有，他们人与人之间的关系，以及他们的生存状态会变得怎样呢？这种转变不是一个华丽的转身所能概括得了的，也许有的农民会很高兴住上高楼成为城里人，但这种从根上拔起，必有着从根到梢、从里到外的痛楚。

你问我中国未来乡村的命运，也许这个城市中的村庄已经给你答案了。在那些远离城市的中国乡村，虽然它们暂时还没有成为城市中的村庄，但其固有的人际结构和文化构成都在迅速变化之中，乡村的基本属性和面貌都在改变。面对这一切，有人欣喜，有人悲哀，但一个基本事实是，在强大的现代化惯性面前，谁都无力改变这个现状。

林　品：对于乡村也好，村庄也罢，我特别喜欢作家要具有一种"田园意识"或者叫作"乡土气息"。你的专著中有一章节谈到了"田园叙事中的有机时间与毗邻关系"，词汇用法很新颖。你认为作家应该在创作中怎样表达一种田园生活的基本事实呢？

韩春燕：这个说法不是我的创造，它来自巴赫金。田园生活的基本事实，无外乎时间、空间、人物、器物、生存、繁衍以及各种关系，这关系包括人与人的关系、人与土地的关系、人与牛马猪羊等其他生命的关系，而其中以人与人的关系最为复杂。每个作家在描述田园生活时，其实都要根据自己的写作目的和审美需求重构出一种样貌的田园。我觉得你所说的乡土气息，更多的是指向它的美学特征。丁帆先生在其《中国乡土小说史》中谈到乡土小说的美学特征时，使用"三画四彩"来表述，即风景画、风俗画、风情画，自然色彩、神性色彩、流寓色彩、悲情色彩。也许，具备了这样一些元素，就具备乡土小说的审美特质了。

林　品：当前，中国的农村变化很大，许多地方城市化进程很快，人们对物质的追求越来越强烈。你怎么看待现代人对物质的迷恋和作家对物质的表达？

韩春燕：其实对于人来说，最重要也最基本的物质是空气、水和粮食，但现在我们为了最大化地占有物质，严重损害了我们生存的基本前提，空气、水和粮食都出现了严重问题。人类是聪明的，这种聪明使人类一步步走向愚蠢，甚至自我毁灭。在我们这个时代，人类的贪婪已经无以复加，作家对时代的描述，理应包括时代的病象，如果作家仅仅止于对时代的再现，随波逐流，那是作家大的局限。作家的思想应该能够超越自己所处的时代，作品也应该具有前瞻性和隐喻性。

应该说，我们这个时代比以往任何时候都更迫切地需要清醒、理性、富有责任感的写作者。人类对物质的迷恋源于人类贪婪的天性，这种天性是需要克制的，同时对物质的过分迷恋，也不能不说与我们这个时代精神的萎缩有关。多年来，舆论的误导，理想的缺失，价值观的混乱，道德体系的崩塌，都是造成社会乱象的原因。作家所从事的是与人类精神相关的劳动，这就要求作家要具有在时代精神上的担当。

林　品：你的文字有两种截然不同的风格，一种是泼辣俏皮，幽默十足，和徐坤有些相似；另一种是宁静唯美，有灵性、神性和诗性。你更喜欢哪种风格？

韩春燕：你应该问，我更喜欢哪个自己。这两种文字风格其实就是两个我，我平日里给人的印象就是第一种，热热闹闹的，有侠女风范。其实我内心里真实的自己是第二种。一直这样，天生的，没办法，就顺其自然吧。如果论起文字，我还真是比较偏爱后一种，但我大多数时候是个浮躁的人，静下来也很难。

林　品：我们谈谈另外一个话题，中国导演都有奥斯卡情结，中国作家也有着很深的诺贝尔文学奖的情结。今年莫言获得了诺贝尔文学奖，这是一件好事，也是中国作家填补一项空白的事情。你怎么看这个问题？

韩春燕：诺贝尔文学奖是中国作家的一个梦，也是心中的一块痛，无论如何，这个奖项是现有的最具影响力的国际大奖，当然也是写作者的最高荣誉。中国作家要获得这个奖存在很多问题，语言上的，文化上的，政治上的，等等，很复杂。任何奖项都有它的限制，或曰局限性，尤其是文学之外的限制。现在莫言得奖了，莫言的书脱销了，一些离文学比较远的人也关注文学了，人们到处谈诺奖，到处谈莫言，莫言愿意不愿意他都火了，成了大明星。但愿这件事别在娱乐的路上走太远，现在多么严肃的事情，最后都可能变成娱乐事件。不过对于莫言个人来说，这无论如何都是值得恭喜的。中国有很多优秀的作家，莫言是其中一个。在获奖之前，莫言及他的同行们已经在那里存在了很多年，他们的作品也存在了很多年。我们中国读者要有自己的文学鉴赏自信，难道只能等那几个外国人说中国这个作家是好的，这些作品是好的，我们才能确定地说，哦，这个是好作家，这些是好作品，我们要关注一下，要拿来读读？这其实是很荒唐的事情。现在中国有好多人在消费莫言，我相信，聪慧如莫言，这一定是他所不愿的。

林　品：现在网络写手很多，有人认为网络小说都是俗小说，你怎么看待雅文学和俗文学？

韩春燕：雅和俗是相对的，而且不同的人对雅和俗的认定也不同，一些人认为很雅的事情，另一些人可能就认为很俗。文学上的雅和俗也是有时间和空间限定的。就我们当下来说，我觉得雅文学里有俗，俗文学里带雅已经成为一种趋势。在今天，文学如果一味地雅下去可能会自绝于读者，因为现在是一切市场说了算，什么都要经济挂帅，即使是非常雅的作品可能也要用非常俗的市场手段来宣传推销。如今，文学离开了政治的战车，却又不得不沦落风尘被市场所绑架。我这样说，不是说俗文学就不好，相反，我觉得既然每个时代都有不同的社会人群，那么就应该有不同的提供给不同人群的文学，百花齐放，芍药有芍药的美，牡丹有牡丹的美。我也读过一些网络小说，包括穿越的、玄幻的，有些还真是不错，写得很好。当然，大众化和化大众这个问题至今也仍然存在着，我个人认为，文学无论如何都应该具有精神上的诉求，无论雅文学还是俗文学。

林　品：你20多年前曾经写过诗，最近听说你又写了一些诗。尝试写诗是一件好事，这个时代真的缺少一种属于人的诗情。你写诗是一种心血来潮还是一种个人创作上的尝试？

韩春燕：虽然我有二十几年没写诗了，但我一直很诗人地活着。我前一段时间走过一些地方，一些景色和事物刺激了我，其实就是你所说的心血来潮，就诗情澎湃地写了二十几首诗。

林　品：今天我们就聊到这里，你也算一个多面手，但我个人希望看到你能创作出更好的文学作品，尤其是小说。

韩春燕：多面手就意味着哪面都不是个强手。我正在努力克服自己的性格弱点，争取在哪个方面有所建树。谢谢你的鼓励！

创新·阻却·诗意·自由

——与作家于晓威的对话

作家简介：

于晓威（1970— ），男，一级作家，辽宁省作家协会副主席，辽宁省优秀专家，油画家。曾任《满族文学》《鸭绿江》主编。毕业于上海社科院首届全国作家研究生班，鲁迅文学院第四、第二十八届高研班。曾获全国少数民族文学创作骏马奖等。著有小说集《L形转弯》《勾引家日记》《午夜落》《羽叶茑萝》《陶琼小姐的1944年夏》，长篇小说《我在你身边》。作品被翻译成日、韩等多种文字。

做当代辽宁作家研究是一件不容易的事情，得到了诸多文学评论家和作家的支持。我坚信这是一件有意义的事情。在当代辽宁作家中，于晓威被誉为国内"70年代出生小说家"代表之一。其作品非关地域性，非关原生态，但均关注乡村、城市和历史。有人评价说他的小说不靠讲故事而是在一定阶段有意疏离小说的传统做法；也有人说他的小说创作看似不动声色实则苦心孤诣地尝试和取舍，并有效地创造了一种别开生面的阅读张力与独特的艺术个性；也有的说于晓威小说创作彰显了作家特有的抒情气质，而这一特点的形成来自他对世俗性的超越。总之，作为"新东北作家群"中的一员，于晓威是值得进入学术研究领域的重要作家。

林　岶： 在当代辽宁作家中，你属于佼佼者，在国内各种小说评比的奖项中，多有殊荣，这说明你的很多作品很具影响力，深受大家认同。今天我们就文学创作的一些问题做一下交流，我相信，我们会谈得很愉快。《渤海大学学报》自开辟"当代辽宁作家研究"栏目以来，很受省内作家的关注，我们的对话也可以从当代辽宁文学创作的现状谈起，你觉得目前辽宁文学创作的整体情况如何？

于晓威： 很高兴和你对话。贵校近年来开拓进取意识不断，综合实力在省内外高校中显著提升，尤其是学术研究和相关活动指数居高不下，让外界刮目相看，这也包括《渤海大学学报》融入其中和展露了可贵的努力。至于目前辽宁文学创作的整体情况，我觉得势头和发展一直不错，值得我们骄傲和珍惜。借用刘勰《文心雕龙》里的一句话，可以说是"墙宇重峻，吐纳自深"。因为辽宁现当代以来的文学资源太雄厚了，辽宁广阔的地域也包容了每个作家的闪转腾挪。目前东北三省甚至整个北方，辽宁文学队伍的铁骑和蹄声一直出现在前沿。这些都是和辽宁作家的砥砺努力、辽宁文学生态环境的良好保持以及文学组织部门的有效服务分不开的。当然，我和你说的都是目前，转过身的明天，我们不是一点后顾之忧没有。20世纪80年代，我们有以金河、刘兆林、邓刚、马原、达理、马秋芬、谢友鄞等一大批为代表的享誉全国的作家，90年代，有以孙惠芬、洪峰、刁斗、孙春平、原野、皮皮、白小易、白天光等一大批为代表的在全国具有广泛影响的作家，进入21世纪以来，我们有津子围、陈昌平、女真、李铁、巴音博罗、周建新等一大批为代表的活跃在全国一线上的作家。但是下一个十年，更年轻的、具有成熟创作风格的作家们会不会形成群体气势涌现？这不能不引起大家的思考。因为我所说的"更年轻的"作家，是指二三十岁的人。我们目前这一拨的作家，已经四十出头了，有的年届五十，甚至有的五十出头。有一句话，"文学是年轻人的事业"，这不是说文学只有年轻人才可以追求，而是说文学往往是在一个人年轻的时候，会对他未来是否从事这个专业发生深刻影响。所以，我觉得目前辽宁文学整体情况虽然很好，但是要有绸缪之思，枕戈待旦。我们辽宁省作家协会所属的辽宁文学院，近年来一直通过办班、培训、笔会、推介等各种努力，致力于发现和培养文学新人，但是力量还远远不够，需要大家来共同关心和扶持，希望今后有机会的话，与你们包括省内其他诸多高校合作，来共同培养大学生文学人才，因为他们是年轻的，代表未来的文学基础和方向。

林　品：你的思考和建议很好，有机会我们一定共同努力。另外，我们同是20世纪70年代出生的，我觉得70年代出生的人热爱写作和50年代、60年代的一些作家热爱写作初衷是不一样的，前者是为了谋生的需要，而后者更多的是一种自发的喜欢，是不是这样，我想对于这样的判断你一定有个人的看法。那么你是如何喜欢上文学写作的，能简单地说说吗？

于晓威：我个人也觉得20世纪50年代、60年代的作家当初是出于谋生的需要，而70年代更多是出于自发喜欢，当然我说得也未必准确，何况这里不能一概而论，肯定存在个案。但是即便是50年代、60年代的作家写作之初，严格说来，

"谋生"一词用在他们身上似乎也不够准确，因为那时候的国家体制还是相对封闭和自足的一个体制，是计划经济时代，比如通过国家和单位招工啊，通过接班哪，通过高考哇，他们得到一份稳定的工作是基本上没问题的，所以不存在借文学"谋生"的问题。但是如果将"谋生"一词广义理解和相应地语义流转，他们通过文学找到了比自己以前更好的工作，谋求了更好的生活，我觉得这个是很普遍的。但是前提也是他们对文学真的喜欢，没有喜欢，就不具有做宏大的事业的基点。看一看今天进入我们当代文学史上的很多50年代出生的作家，他们一直担当了各省各地文学和文化部门的主要领导和中坚，可他们有多少当初就是工人、农民、民办教师、基层科员、部队普通战士、返城知青，包括已故著名作家周克芹、邹志安、贾大山、史铁生，包括现在的陈忠实、李存葆，包括我们省的工人邓刚、农民孙惠芬……全国范围简直数不清。即便是60年代出生的余华，当初就是个小镇牙医，因为羡慕文化馆工作的创作员，一发狠猛力写作，最终如愿进入了文化馆。所以，那个时代的文学气候和社会环境，是可以给一个出色作家提供更好的谋求生活的现实和可能的。但是到了70年代出生的作家呢，市场经济开始了，社会体制变了，单纯通过文学创作来找到一份工作并不容易，在今天，一个出色的农民作家，通过文学一下子能够进入事业单位简直是极难的事，更别提直接被录用为国家干部和公务人员。另一方面，社会开放，观念流变，五行八作，各有造化，成功不一定靠有稳定的工作来彰显，有钱也代表着成功，而赚钱的渠道和门类太多了，文学恰恰在普遍意义上是不会让你赚到大钱的事业，又那么辛苦，谁会死死抱着文学来谋生啊？所以，看清了这个事实，反倒清爽利落了，那就是，70年代出生的作家们接触文学之初，虽然没有登堂入室，虽然知道将来登堂入室那也会是"同来玩月人何在，风景不再似去年"的景象，但是远远地一闻到文学大宅门透出的文学气息，就产生了本能的热爱和自发的喜欢。我们现在经常说文学已然回到了它本质的属性，回到了属于文学自身的东西，渐渐远离了政治和社会不该强加其上的一些信息和符码，那无论从社会大环境还是文学从业者自身心理来考量，它们促成这种变化的因素和力量还是很具有决定性的。

至于我当初是如何喜欢上文学的，简单说就是家庭熏陶和自身性格原因吧。我父亲早年从事诗歌创作和理论研究，他给了儿时的我很大的影响。我自身的性格是非常贪玩，在学校不爱学习，喜欢信马由缰，胡思乱想，再加上每天只爱读闲书，读小说，经由高一时就发表小说这件事一鼓励，就立志从事文学了。那时候我确实没有想得太多，考不上大学怎么办哪，没有工作怎么办哪，没有想。我只是想，我太喜欢看书和写作了，没有这个，我每天都活不安稳。哪怕我未来做临时工，赚钱很少，但只要有一个小平房、小土炕，每天有稀粥和大馒头，只要让我看书和写作，我也会挺快乐。我觉得要实现这种简单的居家理想该没有什么问题吧？我没有想过一定要把文学做到多大，小说写到什么地步，我只是比较清醒地和自己在较劲和调侃，就是我倒要看看，我一辈子搞文学能平庸和惨烈到什么地步，哪怕到老了才发现头撞南墙呢，那我也没什么吃亏，因为我的心灵是真的快乐呀。我相信我们这个时代的许多文学写作者和爱好者都已是这个心态。我觉得这是真实的也是正常的。

林　岜：很多评论家关注你智性姿态的写作，这不同于经验性写作，不仅仅写已经发生的事，也可以写可能发生的事，甚至没有发生的事情，并赋之以哲学意义的提纯和世相浮尘的过滤，你的许多作品都具有这方面的代表意义。对于智性写作，你怎么看？同时，你觉得你在这些小说中是如何表达你个人创作的智性的？

于晓威：智性写作，这个术语的提出有一定道理，起码在过去以及未来一定时间内都会对曾经存在的文学创作惯性、流弊和氛围起到一个反动作用。但是因为"智性写作"的内涵和外延又非常之大，没有哪位评论家能够完整、明确、科学地将它理丝有序和一成不变地阐释出来——这一方面是因为不能，另一方面这么做反而是无意义的，或者说是缩小了它客观存在性和规范性的意义。此外，智性写作在文化上可以关照不同的文本，每个独具风格和面貌一新的个体性文本都会在它那里得到不同的阐释。综上，我在这里如果详尽地谈对智性写作的看法，将是一件费时费力费版面的事情。此前我的好多创作谈，包括诸多评论家关于智性写作的批评成果已经多见于网媒及报端，感兴趣的读者可以按图索骥做一了解。至于我在自己的小说中是如何发挥创作智性的，你已经说得非常对了，就是它在美学伦理和主题、技术理念上基本不同于经验写作。此外，我还可以断言说，智性写作跟知识分子写作有关，跟传统现实主义和当下底层文学部分地发生对立。它体现一个文学观的问题，即你是将文学作为一面镜子，忠实地反映和描摹现实中已经发生的事，还是将文学作为内心的一架想象的雷达，探测、捕捉、勾勒和拼接出你认为外界即将发生、没有发生的事？或者干脆，就是你自己内心发生的事？此外，对于智性写作，我愿意打一个比方来最后说说它，比如一个小孩子跟大人学习拼积木，他拼出了房子，拼出了狗、猫，拼出了火车，这些都很像，不错，没问题。可是有一天，他拼出的东西什么都不像，大人看不懂，只是它单纯在图案或是形态上很有意思，耐人索解，或者他拼出的东西也像房子，也像火车，但是提供了一些视觉以外的气味、声响，哪怕是噪声，还有，他给你拼出的什么都不像的东西，却让你突然产生了回忆，想起了初恋，想起了一次屈辱，想起了小时候冬天窗上的冰凌，或者他就是用积木给你拼出了几个字母和文字本身，它们不具有象形性，但它们本身就是意义——这就是我要表达的智性写作。

林　品：你的小说《圆形精灵》疏密有致而又独特精当地叙述了一枚钱币在人世间的流通过程，可谓探讨时间、偶然及命运的一个范本。北京大学"当代文学点评论坛"和许多评论家认为，该小说融合了现实、传奇、笔记、史料、报道、议论、戏仿等多种文本，通过颇具意味的情节线索，镶嵌融合在一起，举重若轻地探讨了时代、文化、人与哲学的命题，完全超出了一个短篇的思想容量，"为当代中国小说的写作提供了新的借鉴和参考"。而《北宫山纪旧》又深深地参悟了人生和情感的禅理。无论对人还是对物，这些作品都充满了更广阔文化背景下的感受和考察。这种大文化背景的思索来自何处？

于晓威：我想，首先，这种文化理解力本身还是来自我们身处的中华文化的浸淫吧。当然，最熟悉的人往往是你最不了解的人，文化也是如此。你熟悉传统文化，并不意味着你了解传统文化。只有判断才代表了解。而判断来自哪里？来自知识的差异。所以海德格尔说"知识即判断"。我对西方现代文化也同样热爱，起码在我的阅读兴趣上。这种差异让你反观中华传统文化，你会产生一些思索和感受就是自然而然的了。

林　品：在一次访谈中，你曾经表示，"如果说在我多变的创作形式后面存在一种比较恒定的东西，那我想就是在文学内部对世界的诗意理解、对人性的隐秘窥察与对生命真实的人文抚摸"。就我个人而言，我很喜欢"诗意"这个词，小说创作中如果能融入"诗意"的话，那小说一定会上一个层次的。能谈谈你怎么理解小说中的诗意吗？

于晓威：小说中的"诗意"第一是来自语言。这就像一双弹钢琴的手，指甲的细节不干净肯定是不行的。好像是顾城说过的吧，"语言就像钞票，在使用的过程中会变得又脏又旧"。那么，你就要时时注意在公众当下流通的语言中，纯洁和磨洗自己的语言，不要懒惰，使它变得疲沓。要对自己习惯性的书写和公众化的语言保持警惕。第二，"诗意"也体现在你对主题、情节的构思角度和方式上。有诗意的东西都是代表能飞翔的东西，趴在地面上的东西不代表诗意。想象也是能飞起来的一种东西，埋头现实只能越来越干到泥里去。第三，"诗意"也体现在你的审美趣味上，也就是跟心灵有关的风格上。忧伤、离愁、失落、苦闷、一点点小的愉悦、渴望、不切实际的幻想，这些都和诗意有关，但只有两件风格与诗意无缘，一个是愤怒，一个是滑稽（调侃、幽默），它们永远与诗意不沾边。考察一个人的小说有没有诗意，以上三点我认为是基本判断。

林　晶：你的大部分中短篇小说，像《L形转弯》《天气很好》《弥漫》和《让你猜猜我是谁》，乃至长篇小说《我在你身边》中都对人性有很精彩的剖析。那么你是怎样对作品中的人性进行成功塑造的？

于晓威：把作品中的人物从情节化和外在化的角度逼到死角，在心理上给他松绑和宽释，人性在这一明一暗的光线中，自然会呈现出立体影像。在美术中，高亮和极暗都不会使物体存在立体感。

林　晶：在你的小说中，常常能感受到对世界、对人生的一种温情，能谈谈你的"对生命真实的人文抚摸"指的是什么吗？

于晓威：既要对作品中的人物有文化和人道主义的悲悯情怀，但同时又不要让读者感觉到你高于人物，不要让人感觉到你比人物更强势更优越。这就是"对生命真实的人文抚摸"。

林　晶：读你的小说，常常觉得很多作品更像是一种挑战，是新写法的一种演练，在一次次的创新过程中你得到了怎样的提升？

于晓威：证明我还活着，因为我没有对下一次的写作感觉厌倦。这是最重要的。其次是我隐隐地知道，许多读者即便是读过我的所有作品后好像也没有感到厌倦。这就够了。

林　晶：作为土生土长的东北作家，你的作品风格中很少有大部分东北作家那些比较强烈的地域文化色彩，坊间也有善意的言论。有人认为你和刁斗是最不像东北作家的辽宁作家。你怎么看待这个现象？

于晓威：生活中，有人愿意把他人分为军人、商人、工人、女人、男人，中国人、日本人，白种人、黑种人。但什么时候你把他不再看成是前面所加的，而就是一个真正的"人"，那么我觉得不是这个人的身份打动了你，而是他作为人的本质的东西打动了你。看待一个作家也是一样。他继承了哪里文化，他有没有地域风格，这个不重要，永远重要的是他写的叫不叫小说。同样，那些具有强烈的地域文化特征的作家，我不相信他们如果自身没有卓著的才华，仅仅靠描写了地域、作品具有了地域文化就会格外在写作质量上加分。不过，从某种角度来讲，我对地域和文化上的惯性一直保持个人的阻却习惯和审美范式，其中的一部分原因是，我不相信文学像自然科学那样存在着进化论，你能说唐诗比《诗经》更好吗？还是现代小说比元杂剧更拉风？文学只存在风格的演化论和更新论。既然这样，强大的东北写实主义传统和地域文化观念已经在过去造就了许多著名作家，我们在风格上还有多少继承的空间？除非你愿意重复。所以，有的辽宁作家包括我在内，当然不是写得更好，而是就想写得不一样。

林　品：文学是自由的产物，作家个人在创作时间和外在生存环境上的自由是作家创作不可缺少的条件。文学也是人类心灵的外化，主体心灵的自由度直接决定文学所反映世界的深度和真实度，也自然决定了文学所能创造的境界与所能取得成就的高下。可以说，在文学创造的过程中，作家主体心灵自由的意义深刻直接地影响着其文学创作的价值和质量，其意义甚至超过了作家生存的外部客观环境的自由。

于晓威：我几乎是完全认同这种说法。其实康德也好，斯宾塞也好，尼采也好，中国古代的庄子也好，刘勰也好，许多西方现代派理论也好，无数的理论和实践都已证明，文学艺术的产生，首先是主体灵魂对外部客观世界的投射和观照，这个主体灵魂就是指作为作家艺术家独特的心理。这也直接支持了这么一个观点，如果单纯考量外部世界和事件的客观性重要性，就能够生成为艺术，那么，岂不是全国的所有公安局局长和法院院长都很容易成为作家？因为他们掌握的外部生活和社会事件最繁多呀。其实是不对的。反过来说，世界上倒是有无数与外界保持封闭的作家，饱受哮喘折磨的普鲁斯特，在小山村做教师的康德，过着孤独生活的塞林格，他们都写出了伟大的作品。因为他们有着自由而独特的心灵。另外，从养气和精神角度来讲，刘勰早就说过，"水停以鉴，火静而朗，无扰文虑，郁此精爽"，河水只有在不流动的情况下，才会照得见景物，火苗只有在安静不被风吹的情况下，火色才最明亮，燃点才最高。作家不被生存的外部客观环境和事情过多干扰，当然会有利于创作呀。我很欣慰你能将这些话分享给我来交流。也谢谢你提供了这次对话的机会，谢谢！

文学不仅要接地气，更要有温度
——与散文家王秀杰的对话

作家简介：

王秀杰（1953— ），女，一级作家，中国作家协会会员，中国摄影家协会会员。20世纪80年代末开始写作发表作品，先后出版《鹤羽芦花》《与鸟同翔》《水鸟集》《千秋灵鹤》《遥远的乡音》等多部作品集。作品多次被《中国当代散文精选》《辽宁新散文大系》《散文大观》《辽宁女性散文》等文集收入。

选择每一位作家进行对话都很谨慎，在不同代际和从事不同文体写作的当代辽宁作家群体中，选择具有代表性的作家来进行研究，目的是希望呈现给学界辽宁文坛的整体面貌，这项工作还在进行中，但愿我的努力能够为文学以及文学研究本身带来裨益。

"生态文学"作为20世纪末以来中国文学创作的一种新范畴，是全球化生态危机现实语境下文学实践的一种新选择，也是作家面对人类生存现状的窘境而进行的具有作家良知与社会责任的理性情感表达。王秀杰作为省级文艺界高级官员和散文作家，双重身份都让其自觉地关注家乡、自然与生命，其散文作品对"鹤鸟苹草"情有独钟，语言洗练、精致，别具一格，体现了具有社会责任感、使命感和人文精神的女性情怀。对话道出了作家创作初衷、创作经历和创作观念。

林　喦：认识您很高兴，我们都是盘锦人，我在盘锦读高中的时候就听过您的名字。那时，您早已从我就读的高中离开去从事行政工作了。对于一个小县城的民众而言，您从学校到政府，并任职副县长、市长助理、副市长，这是一种进步和荣光，是一种有为的表征。中国传统知识分子讲求"学而优则仕"，后来您又到省城工作，先后任职省文联主席、作协主席。同时，您又是一位非常优秀的散文家，几十年，您笔耕不辍，坚持写作，文章、专著颇丰，想想这一路走来，您一定有诸多感慨。

王秀杰：按照传统观念，从教师到官员的确是一种进步，当时甚至有人说我是一步登天。但任何观念都是一定时段的产物，会随着时代的发展而变化。"文革"十年，知识贬值；高考恢复，知识价值骤增。1983年是第一次机构改革年，也是恢复高考第一届大学生毕业的第二年，当时社会上兴起一股重视知识、追求业务的强劲之风，对我来说尤甚。我是在所就读的中学提前一年留校的，星期六是学生，隔了一天周一便变成了老师，对别的职业来不及旁顾；更重要的是我一下子就爱上了教师工作，后来甚至达到了酷爱的程度，决心像当时的教师典型董淑坤那样，在教师岗位上"从黑头发干到白头发"；又恰恰赶上高考恢复，考入师范院校学习了四年，觉得搞教育，无论是实践，还是理论，都有了支撑一生的根底。因此，当一条"仕途"突然摆到我面前时，我的态度便很明了：搞业务更适合我，更有前途；搞行政枯燥无味，也没兴趣。

营口市委是按照中央提出的干部"四化"（革命化、年轻化、知识化、专业化）标准为县政府寻找女副县长的候选人的。开始没有找到合适的，后来市里、县里撒开大网，把我从毕业生登记汇表中网罗出来。然后，从听我课开始，在轮番与我谈话10余次后，突然宣布我为副县长人选，我竟然急得当场掉下眼泪。市里的一位副书记见状把我留下来单独谈话，说党员要服从组织，考核认为你非常合适，怎么也得干一届三年。他在回市里的路上对司机说，管了几十年干部，没遇到给官不要的。这样好，就让她干。这是那位司机调到盘锦工作后告诉我的。

于是，一介书生干起了行政。在各个岗位我虽然都是恪尽职守，却永远不能热衷于官场。我最心疼于迎来送往中、文山会海中那些时间的浪费，便把业余时间利用起来读书写作。后来，副县长没干到届，被成立不久的盘锦市调去做市长助理，接着做副市长，分管文教卫生等工作。从而立之年干到知天命之年，我把17年最好的青春年华献给了我的家乡，为一个在荒村驿站上建立起来的城市的社会事业奠基，报效了父老乡亲，这是最令我欣慰的。

也许是一种宿命，我从政后的每一个职务的提升都是被动式的，用当下时髦的词应该叫"被提拔"。2002年5月，省委突然调我去省文联，一干就是8年；2010年11月，又突然调我到省作协。这期间，我均持不同意见，但最后又都不得不服从。我在这天赐的一个个"良机"里一路走过慢慢变老，但我的那颗教师心，还有我对家乡的情从未曾改变。

林　品：手头有您几部文学作品的集子，《遥远的乡音》《与鸟同翔》《中华鹤迹》《鹤羽芦花》《水鸟集》《生命与自然》等，阅读之后感觉到您能在繁杂的行政生活之余，以质朴和敏锐的视角捕捉现实生活中的自然景致，且独树一帜地以家乡鹤鸟、苇草为写作对象，坚持几十年，这实在是一件不容易的事情。在您的作品中集中地反映了一位充满爱家乡、爱自然、爱生活的女性作家的独特品质和情怀，也道出了一个社会工作者的神圣职责和肩担的社会责任感，可以说您是一位具有操守社会良知的知识分子和尽职的人民公仆的双重身份的非职业作家。我不知道您对我这样评价有什么想法，是否认同？

王秀杰：不客气地说，我基本同意你的说法。因为这些年支配我写作的正是这样一种思想动机。我生在盘锦长在盘锦，我爱家乡爱自然。最初的写作，就是因为家乡的鹤与芦苇使我产生了自豪感。我爱人在保护区工作，我得以先期得到一些自然环境保护方面的信息，加上出访欧洲的一些国家，看到他们的生态保护水平很高，这些，都促使我拿起笔写点东西，我的处女作《鹤意诗情》便是对从《诗经》的"鹤鸣九皋，声闻于天"起，一直到各代诗词中有关鹤的上百条诗句的推介，想以此告诉人们，那美丽绝伦的丹顶鹤，那浩瀚无边的芦苇荡，实在是得天独厚的，自古以来有无数诗词曲赋把它们歌咏。我想以这样的文化赞美，来启迪家乡人保护好我们这里独特而美好的湿地风貌。

盘锦的百万亩大芦荡是世界最大的苇海，也是国家级自然保护区。在绵延无际、如云似雾的苇海中，繁衍生息着美丽的仙鹤等众多水禽。然而，芦荡湿地的保护却不容乐观，人为的破坏时有发生。我在家乡做领导干部，对父老乡亲生存土地的保护自然负有一份责任，我想把自己看清楚的问题，通过文字的形式进行广泛的提醒，以期影响到更多的人增强保护意识，保护好我们的家园。因此，在后来的作品中就有了一些批评和警醒的内容。

林　品：老话说"一方水土养育一方人"，您的散文创作一方面来源于您个人的生活积累，一方面家乡特有的自然风光给了您独特的艺术感受。总体上讲，您写鹤、写苇、写红海滩的创作风格，可以定位在"生态文学"的范类，这种创作理念和风格的定位您认同吗？

王秀杰：前面提到，我的写作第一目的是政治宣传，随兴而为，写作之初，并没有一个"自觉"的归类。但可能因为我的写作一直关注自然生态、环境保护，与生态写作沾了边，所以几位先生为我指点迷津，使我逐步接触到了生态文学的概念，后来对照生态文学的诸项标准，我才开始较为自觉地向生态文学靠拢，但时至今日，我也不敢妄言自己的作品已经够得上生态文学的档次。

我对自然生态的认识是一个渐进的过程，大抵经历了这样几个阶段：第一阶段是从家乡风物看自然，发表了《野鹤归来》《鹤的迁徙》等篇；第二阶段是从文化的视野看自然，我的第一本散文集《鹤羽芦花》中有一多半的篇章如《鹤意诗情》《赋鹤以赋》等，都是阐述仙鹤和芦苇等自然生物的文化内涵的；第三阶段是从环球的角度看自然，在外出访问期间，注意观察与了解外国的环境保护方面的成功之处，写了《田园诗般的首都堪培拉》《与自然连通的城市》等篇；第四阶段为自然生态观的综合提升阶段，开始注意从多角度挖掘生态文化的内涵。

林　品：有论者指出，其实"环境保护文学"一词，在生态文学体系里有违规之嫌，因为"环境"是相对于人类中心地位而对于一切非我的外部世界的称谓，因此其基点依旧是人类中心主义的藩篱，这是有悖于生态文学所倡导的大地伦理精神和生态整体观思想的，"环境保护文学"应该为"生态保护文学"所代替。关于这种学术范畴的探讨，将是我们所有的生态文学创作者与研究者共同探讨的话题。对于这个提法，您怎么看？

王秀杰：任何一种思想观念都是随着人类社会的发展需要应运而生的，在相应的时期都有过积极意义。譬如"人类中心主义"，较"生态整体主义"是落后了，但我们不能只看到现代化和现代科技对生态环境带来的严重破坏，而看不到它同时也给社会的发展带来了巨大的推动作用。但现在看来，它存在着弊端。"环境保护文学"的逻辑起点即是"人类中心主义"的自然观，是以人类中心主义为理论基础、以人类的利益为终极价值判断的文学。他们把所谓的环境，看成是在人类中心周围所有非人的物质的环绕体，是人类的从属物。生态文学则是以生态系统学的整体利益为最高价值的文学。所谓生态，是指相互依存的共同体、整体化的系统和系统内各部分之间的密切联系，看待人与自然物的地位是平等的，只不过是以人类为主罢了。生态思想是当下人类建设生态文明的哲学基础，它要求人类对一系列不适应需要的概念、文化形式进行调整，保持生态系统的最佳状态，实现人与自然协调发展，人与其他生物共生共荣。这样，以"生态保护文学"取代"环境保护文学"，可能也就势在必行了。

林　品：有人认为，生态文学是反人类的，对于这种观点您怎么评判？

王秀杰：生态文学是探寻生态危机的社会根源的文学。人类的文明和发展究竟出了什么问题，导致如此之严重、危及整个地球和所有生命的生态危机？人类犯了什么大错？怎样才能有效地缓解直至最终消除生态危机？说到底，生态文学要深入探究的核心问题是人类到底应当怎样对待自然，最终的落脚点是在人类的经济、科技、生活方式、发展模式，乃至思想、文化上。生态文学，并不是反对人类的一切开发建设活动，毕竟我们不能抛弃科技，回到原始时代去。只是希望在以人类为主的发展中，人类对自然承担起责任与义务，更好地照顾到其他自然生物的利益；既有利于人类的生存和发展，又能保护生物多样性的存在。

生态文学的关键是指这类文学应具备生态思想和生态视角。生态视角是指生态系统观、整体观和联系观，生态思想是从生态系统的平衡、稳定和整体利益为出发点和终极目标，而不是以人类或任何一个物种、任何一个局部的利益为价值判断的最高标准。它针对的是"人类中心主义"对自然界的藐视，与自然界的不和谐，而不是人类自身。反对以人类作为自然界的中心，反对把人类的利益作为价值判断的终极尺度，并不意味着生态文学蔑视人类或者反人类；恰恰相反，面对现实的生态危机，只有把生态系统的整体利益作为根本前提和最高价值，人类才有可能真正有效地消除生态灾难的恶果和避免生态危机的加剧，这样，是有利于包括以人类为主的生态系统的整体利益、长远利益和根本利益的，简而言之，"生态文学"不仅不是"反人类"的，实质上，是更为完全彻底的"为人类"解决了地球上所有生命的持续生存平衡发展问题，这不正是对于人类的最大负责吗？人类不正是最大的受益者吗？

林　喦： 您认为生态文学最难写的部分在哪里？

王秀杰： 生态文学写作最难的是它的文学表现。好的生态文学作品，应该是思想性与文学性的完美融合：一方面，思想内涵要起到生态警醒、生态批判的作用，要以独到的视觉达到一定的深度，是对生态危机的深层探究，而非肤浅的忧虑；另一方面，要文字唯美、叙述生动，有一种浪漫主义色彩。但实际上，这两者往往是矛盾着的：思想性要求真实、准确、深刻，文学性要求虚无、浪漫、华美，怎样把这矛盾胶着的"理"与"情"统一在一个文本里，既有思想上的犀利锋芒，又有文学上的光彩照人，还浑然一体不露痕迹，着实很难。这应该是所有从事生态写作者的更高层次的追求吧。

其实，我发现，懵懂时的写作是轻松的，随心所欲的；当知道了标准，却缩手缩脚起来，不敢写了，因为不能够轻易地去实现一个完美的表达。

生态文学的研究是一个前沿性、交叉性和现实性的课题，作为一个生态文学的写作者，应努力探讨生态如何进入文学，文学如何叙述生态，以切实增强生态文学的艺术表达力。

我感到任务繁重，但同时愿意继续努力争取进步。首先，要保证自己的思想理念端正，创作观念正确。通过多方面的学习来丰富知识层面，开凿思想的深度，即用新的生态发展眼光来拓展文学思路。其次，要努力学习优秀生态文学的表现技巧和手段，从生态文学的较高层面要求自己的写作，增强作品的情感和美感及形象性和生动性，避免概念化或简单披露式的表达，避免作品过分生态化而缺少文学性。

当然，生态文学作为一种新式文体，典范文本还很匮乏。和其他任何一种文学体裁一样，它形成自己的流派和风格还需要时间的积累。在这一点上，文学界和全社会是需要些耐心的。

林　品：卡森在论著中提出了农药、化肥等科技产品对全球自然的严重破坏，卡森所描写的《寂静的春天》几乎是中国当下的一种面貌，卡森的思想在当初的美国受到过攻击，因此您对于今天中国的生态文学家的处境和生态文学的社会功能有怎样的评价？

王秀杰：农药、化肥等化学污染是工业文明、科技进步对人类生活、自然环境所带来的副作用，几乎是无法避免的。这是当下人人皆知的时代大病症，不是靠几个作家的生态写作所能解决的。但不断地发出声音，总比寂静无声有作用。我相信，对生态危机有所认识的作家，一定会继续努力地去书写，以文学作品向社会宣传生态思想，以给更多的人以影响。当然，也还得注意书写的技巧，不可能太过尖锐、直接，因为直至今天，生态写作仍没有一个被大多数人所理解和接受的宽松环境。好在中国政府已在科学发展观的指导下把生态建设作为一项重要任务进行了部署，展开了行动，相信中国生态写作的环境也会逐步有所改善。

林　品：您的大部分散文作品都在书写自然、赞美自然、讴歌自然，同时也具有一定的呼唤意识，在这里，我感觉到了您的作品不仅接地气，更有温度。所谓接地气就是要求我们的作家或者我们的文学作品要观照现实、观照生活，要深入生活，面对现实的生活和严峻的社会问题不能失语，更不能被生活同化和沉湎现实，而是要用心地接受大地的力量和大地的气息，顺乎人理，接其自然。所谓的温度，是要求作家要有一种人文情怀，满怀激情和热情。而在您的作品中，我看到了这两点。

王秀杰：的确，自从30年前关注起家乡身边的自然生物始，我的自然生态保护意识便在逐渐提高，能够比较自觉地关注现实，会随着生态环境保护形势的好坏而高兴而忧伤，在一些作品里也会把自己的一些看法予以表达，虽然明知作用有限却从未罢手。我还热心地加入了环保厅和林业厅的环保志愿者协会等组织，积极参与自然生态环境保护主题的征文和摄影比赛等活动。因为我相信，随着社会的进步，关注和参与自然生态保护的人必然会越来越多，因为那是关乎地球上每一个人切身利益之事。因此，我会一如既往，为建立人与自然的和谐共处关系，为生态系统整体化最高价值的实现继续贡献绵薄之力。

林　　品：您作品中对"鹤鸟苇草"书写得最多，这也是您的偏爱，您觉得您有没有一种什么具体的意象所指？

王秀杰：是的，我的书写是有具体的意象所指。在盘锦的湿地里，有200多种水鸟等动物及100多万亩的芦苇等植物，鹤与芦苇是盘锦的地标性生物，而如鹤般高洁、如苇般坚强的，恰似家乡人的风骨。鹤与芦苇也是盘锦的象征与荣耀，成为盘锦的一种文化标识。我与苇鹤结下了亲情。我从第一本散文集《鹤羽芦花》即开始了对它们的歌咏，而后一发而不可收。当它们受到伤害时，"鹤无语，人有情"，我会替它们发出呐喊之声。当2002年离别故乡时，我特意去了苇塘，望着那片苍茫的旷野，迎着冬季凛冽的晚风，我的泪水不禁涌出了眼眶。到省城已10多年，但家乡那方乐土里的自然万物始终萦绕在我的脑际，盘锦湿地是我取之不尽用之不竭的创作源泉。与那片土地结下的深厚情感让我情不自禁地注视着：那里的生态环境好转，我兴奋；那里的生态环境变坏，我忧伤。正如一位记者所写的那样："无论走多远，她都走不出那片浩如烟海的芦苇荡；无论走到哪里，她的眼睛里挥之不去的仍是丹顶鹤的倩影。"林喦教授，你这个"鹤鸟苇草"概括得很好，正是故乡这些美丽的生物，会被我牵挂一生。

林　　品：您对辽宁的生态文学创作有什么评价和建议？

王秀杰：中国的生态文学还处在发育、成长时期，还没有形成热潮，甚至连流派还算不上。在生态问题日益引起各界重视的情况下，文学对生态问题依然显得较为冷漠，对生态思想和生态文学方面的研究还很淡然。生态文学在中国也没有得到应有的注意，辽宁也不例外。

沈阳大学阎丽杰教授做过这方面的研究，在《论辽宁生态文学中的生态伦理思想》一文中有一个基本的论述，我基本赞成她的看法。她总的认为，辽宁的一些作家已具有了一些生态思想观念，并在创作中有所体现。她归纳为三个方面，多以鲍尔吉·原野、李松涛和王秀杰为例。第一，笔触已涉及"生物的道德伦理"方面。鲍尔吉·原野在《人看动物》中主张人文主义的关怀应该加入自然和动物的内容；他在《虫鸟侣》中重申人的爱应该扩大到环境、植物、动物。李松涛在《贫血败血并发症》中指出，水养育天地万物，是"多义之物"；在《凋零的葱茏》中，他认为树是仁者的化身，树奋力掩护人类的后代，保护生命的种子，对人有救命之恩。王秀杰在《野鹤归来》中，把鹤表现为有道德伦理的灵物。第二，崇拜生命、敬畏生命成为重要的创作思想。鲍尔吉·原野在《门大爷》和《一粒米重如山》中，都考虑到了人的生存与使其生存的环境之间的共生关系。王秀杰在《悼鹤》中，对鹤和饲养员密切关系的描述，让人看到了对生命的那种尊重。第三，描写、讴歌了自然万物和谐相处的理想形态。李松涛在《SOS——紧急呼救》中明确指出："要惯了派头的人类／不知明目张胆地戕害大自然／恰是在暗算自己。"强调人既不是自然的主人也不是自然的奴隶，人和自然是平等的伙伴关系，具有不可分离性。王秀杰在《苇海日出》中描绘出一幅自然物和自然物之间共生共荣和睦相处的大家庭场面，鲍尔吉·原野的《羊的样子》和《春天喊我》中对泉水和树木的描述，反映了作家可以和自然融为一体，作家是自然的朋友，甚至可以进行人与自然的对话。

诗人李松涛的生态保护主题长诗《拒绝末日》获得了首届鲁迅文学奖，标示了辽宁生态文学创作的最高成就，从中也可看出辽宁生态文学所涉猎的广度和深度。诗人惊惧地发现："超载的地球迅速疲倦着／忧郁的地球急剧苍老着／地球，几乎可以看作是——漂浮宇宙的一口悬棺了！"《拒绝末日》是面对人类生存环境急剧恶化而发出的一声沉痛悠长的叹息，是牵涉人类赖以生存的地球前途命运的一番清醒而深刻的思考，是从地球险境中发出的拯救人类、拒绝末日的急切而沉痛的呼唤。

感悟自然，展现生态危机，揭示危机的思想根源，进行生态哲学角度的文化批判和社会批判，是中国生态文学未来发展的主要任务。相信辽宁生态文学创作和研究的队伍会有更多人的加入，并随着形势的发展去获得新的进步。

林　品：其实，就生态文学而言，它是文学创作范畴的一种新趋向，是文学创作题材的新选择。但同时我们应该看到，生态文学是当下作家面对人类的生活和生存环境的一种思考，这种思考在很大程度上讲带有拷问意味和呼唤意识。作家作为知识分子的一种类型，自然就要关注社会、自然的发展与变化，更关注人类赖以生存的自然环境，就如您如上所说。

王秀杰：是的，作家具有对社会和自然发展、变化的天然敏感性。这种敏感来自作家的社会责任意识和自我的良知本能。应该说，作家作为社会知识分子中的一种类型，其创作的文学作品是社会文明发展的晴雨表，甚至是社会文明、文化发展的推动器，关注社会，关注自然，关注民生是作家与生俱来的责任，对于大多数作家而言，这种天生的责任感，你推都推不掉，躲都躲不开。

林　品：是的，这一点我非常认同。更希望我省当代作家在生态文学创作方面有更突出更具特色的成就。

王秀杰：是的，我们共同期待！

林　晶：我们《渤海大学学报》作为一家省属高校的学术期刊，近年来，一直本着服务区域文化发展，为我们的学术研究与学术批评提供新的思路、开拓新的空间而努力的原则。因此，我们开办了"新东北作家群之当代辽宁作家研究"的栏目，意在为当代辽宁文学的创作与研究服务。应该说，我们办刊、办栏目的想法是没有问题的，总结和梳理当代辽宁文学创作意义重大。不知道您对"新东北作家群"的提法是否认同，我们的工作希望得到您的支持。同时，您对当下辽宁文学创作现状有什么评价、有什么样的期望？

王秀杰：近年来，《渤海大学学报》日益被作协组织、作家评论家队伍所注目。一系列举措的实施，使之声誉鹊起，这肯定与你们的学术期刊注意为区域文化发展服务的指导思想有关。可见，你们在学术研究与学术批评方面的这种探索和努力是取得了成效的。尤其，近期开办的"新东北作家群之当代辽宁作家研究"栏目，旗帜鲜明地来为当代辽宁文学的创作与研究提供高端服务。"东北作家群"是东北的文学前辈创造的一份荣光，作为文学后辈，有责任承继传统，今天，《渤海大学学报》帮助我们共同来擦亮这个品牌，对此，省作家协会是要致以诚挚的谢意的。

小说书写了浓烈的东北风情

——与作家谢友鄞的对话

作家简介：

    谢友鄞（1948— ），男，一级作家，国务院特殊津贴获得者。1976年开始发表作品，著有长篇小说《嘶天》《一车东北人》，小说集《谢友鄞小说选》《大山藏不住》等；短篇小说《窑谷》《马嘶秋诉》分获第八、第九届全国优秀短篇小说奖，中篇小说《滋味》获全国文汇文艺奖等。部分作品被以英、法、德、俄、阿拉伯、世界语向外译介。

我一直相信，文学作为文化的典型代表，是一个时代、一个民族、一个区域、一个国家的文化名片。尤其是那些全力展示地域文化特色的文学作品无疑会成为这张文化名片中最具鲜活魅力的、最具色彩的一张。文学关注地域，关注时代，关注活生生的人，文学才有生命力。当梳理和总结当代辽宁作家创作特色的时候，我感觉到那种从作品中喷涌出来的"东北味道"就汇聚成了一张"新东北作家群"的大名片。无疑，在这张大名片中，当代辽宁作家谢友鄞是一位具有典型性的代表，他的小说绝对具有"新东北作家群"的一股子"呼啦啦"的东北地域特色。应该说，当阅读谢友鄞诸多小说作品的时候，我们会感觉到谢友鄞在用小说这种文学样式和朴实的东北语言忠实地记录着他所热爱的东北一域的历史、文化、民俗，以及活生生地生活在这片土地上的人。他能够在这个比较浮躁的时代中沉稳地再现东北的时代变化、人们的心理走向和永不停歇地向前奔走的人们。所以，谢友鄞的作品《嘶天》《一车东北人》《窑谷》《马嘶秋诉》《滋味》《闲坐话边地》《火神》《老黑鱼号的短暂航程》《我在大地上行走》（长篇散文）等才能屡屡获奖，才能被读者认可。

    林　品：20世纪80年代以来，辽宁省文学创作者在文学创作上取得了丰硕的成就。比如，这个时期以金河、刘兆林、邓刚、马原、达理、马秋芬、谢友鄞、王秀杰等为代表的作家；90年代以孙惠芬、洪峰、刁斗、孙春平、原野、皮皮、白小易、白天光、李轻松等为代表的作家；进入21世纪以来，以津子围、陈昌平、丁宗皓、女真、李铁、巴音博罗、周建新、于晓威等为代表的作家，他们都积极进取，勤奋耕耘，饱含热情地创作了一批高水平、影响大的文学作品。老作家坚持推陈出新，年轻作家更为活跃，整体上讲，这几代人一直都活跃在文坛第一线，创作了具有浓郁东北风格的文学作品。应该说，辽宁当代文学创作格局已经形成，并具有了继承20世纪二三十年代"东北作家群"风格的一些特点。我个人觉得，这个时候，是我们总结和梳理"新东北作家群"整体的创作风格的时候了，您觉得当代辽宁作家的文学创作总体上是否可以用"新东北作家群"这个概念作以总结？

谢友鄞： 准确说，应该是"新东北作家群"中的辽军。黑龙江和吉林的迟子建、阿成等作家也具代表性。如果称之为"当代文学辽军"，具体些，显得更靠谱。作为一名写作者，我对任何归类，包括年龄、地域、流派归类，都不感兴趣。三十年河东三十年河西，但都是一条河。在具体创作中，我感到，有些路，只能一个人走。

林　喦： 我个人觉得，您创作的小说作品中，比较典型地具有了"新东北作家群"的特点。是不是可以这样说，在辽宁作家中，您的地域风格比较突出。您大部分的作品都是围绕着蒙汉杂居的辽西边地，写那里的风土，那里的环境，那里的汉子和女人。您对辽西的文化有着深层次的认识和深厚的情感。其实您是南方人，在东北辽西长大并工作在这里，北方辽西的水土养育了您，您觉得您对这方水土有什么独特的情感吗？

谢友鄞： 我籍录湖南长沙，生于浙江鄞县，在辽西长大。我出生在一个高级知识分子家庭，父亲是煤矿总工程师，母亲毕业于著名的湘雅高中。通过父母，我从小便接触了很多高级知识分子，大多是新中国成立初期，从南方被招聘到东北来的，他们南腔北调，思想活跃。我本人下井八年，在碴子面上摸爬滚打，和最底层的矿工生死相依。阜新曾是契丹人的大后方，辽国六位皇后全部出自阜新地区。在这里，多民族杂居，风习混杂，互通姻好。我成长、生活在这个复杂的地方。我在生活中的矛盾位置，使我有了一个独特的坐标，能以南北和上下的反差眼光，不同民族交融的眼光，冷静、新鲜地看待辽西，发现辽西。这里作为我艺术耕耘的土壤，我庆幸自己得天独厚。

林　喦： 一辈子钟情于某一地域的作家不多。从文学角度来说，文学是表达人类共同的见识、思想和情感的，表达共同的人性的，你觉得对辽西边地的描画能代表广阔的人类情感吗？

谢友鄞：拉丁美洲经济远不如美国、西欧发达，却发生了著名的"拉美文学爆炸现象"，俄国的屠格涅夫，民粹派作家，靠近些的肖洛霍夫、艾特玛托夫，不在莫斯科，不在彼得堡，而在顿河、高加索等边远少数民族地区；美国的西部文学，沈从文的湘西文学，都使大地向偏远的西部倾斜。诺贝尔文学奖获得者，美国著名作家海明威，写了一辈子，几乎没有离开过大海、斗牛、钓鱼、打猎、拳击。美国著名作家福克纳，写家乡邮票般大小的地方，却创造出了一个宏伟的艺术世界。这都给我以启示。

文学本质上是对人的关注。我生活的这块土地上的人，无论男人和女人，老人和孩子，城里人和乡下人，越来越敢穿，越来越会穿；越来越好吃，越来越会做；越来越敢说，越来越能说；越来越敢想、敢干。民主化，科学化，人在崭新的变化。两个小伙儿，并膀骑在马上，一个骑颠马，另一个就骑走马，决不用一样的骑姿。多么美妙的生活境界！

我钟情本土文化，力图张扬本土文化。以辽西为载体，写辽西人，写超越辽西的具有普遍意义的人。在创作过程中，我越来越感到，人性是共通的，不分民族、地域，它给我色彩斑斓，可歌可泣，甚至神秘的领悟。当我和乡亲们唠得心碰心时，暗暗震撼了：他们每个人都是一本书，一个村落，一个家族，就是一部沉甸甸的巨著。我想起阿基米德的话："给我一个支点，我能把地球撬起来。"对于文学创作来说，他们每个人都是一个支点。

德国著名作家马丁·瓦尔泽先生，在祝贺中国作家协会第八次代表大会召开时说：中国的巨猛发展让整个世界惊诧不已。在这个语言和社会都在急剧变化的时代，从事写作是一件非常美好的事情。当今的中国作家研究自己就意味着对社会的研究。一个作家既写历史又写现状，我们就可以自信对他的国家他的语言有所了解。我们在文学中学到的知识，要远远多于媒体能够或者愿意提供给我们的知识。

马丁·瓦尔泽先生的话，也印证了您"文学是表达人类共同的见识、思想和情感，表达共同人性的"论断。

我通过自己的创作，让全国甚至世界上更多地方的人，关注到人文景观丰富多彩、生机勃勃、极具特色的辽西，便知足了。

林　晶：多年以来，您一直以中短篇小说见长。在50多岁的时候，您写出了长篇《嘶天》，今年，您又发表了长篇《一车东北人》。在写长篇的问题上，您看起来很谨慎，在写作中和中短篇又有哪些不同呢？

谢友鄞：结构不同。长篇小说与中、短篇小说最大的不同在于结构。有些短篇小说高手，在写作长篇时显得一团混乱，碎片化，气韵不足。《嘶天》是叠床架屋的块型结构，《一车东北人》是流水线纵向结构。我虽然尝试了两种不同的结构，归根结底，是由故事和人物关系、人物发展决定的。另外，写作长篇小说，要有广阔的眼界、胸怀、气势。我在属于自己的具有独特地域人文景观的地盘上，力争打出自己的一方天下。

林　品：《嘶天》应该是一部辽西边地的百年史诗。《一车东北人》则是用18万字只写了一次火药押运，写当下现实的，您觉得它表达了您对现实的怎样的看法？《一车东北人》更具有挑战性，能谈谈这部新长篇的缘起和创作感受吗？

谢友鄞：我所在的阜新市，就有一车车东北人，押运着国家建设急需的火药，奔向全国各地。有火车押运，有卡车押运，有的春节还在路上。《一车东北人》由《江南》杂志2013年3期刊发，解放军昆仑出版社出书。《江南》在"推荐语"中说："作品地域文化冲突汹涌起伏，情爱故事缠绵不绝，底层人的挣扎与奋斗让人目不暇接。司机许旺灶，像疯狗一样两眼发直，狂奔向前。一条老狗的见识，都能让去过许多地方的人吃惊。水会营子老兵，北伦旗女老板，为草原生态上访的民族人士，北方救助站医生，特挂专列守车长，为矿工生存链而走险拦截火车的驼子，矿区小勺酒店女掌柜，兰探长和盗墓者，在内蒙古工业战线举足轻重的总工程师田力等角色，前呼后拥，纷纷登场。作品提供的生活场景，或闻所未闻，残酷骇人；或真实得荒唐，令人捧腹大笑；或愉悦美妙，仿佛如歌的行板；或凝重苍凉，泣血啼鸣。但都好看，深刻得好看，能够回味得好看，语言洗练鲜活得好看，极富阅读的魅力。您一路读下去，性情中的男男女女与您同行。您会惊喜地发现，自己置身于堪称经典的边地艺术世界里，难以自拔，不虚此行。"

我在"推荐语"后要补充一下：长篇小说《一车东北人》，直面现实生活，为底层人鼓与呼，毫不避讳尖锐的矛盾冲突。我固执地以为，作品是否深刻，有分量，大气，取决于小说家的道德良心。

林　品：您的小说在语言上尤为读者和同行称道，大量鲜活的短句和对话，常常让现场和人物活灵活现地跃然纸上，比如《闲坐话边地》开头"我胡子拉碴，衣裳翻花，像一条野狗，把腿都走瘸了"。《背一口袋灵魂上路》里的"张抱丁在吴府前下马，一下子矮了。这小子没爹没娘，个头没蹿起来，脸模子没长开，一副歪瓜裂枣样儿。太阳出来后，张抱丁仰躺在吴府石台上，把双手枕在脑后，露出抹脏肚皮，一条腿搭在石狮礅上，另一只脚伸进狮嘴里，拨弄活石球玩，咂唧、咂嘟……听见马蹄声，张抱丁一个鹞子翻身，跳下石阶，迎客——""……呼小尾蹦下炕，撤回东屋。爹和娘住西屋，他住东屋。西屋和东屋中间是灶房，锅台、风匣、碗柜、水缸、水桶、扁担、酸菜缸、煤箱，把厨房挤得满满登登。东屋小，原来是存放粮食的，有股陈年粮仓味。炕是后搭的，遇南风返烟，烟不从烟囱向外冒，往回灌满屋。墙污黑，吊在墙角的蜘蛛网一团黑，窗外月光白惨惨，光在屋子里幽灵似飘忽……"包括其他的小说，如《小卒下大棋》《河腰镇风云》《好兵李大壮》等，无论是人物形象描写，还是小说中的情景描写，语言都极具特色，真实、幽默、接地气，编故事跟真的似的，让读者有身临其境之感，尤其是东北方言的运用到了极致。据说您改稿子非常"狠"，能说说您在运用语言上的一些经验和体会吗？

谢友鄞：语言好的小说不一定是好小说，好小说必须语言好。读语言好的小说是一种享受。安徽作家许辉在《下乡散记》里写道：我问路边卖茶的老头："大爷，到灰古村还有多远？""十八。"他说。他立刻又补充说："都说是十八，其实二十也不卖。""对，二十里也不卖。"另几个农民七嘴八舌地说。我记住了农村的这种语言。每碗茶三分，我付了钱，跟老头打声招呼，就骑车赶我的路去。

多么迷人的语言，一方水土养一方人。我记住了这样的语言。当我和乡亲们盘腿坐在热乎乎的炕头上，抽烟、喝茶、打唠时，悟出：必须借助对民风民俗、民生百态的精细刻画，来寄托深沉的人生况味。这种况味，当然包括语言，许多不可替代的语言。《水浒传》英译本为《在河边发生的故事》，《西游记》西方通行文本为《猴》，《红楼梦》俄译本是《红色阁楼里的梦》，韵味尽失。操作汉文字，某些方言俚语，奇妙得只能意会。有时两个几乎意义相同的字，南方作者用这个，北方作者选那个，辽南作者用此，辽西作者用彼，甚至是一咏三叹，考虑到读音效果了。《文汇报》主任编辑萧宜先生给我打来电话，说我的小说中有一个字，他弄不懂，问是不是东北方言。我写一个乡村男孩，看过县剧团的下乡演出后，和小伙伴们一起，跟住戏班乘坐的轿马车走，从一个乡跟到另一个乡，看完一场戏，看下一场。女演员掀开轿帘，向孩子们招手。小男孩扑扑跌跌撵上去，她伸手一拽，把他拉进轿房，揽进她的怀里。她贴住小男孩的脸，轿车内红光耀眼，冰凉的耳环烫他的脸。她嘻嘻笑道："花小子，长大后，想做啥？"她是主角，自己占辆轿马车。给她赶车的，是个戴毡帽、脖子上搭条毛巾的汉子。小男孩说："给你赶车。"她咬牙切齿地笑了："没出息！"朝前方鲤鱼幌子一指："咱们在那儿歇下。"那是家旅店，古代考生奔赴县城、省城和京城，进行乡试、会试、殿试，在旅店住下，鲤鱼跃龙门，吉祥。她说："从那里出发，才能走远。"萧宜先生就问这个"烫"字。女演员冰冷的耳环触着小男孩的脸，小男孩怎么觉得烫了一下？我在电话里说：我用这个字，一是生理原因，譬如太冷了，手冻得厉害，反而有一种烧灼的感觉；第二是心理原因，小男孩尽管只有十来岁，毕竟是乡下孩子，腼腆拘谨，一位陌生漂亮的女演员将他搂住，冰冷的耳环触着他，小男孩因羞涩产生了热辣的感觉。我是故意用这个"烫"字的。如果您觉得不合适，可以改掉。萧宜先生恍然明白，说："不改不改。到底是……"我撂下电话后，感慨不已，上海文人认真，一字不苟，令我叹服。

我们这里，蒙古族人试着说汉话，把蒙古语翻译成汉语，不能翻译的，便用本民族语言补充，形成汉蒙语言夹杂、混用的地方特色。我下乡的房东家，养了只大狗，特别厉害，甚至替左邻右舍看家。有一次，大狗病了，腰街一个蒙古族媳妇送药来，说："让这狗快快好了病吧，我也挺膈应的。"房东不在家，我有点不高兴，我们家的狗好不好，你膈应啥。蒙古族媳妇盯我一眼，好像挺纳闷，扭身走了。后来，我问房东咋回事，房东是汉族，媳妇是蒙古族。房东笑了，说："蒙古语的膈应，是汉语惦记的意思。"她夹生说话，你把意思听拧了。由于说话，我们的日子显得多姿多彩，有意思极了。

我们这里的人具有语言天赋，对遣词用字格外上心。我写稿子，将稿子拉出来后，先撸一遍大荒，像笨拙的手艺人，抡起斧子大砍大削，再抓起刨子，推得刨花翻卷。过去不用电脑时稿纸的天头、地脚、旁白，行与行之间，都改得密密麻麻。我以为，修改稿子，字斟句酌，就是自我批判，自我反省，能修身养性，谦虚做人。修改稿子时，甚至能产生神来的领悟，值得。

林　　品：您是如何观察、提炼生活的？

谢友鄞：某年夏天，我所在的创研室，奉命写一部反映计划生育的评戏，先下乡深入生活。伙计们约我同行。我为人随和，视角也不同，兴奋起来，能盘腿坐在炕上，或者熄灯后躺在被窝里，白话一宿。用伙计们的话说："把俺们聊死了！"而平时，我是个闷嘴葫芦。

村支书和剧作家们唠嗑，村支书嘎嘎笑，唾沫星子乱飞，我的同行们埋头唰唰记录。我悄悄溜出村部，隔壁是小学校。我走进办公室，几位年轻的不年轻的老师，好像在备课又好像无所事事。他们望着我这个不速之客也不让座，我就坐下了。一位女老师说："市里来的？"我说："市里来的。"墙角摆口水缸，立刻引起了我的兴趣。我觉得新鲜，新鲜感对于一个作家来说是相当重要的，仔细琢磨，它必定有意义。在城里，老师们品香醇醇茶水，起码也饮白开水，绝不会喝生水。就在这时，伙计们喊我，村支书带我们走访计划生育先进户，我颠颠出去了。

整个过程就这么简单。回去后，我写了个片段。经过加工，进入中篇小说《滋味》里：

包老师的丈母娘没了，回内蒙古奔丧。我爹被传唤，去乡中心小学校代课。我爹走进教研室，十二张办公桌靠三面墙，中间坐口水缸。我爹抓起歪嘴葫芦瓢，挪开木盖，舀瓢水，咕嘟咕嘟喝下去。

老师们不喝开水，更不喝茶水，煤金贵。大冬天，办公室冷，水面敷层稀溜溜冰碴，搁葫芦瓢一磕，舀起就造，满嘴咔嚓咔嚓响。晌午，有的女老师不回家，在办公室洗手脸，洗头，洗衬衫、袜子更费水。男老师们主动去街心大井挑水。唯有我爹不挑水。同公办、民办教师比，代课老师属"贱民"，我爹不但不自卑，反倒牛气！张老师排张挑水值日表，踱到我爹办公桌前，说："我的胶水没了，用用你的。"张老师故意不提名道姓，不屑叫我爹老师。我爹连眼皮都不抬，值日表赫然上墙后，也不去瞅一眼。

轮到我爹挑水的前一日，老师们使劲糟蹋水。第二天，张老师挪开木盖，用歪嘴葫芦瓢一舀，空的，俯下身，使劲舀，红底嚓啦啦响。气得张老师把瓢一摔，叫嚷："今天谁值日？"

办公室里一片咳嗽声。女老师说："瞅瞅值日表吗？"男老师说："就是，谁也不瞎！"

我爹抄起语文书，啪的一摔，说："把'挽'教成'免'，'晾'教成'凉'，滑天下之大稽！"想想，我爹又翻出桌上一本作文。那时我在小学念书，那篇作文是我写的。我爹大声念道："'边河里的水很活泼，我们听不懂小鱼的悄悄话。'这话多妙，想象力多丰富！给打上叉，什么不规范，不通。懂吗？坑人！"我爹气得嗓子冒烟，趾高气昂地走到水缸前，逮住歪嘴葫芦瓢一舀……嘲笑声掀飞了房盖。

其实，作为一个独立的小小说，它也成立。围绕水缸风波，刻画人物，表现人物间的关系，挖掘社会矛盾的含金量，场面虽小，却不能小觑。当时，我只瞥了那口水缸一眼。我喜欢美丽的仙鹤，一只脚着地，轻轻一点，便腾空而起，舞姿翩翩。想象力的一触即发，何等神奇瑰丽！

20世纪90年代，我获《上海文学》奖。颁奖期间，安排去浙江乌镇参观，去了茅盾和丰子恺故居。当时，由于孤陋寡闻，我对散文家兼漫画家丰子恺的作品涉猎不多。但丰子恺先生这样一段话，让我记忆犹新。他说："有一回我画一个人牵两只羊，画了两根绳子。一位先生教我，绳子只需画一根，牵了一只羊，后面的都会跟来。我恍然自己阅历太少。后来留心观察，果然发现，前头牵了一只羊走，后面数十只羊都会跟着去，哪怕是走向屠宰场。"

从此以后，我格外关注文学艺术大家是怎样观察生活的。北京人艺著名演员朱旭是个酒仙。他在偏远的地方拍戏时，去乡村酒店解馋，点了炒菜，一斤白酒"要散的"。朱旭叮一句，跟伙计走到柜台前，上面坐着酒坛，坛肚上贴着"城坊老白干"几个字。伙计拿碗，在酒表面一撇，盛出一小口，叫朱旭尝。朱旭笑了，说："贼小子，我懂你们这门道。酒轻水重，上面飘的酒浓，下面的酒淡。上面酒里有点水，下面水里有点酒。来了熟客打酒，你拿酒提溜舀上面的酒；来了生客，酒提溜就咚的一下抄底喽。"店伙计吃惊地张大嘴。朱旭讥讽道："你让我先尝口上面的，再咕咚一勺沉底。"店伙计拎着酒提溜，猫腰拱肩问："咦，我咋没见过你？""你以后会看见我的。"朱旭幽默地笑了。在拍摄《变脸》时，朱旭临场发挥，把这个生活细节用上了。著名导演吴天明大喜，直夸加得好。

我从上海回来后，去辽宁文学院参加活动，由我家所在的一个小站乘火车去省城。等车时，我前面有一个女孩，从后背和侧影看，二十二三岁，戴白边眼镜，背一只红布兜。我想，我应该训练自己的人物分析推理能力。从她的眼镜、衣着、年龄看，她是个具有中等文化程度的知识分子。她背的布兜子，刺绣着鸳鸯戏水图案，手工制作的。现在的女孩子，背着时髦精巧的蛇皮兜，谁还做手工活，更不用说刺绣了。那么，兜子是她母亲做的了。而高干或高级知识分子家庭的夫人，是不会做这份针线活的。由此我推断她出身于小家碧玉。她是在一个小地方上车的，这里的知识分子能是什么呢？只能是小学教员。我由一只布兜子，从文学的角度，分析推断出这个女孩子的文化程度、职业、家庭出身。

到辽宁文学院后，我将这个观察分析写成片段，后来略加修改，也用在中篇小说《滋味》里，《人民文学》杂志以头题刊发。

作家就应该这样：拿起窝头，看着虽然粗糙，觉得还是留了心眼好。就是一粒屎，也断定它有遇到屎壳郎的时候。作家关注细节，举一反三，他的艺术天地才能风生水起。睁大眼睛，用心看世界，寻找自己的立足点，发现自己与别人的不同之处，从而去张扬它，表现它，至关重要。

林　品：从（20世纪）80年代到现在，中国文学经历了浮华时代和尘埃落定。读者迅速减少，作家们也从明星一样的地位到了开始承受寂寞。有人为此落寞，也有人说这才是文学的常态，是文学真正回归到文学本身。几十年来，您的创作不赶任何潮流，也没向影视依附，您对于文学发展到今天相对比较沉寂的现状怎么看？

谢友鄞：文学边缘化，文学将走向消亡的鼓噪声，这些年不绝于耳。众声喧哗不奇怪，更不可怕。长江后浪推前浪，文学的传承从未中断过。只不过随着新媒体的发展，作品发表平台趋于多样化。传播渠道的变革和拓展，会影响读者的习惯，但无法改变文学的本质，甚至会使文学生气勃勃，呈现更多新气象。有亲属，不能叫家乡。你有亲人实实在在地埋在这里，这儿才是你的家乡，你才能刻骨铭心地惦念它！

听着这让人震惊的话语，我想谢友鄞虽没生在东北，但这胡天胡地的关东，应该是他的家乡。

大情怀大视野大手笔面对历史的沧桑

——与散文家王充闾的对话

作家简介：

  王充闾（1935— ），男，作家、学者。在国内外20多家出版社出版散文随笔集《淡写流年》《何处是归程》《成功者的劫难》《历史上的三种人》《沧桑无语》《龙墩上的悖论》《张学良：人格图谱》等30多种，诗词集《鸿爪春泥》《薹庐吟草》，学术著作《诗性智慧》《向古诗学哲理》等。另有"王充闾作品系列"七种、"王充闾文化散文丛书"三种、"王充闾人物系列"三种。散文集《春宽梦窄》获首届鲁迅文学奖。先后于2004年、2007年两届被聘为全国鲁迅文学奖散文杂文评奖委员会主任。有作品译成英文、阿拉伯文。

  王充闾先生是当代一位历史散文创作颇丰的散文家、文化学者，称其为学者型散文家不为过，但说其是文人散文家更为妥帖。他是辽宁当代文学研究中不能绕过去的著名作家。他的散文创作采取了"历史—文化—现代意识"的创作模式，具有浓郁的人文情怀和人生智性思考。他诸多的散文作品无不体现了典型的中国文人强烈的社会责任感和使命感，集性情、智慧、隐喻、明理、技巧于一体，旁征博引，信手拈来，历史掌故的运用恰到好处，所作之文涉及内容广泛、视野开阔、艺术表现手法多样，鲜明地显现了作者的个性化风格。从当代历史散文创作与成就上讲，他与余秋雨的历史散文有异曲同工之妙，共同构建了"南有余秋雨，北有王充闾"的当代历史散文创作的格局。对话中王充闾先生就个人创作经历、创作理念、创作体会、文学观念等诸多问题进行了真诚的回答，充分地展示了一位作家极具见地的文学主张。

  林 晶：先生是我一直尊敬的文学前辈，今天能在一起做一个交流，是一件对后学有益的幸事。近段时间，我一直阅读先生的诸多部作品，受益良多。从《春宽梦窄》《鸿爪春泥》《龙墩上的悖论》到《读文人》《读女性》《张学良：人格图谱》等。给我个人的感觉，先生的散文以情理并茂、哲理和诗情交融著称，不仅能给人以历史观照、人生思考的启迪，更让读者对历史，对历史中的人物与事件有一种全新的认知。应该说，先生的作品在不同年龄、性别、职业的人群中拥有众多的读者。之所以被读者喜欢，我个人觉得，"翔实、深刻、入理、流畅、笔妙"是先生历史散文的特点，可谓博古通今，妙笔生花。实际上，我们都知道，散文是中国文学史上最常见、地位最显赫、界定最模糊、触及范畴最广泛，也最为文人雅客喜欢和使用的文体，先生作为一位作家，也以书写散文而见长。请您谈谈为什么会如此钟情于散文？您喜爱写作的初衷是什么？

王充闾：谢谢您的赞许。说到钟情散文，这和我童年时期系统接受中国传统教育有直接关系。和西方不同，散文在中国，诚如您所说，是"文学史上最常见、地位最显赫"的文体，可以说是我们的国粹。我从六岁开始进入私塾，整整读了八年，天天接触的都是这种文体。除了"四书五经"，我还读了《左传》《战国策》《庄子》《史记》《昭明文选》《古文辞类纂》等大量文史典籍。其实，《论语》《孟子》也是散文，它们是语录体散文的典范。天天读，并且要求熟读成诵；后期又写作文言文，纪游、纪感，并且常常像古代的童生考秀才那样，陈述见解，发表策论。那些烂熟于心的散文名篇，使我在文学之路上终生受益，自然也就培植了浓烈的兴趣，这也叫"先入为主"吧。而小说、戏剧之类，则是在就读中学、大学以后才接触的。人们都说要扬长避短，我察觉到，自己的想象力不足，也缺乏波澜壮阔、惊心动魄的生活基础，写小说没有底气；而在辞采、语言、章法方面，自认还有些优势，这对于散文创作是不可或缺的。

林　品：在诸多散文门类中，您又多以历史作为散文创作的素材，堪称一绝。请您谈谈这方面的体会。

王充闾：我国有特别发达的史学传统，从前传下来这样两句话：一是"文史不分家"，二是"六经皆史"，前面说的是读散文，实际上内涵多是历史。另外，历史本身具有诸多特性，这些也是我以历史为题材的客观因素：一是由于历史人物具有一种"原型属性"，本身就蕴含着诸多魅力，作为客体对象，他们具有一般虚构人物所没有的知名度，而且经过时间的反复淘洗、经久检验，头上往往罩着神秘、神奇的光圈。二是从审美的角度看，历史题材具有一种"间离效果"与"陌生化"作用。和现实题材比较起来，历史题材把读者带到一个陌生化的时空当中，这样可以更好地进行审美观照。作家与题材在时间上拉开一定的距离，有利于审美欣赏。朱光潜先生说过，"年代久远常常使最寻常的物体也具有一种美"，"从前"这两个字可以立即把我们带到诗和传奇的童话世界。是呀，我们小时候，不也常常被老祖母的"从前有一个什么什么"迷得如痴如醉吗？三是历史题材比现实题材更具有多义性、不确定性和更多的"空白"，因而具备一种文体的张力。四是就作者而言，诗人、艺术家"特别喜爱从过去时代取材"，因为这可以"跳开现实的直接性"，"达到艺术所必有的对材料的概括化"（黑格尔语）。《易经》上有句话，叫"载鬼一车"。写作历史散文，起死人于地下，同鬼魂打交道，文雅一点说，叫作生者对于逝者的叩问。逝者也好，鬼魂也好，往往保有一种独特的张力。比如，我写古代文士，原是一种呼唤，一种寄托。古代文士那种风范，那种气节，那种追求，现世中再也难以找到了。商业社会里盛行的是消费主义文化，生活领域中呈现的是美的泛化，艺术领域中表现为美的消解，最后导致了审美主体的人的异化，人们看重的是物品的外观，追求的是感官的享受，而缺乏一个精神超越的维度。既然现实中踪迹难寻了，那么，就只好乞灵于优秀的文化传统及其载体。现在缺乏的不是文人，缺乏的是文人应有的气质、志趣、情操、节概。写他们，也是一种精神的靠拢，审美艺术的回归，是一种大欣赏、大欢慰。

林　品：读您的作品，发现您有很强的历史情结，这个历史既包括国家民族的大历史，也包括个人和家族的小历史。回望是缘于现实的需要，还是心理的需要？或者说，是主观故意，还是情不自禁？您写这类散文有哪些侧重点？

王充闾：这里有两个层次，为什么写和写什么。我把它们合在一起来讲。

首先，我写历史文化散文，有着鲜明的现实针对性。前人说，"古人作一事，作一文，皆有原委"。这种"原委"，有的体现在人物的际遇、身世上，有的依托于浓烈的家国情怀，或显或隐地抒怀寄慨，宣泄作者的情感与见解。司马迁作《史记》，应该说是十分客观的，但里面同样也有"借他人的酒杯浇自己的块垒"的成分。《古文观止》的编者即指出，观《报任安书》中"家贫，货赂不足以自赎，交游莫救，左右亲近不为一言"三句，"则知史迁作《货殖》《游侠》二传，非无为也"。《史记》作为信史，以客观叙事为依归，尚且如此；而个性更为鲜明的文学作品，自然更应该充分体现作家的主体意识与思想倾向。

我写过一个"友情系列"。这里有关于周总理弥留之际还记挂着老朋友的动人美谈；有宋美龄与张学良信守承诺的感人佳话。同样都是清代的政要，我写了纳兰性德为了营救患难中的吴兆骞，甘冒巨大的政治风险；而李光地为了一己之荣华富贵，竟然恩将仇报，出卖朋友陈梦雷。长期以来，每当想到我国革命事业处在创业维艰的草创阶段时，有那么多老朋友向风慕义、毁家纾难、赤诚相与、万里来归，我都为之无比振奋，向往于无穷，同时也为极"左"时期一些伤害无辜老朋友的作为感到痛心。再如，我发现有的知名作家当了省市区作协领导，由于欠缺领导才能，劳形苦心，最后陷入重重纠葛不能自拔，创作根本无法进行，最后竟至一蹶不振。履新伊始，他们原都是雄心勃勃、踌躇满志的，周围也是一片"先生不出，如苍生何"的过高的期望，实则大谬而不然。看来，搞好角色定位是至关重要的。这使我想到了李白。他是伟大的诗人，却不是合格的政治家。他情绪冲动，耽于幻想，习惯于按照理想来构建现实；而对于政治斗争的波谲云诡却缺乏透彻的认识，这就决定了他在仕途上的失败命运和悲剧角色，在很大程度上反映了2000多年来中国士人的心态。于是，我写了散文《两个李白》。在《用破一生心》中，我写曾国藩一辈子活得太苦、太累，是个十足的可怜虫，除去一具猥猥琐琐、畏畏缩缩的躯壳，不见一丝生命的活力、灵魂的光彩。那么，苦从何来呢？来自过强、过盛、过高的欲望，既要建不朽功业，又要当今古完人，最后导致了悲剧结局。同样也有现实的针对性。

第二点，我写历史人物，着眼于性格、命运、人生困境、生命意义的探寻，而不是满足于事件的讲述和场面的渲染。比如说封建帝王，他们也是人——当然属于特殊的人群，由于他们的至高无上的社会地位，予取予夺的政治威权，特别是血火交迸、激烈争夺的严酷环境，往往造成灵魂扭曲、性格变态、心理畸形，时刻面临着祸福无常、命途多舛的悲惨结局。这就更容易引起人们掩卷深思。

第三点，突破一般的功业成败、道德优劣的复述，大胆引进逻辑学、数学上的悖论范畴，揭示历史进程中关于二律背反、两难选择的无解性；关于道德与功业的背反，事功与人性的背反；关于动机与效果的背反，欲望、意志与现实的背反；关于所当为与所能为、所能为与所欲为的矛盾；关于必然与偶然、应然与实然的矛盾。学从中破译那些充满玄机、变数、偶然性、非理性的东西。通过大量的矛盾事物、微妙细节、异常变故，通过对封建制度、封建帝王荒诞、乖谬的揭露，对欲望无度与权力无限予以否定，呼唤一种自由超拔的生命境界。

第四点，我特别喜欢写个性鲜明、境遇复杂、矛盾丛生、充满谜团、争议很大的历史人物，因为这类人物富有可言说性，所谓"大有文章可作"，作家可以大显身手。破解谜团的过程，就是检验作者识见水平、思想高度、历史眼光的过程，也是发挥作者分析能力、施展文学才力的过程。

第五点，坚持历史地辩证地对待历史人物、历史事件。一个时期以来，一些小说、电影，特别是热播的电视剧，呈现一种很不正常的倾向：刻意美化封建王朝、封建帝王，把一些残暴、血腥的皇帝塑造成英明睿智、勤政爱民的君主，着意寻觅一种所谓"人性之美"。有的电视剧主题曲说"你燃烧自己，温暖大地，让自己成为灰烬"，通过肉麻的吹捧，以博得观众的感动。《康熙王朝》的主题歌中，甚至替老皇帝喊出："我还想再活五百年!"真是岂有此理!

林　品：您的历史散文中，不仅有宏大叙事，也蕴含了个人的当代情思，经常是在常见的史料中开掘新的思路和新的观点，司空见惯又出奇制胜、触类旁通，具有极大的启发性。请您谈谈历史散文创作的难点在哪里。

王充闾：难点之一，历史散文，首先是文学，所以，不能"有史无人"，不能停留在史实的复述上，不能用史料堆积、过程推演来代替人物的个性展示、命运观照，思想、理蕴的深入发掘。而这，恰恰是当前一些历史散文未能妥善解决的问题。难点之二，如何处理好历史真实与艺术真实的关系，这是我在历史文化散文写作中经常碰到的一个问题。散文必须真实，这是散文的本质性特征，一向被我们奉为金科玉律；而散文是艺术，唯其是艺术，作者构思时必然要借助于栩栩如生的形象和张开想象的翅膀；必然进行素材的典型化处理和必要的艺术加工。两者似乎存在着矛盾。尤其是，历史是一次性的，它是所有一切存在中独一以"当下不再"为条件的存在。当历史成为历史，它作为"曾在"，即意味着不复存在，包括特定的环境、当事人及历史情事，在整体上已经永远消逝了。在这种情况下，"不在场"的后人要想恢复原态，只能根据事件发展规律和人物性格逻辑，想象出某些能够突出人物形象的细节，进行必要的心理刻画，以及环境、气氛的渲染。因此，海德格尔说，历史的真意应是对"曾在的本真可能性"的重演。古今中外，不存在没有经过处理的史料。这里也包括阅读，由于文本是开放的，人们每一次阅读它，都是重新加以理解。但是，这里必须有个"度"，弄得不好，就成了小说，就会变成有些节目里的"戏说"。

林　品：散文是一种倾吐作者感情、展现主体心灵的文学样式，您用散文的文体去书写《张学良：人格图谱》，应该说是在以叙事为主的传记文学创作方面的一种突破。对于这部专著而言，一方面关于张学良的传记比较多，写出新意很难；另一方面用散文化做"张学良的人格图谱"也是一种创新，是否也有一些文学体式上的风险？

王充闾：说到创新，关于这部书，我注意做到两点。

就内容看，张学良具有无限的可言说性。传记、口述历史、回忆录，很多很多，可是并没有穷尽他的内涵，仍然有无限的叙述空间。他是一个招人注目、引人遐思、耐人寻味的谜团，他的人生道路曲折、复杂，生命历程充满了戏剧性、偶然性，带有鲜明的传奇色彩；他的身上充满了难于索解的悖论，存在着太大的因变参数；他是一个成功的失败者，他的一生始终被尊荣与耻辱、得意与失意、成功与失败纠缠着。在人生舞台上，他做了一次风险投资，扮演了一个不该由他扮演的角色，挑起了一份他无力承担却又只有他才能承担的历史重担。一般的传记，都是着重叙述家庭、身世、经历、作为，而我写的是个性特征、人格风范、精神世界、心灵隐秘。

就形式说，撰写名人传记，最容易措手的是线式结构，像串联的电路那样，将传主的一生行止依次展开，由少至老，步步推演。我则采用扇形结构——15篇系列散文，张开好似扇骨；而中心是凸显传主的人格，犹如扇子的主轴；经过精心策划，使每篇相互贯通，又不致撞车、重复；开头、结尾两篇，各带有综合性质；中间再分三大块——分别展现传主的人际交往、情感世界，他的生平嗜好、文化生活，他的两大疑团或者说"两条辫子"。写作中兼用叙述、描写两种手法和全知与限知两种视角，这很类似旧日的说书人，凭着他的一张嘴，随时变换角色，不住地转移视角、调整线索，引领听众跟着他转。

文艺评论家贺绍俊先生有言，"这本书的创新，集中体现在作者对传记文体的突破上，他将散文的自由表达与传记的真实性原则有效地结合为一体，提供了一种散文体传记的新的写作方式""他将散文体的主观性和鲜明的主体意识带到了传记体中，从而改变了传记叙述的思维方式。如果说，传记叙述的思维逻辑关系是循着传主的生命轨迹而构建的话，那么，本书的逻辑关系则是在自己解读和体悟传主生平的思想脉络上构建起来的""这是一种大胆的突破，冒险的尝试"。

所谓"大胆的突破，冒险的尝试"，除了贺先生明确指出的，我体会，还包括：传记属于历史范畴，历史要求客观、严谨；而笔者采用文学形式，则需要借助形象、细节、场面、心理的刻画，进行文学描写和审美创造，充分展示人物个性。二者存在一定的差异。这样，在写作过程中，作者就不能不像走钢丝一样，努力在上述两个方面找到平衡点。

林　岊： 文学在当下既冷清又热闹，现实生活中关注文学的人很少，而网络上却拥有众多文学或亚文学写作者。您如何看待当下的散文创作？

王充闾： 当前，散文向文学本体回归的问题，实际上并没有完全解决。如果说，20多年前的文学回归本体，主要是从政治理性的漩涡中，从僵硬的政治化、概念化的躯壳中挣脱出来，坚守它的审美特性，表现出作家的富有个性特征的真性情、真情感和心灵体验，那么，在今天，则意味着摆脱商业时代物质主义、金钱至上的价值取向对人性的扭曲，保持作家内在的文化与理性的支撑，固守自身的精神追求。我们所处的时代是对思想充满渴望的时代。而当前，从文学审美形态的发展来说，散文创作诗性的失落，思想含量的稀薄，缺乏新鲜动人的思想刺激，已经成为普遍的弱点。进入消费市场的散文，像影视作品一样，休闲、娱乐已经成为主要功能，而其自身也成为与现代信息业结合的日常信息流的一种。这种写作，不仅消解了文学的深度追求，消解了社会批判功能，而且消解了日常诗性，造成文学本质的流失，使散文写作离开文学的特性日趋明显。在消费主义倾向成为主流的情况下，那些"快餐文学"，人们随看随扔，不可能产生文化积累，也不具备传承性，至于产生撼人心魄的传世之作就更无从谈起了。

当前，散文写作队伍空前庞大，散文已经走出书斋，撕去其神秘的面纱，这本来是值得欢迎的；但当散文泛化，成为一种不折不扣的公共话语形式，就很难避免审美含量淡化、"散文无文"的偏向。突出表现在语言的运用上。现今散文作者的语言功力、语言质地太差，缺乏文采、文化含量不足已成普遍现象。曹文轩先生指出，散文可能是一种最见语言功夫的文体，就整体而言，当代作家在语言方面的功夫与"五四"以来的现代作家有着明显的差距。造成这种差距的原因，就在于现代作家的旧学根底和他们与中国古代汉语的那种血浓于水的关系，当代作家却没有这份根底与关系。语言文字的意义，小则可以映现一个人的学养，大则能够反映一个民族的气质。古代汉语的凝练、丰富、雅致，已经深入到鲁迅、郁达夫等前辈作家的血肉之中，古代文化滋育起来的气质在其文字中得到了充分的映现。而我们有些写作者走的是另一条路：学养不足就拼命煽情，腹笥空匮，有的就满篇西崽口吻，生搬硬抄，拉大旗作虎皮。

林　品：读您的散文，发现您的散文具有极强的辨识度，结实饱满，凝重大气，既不像一般学者散文那样干瘪枯燥，也不像一般才子散文那般轻浮单薄，无论多么挑剔的读者都很难在您的文字中找到瑕疵。请您谈一谈您对优秀散文的理解。

王充闾：我心目中的好散文，应该具备审美的本质，情感的灌注，智慧的沉潜，意蕴的渗透，有识，有情，有文采，有意境，具备诗性的话语方式和深刻的心灵体验、生命体验，体现主体性、内倾性、个性化这些散文文体特征；既是一种精神的创造，又是一种文化的积累。

文学在充分表现社会、人生的同时，应该重视对于人的自身的发掘，本着对人的命运、人性弱点和人类处境、生存价值的深度关怀，充分揭示人的情感世界，力求从更深层次上把握具体的人生形态，揭示心理结构的复杂性。实际上，每个人都是一个丰富而独特的自我存在。文学创作，说到底是一种生命的访问、灵魂的对接，因此要从人性的角度深入发掘，具备深刻的心灵体验与生命体验，而不能满足于一般的生活境况的复述。表现在具体写作中，或者采用平实、自然的语体风格，抒写自己智慧的人生经验，使人感受到厨川白村式的冬天炉边闲话、夏日豆棚啜茗的艺术氛围；或以匠心独运的功力，展示已经隐入历史帷幕后面的世事沧桑，以崭新的视角予以解读；或以理性视角、平常心理和畅达语言阐释终极性、彼岸性的话题；或经由冥思苦想、艺术的炼化和宗教式的参悟，将智性与神性交融互渗，使疲惫的灵魂遐想邈远的彼岸。总之，散文应是开放的、多向度的。

林　岊：我的一位文学朋友提到您，曾经有过这样的评价：在当下历史散文的创作中，"南有余秋雨，北有王充闾"。这样的评价既是对您历史散文创作所取得的成绩的恩评，也是对当下历史散文创作格局的一种总结，有道理。您对这样的评价怎么看？

王充闾：这里有两个限制词：一是单就地域讲，特指南方、北方；二是讲散文，主要还是讲历史文化散文。北方文化底蕴差一些，写这类历史散文的人不多，结果就把在下铆住了。其实，秋雨先生才华横溢，影响广远，是我没法比并的。

林　岊：王先生，《渤海大学学报》近几年一直努力做"当代辽宁作家研究"这一栏目，目前也取得了一些成果，但总体上讲，还需要继续努力。尤其是在总结和梳理当代辽宁作家的作品成就、创作风格、文学格局、文学生态、地域特色、文学语言、个案作家等诸多方面都要做系统研究，包括当代辽宁文学在中国文学或者是世界华语文学谱系中的地位问题。目前，对辽宁文学的了解仅仅限于"圈里人"和"爱好者"，或者是"偶然发现"这样的范畴，而不是通过课堂或者学术渠道。我想，我们自己包括作家本身、文学评论家以及相关部门都应该重视起我们的文学。文学是一个民族、一个城市、一个区域、一个国家的发展名片，您对这种观点怎么看？

王充闾：您的想法，实获我心。对于辽宁作家的关注，贵刊做得很好。

林　岊：谢谢您，祝您身体健康。

一匹马，就是自己的远方

——与诗人宋晓杰的对话

作家简介：

    宋晓杰（1968— ），女，一级作家。供职于辽宁文学院文艺创作研究发展中心，中国作家协会会员。已出版各类文集20余部。入选"辽宁省宣传文化系统首批'四个一批'人才""辽宁省首届青年文化新人"。参加过第十九届青春诗会和鲁迅文学院第七届中青年作家高研班。2012—2013年度首都师范大学驻校诗人。曾获冰心散文奖、全国散文诗大奖，三次获得辽宁文学奖，两获冰心儿童图书奖（2009年、2016年），两次入选中国作家协会定点深入生活项目（2016年、2019年）。

    今天，与宋晓杰做一个对话，感觉这是一种缘分，仿佛很久以前就应该谋面的人今天终于见到了一样。记得20世纪80年代中后期，我在盘锦读书（初、高中），偶尔在《盘锦日报·文艺副刊》《香稻诗报》等报刊上看到宋晓杰的名字。那时，《盘锦日报》一位叫刘长青的编辑也经常提起宋晓杰，说她是一位写诗的新人。盘锦是曾经被称为"南大荒"的地方，可就是这片南大荒的盐碱地，却培育出了一批批作家和文学爱好者，有些人的名字今天我还清晰地记得，如今已成为文坛名宿的王充闾、王秀杰，还有陈东白、杨春光及一批文学青年，如陈晓昕、杨铁春、宋晓杰、盖娟、李海波、杨铁斯、祖继东、尹玉凝，还有英年早逝的鲜志民等等。另外，在工厂、在田间、在学校以及企事业单位里，还有一大批我已记不清名字的文学爱好者。那时，油印的文学小报层出不穷，办刊、笔会、写诗、作文，年老的、年少的常常集在一起，谈论文学、品味人生，好一派繁荣的文学景象。那时的盐碱地不仅生长水稻、芦苇、碱蓬草，同样被插下了"文学"或"诗歌"的种子，它们在那个时期孕育、发芽、开花、结果。

    那时候，爱好文学的人们，不管是有工作的没工作的，有单位的没单位的，无论是学生、教师、工人，还是政府官员、社会贤达、贩夫走卒，他们都发自内心地喜欢文学，是一种纯粹的热爱。有人说，那时的诗歌创作充满了一往无前的理想主义精神，诗人们认为诗歌不仅关乎个人的肉体和灵魂，更关乎民族的未来和希望，是天下之大事，经国之大业。于是，那个青春与诗情、奔放与激荡的诗意年代，长久地留存于人们的忆念之中。可是，如今依然命笔作诗的人还剩下几个？

当宋晓杰把厚厚的一摞子诗、文集放在我面前的时候，我不禁有些惊讶。这么多年，她坚持了下来，并且取得了诸多的成绩！今天，诗歌不是夜幕中漫天的星辰，也不是草原上盛开的鲜花，当然，诗歌也不是夜幕中的流星一闪即过，而是弥足珍贵的珠玉、香茶，需要珍惜和品鉴。

林　岫：我面前有你6本文集：散文集《流年》，儿童长篇散文《暖暖的星星索》和诗集《味道》《宋·诗一百首》《2011华文青年诗人奖获奖作品》（合集），还有新出版的诗集《忽然之间》。这几本文集中不仅记录了你的作品，同时也记载了你诗文创作的历程，基本呈现了你创作上所取得的成绩。应该说，你是诗歌的坚守者，诗文创作成了你生活的重要内容。当年，你毕业于技校，曾经工作在一个好像与文学创作没有什么关系的企业里，整天与化验器皿打交道，那么，是什么原因让你喜欢上了诗歌并一直坚持下来？

宋晓杰：这是一个回望的过程。当我走在被命名为诗歌的这条路上时，蓦然回首近30年的灰淡往昔才知道，17岁那年的一首《乡思》（发表于辽宁省营口市的《辽河》杂志上，当时盘锦隶属于营口市）应该算是我的起跑线。那只也许乌有的蝈蝈不停地叫在深夜，却勾起我美丽的乡愁（应属为赋新词之列），并沿着一条泥泞的乡间小路往回走。虽然学龄前我在乡下的奶奶家待过一段时间（我记不准是几年还是几个月、几天），但那是我诗歌或人生的原汁养分，差不多相当于现在参、鲍、牛初乳的补养吧。尤其是在大雨如注、大雪封门的时候，没有那种叫家庭作业的东西打扰，我就趴在炕上翻泰戈尔、鲁迅、冰心和爸爸订的各种文学期刊，如《诗刊》《人民文学》《鸭绿江》，记得还有一本杂志叫《丑小鸭》，不知现在还有没有。就这样，十七八岁的时候，我就开始回忆，并主动借助于顺手就能拿到的家什——文字，来写下瞬间的感受，天不怕地不怕地模仿着写些轻而又轻的文字，诗、散文、散文诗、小小说都有。或者那时也不知写的是什么，写出来再说（当然，像许多写诗的人一样，上学时我的作文就是"话痨"）。而且，凡是与文字相关的事我都愿意积极参与，好像那事缺了我不行。

我一直认为，有些禀赋是天生的。这么说，并不是唯心与宿命，只是觉得人与人的区别除了后天的勤奋与努力之外，还有一部分是随同基因而来的。好比虽然都是树，白杨就是高高地直冲云霄，灌木就是密集地、低矮地匍匐，而胡杨就那么倔强地演绎着它的三部曲。一提起"坚守"这个词，似乎有些悲壮，好像我们在炮火轰鸣的战场上，而我们的面前是力量对比悬殊的劲敌。这样的坚守足够艰难，胜负难测。我觉得诗歌或文学不是，最起码对于我来说不是。我一直很喜欢它——我觉得，对于一件事物、一个东西，真心地喜爱是前提，然后就会心甘情愿地把心思花给它，那么自然而然就会产生相悦的感觉，而"相悦"是一件多么美好的事情啊，像恋爱——我一直认为，凡是怡人乐心之事，又不危害别人，必能反哺于创造它的人。所以说，但凡心中喜爱的事情，不论它是你的"主业"，还是"副业"，在你心里，它都是一以贯之的"唯一"。诗歌之于我，可能就是这样的"唯一"吧。

　　林　喦： "与诗歌旷日持久的邀约完全是单向度的单相思、单恋、单行道。然而心甘情愿。反正终归是要老的，还不如在一件醉心的事上沉湎、失色、毫无节制地老去，多好！那样，遗憾大概会少些，那样的活法儿，或许也算是值了。"（宋晓杰《一匹马，就是自己的远方》）这是你一篇短文里的文字，我认为，只有内心充满着纯净理想的人才有对"诗"的喜欢和眷恋，或许我可以理解为，这简短的文字是你执着地坚持文学创作的态度和誓言，是这样吗？

　　宋晓杰： 这是2011年我获得华文青年诗人奖时写的一篇短文。当时，要求写一篇类似创作谈似的随笔。说来奇怪，看到题目时，很直观地，我的脑子里忽然就闪现出一匹马的形象，四蹄腾空，鬃发飞扬，长嘶破空，绝尘而去……我知道，是我心中那些奔腾、呼啸的遐思如奔马一般，无法勒住缰绳。当然，还有我对文字的感受、理解，以及冥冥之中的神秘呼应和神往，也都随着一匹奔向远方的马而生动、鲜活起来，血脉偾张。如果把一匹马比喻成自己的话，那么它将携带着我对文字及生活的理想和信念，奔向迢遥的远方——所有的理想与远方，能走多远，甚至有没有，都将由我这样一颗奔驰的心来成就。

　　林　喦： 阅读你的诗文，有一种踏实、平稳、简单、轻松、流畅、干净的感觉，这对一个女性诗人而言是少有的。一般意义上讲，女性诗人常常会借用诗歌创作来表达一种哀伤、哀怨，或大开大合，激扬文字，创作情绪起伏不定、变化莫测；或意象迥异、超凡脱俗、缠绵留连；或表现女性的自我觉醒与压抑的现实奋争等等。而你却不是，你的诗文，意象选择比较常俗，如土地、雪、黎明、黄昏、鸽群、春水、少女等，行文中充满了朴素的情愫，文字不张扬，内容却很丰富。可以看出，这是你一贯的风格，我不敢说，读懂了一首诗，就是读懂了一个人，但我想问，你是以什么样的心态进行诗文创作的？

宋晓杰：有句话说得好：一方水土养一方人。地域对人的影响是潜移默化的，换句话说，地域就是一个人身体和心灵安放的母土。他受孕于此，成长于此，必将携带着这块母土的血脉与基因穿行于世。就像一棵植物，没法选择土地就必定带着土地的特色、脾气与使命。我的诗歌正如你所说，总是带着浓浓的地域情结，而那些朴素的字、词，就像我故乡湿黑的泥土、遍地清澈的水系、晶莹的稻米、无言的盐碱地一样，自然而然地出现在我的诗里。你说的没错，我不喜欢过分夸张的文字；不喜欢把一首诗写得怪里怪气、云里雾里；也不喜欢端着架子，把自己装得既高大又勇武，既文雅又老练。诗人本不是什么特殊的身份，也没有固定的标签，诗人本质上是纯真的孩子，他的眼睛看到的都是纯净的事物、纯粹的真理。记得西川曾经说过，太像诗人的人不是诗人（大意）。他的意思是说，那些常常出新招、耍怪态、口出狂言、举止粗野之人，他们以为自己的落拓不羁、特立独行正是诗人的模式形象。其实不然，他们充其量只能是"像诗人的诗人"，甚至连像都不像。所以，我非常警惕，写诗的时间越长我越警惕，无非是希望自己能够沉静一点、沉潜一点，用最朴素、最纯正、最初级的"原文字"，写出生活中盎然、充沛的诗意来。我总是对诗友们说，一首诗什么也藏不住。真的，一个人的情绪、涵养、气质、观念、视野、境界、胸怀，凡此种种，全在诗里面含着呢。也许一个品质恶劣的人会写出一两首好诗，但不会每首诗都装得很像，说白了，诗是一个人综合素质的晴雨表、显影仪，一看便知，基本不会有太大的偏差。

林 品：有一位老师曾经这样评价过你的诗："宋晓杰是用'心'写作的诗人，她的诗自省、内敛，意象开阔且有画面感。尤其是在对诗歌品质的发掘中，颇具深度和广度。"我认为这是很有诚意的评价，请你谈谈你在诗歌创作中有什么技巧。

宋晓杰：技巧不敢谈，也谈不上。我觉得一首诗能够打动人的就是真情，只有从心底里汩汩流淌出来的炽热情感才是一首诗存在的理由和根本。一首好诗首先得打动自己，然后才能具备打动别人的前提。如果连自己都打动不了，怎么可能去感染、感动别人呢？谢谢这位老师的溢美之词，我不知道我的诗是否达到他所说的标准，但是我的确喜欢那些内敛、自省的诗作，同样也喜爱那些写出优秀诗作的诗人，不喜欢到处摇舌鼓唇、搬弄是非的"诗人"，也不喜欢唯我独尊、孤芳自赏的"诗人"。我认为：一个好的诗人是靠诗作凸现出来的，是靠谦逊、优雅的人格魅力完备起来的，除此之外的其他种种行径和智力比拼，都是可有可无的附庸和多余。而真正的好诗，我觉得应该用最少的技巧——相当于最有营养的菜，要蒸着吃——是纯粹的、本原的原味呈现，无须添加过多的调料、香精、色素。也像美女的天然去雕饰，是不需要化妆品的原初的"底色"。如果遇到具有这种能力和水准的诗人，我会很武断地一下子就认为——他（她）是个优秀诗人！如果非要谈技巧的话，那么我认为，技巧的最高境界是无技巧。

林　岎：我不否认在白话文诗歌创作中有着很多优秀的、值得流传的好作品，但我个人一直对中国诗歌的发展有一种颇为狭隘的认知，即从几千年的古典文言体诗歌到现代百年来的白话文诗歌的转型中，诗歌走向了小众化，甚至趋向没落，这是不争的事实。这里面有一个重要的因素（当然，诗歌的小众化趋向和现实，有着深层的社会和文化发展的诸多原因），就是诗歌的语言发生了变化，文言文变成白话文，那种空灵的诗意、绝尘的意象、精湛的汉字意蕴、抑扬顿挫的韵律，乃至留给读者无限的想象空间，至少是在冗长的白话文的字里行间难以品味到了。这种认知也许是我不怎么喜欢阅读现代诗的一个重要原因。但翻阅你的新作《忽然之间》时，诗集中的《最后，我留下》《偏得》《那边的亲人》《恩人》《永生的村庄和故园》《秋风辞：逝水之湄》以及《2011华文青年诗人奖获奖作品》中那几首关于"雪"的诗作，确实让我比较喜欢。我不知道我的想法对不对，但对于诗歌创作而言，语言是很重要的，你在诗歌创作中有什么样的体会？

宋晓杰：在诗歌创作中语言当然很重要，诗是语言的精华，是至尊皇冠上的珍珠。从惯常的字数上来说，诗的凝练、提纯、意韵深远当然比不得古代诗词，更有许多诗人的诗严重注水，但是每个时代都有它独特的表现形式，从生活方式、行为习惯，到思想领域、意识形态的各个方面都有变化，不然何谈观念的创新和社会的发展（当然，对于人的道德律令、人之所以为人的许多法则是亘古不变的）。这是自然而然的过程。我们不妨"不薄古人爱今人"。古典文化的滋养、浸润、传承是一个人的"初乳"，也必将是一个人一生的事。

其中，你又提到了"大众"与"小众"的问题。在过去的一个访谈中我曾说过，让所有的人都去听昆曲、跳芭蕾是不可能的，让我们每天吃大餐而不是家常便饭，这也是不可能的。总有一些审美关涉到精神层面，又作用于日常生活，所以，这些都是不可强求、不可多得的思想上的奢侈享受，有与无都属正常。没有一个工人因为不会写诗而失业，也不会有一个护士因为不写诗而改为烧茶水。但如果工人和护士都爱诗，可能他们的夜班不会太难熬，下了夜班也不会太无聊。有一些东西注定就是"小众"的。

关于诗集中的"雪系列"，商震老师曾写过这样的评语，我如实复制过来："'雪'是她的环境。是情感环境，是生活环境。'雪'有时是记忆中的影子，有时是现实中的实物，有时是一个活生生的人，有时是幻象，是梦。不难看出，'雪'是她热烈的源泉，是她爱与怨的根。当然，把诗中的'雪'归结到一个具体的人身上，是阅读的愚蠢。宋晓杰把'雪'当作一个独立存在的物象，是她在孤苦时唯一值得信赖的物象。'雪'还是她在痛苦和感到不公时的替代性的补偿物。"商老师的解读让我看到了别人眼中我的诗及我，仿佛我在后台额外多看了正在播映的我的演出。这就是诗之于读者的诗外之意，也正是诗的美妙之外吧。

林　品：我觉得你一直对弱小的、普通的、卑微的事物投注了敏锐的关注和耐心的思考。我有时候会觉得一个女性诗人能够维持多年的素朴之心是如此不易和难得，你的很多诗歌看似平静和波澜不惊，但是深入窥测会发现静水流深的诸多隐秘而重大的部分。

宋晓杰：在我的诗中，可能更多一些坚忍和宽慰的东西。就像你所言，近年来我的视野转向那些小的、弱的事物，就像我在一首诗里写的那样，"年轻时候，爱远方、新鲜和热闹多一些像泡沫，爱大的、亮的、空的一切"，现在则转向了根。而正是那些平常的事物，如一枝新发的芽苞、细小的波纹、干净的小兽等，令我发现了从前没有关注到的平静之美、细软之美、日常之美。是的，年龄的增长不是罪，但是如果没有相应匹配的思想的成熟、视野的开阔、心灵的宁静……那就亏欠自己了。有一句话好像是林肯说的，大意是说，一个人40岁之后，必须为自己的相貌负责了，而能够负责得起的则是心灵境界和精神气质，它们是内心世界的寒暑表。

林　品：你怎么界定诗歌与生活的关系？诗歌一定要超越生活或者高于生活吗？

宋晓杰：诗歌本身就是生活纷繁复杂的内容之一，同时它又反作用于生活。不然为什么总听到有人说：我们要过一种诗意的生活；在大地上诗意地栖居。诗歌应该是解读生活或体会生活的一种生活方式，而不是做出来的煽情的小资模样。只有红酒、咖啡、烛光和美人的生活，不一定都是诗意的生活。罗伯特·布莱是美国诗人，他说，在当代，如果一个人想成为优秀诗人，有三个条件必不可少：过普通人的生活；热爱大自然；要保持皮肤一定的湿度。我尤其喜欢他说的最后一条。对，诗歌一定要有湿度和温度，这决定了你的诗是否具有人情味。就是说，诗歌是那些从生活的土层里生长出来的植物，或大地上欢快奔跑的动物，有着触手可及的模样和呼之欲出的气息。如果非要说诗歌一定要超越或高于生活，我愿意理解为：萝卜要洗了、切了或腌了、炖了再吃，而不是拔出来带着泥就吃。脱离有血有肉的生活的凌空蹈虚、云山雾罩、神头鬼脸，那样的诗歌不是真正的诗歌，那样的诗人姑且也可以称为"伪诗人"。

林　晶：我觉得你这几年来的诗歌中悲悯情怀、敬畏心理和"中年"般的时间感越来越明显。很明显，随着时间的增长，不仅个体的身体状态发生变化，而且思维方式、情感状态以及存在境遇都相应地发生变化甚至转换，这在你的身上体现得明显吗？而说到悲悯情怀再推进一步就是宗教感，你是否认为自己是具有一定程度的宗教感的作家？推而广之在你的阅读视野和文学交往中，是否有你所倾心的具有宗教感或悲悯情怀上的其他作家？

宋晓杰：是的，我对时间敏感。记得19岁生日过后我偷偷哭了一场，理由是年龄的第一个字头再也不是"1"了。而对时光和岁月的敏锐一直跟随着我。我的散文集叫《流年》，诗集叫《忽然之间》，还有许多诗也是在与时间有关的事物上打转，它们像表盘里的时针和分针，怎么也绕不开那块地儿，真是没办法。随着年龄的增长，虽然不像从前那样嘴上常常叨念"时间过得太快了"，但在匆匆之间忽然抬头，总会愣愣地站一会儿，向刚刚逝去的时光行着注目礼。迎面而来的新鲜事物固然令人欣喜，但我更在意随风飘零的细枝末节。这与年龄有关又无关，也可以理解为是一种生命状态吧。这样的变化反映在诗中就是更多的沉潜、思忖、反省，不断地回头，从而积蓄着稳步向前的不竭动力。

我喜欢那些具有宗教情结的作家，比如，写下《小银和我》的希梅内斯，还有雅姆、巴乌斯托夫斯基、黑塞、普里什文、圣埃克苏佩里、丰子恺……这个名单太长了，我一下还想不起那么多。但可以肯定地说，宗教感是一种融于血液中、流淌在行文中的悲悯情怀，与是否皈依、是否身着宗教的袍子无关。而且宗教感也不是读几本宗教书、做几次晚祷就可以有的，我更愿意理解为：它是日常生活中长此以往的自觉不自觉的修为。所以，我喜欢荒野上的烟火、上升的地气和土腥味，喜欢植物和默默生长的东西，这也可以说是我的宗教吧。

林　晶：近年来，《渤海大学学报》（哲社版）一直关注当代辽宁作家与文学创作，作为一家学术性的刊物，能关注我省的文学创作也是一种不容易的事情，作为主编，我的理念是学术研究也要接地气，为区域文化大发展、大繁荣服务。我们刊发过对小说、散文、戏剧等作家的评论文章，当然，也有诗人，比如李轻松，这次是你，都是女性诗人。你是诗人，你对当下辽宁省诗歌创作的情况有什么样的看法？对当下中国关诗歌的创作与发展有什么见解？

宋晓杰：辽宁有许多优秀的诗人，尤其有许多优秀的女诗人，作为辽宁人我一直引以为豪，并因为这么多年还在写着而备感欣慰。当下中国诗歌的创作和发展我认为是比较好的时期，除了网络的作用，与人的素质提高也有一定的关系。

林　喦：你在散文集《流年》里写过《朴素生活备忘录》这样一篇文章，其中有一段话："我像一条抛物线，把自己不负责任地随手丢出去，然后又按着原来的划痕，一点一点往回摸索。如今，看到老同学，谈起过去，他们都会说，中国少了一个大学生，却多了一个作家，难道这不是件好事吗？我只是想说：在一秒钟内失去的东西，在另一秒钟内任何人也休想再挽回它。没有实现的大学梦，永远是我心中的隐痛！"这话说得很深刻，有机会我会对我的学生们讲这句话、讲诗人的故事，让他们珍惜大学的学习和生活。今天，你以诗人的身份重返大学校园，成为2012—2013年度首都师范大学驻校诗人，这是一种经历，也是一种认可和荣誉。首都师范大学文学院与中国诗歌研究中心我很熟悉，是我博士读书时的母校，这样说来我们不仅是老乡，也是别样的校友。作为驻校诗人，你在大学里有什么样的收获呢？对未来创作会有什么样的影响呢？

宋晓杰：我还真不知道你是首都师大的博士，我很开心我们是别样的校友。驻校的影响不是一句两句就能说完的，我想这样一年的收获和所得，会扩延为持续不断的裨益，在未来的写作和生活中，会慢慢呈现出来。

林　喦：我用你的一篇文章的标题做了我们这次对话的题目，今天我也把它"牵"出来。"一匹马，就是自己的远方"，希望你在今后的诗歌创作道路上，像一匹马，永远有你的远方。

宋晓杰：谢谢你，谢谢给我这样一个梳理自己创作和思想的机会，祝愿我们的生活充满诗意！

关心历史其实就是关心自己
——与作家张宏杰的对话

作家简介：

    张宏杰（1972— ），男，复旦大学历史学博士，清华大学博士后，中国作家协会会员。从事中国文化、明清及近代史、国民性的研究。出版《大明王朝的七张面孔》《曾国藩的正面与侧面》《中国国民性演变历程》等学术和泛学术类专著七部，曾获全国少数民族文学创作骏马奖、辽宁文学奖等文学奖项，并获得2006年华语文学传媒大奖的年度散文家奖提名。曾在央视《百家讲坛》主讲《成败论乾隆》，中央电视台大型纪录片《楚国八百年》总撰稿。

    我是从一部名叫《大明王朝的七张面孔》历史文化散文专著开始认识张宏杰的，因为他与我同龄，都是20世纪70年代生人。看到他的这部《大明王朝的七张面孔》，使我对其产生了极大的兴趣，横生敬佩之心，于是，我成了他的义务广告推销员。当有人让我推荐一些可以阅读的书籍时，我会在历史方面的作品中推荐两部作品，一部是黄仁宇的《万历十五年》，一部就是张宏杰的《大明王朝的七张面孔》。后来，我陆续读到了张宏杰的几部作品，包括《千年悖论——张宏杰读史与论人》《中国人的性格历程》《曾国藩的正面与侧面》《中国皇帝的五种命运》《乾隆皇帝的十张面孔》《坐天下很累》等。他的诸多作品主要关注的是中国历史、文化与国民性的问题，他会用张宏杰式的思维方式和语言风格去书写历史上的诸多所谓大人物、大事件，更显得鲜活、生动，更富于新鲜的历史感和时代感，与我们接触到的历史书上常规性记载的所谓真实的历史相比更具有了真实感与真诚感。我不能说张宏杰还原了历史，但至少在读其作品的时候，让读者更加感觉到我们正在接近一种历史，"历史"在他的笔下更具有了一种复活性的合理性，更富于启迪性。我们不能一味地赞扬什么，也不能一味地贬低和否定什么，每一阶段的历史和每一个在历史上存在的人物都有其特定时期特定的思维方式和生活方式。

作家莫言在张宏杰的《千年悖论——张宏杰读史与论人》（人民文学出版社2012年4月版）一书的序言《当历史扑面而来》中曾这样评价过："张宏杰是个观察和记录的高手。他冷静细致的笔法，把人性的复杂性、深奥、奇特、匪夷所思、出人意料而又在情理之中表达得淋漓尽致，原本熟悉的历史事实在他的笔下呈现出完全不同的面貌，新鲜而又迷人，让我们这些历史书页背后的观赏者触目惊心、目眩神迷、欲言又止。当历史扑面而来，我们只好在造物者的深刻面前一再确认自己的浅薄。"这样评价中肯而深刻。

有幸认识张宏杰是因为他曾经在渤海大学短暂工作过并做中国文化与文学研究，后来他去复旦大学攻读博士学位，毕业后又去清华大学做了博士后。我们同事过，有过几次面对面的交流，在与他的交流之中，我感觉到这个聪明绝顶的家伙内心干净而纯洁，不圆滑、不世故，甚至有些不谙世事；但他做事坚定而执着，甚至有一股子轴劲儿。在他的脸上，常常镌刻着一种叫作沧桑和深刻的东西，因为有这样的一尊面容也就有了上面我所说的诸多作品。在这里推荐他的一篇抒写青涩与艰辛、执着与激情的文学青年心路历程的文章，题目为《我的文学青年生涯》，值得一读。

林　晶： 宏杰，你的《大明王朝的七张面孔》中有七张面孔，也就是七个人物：一个皇帝朱元璋，一个篡位者朱棣，一个清官海瑞，一个太监魏忠贤，一个造反者张献忠，一个叛徒吴三桂，一个忠臣郑成功。大明王朝这出历史大戏里的七个角色，每一个都演得活灵活现而又身心交瘁。你是怎样在你当初银行职员的工作环境中想写这部作品的？为什么选择了明代和明代这几位人物？

张宏杰： 因为明代是个很有意思的朝代，出了很多特别复杂、特别好玩的人物。所以我起初的动机是写人性。不管好人坏人，他首先是人。中国的传统是把一个人神化和鬼化，就是不能作为一个活生生的生活中的人去看。有人说，中国历史与其说是一个记录的过程，不如说主要是一个抽毁、遗漏、修改、涂饰和虚构的过程。但是，再高明的修改和涂饰都会留下痕迹，沿着这些痕迹探索，把那些被神化或者鬼化的人物复原为人的面孔，这实在是一个很有意思的事。

同时这个朝代也是中国历史性格的典型代表，所以也有一些内容是对整个中国历史的思考，比如对朱元璋、张献忠的评价就不只停留在个人性格的分析。"写朱元璋，分析了中国专制主义社会的性格，写张献忠，有不少篇幅在重新评价中国农民起义的作用。"

林　品：历史是一面镜子，你写了诸多的历史人物，肯定不是为了整理国故，你想表达什么呢？或者说你的创作观念是什么呢？

张宏杰：20世纪90年代后期以来，中国文学已经失去了思想性和批判性。可以说，对社会的反思批判工作，思想界特别是历史学界已经几乎取代了文学的作用。

历史吸引我的原因主要有两点，一是历史是人性展示的广阔舞台。在历史里，人性有机会表现它平庸生活中难得展示的一面。在漫长的历史中，各种各样出人意料的事情都已经发生过了，任何一个小说家极尽想象力，也写不出这样精彩的剧本。历史比小说更好看。

另一点原因，我们现在所处的社会，是由历史塑造的。今天社会的所有问题，几乎都可以在历史中找到答案，所谓太阳底下无新事。如果不读懂中国历史，你永远不会懂得中国现实。

目前的大众历史热潮中，存在以下几类作品：一是我和吴思先生这一类。在目前的大众历史热中，我想我和吴思先生的共同之处可能会多一些，那就是我们都更多地关注历史的"启蒙作用"。大众历史的一个重要任务是把埋藏在图书馆和学者书斋中的历史知识转化为可供大众享用的公共文化产品。它应该带给公众一种新的观察历史的角度，激发起公众对历史的关注，并在一个广大的、比较的历史背景下来思考中国的现实。我希望把自己的思想成果通过历史类作品传达给大众。二是当年明月、易中天先生这一类。他们在轻松愉悦中普及历史，功不可没。这一类读者极其庞大。三是借历史热传达负面文化价值的作品。这很令人警惕。比如一系列帝王戏，历史剧，都是将当前现实中百姓关心的各种社会热点问题改头换面移植到剧情中，然后借用明君贤臣的力量将这些问题一一解决。这些作品明显表现出对人治的好感，对权力的崇拜，对帝王权力的信任。希望康熙"再活五百年"，说汉武帝"燃烧自己温暖大地"，这是毫不掩饰的"文化献媚"，我为这些人感到羞耻。

有些读者称我的作品为"翻案文章"，称我的写作是"颠覆历史"。我想，他们不过是借用了这个熟悉的名词而已。事实是，愚蠢的、不近人情的叙述方式过于泛滥，因此，一个稍稍正常的声音听起来也许就更引人注意一些。如果说"颠覆"，我想，我颠覆的是接近历史的心态，我接近历史中那些"鬼"或者"神"时，并没有心怀恐惧，我坚信他们不过是"人"。

林　品：现在，你的诸多作品很有影响力，也有自己的读者群，在学界很多人认为你的作品无法用现代的小说、散文等规范的文体进行总结和概括，因此，就有人说是"跨文体写作"或者称为"历史散文""历史文化散文"，我个人觉得用"历史文化随笔"更好，是不是这样的方式更灵活，更易于你自己对历史的认知、个人思想和情感的表达，更利于你的语言风格的表现？

张宏杰：我的写作风格是没有任何预设，完全是随心所欲、自然形成的。我想，我有文学青年阶段形成的比一般历史写作者更多的文学气质，但与此同时，又有较真态度，对真相对细节准确的较真，结合起来，就成了这样的一个风格。

有人说这种写作是所谓"合金体"，指的是我的写作跨文体写作，掺杂了大量小说式、历史报告文学式，甚至心理分析式的写法。有的评论说，"在叙述中，他表现了一个高超的小说家的技巧，有意识地强调了情节的设置。张宏杰史论文字叙述的流畅、情节的开合、语言的力度，所带给人的，是小说式的阅读快感。""他的作品在纪实与虚构、文学与历史之间找到了一个很好的支点，语言丰盈而鲜活，深刻而精当，张宏杰的跨文体风格，在艺术上有所创新。"

读者们对我的诧异集中在两点：一是年龄，二是职业。许多人都说，一直以为你至少是中年人。更多的人不明白，为什么学财经的我把笔伸向了历史。他们的表情说明，历史是一个年深日久堆得下不去脚的旧仓库，缺乏耐心的年轻人和没有专用工具的非历史专业者应该被挡在门外。确乎如此。

我认为，学问的最高境界，应该是"好玩"。常常使我奇怪的一件事是，为什么学问到了某些中国学者手里，就单调呆板，变成了概念、意义、材料的集合。而外国的那些学术名著，却大都有声有色有滋有味，甚至眉飞色舞神采飞扬。一提起历史，许多人都敬而远之。不过，我碰巧遇到了几本好书，改变了我对历史的印象。

在我高考的时候，财经是热门，所以报了自己并不特别感兴趣的东北财经大学投资经济管理专业。大学四年我基本上是在学校图书馆和大连市图书馆度过的。白云山路幽静山谷里那座巨大而优雅的米黄色建筑在我的记忆中依然清晰。大约1991年前后，我在那里读到了这样几本书：格鲁塞的《草原帝国》、黄仁宇的《万历十五年》、费正清编的《剑桥中国史》。这几本书引起了我对历史的兴趣。伟大的学者们讲述历史的声音听起来也是那样迷人。

还有《万历十五年》那洋洋洒洒的开头。这种散文式的叙述改变了我对历史的印象。这四年对我的写作关系重大。如果你机缘巧合，踏进了历史这座旧仓库，你常会发现一些意想不到的东西。把那些被神化或者鬼化的人物复原为人的面孔，这实在是一个很有意思的事。

事实上，在我眼里，历史是个好玩的、多姿多彩的，甚至迷人的东西。甚至，我要说，我所看到的历史是一个活着的海洋，而不是一片干枯的标本；是一位性感的姑娘，而不是干瘪的老太婆。历史是戏剧，是诗，是音乐。

作为一个曾经被历史教科书折磨的学生，我经常站在普通读者的立场去考虑我的写作能否在传达见解的同时，给读者带去阅读快感。因此，我的写作过程既是坚持用自己的声音说话的过程，又是千方百计、殚精竭虑地讨好我的读者的过程。我坚信，面对普通读者，并不妨碍我写出有份量的好东西，或者说，更有助于我写出好东西。

我一直十分尊重读者们把历史讲得轻松、好玩、有趣的要求。打个比方，历史事件在史书中已经被风干，成了脱水食品。我的努力就是给这些食品浇了一壶清水，让它们又一次翠绿可人。

林　品：随着纸质阅读的人数下滑，人们对传统意义上纸质表述的文体（如诗歌，小说、散文、戏剧）所投入的热情越来越少，而你的作品却在这种情况下有如一股子清泉，渗开人们的阅读心扉。富于个性的文笔与极为流畅的语言，尤其是在行文中透射了你个人的智慧和对历史的具有非一般意义上的个性化思考，给人以启迪和换了脑筋的感觉。

张宏杰：在很多国家，历史热是一直存在的，历史类图书经常会登上畅销书排行榜。在美国，可以让公众完整地了解过去，但又没有因迎合大众而丧失史学写作的品质和品位的优秀作品层出不穷。美国有两个奖项在历史学家圈中影响很大，一个是著名的普利策历史类奖，另一个就是历史悠久的班克罗夫特奖。美国有一种"公共历史学者"，英文称谓是 publichistorians。公共历史学者本身也是学院派出身，受过严格和良好的专业学术训练。只不过他们面对的对象是大众和其他专业人士，他们讲的不是所谓的 Popular History（大众史学），而是正经的、严肃的历史知识。我想，中国以后也会出现这样的状况。目前，中国社会的这种需要，多是被《百家讲坛》和科班的或者自学成才的大众历史作者代替了。

我清楚地知道，大部分读者不仅需要"史实"，更需要"史识"，或者说"思想含量"。这种"史识"不是指史书中那些可以供我们"经世济用"的"权谋""方略""管理"，而是更深一层的东西。永远不要低估大众的需求品位，特别是不要低估这种需求的意义。历史是记忆，更是反思，一个不会反思、没有记忆的民族是没有任何希望的。只有与当下结合起来，历史才真正有意义，因为通过阅读历史，我们可以更好地认识自己。通过回望来时路，我们可以更准确地定位我们这个民族的坐标，更清楚地判明民族的前途。这不仅仅是"食肉者谋"的事，因为只管低头拉车，不用抬头看路的幸福时代已经过去，每个人都有责任为我们生活的共同体出谋划策了。自从《大明王朝的七张面孔》出版以来，我平均每天都要收到两到三封普通读者的来信。这些来信中，不乏认真、成熟的思考，有的思考成果让我深受启发。由此我认识到，因为历史学术的表述形式越来越专业化和技术化，史学家们的思想成果很难为大众所分享，由我们这些"业余写史者"用通俗的方式来传达"史识"就更加重要。我十分愿意做这样的事，也期待着读者与我进行认真的交流。

林　岲：很多人喜欢挖掘历史，中国绵长的历史也给后人提供了无限挖掘的可能，无论对历史上的人物还是历史上的事件。影视喜欢戏说历史，小说家喜欢翻新历史，散文家也不例外，比如余秋雨，比如王充闾，而你也同样在挖历史的古，但你的挖古确实与众不同，你是如何阅读和搜集历史资料的，并这样在历史的资料库里梳理和选择、提取想写的人物和事件呢？

张宏杰：虽然从事的是通俗历史作品的写作，但是你的写作一定要，或者说要竭尽全力做到提供史料的真实可靠。我的作品，结论也许让人感觉新鲜、另类、富于颠覆性，但我所依靠的是其可信度被经过严格考验的历史材料。作为非专业的历史类读物写作者，许多探索当然是站在他人的研究成果上进行的，幸运的是，这几年来，我能越来越多地看到有性情、有风骨、有真知灼见的学术作品。许多优秀的作品对我都有帮助。同时，别人消化过的史料毕竟不能完全适合我的需要，我还不得不大量搜寻使用第一手的原始资料。中国历史史料的丰富是世界罕有其匹的。特别是大量野史的存在，给作者们使用史料带来了一定难度。所以，我在使用史料时分外小心。我每写一个人，会尽量搜集到所有与他有关的史料，并把多种资料进行对比，从来不会使用那些涉嫌夸张、穿凿的小说化的野史，虽然也许他们对我塑造人物很有用处。

林　岲：你说过，"历史比小说更有趣"，其实，我认为，小说是文学的小说，而历史是人类的小说，你把历史讲得很有趣，也很好玩，你有自己的写作标准。

张宏杰：毫无疑问，普通读者的阅读需求里包括历史。因为历史是如此好玩，又如此有用。追根溯源是每个人的本能，讲古叙旧是一种滋味浓厚的娱乐。当下的"历史热"的兴起，其主要原因是"写史者"的非历史专业背景，通过他们的写作，"大众"首次得到"历史写作者"的尊重。而历史学术的表述形式越来越专业化和技术化，史学家们的工作成果很难为大众所分享，这为"非历史专业写作者"提供了机会。这些写史者的兴趣结构和普通读者相近,与历史学家们的见怪不怪比起来,他们有更大的热情、兴趣和浓厚的好奇心,见了什么都要大呼小叫,啧啧称奇。所以他们就很容易打破冰冷史料、艰深论文与普通读者之间的障碍,把历史讲得好玩、精彩、有滋有味。

史学家们的工作成果很难为大众所分享,这为我这样的"非历史专业写作者"提供了机会。我尽力去表达人性的复杂、深奥、奇特、匪夷所思、出人意料而又在情理之中,我试图通过一些重要的面孔去"勘测历史的乖张与诡异",用现代意识来还原历史深处的人性奥秘,凸现生命个体在历史文化困境中的无奈、尴尬和妥协。我试图展示了历史——这个才华横溢的艺术家、恶作剧的超级爱好者、视万物为刍狗的麻木不仁之辈——为人性设置的千奇百怪的困境,以及人性在这些境遇下表现出的复杂。

林 品:写作现在成了你的职业,我感觉你会一如既往地做下去,期待你的下一部作品。

张宏杰:我的生活一直很简单,每天早上6点半起床,跑一圈步后回到家里,洗个澡,听一楼人都走空了,泡一壶茶,打开电脑,看着茶雾升起,听着电脑沙沙的启动声,整个房间就像坐在古墓中那样安静。每当这时,我就深深地感谢世界,感谢世界对我这样宽容。我一直想写一个关于近代史的东西,比如重点反思义和团的思维方式,但是什么时候能写出来,能不能出版,还不知道。

好作家不会被落下

——与作家津子围的对话

作家简介：

　　津子围（1962— ），男，本名张连波，1990年加入中国作家协会，系辽宁省作家协会主席团成员，大连市作家协会副主席。出版中短篇小说集《一袋黄烟》《相遇某年》《大戏》三部。出版长篇小说《残局》《我短暂的贵族生活》《收获季》《口袋里的美国》《同名者》等14部。近百篇小说被《小说选刊》《小说月报》《中篇小说选刊》《中华文学选刊》《短篇小说选刊》《散文选刊》等选载。获中国作家协会《小说选刊》全国优秀中篇小说奖、中国作家大红鹰文学奖、辽宁文学奖等多种奖项。

　　津子围是当代辽宁作家中比较低调的一位，自1980年开始从事文学创作，至今已在国内外发表作品400余万字，小说作品发表几乎涵盖了《人民文学》《十月》《当代》《上海文学》等30余家各大期刊，属于高产作家。长篇小说《童年书》《收获季》《口袋里的美国》《我短暂的贵族生活》，中篇小说《小温的雨天》《说是讹诈》，短篇小说《马凯的钥匙》《国际歌》等多部作品深受读者喜欢并获各种奖项。曾经有学者评论其是20世纪八九十年代苏童、余华等那批先锋作家被"落下的人"。其实，这种所谓的被"落下的人"，恰恰是对津子围小说创作所取得成就的一种肯定。就我个人认知而言，一个好作家不会被"落下"，津子围也没有被落下。也许在我国当代文学作家的归类上，没有把津子围列为哪门哪派，但这并没有影响学界对学津子围创作的评价和研究，津子围是辽宁作家中被学者重点研究的对象。从某一个角度讲，一个好作家一定是以其优秀的作品而被大众读者和学界认可的，学界李敬泽、陈晓明、孟繁华、贺绍俊、雷达、何镇邦、李红鹰、吴义勤、何向阳、李云雷、王干、张学昕、刘恩波等诸多评论家，对津子围的小说都曾做过相关的评论并给予很高的评价。2013年辽宁省社科院文学所确立了辽宁省重点科研课题，专项研究津子围及其小说创作。所以说，津子围是一位好作家，并且是一位很有思想的学者型作家。

林　品：津子围先生，您好，有机会和您进行交流是一件很开心的事情。但我总觉得不知道怎么称呼您。从中国传统的称谓角度讲，对于成年男性，一般是把对方的姓加上先生作为称谓，简单且尊重。您原名张连波，我本应该称您张先生，但张连波的名字在中国作家群体中真是很少被大家熟知，而津子围的名号却是响当当的。可中国姓氏里面好像还没有津这一姓氏，是您的笔名吧，为什么给自己起津子围的笔名呢？在您的很多小说作品中，津子围也被作为小说中的人物经常出现，这样的设计又有什么具体的寓意呢？

津子围：谢谢您客气的提问。这个问题是我多年来常遇到的问题。津子围是笔名。古代文人有字、有号，现在没有了，其实也没必要有。关于笔名也是有疑问的，如同您问的一样，比如鲁迅时代，周树人先生曾经用过183个笔名，当然，他用笔名与政治的或者其他因素有关，我的笔名没有上述因素，仅仅是与时代性有关，我没有放大话题的意思，我所说的时代性是指我们自己的时代性。1990年，一位同学就报刊发表的署名"张连波"的诗歌与我交流，我告诉他那不是我的诗；后来，我又发现署名"张连波"发表的散文，当然也不是我写的。就在我为此事困惑时，我发现大连市公开发行的"黄页"上，有二十几个"张连波"的电话，我请教了相关部门，有人告诉我，第三次人口普查，大连市叫张连波的人共48名。同名或者重名算是我们所经历的时代特色。仅仅是为避免重复，我在一个闷热的夜晚查字典，预设某页、第几个字，经过三次反复，"津子围"就产生了。后来，有人说我起笔名是查过起名网什么的，我无以应对，不怕你笑话，1990年我对电脑的认识几近文盲。我的笔名，从狭隘的角度讲，是为了区别，为了具有可识别性，甚至是寻求"唯独的那个"；但是到了后来，我发现这些都不重要，名字不重要，幕布和灯光后面的作者也不重要——你说得很对，重要的是作品。作者的名字真的和现实生活中具体的人没有太大的关联，比如很多关注我的小说的读者，比如很多写过我小说评论的批评家，绝大多数都没见过面，作品是唯一可以衡量的尺度。福柯说，"读者在上游"，我非常信任这句话。

林　品：小说家身份的津子围与其作品中的"津子围"是一种什么关系，其实这也是构成津子围小说的一个重要特征。在多部作品中都出现过小说人物"津子围"，其间有联系吗？我觉得文学最深层次的意义和文学本身的使命在于探究人与人类社会的真，探究人存在和人类存在的意义，在这个意义和使命表达的过程中，在小说创作中加入"我"以第一人称叙事，或者是小说中加入"津子围"这一人物，是不是小说家津子围意在追求故事的真实性，或是完成一种小说的价值意义？

津子围：这是一个很好的问题，也是一个深刻的问题。对于我个人来讲，是作者与文学、生活间的"三角关系"。作者是生活中的作者、作品里的作者，还是独立其外的作者？以前为写某个题材的小说，我做过采访，甚至去体验生活，后来发现，其实作者每天都在体验生活，一如海德格尔说的"我在生活中"。文学作品的"真"与历史记录的真、新闻提供的真，是不一样的。文学作品的真是认知的真、情感的真，或者说是本质上的真；而人物和故事则可以虚构。纵观古今中外的作家，优秀的作家大都是"虚构的天才"，但其文字背后的用心是真实的。我的小说中确有"津子围"这个人物，作品中的"津子围"和作者津子围没有关系，和张连波更扯不到一块儿，他只是小说中的功能性人物，是为解决"三个人称"转换中的叙述障碍，试图使小说的叙述空间更大一些，叙述方式更灵活一些。因此，有的时候"津子围"是作品"共谋关系"的需要，有的时候则是对作品人物的补充和帮衬。我知道叙述是作家一生要追求的目标，也是一生要对抗的难题，这样的尝试也许仅仅是我讲故事的一种努力和尝试。

林　品：在阅读小说作品的时候，我觉得有几篇小说，如《一县三长》（2014年《鸭绿江》第1期）和《老铁道》（小说集《大戏》，大连出版社2010年8月），算是旧事题材（我愿意用"旧事题材"这个词来规范一些表现20世纪二三十年代到1949年以前的这一段历史的故事的文学作品）。《一县三长》写的是冀鲁边区的故事，《老铁道》写的是大东北（黑龙江区域）的故事，这与您多部反映当下题材的小说有所不同，很具有地域特点和年代感。小说中很多女性人物很鲜活，无论是女县长刘凤芝（《一县三长》），还是银玲子（《老铁道·大麦》）、白蝴蝶（《老铁道·白蝴蝶》）、凤子（《老铁道·长在黑发里的野花》）、二兰子（《老铁道·绿玉石嘴的烟袋》），这些女性人物在您的短篇小说叙述中，着墨不多，但每一个都栩栩如生，很有个性，具有"这一个"的特征。您是如何构思这样题材的小说的？又是如何写出这样的女性人物的？

津子围：坦率地说，这个我还没注意到。其实，我的小说并没有严格地区别男人和女人，或者说，我关注人性的差异性大于性别的差异性，我对待女性的态度是平等而尊敬的，体现到小说中也大概如是。您可能也注意到了这一点，我对小说中的女性是尊敬的，但没有对女性呈现出朝拜的姿态。如果有兴趣从这一角度切入作品研究，一定会划分出一批朝拜女性的男性作家……关于地域性和年代性，我同样没有刻意去"区隔"的，只要某个"触发点"令我心动，我就会探究下去，并不在意这个故事（或者作品里的人物）该发生（或者生活）在哪个时代、哪个地域。在我看来，无论时代还是地域，人性的某些东西是共通的，比如喜怒哀乐，所不同的是，舞台上换了场景和道具罢了。

林　喦：您的中短篇小说《马凯的钥匙》《搞点研究》《存枪者》《求你揍我一顿吧》《大戏》《小温的雨天》等，也非常有特色，荒诞、幽默与反讽意味比较浓烈，但同时也表现了一种时代焦虑问题。当人类进入到工业化的时候，与农业文明比较而言，人不过是大时代与大技术构成的飞快运转的社会大机器中的一个如滚珠、如小轴承般微小的部件，你不得不随着这架大机器运转，失去了人存在的主动性，完全被动着，在这样的氛围中，集体郁闷与个体无奈交织在一起，焦虑也随之而生。在上述小说中恰恰用比较幽默和反讽的笔调，描摹了现代都市中无论是生活在底层的丁红军（《大戏》）、大宝（《求你揍我一顿吧》），还是小公务员马凯（《马凯的钥匙》）、区群众艺术馆的辅导老师汪学永（《存枪者》）、初中老师小温（《小温的雨天》），都有着不同形式的焦虑。由此我想到两个问题：一是就写作本身来说，是不是比前辈作家有了更深的挖掘和拓展；二是焦虑是不是体现了当下的时代性特征。

津子围：两个问题可以合并回答。提到了"时代性"和"现代性"问题，其实，时代性与现代性是不同的。比如同是2014年这个时代坐标，不同地域的现代性是不一样的，如欧洲和非洲，西方与东方，国内的西部和东部；即便同一座城市、同一个群体内部，现代性的差异也很大。我们的时代在"不舍昼夜"地向前迈进，很多东西都在进步和发展，但不能说文学也一样同步，或者说，不能说社会生活进步了十年，文学也一定进步十年。如果是这样，当下的作家就会高于鲁迅那个时代、新民主主义和社会主义建设时期以及改革开放初期那一批作家，事实并不是那样。我们这个时期的作家，起码我个人，还远远没有抵达那个时代优秀作家的高度。对于工业或者后工业时期在文学中的反映，诺斯洛·弗莱在《现代百年》中说："进步并不是人类进步，而是人类把那些自己会进步的力量释放出来。最明确的标志就是科技。"释放什么和怎么释放就有现代性特征了，它体现了作家对所生存的时代的忠诚和良心。当然，最外观的表现是判断和选择。如何判断，怎么选择？举一个耶鲁大学错判的例子。当年，耶鲁大学授予胡适博士学位，理由是胡适在"五四运动"时倡导白话文运动，引领四亿中国人讲白话。事实上，白话本来就存在，宋元传奇、明清小说都是白话。白话文运动是针对封建八股和僵死的官话，而"释放"了本已存在的一部分。面对当下纷繁复杂的现实生活，对作家的要求更高了——释放出思想抵达、形式抵达和情感抵达，并体现艺术洞见、具有人民性和人的尊严的文学作品，成了高贵的理想。

林　喦：我注意到，您的小说很注重事实与价值。比如1991的小说《津子围的朋友老胡》，讲了一场车祸使一个男人丧失了记忆，他发现身边衣服上写着"胡春林，中医"，就认定自己是中医，在一个熙熙攘攘的城市里行医，而且还火了起来，成了祖传名医，被神化了。奥秘在于"大家都认为中医是慢功夫"，他就用草叶末调上西药，如此"中西结合"收到了效果。后来，他恢复了意识，原来，他是监狱的狱警，与中医没任何关系。十几年后，我们看到社会上有多少问题是"中西结合"组装的假药方呢！还有2004年的《小温的雨天》，一个中规中矩的男人和女同事在办公楼的走廊里拥抱了一下，被监控设备录像，于是，在单位和家里掀起波澜，而更大的波澜在他们内心激荡，男主角身体出了问题。女主角得了抑郁症，总想向人解释她是清白的。随着艳照门事件的出现，对于隐私问题被"曝光"的道德和法律的讨论越来越多。稍显不足的是，您在关注事实和价值的同时，显得过于理性，同样是学者的平民化写作，与老舍的《骆驼祥子》《二马》《老张的哲学》《离婚》等比较，少了些日常的生活的气息和情趣。

津子围：事实并不与价值同谋。当代社会每天都发生眼花缭乱的事实，事实是可以检验的，除却由于时间关系我们无暇考察的部分，科学本身为我们检验事实的"真"提供了无限接近的可能；而价值更多地与个人的主观感受有关，与情感方式有关。杀人是一个价值判断上的极端例子，斯巴达人弃婴杀残和楚克奇（Churchi）人杀死老人是符合他们的价值观的，前者为了种群的健康，后者相信只有暴力死亡的人才可以重生。事实上，即使最不被道德和法律所接受的谋杀，也仅限于价值群体的内部，战争中杀人合理是大多数人认可的。那么，是不是大多数人的价值判断就是准确的呢？其实，即使是科学也仅仅是无限接近"真"的可能。在发现黑天鹅之前，世界上的所有人都相信只有白天鹅存在。再如科学定理，三角形的任何两边之和都大于第三边。定理都跟假设有关，而现实社会里没有绝对的直线，只有拓扑学上的相对直线，当第三边是弯曲的，比如平面视角下的赤道线，结论就不同了。而价值判断更为复杂，大多数人认为叶子是绿的，是有益于健康的，就认定是公共价值的"理"，实际上有的时候，只有少数人的判断才是真知灼见。现实情况碰巧的是，当代社会充满了类似性。事实与价值的模糊，导致了精神的迷失，而困难在于，迷失成了常态。关于我的小说偏重于理性，的确是我小说中的不足，缺钙不好，钙过剩当然也不好，小说不能做小说以外的事。

林　晶：据我所知，近年来学界对您的研究越来越多了，至少有四五名现代文学专业硕士研究生的毕业论文是研究您的，这里的一个问题是，无论是评论家还是研究生，面对您的小说都觉得头痛，都有无从下手的感觉——小说涉及领域太广，既有历史的也有现实的，既有国内的也有国外的，既有工业的也有农村的，既有知识分子的也有情感方面的，太庞杂，不好归类。我觉得，这样写作您很不占便宜。如果您专注一个领域去深度开掘，也许会引起更多的评论家和社会的关注。而且，这样写，对您的生活阅历和积累也是非常大的考验。

津子围：是的，这方面我的确有些吃亏，但是文学不是功利的事情。小说涉猎广泛，有些庞杂，就生活阅历和积累来说，我还没觉得十分吃力。前面提到过，时时处处都可以体验生活，而小说是需要虚构的，不然，写生生死死，作家同样只有一次生和死的机会。

林　晶：还是同一个问题。涉猎面广泛，会给人全景式写作的感觉，当然，也不属于百科全书式的，这里姑且叫全景式吧。后来发现里面其实是有逻辑脉络的，比如"时间"，对时间性的强调，如时空的流转、反复和流失，无论什么题材都赋予当代的话语方式和时间性。是不是可以说，时间问题构成了全部创作的筋脉和骨骼？为什么对时间问题这么关注呢？

津子围：谢谢您深入细致的解读。从这一点来说，您恰恰提出了新的文学评论视角。时间对于我来说的确是非常非常重要的。生命的有限性和追求的无限性构成了悖论，而生活所呈现给作家的也常常是悖论的叠加。我一直觉得自己漂浮在时间的河流里，也一直被"时间"问题困惑着，从奥古斯丁对时间的怀疑开始，到康德的时间坐标。马塞尔·普鲁斯特则认为时间可以摧毁一切，但也认为回忆可以起到保存的作用。他告诉我们的保存方法是"某种回忆过去的方式"。2006年夏季的一个雨天，我在书店里与《预测未来——剑桥年度主题讲座》不期而遇，也许是机缘巧合，我找到问题答案的另一部分。著有《告别上帝》《信仰之海》《时间》等著作的剑桥大学教授唐·卡皮特，他在《最后的审判》中提到了循环时间和线形时间。看到这些文字，我恍然大悟，正如K.拉纳所言："超越时空之后，无论如何人们都能找到相遇的地点。"记忆其实是时间作用的另一种方式，小说与记忆关系密切，是一种特殊的时间表达形式。仔细想想，我们对生活的某个深刻记忆，也许只是具体的细节而不是年份，一个故事片段，一件难忘的冲突，甚至一句有意思的话。小说是人们差异化的记忆和个性化的体验。在创作时，我常常想这样的问题，我们是生活在时间里，还是被抛弃在时间之外？人的生命周期是由"生物时间"决定的，而对于纪元的年号来说，总带有"神的时间"的戳记。那么循环时间呢？循环时间是"自然时间"的体现，还有价值时间。这些区分使我们认识到：时间对未来却丧失了刻度。伊夫·瓦岱指出："现代性是一种'时间职能'……我们在成长，我们的社会也在成长。有的时候，我们发现我们老了，而记忆却是停留的，永久保持着新鲜。可不可以这样说，有的时候，走的是我们而不是时间！"从这个角度回头观照一下我的所有小说，也许，我本来就没有太高的理想，我不过是想把我所能回忆的记忆还原出来，与读者沟通和分享罢了。

林　岷：写什么，怎么写，是所有作家都必须面对和回答的问题。好的作家一定注重写作的技巧，从写作技巧来说，您有哪些经验可以分享呢？

津子围：表面看，技巧属于形而下的问题，其实不然，好的表达一定是与心脏连通的。单就表现形式来说，通常体现在逻辑和语言上。逻辑和语言是同向度上的关联，然而，它们背后是两种不同的个体生命与世界联系的方式，一个是理性主义，一个是自然主义。从科技的角度说，碳与铁的比例，推动了现代化的进程，但从艺术的角度说，油与水的比例却难以物理性地解决。其根源是两种文化内在的"质"的不同。自然主义对事实与价值的判断依赖于经验的积累和确认，而理性主义依赖的是逻辑的正确和实证。如同砖头砸在大脚趾上，通常没有说"这很痛"而是本能地"哎呀"一样，前者符合逻辑，语言是"语用式"，后者是本能的"描述式"。既往的若干年里，由于西方文学的强势话语地位，我和很多写作者都被骗到某种逻辑的词语里。重新回到汉语言的写作语境，才发现：象形、指事、会意、形声、转注、假借，是柜子里的宝贝。写作时常有这样的体会，一段表达同样内容的文字，每换一个字，视觉效果就不同，文字上有场景、色彩、气味和理想色彩。语言一旦进入小说里，就不再是简单的词汇了，它是人物的细胞和血肉，是情境的气味和色彩，是运动着的纤维和速度，是心里射出的有温度的子弹。它本身是活的、有灵魂的，而最难的是寻找一种属于自己的表达，一种更精确的声音。学者张大春说："步武老舍的多流于油，流于痞；踵事张爱玲的则流于腻，流于媚。"的确，逮住躲闪的、跳跃的、真真假假、虚虚实实的更"接近"的表达，真的很不容易。所以，多年来，我一直小心翼翼地看护着词汇，像一个老牧人守着栅栏里数量不多的绵羊，用善良、温和与宽容来梳理语言的鳞角，在语言勒索和语言暴力面前，有着本能的抵制和回避。威廉·福克纳先生说过一句精彩的话：寓言是寓言的谜底。在我看来，每一个中国汉字就是一个寓言！

林　品：我到《渤海大学学报》工作之后，一直觉得有"新东北作家群"这样一个命题，是可以做一些有意义的研究的，也尝试着从当代辽宁作家做起。个人认为，继"东北作家群"之后，历史进入了21世纪，在东北这片广袤的土地上，依然有作家像"东北作家群"中的老一代作家一样，关爱和眷恋这片土地，并执着地以东北风俗、东北的民众生活为创作内容，抒写着这片土地上的人和事。您觉得这个话题有意义吗？

津子围：当然是有意义的。在市场化快速推进和价值观发生重大变化的社会环境中，文学是一项高成本的工作。比如，学开汽车，三个月就可以获得驾照；学电脑操作，六个月也可以工作，而开汽车和操作电脑的收入不会比写小说的收入低。写小说不同，没有十年二十年的准备、积累和实践，想写好小说，真的很难。可是，如果一个民族没有了文学，那该是一个多么缺乏活力和发展后劲的民族；如果只有热闹的娱乐，那该多么浮躁和浅显。在商品经济社会中，高成本低产出的职业是需要一种精神支撑的，因此，凡是为文学做一些有益的事情，都是值得赞扬和尊重的——无论大与小、多与少，都是高贵的。

林　品：今天我们聊了这么多，时间不短，期待您下一部更好的作品出现。谢谢！

亦如我竖起的诗行像我站立的姿态

——与诗人李见心的对话

作家简介：

李见心（1968— ），女，中国作家协会会员，辽宁省作家协会理事，获得全国诗赛大奖、第八届辽宁文学奖、全国十佳诗人奖等。出版过诗集《初吻献给谁》《比火焰更高》《李见心诗歌》《五瓣丁香》《重新羞涩》，长篇小说《心灵捕手》《有字天书》。现供职于锦州市文联。

李见心，无论从其诗性的名字，还是从其仿若混血一般的秀美长相，长发或盘髻或披肩，明眸大而窝深，鼻梁笔直而修窄，下巴尖翘而圆腴，披肩衣饰常年可见，如此形貌与装束颇具诗人气质。其实她就是一位诗人。自20世纪80年代起，她的诗作先后在《诗刊》《诗选刊》《人民文学》《星星》《诗歌月刊》等大型刊物上发表，亦曾多次获得全国各种诗歌赛事的大奖，出版过多部诗集。

有位朋友曾说，诗歌是上天赋予那些富有灵性和才情之人的使命，他们负责将生命深处和人生旅程中的风景和情思用诗歌的形式传达出来。有感悟有经历也便有了诗歌。弗洛伊德在《作家与白日梦》一文中指出："一个幸福的人绝不会幻想，幻想的动力是未得满足的愿望。""每一次幻想就是一个愿望的履行。"诗歌创作绝对是诗人的一种幻想的履行。幻想是诗歌创作者的创作动力，而这种幻想一定来自诗人的经历、视野与一种饱满的情绪，也许上述诸多因素之中含有不幸、痛苦乃至压抑或极度幸福和激情，诸如这些，在李见心的诗歌作品中都有精致的表达。应该说，李见心的诗歌创作特色生动鲜明，语言精达洗练，情感真诚别致，感荡心灵。

林　晶：李老师，你好，在锦州的文化圈里，我们见面的次数也不算多，但几次交流，总觉得你对诗歌创作有着自己的执着与自我满足性的认可。如同明代李贽在《焚书》卷三的《杂述·杂说》中所述："且夫世之真能文者，比其初皆非有意于为文也。其胸中有如许无状可怪之事，其喉间有如许欲吐而不敢吐之物，其口头又时时有许多欲语而莫可所以告语之处，蓄极积久，势不能遏。一旦见景生情，触目兴叹；夺他人之酒杯，浇自己之垒块；诉心中之不平，感数奇于千载。"这种由己及人、由人及己的情感共鸣，是文学创作与审美观照的重要心理特征。你在诗歌创作的时候是否也是这样？或者说，你为什么要选择做诗人呢？

李见心：首先感谢你对我的溢美，其实我不太愿意别人称我为美女诗人。诗人就是诗人，为什么前面非得加定语和男女之分。我甚至不太愿意别人称我为诗人。我只是一个喜欢写诗的人。每个人的情绪都需要一个出口，精神也有新陈代谢。我不能像大师聂鲁达一样说："那一年，诗歌来找我。"我只能说，那一年，我找到了诗歌。那一年，我17岁。在黑龙江鸡西读卫校，青春的发育引起了心灵的发轫，正像你引用的李贽的话，胸中垒块，喉间梗物，见景生情，不吐不快。有一天晨练看到柳树突然冒出了这样的话："愁绪是我披肩的秀发／总会随时间长长，长长／而快乐是何等短暂／就像这绿总会被黄取代，也总会取代黄……"这大概是我能记住的第一首小诗，从此，我选择这种方式来供养或排遣我的心灵，这种方式恰巧被你们称为诗人。

林　晶：你出版过五本诗集，一直执着地书写一个女性对爱情、对理想的神圣追求，凸显着异质的光芒和灵魂的高度。无论你经历或者体验了什么，都可以看出你对崇高情感理想的追求仍然是纯粹的。在你的创作中有一贯坚守的东西，也不断给人以创新的惊喜，常常有惊世骇俗之笔。能谈谈这些年来你创作上的变化吗？

李见心：五本诗集，五段时间的刻度，五朵白云的阶梯，都通往一个朝圣的方向。茨维塔耶娃说："诗歌在生长，仿佛星星和玫瑰，仿佛家中多余的美。"这里面就包含变化和不变的东西。不变的是星空，变化的是玫瑰。而诗歌对于大多数人来说是多余的美，不是生活必需品。而我认为美永远不是多余的，永远是恰切的、和谐的、及时的，她是对痛苦与苦难生活的一种补偿和奖赏。不管你经历和体验了什么，只要你把它转化成了诗或诗意，就像点石成金，你的灵魂一下子变得富足和富贵起来，什么样残酷的生活都能买通。"我爱在流亡的路上还谈论诗歌和星空的心灵"。

创作上的变化是像我的一首诗《越走越轻》，减去了嘴唇和肉体上的重量，只剩下心在轻盈地呼吸或呼唤。大道至简，现在越来越喜欢单纯澄明的诗。诗观就是：给人写诗，写人的诗，写人能读懂的诗。

林　晶：美如万顷之波，澄之不清，扰之不浊。独领风骚的华夏之诗如灿烂之星，缀满诗意的星空。然而在众多诗人中，想要被读者记住却并不容易。尤其是在很现实、很物质、很大众的当代，诗歌越发小众化，能被记得住的诗人和诗作越发弥足珍贵。虽然你曾被评为"最受欢迎的华语诗人"，也有很多读者很喜欢甚至迷恋你的诗，但诗人寡语也是不争的事实。对此，你作何感想？当然，客观地说，你的诗语言、意象独特，想象峭拔奇异，有一种罕见的迷人气质。

李见心：诗歌从来都是少数人的事业。艾略特曾说他要把诗歌献给每一个时代的少数人。我认为诗歌不是一种职业或身份，而是一种思维方式和生活态度。也就是说，一个人不一定非得成为诗人，但一定要活得有诗意。诗意是最好的参与和间离生活的方式，既能投入火热的生活，又能坐下来冷眼旁观，完成自救与拯救，自亮与照亮。当你把伤口或孤独当成一盏灯，那么就没有什么不被你照亮。确立了这样的态度和诗观，你就不再关心读者人数的多寡和语言的多寡。就像狄金森的诗"只为一只昏厥的知更鸟返回巢中也是值得的"。就像你说我的长相有些混血儿一样，我的诗歌语言也是有些混血儿的，所以有些你说的独特奇异之处。维特根斯坦说："一个人语言的边界就是他想象力的边界。"我会让语言所到之处，想象开出花朵。

林　晶：古今中外写爱情诗的人很多，当代女诗人中像舒婷、翟永明都有令人难忘的爱情诗作。在你的爱情诗中，总有一种绝望的感觉，我想正是这种绝望和孤独成就了你作为一个诗人的惊艳。能阐释下你的爱情观吗？

李见心：我虽然不太愿意承认女诗人的身份，却无法摆脱女人和女诗人的命运。以前我一直想成为一个例外的女人，就是成为分子，后来发现所有人都是分母。就像舒婷的"咫尺之内，丧失了最后的力量"。就像翟永明的"每一个在母亲手掌上站过的人都会诞生而死亡"。知道了命运的秘密，这没有什么不好，就像懂得了只有绝望的爱情才有永恒性一样。臣服于命运也是一种积极的人生姿态，自然而然的姿态。这里面"绝望"和"孤独"不是贬义词，而是褒义词甚至是得救的通道。承认自己的局限才能和广大融为一体，就像《圣经》所说："绝望的人有福了。"首都师范大学吴思敬教授曾被我的一首爱情诗《我要是个疯女人该多好》惊艳了一把，他说爱情诗写得已经无路可走的今天，我的这首诗还是杀出了一条血路，让人过目不忘，心灵震撼。至于爱情观就像我第一本诗集命名为《初吻献给谁》一样，也可以说我全部的诗都是为了表达这一个主题：初吻献给最终的爱人，献给死神。我写来写去，只是为了写一首诗，我爱来爱去，只是为了爱一个人。

林　晶："女人，不要去想时间/像去想死亡一样危险/一想你就会破碎/而时间依旧完整。"这样的句子，你只能说它经典，只能有无穷的滋味涌上心头。我一直认为艺术的价值取决于个性与人类性的一致，作家、艺术家以独特的灵魂和独特的表达准确地揭示出人们在经验领域里能够感知却羞于表达和无法表达的真相。我觉得你有一个说法特别好——"为凡人的手复仇"，你是不是把这看成是天赋使命？

李见心：这句诗是看电影《时时刻刻》三个不同时代的女人的故事想到的，自然流淌的语感，像破碎一样完整。我一直说，女人的反义词不是男人而是时间，就像男人的反义词不是女人而是世界。用自己的漏洞去洞穿生命的真相又能完整准确的表达，这确实是一种天赋，也是一种使命。但我不是故意为之，而是心灵的自然分泌，甚至不是为了取悦众生，只是为了自我的需要，恰好你也路过人间，你也需要烛照，那么我的血泪就融化了更多的黑暗，让我感觉我还有用，就像诗歌在世俗面前无用一样。"为凡人的手复仇"是波兰诗人席姆博尔斯卡的话，是关于写作的乐趣。上帝既然赐给我们写作的乐趣和权利，同时也赐予我们相应的责任和使命。

林　峰：你有一首诗《模拟爱情》经常被读者称道："请你假装爱我，我也假装爱你/你假装爱我，关关雎鸠，在河之洲/我也假装爱你，一日不见，如隔三秋……"你是不是认为模拟的爱情比真实的爱情更加坦诚、更加纯粹，更能抵达爱情的真谛？模拟和假装的形式背后你想表达什么？

李见心：爱情是人间唯一的奇迹，如果连爱情都是假的，那么人间就没有指望了。而我们恰恰生活在造假的时代，连爱情都是假的，比爱情还假的时代。怎么办？就像海德格尔著名的命题：在诗人无为的时代，诗人何为？只能以己为祭，绝处逢生，在不可能处完成可能。《模拟爱情》题目本身就是一种对抗和呼唤，直击和反语，也是一种哲学和技巧。正所谓假作真时真亦假，无为有处有还无。用假的方式痛击了假，激活了真。就像你等待的一个人走过来对你说，我是来骗你的，准备骗你一辈子一样。谁不等待和渴望这样伟大的骗局，这个比真还真诚的骗子。既然莱蒙托夫说出了爱情的真谛：爱，长久了不可能，短暂了又没有意义；既然谁也保证不了爱情的时间，那么模拟倒成了一种最认真负责的方式，在相对的时间里真实胜于在无尽的时间里虚伪。也相对所谓真实的长爱情更加坦诚和纯粹。模拟和假装的背后是对时代的批判、爱情的呼救和不得已而为之的妥协。

林　峰：你的诗集《重新羞涩》获得了第九届辽宁文学奖。为什么把诗集命名为"重新羞涩"？在颁奖词中，说你对词语的坚守与突围让人联想到斯特拉文斯基的《春之祭》。你认为你的诗作与《春之祭》有哪些内在的关联？

李见心："重新羞涩"有多种解释的向度，从某种意义上说，它是放射状近乎无限的。首先诗人最基本的职责是像打铁一样打磨语言，把生硬的黑铁一样的语言淬火，变换新的形状或形式，放射出光彩，也就是让熟悉的语言重新羞涩。其次是时下经济社会，有些人恬不知耻或以耻为荣，所以重新羞涩是对人性的和时代的精神价值取向的双重吁请和呼唤。孔子说，知耻近乎勇。知耻都是一种勇气，那么学会羞涩是一种更大的勇气和力量。在贪婪的欲望里它是一种节制；在肮脏的交易中它是一种纯洁；在破坏的世象上它是一种坚守。而对于爱，它永远是一种敬畏和信仰，甚至拯救的力量。其实百般算计不如一颗单纯的心，羞涩是一个人脸上最美的笑容，如果每个人都从自我开始，让羞涩成为一种能力，人间就会变成一座座含苞欲放的花园，生命才能盛开更大的奇葩和奇迹。感谢省作协高海涛老师为我写的颁奖词，说我最显著的特点是春天性，所以溢美我的诗是《春之祭》。《春之祭》在音乐上是一场革新和地震，冲突的和弦、调性和节奏，在不和谐处完成和谐，这和我擅用词语的张力和矛盾完成统一相像。再有内容上，《春之祭》写原始部落对大地的崇拜，少女对春天的献祭。我的诗在精神气质上也有这样的神性和对被选中者的赞美。

林　品： 有人说，在男权文化中，女性的"自视"实际上仍等同于"他窥"，女性的"自我"实际上还是"他我"。女性容易陷进自我设计的思维之障，这是女性在男权统治中的文化宿命。要突破这种两难的文化处境就必须找到女人表达自己的语言，建立起自己的诗学。请谈谈你的诗学观。

李见心： "自视"等同于"他窥"，"自我"实际是"他我"。这个说得好。比如一个女人即使很优秀，如果没有一个男人爱她，她周围的女性就会鄙视她；如果一个女人并不优秀，但是有男人爱她，那么她周围的女性也会羡慕她。这就是女人的立场，也就是男权文化统治下女人的立场。几千年了，已经成为血液，已经成为遗传，已经成为宿命。就像加拿大女诗人伊斯特伍德著名的诗《嫁给刽子手》。如果这个刽子手是男人，那么这个女人或许还可能得救，如果是女人，那么她就只有死路一条。这也说明男权统治对女人的戕害之深到了无以复加的地步，女人不能用自己的头脑和心去看，只能用男人的视角，却比男人更狭隘。所以一生与萨特分庭抗礼的波伏娃也说女人是第二性，所以伍尔夫才说写作的女人首要的是有一个自己的房间，也就是突破两难处境进行自己独立思考和思想的空间。可惜古今中外，没有几个女人能够做到，伍尔夫做到了，茨维塔耶娃做到了，她们表达了自己的语言，建立了自己的诗学。可她们最后都因为太孤独，选择了自杀，成为名副其实的春之祭。我的诗学观就是读别人的诗，写自己的诗，在别人的冒险处冒险，在别人的安全处逃生。

林　晶： 你有一组关于桃花的诗，很受读者的喜欢。为什么如此钟情桃花的意象，写了集束的桃花诗？

李见心： 2008年我去郑州参加桃花诗会，地点就在历史上楚汉分界处的桃花峪。所以桃花引爆了集束的灵感，写了十多首桃花诗，又看了邹静之的话剧《我爱桃花》，写了一首长诗。卡佛有个著名的小说《我们谈论爱情时，我们谈论什么》。那么我们说起桃花时，我们说起什么？诗歌和语言的魅力在于言外之意，一种像核武器一样扩张和辐射的能力。诗人要有对月亮和旧鞋子保持惊讶的能力，何况桃花这个词像爱情本身一样威力无比，包罗万象。它是一切的源和缘，它是一切的劫和结。它是过程、瞬间和永恒，它是生命一样神秘的事物，无缘无故又没完没了……

林　晶： "有一个漏洞的是时间，有三个漏洞的是空间，有无数个漏洞的是人"。漏洞，是你喜欢用的一个意象，在物质化的时代，人类身上到处都有浅显的漏洞。作为一个诗人，你怎样看待当下的时代病症？

李见心： 我喜欢用漏洞这个意象，因为它本身就代表一种敞开的状态，有无限运动和发展的空间，有宇宙意义上的，有哲学意义上的，有现实意义上的，就像塞尚画什么都有苹果的影子，我看什么都是由漏洞组成的。它有时和完美相对，有时是走向完美的过程，有时就是完美本身。每个人都抱怨自己生错了时代，其实每个时代都是一个时代，每个人也都是一个人，只占有一小片相似的时空。在唐朝盛世，杜甫也发现，朱门酒肉臭，路有冻死骨。在1918年的欧洲，茨维塔耶娃也喊出，在这个世界上，有两个敌人，饱食者的饱食和饥饿者的饥饿。这两个敌人是人类永恒的敌人，始终没有消灭。在当下物质化时代，诗人不仅是洞察和揭开时代病症和人性漏洞的人，也应该让诗歌成为缝补时代漏洞的补丁。

林　晶： 伽达默尔认为，一切话语都是桥，同时也是墙。作为一个成熟的诗人，你在搭建与拆解的劳动中是如何前行的？在诗歌创作中，你认为语言和思维哪个更重要？感觉和经验哪个更重要？

李见心： 话语是桥也是墙，对的，我喜欢这样辩证的话。词语也是双刃剑，一个人多半会毁于自己的优点，我把诗歌不看成是一见钟情的爱人，却看成是永结同心的情人，所以才会重新羞涩永远羞涩，每一首诗都是第一首，每一天都是第一天，越等越年轻，越老越惊讶。愿意把它搭成桥通向你，也愿意把它拆成墙囚禁我。至于劳动的过程，有些隐秘无法言说，不像画画的生产可以一层层堆积，它无章可循，无迹可查，有时想了一大堆，却只写下一句话，有时只跳出一句话，却写出了一大堆。语言和思维相比，思维更重要，诗歌是语言的艺术，更是思维的艺术。再华丽的语言也比不上思维的乐趣和弯度，当然有了迷人的曲线就不愁找不到适合展现她的衣裳。感觉和经验，里尔克告诉我们经验更重要。我听大师的话也这样说。但感觉和经验并不矛盾，感觉是最初的经验，经验是最后的感觉。就像感性与理性相互渗透，融为一体。最后感谢你用"亦如我竖起的诗行像我站立的姿态"作为标题，我迷恋这种分行的形式像迷恋竖琴的声音，百合花的香气和天鹅的高贵，这三种事物是我灵魂的三位一体，亦如我竖起的诗行像我站立的姿态。

林　晶："亦如我竖起的诗行像我站立的姿态"，这句有点神，其实这也是你写作的一种态度，诗人就是站立的人，是时代的良知和良心，敢说真言、真情、真爱的代言人。诚如你说，可以忧伤，连忧伤都是透明的，可以愤怒，连愤怒都是清澈的，可以不爱，连不爱都是深爱的。希望你在未来创作出更好的诗歌大作，谢谢。

找到了自己的花园

——与散文家高海涛的对话

作家简介：

    高海涛（1956— ），男，一级作家。中国作家协会会员，曾任辽宁省作家协会副主席，辽宁文学院院长、创作研究部主任，《当代作家评论》杂志主编，辽宁省优秀专家，第八届茅盾文学奖评委。辽宁大学、沈阳师范大学、东北大学特聘教授、硕士生导师。从事文学理论批评、散文写作、诗歌翻译等方面研究，其作品多次在省内外获奖。

    著名文学理论研究学者陈晓明对高海涛的评价非常中肯："高海涛的翻译引起文坛关注，其译本包含了独特的人生体悟和语言哲学，也包含了他个人的兴趣和爱好。"近几年，高海涛的散文创作也引起了学者和读者的关注，其独特的风格正如评论家刘恩波所说："高海涛之向往和实践他的文化乡土散文写作，从根源上说，等于复活了他青年时代的灵魂渴望，就像初恋的巴特那样和一位法国姑娘依偎在公园的长椅上，彼此进行着'狂热的语言活动'和'意义的撩拨'。"青年学者刘广远说："高海涛的散文既有传统文化的力量，又具欧美文艺的风味。"在与高海涛先生的对话中，感觉一下子打开了他的记忆长河，酣畅淋漓的话语与个人在创作上的认知都喷薄而出，观点独到富于哲思。

    林 品：海涛先生，你好！首先你是一位文学评论家，《当代作家评论》主编，我们是同行。但你同时还写了很多散文，译了不少英美诗歌，特别是近年来成绩突出，在全国有特殊的反响，也称得上是一位出色的散文家和诗歌翻译家，所以我很高兴和你对话。尤其是你的散文，我看过多篇，感受颇多。那么我们就从散文谈起。我想知道，你是怎么开始写散文的，另外，想知道你是怎么认知现代"散文"这一文体的。我们中国有着悠久的散文创作传统，无论古代文论中的"文"和

"文章"的含义多么广泛，其实和传统的"散文"都是相关的。至于现代散文的具体定义已经约定俗成了，但近年来似乎有泛化的趋势。对此，你有什么见解？

高海涛：林喦主编好！感谢你和《渤海大学学报》给我这次机会。实际上我的散文和译诗并不足以被贵刊关注，可能是考虑我多年搞评论的身份，从事文学评论的人同时也写作品、译作品，这样的情况以前鲜见，近些年也不是很多，作为某种特例，关注一下也无不可。有人曾断言，说我的散文虽然起步较晚，但会远远超过我的评论。这虽是夸赞，但也令人伤感。搞了这么多年评论，最终还是成绩平平。而散文才写了三五年，却获得了很多赞誉。我觉得这与中国的学术体制和文化内部权力结构的不平衡是相关的。一个搞评论的人，如果你不是在北京、上海、南京或名牌大学，不拥有相应的平台或资源，你就不会有什么话语权。我写过《文艺批评的外省书》，对这个现象深感不平。外省评论家不管是否足够勤奋、聪明、博学，足够有思想和才华，都是很难被认可的。但文学写作就不一样了，不管你在哪里，在文化中心还是穷乡僻壤，只要能写出好作品，总是会被认可的。这是我从评论转向散文写作的内驱力之一。还有一个原因，就是评论本身的局限性和对想象力的压制。乔治·斯坦纳说过，"批评家过的是二手生活"，许多批评家其实都在做着时髦、肤浅、看似辉煌而实则毫无创造性的工作。而且，就中国文学批评的现状来说，理论批评本身的人文价值也值得怀疑。俄国诗人莱蒙托夫曾这样描述他那个时代的爱情观："爱，爱谁呢？长久的爱是不可能，短暂的爱又没有什么意义。"借用此诗，我觉得也可以描述我们当前文学批评的困境：评论，评论谁呢？长久的评论是不可能，短暂的评论又没有什么意义。

这些，就是我为什么要写散文的思想动因。当然，我还要坚持写评论，写好评论，这是我的职责所在，也是一种习惯。

至于现代散文的界说，我没有研究，总的感觉确实如你所说，近年来有泛化的趋势，散文的疆域被不断拓展，乃至"散文"这一概念在很多散文家那里开始变得新奇和怪异。就个人而言，我不喜欢那些太过自我、太过虚构、太过炫技的所谓"新散文"，但也不喜欢那些过于拘泥"真实性"而缺乏想象力的老套散文。在福克纳的《喧嚣与骚动》中，昆丁的父亲有一句名言，说"人是他自己所经历过的一切的总合"。对此，哲学家萨特表示质疑，他认为人不仅是他自己所经历的一切，也是他自己所渴望经历的一切的总和。而另一位哲学家海德格尔说得更好，他的名言是"可能性高于现实性"，这句话成了我的座右铭，它代表了我的散文观（甚至也是某种人生观）。散文是专注于记忆的文体，但现代散文应该并已经有所突破。现代散文的"现代性"之所在，我认为就是不仅需要记忆，还需要想象；不仅需要感觉，还需要精神；不仅需要现实性，还需要可能性。当然，每个人都有自己的好散文标准，我心目中的好散文就是这样。或者说，至少世界上应该有一种散文，那就是可能性高于现实性的散文。

林　岶：其实，现代散文与中国古代散文相比，文体范围已经是大为缩小了，但同其他文体相比较而言还是比较宽泛的，尤其是其涉及的写作内容更是五花八门、丰富多彩。散文作为一种文学体裁，是以随"意"涉笔地抒写真情实感，直接表达某种审美体验为基本特征的，作者对客观的社会生活或自然景观的再现，其实也是反射或者融合于作者主观感情的。就你创作散文的实际情况看，你比较喜欢游记、阅读感受以及富有文化思考的乡土抒怀，是这样吧？

高海涛：你说得很对，世界文化和故土家园是我精神的两极。对于我的散文，省内外作家、评论家朋友们给予了许多关注和解读，如有说是文化散文向域外题材拓展的尝试的，有说是文化乡土散文的，还有"绅士散文""新左派散文""仪式性写作""金蔷薇式写作"等命名。这些多少有些溢美的解读和命名，对我来说是不同方面的激励和启示，但我觉得最准确和实在的定位，还是秦朝晖给我的评价：在世界与乡土之间。因为学过外语，我对欧美文学和俄国文学有着特殊的偏爱，如果让我写文化散文，那一定是世界文化的，而不是中国文化的，因为我对中国文化和文学虽也深爱，但没有深入的研究和理解。相比较而言，还是西方文化在我的知识结构中更占优势。但不管写什么，哪怕涉及古希腊，我也一定要和自己的故乡及生活经历联系起来，不这样我就觉得没有底气，也没有述说的激情。俄国白银时代诗歌有个阿克梅派，曼德尔施塔姆解释其诗学纲领时说，阿克梅派就是"对世界文化的眷恋"。在某种意义上，就兴趣而言，我也是阿克梅派，只是我对世界文化的眷恋也同时伴随着无边的乡土情结，我喜欢世界和乡土之间的那种距离感、陌生感、张力感。我不喜欢写单纯的游记，也不惯于写故纸堆或锦灰堆里的随笔，如张中行式的、董桥式的。我理想的作品是乡土散文中有文化散文的优雅，文化散文中有人生散文的沉实。

林　岶：散文创作是讲究技巧的，在这方面能结合你个人散文创作的具体情况谈谈吗？或者谈谈你的美学观。

高海涛：实际上，我写散文就像我在生活中一样，毫无心计。我极少读别人的散文作品，却一直喜欢读小说、诗歌、哲学，中国的、外国的都喜欢读，特别是外国的。所以，如果说在我的散文中有技巧的话，那可能主要是小说的叙事、诗歌与哲学的情趣，而不是散文本身的方法。关于散文，谁都知道"形散神聚"之类的话，但相对而言，聚是相对容易的，而真正的散却很难。对于散文来说，柏拉图的"美是难的"可以具体化为"散是难的"。散文之"散"是一个悖论，也是一种境界。我曾经说过一句话，所有的好作品都是"王顾左右而言他"的。因为可以这样理解，只有"王"，才能"顾左右而言他"，反过来说，只有"顾左右而言他"，才能像一个"王"或王者。创作中也是这样，聪明的写作者总是善于离题。不仅散文，小说也是如此，卡尔维诺就钟爱离题，他说离题是能让"时间本身也会迷路，甚至连死亡也找不到我们"的伟大艺术。还有许多电影，如《美国往事》，我觉得也是"王顾左右而言他"的杰作。影片中写了那么多黑社会、暴力、强奸，但其主旨并不在此，而是要叙述一群男孩的成长，一个国家的成长。男孩们的初恋与色情、乡愁与犯罪、回归与忏悔，构成了美国梦最摇曳多姿的神话。

我不太注意美学，但我喜欢"总体性"，包括这个概念本身。卢卡奇说"人应该渴望总体性"，对此我深表赞同。我多么渴望为人为文都能体现出这种气质，让德国古典美学的精神、俄罗斯崇高美学的境界、中国情趣美学的风致集于一身。所谓虽不能至，心向往之。这使我的散文往往显示出"中西合璧"的驳杂气质，旁征博引是最大特点，"文本间性"层出不穷。我不怕别人说"掉书袋"或"獭祭鱼"。当别人说我是"仪式性写作"，我就想起了"獭祭鱼"，我甚至渴望变成一只那样的水獭，以银灰色的身段，把鱼一条条地摆在岸上，然后行礼如仪，仿佛在证明自己是远古巫师或祭司传统的真正继承者。我们知道，那个行礼如仪的传统正是文学的源头。

林　晶：你说得很有意思，其实"文本间性"也能成就名作和大师，比如乔伊斯的《尤利西斯》。说的旁征博引，一般都是很恰当的，比如《父亲的菜园，母亲的花园》里，说开头就引证了美国女作家沃克的话："在寻找母亲花园的路上，我找到了自己的花园。"我们这次访谈就以此为题：找到了自己的花园，你觉得合适吗？下面我们再谈谈散文的语言，说的散文语言别具风格，而且在字里行间能看出一种特殊的追求，你认为是这样吗？还有，你作品中的主要精神元素有哪些？比如在《南极往事考》中提到："那个人是谁？那个我们身边或许有之的奇异的同行者是谁？那个幻觉或神秘的存在，他对我们的生活究竟有怎样的意义？"这具有神秘主义色彩，是吧？

高海涛：首先我同意这个题目，不是因为我多么喜欢"花园"或到多少"花园"，而是因为这个意象和母亲有关。在某种意义上，我的美学观其实更接近一种语言哲学。有时候，我对散文的语言能做到像诗人那样敏感，具体写作过程往往是在寻找一个恰当的词语，一种充分陌生化而又大方得体的修辞、意象、语境，甚至连别致的语气也是我追求的目标。许多诗人说他们往往会为一个词而痛苦，我也是。有时候，我甚至会陷入对词语本身前生今世的流连而不能自拔，就像英国17世纪的玄学派诗人或写作《词与物》的福柯。我知道在自己现在的年龄上，不应该把一些想法说得很玄，但我必须真实地讲述自己，我特别希望自己的作品呈现在读者面前的时候，能够像英国诗人多贝尔所描述的那样："宽阔如莎士比亚的灵魂，庄严如弥尔顿笔下无法追忆的主题，富饶如乔叟那充满智慧的玄想，美丽如斯宾塞的梦幻……"

当然，我这样说，并不等于真正做到了。实际上，一个人作品中的精神元素也在于语言。在这方面，我特别赞赏哲学家维特根斯坦说过的话：语言的边界就是思想的边界。比如，因为多年搞评论，我比较熟悉批评语言，我的散文中就不可避免地有文学批评的精神元素，而文学批评，用利维斯的话说，它无可争议地是人文核心，是理想、道德、社会价值的展示者和捍卫者。从这个意义上说，我散文中的精神可能主要是人文主义的。

关于神秘主义，没想到你会提出这个问题，但我非常乐于回答。其实我和大多数中国人一样，没有什么确定的宗教信仰，但对世界的感觉和想象也并非完全是唯物的。不过就主流文化而言，对神秘主义还是排斥的。多年前我曾"主译"过一本小说集《美国神秘小说大观》，英文原名叫 *The Mystery Hall of American Fiction*，本来是很严肃的书，出版后却总觉得"神秘"二字过于俗气、怪癖，以致竟羞于对人提起，就连评职称等需要填报成果，我也从没有把它填上。直到去年，女儿告诉我说在豆瓣网看到了对这本译作的介绍，我才觉得或许自己才是俗气的，我不仅误解了这本译作的价值，也误解了"神秘"这一所有宗教、哲学与文化中最重要的概念和元素。我想起莫言的一篇小说《枯河》，一个孩子被误解了，他就躺在枯干的河道上，等待死去。

维特根斯坦还说过一句话，"神秘的不是世界是怎样的，而是世界是这样的"，包括一本书的失而复得，难道不是神秘的吗？我认为一个人，特别是一个作家，可以不信仰任何宗教，但总该多少有点泛神论的情怀和气质，如果没有别的理由，至少泛神论是文学想象及文学修辞的基础和本源之一。特别是在现代社会，马克斯·韦伯在一个世纪前提出的文化"祛魅"之说是一个深刻的启示。他认为，没有上帝年代的特征就是世界的祛魅感，当现代人不再相信先知和神秘的力量，就会陷入另一种文化的困境。"祛魅"的世界意味着曾经有一个"附魅"的世界，也意味着重新"返魅"是文化发展的必要过程。而所谓的魅，分而言之，就是世界的家园感、时间的纵深感、心灵的神秘感。王元化先生曾经用一句话来概括他对社会转型期价值取向商品化、功利化的忧虑："世界已不再令人着迷。"所以当代作家就被赋予了一项使命，无论何种写作，诗歌也好，散文也好，小说也好，电影也好，本质上都应该是一种文化"返魅"的写作，你必须让你笔下的世界和生活重新变得奇妙动人。这就是我对神秘主义的理解，即对文学而言，适当的神秘主义是一种正能量。如今铺天盖地的网络文学，玄幻也好，穿越也好，都反映了一种普遍的精神文化需求。

《南极往事考》是一个特殊的文本，其实我更关心的不是神秘，而是象征。如果说我的散文中有什么比较自觉的意识的话，那可能是一种弥赛亚意识。我曾认真研读过一本英文版的著作，*The Christian Faith and the Marxist Criticism of Religion*（可译为《基督教信仰与马克思主义的宗教批评》），它论证了弥赛亚精神和革命精神、革命理想内在相通的关系。我觉得无论是诗歌还是小说、散文，好的作品总应该有点这样的精神，应该让人感到一种改变现实、向往未来的振奋的力量。有人已经指出了这一点，比如在我的《苏联歌曲》的结尾，对电影《走出非洲》那段歌词的戏仿："如果我知道一首苏联的歌，苏联知道我的歌吗？树瑟哥的山楂树会不会因我对它们的生动描绘而颤抖？或者三套车将以米国林的名字跑过冰河？或者田野上的白桦会洒下殷红的影子？或者高尔基的'海燕'会来找我？"还有《青铜雨》的结尾，在引证分析了美国电影《计程车司机》之后写道："是的，人们即使在雨中，有时也会期盼雨，而那'真正的雨'，realrain，又会是什么颜色的呢？"即使在《英格兰流年》的结尾，当我引用了雪莱的著名诗句："冬天到了，春天还会远吗？"也还是情不自禁地写出了一个预言般的画面："是的，不会远了，虽然'满目山河空念远'是远的，'细雨梦回鸡塞远'是远的，'日落长沙秋色远'是远的，但春天毕竟已经不远。而雪莱，这位伟大的英格兰诗人，他也可能耳朵冻得通红，却早在二百年前就从电线杆中听见了春天的消息。"

我喜欢预言、仪式、童话、歌谣、藏匿、巧合、流浪、孤独这些古老的精神元素。有一次我读到美国批评家桑塔格对卡夫卡作品的分析，她说卡夫卡小说的主人公K，也许正是弥赛亚的象征，而《城堡》和《审判》的故事证明，弥赛亚其实已经多次降临人间，以"土地测量员"或别的什么身份，只是人间并不准许他走入近在咫尺的"城堡"，而且还对他进行荒诞绝伦的"审判"。我觉得简直要热泪盈眶。

林　品：你作为评论家，自己如何评价自己的作品，能否具体地说一说。另外，你曾提出了"成长散文"的概念，的确很新奇，如果没记错，你大概是这样理解的：一个有阅历的作者，以散文的形式，集中或反复地，同时又是真诚而深情地叙述了他的人生历程，展现了这一历程的精神价值及其与时代的关系。我们想进一步得到你对"成长散文"的理解和阐释。

高海涛：到目前为止，我的散文数量还不是太多，自己比较满意的不过20篇左右吧。而其中被《新华文摘》转载的那篇《青铜雨》和获得冰心散文奖的《故乡海岸桃花》是被评价最多的，也是我最喜欢的。其次，我也喜欢《贝加尔湖与烟斗》，那是我在面临空前的人生压力下写出的作品，因而有一种格外的凝重感，可以说是我和俄罗斯大地的某种心心相印。相比之下，《美国的桃花》则显示了轻快和别样的乡愁。还有《英格兰流年》，最能代表我对散文的审美追求。《父亲的菜园母亲的花园》那种中西文化交融的思绪，我觉得是对父亲母亲以及我的童年岁月的最好纪念。为什么要有那么多英美的元素？其实我是想向父母证明，他们当年凭辛勤的劳作供我上大学学英语是非常值得的事情。而有关学英语的这段往事我写在了另一篇《故园白羽》中。

许多读者说，最让他们感动和震撼的是《三姐九歌》和《四姐在天边》，读者之所以感动，是因为其中情感的真挚和姐姐们命运的悲剧性。在回忆姐姐们的人生往事的时候，我反复想着斯坦培克《愤怒的葡萄》中的故事情节：那些到美国西部去的俄克拉荷马农民，因倍受轻蔑而处于无名状态，每到一个果园，人家总是问他们"有几个人手"，而从来不问姓氏和名字。姐姐们就是这样，她们的名字淹没在故乡的山野草丛间。也许她们并不需要自我确证，但我作为她们唯一的弟弟，有责任为她们鲜活生命的存在留下印记。实际上，三姐和四姐的故事是不同的，通过三姐我实际上是怀念了那个时代，三姐在某种意义上是她那个时代的精神肖像，而四姐只有一个人，她仿佛史前神话中的女子，独自面对茫茫荒野般的命运。不过总的看，我并不认为这两篇是能代表我风格的散文，因为散文和别的文体一样，仅有情感是不够的，我觉得它们还缺少应有的文化蕴含和艺术境界。我曾打算把《三姐九歌》改名为《我的姐姐凯瑟琳》，因为三姐当年的意气风发和爱情经历实在太像诗人叶芝所毕生爱恋的爱尔兰女革命家茅德·冈了，而后者也正是叶芝的著名诗篇《当你老了》和诗剧《凯瑟琳女伯爵》的主人公原型。我想以此把故乡的三姐和世界文化联系起来，但很多朋友反对，认为那会显得故意、造作和夸张。所以最后没有改，只在文中保留了这个诗意、浪漫而凄美的联想。

关于"成长散文"，我之所以提出它是因为散文批评概念的贫乏，提到散文，人们就会以"真情实感"或"形散神聚"之类似是而非的标准来言说和考量，好像除此之外就无话可说。所以我觉得除了历史文化散文、人生散文、乡土散文、田园散文之外，还有一类涵盖性更广、意义空间更大的散文，可以命名为"成长散文"。成长散文的具体界定可能并不重要，我的思路很简单，因为有成长小说，所以也应该有成长散文，因为小说和散文都可以展开人生叙事，也就都可以展开成长叙事。所以，"成长散文"这一概念我认为是完全成立的，关键是证明这一类散文存在的范本。苏联巴乌斯托夫斯基的散文，如《金蔷薇》和《面向秋野》等，我认为是成长散文的某种先声，而美国当代作家拉塞尔·贝克的代表作《成长》以及《我们那时候》，则更直接地激发了我提出这一概念的冲动。中国当代作家中，我觉得最突出的是史铁生，他的《我与地坛》完全称得上是成长散文的经典之作。还有许多作家的散文，不必在此一一列举。实际上，"成长散文"作为一个概念的提出，既是为了拓展散文批评的视野，也是为了提升散文创作本身的精神层次，它是一种召唤，泛泛的人生记录、历史钩沉、家国忆旧、文化情趣不应该也不可能完全涵盖散文家内在的精神追求，而成长主题却可以让散文的叙事宏大起来，产生真正的启示力和震撼力。

就成长散文的创作实践而言，有些朋友表示他们从这个概念中受到了很大启发，而我则是在去年的几篇散文中比较自觉地践行了成长散文的精神主旨，那就是《苏联歌曲》《记恋列维坦》和《寻找男孩克拉克》。其中写得最费力的是《苏联歌曲》，构思了很长时间，且经过反复修改，我是想通过对"文革"后期苏联歌曲曾一度被传唱的过程的追忆，表现一群乡村中学生对文化的向往。这篇散文有点像小说，而且中间有些地方显得拖沓，不过那种时代氛围，那种精神成长的诗意，毕竟让我心动不已。《记恋列维坦》本来是应一本艺术理论刊物之约，让我评析一位画家的，说可以适当散文化一些，没想到写完之后，他们认为太散文化了，没法发表。于是我又给了《红豆》杂志。我对列维坦的记忆和对苏联歌曲的记忆一样，都有特殊年代的生活质感，列维坦的《三月》在我心中其实就是对那个年代的一种比喻。《寻找男孩克拉克》我自己也非常喜欢，特别是那种美国式的童年想象。美国作家总是更喜欢写男孩，马克·吐温、海明威、福克纳都是如此。福克纳曾说过，"每个男孩都是一部伟大的成长小说"，正是这句话直接让我想到了"成长散文"的概念。

林　品：为什么你对翻译，特别是诗歌翻译情有独钟？翻译对你的评论和散文写作有什么关系和影响呢？

高海涛：其实我搞翻译在大学时代就开始了，毕业留校当教师，也是教翻译课。记得我尝试译了一些小说，还有惠特曼的《草叶集》中楚图南的译本所没有译的那部分诗歌，后来还译过一些散文，如吴尔芙的《在果园里》，但主要还是喜欢译诗。到辽宁省作家协会工作后，有个非常要好的同事跟我开玩笑，说汉语是我的母语，英语是我的继母语。后来他去世了，每当想起这个纯属善意的玩笑，我总是感动不已。我想，如果说写散文是我对母语的回报，那么译诗歌就是我对继母语的回报吧。

实际上，从事文学评论的人都离不开翻译，尽管现在有许多不懂外语的评论家，他们甚至构成了评论家队伍的主体，但要获得新的资源和话语，他们主要还得靠翻译。他们的阅读范围，基本上是翻译过来的外国文学作品和外国理论批评。当然，搞评论的人如果自己能读原著那就更方便了，我可以算是有这种方便的人，在这么多年默默无闻的批评生涯中，正是年轻时学过的英语和法语给了我信心、勇气和力量。特别是当我一个人在灯下写书评或论文的时候，偶尔翻翻英文书，那些新鲜而生动的思想和概念，甚至一个陌生的词语，都让我感到亲切和鼓舞。它们就像是远在异国他乡的导师，以类似书信那样私密和值得信赖的方式向我传递着来自欧陆、来自北美、来自历史与当今世界的思想资源和信息。

海德格尔说"语言是存在的家"，那么，多掌握一种语言是否就多有一个家呢？我觉得可能是这样。所以我有个爱好，收藏英文原版书，这个爱好是在美国访学时养成的，直到现在，也经常通过亚马逊从网上邮购。如今英文书已占了我家里书架的半壁江山，大约有上千本。这些英文书让我有了一个隐秘的空间，用美国作家雷蒙德·卡佛诗中比喻，也就是一座房子："多年以后／我还是愿意／放弃朋友、爱欲，和满天星光／来换取一座没人在家的房子／也没有人回来／而我可以开怀畅饮。"我特别喜欢把英文书和中译本对照着浏览，比如马尔克斯的《百年孤独》，我就对照读了不止一遍，通过对照，可以体会不同语言之间具体表达的微妙差异，这是令人快乐的。不久前有朋友送我一本程虹翻译的美国自然文学代表作、约翰·巴勒斯所著的《醒来的森林》，正好我有这本书的英文原著，于是就对照着读起来。程虹的译笔应该说是非常不错的，精确而细腻，但女学者翻译男作家的作品，其中也或有语气上的差异。比如这句，是描写蓝鸲鸟会在3月的某个清晨突然飞至的情形：It falls like a drop of rain when no cloudisvisible. 程虹译为"它的飘然而至，就像没有一丝云而落下的一滴雨"，已经是恰到好处了，但是看到英文原著封面上的作者肖像，面容像托尔斯泰，胡须像一抱麦子，我觉得也无妨译得更男人气些，如"就像万里无云的天空落下的一滴雨"，这样的体会具体而微，但乐趣自在其中。

　　翻译对我创作的好处可能更大一些，特别是诗歌翻译。诗歌是散文的伟大训导者，我从来不喜欢没有诗意的散文，无论叙事还是论述，能用诗来说明的我都尽量用诗。每当散文写不下去的时候，我都觉得缺少的不是记忆和想象本身，甚至也不是细节，而是某个句子、某种诗意，我需要等待它的到来，然后再继续往下写。我知道这样做是很笨的，因此我总是写得很慢。我喜欢曼德尔斯塔姆的诗句，这是我迄今为止所见到的唯一歌颂翻译的诗句："鞑靼人，乌兹别克人和涅涅茨人／整个乌克兰民族／甚至伏尔加流域的德国人／都在等待自己的翻译／或许在此一刻／某个日本人正在／把我翻译成土耳其语／直接渗透进我的灵魂。"

　　另外，我还有个习惯，写散文时往往是先用英语来构思，使整个思路陌生化、异域化，然后再用汉语使之本土化、美文化。这里面可能有一种潜在的、双向的翻译过程。我不知道别人是否也是这样做的，心里很没底。直到我后来读到日本作家村上春树的《无比芜杂的心绪》，其中有这样一段话让我找到了安慰，村上说："因此我认为，不妨说迄今我一直是按照自己的方式，将母语日语在脑中先做一次'假性外语化'，规避意识中语言那与生俱来的日常性，然后再构筑文章，用它来写作小说。反思过去，我觉得自始至终都是这么做的。"事实上从这段话中，我不仅找到了安慰，甚至也找到了力量。

　　林　品： 辽西是你梦寐难忘的故乡，是你笔下的故园，正如鲁迅的浙东、沈从文的湘西、莫言的高密等，你对辽西故土有着深长久远的感情，谈谈这片土地吧。

　　高海涛： 辽西是以干旱与贫穷而闻名的土地，她和浙东、湘西乃至山东高密都没办法比，就像她的热爱文学的儿子也远远不能和那几位大师相提并论一样。但对家乡的爱是人所共有的情感，在这方面大师和一般人都是平等的。实际上这么多年我曾有过羞于提起故乡郡望的经历，而随着年龄的增长，我越来越为家乡而骄傲。辽西有什么不好呢？她有绵延百里的热东丘陵（要知道，连莫斯科也属于丘陵地区），还有足可让女人临水照花的大凌河（古称"白狼河"，多么充满灵性）。辽西更有历史深远的文化积淀，不用说以"龙鸟"为代表的古生物化石的沉积，以"女神"为代表的红山文化遗址的出土，仅自汉唐以来的文物古迹和历史传说就够丰厚的了。三燕故都，营州少年，柳城太守，龙城飞将……所以我在《故园白羽》那篇散文中写道，"这是一片风吹白羽的土地，是燕山脚下的白净草原"，虽是比喻，却出自我的真诚情感。故乡的山不高，但就像燕山山脉的主体一样，玄鸟飘飘，气象峥嵘，王气至今犹在。所以当朝阳的龙翔书院成立，请我写一幅字的时候，我就写下了"青铜土地，白银山水，辽西故园，黄金记忆"这四句话，把青铜时代、白银时代、黄金时代都空间化为家乡的地理，以表达我对辽西的深情。

因此在散文《西方美人之思》中，我由葡萄的品格、冰酒的历史而联想到土地的尊严。土地是有尊严的，比如葡萄的生长要有适宜的土地，而它所选择的不是风光旖旎的旅游胜地，而恰恰是贫瘠、荒寒、艰辛的土地，最好是沙石遍地，荒草凄凄，连风都是粗粝的，因为只有这样的土地，才配得上葡萄的高贵、冰酒的神奇。可以这样说，世界上自从有了葡萄，特别是有了冰酒，那些相对贫瘠、相对荒寒的土地就被赋予了尊严，从而所有的土地都被赋予了尊严。

这样说是否有点极端我不知道，但我就愿意这么说。而且我还愿意让我的散文和译诗，甚至我的评论，都能变成无愧于艰辛土地培育的葡萄美酒，最好是冰酒，以飨读者和世人。

这就是我对辽西的认识，也是我对自己的期许。辽西在我心中永远是仪态万方的"西方美人"般的母亲。

林　喦：你说得太好了，高老师。《渤海大学学报》自2010年10月以来，一直关注当代辽宁作家的文学创作，我们也专门开设了"当代辽宁作家研究"栏目，目的很明确，就是做好我们区域文学的研究和梳理工作。我个人觉得这是很有意义的事情，我们栏目有自己的作家选择标准，也建立了相应的研究团队，关于这方面，我们也交流过，你觉得我们还应该在哪些方面做一些具体的工作，以便我们有提升。

高海涛：既然是同行，也不妨交流几句。在我平时的浏览范围中，《渤海大学学报》应该是很有特色的大学学报之一，特别是近年来立足学本土，设立特色栏目，一是关注辽宁作家，二是学报弘扬辽宁文化，我觉得都非常难能可贵。这甚至能让我想到美国大学的"地方精神"。美国的大学教育不仅资源分布均衡，小地方也往往会有名牌大学，而且人文研究也趋向地方化。这样的研究成果，其实恰恰会很实际，很有价值。在某种意义上，这也是"全球本土化"战略的生动体现。无论是辽宁作家研究还是辽西文化研究，其价值绝不会低于那些看似面向全国文坛和学界，故作高深宏大，实则是人云亦云、话语繁殖、重复炮制、了无新意的所谓的学院派知识生产。现在大学体制内的学术研究，给人的印象一方面是真正有价值的文学史、文化史选题没人做，另一方面则是蜂拥而上，追逐这样或那样的热点。这让我想起解构主义批评大师德里达在一篇题为《明信片》的文章中所写到的情形，他说他遇见一位学文学的女大学生，后者正为毕业论文选题发愁，德里达于是就建议她不妨写一写电话"接线生"的形象史，在从巴尔扎克到普鲁斯特的小说中都可以找到素材。对此女大学生却表现出不屑，说她还是更关心文学本身。我觉得时下中国的许多学者、批评家的眼界也就如同这位让德里达感叹不已的女大学生，动不动就拿文学本身说话，拿中国和世界说话，可天知道他们的"文学本身"到底在哪里。而没有地方经验，何来中国经验，又怎么会走向世界呢？当然，我不想说渤海大学这样做是很前瞻、很先锋的，但至少是比较适当的独辟蹊径的选择。特别是作为地方性大学，学术研究确实应该走向地方、走向实际。说到对"当代辽宁作家研究"栏目的具体建议，我只提一点，那就是能不能多请省外的评论家来写辽宁作家，这样容易让研究和关注变得更客观，而且有与省外及全国的比较，辽宁作家的整体实力和特点也会得到更好的彰显。这个建议仅供参考吧。我们都是办刊物的，希望以后能多多交流。谢谢你！

　　林　岜：谢谢。

我有一个月光宝盒

——与作家薛涛的对话

作家简介：

薛涛（1971— ），男，一级作家，辽宁省作家协会副主席、辽宁文学馆馆长。出版有《小城池》《九月的冰河》等作品，曾获陈伯吹国际儿童文学奖、全国优秀儿童文学奖、宋庆龄儿童文学奖、台湾九歌现代少儿文学奖等。多部作品被译介到日本、韩国、老挝、俄罗斯、美国、伊朗等国家。

时间如白驹过隙，转瞬2014年即将结束。在寒假里，因与孩子一起阅读儿童文学作品，发现了薛涛。薛涛是东北儿童文学作家中的佼佼者，其作品有广泛的影响。其小说《满山打鬼子》采用了内在化的童心叙述方式，叙事者营造了一个充满童真童趣的现实与想象相互交融的艺术世界。在这个艺术世界里童声化地再现了"满山"从一个东北小男子汉成长为抗日小英雄的过程，字里行间流露出了作者无尽的乡土之爱和对东北人民的阳刚性格以及英勇无畏的斗争精神的赞美。难能可贵的是，这部小说还表现出了超越历史界限的人道主义情怀。

林　品：薛先生你好，有机会我们聊一聊挺好。我们虽然有过一面之缘，但我事先知道你的大名是因为我孩子的缘故。我孩子上小学五年级，阅读过很多文学作品，其中包括大量的儿童文学作品，孩子曾经跟我提过你的儿童文学作品集《稻香》《泡泡儿去旅行》，他说写得很好，让我也看一看。我近几年看过的很多儿童文学作品真就是孩子给提供的信息，比如孙幼军、张之路、沈石溪、杨鹏、杨红樱、常新港、北董、周锐、雷欧幻像以及奥地利作家托马斯·布热齐纳等，还有很多，其中就有你的大名。尤其是你2013年最新版本的长篇小说《满山打鬼子》，孩子喜欢看，我也喜欢看。由原著改编的电视连续剧《满山打鬼子》也在江苏首播了，我们父子俩感到很开心。我们就从满山谈起。小说中的小主人公叫满山，而有趣的是我儿子的大名恰恰也叫满山，也许这是一种冥冥中的缘分。从培养孩子的角度讲，我看孩子的读物是为了更好地和孩子交流，也正是通过和孩子交流，我提前知道了你的大名。

　　薛　涛：满山？那么一定是林满山了。你不觉得这个巧合就充满童趣吗？这些年，围绕写作、阅读，在我身上发生过很多好玩的巧合，其中充满离奇的故事性。这些巧合让我对"编故事"这个行当充满信心。无论如何我都要把这个事情进行下去，不然太对不起那些巧合。好了，现在从满山这个名字说起。我觉得"满山"这两个字给我带来很多好运，"满山"让这部作品获奖，翻译到韩国，并拍成了电视剧，在电视剧中"满山"的扮演者是四川的抗震救灾小英雄林浩，据说有人索性叫他林满山了。这时生活中您的儿子——林满山又出现了。我们把这个巧合理清一下：满山——林浩——林满山。从虚构到扮演，最后到生活中的真实存在，这是不是很有意思？所以，我说"满山"这个名字给我带来了好运，围绕一部作品所能发生的好事都发生了。所以，我要感谢两个满山，一个是满山，另一个就是林满山。而林满山更是促成了我们的相识和这次交谈。

　　林　品：这些巧合经过您的整理和解释，果然变得非常有趣！

　　薛　涛：把生活中那些平淡无奇的细节加以升华，让那些细节发光，这就是小说家的本分吧。

　　林　品：近期，我阅读了你的大量儿童文学作品，包括上面提到的《稻香》《泡泡儿去旅行》《满山打鬼子》，还有《我家的月光电影院》《废墟居民》《随蒲公英一起飞的女孩》《九月的冰河》《小城池》《正午的植物园》以及散文集《与秋虫为伴》等。这些作品让我有一种重返童年的感觉。我想，作为地道的北方汉子，笔触儿童文学这个领域的时候，不仅需要有超常的想象力，更重要的是必须要建立一套让孩子理解、明白的语言系统。这里有几个问题想和你交流一下：一是，你是何时开始儿童文学写作的？为什么不是别的文学，而是儿童文学？二是，你是如何建立自己驾轻就熟的一套儿童文学的语言系统的？也就是说，你的作品能够有广大的儿童读者（也包括成人读者），儿童读者能读明白你的作品，你觉得其中的奥妙在哪里？

　　薛　涛：先谈第一个问题，我为什么选择的是儿童文学，而不是别的文学。这个问题既好解释又不好解释。我选择儿童文学跟遇见的文学领路人有关，儿童文学作家肖显志、儿童文学活动家赵郁秀等，我有幸在创作的早期就结识了他们。可是，这些是决定性的因素吗？现在我问你为什么做了教授，并且是文学和传媒教学研究的教授，而不是别的教授。这个问题要是认真地回答起来肯定是一个电视连续剧，是一个充满拐点的长篇故事。我们的身份往往不是我们选择的结果，是被选择的结果。这样说有宿命的味道，可是不这样解释就无法说清其中的来龙去脉。"为什么"不重要，重要的是我正在从事这个行当并且津津乐道，准备终其一生。

再说第二个问题，适合儿童的语言系统是如何建立的。这是一门学问。我是一个提供作品的人，对于学者来说是为他们提供了做学问的材料。我只能提供的是一些感性资料，无法从"学问"的理性层面解释这个问题。这个问题好像是说儿童语言跟成人语言之间存在差别，甚至是隔膜。我得承认成年人跟孩子的交流有时候很难。记得很多年前我们一行几人去学校给孩子们讲座，同行的有一位团委书记。轮到这位书记讲话时，他如入无人之境，满口空洞的、概念的官话，孩子们当场全傻。云里雾中的仅仅是孩子吗？同行的大人们也都蒙了。那么，儿童语言就是奶声奶气吗？就是痴言稚语吗？也没那么简单，捏着鼻子装小孩说话无法打动孩子。可是，如果你善于讲故事，有点风趣和幽默，有跳跃的想象，动真情说真话，孩子们就爱听，就能笑出声，甚至流眼泪。我的体会是儿童跟成人之间的语言障碍没有想象的那么不可逾越。

林　喦：应该说，儿童文学在中国的发展经历了两个世纪几代人的努力，而在20世纪初期，茅盾作为一代文学巨匠不仅创作出了《子夜》《春蚕》《林家铺子》等脍炙人口的名篇佳构，其实他在儿童文学的创作和理论研究与推介上也做出过巨大的贡献。他曾在一篇《关于儿童文学》中对翻译儿童文学的技巧说过，实际也是对儿童文学创作的标准提出的要求，他说，"儿童文学不但要能启发儿童的想象力，而且要能使儿童学到运用文字的技术""要能够给儿童认识人生""必须是很有价值的文艺的作品"，能对儿童实施正确的教育作用，特别是生活理想教育。我觉得这样的观点对于儿童文学而言在今天也不过时，也很有道理，更是评价儿童文学作品好坏高低的标准。我阅读你的作品，感觉你的作品很符合这样的要求。

薛　涛：茅盾的观点是早期的儿童文学观，这些观点在今天看来都是常识，可是并不过时。后来又有很多新的儿童文学观被提出来。比如"解放儿童的文学""教育成人的文学"，还有更早期提出近年重新热起来的"童心说""儿童本位说"，等等，儿童文学的标准更深入更开阔了。我的作品是否符合那些标准，我不大在乎，至少在写作的时候我是不记得那些标准的。我更愿意向具体的文学经典致敬，用活生生的目标当标准。在我看来，文学经典的标准就像咱们东北的冬天，从一棵树看到简约，从一块石头看到朴素，从一块雪原看到辽阔；冰河划开雪原，又看到旷远；扫开冰河上的雪，借助阳光打量下面，又看到深邃和复杂；到了夜晚，两只乌鸦足踏寒枝，注视月光，对着那个亘古不变的银盘子说三道四，又看到庄严和幽默结合之后产生的一种美学效果。

林　岊：你的儿童文学创作是从短篇小说开始的，如早期的《空空的红木匣》《黄纱巾》《女孩的暖冬》《蓬镇故事碎片》《稻场笛声》等，到近年创作的《我家的月光电影院》《小城池》《满山打鬼子》等中长篇小说，应该是你创作上的自信与成熟的标志，更是你驾驭文字能力和构思故事能力的提升。这其中经历了一个怎样的转变？你是怎样做到的？

薛　涛：我想起一句话"永远年轻，永远热泪盈眶"。我很喜欢这句话，还用它做了我的新书《白银河》的题记。用这句话来形容我应该很恰当。我不懈怠，永远向前走。读初三那年冬天，我参加了晚上的补习班，放学后我需要穿越寒夜走回家去。这过程有五里路，中途还要经过一片阴森的坟地，而最难以通过的是无边的黑夜，它看似空阔，其实狭窄得令人窒息。没有同伴，没有别的依靠，全仰仗头顶的星光给我胆量，家中的那团炉火给我能量。我不时地告诫自己不能停下来，也无路可退，只有走下去才会接近家中那团炉火。我一天天地坚持下去，竟然挺过了一个寒冬，来年春天再开学时，我已经有资格在县城的重点高中读书了。写作无疑是快乐的，而超越与转变的过程又是无比艰难，除非你只想躺在老地方睡懒觉。这个过程就像孤身一人穿越寒夜，没有同伴，只有头顶的星光和远方的炉火。与孤独抗争，跟自我局限进行较量，这是少年时代养成的习惯，我早已经乐在其中了。我最大的快乐是超越，哪怕仅仅是一毫米。我永远走在赶往下一站的路上。

林　岊：问一个比较简单和通俗的问题，你构思这些儿童作品，或者是塑造了诸多鲜活的孩子形象的时候，是怎么做到的？如《我家的月光电影院》里面的"我"和李小蝉、《小城池》里面叛逆的女孩沙漏以及《满山打鬼子》里的以满山为首的一批小孩子形象。

薛　涛：他们既是想象力的馈赠，也是生活送给我的礼物。

先说《我家的月光电影院》。我父亲很年轻的时候是一位电影放映员，那个年代电影放映员是一个很受追捧的职业。父亲是在那个时候养成了爱笑的好习惯，我也时时体验到了"电二代"的荣光和骄傲。就说一个事情，一旦有好的电影，父亲偶尔会在家里给我们搞个首映仪式。这个首映仪式很简单，在墙上挂一块小小的白床单，把电影机对准那里就行了。这个细节构成了《我家的月光电影院》的核心故事，"我"的身上就有我的影子，那里的故事几乎就是"我家的"故事。

再说《小城池》。十几年前弟弟给我讲过一个远亲家的故事。亲戚家的女孩经常让母亲帮她洗印照片，据她说老师和同学们很喜欢她，要她的照片做纪念。母亲信以为真，便时不时就洗印女儿的照片供她送人做纪念。后来，母亲无意中在女儿的抽屉发现了一个秘密，那些照片都锁在她的抽屉里，根本没有送出去。讨人喜欢的事情无疑是女儿虚构的，她的内心经历着怎样的孤独和自卑呢？这个故事重重地打在我的心上，当时我脑子里闪出一个词：苍凉。10年后我终于写出了女孩沙漏，她身上就有那个女孩的影子。不过沙漏更丰满、更叛逆，甚至看不出原型了，可是小说苍凉的基调却完完整整地来自10年前的瞬间体验。

林　品：提到《满山打鬼子》这部长篇小说，我不由得想起了《小英雄雨来》《小兵张嘎》《鸡毛信》等以前脍炙人口的抗日题材儿童文学作品，其中小英雄雨来、嘎子、海娃等形象历历在目。我看到《人民日报》一篇文学评论把满山跟上述几个少年相提并论，"满山"已经走进抗日小英雄的人物画廊，填补了东北的空白。当然，"满山"的形象与上述形象又有不同，在这部作品中让我们看到了一个发乎于自然情感的、具有朴素精神的小汉子形象，真实可信，不刻意塑造高大，也没有豪言壮语，很接地气。小说中设置了"满山"与日本小女孩"直子"的交往，更显出了作者在创作上的态度——孩子的纯真天性、善良情怀与战争的可恶形成了鲜明的对比。诚如你在第八届全国儿童文学奖获奖感言中所说，从酝酿《满山打鬼子》那个时刻开始，你适当地把写作的姿态从"仰望星空"调整为"俯瞰大地"，我很喜欢你说的"俯瞰大地"。

薛　涛："仰望星空"肯定是人的视角，而"俯瞰大地"可能是神的视角。我用这个视角获得一个高度，尽量用新的战争观、英雄观和儿童观把握这部作品。

林　品：《满山打鬼子》的出版给你带来了很大的声誉，它获得大奖，在韩国出版，改编的电视连续剧近日也在江苏首播。我发现从《满山打鬼子》开始你的创作风向有了明显的变化，你从早期的"幻想"和对现实的过度"抽空"中走出来，转而奔向大地深处。最新的长篇《九月的冰河》和短篇《雁叫寒林》掷地有声，能听见来自大地深处的轰鸣，颇具震撼力，最后又达到"虚空"境界，遁入精神层面的愉悦。

薛　涛：由实入虚，最终进入精神和灵魂的层面，这是一个难度，我一直在朝这个方向努力探索。早期的创作我采取直接进入"虚空"的方式，导致作品缺乏生活质感，它的意义在于完成了基本的艺术积累。我早就知晓，生养我的白山黑水才是我安身立命的"月光宝盒"。它的里面藏着这样一个世界，神秘，诡异，亦幻亦真，是一块充满"童话人格"的土地。我从小氤氲在那样的氛围，慢慢养成自己的审美观、艺术观。且不说远处传来的萨满神歌和太平鼓，就连树下闲坐的老太太都通着灵气。她跟树探讨过日子的事情，也会顺便调侃身边的一条摘狗。摘狗从容跑过，她自己嘎嘎笑，我奶奶有时候也加入这样的对话。去年，我在沈阳郊外的鸟岛溜达，听见两个员工朝着树梢上一只鹰说三道四，认为它的性格"太装"，一个朋友都没有。他俩还对水中一只鸭子指指点点，嫌它的叫声太沙哑。他俩议论纷纷，就像数落一个邻居、一个熟人。我庆幸我生在这块土地，我更庆幸我选择了"童话"这种表达方式。有的同行不太理解我在《九月的冰河》中随处可见的人与树、人与狗的交流。那种交流看似各说各话，其实是万物有灵的文化心理使然，也是这块土地赋予我的"童话人格"使然。

林　品：近三年来，我一直很关注当代辽宁作家的创作。我渐渐地感觉到，当我们认真总结当代辽宁作家的创作和作品特征的时候，不难发现，诸多作家在创作和作品中所呈现出来的特色依然是继承了上一代"东北作家群"的创作精神和对东北广袤土地的观照。你的《满山打鬼子》《九月的冰河》也有这样的特征，你自己也说："从酝酿《满山打鬼子》开始，我重新打量我脚下的东北大地。我从过去的时间开始一步一步走过来，现在我正打量当下，打量当下遗留在这块土地上的习俗与信仰、欣喜与哀愁……"你的作品是儿童文学，但其文学价值的终极意义是宏大的、宽阔的，也是有深度的。我曾经把具有继承20世纪"东北作家群"创作风格与特征的当代东北作家这个群体称为"新东北作家群"，应该是具有合理性和合法性的。

薛　涛：作家要有户籍，谁都别天真指望自己会成为世界公民。就算你取得了世界公民的户籍，你也有一个精神故乡。什么是精神故乡？就是不管你走到哪里，就算你到了火星，当你孤独难耐闭上双眼，一个图景渐渐清晰，炊烟、原野，继而是鸟鸣、虫唱……这个声像兼备的图景就是你的精神故乡。东北作家最大的财富就是他们内心深处的精神故乡，他们都是有根的人，他们的创作都是有根的创作。

林　品：应该说，通过这段时间阅读你的作品，让我有一种回到了童年的感觉。你的大部分作品也在展示童年，你觉得你的童年生活与你的创作有怎么样的关系？对了，我儿子满山知道我要和你做一个对话，一定让我问问你，你的创作灵感来自哪里？是否与你的童年生活有关系？

薛　涛：长幼有序，我先回答林满山之父的提问，然后再回答林满山的提问。

每个作家的创作都跟自己的童年有这样或那样的关系，这从一些作家的创作谈中能找到根据。但是能否说儿童文学作家更加倚重自己的童年生活呢？这个未必。我的基本的情怀都是童年时代养成的，它影响到我的喜怒哀乐以及表达的方式，可是我的创作灵感基本来自现在的生活，我的儿童文学创作不是童年回忆式。童年回忆式的创作在开掘生活资源方面是有问题的，它不够开阔，除非你有足够的自信和天赋，能为那些"追忆"赋予新鲜的思想。哦，好像捎带着把满山的提问也回答了。不过还是要正式回答满山——我的情怀来自从前，我的灵感来自现在，我的思考指向未来。不知林满山同学是否满意。

林　品：这样一来，我们就绕不开今年的新作《九月的冰河》了。这部作品出版以后颇受好评，《中华读书报》《中国图书出版资讯》《光明日报》《中国新闻出版报》等报刊先后发表了束沛德、曹文轩、徐鲁、朱自强的评论。曹文轩在文章中对这部新作的评价很高，同时也对你这些年的创作做了全面肯定，认为你的文学世界，比初时深邃和开阔，作品的"文学价值一直是被低估"，却并没有随着时间的推移"枯萎凋零"，反而显得"更加光彩"。朱自强在文章中称，"读《九月的冰河》，我的脑海里浮现出的是一个有思想、有探求的作家形象……这是一部对我的儿童文学阅读经验构成一定挑战性的作品。它是写实主义小说，还是魔幻现实主义小说？它是少年心理小说，还是少年冒险小说？它是动物小说吗？……《九月的冰河》能引起这么多思考，本身就说明了它丰富的艺术价值。"你自己怎么看这部作品？

薛　涛：回头看自己的作品总是能发现遗憾。我只有正在写作的时候才是自信的，完成后便开始怀疑，并一点点否定它。这些年我三次去漠河北极镇文学旅行。第一次是2012年夏天，我在黑龙江边坐了很久，它让我安静。第二次是2013年秋天，我大致坐在原来的小码头上，很想为这个地方写一本书。这时一条黑狗默默坐在我身边，好像跟我说，写写我的故事吧。我刚刚在心里答应它，它站起身便走开了。第三次就是2014年春天，我带着新书来还愿了。当地的学生在操场上朗诵作品片段的时候，我一直留意着街上走过的人和狗，人群稀稀拉拉，没有黑狗的影子。我和女儿在那里多留了一天，我俩骑车走遍北极镇，黑狗还是没露面。我想，黑狗去年完成任务便消失在茫茫林海了。我正满怀惆怅，一个男孩出现了，指着我说："昨天我参加新书朗诵了，你不是写《九月的冰河》的薛涛吗？你信不信，我就是书中的小满！"说完嘻嘻笑着跑远了。我一下子释然了。

林　品：你确是一个书里书外都充满故事性的人。有评论家说，薛涛的小说意欲探求生活的哲思与意蕴，所以他必然要寻找人生中最值得探索的切入点，"生命"和"死亡"这两个人类必然要面临的哲学命题也就成了他作品中经常表现的主题，对这两个最富挑战意味的哲学命题的深入，实际上也就是对于人生价值观与意义的探讨。

从文学理论梳理的角度讲，我认为这样的总结是有一定道理的。但儿童或者青少年在阅读你的作品时会想到这些吗？作为作家，你想表达的是什么呢？

薛　涛：生与死，是文学永恒的命题，哲学是文学的最高境界。儿童文学更没有理由回避这些基本面。我想，再深奥再玄妙的命题，只要搭上精彩的故事就会变得生动可感。就算少年读者不能完全懂得其中的奥妙，内心也会产生一丝悸动。能有这瞬间的悸动，我们的艺术理想和文学使命也就完成了。

林　喦：今天的对话令人愉快。通过这个对话，一定能帮助更多的研究者走进你的文学世界。

薛　涛：最近很忙，真不适合深谈文学。何况我一直忌讳谈自己的作品，谈得好人家会说我眼高手低，谈得不好又露怯。不过真心谢谢你的关注，这次交谈给了我整理自己的机会，写作毕竟是感性多于理性的事情，这次不算太长的"理性之旅"让我更加敬畏儿童文学，更加看重自己手中的笔。最后，请替我转达对林满山的问候。我用作品虚构了一个不存在的满山。你显然比我更务实，创造了一个活生生的满山。我希望有机会见见这个满山，请他给我的满山提提意见。

林　喦：这个没问题！期待你《满山打鬼子》的续集《情报鸽子》中的满山更可爱。

薛　涛：好的，谢谢，我会努力！

乡土之美与诗意之气

——与诗人王文军的对话

作家简介：

王文军（1968— ），男，供职于辽宁省朝阳市日报社，中国作家协会会员，作品见于《人民文学》《诗刊》《中国作家》《作家文摘》《文艺报》等诸多报刊，著有诗集《凌河的午后》等三部，部分作品被翻译成英、俄、日、韩等语言，曾获中国诗人奖、辽宁文学奖、海燕诗歌奖等奖项。

与乡土诗人王文军相识是在2013年年末的一次朋友聚会上，朋友介绍说王文军是一位乡里的干部。我看着这位个头不高、头发绒稀、面带和善、戴着一副金丝边眼镜显得文质彬彬的王干部，开玩笑地说，怎么看也不像乡里的干部，倒像一位诗人。朋友说你说对了，他就是一位诗人。于是我认识了这位诗人，后来居然成了好朋友。2014年10月，王文军来锦州送我一本他的诗集《凌河的午后》。再后来，有机会我和王文军去大连参加一个杂志社举办的文学活动，我给朋友引荐王文军时，也称他是一位会写乡土诗的乡干部。一位朋友很善意地评价说，会写诗的乡干部一定是一个好干部。我问为什么。这位朋友说，能把乡土写进诗歌里，那他心里一定有着不被污染的土地和田园，一定有着对家乡的爱和情义，这样的人在工作中一定是心地纯洁的好干部。其实，我也很认可朋友的话，

因为王文军真的就是一位心地纯洁且眷恋他生活的那片土地的人。

林　畠：文军兄你好，与你交流是一种缘分。说实话，看到你的诗集《凌河的午后》，我还真是感到惊讶。一是看到一位在乡村里做了多年乡干部的人能写出这样优美的诗歌，甚为钦佩；二是为交到一位有诗人气的朋友感到荣幸。今天，我们就从你的诗集《凌河的午后》聊起吧。就诗歌阅读而言，我很少读现代诗而特别喜欢古体诗，原因简单而明了。我所谓的古体诗，一般是指古代文言诗歌，如《诗

经》《离骚》、乐府、古诗十九首、汉赋、曹操之四言、陶潜之田园、唐诗宋词等诗作。上述诸诗皆是有韵味、意境、神韵、性灵、格调之诗歌，艺术之魅力和供给读者无限想象之留白，可谓"但见情性，不睹一字"，呈现飘逸灵动、高情远韵、无言大美的艺术底蕴。李白五绝小诗《静夜思》："床前明月光、疑是地上霜，举头望明月，低头思故乡。"全诗仅仅20个字，便将秋日夜晚，诗人抬头望月所感怀客居之思之情言尽于诗，语言浅白清新、质朴易懂而韵味无穷。悲秋佳构马致远的《天净沙·秋思》："枯藤老树昏鸦，小桥流水人家，古道西风瘦马。夕阳西下，断肠人在天涯。"短短28个字，镜像之感跃然纸上，意蕴深远，结构精巧，平仄起伏，顿挫有致，音韵铿锵，直贯灵心。因此，我说"直贯灵心"的方能是好诗，正如闻一多先生所谓的诗要有三美，即音乐美、建筑美和绘画美一样。你的诗集《凌河的午后》收集的都是现代诗，行文虽短小，但颇具古体诗之意蕴。

王文军：林岫教授你好，有幸做您的访谈嘉宾，更有幸能和您一起谈诗。从古到今，即使是在所谓的"唐诗"年代，诗歌也是小众的，读诗者、作诗者，大都为读书人，很少见老百姓有读诗写诗的，特别是现在，商品经济让人更加浮躁，能静下心来读书的人都很少了，更别说读诗、写诗了。所以，今天我们能坐在一起谈诗就更显得弥足珍贵。就你说到的古体诗歌而言，我觉得后现代中国文学都得益于她的滋养，对我个人来说，她是我诗歌创作的母体。我记得自己能背诵的第一首古诗恰巧就是你提起过的《静夜思》。对一个蒙昧混沌的孩童来说，还体会不到她的忧离滋味，只觉得这世上还有这么上口和动听的语言。后来随着年龄的增长，有了一定的阅读积累，每读每有拨动心弦之感。古体诗词对我的心智和情感有着开蒙的重要作用，不同的年龄段有不同的阅读喜好，青年时爱读言情咏志，壮年时爱读大漠边塞，人到中年爱读归去来兮、爱读田园诗歌。可以这么说，古体诗词在我生命中的每一个阶段都留下了重要的成长轨迹，随着年岁渐长，我越来越虔诚，越来越敬畏，对于每一个字都有供养之心。这些清水洗过一样的文字后面，是诗人的襟怀见识、情操态度、心性修为，他们的字像珍贵的初乳，哺育了一个民族的强壮与柔韧，让后人的心在这些文字的浸润下，越来越多情和美好。古体诗词，从多元角度讲，不单单是一种文学高度，更是精神巅峰、生命图腾、生活坐标，她所呈现出来的一切阅读美感，能调动你一切的感官，而她文字后面的胸臆与襟怀，却直击你的心灵。喜欢古体诗词，不如说更喜欢古人的生活态度，古人用文字指导了后人的生活，长期的浸润就会是一种无穷尽的滋养，古体诗词所有的表象美与意蕴美，对于现代人来说，是一种缓解和慰藉，越是经久的阅读，体会得越深刻。很多人都说过我的诗歌有古典的味道，大概是喜欢到了极致的原因。尼采说过这样一句话："谁不在他人面前扮演过自己？"我诗歌中的古典味，绝没有扮演的成分，更像是《红楼梦》中香菱学诗一样，读得多了，下笔时，就有了不自觉的痕迹。

林　品：一般意义上讲，文学创作是一个个体的发明事业，具有很强的个体意识和个体创造性。人通过感官系统从外界接收各种各样的信息后，会产生一种精神映象和对外界事物具有个性化特点的认识，于是就会有千人千般思、万人万般情的差异。那么融入到个人的创作中，就会表现出不同的"体验"和"经验"。就乡土诗歌的创作而言，也是因为诗人对乡土的不同态度，才会有不同的诗情诗意，甚至同样的乡间花草、农舍、牧童、犁人，但由于诗人的不同认知和感受，就会创作出不同的诗歌作品来。在你的《凌河的午后》里，你也多以乡间常见的一些植物、人物、动物意象作为写诗的一种选材，所表达出来的却是一种心灵的坦诚和美好真实的情感，描绘的也是一幅幅乡间美景。我觉得你对你所生活的乡村有着无尽的眷恋和喜欢之情。

王文军：是的，乡村更像我的亲人，我想大概是我在乡村生活的时间太长了。少年时发奋读书，好像只要摆脱了土地，就等同于和愚昧、贫穷、落后告别，那时总觉得只要实现了"鱼跃龙门"，捧上铁饭碗，就能过上幸福的生活。等到我离开时，才知道谙熟了的乡村，是自己的骨血。数年间，从乡村到城市，再从城市到乡村的迁徙往返，让我越来越迷恋这里的一草一木、一墙一舍、一人一物。当年，我是乡村的孩子，她以广袤的田野、纯朴的民风、轮转的四季，赋予我耿直、善良的天性，如今，我对她更是怀着敬畏和感恩，因为她像母亲一样孕育了我，我只想尽心倾情，用心来对待乡村这片土地上生长的一切事物，有时觉得自己更像一个圣徒，祈祷并盼望着这里万物安泰。闲来无事之时，我偶尔也会翻检一下自己的文字，那时我没把它们当成诗歌，而是看作家书或乡居笔记。我已逝的父亲母亲和安在的乡邻、墙角的倭瓜、墙头的马莲、蝉鸣蛙鼓、几声蛐蛐叫，都让我动容和动心，我只想写出来，说一说，哪怕说给自己听也好。《庄子·外物篇》中说"言者所以在意，得意而忘言"，我想我还是太在意了，因为有了无尽的眷恋，才有了这无尽的文字。"为什么我的眼里常含泪水，因为我对这土地爱得深沉"，这些磁化了的意象是一生的胎记，提起笔，这皇天后土、乡间风物，是祖先也是儿女，我供奉着、宠爱着，我知道她的每一处疼痛与隐患、每一种知足与欢喜，我改造不了什么，但可以用我的文字赞美着和温暖着。很多人向往远方，说那里有美丽的风景，远方除了遥远其实一无所有，真正的风景永远在身边，只要你善于发现。我的乡村就是我心中最美的风景。

林　品：其实，就辽西这块土地而言，从古到今给外人的感觉就是粗犷、质朴、空旷，夏天极热，冬天极冷，大北风呼啦啦吹，这里的人们也是有比较粗野的感觉。但你的诗歌里没有这些东西，而有的恰恰是一种微小的、温暖的、淳朴的、乡情的，即使是略带有忧伤但仍寄予无限美好和期许的愿望的情感诗句。这也是我非常喜欢的地方。你在乡村工作很多年，对那里的生活和现实会带有很多想法，包括我们国家现在倡导的"城镇化""新农村"，还有比如"农民土地流失"等问题，但在你的诗歌里都没有看到，你诗集里表达的都是淡淡的"乡土之美"。这是为什么呢？

王文军：你所说的辽西印象，在很多人眼里的确如此。由于所处的特殊的地理位置，她至今也是干旱少雨、大风扬沙。近年来，自然环境虽有了很大的改善，但还不是山清水秀，更不是人间仙境，只有长期居住在这里的人，才能体会到一些弱小的美在极端恶劣的条件下呈现出来的震撼和惊心动魄。早春二月，一株怯怯的草芽在残雪里露出一丝鹅黄，这让半年不见绿意的辽西人总有一种放大了的喜悦。高岗上那不起眼的耗子花，在一片深灰的背景里绽放得那么华丽，因为是缺少的就是难得的，因为难得就越发珍爱着。"看杏堪比梅，有桃不代李"，我喜欢那些司空见惯的辽西旷疏之美，也努力寻找着那些不被人知的细微之美，我喜爱着我的乡村，但并没有完全地把她理想化和诗意化。关于城镇化和新农村建设，这方面的题材我写过一些，但不是很多。作为一名工作在乡间的基层干部，我觉得所有的时政无非都是让人们活得更好。我见证过乡村由贫穷到富足的变化，所以我写我能知道的真、看得见的美、感受到的善。工业革命时期，当年西方的许多先锋诗人，对他们被机械吞噬掉的田园，被蒸气遮罩住的蓝天，有过撕心裂肺的疼痛和呐喊，但几百年过后，工业革命不但推动了西方，也推动了整个世界的进步。如今我们也存在着河流污染、植被破坏、土地钙化、食品药品安全等诸多问题，但我们的寿命还是比原来要长。从汉高魏武到唐宗宋祖，从商鞅到王安石，从新政到变法，无非都是为了巩固和改善，时政与流弊在哪个历史时期都是并存的。我更喜欢叔本华的一句话："人类是个永远也长不大的孩子，原谅他吧，因为他总在改错。"作为一个写诗的人，更要怀柔、怀善、怀慈悲，别盲目地赞美与批评你所不知道的事物，写你能看得见、能懂得的，因为懂得，所以慈悲。美好的事物都是朴素的、寂静的，正如诗本身。

林　品：如果说写诗是你的一个爱好，你还喜欢摄影，所以你的诗歌有镜头感，每一首诗都像一幅画。你很好地将摄影和写诗融合在一起了。

王文军：大概是和性格有关吧，我不是一个因循守旧、墨守成规的人，所以我的爱好就相对多一些。我觉得摄影和诗歌的互相渗透就像牡丹里的一个变异品种"二乔"，一株同生的两朵花，一朵是红的，一朵是白的，由于风媒和虫媒的作用，第三朵就开出了颜色层次更为丰富的粉色。因为我读过"红了樱桃，绿了芭蕉"，所以才更喜欢生长在时光里的花草，不用呼唤，万紫千红自会扑镜而来，因为我在镜头里更细致地捕捉过光与影瞬间掠过万物时令人窒息的美，也许我的文字描写就会因此而更细腻饱满一些，因为读书与写作，我对万物之美的感觉可能更细致一些。"星垂平野阔，月涌大江流"的开阔场景，"墙角数枝梅，凌寒独自开"的唯美细节，都是我镜头里的动人画面。很多人称赞我是摄影家，其实，充其量我只能算作一个发烧友，但是我能感受到摄影为我的生活带来了诸多的快乐与美的享受。我的镜头里拍摄过的场景，很多成了我创作的源泉，一扇柴扉、几只野鸭、低头耕耘抬头望天的农人的写作灵感都源自我按下快门的瞬间，所以，任何一件平凡的事物，只要我们加以思考，明白它们和某些事物密切相关，就可能是一首诗。

林　品：读你的诗，我总会不知不觉就联想到古人诗歌中的田园，比如，唐代诗人孟浩然的《过故人庄》："故人具鸡黍，邀我至田家。绿树村边合，青山郭外斜。开轩面场圃，把酒话桑麻。待到重阳日，还来就菊花。"宋代辛弃疾的《清平乐·村居》："茅檐低小，溪上青青草。醉里吴音相媚好，白发谁家翁媪。大儿锄豆溪东，中儿正织鸡笼。最喜小儿无赖，溪头卧剥莲蓬。"如同孟浩然和辛弃疾一样，你的这首《凌河岸边》描写农村生活、表现恬淡自然的"农家乐"主题的短诗亦属上乘之作，该诗之特点是"淡而不薄"。用省净的语言，平平地叙述，几乎没有一个故意造作的句子，甚至没有一个使人兴奋的词语，算是"淡到看不见诗"的境界。在当下的现代诗歌中很难寻找到这样呈现具有中国传统农业文明中的田园风情的短小佳构。这首诗歌的艺术魅力在于清淡之中有淳美之意，正所谓"语淡味浓"。你理想中的乡村是一个什么样子呢？和现实中有多大的差距呢？

王文军：乡村是田园生活的载体，而田园生活是在一定程度上理想化、浪漫化、诗意化了的乡村。有什么样的田园就有什么样的生活，而不是有什么样的生活就有什么样的田园。真正的田园一定是真实的田园，我不赞成诗人将田园生活过分地理想化与纯净化。当我们经历了长在乡村、离开乡村、再返回乡村的过程，乡村会因为时空产生的审美距离与情感窖藏以后的充分发酵，比原来的乡村更细暗、更温暖、更美好、更沉醉。毋庸讳言，现在的乡村正在经历着前所未有的巨变，这个过程会有阵痛与迷茫，但是乡村还是那个乡村，要看你赋予她的情感有多少，有多少热爱就有多少美好，就像你爱一个女子，真爱了，自然是不管长得什么样，都是美的。

一直在这片土地上生活或一直没在这片土地上生活的人是写不出田园诗歌的，至少写不出有真情实感的田园诗歌，因为这两种生活都会让人麻木或虚构。五柳先生是"误入尘网中，一去三十年"才想起"采菊东篱下，悠然见南山"；辛弃疾是20岁以前都在稻花香里"听取蛙声一片"，后来为御外辱，"金戈铁马，气吞万里如虎"，老年归隐田园，闲看"七八个星天外"，细听"两三点雨山前"。我总自嘲地想，我没有写好，大概是我走得早回来得也早一些，对乡村生活的体验以及对土地的终极思索还是肤浅了一些。如果没有归、去、来这个过程，我认为就不会有真正意义上的田园诗歌。

足迹踏遍大江南北后，我深知我的乡村并不美，但我依然深深热爱着她，因为这片土地是我生命的摇篮，农耕生活带给我的诸多乐趣、无限回忆，甚至清贫的日子，回想起来都是苦中夹甜的味道。而现实生活让我们不断在规范中压抑自己，以此适应社会和群体。我们隐忍、羁束、克制得越久，就会越来越向往旷野荒草、清风流岚一样的自由，这种自由，最好的寻觅之处就是田园。约束与自由是生活必备的两个程序，就像草木的自然生长规律，先让你饱吸阳光雨水，再修剪规范，最后开枝散叶、催发新芽，"久在樊笼里，复得返自然"。一个从小在乡村里生活过的人，只要双脚一挨上泥土，心里就接通了地气，挖菜砍柴、收割播种、放羊牧牛，闭上眼睛都能想象得出的场景，不用修饰与矫情，就会流水一样倾泻而出，就像你说的"淡而不薄"。很多人写田园诗，只是在字词上下功夫，那是因为他们不了解乡村，更没有融入乡村。在很长的一段时间里，我在意的也是文字上的表面功夫，随着后来对乡村生活认识得更深刻，领悟得更透彻，反而不在意技巧，只想真实地记叙，这大概就是"淡到极时方始浓"吧。

林　嵒：我想，在乡村里工作，一定会很忙，那么你是怎么做到在百忙之中有心情和时间去写诗呢？

王文军：有不少人都这么问过我。写诗和我的工作似乎是两个不搭界的工种，如果我是搞艺术的，写诗就是锦上添花，理所当然地不受任何诟病，可我偏偏是一个要管吃喝拉撒睡无数琐事与无数俗事的乡间芝麻官。在多数人眼里，政府机关工作的人一旦写诗，似乎就有了"不务正业"之嫌，不少写诗的人，一旦走了仕途，写出来的诗歌好像也是被阉割过的诗歌。其实，只要略懂中国历史的人就会知道，许多诗人和官员是画等号的，远观建安风骨，蓬莱文章，哪个不是引领千古风骚、一代文华？近看开国领袖，百战功勋，有几人不会吟诗弄墨、儒雅书香？但如今的年代，大家已经不相信官员还可以与诗人这么纯朴这么理想主义的名字画上等号了。我认为，从事公务员工作和写诗不是矛盾的，官员热爱文化本来就是我们民族的优良传统，况且文学创作本身就是一个丰富学养的过程，它们并不是水火不容，更应该是水乳交融。我是一个基层公务员、一个诗歌爱好者，我的理念是，工作该怎么干就怎么干，诗歌该怎么写就怎么写。如果我的诗没写好，那一定是我的工作还没有做好，我的阅历能力、视野胸襟一定还有差距；如果我的工作没有做好，一定是我从诗歌方面汲取的营养和修为还不够。男人"立功、立德、立言"，自古以来，都是互相裨益而不是相互抵触的。

写诗与工作是两条轨迹，它们时而平行，时而分叉，时而交会。平行时，上班时间忙于工作，业余时间读书写作，各自安好，互不干扰。分叉时，当然工作是第一位的，身在乡间，面向百姓，什么人都可能遇到，什么事都可能遇到，火上房了你还在写诗，那一定是个不折不扣的二百五。一个连生活都侍弄不好的人，我不相信他能写出好的诗歌。我更迷恋两种轨迹交会时的感觉，乡间陌上、桃李春风、天南地北、他乡风物……我始终相信"人生所有的经历就是财富"这句老话。读万卷书不如行万里路，行万里路不如阅人无数，这些年因为工作有很多的时间在路上，让我见识了路上的风景和人物。视野开阔，自然就会胸襟开阔，自然就会有很多温馨美好的东西涌上心头。

"大事轮不着你管，小事让你一天闲不住"，用这句话来概括我的工作应该是恰当的，这样的工作有时会因为琐碎而让人烦躁。由于长期工作在一线，直接面对老百姓，面临矛盾多、压力大等诸多问题，我有很多的同事因为过劳而早衰、过虑而崩颓，生理健康、心理情绪都不是很好。为此，我得感谢诗歌，让我在"红尘"中找到一片"净土"。读的时候，这些文字让我变得温和与开阔，写的时候，我要自省和自检，诗歌像润滑剂，减少了磨擦与磨损，"多愁善感"会牵情惹事、多灾多病，而"多情重感"却是一帖千金方，包治百病。从古至今"法理不外乎人情"，诗歌总会让一个人的人情味多一些。我总觉得一个人情味多一些的地方官，总会想尽一切办法造福一方百姓，而一个理性务实的诗人，总不至于空谈误国。工作中，我力争做到严谨务实，给五保户盖一所能够遮风避雨的房子，远胜于给他写一首"茅屋为秋风所破歌"，对于生活，还是理性大于浪漫。

如果说我的工作面对的是尘世最底层最深处的俗凡市井、人间百态，而诗歌就是我的休闲后花园，它不出世，只入世，它不在世外，只在人间，它不是仙境但是桃源。它们互相滋润将养，对我的人生职业、处世观念、生活态度有着很大的改变和改善。我说过我喜欢这两种轨迹交会后的状态，我从来没觉得它们有什么冲突，从小就接受的正统教育，经典诗句的长期熏冶，让我至今"位卑未敢忘忧国"。更多的时候，工作中的经历也会激发我的灵感，诗歌记录了我的工作，记录了底层人物的爱恨情愁、悲欢离合。这两种轨迹的交会，肯定不是小行星撞击地球的天体毁灭，更像雨后斜阳伴彩虹，这些年，我深深地领略了两种轨迹交会时的别样之美。

林　喦：我前面说了，你身上有诗人之气，而你的诗歌里也有诗意之气，这话听起来很拗口，诗歌怎么会没有诗意之气呢？其实，现在诗坛上很多诗歌是很矫揉造作、缺乏诗意的。而我说的"诗意之气"恰恰是诗歌所表达出来的一种具有大美的意境与人生态度，二者相得益彰。

王文军：我第一次听到有人这么夸我，谢谢林教授。但我真的喜欢"诗意"这两个字，最早知道"诗意"两个字，是看金岳霖给林徽因的挽联"一生诗意千寻瀑，万古人间四月天"，那时觉得也只有这个旷世才女，才担当得起"诗意"两个字。随着年齿渐长，对诗意又有了新的了解。我曾到过一位白发老大娘的家里，她将简陋的小院收拾得齐齐整整，林篱短齐，蜀葵夹道，我觉得这个大字不识的老大娘也是诗意的。所有的诗意，都源于对生活的热爱。我写的诗并没有多少诗意，但我觉得自己活得很诗意，回到老宅土炕上听风听雨，是一种诗意；晒得黝黑，在田间听稼禾拔节的声音，是一种诗意……这些细小的事物能让人生发出无限的热爱，就是诗意。不知是因为诗歌才有了诗意，还是因为诗意才有了诗歌，就像先有蛋还是先有鸡一样让人费解，但有一点我很肯定，活得诗意并不是诗人的专利。无论西方的还是东方的诗人，无论是古典主义还是新现实主义的诗歌，打动人心的都是文字背后的思想与生活，而生活的大美，是无论发生了什么，都不要泯灭对她的热爱，而热爱就是最美的诗意。

再次感谢林教授，感谢您的访谈和倾听。借此，我也更细致地梳理了一下自己。您的很多溢美我不敢接受，尽管这些更多的是对我的鼓励与鞭策。诗意，多么好的词语呀！事先你可能并不知道她是什么，但在漫长而短暂的生命旅途中，你一定会爱上她的波光。诗意地生存，诗意地写作，也许，这是大地上最艰难也是最美好的事情！

诗意，在天空中肆意飞翔

——与诗人宁明的对话

作家简介：

宁明（1963— ）男，现供职于辽宁省大连市委宣传部。一级作家，中国作家协会会员，辽宁省作家协会理事，辽宁新诗学会副会长，辽宁散文学会副会长，大连市作家协会副主席。出版诗集《态度》等近20部，散文集《飞行者》。作品发表于《人民文学》《诗刊》《解放军文艺》《人民日报》《光明日报》《解放军报》等全国多种报刊，被《新华文摘》《中华文学选刊》《散文选刊》《散文海外版》《诗选刊》等多家报刊转载。被评为首届中国十佳军旅诗人，获第四届全国冰心散文奖单篇奖，第六届全国冰心散文奖散文集奖，首届中国屈原诗歌奖特别奖，第八届辽宁文学奖诗歌奖，两次获空军蓝天文艺创作奖。

提到空军，你会想起什么？英姿飒爽的飞行员，威武酷炫的战斗机，蔚蓝高耸的蓝天，还是空军飞行员的那一身天空蓝的军装？其实，这些之外，神秘而艰辛的飞行员生活、训练、战斗的各个细节才是他们生活的全部。读完宁明的《飞行者》你便了解了我们的空军和飞行员。

2014年年初，我收到大连诗人宁明邮寄过来的他新出版的一部散文集《飞行者》，这是诗人将自己人生中的空军飞行员经历凝练成一部散文的佳构。读后，我曾经写下这段话——宁明曾经作为一名特级飞行员翱翔过蓝天，体验过雄鹰一般的飞翔快感，这对于大多数人来讲是一种不同寻常的人生经历，于是他将个人独有的经历和记忆凝汇成诗歌和散文，镌刻在文学的天幕中。他的散文集《飞行者》洋洋洒洒近30万字，24篇文章组成了一部具有极强可读性的飞行科普大全，在朴实的抒情与叙事中，不仅让读者了解了飞行行业中的真实性和专业性，同时，也让读者感受到了飞翔中的神秘性与惊险刺激性，如临其境，备感飞行的神圣与崇高，无形中增添了对飞行员的无限敬意。宁明是一位诗人，也是一位散文家，《飞行者》中每一篇散文都展现出他在使用语言文学上的特质——质朴与洗练，叙事简洁而清晰；艺术上追求诗意表达，善于小处着眼，善于捕捉生活细节，一人、一事、一景、一情都别致清新，富有诗人情怀和独到的哲思性。

林　晶：在散文集《飞行者》之前，我读过你的诗集《态度》，看得出，这两部集子都是你的心血之作，也是你勤奋的证明。应该说，当人类以快速的步伐迈进21世纪的时候，人们所崇尚的任何艺术形式都带上了科技的味道，都被穿上了消费的外衣，同时也变得越来越商业化。从此，艺术不再是一种以个体创造为主体的发明、创新的具有灵性的事了，它完全被蒙上了所谓设计和创意的图旨，你承认与不承认，艺术就这样被挂到了墙上，被拍摄进影像，被摆在人的灵魂之外。所以才有一批批的画家村，才有了一座座的影视梦工厂，才有了一群群音乐的创作团队，才有了无数的网络写手和无数的所谓广告艺术公司，而独独的一个人的创作似乎在这个时代是被冷落的事情，也是理所应当被冷落的事情了。

众所周知，诗歌，作为人类历史上最为久远、最为崇高、最为本真的一种艺术形式，是与人类的命运流程、精神意识同一的语言生存，是人类创造的一种对自己、对历史象征化的超越。中国也是诗歌的国度，我们的民族曾经创造了《诗经》、楚辞、汉赋、唐诗、宋词、元曲等伟大的诗歌艺术，诗歌成为我们这个民族最纯净的精神品牌，诗歌在我们的国度，在人类的艺术史中曾经是何等的辉煌。然而到了当下，诗歌确实处在一个"生不逢时"的时代，写诗的人少了，读书的人少了，评诗的人更少了。不是诗离我们越来越远，而是这个时代的我们离圣灵的诗越来越远。

无论你在部队，还是转业后在地方工作，你坚持了30年诗歌创作，是什么支撑你坚持进行诗歌创作的？或者说，到现在为止，诗歌创作是否已经成了你的另一个职业？

宁　明：能和林老师对话，是一件很幸运、很高兴的事。老实说，我只是一个业余作者，写作大概也一直处于"业余"状态。我用业余时间写下了大量的属于"业余水平"的文字，从20世纪80年代中期写到现在，已经整整30年。支撑我写作的动因若用一句话来表述，那就是写作是我与世界对话的一种方式，而且是我最习惯和最喜欢的方式。既然是对话，我的文字中就必然会熏染着主观思考的味道和色彩。我知道，一个喜欢写字的人一辈子可能也写不出几句"真理"，但我期望自己能写出内心的真情。

真心爱写字的人，大都能耐得住寂寞。保持一颗宁静的心，这对写字人来讲是一种必有的修为。一个心中长满荒草的人，写不出沉静而富有光泽的文字。

关于诗，几年前我曾说过大意是这样的话：诗歌只是我生活中的一小部分内容，但就在这一小部分的生活空间里，几乎承载着我心灵的全部寄托。最初爱上诗歌和今天对诗歌的热爱，对我来说只有一个理由——表达。人只要有情感、有思考，就总是要对这个世界发言的。面对千姿百态的万事万物，一个人不可能将心灵冷漠到沉寂的程度。当有话要说时，就需要寻找与世界沟通的通道，对我而言，最好的通道就是诗歌。

诗歌的小众化或边缘化也许才是它应有的新常态。大浪淘沙，让诗去掉那些附庸风雅，去掉轻佻与卖弄，去掉故作神秘状的装神弄鬼，还诗以诗，这比一窝蜂地假装爱诗岂不更好。

我真没有勇气去做一个纯粹的"职业诗人"。我一直要求自己先搞好工作和生活，再搞好文学创作，两者都重要，但顺序不能颠倒。如果能把业余爱好与本职工作结合起来，那是最好不过了。把生活搞得一团糟的诗人，同样也会把诗歌搞得一团糟。

林　喦：在当下的大背景下，你坚持写诗，这是需要一种胆量的。我钦佩你能够在这个物欲横流、诗歌发展受损且营养极其不良的时候还能拥有一颗诗心，有一种坚持诗歌创作的行为。做事心血来潮很容易，但坚持经常实属不易，且写诗是一个费力不讨好的活计。我虽然不会写诗，但经常阅读诗歌，也经常在各种场合中卖弄一下自己会背诵的诗歌来附庸风雅。我主持这个栏目，也做诗人的研究文章，我曾经在一期期刊的主持人语中这样说："我们不能不说，文学中曾经最为重要的体裁诗歌，在今天的文学与文化发展中已经沦为小众，不知道这是诗歌的悲哀还是这个时代的悲哀。"

当我组织刊发研究诗人和诗歌的文章的时候，我的目的是"在追忆一个关于'诗歌的时代'，唤醒沉醉于视图作品的人们重新关注具有性灵与意境的文学的灵魂诗歌，也许，我的想法过于单纯和幼稚，似乎也过于浪漫，但我的态度绝对充满真诚和执着""虽然我不能期望今天已经走向小众的诗歌有更为辉煌的未来，但我期望能唤醒一些美好的记忆"（见林喦《渤海大学学报·当代辽宁作家研究》2012年第1期第1页）。所以，当我看到你诗集的时候，我有点兴奋，阅读你的诗歌，仿佛也点亮了我的诗心。

宁　明：现在坚持写诗都需要"胆量"了，的确让人心中掠过一种悲壮感。有人开玩笑说，骂一个人头脑不正常，就叫他"诗人"。真正考验诗人的不是看他写不写诗，而是他究竟肯用多少心血去滋养诗歌，或者说他究竟多大程度上懂得并爱诗歌。眼下叶公好龙的诗人和夜郎自大的诗人在许多场合都能看到，像穿着诗歌道具的小丑。诗都不神秘，也没那么神圣。诗只是诸多艺术形式中的一种，山外还有山。

每个诗人都有自己对诗歌的理解。人们常说，诗是文学中的文学，是文学桂冠上的明珠，既如此，若全民皆诗，那该是多么可怕的情景。"诗歌已经不再受到尊重"有各种原因，最主要的一条原因，是一些自称"诗人"的人恶意糟蹋了诗歌的名声，使当代诗歌给人以"人不人鬼不鬼"的印象。看看一些报刊上、网络上发表出来的比呓语还呓语的诗歌，和比白开水还寡淡无味的诗歌，就知道人们为何远离它、不待见它了。诗的审美一旦丧失，就剩下了分行的行尸走肉。

诗的魅力当然在于不断创新。但创新绝不是将左脚的鞋子故意穿在右脚上。创新是对一种诗歌精神的追求，而不是肤浅的标新立异。

写诗不是玩积木。诗人一味地堆砌意象，随意嫁接意象，将诗的意象写得密不透风，把读者的思维累得气喘吁吁，诗被丑化成了一个怪物。审美带来的应是赏心悦目，而绝不是耍怪。缺少意象的诗和意象过于密集的诗都不会是好诗。

一个好诗人与一个好人之间的距离越小越好，一首好诗与另一首好诗之间的区别越大越好。诗歌最忌讳生产双胞胎、多胞胎。世上没有完全相同的两片叶子，诗歌也应该是这样。诗人要有自己独立的思考，不做跟风的诗人。你自己对诗歌认识到什么程度，就把诗写到什么程度，不要期望在思想和诗艺上拔苗助长。如果你是一个善于思考的诗人，即使眼高手低，你写的诗也低不到哪里去。

不要指望别人都说你的诗好，也不要企望大家都能真正读懂你的诗。诗歌欣赏中的"读懂"和情侣间的"懂得"一样难能可贵，甚至是一种可遇不可求的机缘。读诗的人，只能从诗中获取他能够获取的那一部分感受，每个人身体的消化功能不同，他吸纳的营养也不同。一首好诗与一个好读者之间需要缘分。

诗人终归干的是一件技术活，手法与技巧很重要。否认诗歌中的技巧，就基本上否定了诗歌的艺术性。诗人在解决了诗中必备的要素后，"烹调"技术就是一首诗是否能取得成功的关键了。

林　喦：你出版过近20部诗集，散文集《飞行者》出版后不久又再版，获得过很多有影响力的奖项，这都是你努力和坚持的结果，也表征了你诗歌创作的影响力和被认可度，同时也证明了你在诗歌创作上的水准。从你的诗集《态度》的诗歌作品上看，你的诗歌创作选题比较广泛，特别关注生活中的点点滴滴，在实际生活中行走，看似信手拈来，却又深思熟虑，如果说你的散文集《飞行者》比较集中地抒写了军旅生活中的点滴，那么，诗歌创作选题的范围就比较广泛了。这样会不会影响你的诗歌创作的特点以及类型？

宁　明：作为一个业余作者，能有一部分作品通过参加评奖的方式被检验、认可，是对自己多年业余创作的肯定与鞭策。这些文字就像上山路上的台阶一样，必然会被留在身后，成为自己前行途中所经历过的风景。

我写诗歌的时间比写散文要长得多。我写诗歌是什么都写，而写散文是"集中火力"进攻飞行题材。题材不能决定作品的优劣，也不应有好坏之分。我只写自己比较熟悉的生活领域或有独特感受的选题，这样写出的文字比较"保险"。在诗中，凡"挤"出来的东西，都不会是好东西。

世界是丰富多彩的，这也决定了我用诗与世界对话时的丰富性。我写诗，从不给自己限定题材。只要某一件事、某一个场景，甚至某一句话能引发我的思考，擦出了诗意的火花，就力争把它用诗句记录下来，随后再打磨成一首小诗。日常生活中，我几乎每天都可能偶遇诗的灵感。我也试图把对诗意的捕捉培养成为一种自觉的行动与能力。

没有想象便没有诗。诗，甚至可以说是"想"出来的，不张开想象的翅膀，诗飞不高。保卫诗人的想象力就是在培育、拓展诗人的创造力。灵感就像一只佯装睡着的猫，需要诗意经常去捅醒它。诗人要有一颗敏感的心。敏感是发现，是判断，是剥离，是联想，是深入，是多情，但不是神经过敏、疑神疑鬼。

写诗不用事先列出一张创作时间表，只要让心灵听从诗意的召唤，并让文字随遇而安就好。但我并不反对宏观的创作计划，因为它对于一个成熟诗人是必要的。

其实，我还写过一本《新格律诗选》和一本《微型诗500首》，回过头看，那些当时并不失严肃的写作离诗还都比较远。

林　喦：我们周知，诗歌创作需要有一种独特的审美意识，需要诗人有独特的情感认知和运用语言的表达能力，写诗是一种精神性的东西，富有极大的主观性。你善于从日常生活中发现诗意的事物并萌发创作的动机，并对世间极为普通的事物有着别样的认知。

我看过很多评论家对你诗歌的评价，总体上讲，他们都认为你的诗歌里充满了哲思性且有一种灵动的情趣。比如你的诗作"我与弯腰的谷穗／相互鞠躬／我们并不讨论/谁养活了谁/我在想秋天走后/风会把日子吹向哪里/而谷穗坦然/终于望见了自己的家"（《当谷穗走过深秋》）；又如"和自己下棋，我依然保持着/一副黑白分明的姿态/这时的黑与白，已被我的一些/变幻莫测的想法，颠来倒去/我常被自己设下的圈套算计/也曾欲擒故纵地伏击过另一个自己/无论黑白双方如何斗智斗勇/最终都跳不出，这张棋盘布下的/一个又一个陷阱……"（《和自己下棋》）。前一首写的是农田里很多人经常看到的庄稼，后一首写的是自己或者每一个人都曾有过的下棋经历。我是一个象棋爱好者，也经常下棋，想想你的诗，确实是那么回事，引人咀嚼与思考。

宁 明：我想说，写诗是一门手艺。当我们在日常生活中生发出一些独特感受或思想的时候，人人都有不同程度的表达愿望，而如何表达以及表达出来后会是一种怎样的效果，则取决于不同人的手艺了。从情感与认知的广度和深度看，每个人的差别并不是特别大的，而表达出来后，拨动人心弦的力度则会有天壤之别。我常被一些好诗人写出的好诗句惊愕得兴奋不已，心说，我也有这种强烈的感受和想法呀，怎么就没能如此这般地表达出来呢？

写诗的人遇到两种情况是幸运的：一是已有了深思熟虑的说法，知道这个说法会是一首好诗的底料，却在苦苦等待或寻找适合表达它的艺术形象，忽然灵感来袭，就像一个漂泊的魂灵寻找到了附体，一首立体的诗便生动地来到了我们的面前，于是你就会欣喜若狂、相见恨晚；二是与富有诗意的某一事物不期而遇，瞬间碰撞后顿感"电量"十足，诗意像闪电般在脑际划过一道亮光，一首小诗由此而生，你会喜出望外，庆幸自己的偏得。诗意的捕捉与获得，都不是守株待兔的结果，它需要诗人用敏感的心去主动寻找。

在我看来，诗歌的本质就是爱。诗呈现的是诗人与周围的人、自然、万事万物之间的"相爱"关系。人行走在世上，思想就会不停地奔走，而奔走的目的也许就是对心中所爱的人或事物的苦苦寻找。只要爱在人类的情感体验中不泯灭，诗歌的火焰也就不会熄灭。从这个角度说，诗歌永远也不会被冷落，它一直被珍藏在每一个有生命热度的人的心里，并与爱诗的人彼此取暖，惺惺相惜。

读一首诗，哪怕是一首非常个人化表达的诗，都要用诗的钥匙去打开、解读，而不能用刑侦的手段去破译、剖析，那样，不仅误解了诗歌，也会让诗歌轻看了读它的人的眼光。诗是诗人精神上的情人。我的诗可以不漂亮，但不可没头脑，思考是诗的基因。诗不要企图自作多情地去阐释深奥的哲学道理，但诗也绝不能拒绝哲学意味的思考。

林　品：最近一段时间，我在各种文学期刊上经常能看到你发表的一些很主旋律的长诗，如《诗刊》2013年1月号上写航空英才罗阳的《我们一起飞翔》与《诗刊》2014年10月号上的《梦寻焦裕禄》，入选《中国军事文学年选2014》的《甲午，历史的眼睛》，以及在你博客上刚见到的《抗战英雄杨靖宇》，这标志着你的一种创作上的转型吗？就个人的爱好讲，我不喜欢大喊大叫的诗歌，诗歌要发乎真情，你说呢？

宁　明：我首先表明对你"不喜欢大喊大叫的诗歌"诗观上的完全认同。我也极不喜欢任何"大喊大叫"的分行或不分行文字。我写下的这些文字，绝不意味着我在创作上的"转型"，即使"转"，也应往诗的内核里"钻"，向诗的本质方向"转"。

人走过什么路，终归是要留下脚印的，我不掩饰。明眼人一看便知，我写这些诗的时候会有它特定的时间背景。我能做的努力也只是力争把文字写得富有诗意一些罢了。我不会把过多的精力消耗在没有诗意冲击力的文字上，但谁又能保证自己一辈子不做出几件貌似"浪费"的事情呢！这类诗不是不能写，写，就力争写得诗意一些，避免"大喊大叫"。诗人总是要最敏感地触摸到时代的脉搏，最及时地介入社会重大变革和重大事件中，这不能一概被指责为"跟风跑"，而应视为某种责任与担当。关键是，诗人去怎么写。写诗要有所为，也要有所不为。诗人一味地为某种意识形态"大喊大叫"地唱赞歌，没意思，没出息，也很无聊。

其实，诗歌的力量是很弱小的。即使一首"大喊大叫"貌似很有力量的诗歌也阻挡不住敌人一辆进攻的坦克。诗歌，有时甚至是"无用"的，在饥饿的人面前它连半块苞米面饼子的作用也没有。

林　品：你的散文集《飞行者》我很喜欢，具有空军和飞行员的科普意味，你写得也很灵动，涉及的范围也很广。如在前面所说："《飞行者》中每一篇散文都展现出你在使用语言文学上的特质——质朴与洗练，叙事简洁而清晰；艺术上追求诗意表达，善于小处着眼，善于捕捉生活细节，一人、一事、一景、一情都别致清新，富有诗人情怀和独到的哲思性。"

宁　明：这本散文集《飞行者》我断断续续写了约7年的时间，有感觉时就静下来写一篇，飞行任务紧张时就不写。题材比较集中，入选的24篇文章基本都是写飞行的。这本书出版后受到了广泛的关注与好评，可能与所写的飞行题材有关，但我更希望读者能通过这些飞行故事进入飞行者的内心世界。那里才是丰富的，也是我的文字想要精心营造的世界。

天空是最富有哲学意味的地方。在天空中飞翔的生命，以及他们不同于常人的生命体验是我这些文字的底色。文学即人学，写诗也好，写文也好，就应该去写人生，写人性，写心灵。不写人，笔下的文字便很难感动别人。

林　岊：一代有一代之文学，我不奢望未来会重现辉煌的诗歌盛世，但我真诚而衷心地希望，我们每一个人有都一颗圣洁的诗心，希望在这个所谓影像化的时代、所谓网络的时代、所谓消费的时代、所谓时尚的时代、所谓浅阅读的时代，我们偶尔也读读诗，慰藉一下自己的灵魂。

宁　明：我完全同意。大家都来读诗吧，它会使我们的心灵不过早地被世俗彻底钙化，心田不因缺少诗意的滋润而大面积龟裂。

林　岊：前一段时间，网络上出现一个很热的女诗人，名字叫余秀华，你怎么看待她的诗和这个事件？

宁　明：我在网络上注意到了余秀华的诗，也关注了"绣花体"（姑且这么称呼）诗歌事件的演进过程，有一段时间的确很热闹，尤其是那首《穿过大半个中国去睡你》，更是被人们议论纷纷。"绣花体"和过去曾红极一时的梨花体、羊羔体、乌青体等"诗体"一样，带有明显的季节性色彩。虽然它们的轰动效果都达到了天边一片"红"，但余诗中生命的痛感恰是人们所看重的，它也不同于过去热闹一阵子的某体的耍怪诗和无厘头诗。我不评说余秀华某首诗写得如何好或某首诗如何不好，诗歌欣赏见仁见智，但"季节性"是诗的共同命运。从审美规律看，喜新厌旧是一条基本的审美规律，是审美疲劳造成的，并不是说某类诗的内质有了根本改变。不论你的诗此时写得如何好，只要诗不变化、不提升、不超越，都逃不出这种无奈的"季节性"境遇。诗是需要用不断创新来维系生命的，无论架构还是语言，或者诗的技巧，都不适宜长期被复制。所以，有的诗人的诗曾红极一时，却很快就"死掉"了，就是这个原因。因此，一个好诗人，最终还是要看他不断提升、富有创造力的传递着鲜活生命体验的作品。他的诗要能给人不断地带来新鲜感受，不断有力地冲击着人们的心灵，让人能看到天外的天、山外的山，给人以意外的惊喜，产生深度的心灵共鸣与震撼。

现在，人们关注的往往是余秀华这个诗歌"事件"，即便如此，也仍然是好事。一是关注余秀华这个诗歌"事件"的同时，人们或多或少还有可能去读她几首诗，哪怕只读"睡你"这一首也是好的，起码让一些从来不怎么读诗又特爱先入为主地误解诗的人顺便也了解一下现代诗歌，对当下新诗有了次偶尔的接近，这对被边缘化的诗歌来说未必不算是件幸事；二是对余秀华本人来讲，在一个阶段能有这么多的人参与讨论她的诗歌，不论赞赏还是批评，都可能促使她对写诗进行深入思考，从而提升自己的创作水平；三是在人们讨论余秀华诗歌的同时，或许会逐渐辨别出什么是好诗，什么是不好的诗，以及弄明白真正的好诗歌与热闹是没有一毛钱关系的道理。

就我个人所能阅读到的余诗而言，她现在的诗整体印象还是好的，有的诗中的疼痛感和对生命的渴望、幻想也很打动人，有较强的冲击力，那些能触动人心灵的句子是我比较喜欢的。但有人把她称为"天才诗人"，比作中国的狄金森，多少就有些戏谑和调侃的味道了。这些围观者的眼中似乎流露出了一种坏坏的笑，让人感觉不太厚道。说穿了，有些人是用优越感的口吻来评议余秀华的，而并没有真正进入她诗歌的本身。至于余秀华在一阵风似的热闹过后，又会怎样写作、怎样生活，这场热闹会给她的心灵和生活带来怎样的影响，人们反倒并不太关心。

也有的女诗人的诗写得更好一些，但因为她身体很健康，没有一点残疾，更没有口齿不清、脑瘫和摇摇晃晃的人生，也没有操盘手人为地为她制造出一些动静，就没机会形成某种诗歌"事件"。前不久，还有的女诗人写了一批"器官诗"，虽然写得很干净、很厚重，也很有冲击力，但"器官"也没形成诗歌"事件"。所以，并不是所有写得好的或不好的诗人都能"有幸"赶上诗歌"事件"的光临。诗人的创造力和对诗笃定探索的定力，才预示着其诗能走多远。诗歌，靠投机取巧、偷工减料、故弄玄虚、耍怪，甚至靠制造"事件"都没有出路。

海潮旋即就会退去。那时，我们再来仔细看看那块显露在海滩上的石头，或许才对它更有发言权。

在诗歌这边，在诗歌那边

——与诗人林雪的对话

作家简介：

林雪（1962— ），女，民革成员，中国作家协会会员，中国新诗学会理事，辽宁新诗学会副会长。1986年出版诗集《淡蓝色的星》。后陆续出版《蓝色钟情》《在诗歌那边》《大地葵花》《林雪的诗》等数种。出版随笔集《深水下的火焰》、诗歌鉴赏集《我还是喜欢爱情》。诗作入选《朦胧诗选》《新中国60年诗歌精粹》《中国百年诗歌选》等选刊。曾获鲁迅文学奖、辽宁首届辽宁文艺奖、《星星》年度诗人奖。

从新文化运动算起，中国现代诗歌的发展历史大约百年。百年以来，中国现代诗歌的发展在20世纪的先贤们以"适应时代要求，接近群众的白话语言，反映现实生活，表现科学民主的革命内容，以打破旧体诗"为理念，鼓励和倡导白话入诗，于是，曾经作为中国文化最为典型的标志——古体诗在这一时刻便终结了它历史的辉煌。应该说，中国现代诗歌的出现是伴随着20世纪初中国社会的变革开始的，自《新青年》刊发胡适的《文学改良刍议》之后，关注社会，面向人生，揭露黑暗，抒写个性解放，争取婚姻自由，反对封建主义，倡导新生活的新诗作如雨后春笋般涌现出来。那个时候不仅给中国文坛带来了一股清新的空气，给诗人带来了新的勇气和激情，也为后来中国新诗的发展奠定了坚实的基础。应该说，中国新诗诞生至今天，已形成了具有中国气派的诗歌的艺术风格。

2015年的初春，北方的暖气到了3月底就逐渐停了，屋子里总感觉一种凉意，日子也不暖和。尤其是近日总有淅淅沥沥的小雨，乍暖还寒，这种寒不同于冬季干裂的寒冷，而是带着一股子湿湿的凉，侵入骨髓的感觉，很多人不得已还得坚持穿上冬衣，但春天是压不住掩不住的，路两旁的梨花争着抢着地竞相开放，粉红色、乳白色顶冠而出，惹得人们的眼睛里充满了春的样子。这样的日子闲时做点什么呢？我在读诗，读诗人林雪的诗，从她的诗集《在诗歌那边》《大地葵花》到组诗《地远天高》《半岛》系列以及收集到各种文学期刊里的作品。

在对话中，我与林雪深入诗歌创作的内部，就传统与创新、泛化式写作以及诗人与读者的关系等文学性命题展开了讨论。事实上，林雪是一位中国当下极具潜力的诗人，她的诗歌正在从一种生命体验上升到一种生存哲学，她的诗歌中裸露出的精神疑惑和理性追问本质上是一种具有现代意味的文学焦虑，在尝试纾解这种艺术焦虑的道路上，她与茨维塔耶娃、辛波斯卡、毕晓普一直相伴。

林　品：林雪你好，作为同姓，天然就有一种亲切感。我们的名字组合在一起就是一副上品的中国水墨丹青。2015年3月，国务院总理李克强在第十二届全国人民代表大会第三次会议上所作的政府工作报告中指出，要让人民群众享有更多文化发展成果，倡导全民阅读，建设书香社会。这是继2014年政府工作报告中提出"倡导全民阅读"之后，第二次将"全民阅读"写入政府工作报告，并在报告中首次提出"建设书香社会"。我个人觉得，一个民族的文化水平与精神境界取决于这个民族的自觉学习和阅读水平，一个书香充盈的城市才能成为美丽的精神家园。有了好的作品和好的读者，这个社会就不会缺少书香，更不会缺少传承与创新的社会精神。近些年来，读书之于大多数中国人来说，日渐成为一种奢望，快节奏的工作、生活和快餐式、娱乐式的网络碎片化阅读已经使人们忘记了纸质阅读。倡导全民阅读，建设书香社会，提供阅读条件，创设阅读氛围，也是每份文化期刊应该做的事情。我个人觉得，读书，提升个人的文化素养，首先从读诗开始，读诗可以让人生有诗意，而我们这个时代缺少的不仅是素养问题，更重要是的是缺少诗意的生活，你觉得呢？

林　雪：你好，主编先生。首先谢谢你和你的刊物安排了这个访谈。我遇到的同姓不多——如同民间所说，我们因为姓氏成为本家，因为谈诗成为同道。在这个底色中，若我们对生活、对文学的见解有更多默契，将是一件让人开心的事。你提到了近年来有关国民阅读的重要性，我有同感。"书香社会"以及政府为之提升到"国策"级的倡导，说明国家和民众都意识到如果没有"书香社会"，"和谐社会"就是在精神高级层面上缺失，文明指数离"五星级"距离迢遥的社会。我个人阅读史起源于儿童时期，是从事过教师职业的父亲给我进行的启蒙教育。父亲年轻时因当年的"成分"原因未上大学，但在我心中他一直是一个有文化的人。不管那时候家庭住地有着怎样的变化，他教我和弟弟读书识字、背诵和计算从不间断。在父亲的指导下，小时候我背诵过为数不少的唐诗宋词、毛泽东诗词以及那个年代难以留存的《普希金诗选》。小学的时候，我就阅读了家里收藏的《鲁迅全集》《红楼梦》……为我后来的写作和阅读打下了良好的基础。到了高中，本来数、理、化成绩都优秀的我，以"不曾为数字和公式流泪"为由，选择了文科。

关于读诗，美国诗人斯坦利·库涅茨有一个精彩说法：诗歌是选择给我们最隐蔽的自我以声音的载体——这是从我们所有的人都戴着的假面具后面发出来的声音。从某种意义上讲，诗歌是一切艺术之中私下的，然而也是公开的一种社会契约的形式。它从其源泉的混乱里，从难以言传的自我的秘密里，获得它的力量，这力量在神秘的词里。相信他的话会唤起我们的同感。

多年以来，我喜欢持续的阅读，在某个平常的日子，随手写下阅读心得、诗歌草稿，无声地、无闻地放在那里，也许会在未来的某一天，在人们阅读时来一次心灵爆炸。阅读中，那一组词语、一首诗对应着一小块被麻醉的皮肤……慢慢地，一起醒了过来。神经或灵感在某一点放射出它的电流和磁场。我常常为之感叹：人生啊！阅读——作为心灵钟爱之一种，对我来说，也是宗教及真理。因为一个诗人，在他想成为诗人的那天起，除了能吸收文化的某种盛大，更要经历文化的某种孤独。在寻找词语的过程中，要有像寻找像家一样的社群般的温暖、耐心。在这样的旅途中，没有阅读的完成是不能想象的。当然在现实中，我们经常听到或别人或自我在诘问，在一个后现代文化语境里，诗歌能做什么？我们有那么多娱乐可以选择：电影、电视、录像带、表演剧场等。诗歌非要给人类精神提供什么吗？为什么一定是要诗歌提供呢？我曾写过抚顺将军街那处临近铁路的房子，写铁轨旁散落的人家，隧道幽深的洞口在清早会弥漫开一团雾，又似轻烟。我的房子在二楼，窗子上方有一台日立牌窗式空调。沙发布艺的，蓝和米黄的格子。在一天里，我从这里和有台灯的书桌间走来走去，从我的眼睛，到《牧人笔记》，到《心灵史》，到《冰山之父》。许多自然的恩惠就是通过阅读降临到我身上的。我由此感谢多年以来那无数个夜晚或黎明，我睁开眼睛，书籍还在那里。它们像一团有意义的灰尘，有低语，会回忆，带着梦和幻觉，进入我的呼吸、我的肺。

许多人包括我自己都有着相同的问题，即阅读和诗意能否为生活找到一个出口。怎么说呢？或许真的不能使特别现实的问题迎刃而解，却可以滋养我们的心灵并使之智慧，像是精神上持续的洗礼："通过她，我们能看清世界。"

说了这么多，诗意生活到底是什么？如果说，经历了生活和人世，我们有可能对这世上的部分事物激赏、思考，并获得力量和纯粹的话，那里包括了文学化的人生，包括你和诗歌决定性的、奇妙的邂逅。在我以一个个体思维，用诗歌向世界有限地展示时，也会有其他艺术，可以把人类全景式地、毫无遮掩地向苍穹打开，那些青春年代的愤怒，对友情的珍重，对爱情婚姻的惋惜，还有对生活深刻的、不无忏悔的爱。诗性化了的文体展开了生活中的真我，似乎生活可以用文体承载一切。人生的光荣胜利和生活的焦虑，诗人与日常生活中的差距、矛盾、鼓舞、忧虑、失败，一切的一切，如此等等，那就是我目前特别想要做到的，也希望会对那些想通过阅读继续追寻人生意义的朋友有点启发。

　　林　品： 虽然在商业化和大众文化横行的今天，诗歌作为文学的一种体裁不受到人们的青睐，但写诗的人还是不少的。每日每时产生着无数的诗歌作品，有些被流传、被欣赏、被记忆，但大多数石沉大海、无人问津，原因很多。但我总认为，好的诗歌还会引起人们的审美冲动并产生共鸣，因为读诗也有一种审美期待，虽然一般的诗歌在今天很难吸引人，但不管写得好与坏，能坚守写诗就是一种情怀。作为诗人，你觉得今天评价好诗的标准是什么？

　　林　雪： 自有新诗以来，人们一直对为什么是好诗诘问不止。在这个问题里还包括一场诗歌品质与承诺的对决。诗句繁轶，诗篇众多，但究竟有多少能触及生命更多的角落，从而发掘和表达出人们正在经历着而尚未说出的感受，使诗歌的内容达到新鲜和深刻的？

　　我和许多诗人一样，经历过自己内心里那种种怀疑，正因为如此，创新并寻找深度是重要的和难能可贵的，也是一个诗人和一部诗集走向独立和成熟的标志。这些是在我们已经有了那么多诗和诗人之后的今天应该发生的。不能想象一首好诗怎么能对日常生活中美与新生的事物不敏感？怎么能对日常生活中的苦难置若罔闻？好诗没有了对苦难、疾病和死亡的书写，就没有了从审美和道德意义上的崇高壮烈，没有了那种善于从日常细小的幸福中断裂，那种逝者对生的渴望，和未亡人试图用回忆把断裂后的幸福缝补起来的努力。对了，一首好诗就是要充当美好事物的未亡人。同理，诗人应该有意在文本中探险，以检验自己是否有能力从以往诗歌或光明或黑暗的框囿中，从中国古典和西方文学的强势围剿中突围。当诗人成为一个倾诉者，诗句中的形象就注入了诗人自己的智慧。生活是一种宿命、经验、偶然、逻辑中的突变，而文学却有着无限的可能。在自己意识到风险、制造出风险后，诗人就能够做到自己挽救自己，也能做到用好诗挽救诗。

　　诚实的生活与诚实写作之间，只有焊接，没有破绽。如你所说"好的诗歌还会引起人们的审美冲动并产生共鸣，因为读诗也有一种审美期待，虽然一般的诗歌在今天很难吸引人，但不管写得好与坏，能坚守写诗就是一种情怀"。据此，那些被书写的诗句才能被赋予一种永久的体面与庄重。我觉得，所谓好诗的标准不一而同，但为好诗而做的上述努力是不可或缺的。

林　品：你从1981年在大学读书期间参加校园诗歌大赛获得一等奖后，就一发不可收，不断地坚持写诗并发表。大学毕业后，你虽在一所师范学校任教，但诗歌创作似乎成了你的另一个职业，于是，创作诗歌便成了你后来一生的职业。

林　雪：一提到20世纪80年代校园诗歌，就得多说几句。前面说过，我对诗歌的热爱归于少年成长时期父亲的启蒙。而把它融入真正的文学活动，是从在辽宁师范大学读书时参加新叶文学社开始。1981年在大学读书期间参加校园诗歌大赛获得那个一等奖后，我就被吸收为文学社社员，还做了《新叶》刊物诗歌编辑。1982年秋，《新叶》"朦胧诗歌专号"刊登了北岛、顾城、舒婷、梁小斌、王家新、孙武军、高伐林、常荣等诗人的作品。其中，顾城的长诗《灰鹊》和《布林》共500多行，是首次发表。徐敬亚《崛起的诗群》4万多字，是全文照发。专号出版后，引起了内地和海外文学界的重视，不但香港媒体、甘肃一家文学评论杂志先后转载摘发，瑞典皇家文学院的马悦然教授还给《新叶》编辑部寄来了亲笔信，询问了他当时所关注的几个问题。20多年前的那场以诗歌为标志的思想解放运动，《新叶》成了一个重要的历史见证。《新叶》给我最初的写作带来了一些重要影响。编辑部同人对于文学的勤勉执着，让我知道，如果一个人想成为一位诗人，则必须严肃认真、倾其一生地写；他们对诗歌本质的理解、深邃独到的美学修养，让我理解了什么是真正的诗歌。

大学毕业后，我自觉不自觉地把诗歌活动带到了工作的学校。在那里，我和学生们创办了学校第一本油印诗歌刊物，成立了文学社，那里走出了陈亚军、李作明等诗歌新秀。包括我到辽宁电台文艺部工作后，诗歌专题节目一做就是8年，推送了许多首国内外诗人作品。诗歌创作确实成了我的另一个职业。我像珍视诗歌一样，越来越看重诗歌对一个人命运的影响。一个普通的人，因为诗歌而变得生命丰富、精神高远。我们用文字记下那些是必要的，因为这是命运的神迹。

林　品：我比较喜欢你在《在诗歌那边》里提到的一段话："……而当一个人读着我的诗，我们便有了缘。这种缘可以是广大无边的怜悯，可以是一丝轻至若无的叹息，可以是一个微微的颔首……在我没有走进的人群之中，在我没有去过的地方，那些有灵性的诗句已经先我而去，然后，再带着源自四方的福佑抚慰着我的生命。"首先，我要说明的是，与你成为朋友是缘，读你的诗歌我也是频频颔首，而不是"微微"，这里面含有赞叹、欣赏和喜欢，我也承认这缘，虽然晚点，但也算是天意，缘分不分早晚。其次，我觉得你的这句话中，也看出了你对"诗坛""读者"以至于诗歌创作的一些个人看法。

林　雪：这个访谈开始之前，我听朋友们介绍，说你是一位勤于阅读、勉力思考的人。我想，你一定有这样的感觉：在读一位打动了我们的作家的作品时，我们不禁会感到相见恨晚、拍案叫绝。我曾经构思过一篇小说，主人公是一位虔诚的诗人，读诗，喜欢研究诗人生平，喜欢换算诗人活多大年纪，然后和他现在的年纪37岁做以比较。他因为自己活到了普希金的年龄而感叹，又有点庆幸。感到他在未来的许多年月里，会有写出传世之作的可能。而他为了那一天，要尽可能长久地活下去。他40岁之前，这样的感慨有将近10多年。过了40岁，他慢慢地有了焦灼。因为他苦心写出的诗不但离传世那么遥远，甚至连发表的机会都少之又少，许多连回音都没有。偶尔发表的，也是一个豆腐块。过了40岁，他感到了生命的苍凉的部分。犹如他小时候放牛时，实在忍受不住冻手的刺痛后，不得不把手伸到牛刚拉到地上的粪堆里。他那红肿的双手伸进去时，每次都好像被更加冰冷的一秒刺痛，然后才是一股泪水般的温暖。与冻透了的天地相比，那一小堆排泄之物的热量只有短短的几分钟，边缘部分变硬，有了冰碴，他才恋恋不舍地把手拿出来。苍凉是什么？就是眼望着没有尽头的山谷，从手指传到心脏深处那种渐渐的凉意，天地不怜悯一个快要冻僵的活人。某某某活了56岁，某某67岁。某某某长寿，活到了75岁。他到了50岁以后，看到诗人们逐渐地和他变得又近又远了。近是他与他们同生活在20世纪，生活在这个一半愁苦一半喜悦的世界上。现在他的换算成了这样：他们去世时他多大？一开始他不算那些死在他出生前的：某某某1932年就死去了，死后12年，他就出生了。他越来越有抱憾终生的感觉：有的诗人去世时，他已经在这个世界上诞生了，他已经开始啼哭，开始对这个世界发出或愤怒或赞美的音节了。某某某去世时，他7岁，已经能大声地背诵他的诗句了。当他知道某某某死于70年代、80年代、90年代，他痛感这个世界对人类的隔绝：他已经有了自以为是的文学标准、美学观念，他有劳动能力，能让自己吃饱饭，拥有双脚，却无法走到到他喜爱的诗人面前，他拥有双手、嘴巴和语言，却无法同诗人说上哪怕一个字，写上一句话。等到得知诗人自杀身亡，他竟然有一种妄想：如果他能结识那位作家，他会照顾他，每天为他端茶倒水，洗漱做饭，推轮椅，像儿子照顾自己的父亲那样，他们会一起活下去，不会绝望地死掉。他因为这样的想法，像丢了一件东西那样自责不已，仿佛诗人的死是他自己有了不可原谅的过错。他精神恍惚地度过好几天，对命运、对世界时而痛恨，时而绝望，直到有一天伤心痛哭一场，总算才平息内心的激情。

林　岊：这确实令人感伤。

林　雪：就是呀！你看，正是你说的那种读者与作者之间的深度之缘启发了我，才想起这样一段文字。另外一点基于理性些的认知，在宿命般的情缘之外，诗人在文学不可避免地成为公共生活一部分后，几乎都有一个天真的梦，以为自己的诗能够为人类和时代代言，诗歌已然成了国情的一部分，诗人转换成知识分子也就顺理成章。但"知识分子从本质上讲，首先是一个批评家""是一个特定社会信息的承载者，他是一个社会的人，政治的人，经济的人，文化的人，他们携带着受益人和受害人的双重身份，应该对此有所反馈，而这反馈，有多种形式的表达"。这是说，仅有缘分还不够，还要有行为。随着资本生活的全球化，经济生活成为世界的核心后，诗歌不能拯救这个世界，但它肯定能够拯救我们自己。为此，向时间索要公平正义的行为，就会一直延续下去。

林　岊：我喜欢阅读，更喜欢读诗，因为阅读可以使人更加懂得在漫长的历史长河中自己是多么渺小，但也会懂得存在的伟大，阅读可以使人从自身的"炼狱"中超越自己。作为诗人的你，在自己的诗歌创作中是不是也有一种精神上的越"狱"之感？

林　雪：诗人一生都在创新和约束之间踉跄跳舞，在主义和标签之间试图突围。比如我们能不能突破对我们几代人影响至深的现实主义诗歌方法论。只把现实主义写作还原成一个成熟作家要掌握的写作方式之一，而不是唯一。真正创造出现实主义在中国诗歌语境中的升级版，而不只是对题材和内容语言技巧等仍然因袭的传统。将它不仅当成一种写作基础，同时也提升到一种写作高度，将它包括诗人面临的现实和写出来的形态的现实高度艺术地结合。这些都是对一个诗人的世界观与认知高度、真诚的躯体穿插在沉闷的现实之中，聪颖规避诗人通过现实与想象创造出另外一种比现实更真实的形态，一个新的文学命名，一个新的元素，值得用一生努力。

这里，我借用诗人金迪先生在首届金迪诗歌奖颁奖仪式上发布的颁奖词，作为我今后努力超越的方向：诗人应该知道如何在创作中比较完美地契合这个时代所需要的诗写特质，以与现实正面冲撞后的混乱，毫不迟疑甚至优雅地递上自己的灵魂，在青炭燃烧时与火焰一同翻飞，当温热的躯体获取了朴素与灵性相融的种植时，对现实的介入和神话给予的笛音也一道携灵魂而来，这时诗人的灵魂已不是生硬唱词，而是一棵摇曳苍翠光芒的树。知道如何保留着传统诗歌韵致，刺激着现代气息弹性的表情，撷取现代诗学的星光又迥异于翻译体诗作，以对现实的眷恋洒脱地驾驭浪漫色彩，旋律厚重符号轻盈，繁星如雪蝴蝶翩飞。我们地远天高的生命历程，需要这样的曼妙诗意；我们长歌不息的诗林，需要这样沉静又盎然的诗歌之树。

林　晶：从你的早期诗歌作品中仿佛能感觉到，你的诗歌作品好像没有什么主题性，看到什么写什么，想到什么写什么，但我能体会到你把自己很真实的情感都倾注在你的每一首作品当中，并赋予了生活的哲学意蕴，不矫情造作，水到渠成。

林　雪：你说到了一个很切近诗歌文本的问题，即如何把主题纳入诗歌创作。过去我们一提到主题，总会想到曾横行天下的"主题先行论"，想到语文课上的常规解析，以至于将诗歌文本一个常规的常态的学术名词变了味道。你点化的问题也是准确的，我在个人诗歌实践中，的确没有使主题集束化、明晰化。如果一定要提炼出个主题，也一定是以"泛"主题体现的。比如正好可以在这里和你探讨一下，我尝试写真理由过去的谬误化成现在越来越多的日常生活中的常识，这是不是个主题呢？当无数先哲化身尘土，忍受着永恒的孤寂与世人的遗忘，从而要纪念他们，是不是主题？当诗歌越来越消解掉自身的神圣，在大众文化狂欢中冷清寂寞，诗人喊不出词语，要追问自己是否思想穷尽文字现拙，是否诗人内心仍然保持着对不朽事物的渴望热爱，这，能不能也是个主题？还有，比如对美与善的敏感执着，对人类精神前景与人类心理图谱的驾驭信心等。

有时诗人去写抚摸和掠过的一切就是主题吧，还有那拥抱和举负的一切，也可以是主题呀。在个人的写作实践中积累着智性和努力并寻找活力，使一切结束后的写作成为新写作的可能或必须，都可不可以是贯穿在诗中的主题？它们是需要明确一下好呢，还是就这样"泛"下去也够用？愿意今后多听听你的建议。

林　晶：听你一席话，感觉当我们把诗歌主题的外延扩大后在文本意义上确实有了更丰富的含义。以后我们再专门抽出时间讨论。在你的诗集《大地葵花》的出版自序中曾这样写道："有了诗歌，我才有了生活的黄金时代，有了精神的天堂。才有了丰富的生活，有了诗歌历险般的探索，有了自我的深渊，同时，也有了自我飞跃的灵魂……"也就是说你的人生经历、阅历、人生感悟对你的诗歌创作是有极大帮助的，也使你的诗歌创作逐渐走向一种成熟。

林　雪：通过阅读和创作，我们知道了很多文学的主题不外是让我们坚定一个信心，即生活是值得一过的。作为一个社会化了的职业女性，我既亲身感受到时代和社会的巨变，给一代代女性政治、经济和文化飞翔的空间，同时也切身体会根深蒂固的封建男权对女性尊严的侵害。那种侵害已经改变了方式，或许由肉体的公开野蛮伤害转而变成对精神彬彬有礼的隐秘操纵或剥夺，一些剥夺甚至是在爱的名义下进行的。当女性诗歌在诸多有关个人价值、传统反叛、生活和爱情实践方面的探索时，无论自信还是绝望，她们独特声带中最宽厚的部分，仍然是向这个世界发出爱的、母性的声音。生活在21世纪的中国，一个有良知的诗人还意味着必须适应一种"量化"了的经济指标潮流，并习惯与一种新"经济动物"为伍。作为一个投身到"诗歌革命"中的"社会边缘人"，诗人将无法实现自己的政治理想，或占据文化高地。

对生活有了些微成熟的认知后，对个人和集体诗歌现状的思考也发生过几次大的质疑。每一次质疑之后，会有一段时间停笔，或是风格上的蜕变。对技艺的探索是无穷尽的，对目的和方式的把握也很重要。对潮流理性的关注和警惕，可以避免不必要的迷失。个人也好，群体也好，都面临过写作信心的坍塌与重建。在浩如重洋的诗歌文明中和在全球化语境与资本终结的现实境遇里，诗人与诗面临着多重的压迫、多重的选择。我为自己与诗歌的关联这样理解，在回答了最初面临的"我要写"和"怎样写"之后，我将用更多的时间回答"为谁写"和"写什么。"

林　品： 近日读你的组诗《地远天高》系列，感觉很舒服，有一种灵魂交往之感。时光总会老去，当一个人屹立在苍茫大地之巅的时候，有无数可以言表的东西都成了沉默，正如你所说："总要一次次爱上这世界！"《地远天高》系列赋予了极大的历史性、责任感和宇宙观，跳出了早期的所谓的"个人情感表达"阶段，是这样吗？

林　雪： 嗯，我喜欢"苍茫大地之巅"这句话。人生在许多时候，面临更多的是大美无言。我也更多时候是"屹立"在谷地，你说的历史性、责任感和宇宙观，化成具象行为，就是寻找精神坐标，这就成了一件必要的事。在诗人地理学中，我们通常会寻到一个诗人生长或政治的或生活的元素，总会寻到诗人作品中一种地方文化的精神坐标，以及一个地方人群的集体心理图谱。诗人不仅与他生活的气候环境发生关联，同时也与他生活的一切构成或审美的或批判的关系。在路上奔跑，一直是诗人经典的身份形象。这是诗人的宿命。用诗歌在生命中探寻、漂泊、求索、思考，期待与真理般的父亲相遇。但那种奔跑何其漫长何其遥远！诗人的灵魂，早已与五千年的华夏文明，与从甲骨文到今天的汉字的3000多年魂牵梦绕，与百年新诗，以及改革开放30年来的诗歌息息相关。经典已成为过去，未来如何预知？21世纪以来，诗人经常面临着中国古典传统和西方现代传统的双重影响或胁迫。诗人那种无时不在的焦虑，又何止是徒步奔跑的命数？诗人又能开启什么解决什么停止什么？

诗中意象或时间已经流逝，历史华丽转身。无论作为编年史的诗歌还是作为现象学的诗歌，改革开放30年以来的诗歌，至少在思想的倾向上，以及本土环境、地理质感等，结晶出一个时代或同质与合流的、或异质并反抗的象征。一个写作时代终将结束，无论是20世纪70年代初，作为朦胧诗精神起源的新现实主义写作，无论是深具理想和英雄主义精神气质，无论是对乌托邦家园的企望，还是对蒙昧现实的批判，转型必须开始，那种必然的遗忘也成定数，当新的诗歌写作与人生经历一同来临必须来临时，谁又能说，我们那种"一直深刻的遗忘"不是永久的纪念？但留也好，叹息也好，一切都将是决绝的告别。尘埃即将落定，历史华丽转身。而诗人还将何为？我想，诗人要做的，就是一个好的告别而已。能不能绝处逢生，看每个人的诗歌造化吧。

林　品：你曾经有一本诗集叫《在诗歌那边》，我很喜欢，今天我们交流，我用了《在诗歌这边，在诗歌那边》为题目。对你而言，如果说"在诗歌这边"是诗歌创作的话，那么"在诗歌那边"是否是在探讨诗歌以外的一种延伸呢？如海德格尔曾在其作品《荷尔德林和诗的本质》中说过"诗不只是此在的一种附带的装饰，不只是一种短时的热情甚或一种激情和消遣。诗是历史的孕育基础，诗是对存在的万物之本质的创建性命名——绝不是任意的道说"。海德格尔把诗提到一种无以复加的高度，实际上，他讲了人的生存本质是诗意的一个重要命题。在全球化的今天，文学与艺术的政治化和商业化倾向已极为明显，文化消费已成为无孔不入被人完全认同的可能，文学与艺术曾强调的精神独立和创作的充分自由也许也是"人存在的本质"，从这一点看，你在创作诗歌时，是否也是在探讨人存在的意义呢？

林　雪：说到海德格尔，我们这一代人中有多少人为之倾倒哇！他简直可以充当我们每个阅读过西方哲学的人精神上的继父。说到命名，则是区分出创造型诗人与模仿型诗人的显影剂。说到这边或那边，则又涉指了西方曾经盛行的文艺批评"边界"说，是融合与突破的历时性理论。而说到人，真是一个太古老太丰富太巨大的话题。除了生物意义上的人，还有经济意义上的自然人，社会意义上的人，法律层面上的人……文艺复兴时期对人的定义与宗教意义上的人的概念也有着本质的差异。那我们就暂时对诗人做个简单界定吧。诗人作为诗歌的本土景观的拍摄者，应该是具有一种人文结构、时空定位的文化导航人。诗人在诗歌地理构架中以一个思想与身体及文本的存在人身份，更清晰地展现群体的、个案的诗歌奇观。在一个诗歌深陷或理想或资本、或现实或乌托邦的世界里，诗歌应该可能在美、善，在呼吁社会公平和正义上发出自己的独特的顽强的声音。诗人在诗作中如果能自觉探寻一个后现代城市中人的文化身份、知识及本源，那他就是一位具有洞见能力的诗人。在所谓全球一体化的背景下，在格式化了的城市生活中，一个成熟的诗人再也不会幼稚地把城市当作自己温馨的私家后花园，而是要清醒地认识到城市是资本积累过程的时空容器，是权力的承载体，也是劳动力、商品、货币的流通线，是不同阶层、不同信息关系的变革冲突地，等等。在如此丰富内涵与外延的定义中，整体的文学艺术都越来越趋于边缘化，诗歌创作在某种意义上，只是诗人自我疗救的一种方式。书写城市，并对城市、道路、街道、房屋、人群充满了深情的注视，用音乐般回旋的句子，使城市那些分崩离析的灵魂，那些令人感伤的现实，由朴素的诗句走向了抒情诗所能给予的柔和安慰，以及东方哲学式的神秘憧憬，应该是一件多么幸福的事。人总是不断地在路上，在不断地离开家园寻找和不断地返回家园回归的悖论中，在灵魂的清澈不断被城市污染，又由污染不断地希求得到清洗，以重新从异化达到清澈的轮回中。它们或是朴素的、圣经般的诗句，像逝者一样给我们以彩虹、言语和灰烬。一个人如果想在时间的流逝中有所发现，方式只有一个，就是不间断地写诗，生活才得以转动。这所有过程，也包括了诗人寻找多重意义上的"人"的过程。

林　岛： 今天和你交谈很愉快，期待你写出更好更能表达"诗意生活"的作品。

写诗，一直在路上
——与诗人李皓的对话

作家简介：

> 李皓（1970— ），男，《海燕》文学月刊主编，现为中国作家协会会员、辽宁省作家协会理事。在《人民日报》《光明日报》《解放军报》《人民文学》《诗刊》《解放军文艺》《十月》《钟山》等40多种各级报刊发表过大量散文、随笔、诗歌，作品曾被《诗选刊》《散文·海外版》《青年文摘》《中华文学选刊》《作家文摘报》等转载，入选20多部权威年选本。曾获冰心散文奖等多个奖项，主编《海燕之歌》，著有诗集《击木而歌》、《韵味·大连方言》（合著）等。

文学期刊《海燕》主编、诗人李皓曾经在他的诗集《击木而歌》的后记中说："真正意义上的诗人，就应该是像诗一样生活着的人，他敏感、激情、豪放，不与一切世俗为伍；他纯净如一汪秋水，纯粹如一缕清风；他表面平静如水，内心波澜壮阔；他吃的是草，挤出的是奶——他平凡如草，但仙风道骨，他从平常事物中间找出闪光的语辞，向人类提供源源不断的精神食粮……"这句话也许是诗人李皓在某一特殊时段的特殊感慨，但似乎也道出了诗人的心里话，具有一定的宣言意义。从某种意义上讲，在当下的文学创作大环境中，写诗的人很多，但能有如李皓所说的这种境界，又似乎不多。当然，我们也不能要求所有的诗歌创作者都能有这样的境界。今天与李皓一起聊聊诗歌创作以及其他的事情。

林　嵒：李皓兄，我们也算是朋友，今天一起聊天很开心，在聊天之前，我把你诗集后记中的一段话当作开头语，因为这句话很具有诗人的宣言性。你的诗集《击木而歌》是2010年出版的，当时你写下这段话的时候，不仅仅是出版一本诗集所产生的想法吧，这里面一定有你自己对诗人的理解或者说你也想借这样的话来表达你自己的某些人生理念？

李　皓：2010年，这是我离开诗歌的第十个年头。鬼使神差，我突然那么迫切地想出版一本诗集。当年8月，我的第一本诗集《击木而歌》终于面世。这一年，我40岁。我很高兴你能从诗集后记中摘录那一段话，如今经过6年的检验，我认为我的"认识"至今也不落伍。

说起来，我早在20世纪80年代中期就开始尝试诗歌创作，像每一个初学写作的人一样，迷恋铅字，崇拜每一个能把手写稿变成铅字的人，把诗人身上的一切都看得那么美好。然而，随着与诗人的接触越来越多，我越来越迷惑不解：他（她）的诗歌写得那么美，怎么在生活当中就那么行为怪异、不近人情呢？而且有些诗人名气很大，却道貌岸然，让人大跌眼镜。或许与我是处女座有关系，我有一种爱较真的毛病，我百思不得其解，甚至怀疑选择诗歌写作这条路到底是对是错。

在我的诗歌《我得坐车去一趟普兰店》中有这样的诗句：在大连生活这十来年／我已很少写诗，我看不惯圈子里／一些所谓诗人的狭隘与偏执……这首诗写于2013年，诗中所写的却是我2000年到2010年这10年真实生活的写照。10年不写诗，对于一个酷爱诗歌创作的人是残酷的，但是诗坛的种种怪现象委实让我寒心，索性眼不见心不烦，敬而远之。

遗憾的是，诗歌的"瘾"，"染"上的人几乎没有一个能够"戒"掉。近年来，一批批20世纪狂热的诗歌写作者开始回归。他们带着经历回来，他们带着沧桑的心回来，他们带着成熟的字句回来，很不幸，他们又遭遇了网络时代。

网络时代的诗歌，门槛开始降得更低，真诗人假诗人如过江之鲫、泥沙俱下；真诗歌伪诗歌充斥诗坛，乱花渐欲迷人眼。有的人在网上贴了几首诗歌，就敢号称"当代著名诗人"；有的人以"骂"夺人眼球，疯狂地大骂古今中外的大诗人、名诗人，大言不惭地号称自己"诗坛第一"；等等，不一而足。我们的诗坛到底怎么了？我们的诗人到底得了什么病？博尔赫斯说，你可以用诗歌去伤害自己，不可以用诗歌去伤害别人。我说，你永远不要把诗歌与人合二为一，文本就是文本，而人在文本之外。

林　品：你的这些质疑，我也有同感，应该说，近些年来整个华语文坛确实是良莠不齐，光怪陆离之事之人很多。我真诚希望，我们爱好文学的人，心中有一种圣灵的东西。我们是同龄人，四十不惑，但我依然觉得我们都很年轻。你写诗的时间有20多年，对于很多读者而言，都愿意听听作家或者诗人讲述一下个人的创作经历，这对于读者或初学写作的人会有启发。

李　皓：谈创作经历，似乎我们已不年轻，开始怀旧了。其实，一个热爱诗歌的人，心理永远是年轻的。

在读初中的时候，我就疯狂地爱上了写作——写散文，写诗歌。当时，我的一个本家三叔在长春地质学校读中专，他的一位好友张世安酷爱诗歌创作，在当时诗坛上已经小有名气。他在学校主持着一个叫作"北国草"的诗社，并编辑《北国草》期刊。在那个缺少文学书籍的年代，我如饥似渴地一遍一遍研读《北国草》里的诗作，还模仿着在日记本里写着似诗非诗的分行文字。同时，我把父亲当年在鞍钢工作时订阅的1976—1979年的《诗刊》翻了出来，偷偷阅读，第一次接触到了北岛的名作《回答》……

1987年12月4日，读高一的我与同届学生李秉章、李洪亮三人共同办起了一个文学社——辽南文学社，并且自己出费用油印出版了社刊《辽南风》。不久，共青团新金县委员会成立"青年魂文学社"，面向全县征稿。我写了一首《男生宿舍》的诗歌投了过去，很快，铅字印刷的《青年魂》杂志出版了，我的诗歌赫然在内。《青年魂》给了我莫大的鼓舞，当时正值全国中学生诗歌大奖赛征稿，我便以《男生宿舍》参赛。命运再次垂青，《男生宿舍》获得了一等奖，我应邀参加了1988年夏天在旅游胜地北戴河举办的"全国中学生文学夏令营"。在这里，我见到了著名诗歌评论家谢冕、诗人刘章、尧山璧、边国政、穆涛、刘向东、艺术家刘长瑜、关牧村等。其间，我文思泉涌，很快写出了记录夏令营生活的长篇特写《啊，北戴河》，《太原日报》用大半个版的篇幅刊登了这篇文章……如今，像我这个年龄、爱好写作的人都对那一次比赛记忆犹新，那一批获奖的代表如马萧萧、梁云天、王圳、周劲松、苏婷等一大批人从此走上文坛，有的已经成为当下文坛的中坚力量。北戴河改变了我，《男生宿舍》改变了我。那时，我的魂的的确确被文学（具体地说是诗歌）勾走了，我已走得太远，无法回头。我的学业逼近荒废，我的军旅梦开始浮现，后来我真的参了军，准确地说，我想通过文学搞一次"投机"——到部队报考军校。

入伍来到沈空司令部大院后，除了训练、工作，我坚持写作，并拜著名军旅诗人李松涛为师，陆续在《诗潮》《沈阳日报》《空军报》等军内外报刊发表诗歌、散文。与此同时，我始终没有放弃军校梦。1991年9月，我考入空军勤务学院航空油料系，校址在江苏徐州。三个月的强化训练，让每一个新生身上都扒了一层皮。我依然在课余写一点诗歌，在《空军报》发了两首，在学校教师节征文中获得了一等奖。学员队教导员很重视，多次表扬我为队里争了光。需要说明的是，由于一些特殊原因，我在那所军校里仅仅待了一年，我的大学就这样结束了。过了几个月，我的诗歌《解放鞋》在《解放军报》长征副刊发表，诗歌《怀念谷子》在《解放军文艺》发表。

回到地方之后，我依然笔耕不辍，在各级报刊发表了大量作品。由于"有两把刷子"，我先是在全国著名的乡镇企业——大杨集团办公室负责宣传文秘工作，随后招工进入电业系统工作，1995年调入普兰店经济开发区管委会做文字秘书工作。为了圆大学梦，我参加自考，取得了本科文凭。1999年12月，我被《大连晚报》招聘为编辑、记者。2009年，我考上东北师大文艺学研究生，2012年毕业，获得文学硕士学位。对于诗歌，2000年至2010年，为了践诺新闻理想，我曾停笔10年，2011年再度回归。诗歌给我带来很多荣耀，也带来过厄运，但诗歌本身终究是纯洁的，值得我为之付出一生的努力。

林　晶：写诗给你带来了快乐也带来了烦恼，如你所说，写诗改变了你自己的命运。但我想，能坚持住诗歌创作一定是有着"大快乐的"。从严格意义上讲，中国新诗是一个演进着的生命之流，无论是新诗本身的文体变化，还是诗人们创作思维的变化，无不印证着一个道理——即自从中国新诗在中国大地上开始萌芽、生根、发展、壮大，乃至更迭、转换至今，百年来，新诗创作取得了辉煌的成就，也是被广大读者接受了的一种"大文体"。今天，我想听听你对当代华语诗歌创作中存在的问题的一些看法。因为，你做文学期刊《海燕》的主编，既是诗歌的编审者，也是诗歌的创作者，拥有双重身份，你也有资格说说这样的话题。

李　皓：我更多还是以一个创作者的面目出现，听从于内心的召唤，我手写我心。

我之所以能够回归，是有一个机缘：2010年12月，我被任命为老牌文学期刊《海燕》的主编。从新闻界回到文学圈，为了熟悉业务，我又把诗歌捡了起来，我一边写作一边提高自己的编辑业务能力和审美水准。

对于当代诗歌存在的问题，我没有经过系统的思考，更没有带着使命感在新诗百年的大背景之下通盘考量，只有一些不成熟的见解。

首先是网络时代降低了诗歌创作的门槛，一些人在网络上、民刊上发表了几首诗，就敢自称"当代著名诗人"。再看他们的作品，不知所云，用青年诗人刘川的话说，他们基本属于"零基础"。但网络时代泥沙俱下，我们无能为力。这种鱼龙混杂的局面，难免影响到编辑、评论家的判断力。其次是派别林立，审美标准失衡。诗坛也是一个小社会，各种丑恶现象都存在。我一直在呼唤诗人"德艺双馨"，但事实上，我的这种想法无人喝彩。

林　品：我提出上面的话题，并不是难为你。因为，2017年第一期《渤海大学学报》做"当代辽宁作家研究"选择的研究对象是你，三位文学评论家王晓岗、张翠、刘亚明都撰文给你的诗歌作品很高的赞誉。我也阅读了你的诗歌作品，觉得很好，很佩服你的坚持和所取得的成绩。但我也有自己的想法，想真诚地和你聊聊。这些年，我阅读过辽宁的一些诗人的作品以及国内的诗歌作品，总感觉似乎哪里有些问题，但一时又不知道怎么说。忽然有一日，看到20世纪30年代孙作云曾撰写的一篇题为《论"现代派"诗》的文章，其中有一段话说："现代派诗中，我们很难找出描写都市、描写机械文明的作品。在内容上，是横亘着一种悲观的虚无的思想，一种绝望的呻吟，他们所写的多是绝望的欢情，失望的恐怖，过去的迷恋。他们写自然的美，写人情的悲欢离合，写往古的追怀，但他们不曾写到现社会。他们的眼睛，看到天堂，看到地狱，但莫有瞥到现实。现实对他们是一种恐怖、威胁。诗神走到这里便站下脚跟，不敢再踏进一步。"（孙作云《论"现代派"诗》，转引龙明泉著《中国新诗流变论》第295页，人民文学出版社1999年12月版）孙作云当年的论述不全面，也不一定完全准确，今天我引来，也不是说当代的华语诗歌有这样的问题，但仔细想来，似乎也存在着"诗歌创作观照现实少"的问题，是不是这样呢？是不是就因为如此，诗歌也越来越走向小众了呢？

李　皓：我对诗歌有自己的追求，我非常同意孙作云先生的说法，非常深刻。但我认为，这种现象将在一定范围内长期存在，因为网络的存在，人们在虚拟的世界里将更加虚无，一些诸如绝望、恐怖、威胁等负面情绪被无限放大，这些细菌无孔不入，必将侵蚀诗歌健康的肌体。没有网络的时代，官方文学期刊尚能行之有效地阻击那些推崇虚无思想的作品。但是今天，诗坛已经患了不治之症。正因为如此，诗歌正呈现着一种虚假的繁荣，群体很大，非诗泛滥。诗歌像一个没爹没娘的孩子，到处流浪。诗坛很热闹，是因为诗歌"叫花子"遍布在中国的各个角落。诗歌"小众"，是因为人诗合一的诗人风毛麟角，奇货可居。

林　品：如你所说，你自己在诗歌创作中坚持的写作标准是什么？我看你的诗歌创作选材总有一种看到什么写什么的感觉，是这样吗？

李　皓："日有所思，笔下有诗。有感而发，无病不吟。"这是我写作坚持的原则，没有感觉，我决不硬写。我特别鄙视那些到处参加征文比赛的所谓"诗人"，在网上查一点资料，就哼哼呀呀吟诵一番，假模假式的感情，让人汗颜。你所说的后一句话，实际上指出了我的毛病。我曾经尝试但凡入眼的就要入诗，所以写过一些探索性、实验性的作品，目前看是不成功的，但对我个人而言，尚有一定的意义。著名诗人柳云曾经告诫我：每一首新作都要不同于前一个自己，越不像自己的作品，越接近成功。大概我只理解了柳云老师这句话的表面意思，有些跑偏。对于选材的必要性，是我在今后的写作当中必须时刻提醒自己的。但百年新诗浩如烟海，各种题材无不涉猎，这让今天的诗歌写作者步履维艰。

林　品：作为《海燕》的主编，你选择刊发诗歌作品的标准是什么？这个话题也是一些读者和诗歌作者关注的话题。

李　皓：一句话：纯诗。我选择诗歌基本上是各种流派兼收并蓄，只要写得好，言之有物，就能进入我的"法眼"。对于那些空洞的、浅薄赞美的文字，我坚决摒弃。

林　品：闻一多曾经有过诗要有"音乐美、绘画美和建筑美"的"三美论"，我觉得有一定道理，但我更觉得诗人更要有一种思想，诗歌创作的更高级的目的是提供一种思想，你觉得呢？

李　皓：诗歌要适合吟咏、朗诵，押大致相近的韵；诗歌要有画面感，赏心悦目；而诗歌的分行，在哪里停顿，在哪里换行，有内容，还要有形式，形神兼备。这大致可以解释闻一多的理论。思想则是更高的境界，一个真正的诗人，成败唯有"思想"二字，有了思想，就成功了；反之，就失败了。那些流传至今的名篇，无一不是思想的结晶。

林　品：2016年即将远去，2017年即将到来，时间于你我都是需要珍惜的。而对于一个诗人创作而言，还有很长的路要走。你说："对于'诗人'的桂冠，我只能永远心存敬畏。好在，我一直在路上；对于诗歌，我从未远离。"我真诚希望你的诗歌创作"以飞翔之姿／舞蹈乃至燃烧"（李皓《诗意的飞翔》）。

李　皓：借你吉言。这几天，第十次文代会和第九次作代会同时在北京召开，文艺界、文学界无不振奋。作为一个文学创作者，一个文学编辑，我也要顺应时代要求，做到"胸中有大义，心里有人民，肩头有责任，笔下有乾坤"。我对文学事业的前景充满信心。

林　品：谢谢！期待你下一部诗集！

李　皓：我有计划在2017年出版一本诗集。谢谢你给我提供表达的机会，祝福辽宁文学开启新的春天！

让小说走得更远一些

——与作家安勇的对话

作家简介：

安勇（1971— ），男，中国作家协会会员，锦州市作家协会副主席、文艺评论家协会副主席，辽宁文学院第九届签约作家。曾获第八、第九届辽宁文学奖，《黄河文学》双年奖等奖项。有中短篇小说、微型小说发表于《上海文学》《山花》《天涯》《北京文学》《小说界》《文学界》《青年文学》《鸭绿江》《福建文学》《芒种》等刊物，累计发表150万字以上，部分作品被《小说选刊》《小说月报》转载，并入选多种年选。

不知道什么时候，我认识了安勇。

认识他之前，知道他在文坛上已经有些名气，但没有读过他的任何作品。我相信想结识总是有机缘的，不知道是什么机会我们真的就认识了，但没有怎么谈及他的小说创作或者关于文学的相关话题。2016年锦州市文联成立锦州文艺评论家协会，我们因协会的工作凑到了一起，于是我便与安勇成了好朋友。生活中的安勇颇为有趣，我总感觉他貌似典型的东北汉子，敢于说东北粗话，且很幽默，但又觉得他体质不甚强壮甚至有些虚空，有豪气又觉得底气不足。他工作中心细如发。安勇短篇小说集《一种假设》里有一段关于安勇的简介，我觉得写得实在："生于辽宁新民一农家，属猪，行二，虽然没能长成胖子，但二得中规中矩。1986年，稀里糊涂考上一所地质学校，毕业后干了十几年测绘，每天走路、编图、喝酒、吹牛——生活虽然丰富多彩，还是抵挡不住对写作的疯狂热爱。终于，在2003年冬天，亲手砸碎自己的饭碗，像模像样当起了'坐家'。家人拿他没办法，只能盼他早点恢复理智。三年过去了，他还在写；五年过去了，他还在写；十年过去了，他还在写。你要问他什么时候不再写下去，他会告诉你他会写到生命终结那一天。"说实话，生活中的安勇就真实地在我面前，而我试图想要了解的，是作为小说家的安勇，基于此，才有了这篇对话。

林　岛：安勇兄，你好，我们也算很熟悉了，但我们很少在一起聊你文学创作的事情。应该说，在辽宁的文学圈里，你也算一个传奇，2003年辞职在家专门从事小说创作，在当时，这不仅是很大胆且很"二"的事情，也是周围同事、朋友、家人都很难理解的"悲情壮举"。但从另一个角度讲，你是不是也对自己很有信心，你很自信地认为自己一定能写出好的作品，一定能成为可以养活自己、养活家人、能使自己过上好日子的小说家？

安　勇：辽宁文学圈里传奇很多，他们都是激励我的榜样，经常让我羞愧不已。比我优秀的人，比我还努力，看到他们的年终盘点，我就知道自己这一年过得有多无聊和空虚。客观地讲，我算不上传奇中的一个，归结起来，我还是离"二"更近些。我其实是个心里没谱的人，不切实际，随遇而安，得过且过。当年离职在家写作时，除了盲目的自信之外，并没对未来有过什么长远的规划和设想。"养活自己、养活家人、能使自己过上好日子"，这些事情我也从来都没有考虑过。说起来，更接近传奇的人是我妻子，她是20世纪80年代末期的大学毕业生，学历比我高，职称比我高，谋生能力也比我强得多。生活中那些实际问题都是她在承担和考虑。可以肯定地说，如果不是她，我不会走上写作的道路。

林　岛：如果说20世纪中后期，有很多人喜欢文学还带有一定的浪漫主义色彩的话，当然，有些人确实也是带有实用功利主义的文学创作冲动，比如，通过文学创作，写小说，发表诗歌、散文等，改变了个人的生活轨迹，变成了可以生活在城市里的文化人。20世纪90年代至今，文学发展的路径至少在市场经济大背景下被明晃晃地涂上了商业色彩，有些人搞创作开始披上了"市场经济"的外衣，成为"文化商场"的获利者。这些对纯文学创作有很大的冲击，尤其是纸质媒体，包括文学期刊在电子媒体面前被打得体无完肤的情况下，文学刊物的发行量断崖式下滑，你还能坚守在小说的创作队伍里，还能忍受着微薄的稿费，在这个过程中，你不伟大，伟大的是你的夫人和家人，他们能理解和支持你，这是很了不起的事情。

安　勇：从宏观的角度上讲，20世纪90年代以来，市场经济对文学的冲击很大，纯文学的边缘化和纸媒的式微都是不争的事实。但于我而言，却是另一种情况。我写作之前一直在南方打工，当时的收入已经不低了，如果仅从经济角度考虑，我是不可能在家写作的。所以，写作于我称不上坚守，顶多算是固执，是一次迎合自己理想的不负责任的选择。坚守的是我妻子。刚才我就说过了，我妻子更接近传奇。她读过很多书，这些年来一直是我每篇小说的第一个读者。在我写作的过程中，她付出的东西也更多。她是站在一个没谱男人身后的伟大女人。你大概是在提示我要有感恩之心，那我就明确地说一句：感谢我的爱人。

林岖： 十几年来，你坚守在小说创作的道路上，艰辛之艰难，艰难之艰辛，旁人无法理解，有时候，与你交流总感觉你的眼睛里有一些忧郁，但表面上，你是快乐的。

安勇： 先要感谢林岖兄，敏锐地注意到了我的忧郁，这至少说明我们的感情已经突破表面，进入了更深的层次。虽然作为一个奔五的老男人，忧郁这件事有些奢侈，也有些矫情，但我还是要说，从本质上讲，我一直都是个感性的人，忧郁脆弱，多愁善感，读书、看电影或者写作时，经常会感动得泪流满面。回过头来看，这样一个性格，从我写作之初就已经埋下了某些隐患。写作并非一成不变的事情，它不是短跑而是长跑，需要不断地否定自己、突破瓶颈。2008年，我碰到了第一次困境。当时我停止了小小说写作，打算全力以赴去写中短篇，但一时还没找到合适的突破口，于是开始了一段漫长的苦闷之旅。现在回过头来看，那时候我的精神状态已经不是忧郁那么简单，而要称为忧郁症。我失去了目标，干什么都提不起兴趣来，情绪苦闷沮丧，酒喝得很多，烟也抽得凶，小说却写得非常少，写作几乎处于停滞状态。当时的处境非常难受，写作碰到无法突破的难关，又不能回头从事原来的专业，每天都痛苦不堪、彷徨失落。那样的日子持续了整整三年，直到2011年才终于走出来。

林岖： 也许，我提这些伤痛话题是很讨厌的事情，但我觉得，这些可以给读者一些思考，在一个信仰与信心缺失的年代，大胆坚持是多么重要的事情。当然，这些人生经历对你的文学创作也许会有很大的帮助和启迪，至少让你思考。

安勇： 那段日子很难过，但总算还是过来了。世界上没有无缘无故的事情，换句话说，人生中所有的经历都是财富。痛苦的三年过去后，我的写作渐渐有了一些起色，小说开始发表在《山花》《天涯》等刊物上，并被《小说选刊》《小说月报》转载。2012年我得了辽宁文学奖。回过头来看，这段经历至少让我明白了三个道理：首先，我认识到自己不是那种写作上的天才，做不到一出手就震惊文坛，对我来讲，唯一有效的办法就是一步一个脚窝踏踏实实地写下去。其次，我开始懂得了，人生这个事情要有耐心，不必急着好，也不必急着坏，等待和坚持非常重要。上帝不会特意帮谁，但也不会专门针对谁，不管多难过的日子，都会有过去的那一天。最后，我懂得了写作的秘诀其实只有一个字，那就是"写"，除此之外都是虚的假的。

林　晶：我看你的小说创作大部分是短篇小说，2014年出版的小说集《一种假设》收录了你创作的62篇短篇小说。按照小说家李铁的说法："对现代人生状况的有趣描摹，对荒诞世界的追究与诘问，先锋小说的审美方式——强调紧张、突兀、极端等情状，在安勇的小说中都有鲜明的体现。"我觉得李铁的概括是很中肯和准确的。你的短篇小说诚如你的小说集子的名字"一种假设"，你仿佛在创设一个安勇式的假想时空，这种假想空间也仿佛与现实没有任何关系，即不具有任何的现实性，但在你的假想时空中任意设计和构思人物和人物的关系，却又与现实相近、相扣合，似乎是曾经发生或正要发生；情节上虽然没有突爆性，甚至很平和，但给读者的回味性是突爆的。比如《梦境》《桥》，也包括《慧眼》（还可以举几篇这样的小说）这样的小说，都颇具情趣。这些小说在创作的时候，是怎么构思的？

安　勇：林晶兄，我要更正一下，严格意义上讲，《一种假设》应该是一本小小说集，里面的文章基本都在1500字左右。我从2005年起写了近三年小小说，能够拿得出手的作品差不多都收在了这本集子里。李铁是我写作上的师父，这些年对我的帮助非常大，给过我许多指导和鼓励，如果没有他，我也很难从当年的困境中走出去。他的这句评语最初应该是针对我早期的两个短篇小说说的，但用来概括我的小小说也同样很合适。小小说这种文体有它自身的艺术特点和规律，按照小小说倡导者杨晓敏先生的说法，"小小说是平民艺术"。也就是说，它直接来源于百姓生活之中，并以老百姓作为受众群体。但我的小小说构思方式有一些不同，我是从虚处入手的，假设假想，凌空蹈虚，说成主题先行也很准确。我都是先有一个概念，然后才去编织故事。你提到的这几篇小小说差不多都是这样写成的。

林　晶：小小说也好，短篇小说也罢，其创作、构思与中长篇肯定有相似和不同的，你是写短篇的高手，但短篇不是小品和小故事。理论上讲，小说就是小说，短篇小说既不是长篇小说的缩写，也不是一段情节跌宕的小故事，它不是中国古代的"小道之语"，你认为短篇小说创作的技巧在哪里？结合你的作品谈谈。或者说，你掌握了什么技巧才喜欢或者善于写短篇小说的？

安　勇：又被你说中了，我确实非常喜欢短篇小说，但还算不上写短篇小说的高手。从事写作的人基本上都有一个共识，短篇小说是一种比较难写的文体，之所以这么说，是因为它更注重艺术性，也更能传达出纯文学的品质。国内国外有好多擅长短篇小说写作的大师，他们都是我仰慕和崇拜的对象。我觉得，好的短篇小说更加日常化，也更关注人物的内心。所谓的主题、意义让人疑虑重重，稍有不慎就会蛮横地伤害人物，挤占小说里人物的位置。故事和语言也让人警惕，刻意编造的故事强势得近乎无耻，油腔滑调的语言令人心生厌恶。用平平常常的话语，真诚地写出一篇日常化的力所能及的小说，是我最大的追求和梦寐以求的理想。到目前为止，这个目标我还远未达到。

林　晶：对了，你在小说创作的道路上前行，也获得了很多奖项，尤其两次获得辽宁文学奖。其中发表在《山花》上的短篇小说《青苔》是2012年第一次获得辽宁文学奖。小说情节颇具玩味之意，一女二男的人物关系，其中傻子人物小顾的设计别有一番滋味。小说中的女主人公莫丽雅是一个离婚的女人，她成为一个有妇之夫老秦的情人。她在与老秦的交往中，横空杀出一个傻小子小顾，小顾是一位长相英俊的傻子，莫丽雅因一时冲动唤醒了小顾对她的喜欢，因喜欢而破坏了莫丽雅与老秦的关系，莫丽雅无奈之下动了杀机。故事不复杂，但情节很突兀。如果说傻子小顾喜欢莫丽雅是在一种原生动力下对美的存在的喜欢，那么莫丽雅的杀人动机又打破了美的一种存在，莫丽雅的行为是现实的，也是残酷的。小说很耐人回味，但你为什么把这篇小说的名字起名为《青苔》？你是作者，你的解释会更有意义。

安　勇：2010年，我女儿升入高中后，我们在学校附近租了房子，全家搬了过去。女儿开学没多久，我认识了在小区门口摆摊卖东西的弱智青年小潘（在小说里我叫他小顾）。他对人非常热情，总是离多远就高声和你打招呼。《青苔》里的另一个人物莫丽雅原型是我从前单位的一位女同事，她长得很漂亮，非常善于和各种男人打交道。我把这两个毫不相干的人放在一起，本意并不是想针砭某种社会现象，而是打算探讨一下救与被救、爱与被爱的话题。从小说的技巧上讲，《青苔》是我第一篇进入人物内心的作品，说它是我写出的第一篇可以称为小说的小说，或许也未尝不可。《青苔》这个篇名来源于小说最后的情节，起名时算是信手拈来。青苔这种植物湿滑、黏腻、见不得阳光，让人心里有一种阴冷、危险、不确定的感觉，从某种程度上讲，也象征了小说里人物的内心世界以及人物之间的关系。这么看来，"青苔"倒是个很合适的名字。

林　晶：古今中外很多小说家都愿意在其现实题材的小说中塑造一个"傻子"或类似形象（如醉鬼、病人等），具体作品我就不列举了。这种具有符号意义的人物形象如果没有创新意义就不会有突破，而你的这个傻子小顾却真的属于别出心裁的一位，人物形象之新可谓文学史上的"这一个"。

安　勇：说起文学作品里的傻子形象，我第一个想到的就是辛格的小说《傻瓜吉姆佩尔》。那是一个具有宗教精神的傻子，他的"傻"其实是所有宗教的要义——爱，爱自己、爱他人、爱这个世界。这也是我读到过的最博大的傻子。后来余华根据这篇作品写的中篇《我没有自己的名字》，格调就低了许多。按照我的想法，堂吉诃德也是一个傻子，一个固守骑士精神的傻子。显而易见，和这些傻子比起来，小顾做得还不够好，充其量只能是"这些个"，还无法成为"这一个"。

傻子之所以受到作家的重视，我想很大程度上是因为他们有一个共同特点"执着"，他们不按常理出牌，认准了某件事情就不会轻易放弃，不撞南墙不回头，撞了南墙还是不回头。这样，就会把事情做到极致。我对自己的评价也是一个傻子。我的缺点是傻得还不够，不时还会抖一下机灵，结果就弄得不伦不类。

林　品：接下来我们说一下你2016年中篇小说《我们的悲悯》吧，这篇小说让你第二次获得辽宁文学奖。就我个人而言，认为这部中篇小说会是你小说创作的一个转折点，是从短篇到中篇的一个文体长度的突破。《我们的悲悯》从创作手法、技巧到行文立意，尤其是对底层现实的观照，其意义远远大于《青苔》。本期刊发张英的评论中有这样的提法："小说的题目，作者命名为《我们的悲悯》，这种方式在安勇以往的小说中是非常少见的。小说的篇名初看似乎多宏大、多宽泛、多普通，但是通读小说后不难发现其中蕴含的深意，也让我们理解了作者的创作初衷和苦衷。"我也是认可的。同时，我觉得你在小说创作的选材上有了新的突破。

安　勇：感谢张英老师的评论。《我们的悲悯》这部小说确实和我以往的作品不太一样，可以说它直接来源于生活，几个主要人物都有原型。小说里的母亲就是我的岳母，她在2010年夏天因病去世。她的死对我影响很大，让我第一次真切地看到了生命的尽头。岳母是个有慈悲心的人，总是习惯于从别人的角度思考问题。小说里的小金宝是岳母一个远房亲戚，本名叫小铁平，他得的确实是糖尿病，而且已经到了晚期。当时岳母也真的张罗要凑钱买药去看他，但最后还是没有去成。不过这件事她老人家一直没放下，不时就会和我们谈起小铁平这个人，念叨他的病情怎么样了。我让这件事向前走了走，就形成了这篇小说。小说初稿大约完成于2008年，当时的题目叫《陪小金宝走完最后一程》。这些年里我修改了好多次，直到2015年在《鸭绿江》杂志上发表，题目也改成了《我们的悲悯》。

林　品：《我们的悲悯》这篇小说是具有典型的底层意蕴的小说，底层写作也是当下小说家选择的一个目标，也很火，但大多数作者都以一种高姿态观照底层，而你的《我们的悲悯》恰恰是一种有着底层写底层的味道。故事很朴实，很有人情味，但你不拘囿于平实的故事本身，而是向前走了一步，就是这一步，使小说的意义得以深化和升华，底层人相互之间的悲悯，相互之间的温暖，有着无限的悲凉与无奈。

安　勇：小说离不开虚构和想象，生活给我们提供的是创作动机和真实的细节。作为一个写作者，要不断地挖掘和探寻，让故事更加丰富，更加具有冲击力，从而在更大程度上逼榨出人物心底的疼痛。这种不断的挖掘和探寻，也就是你说的"向前走一步"。拿这篇小说来说，为救治小金宝，母亲让儿女们担负起了一份无力承担的责任，并与小金宝的家人产生了尖锐的矛盾。她陷入了救与不救的纠结之中，一次次试图狠心放弃，又一次次因为善良的天性而欲罢不能。我让小金宝的妻子和岳母把重病的小金宝送到"我们"眼前，这个时候所有人面临的都是一个极端残酷的结局。温热的悲悯与冰冷的现实并置展示给读者，就逼榨出了人性的复杂多面，让人在扼腕叹息的同时思考"悲悯"的含义。

说起来非常惭愧，就在我领奖的当天下午，作家陈昌平先生给这篇小说提供了另一个结尾。听完他的想法，我心服口服，毫无疑问，他的处理更有冲击力，也更加富于创造性。我不得不承认，《我们的悲悯》这篇小说在结尾处留下了永远的遗憾。这件事也让我明白了一个道理，小说其实有无限可能，到什么时候都不要轻易放弃，一定要想一想它还能不能走得远一些、更远一些。

林　品：你曾经也说过，美国小说家卡佛，他就是一位观照社会底层的小说家，他的底层小说创作比我们国家的小说家更趋于真实，且很客观，他没有把底层人看成可怜人，把苦难简单归结于社会不公等因素，他描述了一种真实的处境，一种蓝领阶层真切的疼痛。因为他自己就是底层人，他是在写自己，所以作品能成为经典。国内有些描写底层的作家，表现得急功近利，他们其实是拿底层说事，说穿了，是对底层的再次羞辱。

安　勇：卡佛是我非常喜欢的一位作家，我对他的作品痴迷的时候，国内还没有兴起"卡佛热"，如今"卡佛热"已经退去了，但我依然还是喜欢他的小说。毫不夸张地说，他改变了我对小说的一些基本认识。国内很多研究者认为，卡佛的特点是极简主义，我却始终觉得极简只是一种形式，是卡佛作品的表面。在我看来，卡佛小说真正迷人的地方，在于他真实地写出了一系列社会底层的失败者，写出了他们的挣扎、忧伤、无奈、疼痛和绝望。他揭示了那些失败者的精神困境。

为什么他能写出这些东西来？因为他自己曾经就是一个失败者——酗酒、失业、破产、外遇、离婚，这些事情他都碰到过，所以才能写得真实且真诚。写小说和做人一样，方法有很多，技巧也不少，但我觉得最核心的就是一个"真"字：真实、真诚、真性情，因为"真"才会打动人。这是没办法伪饰的，往往只要一开口，你就知道了作家站在哪里，用什么样的眼光来观照和打量人物。我向很多人推荐过卡佛，有一部分人很喜欢，但也有一部分人不喜欢，说读了没感觉。我想，不是他们的欣赏水平有问题，而是生活处境不一样。我喜欢卡佛，是因为我和他阶层相同，另外，我也曾经是个失败者。

林　晶： 在文学处于窘境的今天，如何让小说走得更远一些，这方面，作为小说家，你有何思考？

安　勇： 文学或者小说的发展走向，应该是一个很复杂的话题，涉及方方面面的因素。前些年我看到有评论家认为，文学不是被边缘化了，而是它本身就是边缘化的东西，从来就没有也不应该进入人类生活的中心。历史是螺旋形上升波浪式前进的，文学的起起伏伏也应该是正常现象。从我国的文学史上看，基本也是这样一个规律。唐诗、宋词、元曲是几座高峰，明清小说又是一座高峰，其余历史时期则相对平缓平淡。我觉得小说始终都是在向前走的，有些从事小说创作的人会掉队，但小说不会真的死亡。说到这里，我想起一件事，曾经宣称小说已死的一位作家，现在也开始重新写起小说来了，而且产量还很高。我相信小说会永远地走下去，对这一点，我们大可不必担心。

林　晶： 我说了，《我们的悲悯》是你小说创作的一个拐点，是上升的拐点。小说家要耐得住寂寞和孤独，这你都挺过来了。你喜欢上了小说创作，希望坚持，记得你说的"会写到生命终结那一天"，这句话具有誓言意义，期待你的下一部又是一部佳构。

安　勇： 谢谢！

文学永远属于那些寻觅真理、渴望安详的人

——与作家力歌的对话

作家简介：

> 力歌（1962— ），男，本名张力，曾用笔名力哥，辽宁锦州人，现供职于辽宁铁道职业技术学院。锦州市作家协会副主席，中国作家协会会员，一级作家，教授。在《人民文学》《青年文学》《当代》《中国作家》《十月》等报刊上发表中短篇小说400万字，《小说月报》《中篇小说选刊》《中华文学选刊》等报刊选本曾选载，著有长篇小说《世纪大提速》《大案追踪》，小说集《两个人的车站》《家在远方》等，纪实文学集《罪恶档案》等，获辽宁文学奖及国内各种文学奖励十余次。

在设计与辽宁作家张力的对话开头时，我不知不觉地想起路遥在他的作品集《早晨从中午开始》中的几句话："作家的劳动绝不仅是为了取悦于当代，而更重要的是给历史一个深厚的交代。如果为微小的收获而沾沾自喜，本身就是一种无价值的表现。最渺小的作家常关注着成绩和荣耀，最伟大的作家常常沉浸于创造和劳动。劳动自身就是人生的目标。人类史和文学史表明：伟大劳动和创造精神即使是产生一些生活和艺术的断章残句，也是至为宝贵的。……劳动，这是作家义无反顾的唯一选择。"路遥一语中的地道出了作家创作的动力与历史责任。我引用这句话不是为了表扬作家张力，但我觉得在张力的文学创作的历程中，确实有一种"义无反顾的唯一选择"的精神和坚持不懈的努力。

张力，笔名力歌，1962年生人，在铁路相关部门工作，1988年开始写作，在《人民文学》《青年文学》《当代》《十月》《中国作家》《北京文学》等国内文学期刊发表中短篇小说400万余字，出版长篇小说单行本和中短篇小说集十余部，在当代辽宁作家中亦属于高产作家。据了解，他个人申报辽宁文学奖也有十年之久、N次之多，每每都与该奖项擦肩而过，这已成为"文坛佳话"。但张力属于那种具有

"屡战屡败、屡败屡战"坚忍精神的人，从未放弃文学创作。2016年他凭借中篇小说《换个环境》终于获得了该奖项。我曾经开玩笑地对他说，就算对他在文学创作道路上坚持不懈的精神补偿安慰奖吧。他也不恼，反而镇定自若地认同并如数家珍地讲述每一次申报奖项的过程和体会。当然，他的每一次讲述都会滔滔不绝，如同写小说一样，不知道是在述说自己，还是把自己当作了小说中的人物。有人说他是一位善于编故事的人，但我觉得他编的故事好像是在讲述他的人生或是他多种职业转换过程中的某种经历，真实而有技巧，尤其是他的铁路题材小说，仿佛源于他的家庭、源于他的生活，当然也源于他对真实生活的理解和对现实人生的观察与深度思考。

我相信，今天我们聊天，他一定是主角，因为他是绝对的话痨。

林　品：力兄你好。我们在一起聊天，是酝酿已久的事情。我看了你的多部小说集，也包括单行本的长篇小说。它们大多是以铁路为生活背景而进行的创作，你的小说大多数反映了铁路最基层工人的生活状态，小说中的人物也多是铁路基层中的小人物。当然，这与你多年在铁路工作有关系，也可以说，铁路工作的大环境成就了你。想想创作之初，你是从一个铁路工人走上小说创作道路的，其中的艰辛可想而知，坚持到今天，虽然你不断地转换题材，但铁路的情结已经镌刻在你的内心和灵魂里。因此，说你是铁路作家也不为过。你曾经说自己是一个"不拿文学创作当生存状态"的人，也承认当下文学呈现退潮期，那么当初坚持写小说的内在动力是什么？现在创作的动力是什么？

力　歌：我的简介写的都是1988年开始写作，那是以公开发表文学作品来认定的，我在20世纪80年代初就已经写小说，有两篇发表在还没有被撤销的锦州铁路局局报《锦铁消息》上。有一天，我查找信件时，偶然发现一篇被报社退回来的小说《两筐苹果》，这可能是我写的第一篇小说，退稿签上标明是在1981年年底。第二年我得到了人生中的第一笔稿费，是4.8元钱，要知道那时我是个只有25元工资的铁路通信学徒工，可想当时的兴奋至极。后来因为参加函授学习和调动工作等原因，并没有把这个爱好坚持下来，但怀揣着的那颗文学之心并没有停止跳动，文学梦想并未泯灭，在学校工作时得到来校拍摄电视剧的孙春平老师的鼓励，我邮给他的短篇小说《余涩》得到了他的赞赏，也就是在1988年那一年开始发表文学作品，且一发不可收，直至今天这个年龄，文学依然与我如影随行，成了摆脱不掉的"梦魇"。

称自己是一个"不拿文学创作当生存状态"的人，有时就是在自觉和不自觉之间，想写就写了，不想写就去找朋友喝酒，兴之所至，没有什么负担，这与当下文学呈现退潮期没有关系。《大站》《转轨》《风雨兼程》等很多小说涉及的企业，其背景取材也都是铁路，因为我的根在铁路。父亲从14岁开始就到铁路工作了，我的同辈人就连配偶几乎都是铁路职工，下一辈连儿子在内一共三代人在铁路，你说我的创作能离得开铁路吗？

铁路又是个严谨的行业，总是要在两条轨道上跑车，中规中矩。旅客认识的铁路是有限的，他们相关的知识只是窥见到铁路的窗口单位，他们也就是知道车站和旅客列车，如此一来，铁路题材作品就不能与"工业""军事"甚至"公安"等专属行业文学相匹敌，加之线长点多，地域民俗的覆盖，企业对铁路作家这个群体关注度不够，铁路作家也就难写出铁路特色作品。应该说我创作的纯粹的关于铁路行业的小说并不多，利用铁路这个背景的小说相对多一点，即使那样也不到四分之一，说我是铁路作家，可能是因为我曾有的铁路职工身份而打上的标签吧。

有人奇怪我可以在题材选择上"全盘能吃"，什么方式方法都用，有评论家批评我的作品代表性不突出，无法评定我是哪一类作家，所以才造成他们无从下口。这正是我在寻找文学上的突破所做的努力。我在铁路一线工作时间不长，多半时间都要在学校工作，甭说对社会的了解，就是对铁路内部的一般了解程度都不高，正因为我意识到了自己的短板，所以才会主动地走出去，参与校办工厂经营、挂职公安、兼职铁通、进京驻勤，广交社会各界朋友，如此开放性的体验，让我眼界大开，所谓没有见识就没有远见，各类别小说大行其道，作品源始终不断流。我不是那种靠小说技巧写作的人，我把准备写的几十篇小说课题都设置了文档，并不着急去创作，而是经常往里面添加材料和想法，什么时候成熟了，再去动笔。

林　品：我开篇就提到，你是一个话痨，没想到，一下子仿佛打开了你的话匣子，你是一位有话要说、有话能说和有话会说的人。铁路世家的背景构成了你小说创作的基础，一条铁路、一列火车、一群活生生的铁路人便形成了你小说中典型的事件和典型人物，这些都来自你对现实的思考。那么，你在创作时，是想描摹一种你经历的现实，还是想反映一种客观存在，甚或是在揭示一种生活的本质？也许或是现实生活对你有某种精神的刺激而产生了一种不吐不快的创作快感？

力　歌：要说话痨正是写作者的优势，其实小说就是说话，作家多是话痨，我算话少的，当然也有个例，李铁就属于话少的。

我愿意写大中篇，4万字以上的中篇小说就有10多部，这种大中篇写起来过瘾! 人物多, 事件交错, 跨度大, 这才能反映出作者的功力。选刊类的编辑曾善意地提醒过我, 因为版面紧张、照顾作者多发作品的需要, 大中篇选载概率低, 而我还是喜欢写这种大中篇, 这样很容易将这种大中篇延伸到长篇小说, 比如《大站》就发展成了《世纪大提速》,《法律援助》就发展成了《援救》。有人反对这样的做法, 可我坚持地认为这样的做法可以不浪费素材资源。

生活的经历和本人的阅历都具有现实性, 前面说过, 那是作品源, 如何揭示或是隐藏, 那就要靠个人的哲学思想、感悟和智慧了。说到刺激, 我的创作本身就带有自觉性, 会让身体愉快、精神健康的!

林　品: 对了, 我还是应该先祝贺你的中篇小说《换个环境》获得了第九届辽宁文学奖中篇小说奖。说说《换个环境》是怎么构思的吧。

力　歌: 此篇小说早在10多年前就开始构思, 当时沈阳铁路局党校设在锦州, 作为党校学员, 往往都要有些处长参加学习, 这样就会有铁路分局的部门、相关站段领导出面接待, 我多是被这些当领导的哥儿们叫去坐陪, 当时我便产生了创作冲动, 但觉得这样现实的构想又显得单薄和局限, 所以一直构思到2013年才动笔。

创作是从换位思考角度, 或说是非平衡状态下来构思的, 就是要把这个故事放在大环境大事件里去思考, 变成了省厅局级干部的培训, 学习的地点是在一个贫困县。虽然那只是厅局级的学习班, 可小环境反映出社会的大问题, 有着"窥一斑(班) 而知全豹 (貌)"的效果, 我们的机制体制都在这样一个"班"里体现出来了。设置的人物更要别具匠心, 关键人物乍看起来, 都是在不让人重视的部门, 其实机构的设置都有着它们的作用, 那几年我们的这种管理机制的性能严重缺失, 且是有担当、敢作为的干部太少, 都"和平共处"了, 也就失衡了, 才会导致腐败产生, 社会问题的对立、冲突也就会频频出现。现在中纪委为啥会成热点呢, 每每被人谈起都要竖拇指呀, 就是因为他们的"该出手时就出手", 中纪委的重要性一下子便突显出来了。我要说的是作家都是有心人, 只要注意观察, 人生无处不小说。

林　品: 对于历史题材而言, 你觉得现实和历史哪一个更重要?

力　歌: 说到历史题材, 我出版的两本书归集为传奇小说集, 传奇小说又分成了历史和民间题材小说。民间传奇小说《一隅苍生》发表在《中国作家》2008年第一期, 他们在开年特辟栏目把我的这个中篇发了头题。

对历史的追溯和认知, 也是我创作的一大偏好。我的童年和青年时代生长在一个有着历史故事的环境里, 192大楼在锦州很有名气, 那里住着的干部级别都相当高，局一级领导就有四个，处级干部每个单元都有几个。铁路干部很多都是从部队调转过来的，原来处长多是师一级的干部。那是用192户居民来命名的住宅，现在虽已经拆迁，但居民小区的名字仍延用192，就连汽车站都仍然保留着这里的名号。我邻居的叔叔大爷们多有着他们的传奇经历，在他们的故事里，色彩纷呈，多种多样，这里有解放战争中骁勇善战的骑兵团长，有抗日时期就是军分区的参谋长，有起义的国民党少将和投诚的日伪警备军的团长。我写的《常败将军》就是以那个参谋长为原型，他就是192楼的老邻居。我还想谈谈锦州铁路文化现象，可由于时间的关系，这个话题不想说了，还是说说下个话题，你是说世情小说吧，这个概念好新鲜。

林　品：当然，我说你写了世情小说，是因为你的小说创作中有一类描摹了当下底层小人物的生存状态，特别是对一类女性的刻画，有你独到的视角，这也是你的小说与众不同的地方。

力　歌：呵呵，这也让你看出来了。你说的世情小说，我定位成情感小说。这是我真正擅长的写作，是我的至爱。我认为小说能够满足读者需求的，不是女人就是罪犯，男读者喜欢看对女人的感性描写，而女读者却喜欢探寻罪犯的心理。林大师，你别笑，小说是情感的一种深层埋藏，掩盖得越隐蔽，读者的兴趣会越高涨。我刚刚出版的这部情感小说集《陪你到天明》，收录了我发表在各文学杂志上的中短篇小说22篇，只有一篇是"因为爱情"的小说，我说的是因为爱情，并不是爱情，小说集里面的女性从阳春白雪到下里巴人，各色人等，极尽能事。正如该书编辑发在当当网上推荐词说的那样："在这部小说集里面，恋爱也不都是粉红色的，也有第三者、畸恋等灰色之恋，似乎在诠释爱是一种复杂的情感，引发思考。"

个人以为小说是"丑"的艺术形式，因为它表现的是内在的思想，很多带有罪恶感的思想是不会轻易表达给他人，甚至自己最爱的人的。我的几篇关注情感状态的小说，在《北京文学》《红豆》上都发了头题，我呼唤着人的悲悯，全社会都应该关注底层人的生存，如同关注腐败问题一样，一提腐败就联想到了官场，似乎成了一种定式。我的小说集中反映出了社会对情感问题的困惑和隐痛，这也许就是你说的"世情小说"，而不能叫"情感小说"的原因吧。

林　品：你喝口水吧，说这么长时间，你也挺累的。

力　歌：其实你也是话痨，我觉得我说不过你，你看你的名字里有三个口，而我的笔名中却只有两个，显然我比不过你。

林　品：我注意到你比较关注新媒体时代文学传播方式落伍的问题，也看到你常常用博客、微信等新媒体工具传播文学，甚至还开始制作和传播你作品的有声版。在你看来，文学与新媒体结合的出路在哪儿?

力　歌：你说巧不巧，就在今天我还得到了一笔丰厚的稿费，稿费数字不能告诉你，来自有声小说，只播出几个月，第一次结算就有这么高，这对纸媒来说有些不可思议。虽然现在的稿费涨了，有几个国家重点杂志的稿费涨到了上千元，但多数的杂志还处于温饱线以下。当然，小说的衰退仅仅归结于市场和利益的驱动是不准确的。

我毕竟在图书馆待过三年，经常参加图书方面的学术活动，谁的心里都清楚，现在看纸质图书的人已经不多了，连学术专家们都在断言纸媒被电子取代的日子即将到来! 我就是电子科学与技术的教授哇，像超星一类的电子图书公司，单位每次购买甚至高达几万册，完全可以从歌德机上寻找，要什么书，只要用手机一扫条形码，便可以轻松获得。有人说电子阅读器不能取代纸媒，可石墨烯的出现，让这种设想成为现实，在不久的将来阅读器就像纸张一样那么薄，且可以折叠，揣在兜里，随时拿出来展开，存储在那里的图书杂志和一切资料都可以迅速找出，轻松阅读。未来镭射成影技术也将广泛应用，乌镇世界互联网大会水上舞蹈演出，那些模拟演员就是这种技术的体现。我在微信刚刚发出用这技术还原的邓丽君现场演唱，效果与真人无二。这些对教师职业都将是一种冲击，何况作家这个带有自由色彩的职业。

林　品：服了，我的哥，我今天再一次见到了你话痨的本事，先说到这儿吧。在当代辽宁作家中，你也是一位老兵老将了，但我真诚地预祝你有新的大作呈现给大家!

力　歌：我也曾是青年作家，写龄也快33年了，虽然也年过55岁，但文学之心不老。就像我在《锦州文化》上发表的获奖感言说的那样："文学本身就是一场轰轰烈烈的恋爱，或是一次美丽的邂逅，不是亲密接触，就是擦肩而过。"希望自己在未来的创作中不再擦肩，能够制造新的传奇，在你们想起我时，我就会出现在你们的眼前。

有很多话要说，不知从哪儿说起……

——与作家宋长江的对话

作家简介：

宋长江（1957— ），男，中国作家协会会员，辽宁省作家协会理事，曾任《满族文学》杂志主编。1979年发表处女作短篇小说《灵魂有影》，1996年出版小说集《灵魂有影》。2003年调入《满族文学》杂志社工作，先后任编辑、副主编、主编。2016年和2017年连续出版小说集《或为拉布拉多而痛》《后七年之痒》。中篇小说《绝当》获第八届辽宁文学奖。

桌子上放着两本刚刚读完的书，封面一灰一蓝，色彩反差耐人寻味。这是《满族文学》主编、小说家宋长江先生的两部小说集，《或为拉布拉多而痛》和《后七年之痒》。这两部小说集共收录20个中短篇小说，读起来着实感觉他的小说很筋道，如同人们常说的某种食物有韧性、耐咀嚼一样。确实，长江兄是一位成熟的小说家，他驾驭文字的能力和在日常人们司空见惯的常态中发现"不一般"的能力都是极强的。文学创作是一项发现的事情也是一项发明的事情，在发现与发明之间，是对创作者文化素养、创作态度、审美情味和创作者对生活价值判断的考量。无疑，作为小说家的宋长江，在创作实践中的"发现与发明"，的确有着自己独特的一面，值得梳理和评判。

林　品： 长江兄，你的两部小说集填充了我的业余生活，我是夜以继日读完的。读好作品我有夜以继日连续读完的习惯。读后感慨颇多，先问个好奇的问题，对于作家而言，出版小说集一般都要有自序或者请名家写序，而你没有，开板就唱，干干净净，《或为拉布拉多而痛》竟然连个后记都没写，之后出版的《后七年之痒》，看得出你是有意加了后记，颇有勉为其难的意思。这个极短的后记，核心意思就两点：一是没什么话可说，二是想说的又不知道从哪儿说起。我的想法与你所说的"现在，读书人越来越少了……读纸质书的人越来越少了……"的判断确实是一样的，但不同的是，我觉得读书的人或是读纸质书的人不是少，而是我们出版有质量的书越来越少，我坚信好书是有人读的。今天我们的对话，我想就"有很多话要说，不知道从哪儿说起……"来谈谈，希望你敞开地说。

宋长江：尽可能敞开说吧。说实话，我后期的创作，一直在远离文学理论或文学评论。请谅解我在评论家面前如此说。我怕。为什么怕，后面可能会谈到。先开个玩笑，就说现在，我的那个寥寥数句的"后记"所提及的问题，马上被你盯住，抓住不放了。哈哈，能不怕吗？有一点可以先说，诸多令人仰止的文学理论已使我茫然失措，脑子里原有理论已经没有了条理，被诸多文学评论搞糊涂了，丧失了谈论文学理论的能力，而我又无能力回馈读者以智性上的拓展。由此，便产生过这样的想法，让我的作品说话吧，理论和批评就留给评论家去论吧。得知你和诸位评论家要集中评判我的小说，我十分忐忑，我怕会让你们失望，因为我几乎无理论可谈。好在，作为小说作者，创作的感悟总还是有的，我的灵魂在悸动之时所觉察到的深切感知是真实的。真实的东西，可缓解我在形而上的困境，我相信用心读过我小说的评论家和读者都会捕捉到。

是的，我的"后记"就是感悟。可惜偏颇了，露馅了，被你抓住了。在那个"后记"里，我很悲观地认为，"现在，读书人越来越少了……啊，读纸质书的人越来越少了"。尼采说，痛苦的人没有悲观的权利。悲观又是一种权利，乐观也应是一种义务。您刚刚提醒说，"我们出版有质量的书越来越少，我坚信好书是有人读的"。评论家的任务之一，就是纠偏。谢谢您的提醒和补充。我完全赞同。

林　岜：既然谈到书的序或后记，你是如何看待这个问题的？

宋长江：序和后记，属于一本书的重要组成部分。轻视或舍弃似乎都是不明智的。对我而言，也想找名家为我写序，这么多年，认识和交往了一些名家。可又一想，现在的"序"，多为溢美之言，而名家又多是严谨求实之人，求到人写序，人家想批评吧又不好意思，何必难为人家？至于我的那个"后记"，已写了，说多少无所谓。我一直认为，文学应该是安静的。安安静静地写，安安静静地读。我不想借文学扯皮喧嚣。我对自己的定位是，没多少文化，说多了，怕露出马脚。言归正传，要说的话其实真的很多，还是不知从哪儿说起，期待您进一步启发，让我们来共同完成这个"无边际"的对话。

林　岜：好，言归正传。作家的表达欲望不仅在文学的创作中，也在于对生活的态度，如果说，写完小说就无话可说了的话，那么只能证明一点，写作让作家有了疲倦感，是这样吗？

宋长江：哈哈，紧追不舍。不是这样的。路上的车太多会造成交通堵塞，太多的话涌上喉咙反而会无话可说。作家的社会责任感可能会产生疲倦感，假设这个疲倦感真实存在的话。以我个人对自己的推测，它并不会影响写作本身，它是对写作以外的社会现象产生了疑虑和困惑，或是不敢轻易下什么结论，属于作家的一种思考状态，只好少说，让小说去说。对作家而言，疲倦感往往不是写作带来的附属品，它更多来自写作之外的焦虑累积，而文本之外的表达常常又言不由衷，这难免使我警惕。

林　品：对了，你在《满族文学》做主编，这是你的职业，那么，写小说呢，是你的职业还是你的业余爱好？或者说，你小说创作的动机是什么呢？

宋长江：年轻时初学写作，朦朦胧胧，潜意识里，冠冕堂皇地追求理想，想成为作家，并无"专业"和"业余"的概念。等明白了作家有专业和业余之分，生活现实很快就告诉我，你只能是个业余文学写作者，并坦然接受。现实是什么？许多作家年轻时就出手不凡，成果斐然，而我所谓的厚积薄发，无疑证明了我不具备成为专业作家的潜质和可能。在此感谢那些用"厚积薄发"来形容和评论我的朋友们和评论家。后来之所以坚持业余写作，是社会责任感逐渐促成的，我要参与和表达，这也算是我的写作动机。我坦然，我写作不是玩票。我尽管不才，我的创作尽管很累，尽管偶尔有上面所说的疲倦感。

林　品：就当下华语文坛而言，写小说的人不少，出作品的人也很多，但好感觉品还是少。尤其是新媒体出现以后，涌现出无数的网络写手、影视剧编剧等，一下子把文学的纯洁性打乱了，在文化和文学的商业化泛滥的今天，诗歌、散文、小说、戏剧的创作难度是降低了还是提升了呢？你在主持文学刊物的编辑工作，相信你对当下华语文学创作状态也是十分了解的。

宋长江：提到这个问题，疲倦感说来就来了。我没有能力去评判这个现象，去得出科学的正确的结论。透过现象看本质，我们必须承认，就像你先前提到的，"出版有质量的书越来越少"，这个质量应该包含"文学的纯洁性"。至于新媒体下的小说创作，我个人的观点是，那就百花齐放吧，商业就商业吧，泛滥就泛滥吧，这是新事物产生和发展过程中的必然。但我确信，在这个发展过程中，总会涌起几朵"文学的纯洁性"的浪花。大浪淘沙嘛，泛滥过后，读者的认知也会逐渐调整，就像当初热衷于读低质的网络小说的读者逐渐退出那个阅读领域一样，新媒体出现后，阅读领域更加宽阔了，这就存在另一种或多种选择的可能，也就必然有人选择去读具有优良品质的"文学的纯洁性"的作品。优良品质的作品是人生的精神食粮，不能缺，缺了你就没有高品质的生活。追求高品质的生活，越来越成为人们的共识。

从我个人的创作体会和办刊经历，谈当下文艺创作难度是降低了还是提升了的问题，我不敢妄言，只能客观讲，谈不上提升吧，却偶尔有创新意识的作品诞生。但总体不令人满意，包括我个人的创作。

林　品：有评论家说，文学可读性最根本的指向就是文学的审美动感力，这是有道理的判断。你在你的小说集《后七年之痒》中选发了五部中篇小说，这五部小说分别为《绝当》《温泉欲》《传闻人物》《后七年之痒》和《祖坟青烟袅袅》，实际上，这五部小说的题目每一个都可以做这部集子的名字，比如《绝当》也是不错的。"绝当"一词本身就具有语言冲击力，但为什么单拿出《后七年之痒》这部既是情感小说也是官场小说的小说来作为书名呢？有什么用意吗？当然，这个问题同样可以用在另一部小说集《或为拉布拉多而痛》的选择上。可以说说吗？

宋长江：谈一下最初的真实想法。哈哈，是个人的小心思和小伎俩起了某种作用。当我最终确定书名时，才又附加了更深一层的思考。你前面提到过商业化问题，我想，《后七年之痒》作为小说题目也好，书名也罢，留给读者的一定是追问，具有"悬疑"的效果，因为"七年之痒"本身就是成年人都关注的话题嘛！至于《或为拉布拉多而痛》，选用书名的理由却是另外两个因素，一是陌生化，二是这篇小说的"含金量"被我自己认可。这里有自恋的成分。你提到的"文学的审美动感力"，这个概念在选择的当时是没有的，而这种感觉却是存在的，那是一种潜意识的感觉。尤其是《或为拉布拉多而痛》的选择，就是偏爱，对我个人的意义是，我在创作上，力求跟上时代的节奏，虽然我已快要步入退休的年龄，但我不想让读者认为我是一个老气横秋的家伙。

林　品：当然，你的《后七年之痒》集子中的五篇小说，可以归类于官场小说，但你与众不同的是，你没有纠结于官场写官场，而是通过非官场人物（如《后七年之痒》中的武小妹）的介入反映了当下官场的事实；或是写官场人物但不对官场人与人之间的"厚黑行为"进行描摹或批判，而是从生活事件和人物的走向入手（如《绝当》中的古长风和《温泉欲》中康泉芳身份的转变）进行了一次官场旅行，在这个旅行中塑造了有血有肉富于变化的"圆形的人物"形象。这种创新就像我前面提到的文学的发现与发明，你发现官场的问题，但你发明了一种创作官场文学的另一个写作方法和思路，所以，你的官场小说可以总结为"新官场小说"。

宋长江：过奖了。写当下官场的小说很多，写官场小说出名的作家也很多，近二三十年经久不衰。有意思的现象是，许多不知名的作者，甚至初学写作者，大概因为官场小说很火，往往把笔当刀，一下子刺进官场，这就出现了官场小说同质化问题。我作为文学期刊的编辑，每每读到这类题材的小说，时常发笑，笑情节的雷同，笑语言的雷同，笑人物的雷同，笑观点的雷同，读后索然无味。因为，大多数人并不了解官场。他们不是从生活出发，而是把别人出版或发表的小说作为参照去写小说。生活中，我们都接触过大大小小的官员，我发现的是，他们和我们除去官职并无什么区别，七情六欲，油盐酱醋，一样都不少。那么，他们的思想和行为又往往表露在生活里，你不去把他看作官，你把他看成生活中的一分子一角色，你就会进一步发现，他们不仅仅是场面上的人物，他们在日常生活中，会自然流露出许多人性化的一面，具有人物的鲜活性、复杂性和多变性。如若不想写出僵尸性的人物，就必须从普通生活、普通人物、普通场景出发，才能让人物活起来。这样的作品，读者读起来，对官场的理解也会更接近，更易接受，对作品会更认可。其实，我们普通老百姓对官场的认知，本身是缺乏了解的，真要正面把内幕呈现出来，他们会产生怀疑，"可能吗？"甚至认为，作家是不是在瞎编？然而角度换了，换成你生活中的官，自然就可信了。比如《温泉欲》中的康泉芳，作为中层干部，无论在工作或家庭生活中，思想和言行，都接近于一个普通人的思维，甚至在人情世故方面，并没有因为是一个领导干部而拔高她。她对同父异母具有黑社会背景的哥哥"手下留了情"，她甚至答应了副镇长姜荣萍自首前提出的要求，把她存的一部分钱留给自己的女儿，让女儿离开温泉镇。答应姜荣萍的要求，可是违纪违法的呀。人无完人嘛。至于你提到官场文学写作的另类路数是不是我的发明，实在不敢当。可以说，如此写法，既有刻意，又为自然生成，潜意识的成分很大，这与当编辑的感悟应该有关。

林　岜：你的小说在处理人物关系时，不追求刻意，而是顺其自然，即皆在情理之中，又在意料之外。而架构这种人物关系的核心要素是物质（精神是物质的一种形态），即人（小说中的人物）对物质对象的实际占有，是在人与人（人与人都指小说中的人物）之间的相互制约关系中自然发生。小说中的人物对物质（包括精神层面，也包括男女关系层面）的占有，体现着一定的价值标准和行为规范，因而呈现着人（小说中的人物）对物质性生活性的实用功利追求之中产生的并不错综复杂的人物关系，在这样的关系中所塑造出的人物或者说呈现出来的人物关系反而是真实的，可信的，于读者而言，读起来才筋道。

宋长江： 我多年来坚持的原则是，生活中，不要把一个人用一句话去定义，或下结论。人的表里永远是不一的，只是表现程度有所不同。那么，创作小说时，也必须遵循这个原则，才可能更真实。当我们作家无法全方位立体地去塑造一个人物时，最好的办法，就是不能当全知全能的人，一定要留下人物你所不知的蛛丝马迹，让"蛛丝马迹"与"蛛丝马迹"在自然中缠接，人物与人物之间才可呈现出真实感，留给读者判断的空间也就最大化。要相信读者与作品的互动能力和判断能力，他们会完成小说家未尽的表达，甚至会产生连小说家自己都无法企及的效果。就像评论家评论作家和作品，他们时常站在比作家高瞻的位置，提携作家的再认识，对今后的创作将是十分有益的。

林　喦： 对了，可以说说你的另一部小说集《或为拉布拉多而痛》。这部集子中的15篇小说，总体风格明显与《后七年之痒》不同，其中呈现出来的幽默与荒诞性、戏剧性与哲思性以及情节设置的精当巧妙性都构成了你的小说的亮点，比如《拉线开关》《素装》《牌局》《太阳光》《破解五小姨死亡之谜》等等。阅读这样的小说，留给读者的思考空间更大。我感觉你这15篇小说，每一篇都能做成一部经典的话剧。

宋长江： 哈哈，以前从没想过这个问题。说实话，初学写作时，读了大量的理论书，读杂了，由系统到最后打乱了系统，甚至发展到不敢轻易去引用名家经典，因为总有些现实的例子与其相左。但是，文学理论沉淀下来的潜在意识是抹杀不了的，在潜移默化起着作用。在创作小说的过程中，会时不时运用在其中。这时我才想起，应该感谢理论家们。单说戏剧性，我是依据题材来处理的，有些小说刻意淡化戏剧性，有些强化戏剧性。荒诞和幽默的运用同理。不过，最近几年的创作，无论采用什么手段，强化刻意运用略多一些，目的是让新作有所变化，增强可读性。比如，我正在创作的一部小说，已经死去的人借魂返世，形式并不新鲜，但用在我的作品里，却是一种新鲜的尝试，效果比"老一套"耐读，同时对小说主题的深化，起到了事半功倍的效果。说句题外话，我的小说，经常有人要谈改编电影电视剧本什么的，最终无一成功，都说改着改着就难了。难在哪儿我也不清楚。

林　喦： 聊了这么长时间，是不是想把要说的都说了呢？其实，辽宁师范大学青年评论家乔世华先生在这次给你写的评论中说："宋长江是一个绝少重复自己的作家，从思想内容到艺术技巧，其一直努力让自己的每一篇小说都有其独特的意义指向和成为别有意味的形式。"我想，这是中肯的，也是赞誉的。但同时，我也觉得我们今天的评论家对作家作品的评论，还是有些"面子客气"的成分，你自己说说呗，你小说存在哪些不足？当然，也可以不说。

宋长江：说，一定要说。机不可失呀。给我的作品写评论，客情的成分绝对存在。"客情"是当下评论界的常态。我提倡批评，批评是文学评论的核心职责。要说我的小说创作有那么一点点谈资的话，绝对有来自我对批评意见的听取。这里有文学爱好者的意见，有同为小说家的意见，有文学评论家的意见。可惜，不是很多，或者说极少，客情嘛。令我深感遗憾的是，现在无论是作品研讨会，还是报刊上的评论，多为溢美之言。溢美需要，批评不可缺。尤其当作家本人无法提高作品质量的时候，批评就显得格外重要了。好在我有自知之明，对自己的不足时刻保持警惕。我说过，我不适合当小说家，我缺乏小说家的想象力和表现力，有些作品属于"粗制"，之所以还能发表，缘于"粗制"者比较多，我就浑水摸鱼了。另一个不足是，有些作品思想大于艺术，也就是说，思想的东西过于显露。

林　晶：嗯。

宋长江：这次各位评论家能对我的作品进行一次全面的梳理，深感惭愧。赞誉和肯定的东西，我将继续发扬。同时，也愿意听到对我作品不足的批评。我需要批评，因为我还在创作中。

林　晶：其实，还有很多关于文学和你创作方面的话题，今天我们先聊到这儿，找机会再聊，期待你创作出更好的作品，那时我们再聊。谢谢！

展示乡土精神的旗手

——与作家孙惠芬的对话

作家简介：

孙惠芬（1961— ），女，汉族，一级作家。中国作家协会全委会委员，辽宁省作家协会副主席。辽宁省优秀专家。全国文化名家暨"四个一批"人才。出版《孙惠芬文集》七卷本、长篇小说《歇马山庄》《上塘书》《吉宽的马车》《秉德女人》《生死十日谈》《后上塘书》《寻找张展》七部。曾获中华文学基金会第三届冯牧文学奖"文学新人奖"，辽宁第四届曹雪芹长篇小说奖，第二届、第三届中国女性文学奖，第三届鲁迅文学奖，《人民文学》优秀长篇小说年奖等。

在我看来，孙慧芬在当代辽宁作家中是不能绕过去的作家，也是当代辽宁作家中很有代表性的典型作家，她总是扎扎实实地关注农村，关注农村生活，并以客观和踏实的态度真实、生动地记录着生活的原生态，她的作品从《歇马山庄》《民工》《歇马山庄的女人们》《吉宽的马车》到《上塘书》《后上塘书》等一系列中短篇以及长篇小说，总是在探讨关于人出路和命运的问题，也探讨着一些人在实际生活中自我挣扎与思考的问题，比较集中地体现着一个作家的社会良知，这与她曾经当过农民、工人有一定的关系。

林　晶： 孙老师，《歇马山庄》的出现，"歇马山庄"也似乎成了你的别称，你的长篇小说《秉德女人》同《歇马山庄》《上塘书》一起成为你农村题材创作的三部曲。请你谈谈创作的一些体会吧。

孙惠芬：《歇马山庄》之后，我写了《上塘书》和《吉宽的马车》，到现在的《秉德女人》，是我的第四部长篇小说。其中《吉宽的马车》前半部写乡村，后半部全部移植城市，至于其他三部都是反映乡村现实的小说，其中的人物无论离开乡村多远，最终都要回到乡村，小说视野一直逼仄在乡村大地上。从小说的时间跨度看，《歇马山庄》写了发生在一年里的故事，《上塘书》写了发生在几十年里的故事，而《秉德女人》则写了发生在近百年里的故事，历史深度的发掘和时间长度的拓展构成了它们的递进关系。

《歇马山庄》关注的是人物在社会变革中瞬间的心灵变迁，更多的笔墨用来描摹心灵的历史，挖掘的是心灵的深度；《上塘书》则关注一个村庄在社会变革中发生的种种精神事件，我更多的笔墨用在描摹乡村事物的精神历史上，挖掘的是事物背后隐藏的精神深度。有评论说我是在写地方志，其实那是一本精神志，是上塘的精神志。因为乡村在我心里装载得太久了，积累了太多的情感，土地、街道、房屋、草垛，在长时间的怀想中拥有了灵性，它们也就变成人物向我走来，也就有了一桩又一桩精神事件。而《秉德女人》不同，它关注一个人漫长的一生，秉德女人生长在一个18世纪就与外面世界通港的海边小镇，她的一生，经历了国家和政治的无常风雨，在跌宕起伏的命运中，时间的跨度差不多是一个世纪。我跟踪她由年龄变化、身体变化而带来的心理变化，在这个变化中，大环境下的乡村虽然相对安静，战争也仿佛只是发生在遥远的外面的事情，可因为辽南乡村特殊的相对开放的地理位置，秉德女人很早就有了家国观念，很早就在不自觉中寻找生存的方向感。我的笔墨既用来描摹漫长的时间的历史，又用来描摹出时间变化带来的身体变化和心理变迁，我试图挖掘的，是人物在漫长的时间和历史中宏阔的精神世界和原始生命力。

林　晶：《秉德女人》穿越了几个时代，从清末、民国、新中国成立、土改、"文革"，一直到改革开放。时间跨度之长，超过了前几部作品，在这超长跨度的作品中，基本上是以一个女人一生的经历来推动故事发展的，这对一个作家创作而言，一定有难度。但同时我觉得也会发挥你更大的创作想象，这里面是否有你家族的影子？

孙惠芬：是的，比如我的奶奶，她是一个在乡村少有的有家国观念的人，这一点对我和我们家族影响很大，这也是这部小说让我为之倾情的动力所在。一个乡村女人的家国观如何建立和毁灭是这部小说的精神内核，《秉德女人》除了在这一点上有奶奶的影子，故事纯属虚构。当然真正让人物从故事中活起来走出来，还得感谢我出生成长的家庭家族。我身后家族的背景里，就有基督教徒、匪胡子、国民党、买卖人，还有共产党员和知识分子。在我的家庭家族里，祖辈父辈一直都在追求和国家保持一致，他们野草一样生长在狭小的乡村世界，却一生都在企图和国家这根粗壮的血管相通，当我的笔触伸入这个血管，细致而绵密的细节也就枝叶繁茂地长了出来。不过这也是双刃剑，写作中最难超越的部分也在身后熟悉的家族故事上。比如"文革"之后的家族历史我经历过，在写作中就反而被羁绊，被我经历过的现实羁绊。小说修改十几稿，主要力量都用在如何跳出熟悉的生活上。

林　品：你很多的作品其实都是在写人的心灵，"人性的困惑"，特别是在这部书里，关于秉德女人对外面世界敏感的触须和要被国家认同的渴慕，给人印象非常深。

孙惠芬：对，在人性的发现上，确实比原来的作品更深了一步，这发现不是别的，是人的存在感。在我童年的记忆里，"会"这个词在我这里拥有非凡的魅力。我生长在乡村大家里，童年时家里经常开会。当然我喜欢的会不是家庭生活会，而是另一种会，那种会在我10岁之前只开过两次。那是我的在大城市工作的五叔从外面回来。只要五叔回来，当天晚上大家必聚到一起开会，听五叔讲话。五叔是"公家人"，是国家的人，他讲的事都是发生在遥远的外面的国家的事，什么中苏关系、中日关系，什么第一颗原子弹、氢弹、人造卫星……那样的时刻真是美妙无比，所有人的目光都聚集在五叔的脸上，每个人的脸都微微涨红，仿佛五叔的话是从国家这个粗血管里流出的血，一点点渗进了家里每一个人的神经……多年之后，我因为写作从乡村走出，在县城文化馆工作，有两年还阴差阳错地做了县文化局的副局长，变成了"公家人"，每周末回到乡下的晚上，父亲和三个哥嫂必定自动向我围来，像当年全家人围住五叔一样，我也就自然而然地扮演了五叔的角色，讲我所能知道的那一点点外面的事、国家的事。那时我已恋爱，回乡下必带男朋友，几次之后，男朋友因为不能在更多的时间里和我亲密，再也不跟我去了。然而我从未因此而修改日程，因为我看到了父亲和哥哥脸上的光……

又是一些年之后，因为写作，我散漫的内心经历了由对秩序的渴望到对秩序的排斥，以及到对无秩序的自由精神的强烈向往，我毅然辞掉文化局的工作，从县城调到大连，又在不断写作的努力中有机会做了专业作家。专业作家意味着再也不用上班，再也不必开一些无聊的会，能拥有这样的自由，对我来说相当不易，可是没有人知道，当我家庭妇女一样成天坐在家里，再也不能经常出去开会，我的哥哥们是多么失落！偶尔的，我外出采风被哥哥们知道，他们会赶紧打来电话，兴冲冲问：怎么出去啦？开会吗？每当这时，我的心都在隐隐作痛，仿佛做了亏心事。2007年，我开始构思从20世纪初走来的《秉德女人》，以往那些"会"的记忆在我心底复活，由此而获得的种种感受和意识也便血液一样在秉德女人身体里流淌。我为此付出的所有努力，都在通过我的笔，让国家意识在一个封闭乡村的小女子的生命中觉醒，都在通过我的书写，使辽南乡村人的原始生命力在20世纪近百年的时代变迁中喷薄绽放。

林　品：你能谈谈书中秉德女人这位很特殊也倾注你心血的人物吗？

孙惠芬：秉德女人是我喜欢的人物，我写出了一个对身体敏感的女人。这也是多年来一直有的一个想法，因为只有敏感的女人才会忠诚于自己的身体，只有忠诚于自己身体的女人，她的心才是狂野的、自由的，她由身体而抵达的精神世界才有可能更宏阔。我喜欢秉德女人，是因为她由身体抵达的宏阔的精神世界支撑了她信念的一次次崛起。

林　品：你的作品塑造出许多成功的女性形象，也有很多男性形象，这些似乎都带有你家族人物的影子，但事实上，无论是写人，还是写乡村，都有你对乡间土地的眷恋和热爱。

孙惠芬：是的，无论我写出哪些作品，塑造哪些人物，我都得感谢我出生成长的那个家族和村庄，是他们给我带来了思索，给了我生活启迪，开掘了我的情感维度，是他们让我刚刚萌芽在感觉里的艺术种子有了肥沃而结实的土壤，这一点，我万分感激。在写《秉德女人》这部小说的前前后后，我经历了太多的事情，如今又进入不惑之年，看人生看故乡看家族看过去看未来都有了巨大的改变，到现在，我不知道是这部小说让我有了改变，还是我的改变影响了这部小说，反正，我的收获不是用几句话能够说清的。我想，它们会以另一种面貌呈现在今后的作品里。

林　品：在当代辽宁作家中，你是比较勤奋的一位，也是有一定影响力的作家，尤其是在中长篇小说的创作上，你的写作，是否随着年龄的增长更加成熟？

孙惠芬：什么样的年龄，写什么样的作品，一个写作者的一生，一定有经验、眼光最丰富独到，想象力、创作力最丰沛饱满的时期。如果不是进入不惑之年，我写不了《秉德女人》，那个深埋在地下的矿藏我无从下手也找不到矿脉。然而需要警惕的是，随着年龄的增长，发掘矿藏的经验也许比从前丰富，眼光也许比从前独到，可是敏感度一定是在下降，直觉能力一定是不如从前。艺术是一个神奇的事物，它更多的时候依赖于直觉。这个时候，如何小心翼翼保护好创作心态，如何使自己的创作寿命更长久尤其重要。还是那句话，我愿意自己不断进步，一步一步往上走。

林　品：你的大多数作品，总是能很醒目地打上"乡村"的烙印，也展现了乡土精神和田园意识，你是不是因此而感到欣慰？

孙惠芬：这方面，我认为自己做得并不好，或者可以说做得很不够。我写了很多反映乡村生活的小说，可是我的乡土并没有像沈从文和萧红那样让人记忆深刻，并不能让人读上几句话就能嗅出独属于辽南大地的气味，也不能使飘泊在外的家乡人从作品中找到身份的认同感。当然在这一点上，我一直在努力着。要说欣慰，最让我欣慰的是乡村大地一直向我敞开着，或者说一直装在我的心里边。对那片土地的书写一直让我热情澎湃。文学带我从家乡出发，最后又让我回到了家乡。出发的那个家乡是一个现实的种有五谷杂粮、长满了野草树木的落后的乡村，站在那里，世界在乡村外面，那时，我满怀着闯荡世界的梦想。如今回到的乡村，是一个静谧的能够安放灵魂的地方，当你风风火火向外面的世界进发，站到了乡村对面，你才知道乡村原来也是一个世界，它是文学的世界，它是城市的远方，通过不断地想象和创造回到那里，世界是另一番模样。

林　喦：文学是自由的产物，在某种程度上我们完全可以说，在文学创造的世界中，作家主体心灵自由的意义深刻而直接地影响着其文学创作的价值和质量，其意义甚至超过了作家生存的外部客观环境的自由。你怎样看待你在个人创作中的自由度问题？

孙惠芬：是的，一个心灵臣服于秩序和程序的人是不会有任何创造力的。渴望自由的灵魂在程序和秩序的世界里不断冲撞，那神经受挫的部分、疼痛的部分，那流血的部分，会呈现精神生活的勃勃生机，从而见证人类精神生活的纷繁和丰富。所谓心灵里的矛盾、冲突、挣扎、抗争，都是自由精神在作祟，从这个意义上讲，我很感谢童年以及青少年时期在乡村所经历的野草般的生活，那无序的旷野散漫的日子，使某种东西野草一样在我的身体里疯长，当然我更该感谢命运在我后来生活中设置的种种边界，种种障碍，是它们，使我身体里野草一样疯长的东西在受挫中一次次获得创作的灵感和饱足的激情。

我经常回过头看我走的路，那是一段剪不断理还乱的心灵道路，文学的理想和人生的理想麻团一样交织在一起，文学的困境时常伴随着人生的困境，有时写作成了我直接梳理麻团的工具，可以说，是写作使我不断地获得心灵的救赎。

林　喦：听说你最近又有一部长篇小说问世——《生死十日谈》，《人民文学》2012年11期已经刊载，我还未及读到，能说说这是一部什么样的作品，何时出版吗？

孙惠芬：2011年9月，我的好朋友、大连医科大学心理学教授贾树华接受一个国家项目，在乡村搞自杀遗族的干预与调查，当时正赶上我就在乡村——2011年至

2012年，在差不多两年的时间里，我把自己"放逐"乡村，一直在家乡的沟沟岔岔走访。不经意地加入了这个团队，心灵受到极大的震撼，新的写作灵感不期然生发。这是一部有关生死的书，看上去是探讨死去了的人为什么死去，而实际上是在讲述活着的人在如何活着。《生死十日谈》在《人民文学》杂志刊出时有删节，全文将在今年3月由人民文学出版社正式出版。之所以说这是一次不期然的写作，是说在此之前，我把自己"放逐"乡村，是要写另一部作品，那部作品在我心里酝酿了很久，关乎这个时代的乡村、当下，关乎乡村城市化进程中，从乡村土地上升起又落下的各种声音。可是遇到《生死十日谈》，我居然不自觉地把另一部作品放下了，我倾其所有，彻底地把自己淹在这部作品里了。我希望它不会辜负我的努力，不会辜负关心我创作的朋友和读者的期待！

林　嵒：我充满期待！

孙惠芬：谢谢！

作家要"守住自己"

——与散文家素素的对话

作家简介：

　　素素（1955— ），女，中国作家协会会员、辽宁省作家协会顾问、大连市作家协会主席、大连市文联副主席、《大连日报》高级编辑。散文《佛眼》获中国作协全国散文大赛一等奖；散文集《独语东北》获中国作协第三届鲁迅文学散文奖、杂文奖；文集《张望天上那朵玫瑰》获第三届中国女性文学奖；《旅顺口往事》获辽宁文学奖。出版《女人书简》《欧洲细节》《永远的关外》《原乡记忆》等10多部散文集。

　　在中国传统的文学分类中，有韵文学统称诗歌，无韵文学统称散文，因此，从传统的意义上讲，除了诗歌以外的文学作品都可以称为散文（传统文学中的小说也被称为散文）。此外，在中国文学史上，有几个散文创作的高峰期，也给这个大而化之的散文概念以有力的佐证，如诸子百家、唐宋古文、明清小品。再如，明代的归有光、清代的袁枚，不但是散文作家中的佼佼学者，也是开启现代散文意蕴先河的大家。晚清以来，随着对世界文学的认知，学界对文学文体的分类更为具体、明晰，于是，散文、小说、诗歌、戏剧文体四分法便被广泛地认同了。在现当代文学史上，以散文形式竖置文坛的大家比比皆是。而用散文的形式抒发个人的情感表达，也成了一些文学爱好者信手拈来的日常习惯。

　　在散文题材的选择上，以历史为题材的散文创作已经成为诸多散文家创作的首选，这一方面缘于中国五千多年文明史以及所孕育的传统文化有无限可发现、挖掘和梳理的文化资源；另一方面是因为散文"形散而神不散"的文体有着无限可大可小、收放自如的创作发挥空间，也宜于写作者的思想表达。在当代辽宁作家中，王充闾、张宏杰、鲍尔吉·原野等男性作家都是历史文化散文写作的高手，而女性作家素素的散文写作也在不断地拓展历史题材的选择，继《独语东北》之后，先后又写出《流光碎影》《旅顺口往事》。尤其是《旅顺口往事》，素素以她擅长的创作方式，描摹了旅顺口五千年的历史长卷，表达了她作为散文家的一种对家乡、对历史的独特思考，堪称一部散文化的旅顺口变迁史。

林　品：素素老师您好！以这种方式和您交流，感觉特别亲切。这段时间，阅读了您的三部散文集，其中我特别喜欢《旅顺口往事》这部集子。这有两个原因：一是我籍贯是大连旅顺，我虽然不出生于此，但父亲是大连旅顺生人，旅顺于我也算是祖籍了。自小，父亲就经常讲关于旅顺龙王塘的各种故事，耳濡目染，便对旅顺有着天然的亲近感和熟识度。二是我阅读了很多关于甲午海战、东北抗联、苏俄红军解放东北以及闯关东、东北流民等相关资料，里面关于大连、旅顺的诸多历史事件引起了我的格外关注。于是，您的《旅顺口往事》便成了我很喜欢的作品。应该说，写这部作品从选题、走访、查阅资料、构思到创作，相信您花费了很多心思和心血。

素　素：您如此喜欢《旅顺口往事》，就像给我发了一个红包。当然，您的喜欢也有另外的理由，因为旅顺口与您的身份有关，这里是您的祖居之地，这里有您的乡愁。但对大多数人而言，旅顺口在乡愁之上，还有国殇。就是说，旅顺口的往事太沉重了，它是一个大题材，也是一项大工程。不论是决定写它，还是在写的过程中，我都一直心怀忐忑，生怕我承不起它的重，写不出它的悲。所以，我采取的是刀耕火种的方式，一边做阅读笔记，一边做田野调查，最后坐下来一个字一个字地敲。看书的时间比写作的时间长了好几倍，因为在电脑前坐的时间太长，大脑供血严重不足，头顶的青丝比别的地方先白了。以前写书没觉出累，这一本却让我感到了透支。也许，不全是因为体力不支，更是因为旅顺口本身的悲剧感。但是，我总算完成了这个工程，付出再多也值得。

至于我为什么要写旅顺口，其实有一个认识的过程。这个过程就呈现在您最近看过的这三本书里。在《独语东北》里，旅顺口只是单独的一篇，题目是《笔直的阴影》，我在梳理近代东北历史的时候，看到了旅顺口的存在。在《流光碎影》里，因为写的是辽南乡土史和大连城市史，因为作为辽东半岛南部的近代城市，先有旅顺口后有大连，所以它在这本书里就不可能是一篇，需要成为重要而独立的一章。最后到《旅顺口往事》，终于独立成书。

说到《旅顺口往事》的缘起，我要感谢省作协老主席刘兆林。2008年《流光碎影》出版，此书分为三章，他看过之后，建议我把写旅顺口的一章放大成一本书，而且还被辽宁作协上报为中国作协重点扶持项目，我也由此获得了前期创作5000元的资金补助。可惜按项目规定的时间必须在一年内完成，我写这本书却用了长达四年。所以，即使这本书出版以及出版后举行了研讨会，我也不好意思再跟中国作协要什么支持。这也是写作此书所经历的艰难之一种吧。

林　岜：旅顺口历史的独特性，也是大连历史的一个独特显现，能够窥一斑而知全豹地看到辽东半岛甚至是整个东北亚历史的变迁。所以，我认为《旅顺口往事》是一部用散文书写地域历史文化的范本，也开创了新的地域史修史模式。我在阅读中注意到，您这部书有一个特点，就是选择旅顺口的历史事件及历史遗迹作为入口，用一个个碎片连缀出一部历史，可见您对旅顺口的历史居高临下，尽在掌握。

素　素：我在前面说过，我对旅顺口有一个认识的过程，其中就包括它的独特性。题材的价值之一，就是独特或陌生。旅顺口的独特，一是地理的，辽东半岛最南端，自古以来就是兵家必争之地，古代是著名的"秦湾汉港，唐镇辽口"，近代则是世界五大不冻港之一；二是人文的，我始终认为，旅顺口的地理，决定了旅顺口的命运，世界近代史始于海上，而它是一直被西方列强所觊觎的不冻港，所以最后是通过两场战争，让它先后沦为了俄日两强的殖民地。

然而，如何把漫长的历史以文学的形式呈现，这是一个难题。苏联作家斯捷潘诺夫写过一部长篇纪实小说《旅顺口》，他截取的时间是1904年2月至1905年1月，也就是日俄战争的全过程。如果我也以近代史为背景，而且写与旅顺口有关的两场战争，那么我只能写甲午战争，因为日俄战争没有中国的参与。但是，日俄战争在旅顺口打了一年多，甲午战争在旅顺口一役只打了一天，所以如果想把旅顺口中的故事写成一部书，不能只写近代的旅顺口，而要写五千年的旅顺口。也正是在遥看五千年的时候，那分布在不同历史时段的故事浮出了水面。于是，在这本书里，就有了旅顺口的四个时代：一是古港时代。漫长的封建史上，旅顺口对中原而言，它是招慰道上的一个馆驿；对东北夷而言，它是朝贡道上的一个客栈；对战争而言，它又是交锋对手的必争之地。二是重镇时代。这也是李鸿章时代，他把这里打造成了北洋重镇、京津锁钥、东方第一大港。然而，一场甲午战争，所谓的大清铁岸竟成了一堆烂泥。三是要塞时代。俄国人把这里当作太平洋上的不冻港，日本人把这里当成称霸大陆的桥头堡。这也是日俄两强在旅顺口争锋或殖民的时代。四是基地时代。二战胜利之后，旅顺口仍没有回归中国，而是一个特殊的海军基地，基地的主人是苏联红军。10年后，它才成为新中国的海军基地。

当然，要写好四个时代，首先要对旅顺口五千年的历史有一种全景式的了解，光有了解也远远不够，还要有一种深度解读和思考。不过，我毕竟只是一个写作者，而不是历史学者，所以对我而言，这也是最具有挑战性的地方。这样的挑战以前也有过，比如写《独语东北》之前，我一直与女人纠缠着，因为想逃离女性题材，而选择了雄性的东北，当时也是忐忑，也是没底，好在它居然获了鲁迅文学奖，总算没有给自己丢脸。

林　品：对了，素素老师，我们聊了这么多，您为什么选择散文而没有选择小说、诗歌呢？

素　素：先说我为什么选择散文吧。第一个原因，我的第一篇处女作就是散文。那是1974年，小作《红蕾》发在《辽宁文艺》（原名《鸭绿江》），它像火炭一样，温暖了我整个冬天。虽然后来也发过小说，可是被我放下了。第二个原因，我发现我特别不会编故事，记得1981年，第一次参加省作协的小说笔会，我的小说题目明明叫《新婚之夜》，写的却不是男欢女爱，而是一帮半大孩子闹洞房。我去请求指正，看过的人都说我写了一篇乡土散文。这让我对小说产生了敬畏和恐惧，因而一直不敢操作小说。第三个原因，我一直在报社当副刊编辑，工作节奏快，没时间写大部头。其实，以上原因，一方面是给自己写不了小说找一个体面的借口，另一方面也说明我对散文几乎有一种出于本能的热爱。所以，一个体裁，我竟然与它厮守了40多年，你说我在散文这眼井里陷得有多深哪。

林　品：您能谈谈您的写作经历吗？

素　素：要说写作经历，我也只能说写散文的经历。我出了十几本书，这只是一个量的概念，若以质而论，只有三本：一本乡村，一本女人，一本历史。看似风马牛，却是我在40多年写作中成长的胎记。我想，无论男作家还是女作家，每个人的写作都是一种由小而大的成长，因为生活半径的大小决定了创作视野的大小，知识半径的大小决定了创作格局的大小。如果说一个作家的成长是有过程的，那么区别只是过程的长短而已。尤其我一直写散文，而且性别女，从小我开始，从自身经验开始，既是无法超越的藩篱，也是无意超越的乐园。

故乡是我的第一本书。我的老家在辽南乡下，我因为读书而走进城市。那时候，我还看不清眼前城市的楼头和街角，身后的乡村却是不用回头就如数家珍，在我的心里始终拖着一条长长的脐带，扭成了一个古老的乡村情结。于是，在整个20世纪80年代，它成了这一本书的母题，不绝如缕。在第一本书《北方女孩》里，只有眷恋，没有批判，只写温暖，不写苦难。而我之所以要走出乡村，恰恰是要逃避那苦难。我的乡村在我的文字里是美的，在我的灵魂里却是不忍卒读。事实上，我亲近的是精神意义的家园，拒绝的是萝卜白菜的老家。所以，在我一步一步离开它的时候，爱恨纠结，悲喜交加。

林　品： 在您的散文写作中，您起初选择了跟您同样性别和身份的知识女性作为写作的对象。

素　素： 写女人的时候，我已经走入城市的深处。乡村依稀，城市楚楚。可是，当我正式地转过身来面对城市，我发现自己仍然没有办法走近那一条条具体的市井街巷，而只能选择跟我同样性别和身份的知识女性。在整个20世纪90年代，我只与这一类女人对话，或者自言自语，她们也便成了这一本书的母题。我发现，在这个时代，城市女人尤其是知识层次较高的女人，大多是悲剧和痛苦的一群。这悲剧，这痛苦，皆是文化所赐。正是文化，让知识女性明白了之后陷入了无法突围的困惑。我认为，我的那些文字是严肃的、有痛感的，而非批评家所说的小感觉、小情调、小女人。有人曾给"小女人散文"一个圈定：作者是出生在20世纪六七十年代的都市职业女性，标志是1995年引起文坛关注的两个事件，即花城出版社推出的一部散文合集《夕阳下的小女人》，上海人民出版社推出的"都市女性随笔丛书"。所写内容是悠闲、时尚的都市生活，咖啡馆、酒吧、高级购物商场等白领阶层高消费的休闲场所，成为女作家们主要的文本意象，也有人称为"咖啡意象"。其实，评价90年代女性散文写作阵容，有一个被忽略了的群体，就是与60后"小女人散文"相对应，还有一个50后"大女人散文"。评论家们往往把她们混为一谈，说到这个时期的女性散文，统统冠以"小女人"之名，口气也相当不屑。我想，以法国年鉴派的眼光看，不管"大女人"还是"小女人"，不论她们喝的是咖啡还是苦茶，写的都是当代的大众心态史。如果有一群"小女人"一边喝着咖啡一边写着散文，恰恰说明中国人的生活品质有了改变，至少在女人当中出现了一个闲适、优雅的阶层，这难道不是好事吗？我倒很想把自己列入其中，可惜我比她们早生了10年，因为心里积蓄的苦比甜多，即使喝着咖啡，也无法消费那份悠闲。

林　品： 应该说，您的散文创作首先关注了女性，随着写作的成熟，您开始观照了地域历史文化，将这个领域纳入您的写作范畴，也是散文创作达到一定高度的标志，开创了用散文书写地域史的先河。

素　素： 历史文化散文是我20世纪90年代后期开始的选择。我认为，历史文化散文不是当代散文家的独创，而是自有散文这个样式开始，说史论道、镂古铄今，就一直是散文的正宗。不论诸子百家、史记汉书、魏晋风骨，还是唐宋古文、明清小品，其所言所记，所思所辩，无不汲历史之养分，写个人之心得。翻开近现代文学史，也不乏精于史且长于文的名家前辈。然而，由现代进入当代，历史文化散文则渐呈衰势，精品佳作更是寥若晨星。直到今天，我们所能记住的篇章，仍然是翦伯赞的《内蒙访古》。自90年代开始，散文界终于有了不俗的响动。一方面是思想者随笔，如张承志的《心灵史》、王小波的《沉默的大多数》、周国平的《今天我活着》等；另一方面就是历史文化散文，如余秋雨的《文化苦旅》、夏坚勇的《淹没的辉煌》、李辉的《沧桑看云》等。尤其是历史文化散文，让历史和文化已然成为当代散文写作的重要母题。

林　品：确实，写作让您有了思考，也赋予了您散文作品深刻的哲思性。

素　素：我曾写过一篇小文，题目就叫《自己与自己告别》。我认为，生命从一开始，就是在与所有我们经历的事物告别。写乡村让我离开了乡村，写女人让我离开了女人。下一本书我将走向哪里，又将向哪里告别，就成为一个问题。90年代初，许多作家去了中国的西部，包括许多东北作家也往西部走去，因为历史和文化都离不开地理。正是在这样的背景下，我选择了东北。写作也是一种寻找，我在此刻找到了东北。东北在历史上被称为"东北夷""关东""边外""北大荒"等，然而，"边外"不是"圈外"，红山文化把中华文明史向前推进了1000年，如果以黄河为轴，辽河即与长江一样，也是中原文明的一翼。应该说，中华文明不是一河文明，也不是两河文明，而是三河文明，这三条大河共同构成了华夏民族的主流文化。正是东北地域的独特性，给了我驰骋和想象的空间，我在其中沉潜了一年多，写出了《独语东北》。当我与东北厮守得久了，也就回不到从前一直纠缠着我的乡村或女人了。在《独语东北》之后，我接着就写了《流光碎影》和《旅顺口往事》，就地理而言，我是由东北退到辽南，最后退到旅顺口，从动作上看似乎一直在向后，活动半径也不断在缩短，却一步步地与历史贴得更近了。为一个地域的历史作传，给了我巨大的收获感和成熟感，因为当我对本土历史有了自己的话语权力和表述方式，内心感到特别踏实，也特别有力量。以后的写作，我仍会坚持这个选择，不会东奔西突，不知所向。

林　品：当下，散文创作比较泛滥，泛散文化写作也已成为一种倾向，您对这种泛散文化写作倾向怎么看，您能谈谈您在创作中的体会或者经验吗？

素　素：这个现象从20世纪90年代初就开始了，有人给它冠以"全民写作"的名头。彼时，中国刚刚进入快节奏的商品经济时代，作协取消了全国性的中短篇小说奖，一直受宠的作家们由主流社会退居边缘地带，纯文学刊物印数下降，报纸副刊一再加版，快餐文化、闲适文化和消费主义成为时尚，地摊杂志受到了极不正常的热捧，自由撰稿人和网络写手更是推波助澜。凡此种种，都给全民写作垫了场。全民写作，散文首当其冲，于是就出现了你所说的"泛散文化"。这样的写作既给这个文体带来了走俏和繁荣，也因为门槛过低给它造成了显而易见的损害。在中国，最典型的现象，就是《读者》成为大多数家庭的枕边书，出现了一支庞大的"读者体写作人群"和"读者体阅读人群"。碎片化写作促成了浅阅读，然后成为一种流行。后来有了博客和微博，让写字和发表变得更加简便易行。博客或微博是说话，看看就完了。真正的散文是写作，提供的是阅读。这是完全不一样的两种东西。现在又有了微信和公众号，写作更是变得直接和自由，以后还会有什么，已经无法预知。总而言之，在这个不争的事实面前，每个人都无力阻挡，也阻挡不了。我的观点，传媒可以分众，朋友可以设圈，那么写作也可以各行其是，最主要的是守住自己。

林　品：我很喜欢这句，作家要"守住自己"。中国是散文大国，从甲骨卜辞算起，散文比任何文体的历史都长，而且从来就没有中断过。所谓的千古文章，指的就是散文；所谓的传统文化，散文也是最大的承载者。从这个意义上说，我们既不要担心散文会失传，也不害怕散文经典会被网络文学取代。感谢您的支持，期待再看到您更好的作品。谢谢！

大地上的浪漫歌吟

——与散文家鲍尔吉·原野的对话

作家简介：

鲍尔吉·原野（1958— ），男，蒙古族，著名作家，出版文集60多部，曾获鲁迅文学奖、人民文学奖、百花文学奖、蒲松龄短篇小说奖等奖项。作品入选大、中、小学语文课文。

阅读蒙古族作家鲍尔吉·原野的散文，如秋日里夕阳下静静地坐在草原的一处蒙古包前，内心充满极为舒服极为恬静的感觉。他的散文感情温厚，视野开阔，诚恳朴素，行云流水般的质朴语言所构建和描摹的草原文化使读者如若身临其境，使人能够感觉到扑面而来的草原风、天空云和浩浩荡荡的马群、牧羊，能够亲切地感觉到质朴而憨实的蒙古族人的微笑与热情，能充满神秘感和浪漫色彩地去感受着那充满神圣仪式感的民族的日常生活和蒙古族人对天、对地、对自然的神圣、敬畏态度。在作家的笔下，我们也能感受到一位人文知识分子的责任心和社会良知，他的散文中也有对工业化时代对草原文明冲击的一种思考与叩问，也有来自作家主体性的批评和无奈。这次与作家原野老师交流，他那温和的声音如他散文的语言一样娓娓道来，温和、质朴、亲切、真诚和谦逊。而我的记录基本上是原野老师的原音重现。

林　晶：原野老师您好，您散文创作的题材还是比较集中于抒写蒙古族的草原生活并形成了您散文创作的一个习惯和风格。在您的身上所留存着的挥之不去的草原文化DNA和纯正的蒙古族血统有关系，能跟我们说说草原和蒙古族文化对您的影响吗？

原　野：我是蒙古族人，民族文化对我的影响是潜移默化的，这种文化如果能够影响我的写作，它是更为复杂和高级的一种情况，自己也可能说不清。我从小生活在城市，城市和牧区是完全不一样的，但凡有城市，就有人的聚集，有密集的房子、街道，这和蒙古族文化完全不相同。小时候上学，因历史原因，那时学校不开设蒙语课，我接受的是汉文化的全日制教育，一个汉字看似很小，但其实它很大，由汉字构成的汉语体系其能量更为巨大，它一定会影响你的世界观，影响你观察生活、认知世界的方式，特别是你吸收能量的方式和你释放能量的方式。在家里，跟父母在一起，因家里人都说蒙古语，我会接受到蒙古语。蒙古语跟汉语完全不一样，它们对于生活的描述，对于心理的描述完全不一样，我就有机会在这两种语言当中，从小到大来认识生活，有的时候在写作的时候也是会不自觉地在心里比较一下，这个话蒙古语是怎么说的，汉语是怎么说的，我一般会有意识地选择更简洁的、更生动的，换句话说更有画面感和更有音乐性的说法来描述，我比较看重的是一种生动的方式，而不是深刻的方式。我在写作的时候，特别写到牧区生活，写到草原、牧民生活的时候，我常常会觉得匮乏，这个话是怎么样说。比如你看到了牧区的大自然的变化，下雨之前草原那种云彩的颜色、草地的颜色，还有空气中潮湿的气味，你是没法形容的，因为，你没有足够的这种文学描写的储备能力。对草原，所谓蓝蓝的天空、洁白的羊群，这是非常肤浅、非常皮相的一种旅游者对牧区的看法，你稍微想一下就知道在冬天、在秋天这个风景不一样。另外，人的心也不一样啊，比如牧区的牧民们在悲伤的时候、在高兴的时候，他在白天、在黑夜里，他是怎么样的呢？于一般的写作者而言，你还没有足够的生活，即使生活在牧区，你如果没有用一种创作的或者是文学家的眼光来看待，你是说不清楚草原的。

林　品：您从小在父母身边长大，家里人都说蒙古语，他们会对您有哪些影响？其实这个问题也就是上一个问题，不仅是您的父母家人，也包括蒙古族人的生活对您有什么样的影响？

原　野：父母给我的影响有这么几条：第一是他们对老人孝敬。他们即使在非直系长辈面前，也是毕恭毕敬，他们会把所有的好东西都献给老人，他们对自己所有的长辈完全像对自己的亲生父母一样，那么全身心地供奉，这个给我很大的影响。后来到牧区去，我发现尊老是所有蒙古族人的集体伦理特征。他们常常会说一个词，是"祖先们、上辈们"的意思。他们尊崇源流，也就是说他们所尊重的老人，是在他们心灵和生活链条里联系祖先的一个环节。从老人这个链条环节里，可以一直上溯到自己的祖先。蒙古族人，一说到祖先全然肃然起敬，他们没有人会忽略或小看这件事——你的父母长亲是你祖先的一部分，而且是离你最近的一部分，这件事还小吗？所以他们在供奉老人、尊敬老人的时候，是把自己的整个血统、把自己整个源流的感情都放在老人身上，这个跟汉族人所说的"孝"有相近的地方，但也不尽相同。蒙古族人孝老给我深刻的印象，这种印象述说了祖先其实包含了传统，也包括我们的来路。

第二是他们引导我珍惜生活、珍惜弱小。我的父母，或者蒙古族人，他们有一种怜惜弱小的特征。对小猫小狗小花小草，他们非常珍惜，也就是说蒙古族人对于所有生灵的东西都倍加珍惜。

第三是给了我乐观顽强的人格引导。你稍微想一下，地理学上说的蒙古高原，地处北亚。北部亚洲所处的自然环境是很残酷的，并不是旅游者所看到的蓝蓝的天空、绿绿的草原，这两样东西都不能吃，也不能喝，它们不是蒙古族人生存下来的首先的条件。人活下来，首先是有蛋白质来源，通过劳动能够养活自己，养活自己的老人和自己的孩子们。那么到了牧区，你会发现牧民们很乐观、很达观，这在他们的音乐里表现鲜明。事实上，所有生活在严酷环境里的人都很乐观。

第四是敬畏神灵。我到牧区去，并不是寻找写作资源，更多的是感受民族的整体风貌，而不仅仅是观察哪一个人的样子。举个例子来说，有一年我到巴林右旗的"沃森花"（音）那个地方，在天亮前参加祭奠敖包的活动。牧民凌晨3点半叫醒了我，天那时还是非常黑。我觉得有一个人拦腰把我抱住，放到一个感觉是摩托车的后座上，我就抱着这个摩托车手的腰。四周都黑，你想从天空上得到一点照亮大地的光线都没有，但摩托车开得很稳，开着开着，觉得路过了一个很浅的河水，听到了河水的声音，然后停了下来。我们步行往上走，走到一座山的山头的时候可以看到圆形轮廓，这是敖包，接着祭祀敖包开始了。村里边的敖包长念祭文，表达对于天地神灵的感激，祈求天地间各路的神灵保佑这个小小的村子来年圆满丰收、人畜平安。之后每人献上自己的礼物，献完礼物这个时候天空有一点光线了。我看到这个村里所有的男人都来了——敖包不允许女人上去——他们都穿着华丽的蒙古袍，神色肃穆。祭祀完了，他们又欣然，就像达成了一项非常好的协议，那个时候我看到他们鼻梁上有对天色的反光，我感觉这个民族心里面有一种天真和古老的愿望，这种东西会打动你，虽然你说不清打动你的是什么，虔诚产生美。

第五是宁静踏实。跟着牧民一起生活的时候，你听到的话语特别少，牧民平常不怎么说话，他没有更多的话要说，就是默默地坐着喝茶；还有比如说他套上马要去一个地方办一件事的时候，他会跟马有简单的几句话，然后他给马放上鞍子，套上笼头，接着上马，骑马就走。在牧区没有语言喧哗，你觉得耳根子特别清静，那个时候你会注意到天空，你会注意到大地和河流，你会看到河流一点都没有流动，

227

甚至天空的云彩反映在水面上也会静止了，你如果再仔细看，河对岸会有土拨鼠坐着，坐在那儿吃东西，或是洗脸。你再仔细看，羊群跟你刚才看到的位置又不一样，又移动了，后来你看到蒙古族人骑马从很远的地方走过来，如无事，但他们一定在做一件事情。在这个安详的大地上，每一个生灵都在做着一件事情，这都不是用语言述说出来的，也没有人用语言说什么。它是安静的，你能倾听到好多东西，譬如星空的絮语，假如星辰偶尔也会说话的话。那么我用这些场景来说明，草原生活首先是对人心灵的洗礼，它让你安静下来，让你去注意到天空和大地。你会觉得自己的思想与生活在草原上是微不足道的，人在大地上何其渺小，他是生灵之一种而已。你会转换心肠，你会用一种新的眼光去体察生活，然后去感受它。这对一个写作的人来讲会有一种营养作用，但说不清它是怎样的一种作用，如果用语言来概括一下，牧区生活或者蒙古族人的生活，会让你更本真、更单纯，去花哨化、去计谋化，这些都不需要。实际上计谋和策略原本也都是一种没办法的事情，不得已而为之。一个光明的人、一个踏实的人不需要这些东西。草原会让你更纯朴一些，这个纯朴并不是你晒得脸很红，或者是你穿的衣服很破，而是让你心灵质朴，我觉得这一点是很好的。即使你不写散文，也没有人逼迫你写散文，做这样一个人也是很好的，对别人对自己而言，都很幸福。

林　品： 您新近出版的散文集《流水似的走马》共收录了10万多字新作和10万字旧作，半对半，封面上印着"游牧散文"的字样，您赋予这个概念的含义是什么呢？

原　野： "游牧散文"这个概念来自一个偶然的念头。我是这样想的，从文体上来说，散文适合于说那些更漫无边际、更广阔、更驳杂的题材。过去说到"草原散文"的时候，我觉得还没有说到点子上。如果我们把目光集中到牧区，集中到牧民身上的时候，我就感觉说"草原散文"有些过于静态，事实上牧业的生产方式和牧民的生活方式是动态的，它更多是在游牧当中完成的。草原对人的吸引，不光是它的环境，如"蓝蓝的天空、白白的羊群"，这是一种小学生的眼光。跟牧民一起去放牧生活，我们不光看到牧民坐在马背上赶马，这个问题的核心是他在放牧，这是他们的生活方式。所以说我们还想看到牛群、羊群、马群，山是什么样子，河水是什么样子的。在不同的光线下，在秋天、春天和夏天里面河水都不一样，早上和晚上的河水也不一样，人们还想知道牧区河里的小鱼在做什么，小动物在做什么，树林里边那些生灵是什么样子。游牧散文这个"游"字好像更贴切一点，一是说他们生产生活的主要特征，二是说他们生产生活的背影是更加广阔的、更加动态的。

日本的学术界在说中国北方少数民族的时候，叫"中国北方骑马民族"，这样就把农耕文化和游牧文化划分得很清楚，把中国古代的东胡、柔然、鲜卑、匈奴、突厥这些民族都包括进来了，也把现代的哈萨克族、蒙古族包括进来了，这样也是为了学术上的方便。那所谓"骑马民族"的这个人，他不会早上起来无端地坐在马上待着，他是一定要有生产生活。在写作过程中呢，作品的主人公不光有牧民和牛羊，还有大自然，在游牧当中，人们能更全面地看到大自然的美。有一个词说大自然"壮丽"，在牧区看到的大自然确实非常壮丽，可以看到天、地和人之间动态的、相互依存的关系。这是"游牧散文"所想表达的内涵，也是我做的文学尝试。这也是吸引我做的一件事情，它需要一个写作者更多地要变成一个参与者，你得跟牧民们一起放牧。放牧不是人人都能做的一件事情，就像人不可能生来能做一个好的农民、好的渔民一样，他要有技术、有体力，而且有匠人心灵。在如此寂寞的、广阔的空间，你赶着牛羊，天天如此，这不是一个很简单的事情。你的心灵要想承载这些东西也不容易，首先寂寞你就没法排遣。虽然我们说大自然是壮丽的，但大自然是默无声息的，天地大美而不言，你要在这里生活一辈子的话，很不容易。我有一个类似强迫症似的想法，就是老想知道牧区寡言的人、不爱说话的人，他们到底在想什么，实际上他们什么也没有想，但我认为他心里还是有一些东西没说出来，我想去找到这个东西，去了解这个东西，记录牧民心灵深处的湖水的倒影。另外我也希望自己有能力有机会来描写在游牧当中的大自然，描写疾风般的马群嗒嗒走过，你如果能注意到草尖儿上有一只蝴蝶惊慌地飞过，也是非常值得记录的，你想到它原来落在这儿，后来却落在那儿，还有天空上的小鸟，还有好多好多的生灵，这个都可以放在"游牧散文"这个框架里边来观察和描写。

林　昭： 您为什么给这部散文集起名为《流水似的走马》，您说的"走马"是什么意思呢？

原　野： 走马，在蒙古族牧民的语言里面，有一个特殊的含义。蒙古马可以分几种，一种就是奔跑的马，就是我们以速度取胜的、四蹄腾空那种马。走马是说经过训练的，经过驯化的，由马倌精心培育的一种马，这种马走得非常平稳，看着它四蹄翻展，但是它的脊背是平的。牧民们常常说骑上一匹好走马，你端着一碗清水，水也不会从碗里洒出来。马的这种能力，不是天生就有的，它要经过驯化。如果哪个牧民家里有一匹好走马，那会受到别人极大的尊敬，这是可以带来荣耀的一匹马，在蒙古族好多歌曲里面，在诗歌和赞颂词里面，把走马居于很高的位置上，包括驯服走马的这个马倌，也是非同寻常的人。牧民们要想驯一匹好的走马，他先要在马群里边挑选。首先要选骨骼细的马，马的耳朵像竹签子一样尖尖的，这就证明它非常警觉，听觉好。臀部要宽大，腰身要长。还有一个特点，这种马容易受到惊吓，在训练之前它不是一个温和的也不是一个迟钝的马。要把它驯服，拴马匠要到草原深处找一个地方，扎一个帐篷，然后驯服这个马，要教给它步伐，这个话不是很好说的，姑且这么来说吧，它的前肢和后肢，是左右一顺撇，这个是教出来的。在驯走马的时候给它吃什么草喂什么料都是有说道的，比如说初夏的时候要给它喂草，不能喂太多，因为初夏的草，你看牛羊和马吃得很香，草新鲜，马会很胖但是没有力量，这种草蛋白质含量不高。秋天的草叫"油草"，让它多吃油草，这个时候草的营养成分高，在阳光的光合作用下，蛋白质积累得多了，马吃这种草身上发亮，长油膘。还有训练走马的时候，一天给它喝几次水，每次喝多少，是凉水还是把它晒热一点，都有说道。比如说到了冬天最冷的那一天，按照历法，可能是大寒或者冬至那天，就把它在外边拴一晚上，让它冻着，冻出来的马特别精神，特别能走。这样的马在赛马会上，是在走马的方阵里比赛。一般好的走马得第一，就能受到方圆十里甚至百里的人的尊崇，这样的走马也会被封为"达日罕"。谁能够被封为"达日罕"呢？首先是山，达日罕的含义是"神圣的、不可触动的、永远存在的"。好走马是可以被封为"达日罕"的，一辈子要养它老。在蒙古语里形容走马的品级有这么几种，翻译成汉语说有骆驼走马，这个走得比较慢；还有一种比较挖苦的说法叫猪走马，比较迟钝；还有一种叫羊走马，胆小的，眼睛看着地面；最好的走马是流水似的走马，跟汉语里边说的行云流水是一样的，它是最好的，顶级的，这是对走马最高的赞颂，反映出蒙古族文化对马的尊崇。这本书的书名起作"流水似的走马"，第一是像牧民们的心情一样，对走马加以赞颂，说马的可爱、马的温顺，还有马的吃苦耐劳和灵巧。第二也是想通过这个书沾一沾走马的光，得到好运气。马有智慧，它一定跟人类的思想有接通的地方，他们彼此能够相互达成心意，它完成主人的任务，主人也会对它爱护备至。好多时候到牧区，你夸谁家的马是流水似的走马，那牧民肯定是喜笑颜开，简直就是太好了，这是对他最好的称颂。

  林 晶：您的散文在当代创作潮流中独辟蹊径，您是如何达成的？

  原 野：我觉得独辟蹊径是每一个文学创作者应该追求的一个方向，但是对中国作家来说这样的追求会有很大的难度，这和我们的文化传统有关系，直白地讲，中国人习惯于模仿，习惯于把话说得稳定，那么独辟蹊径是危险的，你如果言他人所未言也是危险的。我们在这样一种传统当中，都在不自觉地模仿别人，我们差不多不会发出独特的声音来，不光是文学创作，比如就产品来说，中国人是最擅于模仿的，而且在这方面，中国人表现出一种其他国家的人所没有的聪明才智。实际上我们在面对大量的书写时，几乎分不出来是谁在说出自己的声音，看不到这一点有什么独特性，也不习惯于有什么独特性的东西。我觉得一个人如果能去追求独辟蹊径的话，他首先应该具备心灵上的自由，这是很重要的一件事情，就是坚决拒绝陈词滥调，拒绝那些别人已经嚼过的馍，而且你得知道你所说的话是不是你自己想说的话，这些话是不是新鲜的，是不是一个独特的发现，也就是说我们拒绝去当羊群中的羊。你到牧区去看羊群，好多人说你看洁白的羊群如何如何，但你看到羊在低着头走路，它根本不看前方道路，它实际也不知道自己为什么在走，它走的原因是别的羊在走，它的前面、它的后面都是羊群。当你把一只羊放到咱们所说的碧绿的草地上，它会惶恐，甚至连吃草都不会，它必须跟羊群在一起，去吃前面的羊没来得及吃光的草，然后一边吃一边走度过一天又一天。它不能够像狼一样生活，更谈不上像鹰一样在天空飞翔并寻找它视野中的猎物，羊往前走的原因就是前面有羊走，据说前面有一只领头羊。这种现象在文学作品中常常能看到，有的时候有人号称自己写了一个什么独特的东西，他的独特在哪儿呢？在语言上吗？没有。在构思上吗？也不是的。他只是在故事上。他把生活发生的事情，用虚构的方法加以嫁接，这个事情的结局可能是出人意料的，让作者特别高兴地认为这是他独特的发现。所谓情节无所谓独特不独特，我觉得一个作家的独特性，包括我们前面所说的心灵的自由，比如在语言上，你的语言一定应该是与众不同的，而且你的想法也与众不同。艺术家的想法无所谓好不好，无所谓有了好的想法和不好的想法，他应该是独特的、与众不同的，当我们说到里尔克，说到博尔赫斯，说到辛格，说到契诃夫的时候，我们都没认为他们是文学界的道德楷模，或者是维护文学稳定的写作者，我们说他们独特地表达了自己的生活。头些天，我在一个讲座上给学生们举了一个例子，关于博尔赫斯的诗，当他说到战争的时候，说到一个士兵阵亡的时候是这样说的："一颗子弹在河边追上了他，但这清澈的河水却没有名字。"学生们很惊讶，甚至表现出拒绝这样一种说法，不就是阵亡吗？也就是说我们的中学语文教育没有老师告诉学生文学还可以这样表达和发现，当你稍稍做出不一样的表达的时候，连这些硕士生都不接受，他认为这是胡扯。在文学上我认为不光是存在创新的问题，它应该一直是创新的，一直是向自己去了解自己，一个作家一定要让自己走在一个荒芜人烟的、没有道路的荆棘地里，在荆棘地里往前走，而非平坦的大路。但是我们现在看到的作家，好多人都在宽阔的、有标识的、修得非常好的柏油路上高歌猛进，我觉得这不是应该在文学上所看到的一种现象。当你成群结队地在文学的广阔的大马路上行走的时候，你根本没有什么自己的声音，你只是羊群里边的一只羊而已，你在低头走路，都没有时间看天空。我相信羊这一辈子都没看过天空，羊也从来没有考虑过自由的问题。

林　品： 作为有成就的文体家，您是怎么样建立属于自己的诗化风格的？

原　野： 我觉得诗化风格这个提问使我们有机会在这个访谈当中谈到了语言。我们说到创作，说到散文的写作，我认为我们一直都在谈论语言的问题，我们索性直接来谈这个问题。

散文写作，我觉得它的第一条，以及最后一条，或者说它的所有的问题都是语言的问题。不管是诗化的语言或者是什么样的语言，它应该是一个有个性的、有追求的创作的样貌。我们对有些人的散文写作不够满意，实际上读者的不满意大多在于对他的语言的不满意。看不下去，就是不知其所云。我们从中看到大量对于古人的生平的描述，对于古人言论的摘录，边摘录边说一些他个人的点评，这其实是非常奇怪的一件事情，在这里边看不到语言，看不到你的语言，当然也没有你的心灵发现，我觉得心灵发现语言在好多情况下差不多是一回事情。最近读了一些文章，有些人说到量子力学的时候，甚至说客观世界都是不存在的。我差不多快要相信这一种说法了。但是我认为文学只在语言里面存在，它没法单独地还有另外的一种存在。我偶尔参加一些人的研讨会，记得有一次，有一位教授评论一个写作者写得太好了，说这个人的作品里边既有鲁迅的犀利，又有冰心的温婉，还有托尔斯泰的浑厚，又有林语堂的幽默，总之是各种美学风格之集大成，然后这个评论家在发言快要结束的时候说这个作者的写作也有一些瑕疵，这个瑕疵就是语言不好。我听了十分震惊，我第一次发现世界上还有这样的评论家，还有这样来评论文学作品的呢。语言是一个门槛，是一个入场券，是这个文章的质与文，如果语言都不好还能达到鲁迅、冰心、托尔斯泰之境地吗？这是开玩笑，还是在搞笑？我觉得像这种话如果让郭德纲说还差不多，因为它实在是太挖苦了，太幽默了，但那个评论家没有挖苦作者的意思，因为作者也在场上坐着，他频频地微笑、点头，他觉得留一个小瑕疵，说他语言不好，他欣然接受，他觉得他已经完成了一个伟大的任务，只剩下一个小问题可以忽略不计。这完全是对于文学的误解。语言实际就是我们所说的一切。如果连客观世界都可能不存在的话，那么没有语言就根本谈不上散文创作、诗歌创作和小说创作。我们随便拿起个药瓶来看一下，连药瓶的说明书的语言都很好，"每日三次，一次一片，饭后温水冲服"。没废话，很简洁，你试图修改都没法修改，就连药瓶说明书都能做到的事情，好多作者还做不到这一点，然后跟别人说我在写散文，这个实在是太荒唐了。我觉得语言首先就是准确，其次是生动，最后再说到诗化这个问题。诗化不是作品里面有多少华丽的词藻，而是作品整体具备一种气象，这个气象是包含一种诗意在里面，而不是单独的哪一些话描述了哪些东西，它可以表现一种氛围，这种氛围实际是作者心里的一种氛围、一种想象。我们试着举个例子，比如描写大自然。如果一个人描写大自然而不是游记的话，应该以大自然作为主角。比如他来写草、写河流，而且又不去引用别人说过的话的话，那么他写起来实际是很困难的，因为你写草，真是不好写，而且大家都见过草，你写那个庄子，别人没见过庄子，随便你胡说，你写孔子也是可以随便你来说，但是大家都见过青草、见过白云、见过沙漠、见过河流，那你怎么样来写呢？我觉得有两条：第一就是对大自然的爱，这是最重要的一件事情，你实际是把你的爱写出来。第二就是观察力，这是文字创作起码的能力。这两项能力结合到一起，再加上想象力，就是你的语言的能力。如果你的语言能够显示出你写作的力量，你足以把你看到的和心里想的写出来，比如去写大自然。但我相信好多作者写不了大自然，他写大自然的时候，开始使用成语，用两三个、七八个，或者十几个成语就把大自然给一笔带过了，比如花红柳绿、春暖花开，如此等等，他没有观察，换句话说他手里什么都有，但他没有语言。那么一个没有语言的人，他是一个什么样的写作者呢？这是难以想象的，剩下他所走的道路就是模仿的道路，就是引用和摘用的道路，离原创很远。他把这样创作的方法叫作文化类散文，这倒也是一种书写的方式。但是文化类散文，他所做的工作如果不是一个文化的普及性工作的话，那他们又在做什么呢？我搞不太清楚这件事情，当然我并不关心他们到底在做什么。

林　岫：有人说您使用汉语言写作达到了一个炉火纯青的程度，您的写作对于汉语文是有贡献的。

原　野：先要说的就是，显然我没达到炉火纯青的程度，但是我想我使用汉语言来写作，内心里非常珍惜汉语言，我觉得使用汉语的时候，可能是比有些人更在意、更珍惜，我愿意更考究地来使用汉语言，我特别欣赏汉语言从古典文学当中一直到现在我们的口语当中所能表现出来的那一份纯真，我喜欢汉语里面纯真、含蓄、有意味以及幽默感的表达方法，还有它白描的生动，我特别喜欢汉语这一点，这是语言里边带出来的境界，我喜欢过一句话，这是台湾的诗人郑秋予说的，他说，"我一看到像沧海、明月这样的词，心里就感动"，他实际上说的就是汉语言里边所包括的独特的魅力。那么我是蒙古族人，用我一个朋友的话说，你用人家汉语来赚钱吃饭，你是占了便宜的。在这一点上，我真是很感激汉语言所承载的中华传统文化给我的指导和营养，但是在这一条路上往前走，它是没有止境的。这就像在草原上走路，我们觉得山离自己并不远，但是你走了很长时间，发现山还在远方，那么也就是说你一直走，走下去就是了。作为一个蒙古族的作家，使用汉语来创作，还有一个写作上的现状，就是在脑子里不断地切换两种语言，进行比较和筛选，然后你有使用蒙古语这样的背景，我觉得有可能会使你使用汉语更准确，你会比较一下，你也会发现汉语里面更生动的说法。因为对汉语言来说，你是个外来者，你会比长期使用汉语的人有更多的好奇心，你会更注意这种语言新鲜的地方、生动的地方、有趣的地方和好多奥妙的地方。这样一种写作，它实际是满怀欣喜的，也是非常有趣的一种实践活动，在这一点上，我感恩汉语言，能够使用汉语言写作是我的荣幸，这也是我的福气。

林　品：席慕蓉是名满海内外的著名诗人，也是您的好朋友？

原　野：席慕蓉老师是一个古典的人，我觉得她的诗歌和散文作品已经能够影响到两代半人了，从20世纪三四十年代初出生的人一直到90后、00后，跨度非常大。我说她是古典的人，是因为她是以艺术为生命的大家。她是一位油画家，她曾经以第一名的成绩毕业于比利时布鲁塞尔皇家艺术学院。她画好多画，但她的诗歌影响非常大。台湾是一个从地域上来说不是很开阔的岛屿，但是她的诗歌可以影响整个大陆和华文世界，这是了不起的。我给她起了外号是席霞客，明朝有个著名的旅行家叫徐霞客。席霞客老师几乎每年都要到内蒙古，到牧区去听歌，去看遗址，然后记录她的情感，在这一点上，我觉得席老师非常值得赞颂，她把她的心肠放到牧区的河水里去淘洗，然后让自己的心肠有一股完全的蒙古高原的气息，再用这副心肠来写作，而不仅仅是找一些故事铺陈。报纸上有一句话叫"扎根大地"，还有一个词叫"深扎"。席老师一直在"深扎"。这样一个人拿出这样一个时间，深扎在生活中肯定是浪漫的，她写的东西你能听得出里面有风声，有河水的声音。而且她在尽最大的能力反映蒙古高原的历史，反映我们的祖先。

席老师是我的朋友，但首先是我的老师，她对我多有鼓励，我更多地跟她学习到一些纯粹的、没有功利性的东西，她对于蒙古族的热爱也深深地感染了我。在内心深处我对自己的民族也有挚爱，我觉得这是不用说的一件事，没有这个民族就没有我。

席老师常常会寄给我一些她的新作品集，我看她作品集的时候，我就想起她非常爽朗的声音。她讲她的见闻，我觉得席老师很了不起，她真是不知老之将至。当然每个人都会记得自己的生理年龄，但是席老师到牧区之后，她已经回到了童年时代，回到了儿童时期。她的一生是特别幸福的，因为她有非常敏锐的采集美的这么一个能力，这个能力不是人人都有的，一万个人里边也许连一个人也摊不上。因为她有这个敏锐的对于美的采集能力，所以她吸收了很多的美，并且陶醉其中。我觉得这是可以定义人生幸福的一个标准，要不然我们还怎么来谈论幸福呢？从席老师那里我学到了如何获得幸福，幸福一定跟天地有关，而不仅仅跟你自己有关，不仅仅跟商场有关，不仅仅跟金钱有关。那么跟天地有关，并不是说你要去到大自然当中旅游，而在乎你的心地，而是你的心能不能跟天地接上，这就像充电器跟手机之间的关系。你都充不上电，你只好焦虑，在把手机用到最小一格之后苟延残喘，那就谈不上幸福，幸福和你没有关系。

席老师不光是画画得好，诗歌和散文写得好，她的照片也好，她最打动我的是她的那种仪态、那种心理、那种朴素，她在美和幸福的面前永远把持着自己的那种心态。这是非常了不起的。

林　岊：写《地毯的那一端》《白手帕》的著名散文家张晓风是席慕蓉的朋友，对您也有赞誉。

原　野：我读过张晓风老师的诗文，我看到张晓风老师作品的同时，想起了现居美国的另一位大作家王鼎钧的作品，同时还想起了一位大家都非常尊重的大诗人、大学问家叶嘉莹老师。叶嘉莹老师也是席慕蓉老师的好朋友。张晓风让我最敬佩的是，当我们说写作这件事的时候，我们面对的是汉文字，汉文字是从先秦《诗经》流淌过来的一条河流，从古诗十九首，到汉乐府诗，从唐诗、宋词到元曲，就是这样的一种文字，我们动手把这一个字一个字搬过来，来砌自己的小房子的时候，你不能忘记它的源头。张晓风老师的文章中呈现出来的汉字就有这样一个源流特质，这是非常美好的，也是非常深远的。我觉得这样的写作是非常有身份的。一个人写作一定要有身份，就是说你背后一定要有一些东西，什么东西呢？张晓风老师背后有汉乐府诗，有古诗十九首，有唐诗，有宋词，同时她能"化"得特别好，她让汉字回到像古代的样子，比如说简约、平白、有味道、传神，同时又能和当下的现实生活相结合，来描画她眼前的故事，来说出她自己的心里话，也就是使用"雅驯"的汉文汉语来写作，这才叫身份，这才叫地位，我觉得这是很了不起的。

张晓风老师鼓励过我，但是我想我的写作跟她的写作还有很大差距，虽然写的题材不一样，我觉得我还要老老实实地去学习。中国古典文学博大精深，它不光是人们说的国学，有人说"国学"这个词的时候把这个词说得太大了，实际上你好好读读《诗经》，行有余力然后学文，再读一读汉乐府，你这辈子都差不多了，你还有时间的话再读读杜甫的诗，然后回来你再写作，你看看你有没有进步。当然这个里边还有一个问题，这个问题不是时间的问题，是心的问题，即你的心能和古诗十九首接上吗？你能读得懂吗？你有那种心态吗？如果没有这种心态，还是我所说的充电器和手机之间的关系，你充不上电。所以写作上的心态，你自己的位置还是很重要。你是把自己当成小学生，当成儿童，还是把自己当成大师，当成文坛盟主，每一种姿态和你能不能学进去东西都有相关性。站桩有句话是获得能量，那么这个能量到底是从哪儿来的呢？按着南怀瑾老师的说法，按着太极拳的说法，说这个能量来自虚空，这几乎难以理解但属真谛，尽管我阐释不了。只有在虚无当中，在低下即所谓谦虚当中你才能获取实有，你不可能在实有当中再获取实有，你不能把自己当成一个吹得特别饱满的气球招摇过市，那样你再稍微吹一点，马上就破。你忘了你是个气球，是橡胶制品，你不是泰山石所做的星球，这当然是一些题外话了。

林　品：谢谢您，真是听君一席话胜读十年书，听您讲述很舒服也很愉快，受教颇多，感觉还没有尽兴。这次先到这里，有机会再向您学习，您辛苦了！

文学：以独特的思考进行新的创造

——与作家贺颖的对话

作家简介：

贺颖（1970— ），女，中国作协会员，诗人。有诗歌、评论及散文作品，公开发表于全国多家报刊。连续十年签约辽宁省作协特邀评论家，2017年获首届《十月》散文双年奖。现居北京，供职于中国少数民族作家协会。从事文学创作与理论研究工作。

写作是很个人的事情，但是在创作时离不开作家生命与精神所依赖的文化环境，任何的无本之源都不可能有延续，而作家的文学创作可以说尤其如此。立足本土文化，充分利用本土资源，将这些资源有机地融合在作品中，作家的写作生命才会更为久长。近些年，辽宁作家贺颖在文学创作上取得了一定的成绩，并形成了属于她自己的风格。其实，对于作家而言，一部作品创作之后，也是创作刚刚开始，好作品真正的意味，是在文本结束之后读者的眼中、心里以及萦绕在读者灵魂之中的百转柔肠、意犹未尽。或者说，不只是文学，事实上更包括一切的艺术形式，皆是如此。正如梭罗在瓦尔登湖畔所言："一切刚刚开始。来日方长，太阳只是颗启明星。"

林　喦：贺颖你好。2018年冬天，阅读了你的诗歌、散文和评论等作品，从你的各种体裁的作品中能感觉到你是一位很有性格的作家，从某一个角度讲，这也说明了作品是作家思想和性格的反映是有道理的。当然，每一个作家都是有性格的，而作家的性格能够在其创作的作品中反映出来。因而，当我们读者阅读一部文学作品的时候，就是和这位作家在对话，在聊天，于读者而言，在阅读一部好作品之外，更想了解作家的人生历程和创作情况。今天，你就讲讲你自己吧，随意一点没关系，可以从你的童年讲起。

贺　颖：林㠇老师好！我出生的小村叫飞而船，辽河北岸的小村，零下30摄氏度的隆冬，曾经的大雪封门，半米高的雪覆埋了辽阔的北方大地，丰盈饱满又空无一物，唯有烈焰般的深寒。滴水成冰，冰河铁马，冷得雍容、彻底。父母诞育了我的身体，冷锻造了我的性命，莽撞的童年一如冰原上的小兽，爱上雪，暴雪中的世界，爱上最早的存在与虚无。也许是这一切赋予了自己最初的精神底色。那些酷暑后忽然寒凉的夜晚让我惊讶满足而深深呼吸。四季于我的顺序一直是冬、春、夏、秋。每个冬天都是一次新的轮回，是自己性命的又一次重生。直到成年后的今天依然如此。一次次重生的视野里，开始看见世界的另一个样子，世界上最早的星空以及星空之下古老而年轻的天地万物，看见自己，自己陌生又熟悉的生命，熟悉又陌生的懵懂心灵。我有无数秘密，包括那些无端的欢欣、感伤，星空之下大地之上莫名的悸动，因凝视遥远的星群太久，鼻尖上生出微凉的汗珠，我能听见星空中似有若无的歌声，也懂得没人会相信。多年后我知道，那是神的耳语。我的后背有一双隐形的翅膀，无数次我能感觉到皮肤下沉默的双翼，贴紧我的肉身，骨骼与肌肤中因而有着巨大隐忍的张力。我知道它们随时可以缓缓张开，很多次，应该已经打开了，因为自己小兽似的身体，已经体会到了那种唯有上升与飞翔才可以提供的陌生的轻盈、惊异的虚空。我在飞，以至我曾经纷繁杂芜的梦境后来变得单一，只剩下反复地和我咬紧牙关不能说与人言的喜忧参半。在遥远的北方，我在暴雪中出生，在梦境的飞翔中成长，在颠倒的四季中一再重生，也越来越茫然、慌乱、四顾无人。就仿佛异乡人，荷尔德林为之叹息的永恒漂泊的"异乡人"。直到懂得开始读书，各色各样纷杂而无目的的阅读，使自己的目光从星空回到书中的世界，回到眼前的人间。有什么不一样了，也说不清，总之一切都不同以往。读书使厌学的自己平稳度过了少年的无望与茫然，小兽在笼中安眠，自己在小镇在小城读所有能找到的动心的好书，我居然已经有了挑拣和选择，瘦小的身体里藏着深重的庄严，仿佛住着君王。世界开始缓缓为自己开启一道奇妙的缝隙，那是一扇另外的门，透过投射而进的微光，人世间的一切，在一个少年的眼中渐渐呈现出别样之深意，或者是神意，是神最初创造世界之时对人类的真切愿望。尘世间的生死喜忧、相聚别离、爱恨与纷扰、局促与从容，自己生命深处的沉实或慌乱、平淡或惊遽等，都因而有了粗粝的质感，不再像惯性的生活中一条条光滑的鱼刹那消逝，而是与自己的灵魂有了纷杂的交集冲撞，年少的生命，就这样被注入了别样之况味，长大后我称之为神恩。这神恩，无疑也是西蒙娜·薇依笔下的重负，但更是慈悲。而后遇到了厚厚的五册《纪伯伦全集》，就如小城的神明，在一个角落里候我到来，确切地说是我的文学启蒙，看过数遍后已然面目全非。也是在小城，我读到史铁生，至此地坛成了我心中遥远的神坛，以至有了后来的种种因缘际会。我是个幸运的人，此后人类文明史上无数伟大的灵魂，以各种因缘走进自己单细胞的生命心灵，而后的每一天，我开始听见细胞分裂的声音。终于知道，原来还有另一个星空一直存在着，这里有世界上最伟大的名字，每一个都是一颗永恒的星辰，这些星辰汇集成群星灿烂的人类文明的星空，就如同大地上的星空一样深邃、辽阔、无垠、璀璨异美。

林　晶：大自然是你少年时代美好的一部分，也给了你太多的往昔回忆，这是一种沁人心脾、融入身体和灵魂的回忆。大自然和读书也让你走进了文学。

贺　颖：在纷杂的世间，发现星群璀璨的星空于朴素的大地之上，看见神赐的隆重与庄严，看见线性的时间背后，那些跌宕交集的悲欣，以及那些交加的爱恨。这些爱恨，这些纪伯伦笔下的"泪珠和欢笑"，是生活的血肉，更是文学的魂魄。多年来唯有感谢上苍与命运，赋赐自己的深沉使命，感谢文学之神对自己的垂怜。巴尔蒙特说过："为了看看阳光，我来到世上。"而我来到世上，也许便是为了把自己交还给文学，我重生的神明。海明威有篇小说的名字，叫作《灯光明亮的地方》，于自己而言，这个地方就是文学庄严而令人心安的圣殿，而佩索阿说的异曲同工却更为令人惊遽："我们活过的刹那，前后都是黑夜。"前后都是黑夜，我们活过的刹那，于作者便唯是文学的光亮，这仅有的灯光明亮的所在。关于光明与黑暗，法国作家普鲁斯特说到了另外两个人："陀思妥耶夫斯基与伦勃朗一样，都是试图将主人公从黑暗拉向光明的人。"其实文学不正是如此，将人的生命从黑暗拉向光明：向内，是对自我生命灵魂深处的回望，对自性的深度认知与求索；向外，则是在辽阔纷繁的世界面前，为无数感人的一切而毕生谦卑。

木心说"宗教始终是信仰，哲学始终是怀疑"，那么文学呢？数年来自己认知中的文学，越发认定，应该始终是聆听，聆听冬麦一样起起落落的生命，世间万物之恒久回声，那些精致而克制的生长，安静而美，以及暴雪中烈焰似的深寒，还有少年时头顶的星群中隐隐弥漫的歌声，犹如聆听神的耳语。说到文学，难于归纳更难于定义，权且说之，文学于自己而言，应该像北方大地上盛大的冬天，醇醋杂糅，富足异美，又空灵奇幻。暴雪无声，以沉默覆埋起万物的滔滔波涌，连隆重的收获也显得格外朴素而克制，空气中无声弥漫的是烈酒一般的气蕴，稍一呼吸，五脏六腑就会被轰地点燃。北方的冬天从来不是一年的结束，而恰恰相反，站在收割后的大地上，隔着认真的雪，你会听见万物有序的呼吸，一切刚刚开始。

林　晶：纵观近年你的文艺创作，发现你的艺术视域非常宽阔。在诗歌、散文、文学评论等领域都有所涉猎，并都取得了不俗的收获。那么，诗歌、散文、文学评论，哪一个领域是你最钟爱的呢？未来的创作是随性而作还是有某些侧重或倾向？

贺　颖：关于文学创作中的文体，事实上个人感觉一直是无须刻意追求与区分的，换句话说，所谓体裁上的不同，无非是作者在创作中表达某种文学感觉时所选定的最为契合的一种方式，其外在的形式与区分也许意义并不大，而其内在的共有的精神指向，也就是作为一个作者的文学修养、学识储备、心灵气质、对世界万物的认知见地、对生命的倾听以及灵魂的觉醒程度等等，倒是值得引起人们的关注与探究，因为可以说正是这一切，决定着一个作者的文学高度，也决定着作品的文学品格。也可以说，正是这一切，决定着文学意义的存在与否。如果说作者是一棵树，作品是文学的果实，那么这一切应该就是人的灵魂、树的根。唯有根须，才会决定一棵树的成长与果实。这样的感知、结论以及对自己的影响，与自己的阅读史密不可分。多年来在阅读的作品中，愈发感受到了这一点，那些世界上被公认的伟大作家，必定都是于任何文体的创作皆为精彩绝伦，原因只有一个，就是他们的灵魂是伟大的。而在我们素常的生活中亦然，一些精神上深刻有趣富足深远的人，必定哪一种表达都是一样的感人至深，无论表现在作品中，或仅仅在生活中一个朴素的细节，皆为一脉相承浑然一体。因此理论上说，一个可以将某一种文体表达得极为精彩的人，必定会将其他文体呈现得同样精彩，否则，任何单一的高度都是值得质疑的。这一切对自己的文学感觉与思考影响至深。那么于自己而言，多年来一直努力跋涉的文学方向，应该就是对自我精神的养育、补给与丰富，对生命根须的刻意观照，以努力使得自己的文学根脉扎得更深，根须伸展更广，以向生活与世界汲取更为富足的精神养分，供给于作品，从而向有血肉、有魂魄、有思考、有温度的文学精品力作努力驱笔前行。因而多年来自己与文学体裁的关系，应该是顺其自然的状态，当一种感觉来临，必定会有一种最为与之契合的形式联袂而至，那么直觉会引着自己的笔触，在一种形式前展开自己的内心。因此事实上这三种文体一直与自己相伴左右，与自己的创作结伴前行，无分彼此，因为它们以不同的形式所给予自己的是相同的灵魂慰藉，自己仿佛爱着一母多生的婴孩一般不分伯仲地爱着它们，而自己所沉迷的也许是文学创作本身所给予自己的温暖、感动与疼痛，神秘、阔远与深邃。也因而在未来的创作中会一直持续这样的精神感觉脉络，随性而为之，在对灵魂的观照中，期待任何一种形式的悄然降临。

林　品：你说自己是一个比较笃定的神秘主义者，相信这个世界自有它的安排。你说相信万物有灵，这个世界上的一切事物都有着独特而自我的灵魂。在你的作品中，是怎么体现这种思想的？

　　贺　颖：关于万物有灵，应该说既是自己心灵源头对世界的笃定认知，也是多年来文学创作中一直遵循并试图呈现的艺术追求。而神秘的，必定就是不可言说的，至少是人类眼前的智龄所无法抵达与揭示的，因而甚至是刻意地保持沉默，正如维特根斯坦所言"对一切不可言说之事，我们必要保持沉默"。而有趣且为难的是，文学的使命之一，便是对灵魂的呈现，自我的灵魂，他者的灵魂，世界的灵魂，万物的灵魂。因此，一个巨大的悖论便产生了，并一直与自己的精神历程须臾无分，性命攸关。或者说这悖论，它就像个顽劣的谜。从童年的星空下，蒙昧的心灵被世界启蒙开始，渴望认知浩瀚深邃的一切，就成了自己懵懂心灵的走向。命运慈悲，令自己不曾走向任何歧路，而是一路沿着文学的航标前行，尽管跌跌撞撞尘土飞扬。这是一条世上最美的路，愈走近文学的深处，灵魂感知到的神秘与惊悸愈为繁复，对一切神秘的表达的欲望愈为刻骨，而同时意识到自我的渺小与微弱，又时刻提醒自己应该保持沉默。因而事实上到目前为止，尚没有作品在这两者之间完成一次合格的互为契合，而是在且行且思的路上努力表达。这样的契合，也是自我与世间万物、自我灵魂与万物之灵与文学追求的终极之境，我相信在那里不是妥协不是让路也不是屈从，而是万物灵魂的交响。

　　林　喦：在你的诗歌中，有一种非常浓厚的神秘色彩。万物、诸神、众生都有一种通神的力量，你怎样看待现实中的佛与诗歌艺术中的神？

　　贺　颖：在宇宙繁复多维的时空中，人类的认知尚不及一粒微尘，而于文学同样繁复多维的时空，一个作者的发现与表达事实上亦是如此。可以说关于神佛的话题亦如此。我写诗，但最怕说诗，因为这太难也太危险。这危险来自诗歌的属性，也正是这属性决定了对诗歌的诠释几乎不太可能。在自己有限的诗歌创作历程中，坦率地说，精神上的感知始终是难以描摹的，或者说诗歌于自己而言，始终是较其他形式的表达更为独立的，就是说大多数时候诗歌的到来几乎是不由自主，身不由己，不能不表达，也不能不这样表达，这时候的自己更仿佛某种精神介质，因此多年来自己心里常常想起一个词——灵媒。我告诉自己，是诗歌之神借由自己而发出的意愿呈现于文字，是神佛之意，令得自己在诗意的思考与道路上驱笔前行，因而无论现实中的佛还是诗歌艺术中的神，于己而言皆是自己诗歌表达中的神明，或者同样亦是自己文学之路上的神明，其来临不由自己，同样其归去也不由己。意识到这一点，一直以来唯有在内心虔诚祈愿，祈愿诗歌之神明对自己的眷顾可以长久，关于这一点，我庆幸自己在一部关于智利诗人聂鲁达的电影中得到回应，电影《邮差》中，聂鲁达在谈到关于自己与诗歌的问题时说："那一年，诗歌来找我。"

林　晶：你曾谈到文学启蒙源于1995年左右偶然买到的《纪伯伦全集》，仿佛让自己刹那贯通了汉语言的所有玄机，这对你以后的创作产生了怎样的影响？又是如何将外国文学文化与民族传统文化资源相融合的？

贺　颖：如果可以将自己有限的文学历程加以划分，那么差不多可以是纪伯伦之前与纪伯伦之后。甚至我在心里一直悄悄认定是这位伟大的艺术家启蒙了自己的心灵。《草原新娘》《叛逆的灵魂》《折断的翅膀》《先知》《泪与笑》《暴风雨》《先驱者》《沙与沫》《人之子耶稣》《先知园》《流浪者》《美之歌》《行列歌》《大地诸神》《拉撒路和他的情人》等等，当年卷帙沉沉的五本文集，几乎为我打开了整个世界的门窗。从文学、音乐、戏剧等艺术门类，到精神信仰的终极所向，他的作品中无不呈现出艺术的极致之异美，那样的感觉是刻骨的，不是涓涓细流的浸润，而是闪电之光的映耀，震撼无比。也因此几乎令我对世界的认知渐渐完善与相对清晰，并将这种认知与感知如拓图般呈现于其后的文字表达之中。更加感谢当年文集了不起的译者，让一个人可以如此传神地感知到自己母语以外震撼灵魂的艺术精髓，并于此完美的转译之中，体味到汉语夺人心魄的魅力，甚至可以说，我对外国文学艺术一发不可收的一路追索，便是由此开始了。多年来的阅读，使我从世界文学艺术中汲取了无尽的营养。"整个地球都是我的祖国，全部人类都是我的乡亲。"这些令人重生般的浩繁与阔远、深沉与深刻的温暖感动与疼痛，或者更犹如某种冥冥中的复活，为我打开了一扇扇通向世界文明的大门，这对一个作者精神气质的初始形成以及未来的心灵走向产生了决定性的意义，令人恣意迷醉，心神沉迷，灵魄盎然。同时作为一个汉语写作者，在感恩自己这一粒宇宙中的微尘，曾被伟大的闪电映耀之时，亦深知自己血脉中的中华民族文化之精髓与自己文学生命的息息相关。人的语言和思想是有能量的，在我的写作经验中，深觉汉语与汉字尤其如此，或许源于汉字的结构、发音，也或许源于一种文字的古老历史，因为数千年前汉字的诞生，本身就源于神秘的巫术，而不像今天，仅仅作为一种工具。

林　晶：阅读你的诗歌，常常给人视觉的冲击和感官的震撼。你的诗歌中多次出现"酒"的意象，感觉你非常喜欢这一意象，这是出于怎样的艺术构思和审美考量？

贺　颖：就像华夏民族必然会是黄皮肤与黑头发，酒与自己于诗句而言，同样是一种近似。于基因深处的必然，并无刻意的艺术构思和审美考量。这是我理解中的酒与土地、酒与人、酒与诗的关系。北方漫长的酷寒，注定了那片土地上的人们必须世代与酒相伴生息，善酒的父亲，在他生命的成长中，完美地描摹出一个北方男人的夺人气度。酒成了与北方无比契合的至亲，北风、暴雪、炊烟、烈酒，那些深寒岁月中的异美，无不与酒密不可分，说我是在酒香的沐熏中长大毫不夸张。酒于是下意识地沉入我的性命与心灵，成为一个北方孩子的一部分基因组成。在所谓"酒文化"概念出现之前的早年的北方，酒对人的冲撞与影响就是这样简单与直接。不过遗憾的是我并不如大部分的北方人一样善饮，仅仅是敢于端起酒杯，时而深觉惭愧，以至于觉得这是自己对父辈的不敬与背叛，想来无奈不已。酒于自己往往是无端热爱远大于事实的酒量，于是多年后那些沉入自己性命灵魂的酒香，无可抑制地于诗句中寻到了自己的理想国，诗与酒在自己精神深处达成的契约，使我感知着异样的神奇，感觉这是酒在土地之外，第一次有了精神意义上的灵魂。而童年里无处不在的肆溢酒香，最终幻化成诗句中的气息，同样地肆溢弥散，仿佛宿命，亦如怀念。

林　品：以前多次提到过故乡，你怎样看待地域文化对你文学创作的影响？这种影响大吗？

贺　颖：地域文化对任何一个作家的写作都是极为重要的，这是毫无异议的。任何一棵树的出生成长发育，无不源自根须汲取营养的土地，枝叶汲取阳光雨露的天空，这样的土地与天空，毋庸置疑就是生命诞生成长的故土，灵魂诞生成长的地域文化。以神秘主义的维度而言，甚至一个人出生的生辰时刻，就已经决定了未来的某些特质与趋向，比如至今我惧怕热，在北方漫长的寒冷中出生，注定了自己基因中寒凉的灵魂属性，每个夏天我似乎都能清醒地意识到自己的精神在夏眠，仿佛一只迷失了故乡的雪豹。而秋天一来，雪豹开始苏醒，起身，谛听，直到在烈焰似的深寒中奔跑。酷爱着冷，刻骨的无边的窒息的寒冷，是永远令自己心神深处战栗的喜悦。如此特质表现在一个人的文学艺术历程中，可以肯定地说，故乡的水土决定着一个作者的生命样态，地域文化造就了一个作者的精神底色，这样的脉络都并非承袭，而是一种不容更改的延续，是精神精髓中的基因，且永不改变。众所周知：越是民族的，越是世界的，那么它的前一句应该就是"越是本土的，越是民族的"。若以文学语境而言，更是异曲同工殊途同归，二者意在说明的是同一个命题，就是文学作品的灵魂独特性，也就是作品的审美意义上的辨识度。古今中外，无不是醇厚多元的本土地域文化带给作者无尽的文学营养，而文学反过来又成了人类精神返乡的心灵途径，这种迷人的互文式的关系，揭示了本土文化与文学之间无法回避的深刻。

林　晶： 作为辽宁签约作家和文学评论家，你对当下辽宁文学的创作有怎样的评估和期待？

贺　颖： 辽宁地处中国东北地区的南部，不仅仅是中国东北经济区和环渤海经济区的重要接合部，更是中华民族和中华文明的重要发源地之一，辽宁的本土文化资源是辽宁历史上各种历史遗迹、思想文化和观念形态的总体表征，它反映着这片天辽地宁的高天阔地上独特的文化特质和精神属性。辽宁地区自古就是中原汉族文化与北方少数民族文化的接壤和交融地，历史发展持续性极强，至今仍然留存有丰富的传统文化资源，我们的作家如果能够将这些已有的传统本土文化深入加以激活、挖掘、整合，必然能够使辽宁的文学创作得以长足地突破与发展。

林　晶： 在过去的一段时间里，辽宁既是农业大省、工业大省、体育大省，其实也是文艺大省。

贺　颖： 对呀，火辣辣的东北话和二人转、东北小品一起火遍全国；辽宁有国家重点京剧院团之一；在中国相声地图上，沈阳的位置仅次于北京和天津，还有袁阔成、刘兰芳、田连元、单田芳等享誉全国的评书艺术家；辽宁芭蕾舞团成立于1980年，是中国五大芭蕾舞团之一；辽剧是20世纪50年代中期产生在辽宁省的地方戏曲剧种，初期称"影剧""影调戏"，又称"盖平戏"，它一经诞生，就显示出强劲的艺术生命力，受到当地群众的欢迎；黑土地上热烈豪放喜庆粗犷的大秧歌，欢腾奔放，优美抒情，风趣诙谐，雅俗共赏。辽宁也是东北地区少数民族聚居的地方，具有民族特色的艺术形式也是异彩纷呈，各种风土人情、风俗习惯无不侵染着作家的灵魂与创作欲望并凝结在作品中。任何一个时代的文学创作，最具特色的无疑都是本土的，经典的文学创作不可能脱离文化的生态环境，唯有深入生活，作品才能深入人心，从而深入灵魂。本土的是我们魂魄身心最为熟悉的一切，也是我们关于"写什么与怎么写"中，写什么的那一个重要部分。今天我们的辽宁作家，要有从历史传统到当下社会的复杂关系中挣脱出来的自觉与胆识，精神上要自觉发现并感知本土文化的元气，写作中发挥其宏达的包容性，以相对的距离与特别的角度审视我们身边的生活，发现那些被历史惯性视角所忽视或遮蔽了的本土文化之光，进而再对本土资源优势加以充分利用，重视从本土文学资源中汲取营养，并创造性地将其转换为源头活水，才会有文学意义上的发展与突破，并力求在保有自己文化灵魂的基础上，形成一种历史与现实相互激荡融合的文学新气象。文学创作从来贵在创新与个性，而越是创新与个性，越是对作品的内在灵魂的独特蕴含有着深刻的要求，实现这一目标，同样必须立足于民族文化、本土文化和地域文化的基础上，去建构自己的文学符码。

林　品：本土文化于作家而言，既有对个体生命经验的本原性诱发，又存在构成作者创作动机的隐秘渊源，因而理想的文学创作之一，便是在创作中对本土文化由下意识地观照，进而转化为精神上的自觉，并最终与作家对世界的价值认同、对文明的美学立场以及对文学的伦理认知融合为一，从而向着创作文学精品的理想努力趋近，这应该是我们本土作家努力的方向。

你的表达就是一篇散文，你很擅长你的散文化口语表达，也通过这样的表达道出了你自己的文学观念。谢谢，并祝你在文学创作的道路上创作出更好的作品。

好诗唱大风
——与诗人李犁的对话

作家简介：

    李犁（1961— ），男，诗人，诗歌评论家，从事文学创作与理论研究。

    在我的案头有辽宁著名诗人、诗歌评论家李犁先生的两部大作：一本是诗歌集《大风》，这部诗集作品有鲜明的地域特质与文学意象，充满了北方土地特有的凛冽与韧性，也感觉到诗人在诗歌创作中受到了东北文学传统和东北地域文化的强烈影响，彰显出作者在诗歌创作中所表现出来的那种呼啦啦迎面扑来和特立独行的诗歌品性，一种特殊的清朗之气夹杂着浓烈的"唱大风"情怀；李犁先生的另一本专著是诗歌评论集《烹诗》，在这部诗歌评论集中，他不仅关注了当代华语诗坛的诗歌创作，梳理了诗歌基本理论的美学特征，还表达了个人对诗歌以及诗歌创作的独到见解，尤其关注了辽宁诗坛的创作现状，对诗歌的见解和评论有游刃有余和细致入微的庖丁解牛式的鞭辟入里的独家观点，精辟而深刻。应该说，在当下诗坛，除了少数学院派诗人，并行地从事诗歌评论与创作的诗人并不多见，而他的很多诗歌理论和诗歌评论文章在当下的诗坛产生了重要反响，形成了李犁式的风格。李犁曾经说过："诗歌是无事物处的闲物，与有用无关。"我相信，李犁先生所谓的"无事物处的闲物，与有用无关"是有哲学性大道理的，这话真得认真地琢磨琢磨。

    诗集《大风》与诗歌评论集《烹诗》相映成趣、相伴而生，掺和在一起读，别有一种酣畅淋漓之感。

    林　品：李犁老师，你非常崇尚"真"，真实的诗歌是为了让我们更好地抵达生活的边界与核心，而不是远离它。只有在生活现场才能找到诗歌的力量与源泉，你一直在生活中发现，也在诗歌现场中发声。您认为当下诗坛处于什么样的生态？

最大的缺憾是什么？怎么样才能弥补这些缺憾？

李　犁："真"是写诗和为人的核心，也是底线。生活中我们喜欢真实的人，那么诗歌假了，肯定也会令人反感，甚至作呕。所以你问当下诗坛是一个什么样子，我个人觉得就是对假大空的彻底清算，不论哪一种风格，也不管优劣，绝大多数诗人都是从真实的感受出发，写自己的喜怒哀乐，诗人们从崇尚宏大回归到忠实于自己的日常经验，甚至迷恋所有个人化的琐碎的细节。这看似是写作态度的转变，其实是价值观和时代精神的体现。真实、自由、多元、细小，成了当下诗歌写作的总的态势。优点是凸显了对人性的尊重，不足是自我太任性了，诗歌变得狭窄和琐屑，甚至过于冷漠和形而下。虽然这些诗歌逼近真相了，但读后让人感到寒风刺骨，心情阴郁。这就是我认为的繁荣的当下诗歌写作的最大缺憾。这种缺憾反映在创作主体上就是缺少好心肠，好心肠就是情怀，很多人把情怀看作一个大词，其实它像气息一样弥散在诗人的一言一行中。我见过太多的聪明过人和才高八斗的才子，但他们最终没成大器，就是缺少一副好心肠。好心肠就是侠骨柔肠，它让你对万物肝胆相照，对弱者拔刀相助。再简化一点，好心肠就是情与义，情义是干净、明亮又有热度的气体，充盈在诗歌里，让诗歌变得红润、丰盈、清洁，更重要的是有了温暖。所以我曾经呼唤：做情义的诗人，写温暖的诗歌，给读者送去热量和力量是当下诗人应该自觉去承接的责任和使命。

林　品：现在有一个词特别热——"初心"，不忘初心，方得始终。你认为诗歌的初心是什么？你所追求的诗歌的最高境界是什么？诗人应该怎么做？

李　犁："不忘初心，方得始终"，起初是佛家语，初心就是进佛之始秉承的那种真诚质朴又当仁不让的执着之心。在诗歌写作上，我觉得除了对诗歌本身的热爱无私、一厢情愿地坚定和追求之外，初心还应该是人之初的心。生命的初心，应该是空的美的，盈满了光明，没有一点尘埃。但人会变的，人性也会异化，从自然之心到沧桑之心，中间会有很多不遂人愿的东西腐蚀着人心，所以初心应该是本心、真心、善心、童心，以及赤子之心。当下的诗歌像当下的人，复杂浮躁功利，所以坚守初心，就是坚守理想，坚守美、天真、纯洁以及自由和爱。同时初心也代表了诗歌写作的方向，那就是往回走，回到自然、童年、宗教中去。这是一种皈依，精神和灵魂的皈依。诗歌能做到这一点，生命就有了解脱感，人生也有了着落。当然更好的诗歌能捅到诗和人秘密的机关处，让人惊呼："原来人这么神奇！""原来诗可以这么写！"这就是我理解的诗的最高境界。另一方面，眼下现实还在生病，还需要如刃的诗歌，尖锐一点，直接一点，像刘年说的"诗是人间需要的药"，我说诗也是需要药的人间。反映大人间，揭示真命运，这是诗应进入的另一个境界。

需要补充的是，在日益全球化和世界性的今天，现代人不但不可能重回深山老林，而且还要具备前瞻的视野，目光一直要向前向前。那么初心怎么办呢？初心属于人性，社会变革之根本是让它变得更好，而不是更坏。如果坏了，那就是时代进化的失败。作为诗人坚持初心的方式，就是在种种束缚中保持心灵的自由，虚假中坚持真实，用简单对待复杂，用朴素对应奢华，还有坚守真性情，等等。总之不放弃生命最初的这些品质，诗歌就有了源泉，就会依然丰盈。

林　岢：我们当下的社会有大量拥挤的信息，传播方式也迅猛发展，各种诗歌网络平台蜂拥，这会对诗歌写作造成什么样的影响？再谈谈网络诗歌的优缺点。

李　犁：诗歌应该感谢网络，是网络让诗歌复苏，并重新走进大众之中且深入人心。互联网之前，诗人和诗歌都处于一个非常迷茫的时刻，整个写作处于一个被遮蔽或者半遮蔽状态，怎么写、写什么都成了问题。互联网来了，诗歌一夜之间遍网狼烟、四处烽火。任何一个项目的壮大，首先都是量的增加。互联网让处于休眠的、有诗歌天赋却没有动笔的，还有新生代的后起者都开始加入了诗歌写作队伍。互联网消灭了时空的障碍，把地球变成了一个村，信息的快捷与畅通，让网络写作者没有了文本的闭塞和隔阂。即时性互动性，让他们的作品新鲜而充满生机。诗歌不再是自说自话，抒情表意的写作宗旨得到了恢复和发扬，从而诗歌开始返青。但也正是这一点，过分的短平快，让大部分作品快速地被淘汰。而且网络上得来的经验是互相复制，平庸、肤浅、隔靴搔痒，这些不走心的东西断不能具有恒久的生命力。所以规避这些东西，写自己的经验，写自己情感和生命经历中的刻骨体验，且真实真诚，也就是遵从也必须遵从诗歌本身的规律，网络诗歌才能在更广大的时空里获得长久的反响。

总之，互联网使默默无闻的诗歌爱好者与大师们有了平等上位的机会。是互联网摧毁了文学权威中心论、纸刊至高无上论，是互联网让那些有天分却隐蔽在群氓中的诗人，自己都没有想到会迅速进入大众的视野并闯进文坛，从而改变了人生。我相信有一天这些网络平台会代替纸刊，成为诗歌的中心。

林　岢：你在《诗之术》中曾说过，"诗人是打铁的人"，我觉得这个比喻有点意思。诗人的技艺、技术在诗歌的创作中占有什么样的地位呢？什么样的诗才算好诗？怎样才能做到？

李　犁：诗歌是喜新厌旧的艺术，只有在熟悉的地方弄出让感觉遭电击似的一激灵，在无中生出有来才是好诗。诗歌的每一次进步，都是技术的进步，都是写作方法和技巧的创新和推进。写作者之间首先较量的不是内容，而是手艺，就是面对同一题材，看谁更有绝活。包括现在那些非虚构的叙述体和口语诗，看似他们没有技艺，其实他们较劲的是在叙述中的瞬间耸立，即陡峭感，就是意料之外的效果。这些都是技术活，只不过有人将这些技术化成了自身的素质和习惯，或者在情感的强烈催逼下脱口而出了。所以技术就是诗歌的全部，而要抵达的又是让你看不见痕迹的技术。

那些对人有情绪按摩、教育作用的诗歌，不是本质的诗歌，诗歌需要对人性深层做最深刻的检测，需要大思想和大智慧。大智慧的诗歌是对人的洗脑，是对人习惯性思维的清洗和拔升，然后让思维踮起脚向上仰望并蹦起来。所以很多诗人知难而退，折道去写其他文体了。这也就是诗歌的魅力，也就是诗歌小众化的原因，因为曲高者和寡。所以写诗是天才的事业，这也就是诗人发疯怪异的原因，也是让文学史尊重和青睐的原因。

诗歌这块田地被古今中外的诗人们翻耕无数遍了，各种招数和方法几近用绝，诗人要独辟蹊径犹如逆水行舟。为了突围和创新，诗人必须内外兼修，内功就是真诚、悲悯、激情和境界，外功就是写作状态中的沉迷、冲动、追忆和无边的想象力。内功是看不见的力，它驱动外功也通过外功形成具体的诗，出人意料，表面又与原生态一样。内外功夫的最终目标就是把诗歌写到绝无仅有，写得让人大吃一惊。

林　品：我觉得你的另外一种说法特别有意思——"我热爱的诗歌是布衣"，真是大道至简，我觉得朴素是很了不起的气场，怎样做才能做到如此大境呢？

李　犁：我确实喜欢布衣，纯棉或亚麻，穿和看都贴心又舒服。诗人和诗歌有了布衣的品质，就是不装而且低调沉静，自然无为。这是一种彻骨的真和终极的简单，甘愿低到尘埃里的素朴和不招摇。不论是这样的诗还是这样的人，都代表了很高的修为。现在有很多诗人，喜欢穿布衣，却以布衣来炫耀，这就是假朴素。真正的布衣精神，应该不为名利所动，去除胸中黏滞，澄心以空，以空待静，用婴童的眼睛和赤子的心灵去接纳诗意。你说怎么才能做到这样朴素的大境？这让我想起金庸笔下的剑客东方不败，他的几把剑代表了他追求武功的不同时期，也可以喻指不同的人生和写作的境界。第一把剑"凌厉刚猛，无坚不摧"，青光闪闪，锋芒毕露，是刚出道时所用；第二把剑叫紫微软剑，锋芒有所收敛，但仍削铁如泥，是30岁后所用；第三把剑是玄铁剑，重达七八十斤，剑锋已钝，曰"重剑无锋，大巧不工"，是40岁前所用；最后一把剑是一柄已经朽烂的木剑，其文字说明为"四十岁后，不滞于物，草木竹石均可为剑。自此精修，渐进于无剑胜有剑之境"。

无剑胜有剑，就是大简单，是极致的朴素。与大道无痕、大巧无工有着异曲同工之妙！这境界的背后是经历万水千山后的大彻大悟，是长期磨砺人格中慢慢地大放下。所以经验体悟对诗人来说非常重要。也就是说不经历复杂怎懂得简单，没浓妆艳抹过怎体会到朴素的真谛？就如清代诗人袁枚说的"大巧后朴""浓后之淡"。所以看似是剑术和诗艺，其后面是诗人的灵魂和世界观。性情即技艺，只有超然物外，宠辱不惊，人与诗才能做到真实自然、朴素简单。

林　品：《我理解的好诗人》中，你第一句话劈头就是："我理解的好诗人永远是一个不随波逐流又特立独行的人。"你认为诗人的独立人格是判断好诗的第一标准吗？说说你理解的特立独行，怎么才能做到？

李　犁：你的整体提问设计非常好，由外到内，由客体（诗）到主体（人），问题渐渐地切进核心。独立之人格，自由之思想，这不仅是诗人，也是整个学界和开明的社会最基本的道德准则，是人类得以进步、艺术得以繁荣的必要条件。它代表了良知、勇气、创造力和开拓精神，具体还包括蔑视权贵、质疑权威，推动传播自己的思考和艺术见解。它让诗人敢于宣称我是我，是唯一，而不是你们和其他。诗歌具有了这样的思想和品格，那就是最好的诗歌，最独一无二的作品，是大师。

从这个角度来说，诗人就是先知，先知能预知未来，愿为坚守自己的思想受苦受难。所以，先知都是孤独的，都是常人眼中的异类，而他们并不理会这些，旁若无人地沿着自己看见的光明坚定不移地往前走。这就是特立独行，看似疯疯癫癫，其内心洞若神明，高傲而沉静。这些例子太多了，国外我首推尼采，中国历史上最恰如其分的是屈原。苦成一棵草的屈原，瘦成只剩了风骨的屈原，似神似人的屈原更像个先知，他是真诗人的喻体，更是原型。现在的诗人身上也有点这些品质，但都是零零碎碎的屈原和先知。其实没有人逼迫他们这样，更多的来自他们的本能，他们内心的召唤，因为天才和先知从开始就不凡，正如一位老者说的，凡把思想抱负寄托在天上精神上真理上，必不愿遵守世俗规则、细节、教条、律法，必不在乎世俗生活。而这一切，缘于爱，一种推向峭壁终端的爱，包括爱诗爱人类。这就是我理解的特立独行的行为和原因。

林　品：在创作中趋于保守的作家，他们往往会在保守中产生现代汉语中最具尖锐性的东西。我注意到你的长文《呼唤与重建本土诗学的精神与特质》，你认为本土诗学经验和传统能给当代诗坛带来的最重要的质素是什么？

李　犁：倡导本土和传统诗学，首先在内容上要有大与重，诗人要与时代肝胆相照，要让这样的责任感和担当意识成为诗人的一种素质和习惯，更要先于其他文学样式将这些宏大的重大的事件和题材写成诗。让诗歌走出自我，大起来。其次在生成方式上要小快灵，就是向古人学习，动起来，到自然和现实中去，故意和生活碰瓷，就是我们常说的触景生情和有感而发。触景生情就是即时即地即诗，人与物与事千差万别，诗歌就会千变万化，至少是题材上不重复，这就避免了雷同。小快灵的具体方式一是及时。就是诗的即时性，即触景立马生情，诗、人、情三者同步，诗歌近了，也贴心了。二是及情。诗发于情，也抵于情，情是诗之核心。更深一步地即时即情，所写之物就濡染上了诗人的情绪，喜怒于诗，诗见人之音容、性情和心灵，就应了古人说的"诗者，人之性情也，性情之外无诗"。三是及物。言之有物、有道，诗就有意义，避免了虚妄和不着边际。诗虽小而真，不故意追求深刻，但看得见摸得着，诗歌就活了。四是及言。就是适于吟诵，能说。

这些都是本土也是传统诗学的精髓。诗歌是气，不是器，诗歌是人心，不是物件。诗歌要有精气神，不是木乃伊。真景物真感情才有真境界。这些观点并不新颖，但是重在唤醒和加重诗人对这种传统品格的意识，让日渐萎悴的诗歌重新丰满和康健起来。

林　品： 你是右手写诗歌，左手写评论，这是现在很多诗人的姿态，这也是一个值得思考的现象。大多文学理论家、批评家往往写不出出彩的好小说，而很多诗评家却可以将诗和诗评这两种样式同时操持得很好。你怎么看这种现象？

李　犁： 诗人写评论，或者评论家写诗，古今中外都有。我觉得两者兼顾一下，有利于对文本认识更清晰更深刻更切进本质。但是这样兼写，因人不同效果就不一样，有的诗人写了评论，诗歌写得更好；有的人却不会写诗了。而评论家写诗，诗里理性的思的成分大了。但有一点是公认的，就是诗人写的评论更好看、更有新意。因为诗人对诗有更深刻更切肤的体会，知道诗歌的难点重点在哪儿，所以诗人写评论，经验和感悟更多一些，属于心理和精神性体验写作，没有学院派理论家们的纵横捭阖，也没有理论们的严谨和科学。诗人写的评论常常把主观情感带入表述中，常有一些出人意料的闲笔，柔软度好一点，比较抒情和走心，但也容易跑题。

我主张诗人多写一点评论，或者是感悟性的文字。有时这些随笔式评论甚至比他们的诗更耐看，更能透露诗歌的秘密。而且写了评论，再回头写诗，诗会有进步。因为写评论就是对诗的再认识，是对诗歌的重新梳理和咀嚼。重新写诗时，就会处理好诗的远与近、上与下、柔与刚、诗与思。好的诗歌不可能真的如老子说的

"绝圣弃智"，理性是缰绳，也是血肉之躯中的骨架。感性与理性、意识与潜意识平衡了才是好诗。柏拉图说："一个稳重的人绝对敲不开诗殿的大门。"柯勒律治却说："一个人，如果同时不是一个深沉的哲学家，他绝不会是个伟大的诗人。"我视后者是对前者的补充。

林　晶：诗人的天职是返乡，我觉得你的诗集《大风》中的一些诗，对北方的故乡有着深郁的情感，你怎样看待故乡经验、童年记忆在诗人创作中的作用？

李　犁：美国诗人罗伯特·弗罗斯特说："文学始于地理。"说的就是故乡经验。我说，诗人永远走不出自己。这就是童年经验。现代科学证明，一个孩童从睁开眼睛开始，他看到的一切就像油漆一遍遍一层层在心里铺设，这形成了一个人的潜意识，而潜意识就像看不见的锁链，牵引着你的思维、想象、幻觉和情感的走向。外国学者称之为"原始力能学"，我称之为"记忆原型"，也是价值观。以我自己为例，我在乡村生活了18年，自然、故乡、童年，是我对诗歌以及文学认识的基本点，也是我原始的诗歌意象，类似胎记和种子的胚。不论我写什么，都不自觉地出现与此相关的意象和喻体，它决定了我的思维和审美类型，是我的诗学和精神的出发点和归宿点。尤其是年龄大了以后，越来越感到终点就是起点，最美好、最诗意、最理想的就是我们失去的一切。正如法国作家普鲁斯特说的："真正的天堂正是人们已经失去的天堂。"我们写诗就是找到一条回家的路。彻底地返回大地，回归自然和故乡，与之对应的就是摒弃所有的装饰和技巧，让自然、心灵和文本一起真实、自由、朴素、简单，让人与物融合，忘记自己，以便达到天人合一的境界。这样年龄写的回归故乡和童年的作品，如果用河流来比喻，那就是秋水。所有的裹挟物都已经沉淀，河面和河底都呈现出透明和清澈。这就是故乡和童年给我的诗学营养和启迪。我永远感恩乡村赋予我的一切。

林　晶：我注意到在你的诗歌评论中，确实爱用"大"这个字眼，如大悲悯、大关怀、大情怀、大温暖、大爱、大痛……为什么这么偏爱"大"？

李　犁：这个我还真没发现。这就是潜意识，是潜意识里的一种秘密愿望自动地生成。我个人确实偏好大的东西，大碗喝酒大块吃肉，包括用的手机都挑最大号的买。还有那些譬如大方、大气、大胸襟等大词以及它们所蕴含的内容，都是我喜欢并追求的。我也希望我的行为和品格都能对应上。在诗歌写作上，我不仅希望我的诗，也希望整个诗坛出现大格局的诗，高山峻岭的诗。对"大"的迷恋和呼唤，是因为当下的诗歌太"小"。细致精美的盆景太多，来自旷野的大风一样呼啸的作品太少。曾经有朋友问我，说你们诗人的格局太小，而且软塌塌，还自以为是，能不能写点豪放的雄性的诗歌？豪放的诗歌就是大诗歌，大不仅是体积，还有力量。它的思想内核是尼采的酒神精神，效果上是一种荡涤感——诗如飓风，一扫萎靡猥琐，摧枯拉朽，削山填壑。审美上这种大诗歌属于雄浑和劲健。雄浑是说诗人要蓄积正气，让诗歌具有包罗万物和横贯太空的气势。而劲健也是说诗人心神坦荡如同广阔的天空，气势充盈好像横贯的长虹。雄浑与劲健代表了诗歌的气势，以及力度和广度。所有这些的核心就是诗人要有大志。

当然，大志的诗需要大襟怀。现在很多诗人，太敏感、太脆弱、太狭隘。诗人强大起来，要有抗打击的能力，胸怀不能成为大海也要像广场，让更多各种各样的鞋来把它踏实并拓宽。这就是我对"大"偏爱的理由和理解。

林　岬：你日常生活和创作中比较关注当下的华语诗坛，你认为我们今天的华语诗歌创作处在一个怎样的境况和水准？还应该在哪些方面加强？

李　犁：最近10年，是中国诗歌技艺最活跃、最先进、最成熟的时期。当下一般的诗歌作品，放在20年乃至30年前都是最优秀的作品。这是诗歌"技"的变化，新时期以来，诗歌写作的最大贡献就是解决诗歌"怎么写"的问题，将诗歌的技艺向前推进了。但是当下这些作品依然唤起不了大多数阅读者的兴趣，当然有人会反驳说，诗歌就是小众的。但是在小众的读者中这些技术鲜亮的作品也仅仅是让人眼前亮一下，依然不能撼动小众者的心灵。这是为什么？归根结底就是诗人们没有对现实、对时代、对人类遭遇的苦难深度地、忘我地、舍生忘死地探索和挖掘。这就又回到了诗歌写什么的问题上来了。从写什么到怎么写，体现的是时代的进步和文本的进步，更是由志到智的转化。再重新从怎么写回到写什么，是诗人个人意志的选择，是志向，是胸襟和雄心。主动地去选择时代的苦难和勇气，就是让诗人之智承载起诗歌的大情怀、大感动、大温暖、大境界。我们需要精美又自恋的情歌，更需要惊天地、撼灵魂的豪迈的壮歌和圣歌。

所以，诗人不要小看了自己，要有天降大任于斯人的骄傲和使命，从这个角度来说，诗人是苦行僧，是耶稣，寻道、布道、殉道。这道就是永爱他人，舍己为人。这样的诗人与作品是当之无愧的大爱、大我、大道的人和诗。

林　岬：你怎么看当下辽宁诗歌整体创作的情况，你对辽宁乃至整个华语写作具体的文本上有什么样的期待？

李　犁：东北的高天厚土，造就了辽宁文化的诚朴和瓷实。这种自然性格构筑的文化品格反映在诗人身上就是有参与现实的热情，所以辽宁的诗歌视野开阔，声音嘹亮，诗歌中充盈着大气、真气以及浩然正气。进入新世纪以来，辽宁的诗歌出现了多元化的写作态势。向心智挑战，努力拓宽诗歌的边界，文本上勇于探索与创新。诗歌在保持现实性的同时，多了现代性和先锋性，这让辽宁的诗歌更加丰富了。至于对辽宁和整个华语诗歌文本上的期待，我想起奥登在《19世纪英国次要诗人选集》一书的序言中说："一位诗人要成为大诗人，要必备下列五个条件之三四：一是必须多产；二是他的诗在题材和处理手法必须宽泛；三是他在观察人生的角度和风格提炼上，必须显示出独一无二的创造性；四是在诗的技巧上必须是一个行家；五是尽管其诗作早已经是成熟作品，但其成熟过程要一直持续到老。"有人给概括起来就是多产、广度、深度、技巧、蜕变。这就是诗歌的要诀。需要补充的是，"两个黄鹂鸣翠柳，一行白鹭上青天"，因技艺和意境能永恒下去。而那些被称为时代的诗人，包括所谓思想深刻有担当的作品，虽轰动一时，但因诗艺不精，会随时间推移逐渐消亡。所以技术比内容重要，或者说思想深刻的作品，必有技术做保证，技术在前，思想在后。借奥登对大诗人的要求，说明我对好诗人和好文本的认识和标准。希望辽宁的诗人和整个华语诗歌写作者中，出现这样的大诗人和好文本。

谢谢林晞，谢谢你对我创作的关注，辛苦了。

文学批评，一定是唯美的叙述

——与文学评论家张学昕的对话

评论家简介：

　　张学昕（1963— ），男，文学博士，辽宁师范大学文学院教授、博士生导师。在《文学评论》《文艺研究》《文艺争鸣》《中国现代文学研究丛刊》《小说评论》《南方文坛》《当代作家评论》《当代文坛》等期刊发表研究、评论文章260余篇。出版专著《真实的分析》《唯美的叙述》《话语生活中的真相》《南方想象的诗学》《文学，我们内心的精神结构》《穿越叙述的窄门》《苏童文学年谱》《简洁的浩瀚》等。主编有"学院批评文库"《21世纪中国文学大系·短篇小说卷》等。曾获得第三、四、五、六、九届辽宁文学奖·文学评论奖，《当代作家评论》奖，中国现代文学丛刊年度论文奖；2008年，获首届当代中国文学批评家奖。

　　我和张学昕先生的相识纯粹是一个偶然，这个偶然不是我们之间的不期而遇，而是在文学的"江湖"中相互被朋友"传颂"，属于不见面都对不起自己的那种。于是，在一次偶然的时机我们有了相见恨晚的相遇。事实上，多年前，我就知道在文学评论界有张学昕先生的响亮名号，也读过他的多篇文章和文学评论专著，我一向佩服在文学评论中有个性和有个人主张的人，作为一个文学爱好者，我也非常敬重张学昕先生。虽然自己也经常参与一些所谓的文学活动，但一直未曾与学昕先生谋面过。而今，我自认为算是和学昕先生有莫逆之交的人，很多关于文学、文化以及当下文学现象等诸多话题可以谈得来，即使有些观点不见得都是契合的，但核心的精神都能达到一致。于是，便有了这篇对话。

　　林　品：您似乎很喜欢以对话这种形式深入作家和作品，曾对阎连科、苏童等多位作家进行访谈。今天您从提问者的角色转变到回答者的角色，从对话的主导者转变到接受者，心情有什么变化？

张学昕：非常高兴作为你的受访者，与你一起谈论文学。我先仔细地看了你的访谈提纲，感觉你的设问，体现出你本人对文学的深入理解和思考，在许多方面很契合我个人对文学的认识。其实，对话是一种非常好的形式或文体，它可以让两位或者多位文学的思考者一起进入一种美好的语境和文学情境，在话语的撞击中寻求或得到一种共鸣，或者产生一种相互的对峙，产生一种彼此的支撑。我曾与许多作家或者诗人进行对话或访谈，目的就是寻求一种共鸣状态，相互指证文学在我们理解上的差异——"和而不同"，从而打开我们对文学理解的更多维度。所以，我既乐于以"提问者"的角色对作家发问，也愿意以"回答者"的角色接受你的质疑，更希望我们能在交流中产生机锋。

林　喦：是的，对话不仅是一种形式上的交流，更是对话者之间在思想上的碰撞，无论是否契合，都会产生有意义的效果。从某种意义上讲，对话是更为有效的表达观点和态度的文体，在这方面，古今中外都有成功的例子。因此，感谢您给我这样的机会，让我们能在一起进行一次有意义的交流。应该说，这些年，您致力于当代华语文学的研究工作，取得了丰硕的成果，作为文学批评家，您认为我们这个时代需要什么样的作家和文学作品？文学的支配性力量是什么？

张学昕：你的问题，我觉得就是想让我说清楚自己对中国当代文学的一个基本判断，说出我的文学观、美学观以及我的文学立场，也说出我们这个时代文学的基本状态和价值。算起来，我做当代文学研究和文学评论已经有20多年了，对于文学的理解，实际上是在一个动态的变化中逐渐深入下去的，之于我，这真的是一个很漫长的过程。我们可以这样讲，任何时代、任何作家的文学写作，无不追求以一种独到的文学叙述表达历史和现实、人生与世界的存在及其联系，也就是，作家都在努力以"历史的""美学的"呈现"说"出一个时代生活的丰富性、复杂性和精神性的存在状态。那么，在当代，我们直接面对一个时代的精神状况、一个时代的灵魂状况的时候，在对世界形而下和形而上的表现和把握过程中，最重要的是，作家如何摆脱和超越以往文学表达、文学想象的局限和传统艺术模式的束缚、制约，要从当代的现实出发，不仅要使自己的文学表达洞穿具体的社会生活表象，而且直指人类、人性的心灵内蕴，对一个国家和民族的历史和现实，做出作家自己的判断，在呈现和表述中，使叙事文学达到最为理想的境界，这应该成为一代代作家努力追求的方向，而且，还要以内在的力量、蕴含、隐喻和象征，说出一个民族的希望和存在的依据。只有这样，才能构筑起文学的支配性力量，实现文学自身的文化、历史和美学价值。这是我对中国作家的期待，对中国文学的祝愿和期待。作为一个追踪当代文学脚步的观察者和评论者，自己与作家同处于一个时代，渴望我们的作家能够写下无愧于这个时代的经典。因此，从这个角度讲，我们正处于一个“准备经典”的时代。特别是，中国作家面对复杂开放的国际文化背景和当下中国社会现实，如何坚持文学的本性，选择文学表现形式，不断地探索与寻找一种最契合主体表现个性的形式，使形式风格的选择与探索真正能够使艺术成为艺术，已经成为不容忽视的问题。怎样才能既表现作家对生活与时代的人文关怀，又保持文学的审美本性，从个体生命的自我体验、自我沉醉中摆脱出来，让自己的文学实践扩展到对整个民族生活与历史的审美观照。同时，还要走出个人狭隘的、绝对的人本困境，走出视艺术为奢侈游戏的“象牙之塔”。因此，我们要处理好功利与审美这个“二律背反”的哲学、文学命题，获得艺术创造的新的可能性，获得真正自由的写作空间，这些，也都将成为我们一代代作家努力的目标。

林　喦：您的观点很鲜明也很有独到性。其实，我觉得您既表达了自己的文学观点，也说出了当代文学评论家们对中国当代文学共性的期待。从阅读您的评论文章上看，您的研究往往从叙事学研究入手，如从叙述语言、结构、文体等角度展开研究。但您又不极端专注于作品形式，总会观照到人性、作家的人生哲学、写作态度、人文精神、文学语言等。20世纪西方语言学的转向，把小说语言的功能提到一个至高无上的地位，认为小说就是结构，小说本身就是内容。您是否认同这种观点？您如何看待小说内容和形式的关系？

张学昕：哈哈，这是我最感兴趣的问题！一个作家的文体意识及其对语言、结构的感悟力、理解力，直接决定了一个作家的审美判断力和表现力。当然，这里面有很大的天分层面。尤其是语言，它的重要，直接关系到一部作品的价值所在。关于小说语言，汪曾祺先生有一段非常经典的话：“我认为小说本来就是语言的艺术，就像绘画是线条和色彩的艺术，音乐是旋律和节奏的艺术。有人说这篇小说不错，就是语言差点，我认为这话是不能成立的。就好像说这幅画画得不错，就是色彩和线条差一点，这个曲子还可以，就是旋律和节奏差一点这种话不能成立一样。我认为，语言不好，这个小说肯定不好。关于语言，我认为应该注意它的四种特性：内容性、文化性、暗示性、流动性。”我十分赞同汪曾琪对语言的高度肯定，以及他在自己写作中的身体力行。其中语言的“四性”，可以说他在自己的作品中都基本做到了，这也就注定了他小说的基本美学价值取向和文体风貌。语言虽说并不是万能的，但是，对于一个杰出的作家而言，写到一定的份儿上，如果没有语言的凌空蹈虚，没有典雅或美妙的汉语言写作才华，即使他讲出了一个精彩的故事和巨大的隐喻、象征，那种表现，恐怕也会令人感到逼仄，感到遗憾。我们不唯语言至上，可是，没有好的语言，故事和内涵都无法飞翔，就没有一个绝好的承载。另外，从一定意义上讲，小说本身就是一种结构，这是作家根据自己的生活经验、生命体验，凭借自己的审美判断力和表现力，将生活通过一种结构呈现出来，这个结构，既是一个承载思想、精神的容器，也是表现存在世界的途径和方法。实际上，小说的内容和形式是无法割裂的。还有，这种对于形式感的讲究或者追求，最终的目的，都是作家为了最大限度地寻求一种更确切的表达，这里面也就必然蕴含着一个作家的美学观念，作家的人生哲学、人文精神以及写作态度，全部渗透在文本的字里行间。那么，作为一个专业读者，或者批评家，我愿意在作家创造的文本解构中，做出自己最切近文本的阐释，而且，这种阐释，也一定是对于文本美学价值的发掘、意义的延展。因此，我的文学批评，首先一定是美学的批评，我相信，文学评论，从语言的维度讲，也应该像那些杰出的文学文本一样，一定是唯美的叙述。

林　品：虽然前面您谈到了一些自己所认知的文学观念问题，但我想知道，就个人而言，您倾向于20世纪的文学观念吗？

张学昕：记得这种观念好像是"20世纪中国文学"的概念，20世纪80年代初由陈平原、钱理群和黄子平提出。我觉得，这是文学史家对一定时间段文学的一种梳理或界定、判断。对一个世纪的文学发生、文学实绩、美学形态及其价值进行判断和概括，有一定的意义，是一种回顾、一种盘点和估价，但也有另一种缺憾，这就是由于这种界定，是对刚刚发生，甚至正在发生的文学过程、文学现场的追踪，一切还来不及沉淀，难免有些匆忙，所以，我们可以在此后更久远的时间里，重新审视这种判断和研究的价值，将一个动态的文学发生、发展进程，做充分的、冷静的、更全息的静态考量。您说呢？

林　品：这个观点我认同，我也曾经在某一个关于文学的讨论现场上说过，对于评论家而言，对离我们越近的文学现象或者是作家、作品评论家应该与此保持若即若离的关系，既不能不关注，又不能关注太紧，应该让作家和作品沉积一段时间，要经历一段历史的检验，才有可能做出基本的判断。我的想法是否与您的说法有异曲同工之处呢？哈哈！我们再来讲，作家阎连科在与您的对话中曾说过，20世纪90年代之后，中国当代的文学急需一种新的理论来解释和理解，急需一种新的文学理论的诞生。您本人也一直以丰厚的文学批评实绩来建构您自己的批评范式。您如何定义和理解这种"新的理论"？它是西方文论更好、更和谐的本土化，还是一个全新的体系？

张学昕：是的，10年以前，我就与作家阎连科交流和探讨过创作与批评的关系问题。这也是近些年一直困扰我的一个问题。20世纪80年代以来，中国当代文学创作确实发生了迅猛的变化，作家的写作呈现出极大的创造活力，文本的形式感，表现出的文本形态和精神内核，都有许多创造性的元素，而我们的文学批评则会显现出疲惫乏力的倦态，或者说，面对许多鲜活的作品，显现出一种阐释的无力感，愈发缺少创造的活力和理论的自觉。并不是说，一定要先创造出一种理论来，再去阐释文本，而是在不同的具体文本面前，选择一种可行的、十分契合文本的方式、方法进入文本。不是用一种理论、理念去撞击文本，而是要贴着文本走，对不同的文本采取不同的阐释途径和审美路数，化用相关的文学理念，并且尝试突破已有的理念，自觉地敦促自己增理论创造的勇气。在这个方面，我始终在尝试，保持对文本阐释的活力和激情。所谓"新的理论"只能存在于我们对于不同文本的阐释之中，通过大量的文学批评实践感悟、发现新的理论元素，在若干次尝试中获得阐释、批评的自信以及创造的愉悦。它既可能是西方文论的选择性化用，也可能是中国古典文论的体悟性渗透。索性就先不去考虑什么"体系"之类的建构吧，因为对于批评来说只要能够做到有的放矢，就是有意义、有审美价值的文学批评。近些年缠绕着我们的，往往是那些很宏观、十分富于理论感的大问题。正是这些似是而非的理论问题和理论规约，束缚、遮蔽着我们的阅读，也禁锢了那些我们原本会有极其生动体验的艺术感受。所以，我们的批评，在一定程度上，也是在与自己所"掌握"的某些理论进行搏斗。

林　喦：您用"灵气""拙""佛性"等中国意味浓重的语汇解读了苏童、阿来等作家的创作，还有您很喜欢文体这个研究角度，而刘勰的《文心雕龙》有多处专门和文体有关。您认为中国古典文论资源该如何融入当代中国文学批评话语呢？

张学昕：说实话，与西方文论相比，我更喜欢中国古代文论。尤其我在阐释苏童、阿来、贾平凹的创作时，我更愿意在古代文论中寻求理论依据的可能性。我从不拘泥对于不同作家研究、批评、阐释的方法，在研究苏童创作时，我偏重他的"灵气"。清代文艺理论家袁枚在著名的《随园诗话补遗》中曾经提到了"笔性"的灵与笨的问题，这里的"笔性"，其实指的就是灵气，它是人性中的可贵品质。他认为，人有灵气，诗才可能会有生气和才气。当然，不同的作家有着各不相同的性情和灵机，有着对生活和世界不同的感觉和妙悟，独特的玄思和想象方式。这一点也与中国古代文论中"自得"的命题和范畴颇为接近，它强调重视诗人、作家自身体验的鲜明性、独创性等直觉思维色彩以及智慧的天赋性。在审美发生的视域里，灵感的"自得"是一种自然而然的生成，而非刻意地苦思觅求，是写作主体对世界的意向性精神投射。也可以说，"自得"和独创是原生态文学产生的重要因素。从这些道理或角度看苏童，他有灵气，而且是与众不同的、非凡的灵气。而对于苏童来说，每一次写作也许都是一次机缘，由偶然的事物的感受触发而导致了灵感的天机，成就了一次次作品的有机生成，凸显出灵气的无处不在。我自信我对于苏童文本的理解和阐释，正是我在对苏童作品的阐释中，建立了我的理论自信和自由。真正理解了一个作家及其文本，才有可能将古代文论的精髓注入阐释之中，构成属于自己的个性化的批评话语。啊，当然，我极其喜欢《文心雕龙》！它是中国文论的集大成，这是刘勰的伟大创造。我从这部著作中获益匪浅。中国古代文论，启发我在"感悟式"批评的道路上走得更远。

林　晶：您在很多批评、与作家的对话中都谈到文体结构、语言的重要性，您认为结构、语言对于一个批评家的意义是什么？很多学者都为您的批评写过批评，评价您形成了自己的批评范式、话语体系。您对自己的结构、语言会怎样评价？

张学昕：我很高兴和感谢一些评论家朋友对于我的理解和认同。但是，我的批评虽然有自己一个较为清晰的思路，却远远没有形成什么范式或话语体系。在自己的文学批评道路上，能形成自己的文学批评风格，可能是每一位批评家的梦想，当然我也有这样的梦想，并且愿意为之努力。在这里，我觉得一个批评家的语言尤其重要，因为文学本身就是语言的艺术，它是形象的文字，而且，文学批评的特殊性，就在于你面对的文本首先就是美文，所以，我们的阐释和感悟之后的文字，也就应该是生动的、美妙的、精到的。所以，我在前面说到了，文学批评，也应该是一种"唯美的叙述"，这也是我对于批评话语一直的追求。

林　晶：对呀，您的著作《唯美的叙述》有一篇颇为浪漫的自序，强烈的抒情风格让人可以当作散文来读。您在文学批评、理论研究之余，是否也进行文学性写作呢？您认为您的个性更适合哪种文学体裁？

张学昕：我最初的文学梦想就是当一位作家，可是渐渐发现自己当不了一个作家。作家是一个特殊的天才的职业，我不是天才的作家，于是就继续梦想着做一个天才的批评家。有时候，我也有写作小说的冲动，有虚构的狂想，但总是眼高手低。我想，我还是老老实实地做一个好作家们的朋友吧，以自己对文本的阐释，实现自己有关文学的美好的梦想。我大学时代发表过许多诗歌和散文，也许，那时不经意的文学训练，使我日后在文学批评写作中，对语言和文本的诗性阐发更加着迷，并且对语言有良好的感觉。

林　喦：在我的观念中，我一直认为文学评论家一定首先是作家，或者如您所言，一定要经过一个文学创作的训练，哪怕不是专业作家都可以。但必须要有创作的功课，这样才能从创作中体悟和理解到专业作家的创作。我觉得您有文学创作的经历，才有了后来从事文学评论的基础。包括您评论文章的语言风格都很有文学性的。

张学昕：算是吧，就当你夸我了。

林　喦：您的研究主要分为三种类型：文学整体走势研究，如《20世纪中国作家的形式感论纲》；小说文体研究，如《长篇小说写作的文体压力》；作家个案研究，也是您倾注最多心血，成果最为丰硕的部分，如对苏童、阿来等作家的研究。您如何看待自己的这些研究类型？今后会不会有新的突破或更倾向于某一种类型的研究？

张学昕：你梳理的这三个方面，大致是我十几年前的一种批评路径和脉络。这几个方面确实形成我最初批评活动的一个相互支撑、互补的框架。近年来，我更喜欢做文本阐释和作家论，我觉得这更加让我感到踏实。我喜欢这句话："创作之树常青，而理论是灰色的。"我担心也避免自己掉入一个空洞的理论的陷阱里，所以，我总觉得贴近文本、走进文本似乎更稳妥些，这样可以在感悟、发掘、阐释文本的过程中发现文学的价值和意义。我总觉得，在当代，能够很好地对文本做出符合审美规约的艺术判断，已经很了不起了。

林　喦：刚才说过了，您的研究类型基本已经广泛涵盖了研究的几个基本角度，而且您长期深入文本，积累了丰厚的当代文学阅读经验，特别在苏童研究领域已经是名副其实的专家，您有没有想过介入当代文学史的写作呢？

张学昕：一个文学研究者，或者从事这种职业多年，也许都会有这样的野心和梦想，就是能有一本自己的"文学史"。说心里话，我也有这样的梦想，但我自己非常清醒自己文学研究和思考的格局，以及知识储备、史的意识和方法，等等，都处于一个什么样的状态和程度，自己还需要怎样的积累和蓄势。我想，我还是先老实地做好作家研究和文本分析吧，当有价值、有意义的文学史观建立起来的时候，也许，一种有个性的文学史，就会有可能自然而然地到来。

林　喦："重写文学史"以来，很多学者都对现代、当代作家作品进行过全新的解读，发现其潜在的文学价值，甚至文学江湖重新排名，您认为在这样的背景之下，今天的现代文学研究，或者十七年文学研究还有很多的学术生长点吗？

张学昕：文学史，也许永远处于一个"重写"的过程中。我们对于一个时代文学的认识和理解，随着时间的推移，会出现判断上的调整和重新估价。尤其是，我们一直处于近距离接触当代作家的写作发生，常常难免出现"不识庐山真面目"的感觉和审视，缺少心理上、精神上、人文和价值体系方面的沉淀，这样的话，重新认识，重新考量，重新解读，这些都是正常的现象。因此，这也就给现代、当代文学研究增添了新的学术生长点和可能性，使得我们在一种新的视域下考察文学的品质和价值。

林　喦：这也不是一句两句就能说清楚的事情。谈谈您是如何关注余华、苏童、贾平凹、格非等一些才华横溢的先锋作家的创作和成长的吧。对苏童的小说进行了长达20年的跟踪阅读和批评，为什么？与作家苏童间有哪些精神上的共鸣和心灵上的契合？

张学昕：苏童是我的同龄人，他的写作始终令我兴奋和喜爱。我们会愈加认识到他写作的价值和意义。在当代文学的格局内，或者将苏童的写作历程及其作品放到当代世界小说创作的范畴当中，我们仍会强烈地感觉到，他小说所呈现出的对中国现代、当代生活的开放性和隐秘性都不满意，知识结构方面的捉襟见肘，会导致文学批评的浅薄和浮泛。读书，思考，再读书，再思考，是一个有出息的评论家永远的努力方向。这是我对自己的一个最基本的要求。

林　喦：回顾您的学术历程，您更看重哪些成果？

张学昕：我更加看重我这些年对作家做出的所有的文本阐释。相信这些阐释，是对这些作家最切近文本意义和价值的研究和分析，希望这些阐释既是对作家文本的有价值的延伸，也为未来的种种文学史写作提供一些基本的准备。

林　喦：今天，我们聊得很好，很开心，对于我收获很大。颇有听君一席话，胜读十年书之感。真诚地谢谢您，也耽误了您宝贵的时间。祝您健康快乐。

张学昕：让我们共勉，相互感谢和祝福一下吧！

这片挚爱着的土地生长故事

——与作家丛培申的对话

作家简介：

　　丛培申（1970— ），男，辽宁省作家协会会员，朝阳龙翔书院签约作家。创作《祭祀者的痕迹》《胡儿与木兰》《死在地域里的人》《妈妈的照片》等散文作品曾分别获得2005年全国作家世纪论坛评比一等奖、全国散文大奖赛优秀奖；中篇小说有《游走》《我与老刘是哥们》《出家》《买来的媳妇》；出版长篇小说《父与夫》《祖宗在上》《烟火人间》。

　　"作家"一词，最早是管理家务的意思。《晋书·食货志》载："（汉）桓帝不能作家，曾无私蓄。"《三国志·杨戏传》："请为明公以作家譬之。"这说明自三国至晋代"作家"系指"治家"而言。汉桓帝没登基时，因不善治家理财，才弄得没有私蓄。而"治家"的"作家"转义为"写作"的"作家"大概始于唐代，据《太平广记》载："唐宰相王好与人作碑志，有送润毫（酬金）者，误叩右丞王维门，维曰：'大作家在那边。'"这就是唐宋时期对在文学艺术上成绩卓著者称"作家"的来由。当然，也特指在文学创作上有盛名成就、有一定影响力的人。在我看来，作家一般是指以文学创作为职业并能够获得薪金的人，我们通常称为"专业作家"。在今天，有一些网络写手、自由撰稿人因写出了大量的"文学作品"，被推崇备至，红极一时，弄得钵盆满满，也被称为"作家"。

　　显然，今天与我对话的作家丛培申先生不属于这样的"作家"。在我的理解中，他应该不属于一般意义上的职业作家，他始终生活在辽西凌源，属于"生于斯长于斯"的辽西凌源人。目前，他没有稳定的工作，但在其人生履历中曾做过政府工作人员、小商人、建筑工人、井下工人、砖厂工人、保卫人员、厨师、推销员，甚至在街头掌履的活都干过，对于大多数人来讲，这种履历是漂泊、是"浪迹"，但对于丛培申而言，我认为是经历和收获，是一个准作家文学创作前的经验、体验与素材储备的积累，是他作家梦想的前期创作功力修炼，是一种病蚌成珠的灵魂洗礼。因此，我在他的简介中写上了"非专业作家"，至少目前在他的头上还没有溢美的"作家"光环。但他确确实实是一位藏于民间的优秀作家，因为他创作的两部长篇小说《祖宗在上》和《烟火人间》不仅显示出他的文学创作禀赋和水平，同时，他通过小说以独特的视角审视了东北地域鲜为人知的历史，展现了底层人民鲜活的生活图景，在这一点上，我觉得他属于被我称为"新东北作家群"系列的优秀作家之一。

作家丛培申先生为人谦和，又满怀激情，也很容易兴奋和激动，和他对话很自在也很顺畅。他说自己会尽量努力把想说的话都说了的，于是，我努力做到原汁原味地记录下他"原生态"的表达。

林　品：丛先生你好，从某一个角度讲，你不是专业作家，但你又是作家，在我的案头上，放着你两部厚厚的长篇小说作品，一部是《祖宗在上》（辽宁人民出版社2014年1月），一部是《烟火人间》（辽宁人民出版社2018年1月），这两部长篇小说都很有影响力，尤其是第二部《烟火人间》已被列入出版社重点推荐书目，从这一点上看，你的作品已经被大家所认可，这种认可不仅是你作品中所承载的内容意义巨大，重要的是它标志着你已成为一位成熟的作家。在自由撰稿人和网络写手正当红的时候，而你，作为一位自由写作者，与前者大有不同，能想象出你的坚忍和执着，以及在生活和创作中所遇到的诸多困难。很多读者都想了解一下丛培申，那么，能讲讲你是如何走上创作道路的吗？

丛培申：好的，谢谢林教授给我这样的机会。谈这个问题需要回顾，尽管我们都到了不喜欢回顾过去的年龄。但刚才你谈到"作家"与"专业作家"的概念，恰恰激发了我多年来一个想法。作家现在已经成为一种行业的代名词，通俗一点讲，就是搞文学的。现在想想，在清代的时候把曹雪芹叫作家吗？好像不是，但当时叫什么呢？也无须考证。晚清以前，关于什么是作家、作家的使命与功用，没有专业人士回答过。在我看来，中国古代科举考试中选拔的大都是政治人才，选中之后要做官的，要做治国理民从而推动社会发展的事业。当然，古代有许多文学家首先是出色的政治家，他们的主观意图首先是做好官，写诗和做文章是为了表达个人情怀，或寄情山水，或家国情怀，或畅谈友情，往往也有政治以外的或隐晦或疏狂的个体表达，或是闲情逸致、附庸风雅，那时的文学家往往都有一种文人的情怀。今天不同了，文学成为一种堂皇的职业。我记得在20世纪80年代的时候，作家是无比荣光的，简直是国人的精神图腾。一个悖论是，古代把文学作为副业的政治家，却留下许多传唱千年的作品；今人把文学作为职业，海量作品中却鲜有传世之作。为此，当别人称我为作家时，我感到很羞愧，我常常想，我写出的作品究竟能给人带来什么？

作家太多了，论调太多了，如果写的东西强调感官轻视理性，无疑会成为社会风气的腐化剂，那作家成为一种职业真是罪过了。好在自从我有作家梦那一刻起，我一直都没有成为职业作家的机会，这使我活得很艰难，写每一部作品都会付出百倍的努力。"浪迹于下层百姓之间"是我写在作者简介中的一句话。确实是这样的，我什么事都做过，政府工作人员、商人、建筑工人、井下工人、砖厂工人、保卫人员、厨师、推销员、甚至街头掌履的活都干过。我庆幸我的萍踪浪迹，从中积累了大量的写作素材，更丰富了自己的语言，写作情趣也因此盎然浑成。但令我感到痛苦的是，无论做什么，都会被作家梦所折磨，都会为之艰苦地努力。有时只能以天意来宽慰自己。我经常跟朋友们说，如果我一直做生意会很成功，一不小心会成为富翁的。但有一点是不可否认的，无论做什么，我都会觉得虚度时光、浪费生命，只有钻到文学梦里去，才会心安理得，活得才会踏实，这也许就是与生俱来的文学情怀吧。

何以会有这种情怀，我也不知道，只能说是鬼使神差了，人生确实存在鬼使神差。还有一点需要说明一下，凡是作家都有"恋情癖"，情动于中，总要发乎于外，这种精神享受的过程很有诗意。我无限眷恋着家乡的山山水水，那里总像藏着情人，如此说来，作家的身份正适合于相思，呵呵。

林　喦：是的，有时候感觉乡情是最美的恋情。对了，你身居辽西一隅凌源，凌源因大凌河而得名，该地域历史悠久，早在旧石器时代晚期就有先民在此一代繁衍生息，是一座有着悠久历史的城市，也是辽、冀、内蒙古三省（区）交会地带，历史曾经的风云变幻也在这片土地上演过，从某一角度讲，这里的历史变迁也是整个国家变迁的一个缩影。而你的长篇小说《祖宗在上》恰恰展示的是九一八事变后东北沦陷的伪满洲国这一中国历史特定时期的凌源地区人们从悲屈走向抗争的生活图景；《烟火人间》也是以戊戌变法后到义和团失败、《辛丑条约》签订的大约两三年时间跨度为小说叙事的背景来展示凌源地区人们生活的状貌，文中所揭示出来的不同文化碰撞交流的现实也是小说的一大特点。也因此，我觉得，你是一个热爱凌源地域和历史的人，你的心灵直扑在这块广袤的土地上，关注这里生生不息的人们的生活和命运。

丛培申：好，这个问题很大，请允许我想到哪儿说到哪儿，因为任何条理都会框住思想。生于斯养于斯的这片土地，谁都会热爱，并随着时间的流逝而报以无限的深情。从作家的角度，就存在看开去和看回来的问题。看开去究竟能看多远？从凌源看到东北，从东北看到全国，再从全国看到世界，这似乎看得很远了。但还不够，往更远看，就涉及宇宙观的问题了，也涉及多维空间的问题了。上下四方为宇，古往今来为宙，有什么样的宇宙观，便有什么样的世界观。在茫茫的宇宙中，地球不过是一粒尘埃。我觉得人类是在地球上玩弄情感和技术的高级动物，于是文化产生了，文明发展了，文化多元决定文明各异，但无疑都存在着地域特色。于是对比又产生了，我们的苦辣酸甜其实都是在对比中产生的。所以佛家讲"不分别"，目的是消除因分别而产生的苦恼；道家讲"无为"，目的是消除分别心，来得更直接。作为有情众生，我们能看到这些，大体可以了。但我们还要看回来，看回生养我们的母亲和土地，你会发现这土地上的一草一木、一山一水，都是你的化身，都与你通灵，好像都和你与生俱来，你会感觉你所处的环境，就是母亲的第二个子宫，多么温暖，多么慈祥，无法不去爱它们。对土地的爱有多深，决定你的笔有多茁壮。

林　喦：你的比喻很形象也很贴切，让人有一种温暖感。

丛培申：小城凌源，不仅有悠久的历史，更是中华文明的发祥地之一。大凌河是凌源人的血脉，尤其我们居住在源头，源头活水的神圣感总会油然而生。其实我经常因大凌河而想到曹操，魏武挥鞭饮马长河，说的就是大凌河。红山女神难道不是喝大凌河水而修炼成神的吗？我一直在想红山女神与女娲的关系，窃以为她们是同一人，当然这有待考证。

看开去与看回来的问题解决了，下一步是看自己，佛家叫"返观内视"，看自己与地域文化的血肉联系。这种联系对于作家来说无疑是广泛而深沉的，它通过你表现的一个个人物来展现，你把无限的情感与哀思赐给每一个人物，使他们活起来，生动起来；你把一生的所得赐给他们，使他们有血有肉，高尚起来，或卑微起来。历史是漫长的，有多少故事在上演，我为什么唯独选择伪满洲国这个历史节点来表现凌源儿女的热肠与血性？因为五千年以来，这是本土文化真正受到外来文明冲击的时候，以前的民族之争都不算，尽管同样血腥同样野蛮，但共同的文化根脉没有动。这次不同了，是面临着灭种亡国的灾难。有一个法西斯头目曾叫嚣说："要想消灭一个民族，首先要消灭他们的文化。"日本人在这一点上就做到了极致，他们侵占凌源以后，首先把持了学校，不许学汉语，不许讲中国历史，这是最残忍的消灭。凌源儿女一下子就认识到这一点，不屈不挠的抗争就开始了！所以我说《祖宗在上》中的人物都是醒着的。总之这片热情的土地上总是燃烧着烈火，舍生忘死的抗争从来都没有间断过。我无法不深爱这片土地和这片土地上的人。为此眼中常充满泪水，这泪水便是我书写朝阳儿女的动因。

林　品：在两部长篇小说的创作上，你搜集了相当多的史料，无论是正史的还是野史的，这不仅需要时间，也是一种判断能力，你都能游刃有余地梳理和筛选并恰到好处地运用到小说的创作中，那么，你搜集梳理材料的过程，对你创作有什么具体的启发和影响呢？

丛培申：对于素材的积累，有两种——有因积累和无因积累。无因积累就是对于一部作品来说无意识的积累。这是个漫长的过程，亦是终生的功课。在写作一部作品时，这种积累会根据故事情节的需要，自然而然地闯入你的视野，所以这种闯入是偶然的。当然也不全是偶然的，因为你毕竟为了文学而积累。而且这种积累往往会在作品中灵光一闪，恰到好处。对于一个作家来说，无因积累很重要，因为你不知道下一步想写什么，只有丰富的积累才能做到游刃有余。那天我开玩笑说，我把别人吃喝玩乐的时间都用来看书了。就是说在当今信息泛滥的时代，一位作家不屏住呼吸、克制欲望、做精心刻苦的准备，是很难达到一定知识储备的，想写点东西就会感到空洞无物。当然思考更重要，不能静下心来，任何思考也会浮皮潦草。思考与积累相得益彰，只有读万卷书、行万里路，才能有的可思、有的可考。

再说有因积累，就是有针对性的积累。一部作品构思已经完成，立意表达、人物设定、故事走向都已确立，这时候还需要佐证，于是乎去搜集资料。这时候你不能保证搜集的资料一定准确，有时候你根本搜集不到准确的资料。那怎么办呢？说实在的没办法。这时候就看你的想象功夫了。如果一个人的想象能极大地贴近历史，那是了不得的，几乎是天才。好作品都是极度贴近历史的，因为任何臆想都没有历史本身精彩。一部作品可当史记来读，那才是最高境界。

林　品：你说的很有道理，比如《红楼梦》，不仅是宝贵的精神遗产，更是研究历史的绝佳窗口。如果写出一部作品是扭曲历史的，以今人之理念贴古人之面孔，是非常不负责任的，长此以往历史将不复存在，文化传承也无从谈起。

丛培申：当然，对史料的判断很重要，这就好比导演挑演员，把身、口、意都非常契合的演员挑出来，才能打造精品。判断首先从最动人处着手，其实这个不难把握，因为它有很大的感性成分，最能打动作者的也最能打动读者，这几乎是定律。至于说从史料中受到多大启发，这个好像不太直接，最起码我是这样。因为立意在先，如果你的立意足够高的话，你几乎感觉不到有多大启发，有的是立意被佐证后的欣喜与震撼——原来历史被你言中了。比如我创作《祖宗在上》的时候，当写到日本人要在学校里消灭中国史，语文教材也变成日本语的时候，我想这种肆意毁灭他人文化的举动一定会遭到全体凌源人的反对，结果在史料中果然查到了，从县长到百姓一片反对之声，有的还以自杀来抗争。这种佐证会使你信心百倍地去抒发，这种抒发会使梳理变得轻而易举。

总之，还是价值观的确立问题，因为你的任何应用都源于价值，没有价值的东西怎么会感兴趣呢？好的价值观确立了，在纷繁复杂的史料面前才会从善如流。历史是公正的，史料才是正直的。所以我们一定要努力写出好的作品，让我们的作品成为后人的史料，做到这一点，功在千秋！

林　喦：我认为长篇小说《祖宗在上》是一篇关注家乡土地的小说，是关注东北热土的小说，是关注在这片热土上人性的小说。在这部小说中，你激切地关注了在沦陷后伪满洲国时期的国民性的问题，这也是这部小说能让读者反复思考的一个话题。"国民性"这个话题，原本是清末民初思想界所讨论的一个热点，后来经过鲁迅的文学演绎，才在中国人心中产生广泛而深远的影响。当下思考那一个特定历史时期国民性的问题，现在想来也是意义极大的。实际上在农业文明、小国寡民的时期，以农耕为生存的人们只讲活着，而不知道怎么活着和为什么要活着。同时，家国观念在一般意义上民众心中也是荡然无存的概念，所以你的小说里也充满了一种"悲哀和凄凉"，是不是这样呢？

丛培申：是这样的，感谢你能提出这样的问题。"悲哀与凄凉"确实贯穿我的整个写作过程。前面我提到，《祖宗在上》这部书中的人物都是觉醒的，也确实是觉醒的，是灭种亡国的苦难震醒了他们。但这并不否认他们的愚昧和颠顸。最可怕的是，在外族压迫面前，已经生无所恋的他们，还不忘演绎属于他们自己的爱恨情仇和"悲凉残喘地生活"，这就是那个时代国民性的表现形式吧。

这部书绝不像抗日神剧那样，故事单一到只有敌与我，我的良知使我不会那样写小说。中国人的故事不但没有因为外族的侵略而减少，相反却因此而增多，司杨两大家族的恩恩怨怨更因此而如火如荼。我觉得这就是真实的历史，不然日本投降以后就不会有三年内战。尤其东北大地，那个时期本来居民就很杂，各种"情况"交织在一起，故事必然丰富多彩，人物必然血肉丰满。

我在这部书中追问种种国民性的根源，答案只有到文化传承中去找。那时候的一个人即使再没有文化，几千年的文化基因对他也会有渗透，因为耳濡目染也是一种传承方式。所以那个时代表现最明显的就是每个人对自我个性的坚守，对忠孝节义的不同理解，使他们活得都很用力量。那个年代东北大地上出现一位天才作家，她叫萧红，一位纯粹活在精神世界里的作家，不因战争而流离人性，不因媚俗而摧残生命。尽管她的一生非常短暂，但她给人留下的思索是绵长的。如果现在重提东北作家群，萧红依然是一块不倒的丰碑。

这块神奇的东北黑土地呀，我时常为之夜不能寐。每次从外面回来，一踏入这片黑土地，就会油然而生悲凉。那天夜宿朝阳一家小旅馆，久久不能入睡，便写了这样四句话："夜居斗室思来往，黑白颠倒忆苦娘；古今多少沧桑客，相约虽短相思长。"其实就是从萧红想开去而起的兴。这块土地上的女性确实令人深思，是说不清道不明的深思，为此我总在写女性上多下功夫。她们确实象征着这块黑土地，博大、精深、神秘莫测，却是一个个完美的苦娘形象。我自己的半生也是萍踪浪迹，去过很多地方，还是觉得我们东北的女性有的思、有的想，大地的恩赐在她们的身上表现得淋漓尽致。她们总是笑而不言，把无限心事藏在嘴角；她们对爱情的诠释是隐忍而张扬的，表面冷漠，内心烈火；她们所代表的国民性是鲁迅不曾看到的。

这是就整个东北来说，如果把目光返回到辽西大地，又有它独特的地域性。辽西人普遍活得很老，不是外在的老，而是内在的老，好像他们都活得太久了。也确实是太久了，辽西也是五千年文明的肇始之地，怎能不老呢？开个玩笑，如果到外面去，我能从芸芸众生中一眼认出谁是辽西人，那种很老的气息扑面而来，那种宠辱不惊的气质一下子就能感受得到。

所谓的地域书写不用刻意去求，只要你写出来了就具有地域性，因为那种基因就在里头，那种神韵就在里头。还有，辽西人对苦难的承受能力是非凡的，这在我的每一部作品中都有充分展示，《祖宗在上》里的刘大巴掌，为了保住祖宗坟地，可以伸手到油锅里捞出秤砣，这可是不折不扣的真人真事，人物原型离我老家不过五里地；《烟火人间》里的罗子沫，作为年轻书生，一次次地挨打，一次次地被冤枉，甚至在被日本人下毒后生不如死的情况下，依然把读书种子做到底，这是何等的大忍之心。

可话又说回来，这一切的一切，恰恰是使人产生悲哀和凄凉的原因。悲哀不仅因邪恶而起，也因良善而生，只是其中具有多层含义罢了。

林　岊：《祖宗在上》是一个大部头，洋洋洒洒40多万字，当你创作这部小说的时候，你的初衷和书稿的最终完成之间有怎样的变化？或者说，变化大吗？

丛培申：这个问题非常好，非常尖锐，而且在我的视野里，还没发现谁提出这样的问题。这也正中了我多年来要表达的一个观点，虽人微言轻，也想借助这个平台大胆地表达一下。

首先说这种情况不但有，还大量存在，而且往往从一部作品的写作中期就开始了，几乎每个人物都不是原封不动地按着当初设计的来，多多少少都与初衷有违。这里不妨着重举两个例子，比如《祖宗在上》中的司本青，当初想安排他在作品的后半段有人生意义上的升华，可越写越觉得这样的安排太牵强。文学即人学，根本上是对人性负责，不能把裤腰带挂在树上去写作，会让后人耻笑。所以最终我还是让他走自己该走的路；还有《烟火人间》中的祖念其，初衷想让她最后跳崖自杀，写着写着就觉得这样太戏剧化，也太残忍。悲剧是有力量的，但刻意地去表现悲剧就很没必要。

这一点我们应该向高手作家学习。他们不但在语言表达上独具一格，比如他们会用意象去表达一种事物，说什么是池塘呢？他们会这样表述：石头扔进水里，"咚"的一声，这就是池塘。而且他们的文学风格非常本真，本真并自然到令人瞠目结舌，可谓"珠玑语唾自然流"。文学是非常自然的事，刻意去改变风雨雷电无疑会弄巧成拙。

当然，这些都是就我个人的创作经验而言，不敢代表别人。那么我想借助这个平台斗胆表达的观点是什么呢？是关于《红楼梦》的。我虽没有过多地去读《红楼梦》，但也足足读了四遍，而且都是在最闲暇的时候读的，当作享受读的。那么关于《红楼梦》有一个最著名的历史公案，就是后四十回与前八十回的关系问题。说后四十回是高鹗续写的几乎已成定论，但现在有人想推翻它，不但推翻它，还要自己续写。当然这会是大家的魄力，我们这样的凡夫连想都不敢想。判断后四十回不是曹雪芹所写的理论根据是什么呢？说是人物命运后来与初衷不符，开篇的人物判词对人物未来命运写得清清楚楚，后面怎么变了呢？最典型的是王熙凤，判词中明明是被休了，后来怎么死在狱中？还有就是说后四十回的笔法明显不如前八十回。

今天提出的问题对这段历史公案很有针对性，其实文学创作绝非搞建筑，必须丝毫不差地按照图纸设计来。曹雪芹也不会例外，写着写着也许有最好的安排；写着写着感觉滞涩了必然会另辟蹊径；况且曹雪芹一写就是10年，10年当中社会会发生多大变化，人文环境会发生多大变化，曹雪芹自己又会发生多大变化，都难以预料。

这些都不是最关键的，最关键的是灵感会在写作中出现，有些时候，你绝对会以为当初的构想并不高明，于是必须改变。这一点是从理论上讲。从事实上讲就更显而易见，说后四十回的笔法不如前八十回好，白纸黑字在那儿摆着呢，谁都看得见。但我不敢苟同，我只发现第八十一回不如前边好，差距不是一般的大，可第八十二回又回来了，而且不是慢慢回来的，是一下子就回来了！所以我认为不过是第八十一回遗失了，被后人补上了；而且补写之人也不见得是书商高鹗。说能续写《红楼梦》，无论是谁说的，都是无稽之谈，我绝对不相信天下有那么神奇的书商。然这是个人之见，有些历史公案是无法考证的，只看道理在哪一方。这个判断也仅仅是我个人的，我想用我这个判断来解释一下您刚才提出的问题，见笑了。

林　品：在《祖宗在上》的小说中，你创作了多个人物形象，涉及面也比较广泛，你认为最成功的人物或者说你最喜欢的人物是哪一位？同时，在这部小说创作上，你认为最值得欣慰的是在哪些方面有自己创作上的突破？

丛培申：不好意思林教授，在这个问题上我的回答可能有点不近人情，或者有些矫情。事实确实是这样的，我所创作的人物，真的不存在最成功或最喜欢，我几乎没有这种概念，就是说没想过吧。因为人物再次要也是出自自己手笔，我对他们是一视同仁的；投入的感情有多有少，但都是真诚的。写小说最重细节，一丝不苟地写好每一个人物，才会处理好细节问题，也自然会处理好细节问题。好比一部精密仪器，每一个部件都非常关键，再小的部件出问题，整个仪器都会报废。这个例子有点不恰当，但道理上说得过去。

如果非要挑出来更喜欢谁，那就说出两个人吧：一个是《祖宗在上》中的日本教师小田蕙子，因为她太纯净；再一个就是《烟火人间》中的罗子沫，因为他太坚忍。

有没有突破感的问题同样如此，没有这种概念，也真的没想过。算上改编的，我一共创作了四部长篇，每一部写完后，都会引来好心朋友的担心，他还行吗？是不是被掏空了？首先我应该感谢朋友的关心，但我确实没有掏不掏空的感觉，该写什么又去写了。也许突破会有的，但我不为突破去写作，连这种轻微的意识都没有。这一个就是这一个，那一个就是那一个。也许这一个不如那一个写得好，但它自然是这样存在的。

林　品：从2014年后大约四年时间，你又推出了长篇小说《烟火人间》（辽宁人民出版2018年1月），从读者的角度讲，这是一部很受大家喜欢的小说，学界的评价也很高，著名评论家、散文家高海涛曾撰文说："《烟火人间》无疑是奇特的作品，它不是通常意义的历史小说，却在民间的立场上，展示了一段特殊利益记忆中的家国之思和家园之痛。"事实上，这部小说所描写的历史跨度不长，大约是从戊戌变法之后到义和团失败、《辛丑条约》签订的大约两三年时间，地域也仅仅是围绕非历史大背景事件的主要地——比较边远的辽西地区，但也从另一个侧面描摹了当时的底层社会的生活图景，似乎和《祖宗在上》是一样地使用了比较宏大的历史背景，并将这一背景归缩到一个小地域范畴，但同时又与《祖宗在上》有极大的区别，文化碰撞的含量加大了，想听听你是怎么做到的。

丛培申：好，先说说我与著名学者高海涛老师的渊源。之前听过高老师的大名，也见过一面，就是在一位文友的新书发布会上，我在秦朝晖兄的引荐下，也把自己的书《祖宗在上》递给了他。但几乎没说什么话就匆匆退出高老师所在的宴席，自此以后再无联系。

写完《烟火人间》后，我打算找人写序。因为这部作品需要解读，所以必须找人写序。正巧听到高海涛老师要在朝阳光大领仕馆讲课，我忙完去听了，听后请高老师写序。

事实证明我的选择是对的，高老师的序言写得很有力量，幽微之处尽显大家手笔，能把评论写出绵绵诗意来的大家并不多见，我豁然开朗了，也就是说，有高老师这篇序言，我可以很放心地把自己的作品交给社会了。

至于说怎么做到文化碰撞的，我想先谈谈表面，也算是我写作的艰难吧。写这部书的上部时，我父亲经过多时的病痛折磨去世了，他是最希望我陪在身边的，他几乎每时都在询问我的去向，姐姐们总是说，他写书呢，快了快了，写完就回来了。哥哥姐姐们总是用自己的付出为我赎罪。弥留之际父亲已经说不出话了，眼睛也睁不开了，谁叫他也不再答应了，这时候姐姐们才让我回去，回去后姐姐便大声告诉父亲，没想到父亲的眼睛试图睁了睁，头也试图抬了抬，并伸出一只手想抓住我的手，但他抓错了，他抓住的手仍是姐姐的，不久，父亲就永远离开了我们。在送父亲火化的路上，我感到此生从未有过的悲痛，我知道，对父亲的愧疚将是终生的。至于在本质上做到对文化碰撞的相对正确的把握，取决于对世界上各大文化产生的根源进行梳理。世界上的万事万物永远存在着对比与碰撞，文化肯定不能例外，而且是首当其冲。保持自己文化的完整与发达是每一个民族最潜在的力量源泉，因为文化不存在了，民族也就不存在了，作为个体的人也就失去了灵魂。世界上几乎没有几个人能够静下心来仔细想一想人一旦失去灵魂会是什么样子，因为我们毕竟还有些许的灵魂存在。其实那是相当可怕的。为什么《烟火人间》中的冉广炉与杜克先生亦师亦友却斗争那么激烈，他们就是要保住自己的灵魂。他们是中华文明与某种文明各自的代表，尽管本质上都不乏良善与良知，但他们丝毫不允许被侵犯！因为他们都有着属于他们自己的强大灵魂，这样的人才是一个民族、一种文化、一种信仰的脊梁。作为一介平民，我曾多次呼吁要重文化，无非是希望我们的文化不要被物欲所侵蚀，不要自消自灭。

林　岚：同样，《烟火人间》在创作中你是怎么样把握创作原则的？你感觉到了你自己的突破吗？

丛培申：对于《烟火人间》这部书创作原则的把握其实是很难的，我不说读者也能看出来，因为它必须有破有立，这对于一个写小说的人来说需要胆识。这部书是经过出版集团审读过的，好在我的把握还算准确，或者说非常准确。至于说究竟是怎么把握的，原则只有一个，自然，本真，以古照今，以今复古，以文化为主线，以人性为根本，以鸟瞰的姿态令点墨生辉。说的口气有点大，但不这样说似乎就缺少自信，缺少自信就显得猥琐，这不是一个作家应有的品质，因为作家需要把力量传递给读者。关于突破问题前面已经谈过，请林教授原谅我不再多言。谢谢。

林　岚：你客气了，我问得有些重复了。文化一定有地域特色，你的小说作品中所反映出来的东北文化的痕迹很浓，很符合一方水土养一方人的特点，文学书写历史，文学书写地域史、地域民族史，或者说地域人类史，在这方面，我觉得你是有特点的。

丛培申：历史、地域史、地域民族史、地域人类史，看似相近，其实是四个很不同的概念，任何特点都不是刻意追求来的。我很喜欢用"神韵"这个词，无论多大的概念都是用其独特的神韵做支撑的，当然也包括无论多小的概念。我们生下来就活在历史当中，由于延续几千年的教育使然，我们从小就在接受多层次历史的熏染，昨天是今天的历史，上一辈是下一辈的历史，雄鹰是蓝天的历史，月亮是太阳的历史，地域史是历史的历史，民族史是人类史的历史。一个人有其神韵，一个族群有其神韵，一个社会有其神韵，就连山川河流、一草一木，因所受风雨侵蚀的不同、日照光合的不同、人工打磨的不同，其神韵也各不相同。

作为一个人来讲，童年和少年是形成神韵的关键阶段，故此，特点的形成并不难，也并不神秘，但在特点当中形成特点很不容易，没有这种特点，具备再多的特点也是庸常的，当然，这种特点也一定是后天创造的。体现在文学上，这种特点的形成是多年磨砺的结果。但有一点是肯定的，谁也不会为形成特点而去勤奋努力，所以说特点的形成是无意识的。也许直到有一天，别人告诉你，说你很有特点，比如今天林教授之于我。那么我不得不考量一下自己，原来我的特点，是对天下万物认知的不同造成的，也可以说是母亲的乳汁造成的，大凌河水造成的，东北的黑土地造成的，如果言简意赅地说，特点是对人的认识不同造成的，体现在小说当中就是人物有特色。人物可以用来注脚历史，注脚地域史，注脚地域民族史，注脚地域人类史。其中地域人类史是最吸引人的概念，如果一部书可以当作人类史来研读，那作者一定是伟大的文学家。当今中国哪一部作品能当人类史来研读呢？就像《红楼梦》那样，就像《战争与和平》那样，就像《悲惨的世界》那样，我想我们还不容乐观。所以我敢于承认自己有特点，但与其相伴的不懈努力仍在路上。

林　岊：谢谢丛作家，在此称你为作家我是真诚的，今天你所谈的我觉得很有意思，也引起我多方位的思考，但因为时间的关系，也只能到这里了。找时间我们还可以好好聊聊。同时，也希望你有更好更有特点的作品出现。再次感谢。

丛培申：这次聊天，我真诚感谢林老师，祝一切顺利。

文心岁月一样长　生活处处皆文章
——与散文家王本道的对话

作家简介：

  王本道（1947—　），男，国家一级作家。中国作家协会会员，辽宁省作家协会顾问，盘锦市作家协会名誉主席。出版有散文集《芳草青青》《心灵的憩园》《云水情怀》《人间有味是清欢》《感悟苍茫》《生活因此而美丽》《王本道散文作品选集》等。获全国首届冰心散文奖、第四届辽宁文学奖。《感悟苍茫》于2005年7月由国家图书馆收藏。作品入选全国多家出版社出版的散文作品选集。

  王本道先生在他的散文集《云水情怀》的自序中曾这样写道："对于写作，我是极度用心的。所谓用心，即确实是用心血在写。从选材、创意、开掘主题到谋布结构、锤炼语言，都是在缜密的思考之后方才动笔。对于每篇文章，都努力遵循下面三条原则：一是有感而发。我十分崇尚先人们历来提倡的'文以载道''文须有益天下''传道而明心'这些古训。一个有社会责任感的作家为文应该有所宗旨，摒弃靡文媚语，弘扬社会的主旋律。二是倾心铸情。散文属'情之美'，最忌虚情假意、无病呻吟。写人则写出人的灵魂与个性，写景则景随情生，达到'情至而文生'的境界。三是要唯美。文学是语言艺术，要美出自己的特色，让人读后心灵受到启迪。可直抒胸臆，也可含蓄曲笔；可精雕细刻，也可随意走笔，要使题材、风格、色调异彩纷呈。我想，一个作家在自己的写作过程中，把握住上面三条原则，才可能让自己的写作形成自我、超越自我，让自己的文学天地万紫千红。"这段话充分表达了王本道先生散文创作的理念，也道出了一位有责任心的散文家的创作心得和操守，从而也表达了一位散文家的情怀。王本道先生是1947年出生的老作家，从青年时代就开始写作，至今笔耕不辍，出版了散文集《感悟苍茫》《人间有味是清欢》《生活因此而美丽》《云水情怀》和《文心岁月一样长》等作品。这次对话，首先也从散文创作的角度开始。

林　岚： 先生好。我们有老乡之谊，您是前辈，有些问题说得不到位或者是冒昧的话，请您多担待。谢谢您给我这样的机会与您交流，于我也是一次学习。因为您是一位散文家，这么多年来一直坚持不懈地进行着散文创作，所以，我们的对话首先从散文创作开始。现代作家郁达夫曾经说过："现代的散文之最大特征，是每一个作家的每一篇散文里所表现的个性，比从前的任何散文都来得强。"郁达夫所要表达的是散文创作中散文家个性表达是极为重要的事情，也是必须的事情。但在我认为，郁达夫所要表达的作者的个性特征，不仅仅是个人创作欲望的表达，而且是在散文写作中如何跳出传统散文的窠臼，从散文文体所要表达的内容、从传统意义上的"随意性"和"闲散性"向极大的广阔度和认知度去开掘的个性张扬。结合您在散文创作上的经验，谈谈您在散文创作上的一些理解吧。

王本道： 很高兴在这里与林岚教授共同探讨散文创作相关的理论问题，希望通过这样的探讨，让自己对散文创作相关的理论问题更加明晰，写作更加自觉。

中国是散文的国度，自古以来，广义的散文（与韵文相对）不单是抒情言志的工具，而且是儒、释、道文化传播的载体。从先秦诸子，两汉魏晋，唐宋明清，到五四新文化运动以来，散文都得到了相当的发展，其作品根深叶茂、多姿多彩，有着十分博大厚实的基础。新中国成立后，新的生活激发了散文作家们的创作灵感和激情，以散文这一文学样式表现历史上亘古未有的社会主义新时代。进入新的历史时期，随着国民经济和各项事业飞速发展，创作环境的改善，散文家们心灵解放，散文创作和研究有了长足进步，抒情、议论、记叙、随笔、游记等样式的散文都呈现了群芳挺秀、绚丽璀璨的多元景象。散文在漫长的发展过程中，无疑形成了诸多自身的传统与风格，如散文的"形散神不散"，散文的"诗性""表情""达意""抒情"，等等。我以为，古往今来的散文，无论有着怎样自身的特点与风格，但既然为"文"，就应秉持我们民族"载道""明理""唯美"的传统。散文写作尽可以在更广阔的天地里去"随意"，去"闲散"，疏影横斜，暗香浮动，尽情摇曳自己的风情万种，却须臾离不开虎踞龙盘的根系滋养。更直白地说，散文的个性是寄存于民族的文学传统之中的。

我的散文创作，应当归为叙述、抒情与明理的结合物，至于有什么样独有的特点，我也说不清楚，因为认识自己毕竟是件最难的事情。评论家古耜先生评论我的散文创作曾有这样一段话："作家努力发掘着人性的亮色和暖意，却不常因此就将生活肤浅化和简单化；相反，他总是善于在日常的生活景观乃至某些历史现象中，融入自己独特的感悟、评价与思考，从而发现更深层次，也更有价值的存在。"这些年来，我有多篇关注人性、人生和人类精神家园题材的文章，注重人的性格、人的命运、人的生存意义的探索与表现，如《月满西楼》《生活因此而美丽》《工棚窗口的鲜花》等篇章，先是叙述生活中的极普通的场景，然后展开笔墨，着力探寻人生的价值，或以意象取胜，或以灵悟见长，揭示人性中的善良、包容等闪光点。即便是游记类的篇章，也坚持"因蜜寻花""乘物而游心"，在描叙山川胜境的自然之美、性灵之光以后，跳出古人与前人的窠臼，写出自己独特的感受。比如在《水性江南》中，我改变以往人们由点到线、移步换景的摄像的写法，而侧重点染江南"水性"的实质，让人感悟到《老子》的名言"天下莫柔弱于水，而攻坚强者莫之能胜，以其无以易之"，从而增加文章的厚重。

林　岶：从中国古代散文的角度讲，被刘勰称为"诏、策、奏、章"之"源"的《尚书》，是一部很具有代表性的散文作品，当然，这也是根据古代除了有韵之文为诗歌，无韵之文为散文的大散文理念所分类的。但这些散文都有极具权威性的公文特点，具有"记言"的显著特征，并且，强烈地表现出起草者、演讲者的情感和个性，有了中国古代散文不论是说理还是抒情的古代文化特色。但随着时代文化的发展，纯粹"记言"的散文日益减少，纯粹"记事"的散文日益发展，从《春秋》开始，形成了中国的实录性叙事传统，到《左传》史传散文达到成熟，即把情感和理性隐藏在记事之中。到了后来，散文的抒情性又仿佛占了主体，感觉无散文不抒情，甚至有些散文的所谓抒情加上赋予的所谓哲思性，导致当下有些散文跑偏到了心灵鸡汤的地步。我不知道这样的判断是否准确和合理。

王本道：这个问题的实质是如何处理好散文写作中的"抒情"与"哲思"的问题。散文是最多保留着原初诗性的文体之一，散文的诗性不是外在于作者而独立存在的偶然现象，而是具有本体意义的，它不仅仅是艺术的方式，更是在作家自由生活的地基上构筑的艺术大厦，是作家生命存在方式的直接展示。在散文中，作家比在任何一种文体中都坦白，他无须遮掩自己，往往与他的作品融为一体。当代社会，人们对内心生活要求越高、越丰富，就越要求作者的心灵碰撞，要求作者以真实的心灵与读者对话交流，因此散文可以说是一个"情"的世界。从这个意义上讲，在抒情散文里，作者的意图不仅仅在于告诉读者自己看到了什么，更重要的是要告诉人们，"我"怎样看这对象。别林斯基说："在叙事诗中，主体被对象所淹没；在抒情诗中，主体不但把对象包含在自身之中，溶解它，渗透它，并且还从自己的内心深处吐露出那些和对象冲突时所激起的感受。"这种"感受",就是抒情后的"明理"了。散文的独特魅力就在于用自然、亲切的态度,以美的文字将读者带入心灵之城,尤其是狭义的散文曾被称为"美文",就在于它对美的意蕴自觉追寻,作家审美倾向的袒露和倾吐,在看似信笔而书、无拘无束的絮谈中,时有神来之笔,如意外烟云,在读者心头燃起"一缕愉悦的心情","其滋味如初泡的碧螺春"。

散文中的抒情,绝非滥情。当今时代,是可以给予人们各种机会展示的时代。就文坛而言,散文创作的繁荣,已成为不争的事实,各种期刊、书籍的出版发行火爆,报纸的副刊让出大片的版面,仍然满足不了需求。但是在这种现象的背后,也应看到一些伪写作的充斥。散文这一体裁的相对随意、自然,让许多急功近利者跃跃欲试,以为是进入文坛的最佳途径。由于自身缺乏相应的知识储备和语言功底,又没有扎实的生活基础和细致精心的观察力,使得众多浮皮潦草、漫无边际、东拉西扯的作者和文章大行其道。近几年又涌起一股所谓"哲思""励志",名曰"心灵鸡汤"的快餐文学,肤浅地借景抒情,借事言理,意旨浮露,感慨人生。这类文字在社会上口耳相传,特别是大量地出现在网络上,并相互模仿、抄袭,拾人牙慧,哗众取宠。这种将散文细化、软化、滥情的趋势,一定程度地消解了人们对文学,特别是对散文写作的深度追求。这样的病态趋势,理所当然地正在遭人唾弃,一定是短命的。

林 岗: 其实,我们对话的开头我引用您在散文集《云水情怀》的自序中的一段话,也表达了您的散文创作观念。但从当下华语散文创作的整体情况看,有些理论研究者从不同角度给当下散文创作进行归类式命名,如"学者散文""思想艺术散文""哲理散文""小女人散文""文化大散文""生态散文""新潮散文""在场主义散文",或者从创作的地域或内容表达的地域性进行命名,如"西部散文""海派散文""北方散文",等等,这些总结性命名似乎反映了当下散文创作的繁荣或类型的多样化,但也不能不说当下散文创作确实存在"窄化"和"私人化"倾向。记得当年,贾平凹曾提出"大散文"的理念,他曾这样说:"(1)张扬散文的清正之气,写大的境界,追求雄沉,追求博大的感情。(2)拓宽写作范围,让社会生活进来,让历史进来。继承古典散文大而化之的传统,吸收域外散文的哲理和思辨。(3)发动和扩大写作队伍,视散文是一切文章,以不专写散文的人和不从事写作的人来写,以野莽生动力,来冲击散文的篱笆,影响其日渐靡弱之风。"这种观念,无疑是对散文从现代散文文体确定后发展到今天形成的固化的"散文文体"的一种颠覆，也是对倡导当下散文向中国传统大散文的回归，对于这种理念，您是怎么看的？

王本道：我不赞成把散文的种类过于细化。散文就是散文，不应该在体量上有"大"与"小"，在题材上有"历史的""文化的""哲思的""抒情的"等分类。文学作品的具体分类，反映了文学把握现实方式的多样性。一部文学史往往如法国学者伯吕纳吉埃尔所说，也是一部"种类的进化史"。在散文发展过程中，一方面保持并不断突出了其最基本的特质，另一方面，它显示了从广义到狭义，从一种包孕着除韵文之外的一切文学形式的文学母体经过不断的分化，而逐渐成为有着独特内蕴的相对严格的文体。如果对散文这种文学样式再进行划分和内质界定，应当说是极具难度的，诚如俄国形式主义批评家托马舍夫斯基所言："如果我们把体裁理解为具有共同程序系统（该系统含有主导的，起联合作用的特征程序）的文学作品在发生学角度上的聚合，那么就能发现，要对体裁进行逻辑的、准确的分类是绝不可能的。体裁的划分永远是历史的划分，换句话说，只有针对一定的历史时期，这种划分才合理；此外，体裁的划分还以许多特征为根据，而且一种体裁的众多特征比之于另一种体裁的众多特征可能有迥然之别，特征之间在逻辑上互不排斥，只是由于程序组合中自然联系性的作用，它们才推广到其他各种体裁中去。"诚哉此言！有些作品笔触尽管属"重大题材"，内容却无关宏旨；有些作品的针对性看似很小，如柳宗元的《小石潭记》，鲁迅的《一件小事》，却无疑都属以小见大的经典。散文是文学中一个大的家族，在中国，它有着悠长的发展历史，有丰硕的成果，它的独特性在于本身有着极大的包容性，同时又有极大的不确定性。如果一定要再把散文做一个内部分类的话，窃以为可以针对一定的历史时期，划分为"广义散文""狭义散文"，亦可再细化为"历史散文""近现代散文"。如若再根据其书写的内容，抑或写作者的身份，甚至涉及地域去细而又细地分类，则势必将原本天地广阔的散文反倒弄得狭窄起来。

林　品：从我个人的角度讲，散文创作确实需要有一种大的境界，冲击散文的文体界限，打破所谓"散文文体"专业化的壁垒，散文文体太过于固化的思维模式，有时候会限制散文的创作和内容表现。这其中最关键的就是散文家。我一直在想，散文家的情怀更应该趋向于一种文化人格的人。

王本道：我很赞成你的这一观点。文品出于人品，纵观我国文学发展的历史，由于散文的本体特征决定，古往今来，散文的写作者与读者，大多集中在封建社会的官宦、士人，或具有相当知识含量及文字修养的人群之中，《论语》《孟子》《庄子》中的某些段落，《左传》《国语》和司马迁《史记》中的若干篇章，这些表现自己思想感情的经典，无疑是掷地有声的散文。我国知识分子深受儒家文化影响，讲德行、情操、气节，所谓"居庙堂之高，则忧其民。处江湖之远，则忧其君""穷则独善其身，达则兼济天下"。既是他们人格精神的写照，又是他们书写散文的基础条件。近代以来，我们的国家、民族内忧外患，众多具有家国情怀的知识分子秉持"铁肩担道义，妙手著文章"的信条，以散文为表情达意的方式，抒发忧国忧民的社会责任感。丰富和成熟的激情，肯定要依靠坚定的理性、广博的知识为支撑，只有知识渊博又善于思考的人，才有可能成为优秀散文的作者。这也就决定了直至当今社会，散文作家队伍的知识含量和文人气质。

林　品：回过头来再谈谈您的散文，我看了您的几部散文集，您所表现的内容非常繁杂，"人、事、景、物、情、理"尽收笔端，且挥洒自如。有怀古的，有写景的，有写人的，当然也有从地域文化上入手的。我想，您的散文创作无论写什么都是带着您自己独特情感的。感觉您的散文创作每一篇篇幅都不是很长，有一种信手拈来的味道。

王本道：检索30多年来的创作，大量写的是人、事、景、情，除少数篇什超万字外，绝大多数篇幅都在3000字左右。早期的创作基本上与众多散文作家无异，运用散文这种自由简洁的文体，表达自己内心的生活体验和情感。我之所以选择散文这一文学样式，是有一定渊源的。我出生于知识分子家庭，家父虽是位工程技术人员，但颇具家学学养，家里有为数不少的国学经典、唐诗宋词藏书，使我有机会自童年起，就接受了中华民族灿烂文化的熏陶。20世纪60年代初，读初中时，教材选编的鲁迅、夏衍、叶圣陶等作家的文章引起我极大的兴趣，久而久之，就不再满足课本上有限的几篇文章，于是想方设法到市图书馆借来当时社会上发行的碧野、秦牧、刘白羽、杨朔、何为、袁鹰、峻青等作家的散文集，利用课余时间，如饥似渴地阅读。读高二时，参加学校举行的作文比赛，获二等奖，奖品竟是杨朔的散文集《东风第一枝》。此后的经历就是上山下乡，返城，进入党政机关工作。进入新的历史时期，我顿觉眼前豁然开朗，随之产生一种欲望，用自己的笔，书写繁荣兴旺的社会生活。80年代初，便有一些托物寄情、感悟人生的文章陆续在报刊上发表。随着年事渐长，人生阅历的逐渐增加，创作题材由山水自然、风光名胜，以至人文、历史、人性与人类精神家园问题。总之，怀古、写景、写人、写地域等，涉及甚广。此间20余年学报岗位的经历，一方面为我提供了熟悉社会报的有利条件，使生活积存有了一定的厚度，另一方面也因此造成公务倥偬，分身无术，只能用节假日的休息时间或工作间隙，见缝插针地信手拈来，篇幅自然不会很长。但无论是写什么，我始终秉持散文贵在一个"真"字，让自己内心的情感必须是真实的，不带任何虚假的矫情。

林　品：您可以谈谈您写作散文的一些经验，对我而言，我特别喜欢您笔下的家乡，或者是东北地域方面的文章。

王本道：一个人的故乡只有一个，但是家乡可以有多个，应该说家住在哪里，哪里就是家乡。我自幼生在哈尔滨，后随父母到了辽宁营口，15岁之前几乎没有离开过城市。1968年上山下乡前，对农村可以说是个"盲"。但我心性好奇，喜欢去体验没有经历过的生活。青少年时代，通过读书、看电影，时常遐思冥想乡下生活会是什么样子。记得读高二时，教室处于二楼，课余时间，我常在二楼的阳台上极目远眺，看远处的蓝天下那黛色的群山，心里想着，山的那面该是个什么样子？是陶渊明笔下的"暧暧远人村，依依墟烟里"，还是孟浩然描写的"绿树村边合，青山郭外斜"？这样的遐思冥想一直陪伴我到高中毕业，直至上山下乡，于是顺其自然地适应了乡下的生活，亲近泥土，亲近自然了。返城后的几十年来，农村的许多生活场景，在心灵的长期浸染下，已经成为一种前尘梦影，加之历史发展、时空变化，诸多回忆融入了本人对过往情事的重新诠释，包括赋予它以当时未必具有的新的意蕴、新的感受。这种心态的培育，大多来自我对散文的喜好与研习，通过艺术的想象和有序的梳理，于是便形成了多篇书写家乡的散文。由此让我想到，就散文创作的技巧而言，或许能归纳总结出若干条，但最根本的经验应该是一个"情"字，即热爱生活，无论在任何艰难困苦的条件下，都要善于发现并发掘生活中的美。哲学家柏拉图曾劝谕我们："人如果从美的东西中得食粮而成长，那么他自己就会变成优美高尚的人。"而生活中并不是缺少美，只是缺少发现美的眼睛。若谈散文创作的经验，那么最基本也是最重要的，即是让我们把生命放到美好阳光下美的空气中去，并不断地在生活中为其浇注美的水分和养料。如此，我们的生命哪怕是饱经风雨、历经苦难之后，而仍能有丰腴隽永的容颜常驻，即使"为伊消得人憔悴"，也会"衣带渐宽终不悔"，因为你早已"独上高楼，望尽天涯路"了。

林　品：您在辽宁作家群中是一位在生活环境上非常有特点的作家，您先后在辽河口两岸的营口和盘锦两座不同的城市生活和工作40多年，这对您的创作有什么影响？这么多年在表现地域题材的创作上有什么变化吗？

王本道：是的，这些年来，我的工作环境为我的散文写作提供了很好的资源和条件。辽河是中国的四大母亲河之一，而营口和盘锦恰在大辽河和辽河两河之滨，在漫长的历史演进过程中，形成了丰厚的文化积淀和自然的、人文的景观。20世纪70年代初，我作为知青返城后，先是在营口工作了12年，后组织上调我到盘锦，工作了27年，直至2007年退休，退休前绝大多数时间是在党政机关任职。在营口工作期间，我的散文创作还刚刚起步，由于受五六十年代诸多前辈作家的影响，写的篇章以抒情"美文"居多，因公或因私所到之处，触景生情，遂落笔成文，如《果乡恋》《赤山秀色》《春满三月街》等，时常见于报纸副刊或是当时营口市文联主办的文学期刊《辽河》。当时正值改革开放之初，城乡经济发展、社会进步，就连自然风光也似乎焕然一新。所有这些激励着我、鞭策着我，感觉自己有责任写出更多的文章，表现广大人民群众在改革开放中的崭新面貌以及祖国大地日新月异的变化。但是认真检索当时的那些作品，尽管洋溢着丰盈的情感和美好的语言，但文章思辨性不强，缺少理性的高度。19世纪俄国浪漫主义诗人莱蒙托夫曾很精辟地说明了感情与思想间的关系："热情并不是别的，只是思想的初步发展。"丰满和成熟的激情，一定要以坚定的理性、广博的知识和深刻的思索为基础，否则就很难真实准确。调到盘锦工作后，工作的担子愈重，可供自己自由支配的时间也愈加拮据，但眼界的开阔，理论学习的深入，使我对社会现象的认识能力随之加深，影响到自己的创作进一步深入到观照对象的意义世界，作品中日益融入自己的人生感悟，寻求一种面向社会、面向人生的意蕴深度。由此，自我感觉在创作上也向前迈了一大步。就表现地域文化而言，努力在物质化、市场化、功利化的现实中，挖掘人的精神的着陆点，重视对人的自身发掘，本着对人的命运、人类生存处境、生命价值的深度关怀，充分揭示人的精神世界，几篇写地域文化的散文《凝望红海滩》《不凋谢的芦花》《北国水乡的风采》《辽东湾水韵》等都是在这样的心态下写出的。

林　品：我还注意到，您在不同题材的篇什里，总是提到自己目前生活的城市盘锦，是潜意识的呢，还是有意识地表现作家宣传自己城市的使命或一个城市市民对城市的热爱呢？

王本道：人在一个地方生活得久了，自然会对这里的一切产生感情，更何况盘锦的确是一个物阜民丰、温柔富贵的好地方。另外，作为一个写作者，特别是以散文为主要表现形式的写作者，每到一个地方，都会以自己独特的视角，去观察这里的风土人情、社情民意、自然的和人文的景观，对自己生活的家乡当然会投入更多的精力和热情。应该说，每一个作家对自己家乡的熟悉了解程度，都会超过其他地方，每每在观察生活，收集创作素材，直至进入写作的过程，头脑中就会产生一个参照，参照对象很容易是自己最熟悉的地方，即家乡，我想这或许是一个作家的职业习惯使然。就如同我在外地文友面前时常骄傲地介绍盘锦一样，我在自己的作品中的确多次写到盘锦，写它的湿地风光，写经济发展，写民风淳朴，等等，即便在写一些其他乡土散文时也会情不自禁地把盘锦作为一个比照。盘锦目前还是一座发展中的三四线小城，但是有许多亮点和潜能，书写这座城市我总是把它放到全国这个大的背景之中，展示它的亮点，表现它的与众不同，努力发挥"以小见大"的效应。正由于这样，涉及地域文化的篇什，在主流媒体（《人民日报》《光明日报》及省级以上文学期刊）刊发的已经有20多篇。

林　品： 从一个层面上讲，您是散文"大"家，颇有一种四海之内皆入笔端、一网打尽的味道。但从另一个层面讲，是不是因为太繁杂而缺少了"主题性"呢？

王本道： 其实这些年来，较长篇幅的散文也曾写过，只是很少，如写历史人物苏曼殊的《辜负韶光二月天》，写柳如是的《鹃声雨梦悼英魂》，写人与人之间情感的《但愿人长久》等，也都产生过一定影响。写柳如是的那篇在《十月》发表后，还曾在台湾两岸女性文学研讨会上进行学术演讲。但是写作实践让我愈加感到自己不是写"大"东西的料子。写作，尤其是散文写作，是一个厚积薄发的过程，自己的知识积存有限，而学海无涯，单是文、史、哲方面的知识就浩如烟海，尽管有生之年我锲而不舍地不断补充自己学识的短板，总觉得入不敷出。与其搜索枯肠、绞尽脑汁地去啃大部头，不如写些力所能及表情达意的较为短小的东西。另外，几十年党政机关工作，13年市级领导岗位的经历，没有大把的时间让自己自由支配，个性、情怀、思维方式也都受到一定影响。努力保持心灵的一片净土，写短小的东西，这样的积习已成自然。当然，读书、写作于我而言，已经不再是一般意义的兴趣和爱好，是我内在的追求，精神的归宿，生活的意义所在，是我的生存方式。一但我感觉知识的积累充足，笔力有余，可以进入"小大由之"的"必然"境地时，今后也会有写较大东西的可能。

林　品： 其实，散文是"文体之母"，中国散文从娘胎里带来的"文体不纯"传统，也使很多人愿意从事散文的写作。您从经验的角度讲讲，从事散文写作应该注意哪些问题，需要培养哪些能力呢？

王本道： 我以为散文作家除应具备所有作家所应共同拥有的基础条件之外，其独具的人格与情怀应该有以下几个方面：一是以散文视角观察世界。同样面对某种社会事件，小说家和属于广义散文范畴的报告文学家，必然会充分注意逼真地展开事件的过程与情节，前者虚构而后者实写。散文家却是在概括性的描写与叙述中，侧重抒发它反射于主观心灵中的感情，可以不像小说和报告文学那样谨严地服从各

283

自技巧的安排，而是可以无拘无束，自由挥洒，以使它充分地做到直抒胸臆。尽管这样，从深层的含义来说，散文又是很难写好的，因为缺少那些如小说、报告文学素材中所具有的情节，完全靠自己别出心裁地"酿造"意境与氛围，若不能坦率地流露自己的真情实感，又缺乏艺术上的鉴别力与独创性，缺乏深厚的思想修养，就会变得寸步难行。所以王国维在《人间词话》中认为"散文易学而难工"。散文作家这种观察社会现象抑或可以说成是这种人格情怀的形成，除天赋因素外，后天的自我修炼与学习也很重要。二是高度的民族责任心和历史使命感。散文的本体特征是美文，因此，关注民族命运，关注大众生存，是散文作家应有的社会责任感。看一篇散文是否成功，关键看它能否打动读者，能否引起读者共鸣。正如清末思想家顾炎武在《文须有益于天下》中所言："文之不可绝于天地间者，曰明道也，纪政事也，察民隐也，乐道人之善也，若此者，有益于天下，有益于将来，多一篇，多一篇之益也。"三是强烈的生命意识与人文关怀。历代散文家疾民苦、重人性的理念，都是强烈生命意识的表现，唐代柳宗元的《永州八记》便是个典例。人文关怀即以人为本，尊重人，关怀人。散文家虽不属解决重大社会问题的官员，但仁爱之心和悲悯情怀不可或缺。四是思考的力度与哲学的思辨。对人生和社会根本问题的思考是决定一篇散文力度厚重的关键所在。这方面鲁迅的《随感录》、梁实秋的《雅舍小品》、巴金的《随想录》中，对人生诸多问题的探讨，对国家命运的关切，具有振聋发聩、醒人耳目的作用。五是对社会生活的情感渗透。散文是主情艺术，必须有丰富的情感渗透，而情感贵在真诚，最忌虚情假意。朱自清先生的《背影》写于1925年，如今跨越时空90多年，让人读后还会潸然泪下，就因他对生活渗透了深沉的情感，写出了人性之美。散文家只有伴随社会的脉动，以真挚的情感，深入火热的生活，去发现、发掘生活中的美，才会取得用之不竭的创作源泉。

林　品：当代辽宁作家中从事散文创作的很多，作品也很多，取得的成绩也比较突出，但总感觉我们的散文创作还存在一些问题，您谈谈您的看法呗！还需要有哪些方面的调整呢？

王本道：散文创作同时代有着密不可分的关系，它是社会的一面镜子，是社会中人的精神与心灵的写照。进入新的历史时期，伴随着生机勃勃的时代和色彩斑斓的生活，我省散文创作出现了"乱花渐欲迷人眼"的喜人景象。继王充闾先生的作品荣膺全国首届鲁迅文学奖之后，素素、鲍尔吉·原野又相继获鲁迅文学奖，标志着我省散文创作的异峰突起。但是纵观我省散文创作的现状，尽管队伍算得上宏大，但步调参差不齐，且平平者居多。我个人感觉有两个方面问题急需解决：一是如何对待散文的创新问题。散文创新历来是业内人士中的一个普遍与恒久的话题。一些业内人士不顾散文在漫长的历史岁月中形成的优良传统，盲目地追求"新、奇、特"去抓人眼球，企望在"陌生"中求"突兀"，使得众多的写作者无所适从。毫无疑问，在滚滚的历史潮流面前，有出息的作家都会自觉地对艺术创新殚思竭虑，孜孜以求。但任何一个新事物实现自身的蜕变和飞跃，都需要一个由量变到质变的过程，需要经历明显的阶段性、渐进性。如果作家在渐进的创新过程中，不断地被鞭打快牛式的呼喊影响，很容易与社会上普遍存在的精神浮躁对接，结果只能是破坏规律的简单否定。再说，创新是在原有基础上的创新，绝不是无源之水、无本之木，创新是作家立足已有的文学传统的一种再发掘，是作家在继承和把握文学传统基础上所实现的别开生面和推陈出新。所以不合时宜地片面追求所谓散文创新，只能是拔苗助长，贻害无穷。二是散文作品稀缺知识含量和人文气质。我很喜欢读《羊城晚报》和《扬子晚报》上发表的散文，篇幅都不长，绝大多数不超过2000字，但每篇都充满着真知灼见、文彩辞情，让人爱不释手。而我读过的本省的散文，多数显得矫情，写景则移步换景，写成了导游词，抒情则游离于物外，成了空洞的说教的"鸡汤"。还有就是大量的旁征博引，掩饰自己知识的贫乏。如此这般，致使大量的散文作品言之无物，苍白无力。我感觉归根到底，还是要处理好读与写的关系，读书、写作在时间使用上无疑是一对此消彼长的矛盾。还是应该静下心来，认真读书，有了扎实的知识储备，加之由此升华出的人文气质，才会在笔端流泻出锦绣华章。否则，只顾一味地去写些先天不足的东西，数量再多，也只能是抓住自己的头发向空中提升，最后留下毫无意义的空忙与虚热。

说真的，几十年来，尽管我对散文写作投入了大量的精力和热情，但对于理论问题的探讨还鲜有为之。这次对话，对我研习散文创作的理论问题，是一个督促和推进。今后我在写作的同时，还会兼顾对散文创作的理论问题做更多的"上下求索"，以期自己的创作更加自觉。

林　岊： 谢谢您，并祝您未来创作大丰。

河的彼岸有不同的风景

——与作家刘庆的对话

作家简介：

　　刘庆（1968— ），男，作家，曾任华商晨报社社长兼总编辑，主要作品有长篇小说《风过白榆》《长势喜人》《唇典》，均首发于《收获》杂志，并有中短篇小说集《信使》等多部作品，是20世纪60年代后代表作家，曾获长白山文艺奖、东北文学奖、吉林文学奖，《唇典》由中国小说学会评定为2017年度长篇小说榜第一名，2018年7月获世界华文长篇小说奖——红楼梦奖首奖。

　　2018年，中国文坛有几部小说受到读者的青睐，其中辽宁作家刘庆的《唇典》成为被青睐的重要作品之一。实际上，刘庆创作的长篇小说《唇典》首次刊发于2017年《收获》长篇专号春卷上，到了2018年7月第七届红楼梦奖揭晓，人们很意外地发现《唇典》获此奖殊荣，一部优秀的华语长篇小说就这样拨云见日、破茧而出，受到了广大读者和学界的极大关注。应了那句话，是金子总要发光的，好作品迟早会被发现的。从2005年到2015年刘庆历经十年，可谓十年磨一剑，创作了长篇小说《唇典》，大多数读者看到"唇典"两个字，就感觉这会是一部"不得了""有故事"的小说，就会激发阅读的兴趣与冲动。无疑，"唇典"也会使广大读者产生"疑惑"，但因作家刘庆关于《唇典》的瞬间火爆而引起的访谈很多，他被访的解释也很多，所以，我们的对话就不需要再絮叨《唇典》了。

　　林　品：刘老师，你的长篇小说《唇典》获得红楼梦大奖后，好评如潮，我看到很多相关的评论和对你的采访，我觉得关于《唇典》的话题，你说的都已经是很全面很具体很到位了，再重复咀嚼就没有味道了。但也就是因为你的《唇典》获奖，才引起了大众对你和你这部作品的兴趣，你才大"火"，也可以这样说，是红楼梦奖成就了你，你也成就了红楼梦奖。

刘　庆：红楼梦奖是我十分尊重的文学奖项，评选规则两年一届，评选视野是海峡两岸和香港，每届入围六部，评一部首奖。《唇典》能够获得红楼梦奖，对于我是一种幸运。在《唇典》之前，红楼梦奖已经评了六届，贾平凹、莫言、王安忆、阎连科都获过首奖，这几位作家都是我十分敬仰的大作家。在《唇典》之前，我也出版过几部长篇小说，当时的反响也还不错，但从2004年到2017年，我有10多年没出版过新作，我的名字早已在文坛变得陌生了，《唇典》获奖，就有媒体惊呼出了个文学新人。《唇典》获奖成了新闻，这么重要的文学奖颁给了新人新作，让红楼梦奖也成了"新闻"。文学奖是一种认可标准和象征，回答你这个话题很惶恐，我怎么可能成就红楼梦奖？有了红楼梦奖，《唇典》才引起了这么大的反响，我只有向红楼梦奖致敬的资格。

林　品：2018年对于你来讲，应该是"一半是火焰，一半是海水"，《唇典》获奖让你成了火焰，但《华商晨报》的终结让你成了海水，是否有这样的感觉呢？毕竟你作为一张都市报的总编，经营了这么多年的纸媒，应该说，你对纸媒曾经存在的意义和价值是十分看重的，甚至可以这样讲，你的工作就是因为纸媒而存在。从2014年国内外部分纸媒断崖式下滑，到2018年年底的众多纸媒退场，对于这种现象你怎么看？

刘　庆：我从1998年年底创办长春的《新文化报》开始，已经在都市报做了20年的总编辑，经过了纸媒从兴盛到没落的全过程，个中滋味难以尽述。我在沈阳的华商晨报社又工作了9年，《华商晨报》一度成为辽宁省发行量和影响力最大的报纸，广告额最多的一天近500万元，100个版的出版量。在单位我从不讲自己的创作，员工要的是一个能带他们创造媒体辉煌的领导，他们不需要作家。如果不是《唇典》获了红楼梦奖，我想我的很多同事从未关注过我是否在创作。写作对于我，毕竟是私人的事情。大众媒体的影响还是比文学大些，最近我写的引起广泛关注的文章是，在华商晨报社工作的最后一天的随笔——《怕黑，我们就不关灯了》，很多人看了都很感动，这可能和媒体的大环境有关。

大众媒体和社会的切近度是零距离，记录社会的变化，也参与社会的改变。我从1990年大学毕业就在报社工作，28年没有离开过这个行业。因为这项工作，我对社会进程和发展的感受可能会比一般人敏感一些。都市报之所以兴起，有着信息需求改变的原因，在此之前，宣传大于新闻，在某种程度上，塑造和满足了社会对信息和新闻的需求。同时，都市报发展的脉络又与房地产业、汽车业和现代商业的兴起是同步的。现在不仅仅是纸媒，整个传媒业都面临重大困难。这里有媒介变化的原因，比如网络传播更迅捷，传播手段更丰富，有了微博微信，每个人都拥有了发布权，但也应该看到，传播的专业度在下降，信息垃圾遍地，公信力严重缺失。更重要的是，传统的正规传播介质所受的约束越来越多，缩手缩脚，加之运营压力等原因，人才大量流失，新闻采写的能力和传播能力都在下降，可以说，今天纸媒的没落，包括电视也在没落，其原因很多，甚至有更深层次的原因，这是一个非常大的话题，我们在此很难展开一个完整的讨论。

林　品：确实，因我自己在高校也从事新闻专业的教学和科研工作，面对此，我的内心不能承受之重也不比新闻业界轻。面对事实，我们只能进行思考了。现在所谓的纸媒一般是指报纸类的传播介质，但纸质书籍、杂志理论上也属于纸媒性质，当下纸媒的退场是否意味着传统的纸质介质，包括书籍、杂志等在不久的将来也会退场呢？"纸媒退场"的主要因素都是要归结到"新媒体技术"的提升的吗？

刘　庆：记得在1990年12月，我在哈尔滨参加过一个五笔字型的推广会，那时我在吉林日报社的印刷厂工作。五笔字型的发明人王永民给我们讲述他如何让汉字可以在电脑中应用，讲述他发明五笔字型的艰难过程。当时的口号叫"告别铅与火"，印刷厂的排字工人被激光照排的打字员所取代，最快的打字员一分钟能打200多个汉字。可以说，如果没有汉字的电脑应用，没有激光照排技术，也没有所谓都市报的兴起。同时还有造纸厂的技术进步，有了旧报纸的脱墨技术。这些叠加在一起，让中国的报纸有了革命性的变化。说起来，现代出版业的发展也是由技术革命带来的，否则书籍仍然是奢侈品。随着数字化的发展，纸制产品会渐渐减少是必然趋势。将来有一天，纸版书没准会再次成为奢侈品也说不定，因为稀少而变得珍贵。

林　品：提出这样的问题是因为你是纸媒的总编，是新闻从业者，你会有切身之感受，也会有切身之痛。但从你作家的这个身份讲，当下，有很多作家创作了所谓的"非虚构小说"，或者说，很多作家愿意从"新闻事件"的角度来挖掘文学创作的素材，你对这种创作素材的提取有什么样的看法？

刘　庆：你提出的这个词是"非虚构小说"吗？是小说就有虚构和创作的成分在里面，如果有了创作和想象，"非虚构"这个词就不可能出现，这是一个悖论。

"新闻"这个词的定义有好多种，但我以为，闻之所以新，是因其独特，因为奇和怪，有违常理，脱离了正常生活和理解的逻辑，因为这件事可能是一个"事故"。比如，很长时间以来，新闻管理的从业者和一些普通读者，对媒体中报道车祸和死人的事件很反感，这里面涉及对生命意义的理解等诸多问题，事实上，最大的"事故"莫过于对人的生命的伤害和死亡，死了人都不能算"新闻"，那我不知道什么事情应该成为"新闻"。人们不愿意看这样的消息，不等于这样的消息不存在、不值得，一方面有报道水平的问题，另一方面，也有看了"不舒服"的原因。每一个车祸都有唯一性，每一个死亡都不相同，当事人的故事和遭遇各不相同，只是记者没有发掘和没有发掘到而已。

新闻背后才有"故事"，过了"新"的保质期变成旧闻，才有"故事"，是"故事"中的故事。小说的本能是讲故事，讲"异闻"。所谓新闻事件对当事人是一回事，对于他人都是谈资，也就是故事。我们看早期的小说，一开始都是大家围坐在一起讲一个故事，甚至干脆就叫"异乡异闻"，如果讲述的故事有虚构和想象的成分，那讲述者就有了作家的潜质。作家的看家本领就是编故事和写故事，但现在传媒业空前发达，传播方式也发生了巨变，一个"事件"出来，迅速传播，广为人知，这在某种意义上使作家的创作提高了很大的难度。挑战是，你讲的故事没有媒体报道的事件更复杂和惊心动魄。好小说一定是超验的，超出读者的想象。读者读书也是一场和作者的智力竞赛，如果让读者很容易就知道了故事的走向和结局，那作者就是失败的。但现在很多小说真的没有报纸上和新闻里的故事精彩，如果将"故事"理解为过去的"新闻"，甚至没有当下正在发生的"新闻"精彩和曲折，这样的小说就很无聊了。当生活已经大于想象，作家面临的挑战就十分巨大。

林　喦： 新闻事件介入小说创作，会对文学创作起到怎样的影响呢？

刘　庆： 我思考过事件和小说创作的关系。我在这里讲一个例子可能便于我的描述。美国短篇小说大师雷蒙德·卡佛有一篇小说，题目叫《离家这么近有这么多的水泊》，讲述的是四个中年男子相约去钓鱼，他们发现了一具裸体女尸，担心女尸漂走，其中的一个人将尸体的手拴在树上。几个人继续他们的钓鱼计划，回城的路上才报了案。报纸的新闻版报道了他们的发现，让他们陷入了内疚和谴责之中。2006年5月，我曾在《南方周末》上看见过一个比这更残酷的新闻故事，我保留了那天的样报，那个新闻的标题是《见死不救者受到拷问》，讲的是某省某县一个水电站的几个工人从水电站下班，返回镇子的盘山路上，他们遇见了三辆摩托车，车上三女六男，那几个男孩想将女孩拉到偏僻的地方强奸，看到驶来的面包车，那三个女孩觉得有了希望，便开始挣扎呼救。但这几个水电工人被歹徒吓住了，决定不开车门，一个扒住车门的女孩在他们的眼皮底下被拉入路边草丛。他们将车开到镇子上，报了警。这几个水电站的工人一直陷入内疚当中。报道说："目击惨剧初发生的一瞬，他们曾电话报警，但错过了拯救三个少女的最佳时机。事后，他们遭遇到舆论、伦理和内心的多重拷问。"

相比起来，后一个事件远比卡佛笔下的事件酷烈，但是将事件描述完成之后，作为一个新闻报道，《南方周末》记者的文章已经写完了，但卡佛的小说才刚刚开始。小说里，丈夫斯图亚特是那几个钓鱼男子中的一个，他的妻子克莱尔认为那个女孩即使死了也需要帮助，她无法接受丈夫的冷血。故事向前发展，克莱尔想象丈夫的手接触过那具女尸，关于这只手的感觉不断地出现在小说里，夫妻关系出现了难以克服的裂痕。小说里，克莱尔经历了婚姻的面临崩溃，还有想象中和现实中的危险，直到她去参加了女孩的葬礼，才将这场心灵危机暂且掩埋。从这相似的事件和两个文本，是否可以得出这样的结论，小说是在新闻事件结束时才开始的，因为"事故"已经变成了故事。

真正的文学关注的是事件背后的东西，而不是事件本身。一篇小说就像一个人，故事的框架就像骨骼，小说的走向就像筋脉，细节是血肉，而思想决定着你是一个什么样的人，这个思想就是事件背后的熔点，闪着刺眼的火花，迸溅着火苗，能够点燃通感，燎原情绪，燃烧纠结，掩卷之后，余音绕梁，并不停留在简单的事件或者复杂的事件本身。

林　品：包括我们常常讲作家要深入生活、要体验生活，事实上，作家本身就在生活之中，而面对当下的文学领域里的很多关于文学创作、关于文学评奖、关于评论家的现实表现，请谈谈你的想法。

刘　庆：人类有两种生存，一种是肉体的生存，一种是灵魂的生存。文学解决的是灵魂的难题和困境，进而发现社会和生存的难题和困境。文学对于现实应该是两只明亮的眼睛，是一颗温暖而明媚的心。遗憾的是，我们每个人都有局限，生活地点的局限，认识和眼界的局限，突破了局限的那些人才是真正的大作家，他们是托尔斯泰，是雨果，能够预见到社会发展的走向，他们笔下的人物有着更丰富的内涵和标本意义，在暗夜里点亮灯火，温暖人心，昭示希望。

我读过雨果的《九三年》之后想了好长时间，想他是怎样发现和定义了人性的伟大和真正的贵族精神，那是一种欧洲版的正义、博爱和高贵、执拗、舒展，如松矗立。这需要作家有政治家的敏锐，有社会学家的目光，有宗教家的慈悲，然后他才是一个文学家，有着超凡的表现力和表达力，对文章的结构和语言有着独特的贡献，这听起来太难了，更别提做到了，只是想象追慕就已经很好了。

一个精神和性格贫弱的写作者是很难写好一个作品的，那需要有独特的缘分和际遇，可遇而不可求。我们可以把个人生活的能力和信息的功率大小做个类比，总有一些人的思考力和行动力是强大的，强大到可以辐射和辉映普罗大众虚空的心灵暗室，将他们的思想装进对方的思想容器中去。所谓的体验生活，也就是走马观花的代名词，干的无非是皮里肉外的事，之所以很少被揭穿，原因是看的人也没有那儿的生活经验，看不出破绽来。看不出破绽不等于没有破绽。

林　品： 王国维在《宋元戏曲史·序》中说："凡一代有一代之文学。楚之骚、汉之赋、六代之骈语、唐之诗、宋之词、元之曲，皆所谓'一代之文学'，而后世莫能继焉者也。"针对文学复古的旧文学观念，王国维与时俱进，在前人基础上提出"一代有一代之文学"的著名论断，不可否认当时王国维为了提升小说、戏曲在文学史中的历史地位，带有针对复古文史学时弊的主观意味，但这一论断在宏观上是否概括了我国各个时代的文学主流，并且揭示出文学的嬗变内涵呢？网络介入人们的日常生活以后，"网络文学"随之出现，当下IP剧又大行其道，与严肃文学相比，前者胜于后者仿佛成了不争的事实，你这样的一位严肃文学的作家对这种现象怎么看？

刘　庆： 说网络文学之前，我们不妨先说一个现象，那就是当下有影响力的许多作家都来自农村，这些作家的经验和写作视野决定了他们作品的走向和内容，因此，很长时间以来，我们的阅读经验和故事许多都是苦难和艰难，最典型的是路遥的小说，包括贾平凹先生的小说，莫言先生的小说，写农村的多，写得好，写得入木三分。这阶段有许多人提出来，改革开放40年了，反映城市生活的小说不多，甚至提出"城市文学"的概念。在我看来，当下的大部分文坛领袖仍然站在乡村的土地上，而城市生活的写作者未能成为文坛主流，是目前缺少城市文学的原因之一。

事实上，城市的写作者们早已经出现了，只不过他们没有关注当下的现实生活，他们的身影活跃在网络上。另一个现象也随之出现了，网络文学的题材更多是玄幻、穿越，离奇多，传奇多，这是由于网络的互动性带来的，要的就是惊心和刺激，这和曾经的连载小说十分相像，写作方式完全地迎合读者，想吸引读者也不是件容易的事。想象要奇崛，情节要刺激，这样的工作很多所谓严肃作家做不了，写不了，是另一个文学品种，网络文学相对于传统文学，不仅仅是表达上的不同，甚至已完全是风马牛，不是一回事，是两个物种和品类，说不可比毫不为过。

网络小说更少羁绊，没有专业编辑把关，只有点击和粉丝数一个标准，良莠不齐也理所当然。既然是两个物种，自然也就不可比，不用比，就没有高下之分。

林　晶：实际上技术在高度异化着人们，高度重塑着人们的生活，理论上讲，网络也好，新媒体也罢，这些仅仅是一种工具，但工具的科技属性不断提升，已经替代了人的本能生活属性。

刘　庆：前些天参加一个活动，一个著名诗人和一个著名学者就在争论这个话题。事实上，我们所熟知的一只山羊换一把斧子的故事，讲的就是人类由于分工开始了交易和交换。发展到今天就是现代商业，现代金融业、证券业，出现了虚拟货币，还出现了比特币。国家之间就交换的标准是黄金还是哪种货币仍在进行着博弈。总的来看，人类追求的永远都是方便，想方设法地满足自己的偏好。

交通工具的变化让地理空间发生了巨变，信息工具的变化让人们的生理感受和交流方式都发生了巨变。在今天，人们再也没有了书信往来和等待的焦虑和快乐，就在20年前，我们还能收藏家人、情人和朋友们的信件，那是亲情、爱情和友情的物证。现在都是微信、电话和QQ，我们经历过的人感觉现在便捷了，但也少了一些东西，但孩子们不一样，这就是他们现在的生活方式，他们无法想象没有电视的生活，更无法想象没有互联网和手机的生活。

但是工具的变化并不能改变人生的困惑和烦恼，现在我们讲大数据，随之而来的便是隐私问题，信息安全问题。当下，一个广阔无垠、人数众多的世界已被网络将人的大脑抻成一纸薄片，使得我们的知识流于肤浅。人类的欲望大过了过往对神灵的祈望。但有一样可以认定，那就是，当毒化人心的梦魇终于被消除，当无家可归者都能安居乐业，当世界完全使用太阳能时，我们每一个人的烦恼仍然会是那样深重而且铺天盖地。正如保罗·萨特所说，现实的精华就是匮乏，一种普遍而永恒的欠缺。这个世界上一切东西都不够人们受用，食物不够，爱不够，正义不够，意义不够，金钱不够，健康不够，时间永远不够。我们总想在生活不断缩短的阴影之中，想在短暂的人生中成就一点什么。想象着怎样才能让未来不因衰老而痛苦，想着生活怎样才能变得丰富而慷慨。在今天高度网络化的社会里，每一个人都必须为他自己搜寻新的生活基石。没有稳定的情感，没有可靠的知识，没有也无法借鉴父辈的经验。这也正是文学存在的意义之一，新的心灵难题出现了，文学和社会科学有了新的河床，奔流和汹涌有了新的方向和可能。

林　晶：还有一个有趣的话题，也是因为你的小说《唇典》，展示了东北地域文化，特别是在这部小说里你以小说的形式挖掘出了属于东北地域的文化精神，从这一点上讲，你是伟大的，也就是说，你以一位作家的身份，发现了地域文化，发现了属于这片热土的地域的文化精神。这是一位有良知的作家热爱这片土地的最好表达，因为热爱，才有发现。

刘　庆：谢谢你的夸奖，"伟大"这个词太大了，承受不起。但这个话题我们可以展开来谈。最近我一直在思考一个问题：东北这片土地的文化心理和成因应该如何表述？东北这片地域和中原文明或者说是汉文明一直像两条河流，有交汇，有合流，直到近代才同流入海。中原文明对东北的记载最早在周武王的时期，肃慎人入贡"楛矢石砮"，周人列其疆土四至时称："肃慎、燕、亳，吾北土也。"这是东北最早在中华版图中的记载。直到战国时期，东北这片土地在中原文化的记载中仍然是完整的。可以追溯到我们熟知的荆轲刺秦的故事。荆轲失败后，太子丹被迫死于衍水的桃花岛，桃花岛现在辽宁省的辽阳境内，还有一个地名叫沙陀子，这两个地名一互换，文化和诗意的差异就尽显了。衍水因太子丹而改名为太子河，太子河流经辽宁省的辽阳、本溪等几个地域，但很少有人将这个地名和战国时的太子丹联系在一起。

汉武帝时的玄菟郡遗址在沈阳，唐时的渤海国都有遗迹可寻。到了宋辽时期，因为是两个国家，更重要的是，大辽有了自己的文字——契丹文，这才正式将这种联系割裂了。北宋时，大宋战败，宁可赔款，也不给大辽渴望的代表着中华文明的"十三经"。这意味着，在文化心理上，契丹人有着明显的心理弱势。甚至辽道宗许愿来世要做个宋朝人，辽道宗最爱的是中原的诗词书画。文字的力量是伟大的，传说仓颉造字时"天降粟，鬼夜美"，文字的出现是人类文明和蒙昧的分野。在《圣经》里，有一个"巴别塔"的故事，讲的是上帝如何弄乱了人类的语言，没有了共同的语言，人类开始四分五裂。因为有了文字和语言的差异，文化就产生了疏离，东北这片土地上的人也渐渐地变成了"蛮夷"和"鞑虏"。

我们可以把有文字记载的历史称为"正史"或"官史"，当文字消失了，湮灭了，这些"正史"和"官史"也随之湮灭了，但这不意味着可以抹去这片土地生存的痕迹，还有另一条脉络源远流长，那就是民间记忆，口口相传的民间记忆，我将其引申为"唇典"。

林　喦：对当下的东北文学，或者说辽宁文学的创作而言，这种发现式的创作才是极为重要的，而当下我们的文学创作之所以存在问题，可能这方面也是一个症结。而《唇典》恰恰是在这里做了探索式的突围。

刘　庆：每个作家都有自己的创作难题和局限，突破局限解决难题只有一条路径可循，那就是学习和思考。要做大量的案头工作，迎着难题走，这里面有写作难题，也有思想难题。要突破语言和地域的局限，要突破表达和表现的局限，更要突

293

破思考和思想上的局限，突破在社会生活中担当角色的局限。当人们的生活中出现了那么多的不安，社会出现了生存和发展的焦虑，作家们仍沉迷于自身狂欢和想象的名利场中，就是一种耻辱，这样的文学被社会抛弃和疏离是极其应该和正常的。一个作家要有自己对世界的价值观和方法论，是独立的，不屈服的，不盲从的，还有不自恋的，这不容易实现。河的彼岸有不同的风景，应该尽力寻径而去。即使不达，心向往之，也是一种福分。

林　品：因为时间关系，这次我们就聊到这里，虽然意犹未尽，但时间还会让我们再思索，也希望未来你能创作出比《唇典》更"唇典"的作品。

刘　庆：谢谢！

人生经历是一部伟大的小说

——与作家刘嘉陵的对话

作家简介：

　　刘嘉陵（1955—　），男，文学硕士，中国作家协会会员，辽宁广播电视台高级编辑。曾获老舍散文奖、清明文学奖、辽宁文学奖等奖项。著作有《硕士生世界》《记忆鲜红》《自由行器》《妙语天籁》《把我的世界给你》等。《记忆鲜红》被列入清华大学《中国近现代史纲要》课程学生阅读书目。

　　作家刘嘉陵一直在用文学讲述他的人生，无论小说、散文，还是随笔、评论，都有他亲身经历的那个时代的气息和曾经"在场"的人生的轨迹，生活的"钻头"深深地钻到了中国社会的深处和他的心灵深处，给他的记忆留下了不可磨灭、挥之不去的烙印。当然，这一"钻"也为他开启了文学创作的泉眼，汩汩涌动的生活源泉凝结成一篇篇鲜活多彩的作品。他的小说纯虚构的比重不大，相当数量的小说都有"自叙传"的味道，带有他早年间所处时代的鲜明特征，用当下的流行话讲就是"很有年代感"。

　　20世纪50年代出生的刘嘉陵，阅历与他的同代人大体相近，但也不无差异。由于家庭原因还有他幼时对音乐、戏曲的特别兴趣，他的"童年印象"留存在记忆中的深刻性成为他"怀旧"和"反思"的重要基础，也成为他文学创作的主要素材来源。他身上多于常人的艺术细胞不仅源于他的文化色彩浓厚的家庭，也源于那个年代作为人生出路之一的"革命文艺工作者"的巨大诱惑力。据了解，青少年时代的刘嘉陵最大的梦想是进京剧样板团演革命英雄，不料变声期过后，他原先很高的嗓音降调了，没法再唱李玉和、杨子荣和郭建光了，只好换了个梦想，进"样板团"做一名京胡手，"为英雄们伴奏"。再以后他还梦想过考入音乐学院，将来当作曲家。自然，那些梦想都令他沮丧地全部落空了，但失之东隅，收之桑榆，多年后，那些仿佛白费了的努力却成就了他的文学事业。我们读他的小说、散文、随笔和文艺评论，常能感受到字里行间浓浓的艺术气息和音乐性，当然那都是在他浑然一体的文学形象中自然流露的，信手拈来，涉笔成趣，绝无牵强、冗赘或卖弄之感。

林　嵒：刘老师您好！利用这个时间，我们聊聊天。其实，和您聊聊文学的想法很久了，总是寻不到合适的机缘。我和很多作家进行过对话，真的是有一个机缘在里面，即便是刻意的，也有刻意的机缘。所以，今天有这样的机会和您聊天，也是机缘到了巧合时。这里还需要说明的是，很多人认为我做作家研究，选择作家是"看人下菜碟"，其实准确地说，我是"看作品选择人"。从2011年开始到现在，关注当代辽宁文学和当代辽宁作家近8年时间，做专栏研究48期，应该说，在学界和业界里形成了一定的影响力，也获得了很多专家和作家的认可，这也是我继续坚持下去的一个重要原因。我一直认为，做当代辽宁作家的专项研究是有意义也有价值的。

刘嘉陵：林嵒你好！很荣幸被你们选中，像得了一项什么奖。早就注意到你的文学研究团队和你们研究成果的影响力了，时常在心里嘀咕，林嵒他们的雨点啥时候能砸到我头上啊？关于创作者和研究者的关系有几种说法：互相隔膜的陌生人哪，圈子里互相吹捧的哥儿们哪，等等。我们既不属于前者，也不属于后者。我倒觉得，我们和你们更像是庄稼人和雨水的关系，我们把庄稼种出来了，你们得经常下点雨呀，别让我们的庄稼旱死。但雨也别太大太勤了，庄稼也一样受不了。那其实就相当于捧杀或者是棒杀，都不是创作者的福音。很高兴你们不是这样的。暗中窥视过你们几期研究成果，觉得你们的态度是认真的，学风是严谨的，功课也做得扎实到位。你的当代辽宁作家研究很有意义，对辽宁文学的发展有意义，对我们作家的创作更有意义。所以今天能落到你们手里，觉得特别踏实。巧不巧哇？正好又到了一年一度的春耕时分，感谢你们适时而降的雨点！

林　嵒：谢谢您的肯定！我也是借这次聊天的机会，讲一下我的想法，但这不是我们聊天的主题。这次的聊天，您是主角，算是专访式的对话吧。对这种"专访式对话"您应该不陌生，因为您的职业身份也是新闻人，如果从我在大学里从事新闻教学和科研的角度讲，我们有密切的职业关系。大家都算新闻人吧。我在大学里从事新闻专业的教书育人工作，也常常教育学生不仅要学好专业，还要有和专业、职业相近的爱好特长，而新闻人最近的爱好特长就应该是写作，不仅会新闻体的写作，还要会文学体的写作，有的新闻人不仅有记者的身份，还有作家的身份。无论是国外还是国内，好记者都是好作家呀！比如我国记者、作家魏巍、穆青、梁衡，比如传播学史上具有重要影响的学者、美国新闻评论家和作家沃尔特·李普曼，再比如海明威和马尔克斯，等等，就不一一列举了。您在媒体工作，也从事文学创作，您觉得媒体工作对您的创作有什么作用和影响呢？

刘嘉陵：做新闻媒体工作对创作当然有好处啦，比如走南闯北呀，信息灵通啊，比如对社会生活变化有比较高的敏感度哇，但如果你本人太消极，得过且过，总是不求有功但求无过，也会有相反的影响，比如创新精神的萎缩，成为一个枯燥乏味的简单的"新闻机器"，等等。我在广播电视口工作时很幸运，干的仍然是离文学最近的那一行——电视剧，等于兼得了新闻和艺术两大优势，这对我后来的文学创作的确大有帮助。影视剧领域的深度介入，让我对如何在创作中注入更宏大的精神力量和叙述魅力，如何设置起承转合、戏剧化情境、矛盾冲突还有对话等方面，有了更深的体悟。多年后重新写起小说，并且是写更有难度的长篇小说时，又有了新的突破和飞跃。我很感谢那段工作经历。

林　品：您的书香家庭和最初的成长环境对您走上文学之路也有很大影响吧？

刘嘉陵：没错！我出生在一个用今天的话讲叫"文科知识分子"的家庭，我习惯于把一个个家庭像中学分文科、理科班那样，分成"文科家庭"和"理科家庭"，这当然并不科学，我只是想借此强调一下家庭环境对孩子成长的影响。有的家庭的确带有比较浓重的文科色彩，那家的孩子一般来说语文都比较好，写的作文里成语都连成了串儿，后来上中学，就被分到文科班了，直到最后报考大学。还有的家庭，父亲手很巧，喜欢修理自行车、手表甚至收录机，孩子们也喜欢搞点小发明小创造什么的，理科也更好些，家里订的杂志不是《航天知识》就是《飞碟探索》之类的，看电视常喜欢调到科教频道，以后他们读完大学再念博士后，早晚都是国家科技和制造业等方面的人才。我父亲呢？他是抗战期间读的东北大学中文系，当然不会是在沈阳读了，那时的东北大学已经流亡到四川三台。我觉得他们那代人是真牛，国破家亡，战祸不断，民不聊生，那样艰难的条件下，他们居然一边抗日救国，一边读天下名著，写慷慨文章。我父亲青年时代就是比较有成就的小说家和散文家，在郭沫若、靳以、胡风那一代大文人编的文学刊物上都发表过作品，还获过奖。投身革命后，组织上又安排他从事新闻工作。新中国成立后，他一直以报人的身份建功立业，晚年又重回文学创作轨道。这对我，还有我哥哥刘齐都有很大的影响。即使我的没从事文学这一行的姐姐们，中学时代也都是班里的语文尖子。老实说，青少时代我并不喜欢文学，语文老师当众讲评的我的作文都是我姐姐帮我写的，我完全被音乐和戏曲迷住了，不能自拔。可后来，"文科家庭"影响的巨大惯性还是把我扭回了文学轨道。

林　品："文科家庭"熏也把你熏成了作家呗。

刘嘉陵：确实有耳熏目染的功效。

林　品：近日读了您的几部作品，包括散文随笔集《记忆鲜红》《自由飞行器》《妙语天籁》，也包括您的长篇小说《把我的世界给你》。这些不是您作品的全部，但我也有了窥一斑可见全豹的感觉。比如说您写随笔，从选题上讲，您一点"不挑食"，生活中随处可见的一件小事、一个物件、一触即发的感想等，都能被您无拘无束地挥洒成篇，像评论也像杂文，还时常穿插着故事，理性和感性水乳交融。

刘嘉陵：我的文学创作是从小说开始的，1981年刚读大三时就发表了小说处女作，是我们79级第一个上杂志的。那以后，短篇、中篇都写了不少，也收获了不少掌声，可是渐渐地我进入了创作的瓶颈期。写作有点像开超市，既然是在做生意，总不能让货架空着吧，没这个，还得有别的，小说暂时写不下去，我憋得实在受不了，便开始写散文、随笔，并继续写评论（我研究生毕业后，最初是在辽宁省作协创研室工作），再后来还做过八年跟影视剧相关的工作。应该说，大量的随笔写作帮助我在文学道路上走得更远，那是一项有益的训练，就好比中国京剧的"文场"（乐队），好乐手全都是"六场通透"，拉京胡的也会弹月琴，会弹南弦子，会打鼓和打大锣、小锣，其他人也一样，都是一专多能。你不信就去哪个京剧团瞧一瞧，那些乐手什么乐器都能来一来，而且都不差，那可不叫"有两下子"了，不定几下子呢。那些年我也有点像戏班子里一专多能的乐手，什么都能来几下子。而随笔我写得最多，短的、中的、长的，视报刊约稿者的需求而定，最短的几百字，最长的万八千字。短的曾用于给《南方周末》写的专栏，长的主要是反思"红色文艺"的系列文章，后来都收进了《记忆鲜红》，其中一篇《反面人物》还被《新华文摘》转载了。多年后我虽然又回归了小说创作，但各种文体的普遍尝试，加上影视剧领域的深度介入、广泛的实践，对我的小说创作可谓益处多多，真有如虎添翼之感。我一直向文学朋友们主张，各文体之间不应当互相轻视甚至敌视，而应当互相学习借鉴，条件允许的话，最好都尝试一下，没有坏处的。你看，好多优秀的小说家都曾经写过诗，对吧？而好多精彩的散文都出自小说家之手，优秀的报告文学家们都操着一手漂亮的散文文笔和高屋建瓴的政论笔法，而优秀的剧作家们写起小说、散文来也会有他们的优势（再牛的小说家写对白也写不过剧作家吧）。我庆幸自己曾在多种文体之海中畅游过，这使我运用哪一种文体时，仿佛都有多种实践经验在暗中助力。当然最重要的实践还是叙事，优秀的文学作品（无论什么文体）大多是"泛叙事化"的。沈从文1972年在给友人的信中曾说："搞文学，首先要会叙述，把理论融化到叙述中，才会发生广泛好影响。《沙家浜》的改编者汪曾祺，廿五年前在西南联大写散文就极出色，会叙事。""会叙事"这三个字我是牢牢地记住了。

林　品：时代留给您的印记太深了，您的散文随笔集《记忆鲜红》和《妙语天籁》，小说集《硕士生世界》，还有您获第二届辽宁文学奖的中篇小说《清烟一缕》等，这些作品既有对极"左"年代的痛苦记忆，又有对后来社会转型中出现的种种新问题的困惑，但痛苦和困惑并未能遮盖住您的一颗童心，一颗赤子之心、向善之心。您在嬉笑怒骂之余，总能让读者感受到对真善美的真诚向往。

刘嘉陵：人生经历本身就是一部伟大的小说。我们那代人以及父辈，一生经历得太多了，有饥饿，有苦难，有各种大折腾、大无奈，也有命运的大起大落，人间百态几乎都尝到了。但多年以后，那也成了一份宝贵的文学资源，就当是仁慈的上帝给我们的补偿吧。不过在具体的创作中，我还是不愿过多沉湎于昔日的个体性苦难，当然也不愿意虚伪地假装自己一直很幸福，"感谢苦难""以苦为乐""以苦为荣"。苦难永远是文学的大主题，个体的苦难也未必都是琐屑的、无关宏旨的、与"大我"格格不入的、无足轻重的，否则今天就没必要搞"口述历史"这类意义重大的征集活动了。人类的所有苦难都理应受到重视，都值得一再书写。但这里面与其说有个"舆论导向"问题，不如说有个"艺术均衡"问题，有个"接受美学"问题，我还是喜欢拿出符合艺术辩证法的、内涵和滋味更为丰富复杂的作品给读者。什么叫艺术辩证法呀？简单说就是处理好哀与乐的矛盾关系，在盐里撒点糖，或者反过来。

林　品：您好像可以同时操持两种笔法，一面沉痛感人，一面却又幽默诙谐。这两种东西都很可贵，都是读者需要的，却不大容易集中在一个作家身上、一部作品里面，可是您做到了，而且两种异质的东西在您笔下并行不悖、相得益彰。这是否就是您所说的"艺术辩证法"？

刘嘉陵：是的。我心目中的优秀文学作品应该是举重若轻的，轻与重，哀与乐，都是艺术辩证法的对立统一体。过去我们评价一部作品常喜欢说，某某作品"很有分量"，或某某作品"分量轻点"。但是一部作品如果只让人感到沉重也未必就是上品，它的艺术层面恐怕存在些问题。文学艺术除了文史哲层面、社会学层面的意义和价值之外，还有个重要功能就是娱乐，我们曾经有个文艺原则叫"寓教于乐"，就很好，那其实也等于在说"寓重于轻"，是这个道理吧？这个"轻"当然不是指轻佻、轻浮、轻浅了，而是指更容易让人接受，娱乐功能在起作用。电影理论中有个"杂耍蒙太奇"的概念，指的就是用观众喜爱的娱乐方式、引人入胜地把你的三观传输出去。我很喜欢举重若轻的艺术效果，有分量的同时又有趣，以乐景写哀，以哀景写乐，这才能达到艺术的最高境界：含泪的微笑。就像意大利早期黑白经典片《警察与小偷》那样的效果，它真是让你捧腹大笑起来没完的大喜剧，但到最后，又真成了让你想要落泪的大悲剧。非常好！我在写长篇小说《把我的世界给你》时，就常提醒自己"艺术辩证法"一点，别太沉重了。倒不是说失学之痛就不是人类的苦难之一，但我时常以自嘲来抑制自恋和自辩，作品中的林一木常常成为作者刘嘉陵嘲讽、调侃的对象，以幽默来化解紧张，用活泼来讲述严肃，举重若轻。古人说的"以乐景写哀，以哀景写乐，一倍增其哀乐"，是我一直追求的美学境界。我有个大学同学读完这部小说后，给我发了条信息说："我被《把我的世界给你》感动得稀里哗啦，虽说你在各种时候都不忘记幽默一下，可是我咋会那么伤感呢？"关于这本书我听到许多表扬（当然也有批评），但这条信息最让我高兴，因为那正是我要的效果。

林　品：我也读了您的长篇小说《把我的世界给你》，这部长篇小说看似写校园、写青春、写爱情的，但当我们认真思考以后会发现，这更是一部"励志小说"，还是一部"社会问题小说"。您是基于什么想法创作这部小说的呢？

刘嘉陵：关于这部小说还有其他的归类，京东购书网归为"青春／都市／言情"类，我的老友、著名文学批评家高海涛戏称它是"新才子佳人小说"。我照单全收了，包括你说的"励志小说"和"社会问题小说"，这说明我的作品"有很大的阐释空间"。改革开放40年历史充满了曲折，并不是一帆风顺的。今天我们说它给国家和民族带来了巨大进步，但每一个置身于其中的个体都有着独特的命运轨迹，小说主人公林一木先是恢复高考的幸运儿，转眼又成了一条僵死规定的受害者，这正是那个大时代复杂性的体现。这部小说是根据我当年的亲身经历创作的，高海涛说林一木是"刘嘉陵的升级版"，其实整个故事后来都"升级"了，通过个体际遇展现历史的丰富性和复杂性，这种思考也是我在近五年的长篇创作中逐渐形成的。我收集了很多相关资料，电话采访了当年我们班的大部分同学，惊讶地发现，对曾经朝夕相处的同学们我还了解不深，特别是他们上大学前的经历，每个人和他们的家庭都有故事，都很特别。他们对大学生活的回忆，也填补了我记忆中的许多空白，虽然很多素材没有用到创作中，但对那段历史的全面了解无疑让我的书写更有底气。随着庆祝改革开放40周年和纪念恢复高考40年，民间正兴起一股怀旧风，怀念"黄金的八十年代"，当年那些激情浩荡、大展宏图的"文革"后新时期的大学生，今天已经走向暮年，他们的青年时代正好同国家的大变革和民族的新崛起重叠在一起，因此成为他们一生中最自豪和最为留恋的一段光阴。我这部书大概契合了这样的怀旧心理吧，但我不希望它仅仅具有怀旧的功能，还应该涵盖得更多、走得更远。

林　喦：《把我的世界给你》中，人称（你、我、他）的转换，父辈（以林一木为代表）与年轻一代（林晓为代表）的对话，这样的结构方式构成了两个年代的碰撞与交织，展现了更为开阔的历史时空，这也是您小说创作的一次大胆的尝试吗？

刘嘉陵：今天的长篇小说应该警惕同质化的危险，必须勇于和勤于尝试各种新的写法，不能像文学批评家李敬泽批评的那样，"在习惯的区域舒服地滑行"。我这部长篇写了近五年时间，第一稿几乎就是单一结构的大叙事散文，虽然各个局部都还不错，但后来觉得不行，自传体小说并不就是自传，更应该是小说，并且应该同今天对接。第二稿时我把过多的人物合并同类项，又把单一结构扩展成双重结构，由儿子林晓来讲父亲林一木的故事，父亲也交叉着讲，父子俩像在唱二重唱，此起彼伏，老故事不但同今天对接了，还形成了和声关系。"儿子"并非变相的讲述者，他自己的恋爱故事也和父亲的故事搅在一起。当然这是个艺术化的结构，真实生活中我只有一个女儿，学的也不是音乐，而是美术。国家"开放二胎"时我已垂垂老矣，来不及儿女双全，连弄音乐带搞美术了。但海明威的小说人物说过："这么想想不也很好吗？"我就让一个事实上并不存在的"儿子林晓"来讲"我"的故事，让叙事更富于变化，艺术表现力更强些。

林　喦：我们注意到，您新近发表的短篇小说《帅府广场上的新娘子》和通常的短篇小说有点不一样，和您以往的短篇小说也不大一样。

刘嘉陵：多年没写短篇小说了，这是应《芒种》杂志之约写的，主题事先定好了，就是写沈阳故事。同时受约的还有孙春平、周建新、女真（张颖）等几位作家。最开始是周建新、女真和我在前年的一次文学活动期间，私下里聊天时一块儿约定的，我们提出了一个问题：王朔写北京，金宇澄写上海，池莉写武汉，阿成写哈尔滨，那么谁来写沈阳呢？我们或生于沈阳或生活在沈阳，沈阳的历史那么悠久丰富，地域特色又那么鲜明，我们这些作家不能视而不见吧？要是总写不出东西，那只能证明我们无能，证明我们对沈阳一点感情都没有。我们当时在宾馆房间里聊得挺来劲儿，周建新后来就向《芒种》那边正式建议了，《芒种》也的确有个宣传沈阳的义务，他们觉得这想法不错，开始实施这个计划。我大概是几位作家中最晚交稿的，毕竟多年没写了，不像别的朋友们一直在写短篇小说。当然我刚写完一部长篇，还怕写短篇吗？交得晚是因为我想尝试点新手法、新样式，好像汪曾祺说过这样的话，小说如果写得太像小说就快走到头了（大意如此）。短篇小说传统的定义是"截取生活的横断面""表现人生的某一（永恒的）瞬间"。这都没错，但我手里不同时期的沈阳故事太多了，可以串联起一个世纪、多少代人，我等于是用了长篇的架构来写这个短篇的，一百年大穿越。后来有评论说这篇散文如何如何，看来我的"不太像小说"的目的达到了，那应该算是散文体小说，散文的高度概括和小说化的描述、气氛渲染等，都融在了一起。一种新的尝试吧，也许走得远了些。真希望更多的朋友都读一读，为它做个鉴定，实在看得太来气了就亮开嗓子骂一骂。

林　品： 您今后有什么创作计划？还是小说、散文、随笔、评论几般武艺一块儿施展吗？

刘嘉陵： 不想那么四面出击了，就想在小说上多花些时间和心血，中、短篇和长篇都写一写。生活给每个人的馈赠都是有限的，就算给你的再多，总有用完的时候，即使你的经历、你的个体经验永远写不完，那种一般性的简单复制也不是我想要的。为啥我老了老了又重操小说旧业？不是因为我的个人经历都写完了，再无可写的了，只好用虚构方式瞎编滥造、添枝加叶，不是的。小说的最大好处是，它不但可以告诉我们生活是什么样子的，更能告诉我们生活应当是什么样子的、还可能是什么样子的。小说（当然指优秀的）反而会抵达更大的真实，而拘泥于一己经验和体验生活得来观感的快速散文式复写，反而容易表面化。小说更能实现艺术真实的最大化，真正优秀的经典小说事实上都奠基于也包含着相当比重的非虚构成分，比如《红楼梦》《战争与和平》，甚至很魔幻的《百年孤独》，等等。如果仅仅用"虚构"或"非虚构"来二元对立地判定文学的真实和虚假、意义和价值，会推导出很荒谬的结论。在非虚构的基础上加以重组、虚构、升华、飞翔，才最令我兴奋，我管那叫"有中生无"，而不是"无中生有"。

林　品： 您的读书情况我也很感兴趣，您平时都在读什么？

刘嘉陵： 主要还是小说，这和我的创作计划是配套的。但前些年小说读得太多太杂了，应该结束东一榔头西一棒槌、饥不择食的胡乱阅读了。我在微信上读过一篇文章，题目很有启示意义：《开卷未必都有益》。信息爆炸时代，那么多小说你读得过来吗？就算读得过来，也未必都适合你，必须选择性地读了。我经常读的、不止读一部的、一部不止读一遍的经典小说家有20个左右吧，英国的格雷厄姆·格林、毛姆、奈保尔，美国的海明威、福克纳、索尔·贝娄、海勒、纳博科夫、塞林格、雷蒙德·卡佛，法国的纪德、塞利纳、莫狄阿诺，德国的君特·格拉斯，捷克的昆德拉，拉美的马尔克斯、略萨、博尔赫斯、科塔萨尔，等等。小说以外的当然也读一些，《极端的年代》《焚书之书》《第三帝国的语言》《光荣与梦想》《香料传奇：一部由诱惑衍生的历史》《中国京剧史》《世界通史》，等等。

林　品：有时间读读书确实是一件惬意、舒服的事情。我有时候也这样想，人世间最有意义的事可能就是安静地读书了。好，今天就聊到这儿，谢谢刘老师，祝您身体健康，笔力雄健，再创文学佳绩！

一部气势恢宏《刀兵过》，一部辽南底层民间史

——与作家滕贞甫的对话

作家简介：

滕贞甫（1963— ），男，笔名老藤，中国作家协会会员、全委会委员，辽宁省作家协会党组书记、主席。出版长篇小说《腊头驿》《战国红》《鼓掌》《刀兵过》《樱花之旅》，小说集《熬鹰》《黑画眉》《没有乌鸦的城市》《会殇》等六部，文化随笔集《儒学笔记》《探古求今说儒学》。作品多次被《小说选刊》《中篇小说选刊》《长篇小说选刊》《新华文摘》《小说月报》等转载，入选多种年度选本，曾获东北文学奖、辽宁文学奖、《小说选刊》奖等。《战国红》荣获中宣部"五个一工程"奖。

读过作家老藤的多部作品，他的小说无论是反映官场人事百态的，还是写世间风俗的，比较集中的特征是作家在讲故事的同时，毫无遮掩地显示出具有沉稳的学理性和"百科全书"性，"抖知识"，擅"挖古"，尽显作者学识渊博，可以说，2018年滕贞甫的长篇小说《刀兵过》是一部有学问的小说。

从阅读的习惯讲，我是喜欢这部小说的，小说里所呈现出来的东北辽南地域特色，是我比较熟悉的场域。无论是浩浩荡荡的芦苇荡、由碱蓬铺地生长起来残阳如血般的红海滩，还是作者设置的一爿"九里"的底层民间众生图，如有文化的乡儒、摆渡者、渔民、小作坊主、民间乡医等小人物的生活，仿佛是实际的辽南地域中某地某乡某村。惟妙惟肖、栩栩如生、活生生的诸生相扑面而来，小说中所反映出来的有信仰笃实的乡儒、道姑，有爱国、忠君、大义的英雄、好汉，有淳朴、仁义的乡民，有呼突于乡里的兵痞、土匪，每一个人物都跃然纸上，每一处场景似乎都是那么熟悉。《刀兵过》虽然是对辽河湿地一处名曰"九里"的小区域百姓生活的描写，折射出来的却是中华民族风云变幻的大历史，在"九里"的一爿小地，各种刀兵之劫给百姓带来了无限的苦难的同时，也充分展示了至死不渝地遵循着中华

民族优秀的传统文化精神的底层民众，在面对战争灾难的生死存亡之时所表现出来的民族大义、家国情怀和朴素的人的道义追求，更彰显了民族传统文化熠熠生辉的无限魅力。

林　喦：滕主席好！今天我们以您的新近长篇小说《刀兵过》为主要话题聊聊。当然，在聊的过程中，也因为您是辽宁省作家协会主席，所以涉及的话题又会跳出《刀兵过》。如果我们从全国文学创作队伍和文学作品质量上看，尤其是改革开放40年来，辽宁文学创作格局中以儿童文学创作，以50、60、70老中青三代的中篇小说创作，以女性诗人创作，以历史散文创作，以影视文学编剧创作等形成有一定实力的创作群体并构成影响力、鲜明特色的阵仗，在全国文学创作的大格局中算是形成了属于辽宁文学的五组生力军。但总体上讲，有影响力的大部头还是欠缺的，获得大奖的还是少的，有影响力的大人物还是不够的。是这种情况吧？

滕贞甫：很高兴和您聊聊辽宁的文学，这是我们第二次对话，上次聊的话题还记忆犹新。可以毫不夸张地说，辽宁是名副其实的文学大省，"文学辽军"的阵容也十分可观，您刚才提到的五组生力军的观点我很赞同，不仅如此，辽宁文学在整体呈现出各体裁类别全面发展态势的基础上，也形成了独具特色的文学地理，这一文学地理，在去年省作协理事会上我做了概括和分析。应该说辽宁文学能形成这种局面很难得，是辽宁作家自强不息、潜心创作的结果。但是，作为文学大省，仅有这些面上的态势还不够，从高原到高峰还有一定的距离，正如您所说的，辽宁文学还欠缺有影响力的大部头和有影响力的大人物，我们应该正视这个现实，因为它反映了一个普遍意义上的认知标准。虽然我个人认为文学不应该以部头大小论高低，因为有些传世之作就那么短短几句诗，却影响深远，有的作家在世时毫无影响，甚至贫穷潦倒，时间却擦亮了他作品的价值，文学史给了他迟到的席位。至于奖项，的确非常重要，但应该以正常心待之，正所谓谋事在人、成事在天，一个作家，下气力写好作品才是硬道理。

林　喦：当然，对于作家而言，创作好的作品可能也会有周期性，因为文学创作是一项发现的过程，是作家"心灵自由"的过程。当然，从作家主体以外而言，也需要一个环境养育的过程，我所谓的"养育"一方面包括个人的努力问题，另一方面也有创作环境和机制的培养的问题。

滕贞甫：您说的这个问题实际已经切入了文学规律的细部纹理。文学首先是内因发酵的过程，是作家对自然、社会、人生的感悟，这种感悟的突出特点是挑剔性，是作家自我设计的规则和现实世界相冲突后的文学表达。这就联系到了您刚才说的问题，也就是表达的环境。作家创作，除了自身文学素养之外，文学生态也十分重要，好的生态必然是百草丰茂、森林共生，反之则万马齐喑、个性不再。我举一个例子，南方有的地方将山山岭岭的森林砍光种植橡胶树，橡胶树经济价值高，能赚钱，结果因为树种单一，使当地植物、动物多样性遭到了破坏，环境出现了大问题。橡胶树是个好东西，但漫山遍野都是橡胶树，而其他的树木一概不许保留，这就不符合绿色发展理念了。我非常同意您用了"养育"这个词，的确，文学是"养"出来的，不要指望作家去赚大钱，虽然赚钱不是坏事，但从作协的角度讲，更应该优化环境和机制鼓励作家出大作。

林　喦： 近几年，辽宁文学在长篇小说创作的所谓短板上是有质的突破的。包括孙惠芬的《寻找张展》、刘庆的《唇典》、丛培申的《烟火人间》、刘嘉陵的《把我的世界给你》等等，都是很不错的长篇大部头，同时我们也看到了辽宁文学创作军团中新生代的双雪涛、班宇等横空出世，取得了骄人的成绩。

滕贞甫： 前面说了辽宁是文学大省，为什么还不能成为文学强省，就是受短板制约，这个短板就是长篇小说创作。迄今为止，辽宁还没有作家摘得"茅奖"，正是针对这一短板，省作协推出了"金芦苇"长篇小说出版推介计划，这一计划已经初步取得成效，今年我们向中国作协推荐的茅奖参评作品《寻找张展》《唇典》，都是这一计划中的长篇小说。嘉陵的《把我的世界给你》，也是省作协重点作品扶持的项目，省作协专门邀请专家召开了研讨会，作品的社会反响很不错。丛培申是从辽西走出的很有后劲的作家，他的《祖宗在上》《烟火人间》都值得一读。当然，文学创作有自身规律，不是大帮哄或批量生产就有收获，我们要遵循独立创作、个性创作这个规律，更多地要在外因方面做些服务工作。近几年，省作协一直重视青年作家的成长，在全国率先搞了青年作家导师制，让64名青年作家与省内老作家结对子，以老带新，优势互补。我们很清楚，江山代有才人出，辽宁文学高峰的筑就，既需要50、60、70后作家的共同努力，更离不开朝气蓬勃的80后乃至90后青年作家。最近《文艺报》推出了一个辽宁省作协打造的"文学辽军三轻骑"概念，就是在沈阳铁西这个发展转型区，涌现出三位在当下文坛已经崭露头角的80后作家——双雪涛、班宇和郑执。打个比方说吧，好比在一片烟囱倒伏的废墟上，绽放出三朵老工业涅槃的文学彼岸花，这个现象很有意味，值得深入研究，相信随着"三轻骑"的成长成熟，他们会带给读者更加值得期待的惊喜。

林　喦： 我们就来谈谈《刀兵过》吧。小说中，您设置了"九里"这个地名。

我觉得特别有隐喻的意味。就单独说"九"吧，它不单单是一个数字，在中国传统文化里面，"九"是一个神奇的数字，它可以表示数词、时令的名称，如"一九""二九""三九"等，还泛指多数或多次，比如九泉、九死一生等。在《黄帝内经·素问·三部九候论》中说："天地之至数，始于一，终于九焉。"《述学·释三九》曰："凡一二之所不能尽者，则约之以三，以见其多；三之所不能尽者，则约之以九，以见其极多，此言语之虚数也。"所以，上古时期就有了"九州"的行政区的划分说法，后来衍化为中国（中原）的代称，后来又不断衍生出"九鼎""九天""九重""九霄""九幽""九泉""九地""九渊""九皋"等等；民间还用"九"来描绘传说中极怪异的动植物，如"九头鸟""九尾狐""九头蛇""九芝"等。《老子》中说"九层之台，起于累土"，其中"九层之台"喻指最高之台。词语里还有"九牛二虎之力""九死一生""三教九流""三拜九叩""十拿九稳"等等。"九"不仅是一个神奇的数字，还是一个神圣的数字，在古代甲骨文中，"九"和"龙"这两个字字形很近似，不同的是"九"比"龙"头上少了"角"。可见，古时"九"也是图腾化文字，《易·乾》中曰："九五，飞龙在天，利见大人。"故古时称帝王为"九五之尊"，称帝位为"九五之位"。中国古代帝王为了表示自己所掌握的权力是天赐神赋，是神圣不可违背的，于是竭力将自己与"九"联系起来。比如，一般城市根据方位设八门，而帝王居住地却设置九门，后来"九门"即用来泛指皇宫。白居易《长恨歌》云："九重城阙烟尘生，千乘万骑西南行。"其中所说的"九重城阙"即指深邃的帝宫。同样，古代的官职等级也和"九"相联系。据记载，早在虞、舜时期就有了九种官职的设置，即"九官"，后来也有了"九卿""九御"等。自魏晋时官吏等级正式分为"九品"。古代礼仪中称朝见天子之礼为"九仪"，礼节中有"九拜"等。还有"数九寒冬"，等等吧。我个人觉得，您在《刀兵过》中虚构了"九里"这个小地域名字，是有大隐喻的。

滕贞甫：我很惊讶您对"九"字做了这样深的功课。说实话，在创作《刀兵过》过程中，我曾想过"酪奴"和"九里"两个名字。因为小说中茶是不可或缺的文化介质，而茶从南方传到北方时，北方游牧贵族很鄙视这种稀汤寡水的饮品，视其为奶之奴隶，故有"酪奴"一说。后来，有评论家说这个名字太文，令人费解，我听取了这个意见，便没有用，但小说中还是有酪奴堂的堂号。九里是个实实在在的地名，这个地名在金州，有一次我和《海燕》的李皓去碧流河，路过这个叫九里的服务区，这个地名一下子就引起了我的兴趣，我建议采风的一位作家以九里为题创作一部小说。在《海燕》上，还配发了评论。中篇毕竟容量有限，我觉得还有些意犹未尽，就自己开始写《九里》，白烨先生就很赞成《九里》这个名字，我在给《中国作家》杂志投稿时也用了"九里"这个名字，后来考虑各方因素，改成了《刀兵过》。正如您所说，九字很恰如其分地体现了中国传统的"数"文化，哲学上有"数是万物之本"的理念，其实，中国的《易经》最基础的元素也是数，换言之，世界万物万事，简化到最后就是一个数。九是最大的数，它更多代表的是变化的复杂化、最大化，这是每个读者都会体会到的。在《刀兵过》中，九里是村庄与玉虚观之间的距离，这其中代表什么，就是见仁见智的阅读体验了。

林　品：噢，"九里"是真实的地理存在呀，我以为是您虚构的一个地名呢。不过，这个名不见经传的地名很有故事性、很有想象空间哪。正所谓"九里"小地域，却是大社会，两代王先生对九里的经营史，也是一个时代的发展史。当然，中国的发展史，也可以说是一部战争史，九里的"刀兵过"恰恰印证了这样的一个事实。而东北的文化中，"战争文化"也是很突出很具有特色的。残酷的战争更能凸显人性之真。《刀兵过》中的诸色人等也都是体验了战争之过程，彰显了人的存在。小说《刀兵过》中也从几个层面描写了九里所经过的几次战争，这些也都可以看作中国近现代史所经历的战争的一个缩影。

滕贞甫：说实话，《刀兵过》是一部给百年乡贤立传、画像、明德的小说。您提到书中人物这个话题，我不妨多说几句，有人说关外无乡贤，这实在是误解，关外乡贤并不少，只是因社会动荡和外族侵略，导致这些乡贤命运多舛，大都被历史尘埃所湮没，如果用心打捞，许多鲜活的面孔是可以浮现的。小说中的王氏父子虽有共同信仰，性格特点却多有不同，这是时代际遇在他们内心深处所勾勒出的不同褶皱。王克笙具备传统乡贤特征，士子胸襟，笃定刚毅，而王鸣鹤身上则多了变通、隐忍、异化和智慧，这种性格折射出社会动荡对其内心世界的浸鞣。九里每一次罹患刀兵之祸，在无助妥协之后王鸣鹤都要独自咀嚼祁门安茶，吞下不可言状的苦涩，没有人知道他这种忍辱负重，也很少有人洞悉他的内心世界，他甚至没有成家，尽管他对栗娜、对止玉有深入骨髓的爱。一茬茬过刀兵如同一次次淬火，让他褐色长衫下的身躯瘦削、孤独又坚韧，他的价值体现在九里一次次的化险为夷上。但人都是有软肋的，王鸣鹤也不例外，大风大浪里过来的他，被唯一没有带武器的过刀兵击倒了，这是一群途经九里进京"串联"的中学生，孩子们捣毁三圣祠，一举击中了王鸣鹤的软肋，他的经验和智慧对此毫无作为，因为他面对的是一群孩子。他无法怨恨这些孩子，正如他不能怨恨白鹤五子的过失一样，所以当鬼蜡烛在桥上做了手脚导致一个女学生落水淹死时，他发火了，责令鬼蜡烛夜里去守坟。

精神是可以休眠的，而且可以长时间休眠，一般人难以拥有这一本领，这其实是大隐隐于市的一种智慧，多少位高权重的人做不到这一点，结果厄运缠身不能自拔，王鸣鹤做到了，精神支柱被推倒的他陷入一种痴呆的精神休眠状态，他的演技无可挑剔，甚至连了解他的冷松都被骗过。但精神休眠是有条件的，那就是信仰的余烬不灭，复燃的希望仍在，王鸣鹤之所以有这个底气，是他把砸成三截的三圣塑像给藏匿起来，他知道"三圣"虽倒犹在，必有站起之日，他还知道自己放飞的白鹤五子总有一天会回到绿苇红滩，更何况与他相依为命的栗娜也没有离开九里。

真正的悲剧人物是戚书记，这个有信仰洁癖的领导干部令人唏嘘而敬佩。他热衷于影响人、改变人，但他没有成功，对止玉的改造是失败的。他是一个有着坚强信念和铁一般原则的人，哪怕在遭受不公正对待时也不忘自己的责任，他对尉黑子的追捕颇为壮烈，被追捕者和追捕者双双落入粪池而殒命，滑稽的是被追捕者成了烈士，而他的墓碑上却没有任何荣誉。但戚书记还是幸运的，因为他赢得了王鸣鹤的理解和敬佩，九里走过的人物成百上千，真正能让王鸣鹤发自内心敬佩的有几人？

《刀兵过》中写了两位国色天香的女道士塔溪和止玉，两个人物的出现更多是象征意义。对于循道而行的王克笙、王鸣鹤父子来说，两位女道士就是道的化身。我在写塔溪和止玉时，努力去避开血腥，让她们的道袍保持应有的素洁，这不仅仅出于怜香惜玉，主要是想表达一种弘道的情怀。有人说这两个女道士太完美，完美得有些理想化，我想这就对头了，卡佛说，每一个写作者都在根据自己的法则去构造世界，我原本就想塑造两个理想化的女道士，因为现实中这种集才学、美貌、情义和智慧于一身的女道士已经像珍稀物种一样灭绝了。止玉与王鸣鹤之间若隐若现的情感迷雾完全是古典的东方式爱情，它可以发生在李季兰身上，可以发生在鱼玄机身上，当然也可以发生在止玉身上，这种情感虽然不会像西方的性爱那么热烈，却可以持久一生。

其实，中国几千年的历史，就是过刀兵的历史，翻开二十四史，间或总能嗅出血腥气。但中华文化顽强地延续至今，历经磨难而不改，最重要的是中华文化的基因深植于民间，尤其是广大的乡村，而乡村中文化传播的责任者便是那些乡贤。很可惜，一段时期内，我们忽略了乡贤的作用，也几乎中断了这种传承，好在新时代的今天，新乡贤正呼之欲出，尽管他们还没有成为树，但至少有了破土的嫩芽，我们有足够的理由对他们的成长充满期待。

林　岊：《刀兵过》父子两代王克笙和王鸣鹤是当代华语文学中少见的两个

"新形象"，这两位从骨子里尊崇信奉"三教合一"，即您作品中他们所讲的"信仰"，其中的"坚守"意义既是对中国传统文化中的"信仰"的坚守，也是对"仁人之爱"的坚守。很明显，这两位王先生有着极为符合中国传统文明浸染下的圣人先贤、君子风范，是启蒙民众的一盏明灯，是民间智慧的领航人。但两位王先生在您书中所言行，以及您小说中所描绘的九里小世界会不会有小国寡民、世外桃源的错位坚守呢？

滕贞甫：我在写王克笙、王鸣鹤这两代乡贤之前，也注意到了其他此类题材作品中的人物形象，平心而论，这些形象对中华传统文化一味是批判性的，说得严重一点是全盘否定的，但这与历史上乡贤在乡村中的积极作用并不相符，乡贤不是劣绅，当年土地革命打倒的是土豪劣绅，而不是代表着乡村文化的乡贤。

的确有读者说九里是个乌托邦，社会发展不能退回小国寡民、世外桃源这样的社会中去。其实，"刀兵过"三个字已经回答了这个问题，一个百年里历经过十几次兵燹匪祸的村庄怎么能是世外桃源呢？事实上，在两代乡贤身上凝聚的是信仰的力量，这种信仰是我们中华民族家国情怀的精神内核。留心的读者能注意到，王氏父子的信仰不是单一的，而是儒释道合理部分的有机结合，这体现了中华文化的开放性、包容性和强大的消化吸收能力。能将侵略者泯灭的人性唤醒，使山田得到感化，这正是中华文化的力量所在，所以很多人读罢《刀兵过》会得出这样一个结论：撼山易，撼中华文化难！

林　喦：同样，在您的小说中也描写了几位鲜活的女性形象，其中有三位都堪称圣女级的人物，一位是塔溪道姑，一位是止玉道姑，一位是王克笙的夫人蒲娘，在这三位女性身上彰显了超凡脱俗的母仪风范。另外，新式女青年栗娜也是具有符号意义的。谈谈您在这几位女性塑造上的想法吧，包括王克笙与塔溪道姑、夫人蒲娘二人情感的逻辑关系，也包括王鸣鹤与止玉、栗娜二人的情感逻辑关系。

滕贞甫：这是一个不能说透的问题，就像谜底不能和谜面一同亮出来一样。但既然您问到了，我就说说自己的创作初衷。

孟繁华先生有个观点，说一篇小说如果把女人写活了，作品就成功了，我很认同这个观点，读者品鉴一部小说，希望得到的是审美愉悦，而完美的女性应该最契合这种阅读体验。王克笙无疑是深爱着塔溪的，塔溪对王克笙也情有独钟，否则扶乩的乩文不会那样写，谁都知道扶乩的乩文是怎么形成的，因为不可能有过路的神灵停下脚步给你写一首诗。塔溪有意引导王克笙到苇地开办酪奴堂，也许就是为了将来的邂逅。但全真道戒律严格，不能婚嫁，这就决定了塔溪、止玉与王氏父子之间只能是柏拉图式的精神恋爱。蒲娘则不同，王鸣鹤的教育更多来自蒲娘，蒲娘像一所学校，成功地塑造了自己的儿子，可以说，蒲娘是一个孟母般的形象，代表着传统女性身上的厚德载物。栗娜则是苇地悲情世界里的一抹暖色，集美丽、知性、浪漫和柔情于一身，是王鸣鹤心中爱情的影子。

林　喦： 如前面提到的几位辽宁作家的长篇创作，几乎都是在不知不觉中围绕着"本土化"写作的意识，具有鲜明的历史意识和东北地域特色，充分地展示了东北的地域民俗风情，并倾情注入了作家独特的文化审美意蕴，您在创作小说《刀兵过》的时候也是有这样的想法的吧？这也是为印证"东北地域有文化"的一种证明吧？

滕贞甫： 辽河口广袤的绿苇红滩是文学的富矿，值得作家去勘探挖掘，我希望这片神奇的土地能像瓦尔登湖、像静静的顿河那样以文学的方式被人阅读。"本土化"值得肯定，因为关注本土的写作容易写出特色，很多作家的创作都验证了这一点。省委提出要讲好辽宁故事，我们不能把这句话简单地理解为某种应景口号，至少在文学上这个提法很有益，这实际是提倡作家有一种地域文化自信，提倡一种对家乡的抒写自觉，我们常说家国情怀，不爱家的人爱国也不会深，一个作家对养育自己的故乡热土视同陌路，这绝不是一件好事。

林　喦： 前面您也说到了，我们已经实施了一个针对长篇小说创作的"金芦苇"出版推介计划，还有正在实施的青年作家导师制，今年，我们要评聘新一轮签约作家，还要对刊发在重点期刊上的作品进行奖励，这些都是实实在在的文学福利。

滕贞甫： 是的，此外，我们将空前加大对会员的培训力度，初步确定在辽阳、凌源举办两期会员培训班，在大连举办五期会员培训班，培训规模很大，旨在提升作家的"四力"，即"眼力、脚力、脑力、笔力"，希望有参加培训意愿的会员积极报名。

心中有面英雄的旗帜

——与作家张艳荣的对话

作家简介:

    张艳荣（1968— ），女，国家一级作家，中国作家协会会员，辽宁省作家协会理事，辽宁省作家协会签约作家，盘锦市作家协会副主席。2018年入选中国作协定点深入生活作家。中篇小说《父亲的山高母亲的水长》获辽宁文学奖；中短篇小说《父亲情深母亲意浓》和《对峙》均获《解放军文艺》优秀作品奖；小说被《新华文摘》《小说月报》《作品与争鸣》《海外文摘》等转载。著有长篇小说《命令无情》《特务》《你用战剑翻耕土地》《跟着团长上战场》《关东第一枪》，小说集《父亲的山高母亲的水长》等。有小说被拍摄为影视剧。

在各类文学题材中，军旅文学一直是被作家们关注的对象。对于现代军队而言，神圣的军人职业、充满残酷的战争环境、绿色的军营梦想与现实军旅生活之间总是存在着无限的想象空间，承载着诸多的戏剧性矛盾和冲突。无论是战争还是和平年代，"军旅"都是一个可供作家"淘金"的选择，尤其是小说和影视剧的大部头体裁，军旅题材的故事性和可视性往往要比其他职业群体好看得多、有意趣得多。

在当代中国文学的阵营里，有一大批女性作家是以创作军旅文学见长的，她们也因为"军旅文学"的创作和其好作品竖置文坛。比如我们熟知的项小米、马晓丽、王海鸰、毕淑敏、严歌苓、庞天舒、刘静、唐韵等。这些女性作家从事军旅文学的创作与她们本身有军人的经历、熟悉军旅生活有关。当然，也有一批非军人的女性作家，同样也关注着"军旅文学"，比如钟晶晶、李燕子、温艳霞、张艳荣，等等。尤其是张艳荣，多年来创作的小说作品大都以军旅文学为主，且张艳荣也是这方面比较高产的女性作家，她的作品有《父亲的山高母亲的水长》《父亲情深母亲意浓》《你和我爱的传说》《待到山花插满头》《对峙》《命令无情》《跟着团长上战场》《你用战剑翻耕土地》《关东第一枪》以及与军旅题材相关的谍战小说《特务》《爱与黑暗》等等。

林　岊：你的作品我看过不少，涉及军旅题材的比较多，但你的小说里面并没有涉及战争和战事，主要是写人的，对军人、军嫂描写较多，包括谍战、东北匪事的几乎也是以塑造人为主。往往部队和战事、战争都成为叙事和塑造人物的大背景，这也形成了你的小说的一个很大的特点。我觉得对于很多读者来说并不熟悉你，你能讲讲你的创作经历吗？当初写小说的初衷是什么？

张艳荣：非常高兴与您对话，应该说关注您的对话挺长时间了。20世纪90年代，我把写好的小说装进盖有红色三角戳的部队信封，开启了英雄浪漫主义题材小说的创作。当我发表第一篇军旅小说，编辑老师来信问我："报上你的军衔和真实姓名。"是的，那时候，投稿觉得是个很羞涩的事，不好意思写真实姓名，收信地址写的是连队的地址。我给编辑老师回信："让您失望了，我不是军人，我是一名军人的妻子。"然后他回信说："哦，这就对了，你可以跳出条条框框，天马行空。"

同时发表在《昆仑》两篇短篇小说《女神枪》《手枪手》。第一个中篇小说《父亲的山高母亲的水长》发表于《解放军文艺》，后被《新华文摘》转载。写中篇的时候，并不是就写这一个中篇，而是写了三个中篇，选了其中一个中篇小说寄出去，先冲锋陷阵，果然不负我望，被刊物选中。那时候太年轻了，觉得有大把的时间，不忙着写，跳跃式写作，没有焦虑，也没有写作的宏大理想，就像采路边的野花那样随意。中短篇小说起步很高，但写作不勤奋。

我也在思考"战争成为我的小说叙事和塑造人物大背景"的问题，我在问，我的小说是谁？我是谁？战争构架了我小说的脊梁，我是站在战争缝隙和边缘的舞者。伴随着英雄主义交响乐的情感，灵动地舞蹈着、思索着，舞出女人的妩媚、男人的情怀。这样的回答连我自己都不满意，从我这儿都解释不通，匪夷所思。我总能让这"大背景"长出翅膀，长出我要的翅膀，无限延伸，直到长成我想要的模样。不是刻意这样写，而是找写战争的切入点。天下故事，特别是历史故事，几乎都长得一样，那就要看小说家怎样去叙述，这就是我说的切入点。

如果没有部队那段经历，我可能也成为作家，但不一定写"战争小说"。很多人问，你从什么时候开始写作的，具体时间没法界定。我从小就喜欢写，写作文，别的孩子写一篇，我要写两篇，拿给语文老师看，我的语文老师真好，无论我写多少篇作文，不是他布置的，也不厌其烦地批改、讲解，还写评语。标上，这里抒情写得如何如何，那块议论写得如何如何，心理描写如何如何。说真心话，当时真不知道，我写的那块是抒情、是议论、是心理描写。我真正走上写小说的道路，是有一天，偶然在连队看见了《解放军文艺》刊物，读了里面的小说，眼前一亮，这样的小说，我也能写。以前也看了很多小说，就是单纯地阅读欣赏，没有怦然心动的感觉。这回我找到了创作方向，小说，这才是适合我写的，我以前所有的储备，都是为了写小说。然后小说发表、转载、获奖……用著名评论家贺绍俊老师的话鼓励一下自己："张艳荣在军旅文学创作中留下的别样军人情结印记也成为她的重要标志。这样一位小说家，我希望她能将这一标志继续下去。"

在我们写战争的时候，不用都盯着惨烈的战争场景，应该重新审视战争。像电影《西西里的美丽传说》和《沉静如海》都是写二战的，您看见战争场景的支离破碎了吗？但战争给我们带来的创痛却表现得淋漓尽致，发人深思。

林　品：在辽宁女性作家中，擅长写军旅文学的女性作家不少，你是比较特殊的一位。一方面你是短、中、长篇小说产量比较高的，另一方面，你是军嫂，有过部队大院生活的经历。这些对你军旅题材小说的创作一定有影响，或者说是你创作的来源。但我觉得这些都是外因，真正的创作动因，我倒觉得是你内心中拥有着强烈的"英雄主义情结"，或者说作为东北女性所特有的天然的豪情和侠义，于是，在你的小说中对女性的塑造上有了些你自己的影子？

张艳荣：在纪念抗日战争胜利70周年的时候，我为自己的一篇小说创作这样写道："70年前的枪声，依稀在我们的耳边震荡，日军的铁蹄踏过东北的大豆高粱，又踏向上海的'十里洋场'，当祖国体无完肤时，只能拿起刀枪。不论阶级、信仰、尊卑，只论精神和骨气。我们不美化战争，我们牢记战争，也就是牢记疼痛。作家失去了灵魂深处的疼痛感，也就失去了创作灵感和思想。面对今天鲜花盛开的春天，学会重新忧郁吧，因侵略者觊觎之心仍隐藏在我们丰盈而广袤的土地上。为了胜利，寸土必争。"

在我的内心深处，也许真的潜伏着"英雄主义情结"，多半是在写作当中。我觉得生活当中我也是非常爱美、爱生活的人。小说中女性英雄、豪情、侠义只能说是代表着小说的品格和作家的品格，但主要是小说的需要，是小说中人物形象的自然流淌。北方富饶的黑土地，天高地阔，确实能塑造人的豪放的品格，这品格无法用语言来赞美和形容，带着黑土地的芳香，与生俱来，渗入骨髓，迎着北方凛冽的寒风自然绽放。写作当中，在我心里，一直有一个人的阵地，孤独、寒冷、杀声震天，让人绝望，也让人希望。我心里有面旗帜，一直猎猎飘扬。无论怎样艰难的生活和创作之路，在这面旗帜下都能扛过。我也总盼望着阵地上开满达拉香花，能带着冰碴开放，漫山遍野，肆意奔放。达拉香花粉色花瓣，是用北方山谷冰清的泉水洗过，粉得一尘不染。粉成了雾，粉成了雨，粉成了水墨画，润然在天际，粉得令人激动不已、泪流满面。

每个作家心里都有个故乡，这个故乡无数次地出现在梦里，也无数次出现在作品里。我的金满屯，与俄罗斯一江之隔，也多次出现在我的小说里，每一次的出现，要么蓬头垢面，要么光鲜亮丽，无论以哪种姿态出现，都给我的小说带来真实与震撼。有这样的故乡如影相随，还怕写不好小说吗？

您表扬我是短、中、长篇小说产量比较高的作家，我欣然接受，照单全收。在写小说时，我没有按着课本的正确方法去写。刚写了短篇小说还没形成气候，又开始写中篇。可气的是，中篇还处在退稿期的时候，又不知天高地厚地写长篇。写长篇我不着急，就在那儿搁着，有空我就写。一个长篇总是要写两年三年，或者更多年，总不能中短篇小说不写了，撂荒吧，我更爱中短篇小说呀。所以，我总有个长篇在那儿搁着，等着我有空光顾。中间写几个中短篇小说，放出去，在外面飘着，期待着刊物老师的青睐。这样长篇就成了我的闲情逸致。当然，写的时候是立马进入田园牧歌或铁马冰河。千万别把长篇事先想得四平八稳，滴水不漏，大纲表格，条条是道，那样就桎梏了创作的想象力。写作的时候，偶遇暴风骤雨、柳暗花明，前面出现紫色的薰衣草海洋，没准一步之遥是悬崖，你一只脚踏在悬崖边上，另一只脚还在薰衣草里舞蹈……小说总要有自己的锋芒，在我的长篇小说《命令无情》《你用战剑翻耕土地》《特务》里面能找到锋芒的答案。女性作家写豪情、写侠义、写刀光剑影更狠，您说呢？别笑。

林　品：或许是你有这样的经历，包括军嫂身份和部队大院的生活，耳熏目染的"军人生活"给予了你创作的诸多灵感。但事实上，你的以军嫂身份的"军旅生活"是和平年代的生活方式，但你的小说中常常涉及了过去的战争背景，这方面你是怎么样收集和整理创作材料的？

张艳荣：嗯，像我的长篇小说《命令无情》《你用战剑翻耕土地》《特务》《跟着团长上战场》都是过去的战争背景。有个心灵鸡汤这样说："有些事不是看到了希望才坚持，而是因为坚持了才有希望。"那我要把一句改成，因为热爱才坚持，才有了希望。因为热爱，关于这方面的素材，通过我的眼睛，到我大脑的反应，一触即发，形成概念，提醒我，这是我的"菜"，先剜进筐里，留待以后慢慢聊、慢慢想。

有一天，我看见民国时期一张女人的照片，20多岁的样子，穿着精致的旗袍，乌黑的头发大波浪，规整别致地梳向脑后，柳叶弯眉，温婉雅致，这样仙女似的女人，却是运筹帷幄、扭转乾坤的红色特工。可是，她看上去是那样温柔而又弱不禁风，只从她的眼神透出超凡脱俗的睿智。缘于一张旧照片，我写成了中篇小说《爱与黑暗》，2018年发表于《海外文摘》头题，并由刊物推荐参评了第六届鲁迅文学奖。

黑白纪录片，北平入城式。别人看只是了解历史，而我看了却不同，珍贵呀。长篇小说《命令无情》在这时有了雏形。您说我写军旅，但我涉猎的范围比较集中，就在第四野战军这儿转悠。四野参加了辽沈战役，参加了平津战役，和平进入北平。当时四野的一少部分人留下来保卫开国大典，大部队南下剿匪，新中国成立的时候，他们还浴血奋战在南方，然后抗美援朝结束后，大部分驻扎辽宁，部队进入社会主义建设时期……《命令无情》以北平入城式为背景，只写部队进入北平，留下的解放军，坐地改为保卫开国大典的公安战士。那时北平的形势多复杂呀，国民党撤退时留下了大批特务，渗透到各行各业。这时候，我们在明处，敌人在暗处。《命令无情》中唱京剧的青衣上官飘是万能"潜伏台"吗？解放军战士杨北风能否完成上级交给他的破案任务？唱虞姬的上官飘和公安杨北风，信仰不同，出身迥异，各怀任务，如何穷追不舍，又如何惺惺相惜，拧巴着，纠结着。

冲进枪林，从盒子炮、三八大盖写到汤姆逊冲锋枪，于是在我的小说《对峙》里，枪的精准度才见分晓。四战四平早已在我的大脑滚了千遍万遍。特别是四平攻坚战，震撼！林彪，陈明仁。一个攻，一个守。一个共产党将领，一个国民党将领。二人是黄埔军校师兄弟。陈明仁又是滇西日本鬼子闻风丧胆的抗日名将。陈明仁不惧林彪，林彪当然也是有备而来。这样一个战场摆开了，怎么打？是何等的恢宏、惨烈？一万多字的小说是无法承载这场战争之重的。我早就想写狙击手的事，写枪对我来说轻车熟路。这样，两个狙击手走进了我的小说，也就走进了四平的战场。好了，大的战争四平和小人物狙击手就像大桥合龙，浑然天成。

林　喦：你的创作构思还是比较缜密，想象力也是超常的。在你的小说中，东北地域文化也是比较明显的，这显示了你对家乡、故园，对你现在生活地域浓烈的情感。地域文化对你的文学创作是有滋养的。

张艳荣：盘锦是我的家乡，我第一次踏上盘锦这片土地的时候，被浩荡的芦苇、红海滩所震撼。对盘锦的美景我不想用散文、诗歌的形式表达，因为已经有太多这样的描写。我想把盘锦独特的景致和人文情怀，融进我的小说里，有情感、有温度地呈现出来。用我对家乡深沉的情感来写，用自己的语言表达，用在盐碱地里浸泡过的语言抒情。

我对家乡盘锦充满了深厚感情，这个海河相连的土地，这片北国的水乡江南、在水一方。盘锦有辽河和渤海向人们展示雄伟，盘锦有芦苇、水塘向人们奉献鱼虾；盘锦有肥沃而湿润的土地让人们播种水稻和栽种果树；盘锦有明媚的春天，一树桃花浪漫；盘锦有雨天的夏季滋润土壤，让庄稼拔节、扬花；盘锦有喧嚣的秋天收割金色的稻子、芦苇和抓河蟹；盘锦有宁静的冬天让我们迎接大雪纷飞。这就是我对盘锦的深厚情谊，一个追着梦飞翔的地方。长篇小说《你用战剑翻耕土地》在风吹稻浪声中脱颖而出，以1931年盘山大地的历史动荡为根据，从三个家族展开故事叙述，这是盘山大地土生土长的故事，苍茫而宽阔。小说中虽未见顶天立地的大英雄，但有鹤鸣、海潮、芦花、天亮……掩卷思索，每一个盘山儿女都是英雄。亨利·詹姆斯曾说过："艺术之花只绽放在深厚的土壤之上。"《你用战剑翻耕土地》就绽放在盘锦的大地之上。

从辽河传来男人苍凉、浑厚、低沉的歌声："辽河呀，你流淌的，是我母亲的眼泪，我父亲的鲜血。你用战剑翻耕土地，埋葬的是敌人的头颅，苗壮的是抗日的铮骨。稻花香啊，芦苇荡，辽河的水依然清澈……"这歌声是《你用战剑翻耕土地》的开篇。如果说这部长篇是一幅油画，那底色就是金黄色的稻田。根据此小说拍摄的电视剧已经完成，期盼播出中。

在茂密的芦苇丛中，曾经隐藏着我们的抗战义勇军。九一八事变后，盘锦的绿林好汉联合起来，打响民众抗战第一枪。这些绿林好汉，就是当年的土匪、绺子。在日军入侵时，他们毅然摒弃前嫌，成长为救国义勇军，抗击侵占东北的日军。这些由土匪成长起来的抗战义勇军，从不按套路出击，如绑架日本人错绑架了营口外国人，将错就错，向日军施压，迫使他们撤出盘山，赎金不要钱，要枪炮和子弹。盘山境内有四个出名的绿林好汉，确切地说是土匪、绺子，他们在抗击日寇的路上，成长为共产党领导的义勇军。在盘锦，还没有哪一部作品以小说的形式把四个绿林好汉整体写出来、出版，在全国书店上架，宣扬我们盘锦的抗战精神和抗战历史。我作为盘锦的作家，脚踏盘锦坚实的土地，为我们的英雄立传。我就是以这样的一个出发点，创作了长篇小说《关东第一枪》，这是我为家乡盘锦写出的另一部长篇小说。

林　喦：你的小说所塑造的人物形象，包括像《父亲的山高母亲的水长》《父亲情深母亲意浓》《待到山花插满头》《你和我爱的传说》这样的作品中，无论是男性人物还是女性人物，有人物原型吗？

张艳荣：是有原型好哇还是没原型好？林喦教授，让您失望了，都没原型，虚构，不是非虚构。人物和故事构架都是我想象的，并非苦思冥想，而是一闪念间。还是那句话，事件发生的历史背景是真实的，我是把大的历史背景放进小人物身上，让小人物紧贴着真实的历史成长，小说里的人物和命运便有了立体感。您提到的这几个中篇小说，属于战争年代的父亲系列，基本都是用第一人称"我父亲，我母亲"叙述，看过我作品的人猜测，我的"父亲、母亲"铁定是老军人，我本人至少也是转业军人。哈，被我的小说迷惑了吧！其实小说呈现的往往是残缺美，伴随着人物的遗憾、缺憾往前走，小说内涵和深远意义就藏在这隐隐作痛的美感中。

好像有个名人说过，想象力比知识更重要，因为知识是有限的，而想象力概括着世界的一切，推动着进步，并且是知识进化的源泉。

我想，优秀的小说家，标配是丰富的想象力。没有想象力，怎么写小说呢？春意正浓，让我们找块沃土，种下一粒种子，长出想象力。

林　喦：同时，你的小说，比如《父亲的山高母亲的水长》《父亲情深母亲意浓》《待到山花插满头》《你和我爱的传说》在构思时是如何做到区分度的？比如在情节设计上，人物塑造上，是经验，还是在素材的选择判断上决定了你的小说创作？比如《跟着团长上战场》，这是一部具有典型意义的英雄浪漫主义题材的小说，模式也相对简单，即"战争+爱情"，但在你这部小说中，你的传奇性"命运+信仰"的主题设计使"战争+爱情"这种模式有了新的突破，整体上看，小说的立意也是有历史高度的。

张艳荣：美国女作家威尔迪曾说："小说的生命来源于地域。"恰巧，您提的这四个中篇小说故事都发生在金满屯，如果问我创作灵感来源于哪里，那就是土地。从小我在这个地方听着民间故事长大，诸如：黄皮子把谁迷住了，谁搭讪回来魔怔了，等等。四篇小说都以这个地域为背景，地域也是小说人物灵魂的寄托处。

我创作小说，力争不重复自己，每次创作都是"绿野仙踪"的漂流记。小说呈现给读者的，无须区分，每篇都是独立又独一无二。小说家如果凭经验写作，即使能写下去，也相当于工业流水线。这是我自己的观点，不代表别人。我很佩服批评家，对小说的认知和分析胜过写小说的人，就我来说，只知道写，从未设身处地地"认识"自己的小说。现在我佩服您哪林喦教授，您提出的情节设计、人物塑造和素材选择，我是从这三方面决定小说创作的。但我认为，小说的语言最重要，语言决定小说长啥样，语言是小说的脸面，与他人的小说区别开来。

简单介绍下父亲系列中篇小说的构思、构架和区分度。

《父亲的山高母亲的水长》，写的是20世纪50年代初志愿军刚从朝鲜胜利回国，杀声震天的操场上，英雄黄河和崇拜英雄的女兵赵树娥在比武场上相见……而后不打不相识，产生了爱慕之情。不料赵树娥未婚先孕，为了维护英雄的形象，她宁愿受处分也不说出肚子里的孩子是谁的，因为英雄执行任务时牺牲了。

《父亲情深母亲意浓》，写的是在入朝参战前夕，父亲和母亲在组织安排下确定了恋爱关系。母亲是义正词严的大政委，父亲是冲锋陷阵的小连长，且母亲大父亲三岁不止，母亲在组织允许下隐瞒实际年龄。不料，父亲在入朝参战期间与救命恩人金达莱相拥在战火中……

《你和我爱的传说》，远征军翻译邓凤霞和美军教官爱德华作为盟军在滇西大反攻中浴血奋战，又作为敌人在朝鲜战场狭路相逢……他们共同收养一个日本遗孤，以此为导火索，把两个战场和两个国家人物的命运紧紧相连。

《待到山花插满头》，鲁东方随八路军出关参战，国民党从苏联红军手里接管了东北政权。这样共产党的队伍在东北城市就失去了立足之地。那鲁东方就到农村去，进行土地革命。翻身农民为了保卫分到的土地，纷纷参军。奇迹出现了，共产党的队伍越打越多。鲁东方和军队作家李文雅在这种情况下带队进驻金满屯，并与寡妇豆腐西施（丈夫是土匪）建立了深厚的革命友谊，李文雅从延安到东北一路暗恋着鲁东方。

作家都是有心人，他们的大脑里都储备了很多素材，可能当时不知道为什么把这素材揽进筐里，每部小说都不是空穴来风、即兴发挥，小说时刻都在准备着，就像连队的枪库，每支枪都擦拭得铮亮，排列整齐，严阵以待。一旦打开枪库，就是子弹上膛时刻。谈到《跟着团长上战场》，对这部长篇我是"蓄谋"已久，但轻易不敢触碰。这是一个团，从建团到撤编，太宏伟了。我只能放低视角，写情。爱情、友情、战友情和人性。说到底，写小说，到最后都是写人的命运。当某团撤编转隶（百万大裁军），我们几经搬家，该丢弃的都丢弃了，那本简装的团史却始终在背囊中。当这本团史被我翻看得书皮都掉落的时候，我开始动笔创作40余万字的长篇军旅小说《跟着团长上战场》。在硝烟中，战争奇迹伴随着爱情奇迹，小说中的人物个个都是站在历史坚实的土地之上，怀揣梦想，与深爱的祖国同呼吸共命运。这部小说的爱情，为小说的第二主线。

评论家吴玉杰教授这样总结我的小说："英雄主义与柔美格调的相互交融。"

林　　品：你在小说创作上，总有自己的突破，短、中、长都涉猎，同时，除了军旅题材，你也涉足了谍战和匪事，不断在开拓着"大军旅题材"写作。我想，这好像对你也是一个挑战，长篇谍战小说《特务》洋洋洒洒近40万字，在谍战影视剧层出不穷的时期，创作谍战小说理论上是有风险的，但你的这部小说把战争作为了背景，把谍战和爱情柔糅合一起，开启了"谍战+爱情"的新模式。

张艳荣：林品教授您一定记得，2017年的一个冬天的晚上，您突然给我发来微信，说《特务》您读完了。我当时真是激动万分，那是40万字呀！您是评论家，教授，多忙啊！但我故作镇静、故作幽默地说，林教授用功！感谢！

您呼呼啦啦在微信说了好多条，无论文学批评还是雅正，我都高兴，最起码《特务》您能看下去。我不敢说您是带着欣赏的眼光看，但我确信，您是带着挑剔的眼光看，评论家嘛。您发微信说："你的小说中司马、文义都是我方的，如果彭钢这个人物的真实身份也是我方的潜伏者，且是在小说中永远也不露出底牌的潜伏者，这样处理张爱敏和彭钢的关系会更好。""这样彭钢保护张爱敏合理性和合法性上就更有戏剧性了。"连小说里人物的名字您都记得这样清楚，看得多细致呀！我发一条微信，平静地争辩："彭钢最真实，他就是他，为什么不让一个真实的人活在里面。有个真情感。"因为《特务》，在这个冬夜，您跟我谈了很多，讨论得很多，相当于教授针对这部《特务》给我上了一堂小说课。我这样总结这个微信对话，还恰如其分吧！嘻嘻，您说呢。

林　　品：就当我是一个比较认真阅读的读者最好了，微信交流也是谈点个人的感受而已。

张艳荣：关于《特务》这个长篇小说，想起来，写作过程真像做个梦似的。如果说把原稿藏起来，让我重新写，我绝没有信心，不可复制。这之前，我从没想到我能写谍战小说，这也是我的第一篇谍战小说。那是我无意间看到一个豆腐块大小的史料，不是有意寻找，这个"豆腐块"撞到我的眼睛上了，我不得不看。倏然，一条无形的电流触及了我的神经，这也许是作家与事物特殊的共鸣和想象。我和《特务》有缘，感谢让我看见这个"豆腐块"，才有的这40万字。最开始是先写的六七万字，属于大中篇，投了几个刊物，都嫌太长。后来我静下心，把这六七万字打乱了，揉碎了，重新写。更不可思议的是，里面烧脑的密码，从一幅法国油画启蒙的，也算开窍的吧。没写这部长篇的时候，我就看到这幅法国油画，在我的眼里，这幅油画蕴藏了太多的内容和寓意，但唯独没看见所谓的密码，我也没想到密码的事。等我写《特务》时，这幅画时常浮现，原来密码隐藏在画里。多有意思呀!《特务》是一部青春绽放的谍战文学作品,也是一部荡气回肠、情真意切的爱情罗曼蒂克变奏曲,更是一部战争年代爱国英雄赞歌!它让信仰与爱情、密战与人性的光辉照耀历史的长河。

"作品的思想深度与视野广度决定了小说《特务》的文学高度,它像一缕金色的阳光把我们的心头照亮,它可谓当代谍战文学里程碑之作。"这是哪位评论家的高度评价,在这儿显摆下吧。鼓励出天才嘛,我也需要鼓励,也梦想成为天才,以后写作文思泉涌。之后,谍战小说我又写了长篇《命令无情》和中篇《爱与黑暗》。

辽宁评论家王宁说:"张艳荣的小说常常以爱恨情仇为故事蓝本,徘徊在人性与道义的冲突节点之上,展现完美中带有残缺或残缺中又带有完美的人性图景。张艳荣的小说创作尊重人性的多面性与复杂性,跨越了传统道义束缚下的单向度人性内涵,跨越二者的冲突,获得对'何为人性'问题的全方位解读,并且塑造出了这种冲突下带有悲剧感的人物,自觉地实践了对小说故事性的追求,重视文本实践,不断精雕细琢。"王宁老师高度的概括,说到我心里去了,我也是这样想的,但我指定总结不出来。

林　喦: 女人嘛,女性作家,是不是对爱情有着天然的期待和崇尚,我记不得谁说了,对于女性来讲,爱情就是女人的人生观。当然,在你的大多数小说中,也有使命意识,甚至也有对死亡的哲学性思考,但都是以爱情为主的情感表达为主线的,这和你对爱情的理解有关系吧?

张艳荣: 是的,在我的每篇小说里都有爱情,各式各样,缠绵的、悱恻的、轰烈的、淳朴的、洋气的、天长地久的、昙花一现的、欲罢不能的、战火纷飞的……可谓爱情宝典。包括《关东第一枪》这样男人群像、硬汉的小说,也有爱情。但现实生活中,对女人来说爱情只占一小部分人生观。对女作家来说,当曾经天花乱坠的人生观被柴米油盐的生活磨去光芒的时候,正好寄托、倾注于文学作品,让美丽的爱情凤凰于飞在云霄,找补回来。爱情是文学作品中永远不变的主题。有鲜花和草地的地方就有蝶飞凤舞,有男人和女人的地方就有爱情飞扬。我写战争小说是顺其自然,是这类题材的小说裹挟着我往前走,我喜欢走在这条路上,不只看见威武和枪炮,还有玫瑰。广义地讲是我的小说碰巧赶上了一个大时代,是我小说中的小人物与大战争背景的碰撞,是革命人和浪漫爱情的碰撞,碰撞出了灵魂,小说便有了气宇轩昂的生命力。

林　喦: 现在你的几部小说也开始"触电"改编成影视作品了,对这方面你有什么期待?当然,创作小说和小说改编成影视剧是有严格意义上的区别的,在这方面你有什么想法？

张艳荣：我说过，每个小说家都有个诗人梦，每个小说家也都有个影视梦。这话不一定正确，但我是这么想的，我不回避，我敢直说。我也有梦想，有一天，我的小说被拍摄成电影公映。这个梦想算是实现了吧。2018年冬我的小说《父亲的山高母亲的水长》改编的电影在全国院线上映了。根据我的长篇小说《你用战剑翻耕土地》改编的电视剧2018年冬在大连影视城开机，在沈阳棋盘山拍摄完成。

当然，我还是一如既往地创作小说。适当的时候停下脚步，阅读，只有阅读才能开阔小说的高度和视野。也要有"春有百花秋有月……便是人间好时节"的悠闲时光。趁着春光明媚，抛却眼前的烦琐，去踏青，谁不想过诗和远方的生活？

林　喦：下一步，你在小说创作上还有什么样的打算？

张艳荣：别提打算，像是催稿。我正在创作长篇小说《繁花似锦》。我说过，总有一个长篇在我手边搁着，《葵花街》。今天的对话，算是我的创作体会吧。谢谢林喦教授！

小说创作是建构一个"寻找自我"的路径
——与作家苏兰朵的对话

作家简介：

苏兰朵（1971— ），女，满族，一级作家，获中国作家出版集团奖、《民族文学》年度诗歌奖、《北京文学》年度优秀作品奖、《长江文艺》年度小说奖、林语堂小说奖、辽宁文学奖等奖项，现主要从事小说创作，代表作品有中篇小说《寻找艾薇儿》《女丑》《诗经》《歌唱家》《雪凤图》等。

如果说，作家是生活的探秘者，那么文学评论家就是作家的探秘者。当然，这个探秘者与娱乐记者中的"狗仔队"还是有本质区别的。评论家作为作家的探秘者更应该关注作家的作品。如果想要比较全面地掌握作家的作品，对作家创作的了解应该是很重要的内容。全面了解作家、了解作家的创作，对深入了解作品是有益处的，这才是真正的"大文本"观。从这个意义上讲，评论家也就有了探秘者的意味了。同样，对于作家而言，作家也是生活的探秘者。作家探秘生活，基于两个要素：一是作家要深入生活之中，对于这个观点，很多人有质疑，作家本身不就是生活在生活之中吗？为何还要深入生活呢？这里需要解释的，我们强调的深入生活是有一定语境意义的深入生活，是作为作家身份的是作家/艺术家深入到人民大众中去，深入农村、工人等火热的基层现实生活中。当然，这个"深入"也随着时代的发展，延伸到每一个生活领域，即在生活的每一个领域体验着生活真实。二是要熟悉生活，不能是闭门造车来思考的生活探秘者。

林　喦：从某种意义上讲，你的每一篇小说好像都没有社会大背景，但社会大背景又无处不在。大多数小说的社会背景隐含在了小说人物日常周而复始的琐碎生活之中，在所谓"油腻"生活中寻找"人"存在的意义，探寻着"人"生存的意义以及在快节奏的现实生活中不断探寻人们精神迷惘与内心空虚的内因与外因，进而形成了属于"苏兰朵式"的"寻找主题"。如果说，此方面是现代都市生活存在的一个问题的话，那么，苏兰朵既属于该问题的发现者，也属于其自身面对生活的迷惘者。当然，我相信，作为作家的苏兰朵始终是比较清楚的思考者。你把你所发现的社会问题诉诸笔端。所以，我把你的大部分作品，尤其是小说集《寻找艾薇儿》中的大部分作品，都是当作"社会问题小说"来归类的。

苏兰朵：第一次有人这样概括我的作品。如果和女性作家相比，我对社会问题关注得可能相对多一些。有的评论家说，从我的小说里看不出来作者的性别，可能也和这个原因有关吧。不过从我自己创作的角度讲，构思一个作品一般都不是从事件或社会问题入手的，而是从人物出发的。一个放不下的人物是我开始构思一个小说、展开叙事的起点。我比较愿意把我的人物放在一个困局中。破除困局的过程，就是小说衍生的过程。在这一过程中，人性得以释放，自然、社会问题也会得以展现。

林　喦：简单的一句话说出了你的创作思维、方法和技巧。我觉得你的小说涉及"社会问题"，如你所说的把人物设计在"困局"中，有了"困局"就要想方设法破局，无形之中就有了一个寻找的味道。"寻找"在世界文学史中也是具有"母题性"的。换句话说，"寻找"也是人类在发展过程中不断探寻生存与发展的重要方式。而在你的小说中，有些问题是很难寻求到一种很清晰的答案的，或者说清晰的方向感。比如短篇小说《阳台》、长篇小说《声色》，甚至有一些"灰"，是这样吗？

苏兰朵：我其实是个悲观主义者。在现实生活中，我的内在气质是偏抑郁型的。你在我的很多小说里可以看到我和这种抑郁在博弈。写作本身可能就是我和抑郁博弈的方式，迄今为止，是唯一有效的方式。我不否认我的很多作品有些"灰"，这种底色是掩饰不住的。但在这种底色之上，我觉得我的多数作品还是很有力量的，因为我必须战胜那些灰的东西，才能活下去。这么多年来，我喜欢的思想者始终只有三个人：弗洛伊德、叔本华和加缪。叔本华印证了我对世界的看法。弗洛伊德解释了"我从何处来"这个问题。是的，我从童年来，并且一生都走不出去，而加缪给了我绝望之后的力量。世界是荒诞的，人生是无意义的，然而西绪福斯还是不停地将滚落的巨石推到山顶，而获取另一种尊严和意义。我想，写作这件事就是我对抗无聊人生的那块石头。

林　喦：在西方世界，西绪福斯的故事由来已久，他一直被当作勇气和毅力的象征。他有毅力、有勇气，还有一份极难得的清醒。他知道苦难没有尽头，但他不气馁，也不悲观，更不怨天尤人。西绪福斯是悲剧英雄，成为与命运抗击的人类的象征。这个神话故事是颇有韵味的。简单地讲，我们每一天周而复始地"活着"，在某一个角度讲可能都是在做着西绪福斯推石头上山的事情。

你的小说结尾、结局总是那样迅速有力、回味绵长，正所谓"意料之外，情理之中"，比如《寻找艾薇儿》《初恋》《白裙子》等小说，你是想刻意保持这种风格，还是小说的情节逻辑发展的必然？

苏兰朵：谢谢你注意到这一点，小说的结尾确实是我很在意的一部分。对于我来说，在构思阶段，如果没有想好结尾的明确方向，我是不会动手写的。比如《寻找艾薇儿》，其实是先有结尾的。是这个结尾迷住了我，我是从这个结尾入手，倒推出这个故事来的。《初恋》也是一样，小鹏给秀儿打电话，想上楼来给她服务；秀儿辨别出他的声音，然后惊恐，接着思绪万千。这是在我构思阶段就想好的结局。我明确地知道这个结局是最有力量的，没有别的可以代替。所以，动笔之后，没有丝毫犹豫。我确实是在构思阶段想得比较细致的写作者，我会从头到尾把人物按照逻辑想通透，否则是不敢下笔的。边想边写的时候也有，但往往作品完成之后，都存在着很随意的问题，缺乏力量感，有的干脆就偏离既定轨道，写废了。

林　晶：你好像很在意小说的力量感，这是你追求的小说风格吗？

苏兰朵：也没有刻意地追求，作为阅读者，我比较喜欢有力量感的作品，可能我的审美倾向如此。我喜欢有内在张力，复杂、厚重的小说。可能长篇小说在堆积和铺垫这种力量感上会做得更好，短篇小说因为容量小，处理不好有时候会显得刻意。

林　晶：好，说到长篇和短篇的问题了。世界文学家中以短篇小说竖置文坛的比比皆是，比如创作《变色龙》《套中人》《苦恼》《万卡》《第六病室》的契诃夫，创作《羊脂球》《项链》的莫泊桑，创作《麦琪的礼物》《警察与赞美诗》的欧·亨利，中国的鲁迅也是短篇小说家，《三言二拍》《聊斋志异》也是短篇小说集。当然，你的短篇小说也形成了属于你的文学气象。但是，在大多数人的眼里，短篇小说的价值和意义远远不如长篇，这种文学现象也是一个不争的事实。你怎么看？

苏兰朵：如果仅就文学现象来说，我认为两者的意义和价值不分伯仲。经典的短篇小说和长篇一样，都可以对人类产生不灭的影响。比如鲁迅的《狂人日记》、博尔赫斯的《小径分叉的花园》、卡夫卡的《变形记》，还有你提到的契诃夫的《万卡》《套中人》，等等。如果从我个人的创作角度来讲，我是觉得我并不很擅长写短篇，我觉得短篇很难写。迄今为止，我最满意的短篇是《暗痕》。我正在往长写我的小说，我觉得长篇小说能够更多地实现我的文学理想。我对小说的理解，我的审美和价值观，可能需要长篇的容量来实现。不过到目前为止，我只写过一个长篇，我想会有下一部、下两部的……

林　品：我倒觉得你还是比较钟情于短篇的，就像你把长篇小说《声色》中比较有特点的部分裁成短篇一样。从技巧上讲，这也是创作的一种智慧吧？

苏兰朵：哈哈，被你看出来了。这一篇其实是偷懒的表现。有一段时间约稿特别多，实在忙不过来，这是其一；其二是《声色》写好之后没有在杂志发表过，直接进入了出版环节，面向了图书市场的读者，杂志的读者没有读过这部小说让我觉得有点遗憾，于是就选取了其中一个相对完整的故事发在了杂志上，也算对杂志这部分读者的一个抛砖引玉吧，还是有私心的。

林　品：你的小说，有一种扑面而来的现实感，少有过去的影子的留存，也没有对未来期待的介入，感觉就是现在发生的事、身边发生的事。作品中，没有明显的对过去的眷念和对未来的期待。为什么要写得这样克制？或者说是如何实现这种克制的，比如在《初恋》《白裙子》等作品中？

苏兰朵：《初恋》和《白裙子》里其实是有过去的。我自己认为，我的小说里都有过去，过去的经历对当下产生影响，这是发生在我很多小说人物身上的事。比如《初恋》中的秀儿，正是因为对少女时代没有实现的初恋的留恋，才会在现实中选择了小鹏成为初恋对象的替代，这是对过去的一种补偿。再比如《白裙子》，这个小说名字就是对过去的缅怀。另外像《寻找艾薇儿》中，艾小姐和张三最高兴的交谈，就是谈论小时候。寻找艾薇儿，其实就是寻找曾经的纯真。而在《白马银枪》和《歌唱家》中，过去都是作为小说的主体存在的。我是弗洛伊德的信徒，所以是不会舍弃人物的过去的，因为过去是因，现在是果。现在面对的困境，都和过去有着千丝万缕的联系。不过没有未来这一点你说对了。也不是想克制，就是我没有看到他们的未来。或者也可以这么说，我的人物从过去走到现在都很疲惫，人生一地鸡毛，乏善可陈。未来也没什么可期许的，无非是用生命自身的力量去战胜这些，坚强地活下去罢了。

林　品：抛开你的人物，说说你自己，你觉得你的未来怎么样？

苏兰朵：你从我处理人物的方式，就能看到我对未来的态度。其实你说的"没有明显的对过去的眷念和对未来的期待"这句话用在我身上倒是很合适。我是那种经常否定过去的人，所以也不太留恋过去。我很注重当下，觉得无论喜和忧，还是成功和失败，都属于昨天，今天总是一个全新的开始，明天总是不确定的。但是今天必须有吃苦耐劳的努力，否则就没有明天了。年轻的时候可能还对未来有很多期待，现在觉得越往前走，失去的越多。除了家人和自己会写小说这点本事之外，我觉得一切都是不确定的，不敢有什么期待了。写作也是一样，只在意当下正在创作的这个作品，至于结果如何，不再去想了。

林　岚：对了，你大学毕业后在电台工作，因为我在大学里从事新闻专业的教学，培养的学生大多数都从事了媒体工作，所以从我工作的性质角度讲，我还是比较熟悉媒体工作环境和新闻从业人员的。当然，因为你在新闻业工作过，比我更身临其境，更熟悉那里的一切。这一点，从你的长篇小说《声色》中是可以看出来的。电台里的某一个小频道，其实也是一个简单而复杂的小社会。透过这个小社会又能连接大社会，也是社会人生百态的一个缩影和真实的写照。尤其体现出西汉著名史学家、文学家司马迁《史记·货殖列传》中的那句"天下熙熙，皆为利来；天下攘攘，皆为利往"。你觉得芸芸众生都是为利而生，为利而往吗？

苏兰朵：有人的地方就有江湖，有圈子的地方就有鄙视链。一群人聚在一起，无论初衷多么美好，最后都会变成争夺资源、话语权及优越感的利益同盟和竞争关系。你说"利"其实说少了，还应该加上"名"，是名与利。有些人是主动出击，像《声色》中的常翠珊，从婚姻到事业，非常入世，像个斗士一样去厮杀，眼里和心里只有自己的利益。她先是毫不犹豫地抢了别人的老公，当上了官太太；又在得知丈夫有了外遇之后，以此和丈夫谈交易，通过走上层路线，顺利地当上了电台的副总监。当然，她也有自己的痛苦，但是她并不需要同情，因为同情什么用处都没有。痛苦只会让她变得更加自私和狠毒。这样的人，无论我走到哪里，都会遇到那么一些，身上像打了鸡血一样，永远那么生机勃勃。我是那种生性特别被动的人，从前特别讨厌这种人。他们就像安宁生活中的飓风，以破坏道德和公平来进展着一切，然后让另一些人顿悟，从此步他们的后尘。我有过多次被这种人击败的经历，曾经不止一次问自己，要不要顿悟，而使自己的努力得到应有的回报？结果是有很多关口我过不去。我之所以在写作的路上越走越远，是因为我没有力气在人群中厮杀。我是人群中的失败者、落荒而逃者。我特别喜欢萨特的那句话："他人即地狱。"从这个意义上来说，写作对我也是一种拯救，它让我成为作家，让我远离人群也有能力生存。当我接受了这种生活，我的心态变得很好，生活一下子简单了。现在我也没那么讨厌那种人了，像邓文迪那样的女人，有时候我还会心生一点佩服。神赋予了每个人具有一种生存的本领，只要你努力，都会有回报。只是诗和远方，依然是值得追求的。我会在自己的这部分人生里和作品中坚持这种价值观。

林　品：《声色》属于第三者叙事，作者一定是站在一个全知视角的维度，但这里面的几个"电台频道"中的人物，哪一个是你或者有你的影子呢？如同你曾经说过"文学只是我表达自己的一种方式"。当然，可以没有，作家创作作品，塑造人物可以不是自己。

苏兰朵：和那些愿意把自身经历写成小说的作家相比，我算是对自我暴露得比较少的。可能我在诗歌、散文这两种文体中的自我展示更加真实一些。《声色》中的每个人物我都非常熟悉，毕竟在电台工作了20多年。这本书出版后，我当时电台的朋友和同事都看了，他们一致认为，每个人物都是很多人的融合体，常常是在一个人物身上，能看到很多真实的人的影子。如果只谈影子的话，可能安娜的身上有我的一点影子。

林　品：如果说《寻找艾薇儿》和《声色》写的是市井人群中人的生活状态的话，那么小说《白熊》中几个短篇开始转向了科幻，这个转换是有意义的，尤其是在科技发展到了智能化时代。这个转化基于你怎样的思考？

苏兰朵：除了几篇科幻作品，我的小说几乎都是现实主义作品，特别贴近当下的生活。写多了，想有点变化。之所以尝试科幻，是因为在这样一种故事设置的基础上，写起来更加自由，能用比较简洁的篇幅表现我想表达的东西。同写实比起来，它更加抽象。对于一个写过诗歌的人来说，有时候特别不喜欢把优美的语言、饱满的情感和犀利的观点都淹没在烦琐的细节和写实里，那无异于一种漫长的消耗。好比将一次火箭旅行变成了徒步跋涉。当然徒步也有徒步的风景，小说尤其是长篇小说更像是跋山涉水、爬雪山过草地的徒步行走。我在另一些作品里也深爱着这种行走。只是偶尔，我想做一次飞翔的旅行。可能科幻题材的几篇小说就是在这些念头下写成的，像枯燥的写作生活中的一次度假和对自己的奖赏。无论别人如何评价它们，它们确实给了我快乐。其实我的几篇尝试，充其量也就是个软科幻。我自己更愿意把它们当成心理小说。

林　品：在你的小说里描写众多人物关系时，脱离不了的一个话题——男女关系问题，这其中你也探讨着关于"爱情"和"情爱"的问题。在这两个问题中，应该是有比较清晰的界限的，但你的作品中似乎模糊了，对于这两个问题，你是怎么看待的？

苏兰朵：如果我没有理解错的话，你说的"爱情"精神成分多一些，"情爱"则性爱成分多一些。我仔细回想了一下，如果按照这个标准来衡量，我的小说中几乎没有写过爱情。我其实并不相信爱情，或者说，我更愿意把两性关系中彼此在岁月中积累下的深厚情感和依恋称作爱情，而不是刹那、短暂的火花。在我的小说《白马银枪》中，白玉堂和安福喜夫妇之间的情感比较符合我的爱情观。我写"情爱"的那些小说，男女之间都不圆满，不是自欺欺人，就是互相否定。其实问题都出在自己的身上，他们误以为"情爱"可以使自身得到拯救，结果只是对自己伤害得更深。《暗痕》《阳台》想要表达的都是这个。我是一个比较喜欢反思自我成长的人，尤其是心灵的成长，追问自己为什么会成为今天的自己，促使我学习了心理学。我的小说写作几乎没有为了爱情写爱情的篇目，我笔下的爱情或情爱都关乎成长。

林　喦：当然，作为女性作家，对爱情和情爱的表达是有着天然的性别认知的。读你的小说，有一个很强的感受，那就是冷静而不冷漠。没有对人性美化的冲动，也没有放弃对人性良善的坚守。你既有冷静和理性的一面，又有温情、细腻和不露痕迹的悲悯。你是怎样看待小说创作中的性别视角的？怎样理解女性视角的独特性这一问题？

苏兰朵：这个问题很大，我不确定是否能准确表达出我的看法。有一天，我突然意识到，在我的小说中，如果简单设置一个强弱对比的话，女性人物多半是强的那一方，男性人物反而是弱的一方。我笔下的女性无论表面的生活有多么不堪，内心总是有一种向往美好的力量的。《白马银枪》中的宋银珍、《女丑》中的碧丽珠、《诗经》中的袁红丽、《雪凤图》中的喻小凤，甚至《设计师彼得》中的春草，都是这样。她们周围的男人，无一例外更多呈现出男人的弱点来。在她们眼中，男人是令人失望的。如果这可以算作女性视角的话，我其实不知道在男性读者的眼中，我塑造的男性人物是否真实。因为在我读到的很多同时代的男作家的作品中，看到了太多他们以男性视角一厢情愿塑造出来的女性角色，那种本质上和欣赏三寸金莲没什么区别的对女性肤浅虚假的同情，总是令我很不舒服。女人的弱，在很多男作家眼里是一种美，可以催情。

我本能地对我笔下的女性人物倾注了更多的同情和悲悯，她们越坚强，在我眼里就越充满悲剧感。我曾经思考过，我究竟算不算个女性主义者，想到最后，还是被"悲观主义者"这个本质给终结了。我觉得"男女平权"是永远都不可能真正实现的，男人天然地比女性充满外在的力量，因而会获取更多的权力和自由。女人的力量更多地来自内在，因为稍微有点觉悟的女人首先要做的是，为了自我发展，先要能够承受这一切。

林　品： 显然，写作不是你的职业，而是你职业的附属品。现在你是一位成熟的作家，喜欢写作的初衷是什么？你一开始是写诗的，而且很成功，后来又转到了写小说，也很成功。一般来说，诗歌和小说是创作差异比较大的两种文学形式，说说你是如何驾驭这两种形式的，或者说是如何在这两种创作思维模式中自由转换的。

苏兰朵： 成为一名作家，是我小时候的梦想。我小时候有两个梦想，另一个梦想是成为一名歌手。直到现在，阅读和听音乐依然是我主要的业余生活。我最近追的一个综艺节目是《乐队的夏天》，每集差不多都看了两遍以上，车里现在放的也都是里面的歌曲。我在电台工作的时候，做得最长的一个节目类型是音乐节目，1995年的时候还组织过一次全国性的流行歌曲颁奖晚会。那个时候如果我去了北京，可能最后会成为一名歌手经纪人。2015年我出版了一本音乐随笔集《听歌的人最无情》，至此，这个梦想才算彻底放下。我的严格意义上的处女作发表在大学时代，是一首诗。大学时也在晚报上发表过随笔，还参加过《女友》杂志的征文大赛，是一篇两万多字的小说，得了个优秀奖。20世纪80年代到90年代，是中国文学的黄金时代，我在中学和大学时期，几乎阅读了所有能找到的当代作品。写作，成为一名作家，这个梦想一直在延续，从来没有放下过。包括考大学的时候毫不犹豫地报考中文系，可能跟潜意识中的作家梦也有关。不过到了2005年，我才真正沉下心来认真写作。说起来成为一个诗人才让我自己感到意外，因为就我个人的阅读来说，小说的阅读量远远超过诗歌。或早或晚，我都会写小说的。不过我到现在仍然喜欢诗歌的表达方式，直接，更加透明，而且可以止于语言，止于美。小说相对来说技术性更强一些。如果把诗歌和小说做比较，我觉得诗歌是内在的那个自我，小说更像是我的面具。当我戴上面具的时候，读者看到的是各种人物在演绎着他们的故事，但其实声音、形体和处理问题的方式还是我。好的小说在气质上都是接近诗歌的，但是它们毕竟是两种不同的文体表达方式，我做不到自由切换，自从开始全身心创作小说以来，我写诗的冲动和灵感越来越少了。

林　品： 当下的大众文化消费，影视作品、短视频、电子游戏占据了重头戏。在这种情况下，你认为文学的空间会被无限地挤压吗？文学的独特价值和意义在哪里？

苏兰朵： 和我们这代人年轻的时候相比，文学的空间确实是在很大程度上被挤压了。从前文学绝对是主角。即使是被改编成电影，原著的影响也丝毫不逊色。像《红高粱》《大红灯笼高高挂》《芙蓉镇》《活着》。现在，文学在大众文化中已经变成了配角。人们通过电影、电视剧的热播，才能注意到原著小说。而且在影视剧改编这一环节上，原著的被尊重程度也严重被削弱，会更多考虑市场，更加重视戏剧效果。越来越多的年轻人不读严肃文学中的长篇小说了，网络短文和冗长的网络类型小说占据了年轻人的主要阅读时间。我曾经和我儿子谈论过这个话题。我告诉他，你应该读到最好的东西，然后你才能分辨出什么是不好的，不值得你浪费时间的。每年的寒暑假，我都会推荐小说让他读。他现在读高中二年级，今年寒假我推荐的是卡尔维诺的《我们的祖先三部曲》，暑假推荐的是马尔克斯的《百年孤独》和余华的《许三观卖血记》。当然他自己也有选择，初中的时候他喜欢东野圭吾，上高中之后开始读村上春树。文学确实越来越边缘化了，但是文学依然在那儿，不能被替代。就我自己而言，我内在心灵的成长和成熟，价值观的确立，逻辑思维的建立，有一半要归功于文学性阅读。即便成了一个作家，阅读也是我主要的生活乐趣。我想这至少是文学的价值之一。

林　晶：我一直有一个预判性期待，未来，在大街上有拿着一部文学作品阅读的人，一定是那个时期的新贵。同时，也期待和你、我一样有着文学情结的人在文学的世界里寻找到价值，亦期待你的下一部作品。这次我们就聊到这里，有机会再聊，谢谢你！

富有诗意的军旅叙事

——与作家曾剑的对话

作家简介:

　　曾剑（1972— ），男，中国作家协会会员，辽宁省作家协会会员，辽宁文学院签约作家。先后在《人民文学》《当代》《十月》《解放军文艺》等刊物上发表中短篇小说300多万字，出版长篇小说《枪炮与玫瑰》，小说集《冰排上的哨所》《穿军装的牧马人》等，多部作品被《新华文摘》《小说选刊》《小说月报》《中篇小说选刊》等转载，获全军军事题材中短篇小说评奖一等奖、中国人民解放军优秀文艺作品奖、辽宁文学奖等。

　　随着多元文化时代的到来，军旅作家在商业化、市场文化这样一个大的环境中，其作品呈现出了一种与以往不同的状态，他们的创作观念发生了新的变化，表现出了更加开放的写作姿态，其作品的主题也不断地进行着扩展。米兰·昆德拉曾经说过："小说家既不是历史学家，也不是预言家，而是存在的勘探者。"我们的军旅作家顺应新的时代，及时将当下军人的生活状态映射于文本之中。在一定程度上来讲，我们的军旅作家便是勘探者、挖掘者。可以说，新时代军旅作家以独特的审美方式记录着时代的发展，反映着军人们的现实生活和内在的精神风貌。在文学新观念指引下，军旅小说在社会历史书写、人物内心世界的探索以及审美技巧和作品的语言风格等方面都有着丰富的表达。在众多的辽宁军旅作家中，曾剑是不可多得的优秀作家。曾剑小说的创作是颇丰的，《穿军装的牧马人》《冰排上的哨所》《在神圣的天空飞翔》《向大海》《故事平淡》《饭堂哨兵》《今夜有雪》《循着父亲的目光远行》《像白云一样飘荡》《士官的白天和夜晚》等作品，其创作取材于军旅日常生活，塑造了一系列普通人物形象，同时作者深刻挖掘普通士兵的心路历程。可以说，作家曾剑的军旅小说创作为我们提供了军旅小说底层叙事的创作范式。

林　岊：你的作品我看过很多，从写作题材上来划分，你的作品可以分为对故乡的回忆、军旅题材两类。纵观全部作品，你的军旅题材小说有着独特的艺术价值，大部分作品并没有气势恢宏的战争场面，也没有看出你创作时的史诗般的写作追求，但你的作品总是能够深入读者的灵魂，我想这与你在小说中对普通人物的塑造有着直接关系。可以说，你笔下的小说人物大多是军队普通的士兵，这样的底层叙事，你有着什么样的创作意图呢？

曾　剑：马尔克斯说过："作家的创作离不开自己的童年。"莫言也有过类似的言论。很多作家一直在写自己的童年。贾平凹说："一个作家，写来写去，还是在写作家自己。"他们的话很有道理，我自己就有很深的体会。我笔下的人物，大多是军队普通的士兵，我的军营底层叙事，并不是刻意为之，而是由我的生活经历决定的。我的军营现实生活即是如此。我是个现实主义者，我热衷抒写现实。我喜欢卡夫卡、博尔赫斯、卡尔维洛这些现代主义作家，但我更喜欢托尔斯泰、肖洛霍夫、陀思妥耶夫斯基这些现实主义大师。我关注现实，抒写现实。这样的底层叙事，是缘于情感的冲动、心灵的震撼。

我是从山村走出来的放牛娃，是军营开阔了我的视野。在锦州笔架山，我第一次看见海，那种博大震撼了我。也就是在那一刻，我对自己说，好好干，不回去了。父亲在村口送我时我看到父亲眼里期望的目光像火一样燃烧。父亲是乡村的知识分子，他寡言少语，很少对我们说教，但我能从他的目光里读懂一切，他是那么渴望我走出农村，脱离那片贫瘠的土地。直到16年后，我还记得父亲在村口送我的目光。那时候，我在一个基层人武部值班，白天接到大哥的一个电话，说父亲那段时间身体不太好。夜色袭来，我走出值班室，站在人武部大院。我回想起父亲的目光，鼻眼酸涩，灵感涌来。我跑回值班室，开始写我的短篇小说《循着父亲的目光远行》，那个小说我写了一个通宵，结尾时已是第二天黎明。

"父亲立在风中，朝着北京方向眺望的目光，又出现在我眼前。我的眼泪涌出来，在这寒冷的冬夜，温暖了我。"写到这个结尾时，我真的是热泪奔涌。小说发表在同年《解放军文艺》第12期，那篇小说后来获得了解放军优秀文艺作品奖，那是我获得的第一个全军文学奖。有评论家说，这个小说写得真诚、情感充沛、真挚。《循着父亲的目光远行》，看似写父亲，其实很多笔墨是在写军营里的"我"，"我"怎样由一个列兵成长为军官。如同《循着父亲的目光远行》一样，我的不少作品，创作之初并没有明显的创作意图，都是自发的，是某个人、某个物、某件事，或某个场景、某种眼神触动了我，我就想把它写下来。

林　晶：你在《哪怕匍匐前行》（创作谈）中曾说道："基层部队的边缘人……他们其实就是另一个我。他们的寂寞痛苦，他们的爱和恨，即我的寂寞、痛苦、爱和恨；他们的诗意与乡愁，即我的诗意与乡愁。"我们可否理解成，小说里这些普通人物具有你的影子？

曾　剑：我军旅小说中的普通人物，一部分有着我的影子，一部分写的不是我，但这个人物，现实中大都有这样的原型。比如小说《饭堂哨兵》，当时，我们军区政治部饭堂是有哨兵的。我写的是那个哨兵，但他的心理活动，很大一部分是我的心理活动，他的所思所想就是我的所思所想。那时我还是新兵，在寂寞站岗之时，看起来人是静止的，其实是暗流涌动，思维反而不受干扰，最为活跃。那时候，站在哨位上，多么渴望上级领导来查岗，希望得到他们的问候，其实是希望这种默默奉献得到认可。

事隔多年，现在的兵与我们那个时代的兵，想法上有很大不同，但渴望得到理解、认可的这种自尊心和荣誉感是同样存在的。《饭堂哨兵》被《小说选刊》转载，我们创作室的领导把《小说选刊》送给军区首长。他是当作创作成果送给首长的，三天后，政治部饭堂撤销哨兵。这就是文学的力量，它很小，但一直存在着。

再说说《穿军装的牧马人》。我当时是带着任务去黑龙江边防二团写他们的团长。他们的团长是典型。我采访他们团长时，团长说，他过中秋节时，带着爱人和孩子，与连队独自放马的士官过中秋节。我说，连队还有马？我想去看看那个放马的兵。我到他们连时，天空正飘着雪花。连队干部说，他正在外面放马。我不知道雪天还要放马。我在连队等他。他把马赶回马棚后，匆忙到连队来。我坐在连部办公桌旁，他不坐，一定是太冷了，他蹲下来，背倚着暖气片。他脸冻得通红，冬季作训服甚至有些脏。他就是一个穿着军装的牧马人。当暖气片将他裤脚上的冰化成水，滴落在瓷砖上时，我流下了眼泪。最后，我没有写他们团长，写了他这个穿军装的牧马人。我发现我写不了团长，我没当过这么大的官。我在基层当最大的官是排长，后来进政治部机关。从没当过主官，自己应该说是普通一兵。小说原发《解放军文艺》2013年第6期，很快被《小说选刊》《新华文摘》等多家刊物转载，并进入几个年度选本。饭堂哨兵、穿军装的牧马人等，这些人物离我们特别近，在他们身上，能找到感动我的东西，能引起心灵的共鸣，这是震撼我的原因，这是我自发地去写他们的原因。当然，我写的小兵，现实中不乏其人，他们是那么真实的存在，但不能说，现实中的他们就完全是我所写的那种样子，至少细节方面是有区别的。

事实上，一个作家选取某个故事，即便他选取的是现实中发生的故事，这个故事在他脑子里成长、发酵，经过他孤独辛苦的创作，最后，他奉献给读者的，并不完全是当初的故事，而是其内心生活的分泌物。

林　品：你的作品不仅成功地塑造了一系列军队普通士兵的形象，而且将军旅生活的日常叙事也完美地展现给了读者。军旅小说中，有"集体的大我"的审美追求，有个性化的书写，你属于个性化写作的一类。这也许是生活给了你创作的灵感，正如你所说的，"到生活中去，与生活同行……这些作品，与其说是我的创作，不如说是生活的赐予……"那么，在你的创作中，生活发挥了什么样的作用？为什么聚焦于个性化的日常写作？

曾　剑：林老师过奖了。其实，不少作家都在尝试"个性化写作"，这是大的时代背景决定的。现在是和平时期，很难出现史诗性的战争小说。于是，不少军旅作家把笔触向历史，触向昔日的战场。也有一些作家，在抒写当下的军人，比如特种兵，比如红军蓝军对抗。这样的作品，我看过一些。这些作品，大都以改编成电影、电视剧的方式呈现。的确，这样的作品有些成功之作，但也有很多不尽如人意的地方。作家为了吸引观众眼球，过于夸张、做作，与真正的军营特点，与军人真正的生活，是有很大区别的，只是观众们没进过军营，不了解军人的现实生活，便对这些影视作品看得津津有味。其实，真正的军营不是那样的。我比较欣赏的作品是刘静的《父母爱情》，她写出了那个年代真正的军人，写得真诚、真实、感人。她选取的是那个年代背景，却从情感的细处着笔。

因为种种困难、困境，越来越多的作家在不断尝试"个性化写作"，这些作品最显著的特点是充满细腻的个体生命体验，不回避作为人的个体生命的身份困境。这种看似个体化，或者说个性化的写作，反而具有普遍性，反而更能触及读者心灵。部队是个特殊的群体，是个"炼钢"的大熔炉，而炼钢的"火"是严明的纪律，是令行禁止，这注定让军人少了许多自由，这是其共性。倘若没有组织的关爱、战友的友情，在严格的条令条例制约下，战士将如关在笼中，难以找到生命的价值感。我的写作更多地是从这些关爱和情感着手，寻求共性下不一样的东西，也就是个性、特性，呈现生命真实状态和情感的真实感受。为此，我的很多军旅作品都采用第一人称叙事，使作品读上去很像是作家本人的心路历程和灵魂剖析，读者读起来就显得亲切，像在听一个人讲述他自己真实的故事。

当然，我的小说很多结尾是温暖的、上扬的，这涉及真实、真诚的问题。很多处在偏远地区或不起眼的岗位的"边缘人"，就是这么成长起来的。他们胸怀抱负到军营，却来到一个无法尽情发挥施展才能的地方，希望变成失望，但在部队这个特殊环境里，他们大都不会消沉，他们会在现实环境里继续努力。这种努力有主动因素，也有被动原因，有时候甚至是身不由己，被一种铁的纪律推着往前走。于是，他们大都成功了，由最初的自卑，接下来的困惑，到最后的自豪和骄傲。我觉得他们是值得抒写的。

林　品：在你众多的军旅小说中，我们看不到战鼓声声，看不到紧张而激烈的战争。当然，这与你选择在和平年代展现普通士兵的日常生活主题有关。纵观作品，我们可以感觉到，文本叙事节奏呈现出一种慢叙事的状态，而小说人物情感的表达却是体现出一种强烈的内外变化，这成为小说的一大叙事特点。你是如何把握叙事节奏的舒缓之美与人物内心激烈的自我斗争、人物语言行为的超常态的紧张冲突的呢？作品体现了怎样的艺术构思呢？

曾　剑：这涉及一个题材取舍的问题。波澜壮阔的大海是一种美，低吟浅唱的小溪也是一种美。虽然我小说里的人物都是普通士兵，但是他们对生活有期待，对未来有向往，也有失望和抱怨，但经过自己的心理调适，总能在当下的日常生活中找到意义。不想当将军的士兵不是好士兵，但当不了将军的士兵也一样会成为一个好士兵。我的小说一直在努力向读者展示军旅生活中除了有金戈铁马的雄壮之美，还有一种坚守日常责任的平静之美。

我前面说到，创作之初，我并没有明显的创作意图，都是自发的，但一旦真正动笔去写时，就会花一点时间想一想：你需要什么？想表达什么？为什么写这个作品？你将呈现给读者一个什么样的人物形象？以何种方式去讲这样一个故事？

我大部分小说的故事情节并不曲折。这就得在心理活动、在细节上多下功夫。我还喜欢环境描写。我特别喜欢俄罗斯文学，他们小说中的环境描写特别棒，整段整段的，像散文诗一般，比如屠格涅夫的《白净草原》等。现在是快餐文化，再那么写，似乎很少有人会那么耐心看下去，但我认为，描写，包括环境描写，可以简化，但不可以剔除，否则剩下干巴巴的文字，就不叫文学作品，而叫故事了。况且环境从来不是单独存在的，不是为环境描写而进行环境描写，环境与人的心理、人的精神状态是有密切关联的。比如冰天雪地里去执行一次巡逻任务，与春暖花开时节执行巡逻任务，感受是不一样的。在霓虹闪光的都市中的战士，与在偏远的边境线上、在冰天雪地里坚守的战士，其心理感受是不一样的。中国早就进入网络化时代，而一想到边远地区，网络不通，很多国际国内信息不灵，早晨兵看兵、晚上看星星的那种孤苦和寂寞，是难以想象的。当然，现在情况好多了，有的边防前线，3G、4G已覆盖，但手机只在周末发放到战士手中。信息闭塞是一方面，交通也闭塞，身体和思想都处于一种半封闭状态，这就让人很难受。这些自然条件，自然会在这些战士的身上折射出来。而在繁华都市的军人，则有着不同的苦恼，他们身居闹市，要抵御各种诱惑。

还有一种情况，即便在同一营区当兵，条件状况相同，不同的战士，其感受也有差别。比如：来自城镇的兵和来自农村的兵有区别；南方的兵与北方的兵有区别。表面看，他们的面部表情差不多，每天站岗放哨，干着几乎是同样的事，甚至是亦步亦趋了，但内心暗流涌动，所想的根本不一样。想留下转士官的，想调走的，想早点退伍的，想立功受奖的，所思所想差别很大。我写这些基层的官兵，尤其是战士，就是要写出他们内心所想，写他们成长路上的艰辛、寂寞、焦虑、羞涩。因为这是他们独有的成长方式，也是他们慢慢地理解军营生活的途径。

我创作的时候，总是凭借一种源自内心的良好愿望，不一定深刻却要绝对真诚地把眼光投向这些普通军人，并且努力地真切地贴近生活。我希望读到我的作品的部队军官，能在我的文字里获得一些对普通战士的了解和理解，不要只一味地下命令，一味地让战士无条件服从，而全然不顾他们内心所思所想。

林　品：有学者认为你的小说语言具有诗意化的特征，我们在《冰排上的哨所》《雪花白雪花飘》《向大海》等作品中都能感受到一种诗化的语言，这些作品更能呈现出一种诗意化的意境，比如："我爬上最高的礁石，迎风而立。那是我最为快乐的一天。阳光无遮拦地照耀着，我胸前的红围巾像两条红色的火舌，轻轻舔吻着我。我感到整个胸腔被爱情激荡着，像这风中的海浪。茫茫的海面上，远处路过的船，缓缓地驶向更远处……"像这样的小说语言，既具有陌生化的效果，又具有诗情画意的特质。你如何看待自己的诗意化的语言特色？这种诗意的语言是你的一种刻意追求还是语言的自觉的展现？

曾　剑：汪曾祺老先生说过："写小说就是写语言。"这其实是在说，好的小说必须有好的语言，或者说，好语言是好小说的前提条件之一。语言是载体。我喜欢汪曾祺的小说，喜欢他的语言风格。他的语言诗化，散文化，朴素、简洁、雅致，有韵味，很传神。还有废名的小说我也喜欢。废名有的小说，甚至不完整地去讲一个故事，你却很乐意去读，这就是语言的魅力。除了汪曾祺、废名，还有沈从文、孙犁，对我的创作风格有很大影响（如果说我有自己的风格的话）。当代作家迟子建的中短篇在我创作之初也影响过我。还有苏童的短篇小说，谢友鄞的短篇，他们的语言简洁、明朗，有着极强的小说的味道。

我大部分短篇小说采用诗意化的语言叙事，这是我有意追求但不刻意。这与我的创作态度有关。我觉得，一个作家把他写作的雄心壮志搁在一边，让内心平静下来，反而更能写出好的作品。

我平时特别喜欢读诗意很强的小说，但近年有所调整，尤其是在写长篇小说《向阳生长》的时候。我认为，一个文体还是有其特点的。文体风格跨界只能在一定的范畴内，比如汪曾祺的语言清新、简洁，但这样的语言适合写短篇，这样的语言，我认为是很难支撑起一部长篇小说的。当然，长篇小说同样可以诗意叙事，比如《静静的顿河》，肖洛霍夫将这个度把握得挺好，他的语言并没将他的故事淹没。有评论家说我的语言有自己的特点，我很感谢这些评论家的关注评价，但我觉得我做得还不够，我的语言辨识度还不是太高。

林　晶：你说你是湖北人，你自己认为性格比较内向、怯懦，喜欢安静，而恰恰你的小说大都是以东北或者说是辽宁为叙事背景，其中人物性格表现得却是豪爽、果断、炽热、勇敢。你小说中塑造的人物性格与你自己的性格似乎背道而驰。而作为南方人，东北独特的文化品格如何影响了你的创作？你是否被自己小说中具有地域特点的人物品性所感染了呢？

曾　剑：我是湖北人，是南方人。南方人与北方人，从广义上讲是有区别的，南方人相对性格温和，办事谨小慎微；北方人豪爽粗犷，但这都是共性，落实到个体上，人的性格各不相同。东北也有矮个子，南方也有巨人。东北也有唯唯诺诺之懦夫，南方也有说干就干的豪侠。就我个人而言，我性格比较内向、怯懦，喜欢安静。也许有的文友觉得我不是这样的，但事实上我是这样的。

与东北人打交道，要大大咧咧的，不能太较真。比如东北朋友随口一句："明天我请你。"这个"明天"，不知何年何月能来到，也许永远不会到来，但你不能认为他不靠谱，这就是他们这种语言风格和说话办事方式。而我们南方人，至少我，是不轻易说请人吃饭的话的，我说了就要落实，不落实心里就有疙瘩。

我很荣幸在我青年时代踏入军营，是军营培养了我。而我的军营所在地，除了军校生活，都是在东北。我当兵之初在锦州，军校毕业来到阜新，后来到沈阳军区政治部当专业作家。

东北文学挺厉害，比如萧红，她的语言简洁、优美，却不缺乏硬朗，让人读起来能感受到冻裂大地的寒冷。我军校毕业后被分配到辽宁阜新一个炮兵团当排长。那时候业余时间多了，带兵之余，看看连队阅览室里的《小说选刊》《小说月报》，那上面的小说刺激着我，我开始写小说。当时写得很幼稚，后来有幸认识了谢友鄞老师，在他的指点下，我的小说慢慢地写得有点味道。还有后来认识的原沈阳军区创作室中夙主任，创作室专业作家马晓丽老师，他们对小说的理解，他们的创作观念，对我的写作都有影响。

一个人的学习成长是综合的，有着各种因素的影响，要吸收各方面营养，要获得更多的帮助。除了上述几位老师，《解放军文艺》原主编王瑛老师，在文学道路上也给予我很多关注与提携。还有一位是苏童老师，他对我的影响是潜移默化的，我高中时就看他的小说，尤其喜欢他的短篇。多年以后，我考上了鲁迅文学院与北师大联办的写作方向的研究生，苏童老师是我的创作指导老师，我甚感荣幸。

辽宁是我的第二故乡，东北的雪很壮观、很美丽。东北的冬天，天寒地冻，是很考验一个人的。重读《冰排上的哨所》《穿军装的牧马人》，我会被里面的人物感动、感染。其实感动和感染我的，不是我的小说，是生活中的原型。

最近，"文学新势力"丛书出版，我的中短篇小说集《玉龙湖》入围。《玉龙湖》在编辑过程中，济南出版社的宋涛先生半夜给我发微信，说他们编辑部的小姑娘在加班编辑我的小说时，被我的文字感动得哭了。他自己在审读第三遍时，亦是同感。他的这条微信同时也感动了我，让我觉得我写这些普通的兵是有价值有意义的。我渴望有机会接触到更多能感染我的军旅文学人物原型。

林　喦： 你作为一名有着切身从军经验的军人作家，特殊的身份使你具有了独特的文学创作经验。那么，传统的牺牲奉献、英雄主义精神等对你的写作产生了哪些影响？或者说军队文化是否拓展了你的文学创作向度与经验？对你创作军旅生活题材小说起到了什么样的作用？

曾　剑： 军人身份、军营生活，对我的创作影响是非常大的。若不是成为一名军人，我或许不写作。如果写作，凭我的性格，可能就是描写一些风花雪月。来到军营，对军营生活的体验，我自然要更多地写我们的军人。他们或许是我，或许不是我，或许是隐藏的另一个我，这无可厚非。只要把人物写得像军人，同时像人，当人来写，就可以了。

军人是特殊的职业，军人以服从命令为天职。传统的牺牲奉献、英雄主义精神等曾经震撼过我，但当我穿上军装，来到军营后，我发现，我们的军旅文学，尤其是新中国成立初期的军事文学，是值得反思的。那些作品里的人物形象过于脸谱化、简单化、单一化。这也是为什么《亮剑》一炮走红的原因，作者刻画了一个不一样的英雄人物，这个人物丰富而真实。

为写长篇小说《枪炮与玫瑰》，我曾采访过很多抗美援朝老战士。他们表示，即便战场环境那么恶劣，生死难卜，他们同样有着爱、渴望爱。那时候他们还小，情窦初开，有着萌动的青春，有着内心激荡的情感。他们内心从来没有缺少过爱，因为人性是复杂的，爱是与生俱来的。所以，我认为，我们写军人，要把军人当"人"来写，下笔不能太生硬。他们的情感世界，要落到人的层面，而不是神。英雄也是人，也有七情六欲，有他自己的所思所想，有他内心的小算盘。这些，我们在写作的时候，都不应该回避。否则，军旅文学就会干巴巴、假大空，那样的军旅文学没有生命力。

林　品： 其实，你的文学作品创作呈现出来的特点和成绩有目共睹，从长篇小说《枪炮与玫瑰》到《穿军装的牧马人》《一路同行》《岸》等中短篇小说，足以看出你是一位有才华的作家，并且你的文学创作经验是丰富的，你的作品基本形成了你自己的独特风格。那么，在你的个人创作道路上，是否考虑过创作手法与作品风格的改变或是题材疆域的拓展呢？

曾　剑： 写了这么多年，创作风格不会有大的改变，但会调整，目的是与现实保持一个更合理的距离。这个距离要力争接近现实，但与现实不可能是零距离，即有时候需要跳出来，当一个旁观者，用一个旁观者的眼睛去看待生活，对现实生活提供给自己的创作题材进行取舍。

军旅文学，依然将是我很长一段时间里的一个重要板块，但仅有这个板块是不够的，我会拓展我的创作疆域。事实上，2018年年初我就开始进行这种拓展了。部队调整改革，我离开了军营，落户沈阳，生活在都市，我开始写都市生活。身份的改变，只是生活方式的改变，对创作并没有大的影响，反而有更多的时间进行创作，也没了那么多的条条框框。第十届辽宁文学奖的获奖作品《玉龙湖》，就是我的拓展之作。小说写东北一个工业萧条城市里的普通人家的生活，写亲情，写爱，写疼痛，有一定的代表性。我出生在湖北红安革命老区，可以说是生活在一个军人世家，我的二爷是一名军人、烈士。我的叔叔是一名军人，退伍还乡，当大队干部。我大哥是军人。现在，我的两个侄子还在部队。还在读小学的侄子也口口声声说长大了要当兵去。我想说的是，从军情结，对军人和军营的感情，是融入血脉、进入骨子里的。因而，军旅题材我是一直要写下去的。只不过，我多了一个都市生活的书写这个板块。毕竟我离开军营后，落户沈城，过上了一种平民百姓的生活。新的生活，会刺激我新的灵感；新的生活，值得我去书写。

失去现役军人身份，我多了一个学生身份。2018年9月，我成为北京师范大学一名研究生。在课堂上，北师大教授和作家们讲授的创作理论知识，还有老师们对经典作品的分析，打开了我的眼界。这些所学，需要我在将来很长一段时间内去消化，去吸收，去充实自己、提高自己。

林　品： 安静之中，听你聊了这些，感觉到你的真诚、用心，谢谢！同时期待你的下一部作品更有冲击力。

构建新先锋的东北叙事模式
——与作家班宇的对话

作家简介：

班宇（1986— ），男，沈阳人。作品见于《收获》《当代》《十月》《上海文学》《作家》《山花》等刊，被多家选刊转载。曾获华语文学传媒新人奖、GQ智族年度人物、"钟山之星"年度青年作家、花地文学榜短篇小说奖等。小说《逍遥游》入选"2018年收获文学排行榜"，并获短篇小说类榜首。有小说集《冬泳》出版。

"东北"作为地域意义上的区域，在中国乃至世界历史上都有着重要的地理意义，曾经也是被世界关注的地方。从某种角度讲，东北地域是极具张力的艺术观照对象，是很多艺术家不断开掘的创作素材宝藏。"东北"作为一种叙述对象，成为近几年文化领域的热门话题，已有形成"东北学"研究的趋势。在文学领域，从二十世纪三四十年代形成的"东北作家群"开始，到当代华语文坛，东北作家以东北地域为创作内容的作品层出不穷，形成具有独特语义的文化现象，构建了新时期"新东北作家群"的繁荣景象，并恢复了其在整个中国文学中的价值和地位。其中，以辽宁80后作家班宇、郑执、双雪涛为代表的作家群体异军突起、创作成绩斐然，有人称其为"铁西三剑客"，也有学者说他们三位的作品具有新时代新先锋的小说创作艺术特点，成为学者研究的重要内容。"三剑客"中，80后作家班宇的小说创作在叙事背景上呈现"东北化"倾向，语言具有东北话语的地域性，情节描摹趋于"诡异"的细腻性，人物具有"替父辈言说"的意蕴，这些特征形成了比较鲜明的艺术风格，被读者和学界认可。

林　品：班宇你好，近几年来，华语文坛出现"铁西三剑客"的名号，班宇、郑执、双雪涛来自辽宁沈阳的三位青年作家创作的小说作品形成了比较突出的新时代新先锋的特征，引起了读者和学界的广泛认同，也产生了很大的社会影响力，被评论界高度赞扬，大家也都欣喜地看到在东北沈阳，在铁西区这块土地上成长出了这么优秀的作家。我想，"铁西三剑客"不是你们预期的，但有人愿意这样提及和归拢，势必有其合理性。从你个人的角度讲，这种效应也是你没有想到的吧？

班　宇：关于"铁西三剑客"，这个提法确实是我之前没有想过的，估计其他两位也没有预想到。因为我觉得一个写作者在写作的过程中，不会这样对自己进行要求，或者说在某种程度上写作。当然，每一个写作者都会有自己比较明确的、清晰的内心表达，这是发自写作者个人内心的，这也是来自个人经验的。"铁西三剑客"的提法在我判断，是基于地理位置层面的一个概括而已，可能我们三个写作者有着比较相似的生活背景，有着相似的成长环境，有着似乎相似的阅读经验吧。

林　喦：在我看来，写小说是应该有天分的，也就是说，你具备了写小说的天分，自然而然地就走到了小说创作的道路上来。看到你的小说，我感觉，对你而言，也是基于一种"心灵的自由"，而与反思一个时代其实并无关系。很多评论家愿意把你的小说中所投射的时代大背景放在铁西区，或许因为你的少年生活区域为铁西区。有资料说，1995年的沈阳，经济上出现了历史上最为萧条的时期，而那一年，你才9岁，你的童年记忆里是深深埋下铁西区国企转型的阵痛，根据你这样的童年记忆，评论家们便很一厢情愿地把你的作品归结为对铁西区一个时代的反思（如你的小说《洪水之年》）。我倒觉得，铁西区仅仅是作者为了叙事所表现的一个环境要素而已，也可以是"大东北"，是不是评论家想多了？你觉得呢？或者说，是你的小说作品再次唤醒了人们对铁西区（或者说东北地域）的回想，还是铁西区的过去给人们留下的印记太深刻了呢？

班　宇：觉得您说得很对，对于我的小说创作来说，铁西区首先是一个我的创作背景和创作环境，我觉得毕竟是因为我的个人记忆很多都是在铁西区完成的，包括童年和少年时期，还有一部分的青年时期。我虽然没有经历过，没有以自己的身份经历过国企转型的变革，但是我的家庭、我的父母、父母的朋友都是亲历者，所以说，在我的作品里，从某个程度上来说，或者说在我的所有小说里有一半，大概都会涉及下岗或者铁西区这样的类似背景。

那么，在这个背景之下，我个人认为我的小说还是有一些自己在叙述层面上和技术层面上的探索。就我个人而言，并不想太将我的小说跟地域做成一个特别紧密的联系，或者说是我不想让大家仅仅从地域角度来对我的小说进行某种程度上的解读。我认为，我的个人的养分吸收，包括阅读和音乐，还有影像方面的这些影响可能是更重要的。讲一点阅读方面的收获，我觉得我受（20世纪）80年代的先锋派那些作家，比如余华、苏童、格非的影响非常大，我的小说技术和叙述模型以及叙述方式，很大程度上都是向他们的一种模仿或者说是致敬。

当然不可避免地说，我也会回到东北和铁西，这个话题，我觉得确实是在近30年的过程中值得再去反思和探讨的一个事件。一个事件既然发生了，那么势必会对身在其中的人造成种种影响，那么这个影响在当时看起来可能是一个人忽然丢了工作，或者是一个工厂忽然倒闭了，这就是一个事件，而影响是慢慢一点一点随之展现出来的。比方说一个家庭受了什么样的影响，比方说一对情侣在这样的环境里面，他们之间的关系有怎么样的变化，变成一个什么样子。我觉得在这样大的背景之下，所有的这种事情、落在个人身上的这些故事，也许更值得关注，这个是所谓的影响之所在。所以从这个角度来讲，我觉得可以说铁西区给所有人留下的印记，是一个类似于符号化的，类似于记忆经验层面上的这样的一个东西。作为写作者，我是想从这些记忆经验上面重新梳理或者提升出来；从精神层面上讲，这种转变形成的问题思考算是我的小说想要探讨的命题之一。

林　岊：你觉得当时东北人面对下岗潮，面对生活的突然变故，面对变革时的生存态度和生存状态，为什么能得到今天那么多人的共鸣？

班　宇：我觉得，我们国家在20世纪90年代不只是东北有这样的变革。据我的了解，比如说武汉，比如说长沙，很多城市其实都面临着产业转型、国企改制这样的问题，所以说我觉得跟我的同龄者，或者说稍微比我小一点的人，可能都会有这样的一个相似的记忆，所有的人在那个时刻仿佛都处于某种不确定和动荡之中。这个现象，是我在小说里面所要讲述和阐述的内容之一，我觉得大家读到了之后就会有一些共鸣，就会激发出一些共通的时代记忆和情绪。这种情绪或者说共鸣，是时代的，不是地域的。

林　岊：从另一个角度理解你的作品，是否也有"替父辈代言"的隐喻呢？

班　宇：我确实是有过这样的想法，因为在我写作之前，我认为在我的有限的阅读经验里面，我认为上一代几乎是处于一种完全失语的状态，即他们在这种历史变革之中完全没有发出或者很少发出什么样的声音，我觉得这个是我的创作的一个动因。我觉得，一个人如果身处在某个事件里面的时候，他是很难说清楚自己是一个什么样的精神状态的。这个就好比是，比如说我们想叙述当下，想叙述现代，但是现在每天呈现给你的纷繁的各种经验、各种信息太多，以至于你没有办法对其进行或者做出一个很好的归纳和总结。

这样的话，你也很难选择一个角度来切入，进而理解你所身处的一个时期。我觉得对于上一辈的人来说，可能同样存在这样的一个困惑，所以我的小说是以我个人的角度，说是替父辈代言也好，说是替上一个时期做一个个人层面上的总结也罢，反正我是大概有这样的，确实也是有这样的意图的。我认为每一代人的声音都很珍贵并且值得去倾听，不能忽略每一个个体和每一个时代所应该发出的这样的声音。

林　喦：当然，这是一个仁者见仁智者见智的事情，我们不能阻碍任何读者和评论家的"判断"，或者你自己没有这样想，但作品出来后所产生的这样的效果出来了，这也是作品的意义所在。我想，你之所以喜欢小说创作，不是仅仅为了谋生吧？或者说你是基于什么原因开始文学创作的呢？

班　宇：我个人的创作确实不仅仅是为了谋生，大概在2007年的时候，我开始写音乐，最开始写乐评。因为我当时是在读大学，那时候对音乐非常感兴趣，但是自己又不会什么乐器，只能以这种文字的方式来进行某种"曲线救国"，然后大概有写了10年的乐评，几乎所有的音乐杂志上都发表过，包括《新京报》《通俗歌曲》《非音乐》《我爱摇滚乐》等等这些报刊，还有《音乐天堂》《音乐时空》等等，等到写到2015、2016年的时候，整个媒体的格局就发生了一个巨大的变化，就是传统纸媒日渐衰落。而新媒体又在这时刻开始诞生、开始发展，然后我对这个也进行了一些思考。我认为在资讯特别匮乏的时期，我像以前那样写作乐评是有意义的，那么在这样一个资讯非常丰富、非常丰满的时代里，仅仅是传递音乐资讯也许是不够的，我想有一些更多精神层面上对于自我的探讨。所以那个时候也恰逢豆瓣阅读举办了一个征文大赛，我在里面就投了一个稿子，写了工人村那一组作品，然后取得了一个不错的反响，所以我更坚定了自己的写作这方面的信心，后来就一篇一篇地这样写了下去。

那么，如果说是基于某种原因，我觉得还是对于个人困惑的一种纾解，或者说对于个体困境的一种描绘，我发现可能只有书写对我来说是最治愈最有效的。所以说，我需要书写，而不是我需要小说，更不是小说需要我，我觉得是这样。

林　喦：很多读者喜欢你的作品流畅的语言。既明白如话，又不像前辈那么欧化，既有东北方言的形象生动，又有古代白话的精髓。当然，你在语言上有自己的个性。你在写作的时候，有很强的针对性要表现所谓的东北地域风格吗？或者说，这种语言风格又是怎么产生的呢？

班　宇：关于语言的问题，有很强的针对性，要表现所谓的东北地域风格以及这种语言诞生。我觉得是这样，我觉得必须重新发明，或者说是生成出一种语言，才能描述好20世纪90年代、千禧年时期以及当代东北。我的小说里面关于东北那些方言的使用，其实也是一种文学化的运用，我也不会每一个句子都是按照特别规范的方言词典上的一种表述来讲，而是尽量用一种日常的同时又稍微具有那么一点点文学性的语言来进行小说创作。

我觉得只有这种方式才能更好地复制或者还原出当时的东北，也能更好地展现出我想要表达的作品的精神内核，所以说我觉得这种语言风格算是一种改良。它最初的源头，比如说，我很喜欢老作家汪曾祺或者阿城，或者也有一些古文的编辑和阅读经验，这几个方面都有一些影响；然后对于我读过的那些欧美小说，整个的翻译文学的路径也对我有一方面影响，所以我觉得这是一个比较大的庞杂的影响。我可能从每一个点里面择取出来那么一点点，将自身作为一个过滤器，语言的过滤器，生成出来这样的一个风格。但是我觉得我的小说里面的语言风格还是不太一样的，有这种的也有比较西化的欧式的，比如《蚁人》等作品里面那样的表述。所以我认为每一篇小说都是不同的主题，那么每一个主题都有不同的可以去适配的语言风格，大概就是这样，我觉得最好的方式可能是针对每一篇小说都进行一些语言上面的调整，以更接近自己想要描绘的精神核心。

林　品：其实，我在与你交流，或者阅读你的小说之后，也不自主地陷入新先锋和"东北叙事"的"魔咒"里面，这说明，你的小说也确实有这样的特征了。所以，我设计我们对话的题目便成了《构建新先锋的东北叙事模式》。辽宁青年评论家周荣曾在一篇文章中说："班宇擅长运用意象和细节的力量，通过具有丰富象征和暗示意味的意象拓展文字之外的联想空间，达到言外之意画外之音的叙事效果。"看你的作品，如《海雾》《石牢》《空中道路》《逍遥游》《盘锦豹子》等。小说没有传统的情节发生、高潮、结尾式的小说模式，而是按照你自己的"意识"游走，并设置了很多带有荒诞和玄幻式的意境，可以视为游离于传统文化之外，不受约定俗成的创作原则限制，比较在意念上追求艺术形式和风格上的新奇，你的小说是符合这样的一种特征的，是这样吧？或者说，你在创作这种风格的小说的时候是自然而然水到渠成的，还是受到了某种小说风格的影响呢？

班　宇：我是这样觉得的，在我的文学系统里面，并不是我认为小说跟故事是有本质上的区别的，就是novel和story上面的区别。一个story可以有时间、地点、人物、事件，然后起因、经过、高潮、结尾，是这样的一个story的故事的模式。

那么作为小说来说，我们举几个例子，20世纪的布朗肖、卡夫卡、福克纳或者是贝克特，他们每个人的小说都有不同的写作方式和不同的表现手法。比如说福克纳那种强悍的、复杂的、缠绕着的句式；比如说布朗肖那种向内的、向自我的深入的挖掘和探索，就完全在意识和头脑层面上进行的一种游走和探寻，这都是小说的展现形式。20世纪的现代派也好，19世纪的现实主义也好，这些文学遗产对我来说，我都会受他们的影响。

我个人比较喜欢的小说，举两个例子，一个是三岛由纪夫的《丰饶之海》，四卷本的一个大长篇，非常恢宏，非常浩瀚，里面有很多东方美学上面的东西，也有很多西式意识的影响。再比如，托马斯曼的《魔山》，阅读《魔山》的时候，本身就像是自己内心的一次永无止境的一次攀登。举这两个例子，意思是说，我觉得一个人的创作所受的影响，可能不单是某一个人或者某一个作品，而是他所有阅读经验、人生经验以及他思考的这样的一个总结，或者说是一个综合的产物。所以我觉得每个人在受了这些影响之后，关键是要学到自己的语言和学会寻找到自己的创作方式或者创作办法，这是一篇小说能成立的根基。

林　岛：你的小说反映出来你在小说细节上用笔从来都是不吝啬笔墨，举个例子，如《海雾》开篇就有这样的句子："去野海要绕过那一趟狭长的铁栅，前几年是不必这样做的，低矮的树丛里有一道坦途，看海的人们从这条路上走过去，潮湿的尘土散落在脚踝上，再任由海水冲刷干净。那时每年虽然也有人溺亡，但没人将责任归咎于这片海。"作为一个读者而言，即使还没有读完小说，但开头这样的描述，就已经是让读者感觉到这篇小说的"可读性"了，当然，也起到了未说下文之前，先设一个意境之谜的效果。

班　宇：这是我个人的小说美学的一点粗浅的想法，我认为一篇小说不管怎么说，首要的一个任务或者首先应该做到的一点事情应该是好读，这个好读，可能不只是在语言上要尽量完善，在相应的情节上面也要有所思考。我认为我们这个时代的整个阅读取向，其实是受新媒体的冲击比较大，就是很多人不在纸质书上阅读，而是在选择屏幕阅读，包括电脑、手机等。

屏幕阅读最终的呈现方式跟纸质还是不一样，所以他们也会反馈到写作本身上来说，我现在觉得所谓的21世纪或者说新时代的写作，一定要是讲一个比较俗的词语，就是有点扣人心弦的效果，让一个读者有往下继续阅读的动力，让一个写作者也有往下继续书写的驱动力，这个是我觉得关键的。我觉得一篇好的小说可能是要像一个锁链一样，环环相扣，你读了第一句就想知道下一句又是一个什么样的形态，又是一个什么样的形式，并且这两句之间既有紧密的链接，其中也有句子与句子之间或者说段落与段落之间的缝隙和诗意，这个是我的小说美学之一。

林　品：比如《石牢》中"我虽十分疲乏，但睡得也不踏实，习惯颠簸之后，躺在这样平稳的床上，反倒不适应，我做了几个短暂混乱的梦，其中一个是狭窄的山径上，雾气流滞，父亲走在前面，我默默跟在身后，他的步伐很快，我有点跟不上，我轻声喊他几句，也没有回应，只好向前疾跑几步，想要伸手抓住他的衣服，却不小心滑倒。地面湿润，遍布苔痕，我很着急，可怎么也爬不起来，双腿无力发颤，高声叫着父亲，他停在不远处，回头望向我，脸庞比从前更为瘦削，目光里全是恨意。我不敢与之对视，便低下头，将耳朵伏在泥里。我听见浓雾正簌簌落下，听见大地内部的声音，朝着远处波动，缓缓推进，又折射回来，仿佛装置着无数轨道，巨石在上面行进，相互碰撞后静止，堆砌成不规则的环形，也像一道垣墙，或者一座墓，将我环绕禁锢，困在此处，无人在外凿击，大地持续波动，天空如镜，浮云是它的倒影。"这种细腻描绘梦境和神秘抽象的瞬间世界，充分展示你在小说创作技巧上的才华，既有暗示，也有隐喻，也集中表现了小说人物内心世界的无奈与迷惘，构成了你的小说的艺术特点。当然，这样的描写，也会让一般意义上的读者难以一下子明白作品，是吧？

班　宇：《石牢》小说是这样，最初是接到张悦然老师的约稿，是发表在他的《鲤》杂志上。这篇小说刊发是符合那期的一个主题，就是90年代。事实上我认为我在接到命题的时候，我想我对于90年代的某种描述，是不想以一个切实的故事来描绘我对90年代的感受。所以我写了这样一个算是完全架空的故事，叫《石牢》。那么我觉得这篇小说可能会受一点余华初期作品的影响，它是完全架空的，每一个故事的背景是架空的，但是每一段每一句又都在写实，这是我对于这篇小说的一点探讨。我觉得确实有一部分读者对于这样的作品的感受会跟《盘锦豹子》、跟《逍遥游》有所不同，因为后者是一种完全的现实主义，在可读性层面上来说肯定是比较高的，还是以叙述和讲故事为传统的。

而《石牢》这篇我只是觉得想要尽量完整地，尽量详尽地或者尽量准确地描述出来我对那一时代的感受，或许只有这种架空的形式更适合更适用，或者说是这种无限趋近于内心的形式，更让人觉得合适，所以我就选择了这种方式来完成这篇小说，还是我刚才说的那样，每一篇小说都有一种不同的叙述方式，可能也都有一种不同的实践语言，小说之间是有一个很大区分的。我觉得每一个作者在写完一篇作品，在开启另一篇新作品的时候，可能是所有的人都是处在同一起跑线上的，面对的都是同一张白纸。

林　品：坦率地说，看你的文学之路，和上几代人已经有很大不同。你走上文学之路有必然性，但也有偶然性。文学评奖和新媒体的推广是不是起到了极大的助推作用呢？在今天的互联网和人工智能的时代，似乎每个人都可能要准备迎接新的职业和新的业态，你们会做一辈子小说家吗？

班　宇：我觉得我和同代写作者，可能大家都不太会去思考我们做小说家的时间问题。我们写小说的话，大家更注重的可能是描述出此刻的一种感受，此刻的感受可能是对于追忆过往的一些感受，也可能是对于未来的展望，比如说一些科幻文学作品，也有可能是对于当下种种景观的一种分析和拆解，我也看见很多同辈写作者都在做这样的事情。

新媒体和文学评奖机制一定是有很大的推动作用，至少对于我个人来说是这样。可以经由这两个途径，我的作品被更多的人所知道，被更多的人所读到，然后产生一些一点点的影响，对我来说还是未来的小说路径，我还是认为我想做到。

写一篇作品，我就认真对待，认真思考这一篇作品，不太会去想出了这篇作品之后的或者说是之外的那些事情。我觉得无论是传播路径还是评奖方法，终归是对于作品的一种外界的宣传，或者奖励、激赏，而跟作品的内部对于自我的价值可能还不是一个事情，我觉得小说最重要的可能是实现作者自己的某种理念，或者说是某种想法，描述出自己的那些内心的、暧昧的时刻，如果这点完成了，那么这篇小说也就完成了，其他也许都是附加品。

林　品：在全国防疫的特殊时期，我们通过微信进行了交流，非常感谢，并祝你创作出更好的作品。

在历史与现实中做一个"游客"

——与作家万胜的对话

作家简介：

    万胜（1972— ），男，辽宁沈阳人，中国作家协会会员，辽宁省作家协会全委会委员、小说委员会秘书长、签约作家，沈阳市作家协会副主席。在《人民文学》《北京文学》等文学期刊发表小说多篇，作品曾被《小说选刊》《中华文学选刊》转载，著有长篇小说《王的胎记》《灵魂鸟》《北窑》；作品《响亮的刀子》获得第四届辽宁文学奖。

    一般意义上讲，以历史为素材进行大部头的历史小说创作，一直是有理想的作家追求的目标，甚至是绝大多数作家检验个人创作能力、水准和成就的一个不成规定的标准，也是中国作家延续叙述历史的创作习惯。因此，捕捉历史素材气息，在历史的长河中寻找创作的灵感，一直影响着文学家的小说创作动机。辽宁青年作家万胜在习惯于现实主义题材的小说之余，进行了长篇历史小说《王的胎记》的创作。其小说一改大长篇全局俯视的铺陈叙事，不在厚重和连贯上做习惯性搬演，而是讨巧地用小说主人公人生经历中的二十一座"城"作为叙事的历史背景去描摹和展示人物的生活场域，进而展示主人公的生活状貌和人物性格。同时，作为作家的万胜，也将创作眼力紧盯时代的社会人群中底层，在朴素的创作理念中，融入了对小人物的温暖关照和对生活中小人物的内心挖掘，在"机缘巧合"的情节设置和朴实无华的叙事中彰显个人的小说创作风格。

    万胜在长篇历史小说《王的胎记》中将自己化为一名"游客"，并以游历二十一座"城"的时空转换来探寻公元1559年至公元1626年之间中国清王朝的奠基者爱新觉罗·努尔哈赤的一生。作者试图在现实与历史之间，将历史真实人物去"伟大"与"神秘"化的传奇性，尝试着以追求书写人的平民性的真实奋争来显示历史小说创作的意蕴和审美追求，历史真实与合理想象的巧妙融合构成了万胜历史小说创作的美学风格。

林　岊：你的历史长篇小说《王的胎记》（沈阳出版社2015年12月）其实是描写一代君王努尔哈赤奋战传奇一生的传记小说。但你没有用"努尔哈赤传"或者"努尔哈赤传奇"这样的题目，而是用了《王的胎记》，小说开篇的"引子"中直接有这样的叙述："公元1559年，努尔哈赤出生了，阿玛在他身上发现了二十一块大大小小的胎记。野萨满也说不清楚这些胎记寓意着什么。在努尔哈赤的一生中那二十一块胎记逐渐消失，直至公元1626年他离开人世，身上只剩下最后一块胎记。"我想，你用这样的描述性说明，实际上是想表达你的一种认知，是对努尔哈赤一生留痕的认知，一个王者的兴起是骨子里带有的先天性因素。"胎记"从医学的角度上讲应该是"孩童出生时即存在或出生后出现的先天性皮肤损害"，一般分为色素型和血管型，如严重的必须要进行医学治疗。在中国传统的民俗文化中会赋予胎记很多的寓意，那么你用"王的胎记"作为小说的题目，想表达一种什么样的寓意呢？

万　胜：这篇小说中贯穿始终的是"城"，也就是努尔哈赤一生中所经历的最重要的二十一座城。我对于这部小说有两个定位，一是人物的平民化，二是事物的神秘性。我不愿意把这种神秘性归结于宿命论，因为我觉得那样会削弱敬畏感。二十一块胎记即代表二十一座城，也代表着二十一张面孔，因为每一座城都有一个主人或主角。所以，努尔哈赤背负的这二十一块胎记，也是二十一个人或者更多人的命运。起初的题目叫作《丑陋的胎记》，原意是指战争，二十一场关于攻城和守城的战争。我有反战情结，认为战争是残酷而丑陋的，思路局限在我对战争的片面理解上了。作品研讨时，有位老师说战争也有它积极的一面，从另一个方面讲战争也是社会进步的推力，以丑陋来定义显得有些主观和狭隘。后来便改成《王的胎记》，聚焦到一个人的身上，反倒感觉更宽泛和深远了。从这一点上来说，我的意图并非只写努尔哈赤一个人，他也可能只是个媒介或者道具。

正如林老师所说，在现实中胎记是与生俱来的一种皮肤损害，如果不通过医学治疗，是很难自动消失的。而被我臆造出来的努尔哈赤身上的这二十一块胎记，是另一种情况，对我来说它们是已经消失或者正在消失的历史的印记。我在写这篇小说时，寻找过的那些城和与城有关的那些人，它们曾经存在过，但现在已经消失在历史的长河中了。对于历史来说，它们是与生俱来的，但又消失得无影无踪。

林　岊：长篇小说《王的胎记》创作思路十分清晰，情节线索是以努尔哈赤的成长经历和创业、生活、奋战的活动区域展开的，历史人物、事件与历史地域展示得相当清楚，小说具有一定的史实性。但你在做小说情节搬演的过程中，很讨巧地设计了"一个游客"的角色，相当于一部大戏的"报幕员"，以"一个游客"导游了"努尔哈赤"人生中的每一个重要的经历地，这种现实与历史的交织并行的跳入、跳出的模式也赋予了历史小说创作的新模式，这种古今视角的转换，让人读起来有一种穿越之感，小说中的"游客"是你自己吗？这种写作是你刻意追求的叙事特色吗？

万　胜：历史与我之间有隔膜，历史越久远越不容易接近，但我想融入，试图真切地感受历史，所以，我要有一个自我定位，以什么身份和姿态去接近历史。我首先是一个探访者、一个游客。"游客"在身临其境（遗址）的时候，思想会有意识地穿越到历史中去，尽管这很主观，但这很有效果。"游客"是现代人，立足现代去书写历史，思想可以任意穿越，这比较符合我最初对这部小说的构思，历史和现代结合，穿越也不会像网络的穿越小说那样胡搞，而是思想的穿越。我每次去到那些地方去，一个人静静地去感受、去捕捉、去构建的时候，都会把自己换位到一个历史人物身上，就像灵魂附体。当然这种叙事方式也不算什么特色，至于算不算是一种历史小说创作的新模式，对于我自己来说肯定是一种新的尝试，对别人就不知道了，很可能早就有人这么写了。

林　昷：《王的胎记》中提到了一个又一个"城"，城有大有小，每一个城都有一段动人心弦的故事。可以说你的小说是以城为时空线索展开的。为什么想到要用城为线索展开你的故事呢？你对这些城有哪些特殊的感情？这些城虽然历史不是太久远，但是大部分已经连遗迹都找不到了，你都亲自去考察过吗？

万　胜：我喜欢古建筑，尤其是城，城承载的东西太多了，城是因为战争而兴起的，它是一些人的避难所，也是另一些人的功绩碑，厚重残破的城墙上涂抹着很多人的是非荣辱。听说哪儿有保存完好的古城，我都特别向往。其实写这篇小说最初的想法是想写城，遗落在东北的古城，从另一个角度讲，我是用努尔哈赤的一生，把许多座城串联起来了。但我发现很多古城实际都不存在了，很多只剩下了名字。我能找到的基本上都按照历史文献的记载实地考察过了，大部分城（尤其是女真部落的城）都是在荒野上和并不完整的历史资料上，凭借想象力构建起来的。

林　昷：从小说创作的角度，小说里写尽了努尔哈赤的一生，你是从什么时候起开始关注努尔哈赤的？你如何评价历史上的努尔哈赤呢？

万　胜：写努尔哈赤和他的城，起因是我对一个历史人物感兴趣，这个人就是袁崇焕。袁崇焕这个人很悲剧，而且至今对他到底是个什么样的人仍有争议。因为他，我专程去了一趟宁远古城（今兴城），在登古城附近的首山时，遇大雾，到达山顶，看见大雾被驱赶疾走，特别神秘而且壮观，很有历史的苍茫感。袁崇焕的最大功绩是凭宁远城挫败了努尔哈赤，而且是努尔哈赤一生中最惨重的失败。年纪和经历相差非常大的两个人，那次碰撞特别震撼到我。于是，开始对努尔哈赤感兴趣。这里面还有一个很重要的原因，因为我是东北人，所以我一直有一种意识，挖掘我们东北的地域文化，而清文化是东北文化很重要的一个组成部分。

我查阅了很多关于努尔哈赤的资料，都首先把他当成是一代帝王，因此不可信。我觉得首先应该把他当成是一个普通人。普通人身上该有的他一样也不缺，比如胆怯、小心眼儿、羡慕嫉妒恨、斤斤计较等。我们今天看张作霖，根本没那么神，而且论势力来说，张作霖不见得比当年的努尔哈赤差多少。很可能过几百年后张作霖会被神化成另一副样子。

林　品：你小说中引用了很多诸如《清史稿》的史料，但是没有拘泥于这些史料。理论上讲，历史小说创作不得不通过史料来考察、来做支撑，但所谓的史料又不见得完全靠得住，你是怎样处理这个矛盾的呢？你的写作，是尽量贴近史料的记载，还是发挥想象的地方多呢？

万　胜：我查阅史料时特别关注两点，一是明显失实的部分，二是记录盲区。比如《清史稿》中对褚英的记载就前后非常不一致，前面说他作战勇猛机智勇敢，后面定罪的时候又说他胆小怯战导致贻误战机。这很明显就值得推敲。再有，很多人物在历史事件中起着重要作用，但不知是有意回避还是无意疏漏，记载只是只言片语，很多事件也是如此。这两种情况都是我可以发挥想象力的地方。至于那些非常清晰明确的、毫无争议的历史事件，我则是完全尊重历史的态度，不做一丝一毫的篡改。

林　品：《王的胎记》中章节的结尾，很多都是以对话的形式出现的。这种对话超越了历史的细节，进入了一种谈玄说理的状态，超越历史的细节，表达了一些纯观念性的东西。对话有的是人和人，有的是物和物，有的是人和物。这种独特的对话方式，是刻意制造的叙事结构，还是要实现哪些叙事效果？

万　胜：这部作品到底属于什么文体，我的朋友们始终争论不休。有的说这根本就不是小说，因为文中出现了很多类似游记散文、历史资料等形式和内容。也不能算散文，里面的故事人物很多都是编造的。其实我自己也不好说它到底算什么，我当初在构思创作这部小说的时候，正处于阶段性的创作瓶颈期，很长时间找不到感觉，极度怀疑自己的写作能力，而我又因为写不出东西而特别焦虑，在这种情况下，我给自己定下了这个写作目标，当时的想法是，不考虑成败，不管好坏只管写，也不给自己定框框，我的想法是想怎么写就怎么写，不让自己受任何局限约束，边走边写，走到哪儿就写到哪儿。这是我的第一部长篇小说，从结构上看其实是15个短篇小说组成的，当初在构思时也怕写到一半进行不下去，而这种结构就比较容易坚持下去。结果，就成现在这样了。文中那些隔空对话，是我觉得很过瘾的地方，也是我完成"穿越"的方式。我想通过这种方式达到信马由缰天马行空的效果，也想用这种更为直接的方式来为我自己解惑。可能在别人看来有点不太适应吧。

林　品：除了《王的胎记》这部长篇历史小说，你还创作了诸如《执子之手》（《人民文学》2019年04期）、《绑架》（《北京文学》2018年09期）、《在麦田上行走》、《突围》（《海燕》2016年09期）等现实题材的短篇小说，总体上看，这些小说取材于芸芸众生中底层人们的日常生活，你能够在日常中发现有价值和有意义的素材，并将这些素材重新编码成有趣的小说，并赋予哲思性。在这方面，你有善于发现的眼光，这也许是你对生活的重视和注意的结果。

万　胜：点石成金是作家必备的能力，我还差得很远。这部《王的胎记》是我第一部历史小说，算是一种尝试。我写得最多的还是反映底层生活的作品。其实无论我用什么手段和心态去书写历史中的努尔哈赤，总会有距离感，这种距离感就是生活的不熟悉、不真实，所以，我在塑造一代君王努尔哈赤的时候，首先得把他定义为一个普通人。对于底层创作我还是很有把握的，我从小生活在城郊城乡接合部的一个"工人村"，父母是普通工人，因为亦工亦农的特殊地理环境，我对农村的生活也非常熟悉。这不是我有眼光，而是底层生活给了我一双适应底层光线的眼睛。

林　品：同时，在你的这些现实题材的中短篇小说（严格意义上讲，大部分还是短篇）创作中，你创作的基本心态是善良的、纯正的，叙事也是有很大节制并点到为止的，这一点上也符合经典短篇小说创作的基本模式。比如你的《执子之手》，小说里描摹了"一帮哥儿们想帮助朋友出出气"，但结尾一句"……她最后说一句话，她说她前夫这些年活得很惨，我不忍心看他那么难过"就点题了，也破题了。前面的很多折腾与愤怒都是"瞎折腾"，小说在前面叙事中充满了一种苦楚的悲壮感，但结局似乎又是喜剧性的，这种处理似乎介于新鲜与不新鲜之间，这种小说的故事内核像《春桃》，表达的却是万胜的。其他现实题材的小说也有这样的意味。

万　　胜：《执子之手》算是一篇中规中矩的小说。我们的习惯思维是，无论任何事都需要一个理由，而且这个理由是应该被别人所认可和信服的。其实，生活的荒诞性恰恰相反，根本不需要理由，所以，很多理由在现实面前是苍白无力的，试图说服自己都很难。这两年我的创作方向有了很明显的变化，其中之一就在于此。以前我很残酷，愿意把生活描绘得很完美，最后打碎这种完美，以喜剧开头，以悲剧结尾。但现在不是，现在更愿意在残酷的现实中保存一丝光亮和希望。我相信大部分写作者也会像我这样想。

人生的大主题就这些，什么亲情友情爱情，战争灾害苦难，表达的方式却千差万别。就像厨师做菜，同样的一种食材，不同的厨师做出不同的样式和口味。高明的厨师做出来的菜能把食材的性能挖掘到极致，让人吃出新鲜感。高手是把茄子做出了鲍鱼味，低手是把鲍鱼做成了茄子味。我觉得我只能算是一般的厨子，茄子就是茄子。我虽然不是一个好厨子，但我的梦想是成为一个好厨子，所以总是想另辟蹊径、标新立异。我想这也是所有搞写作的人追求的目标。

林　　岢：对于现实题材小说的创作，你一般遵循什么样的原则呢？生活给你哪些资源或者说让你有哪些发现，促使你有创作小说的欲望并进而形成创作的动机？

万　　胜：现在写的越来越少，是因为想的越来越多。而且，年龄越大，思想越成熟，越不容易被感动。我的生活就是我的资源，我最近刚刚完成的一部现实题材长篇小说《北窑》，就完全是我的生活写照。我在这部小说中体现了很多神秘感的东西，我想生活中的神秘感应该是触发我创作欲望的机关。很难想象生活如果没有了神秘感，会变成什么样，肯定是我不喜欢的样子。除非我捕捉到了这种神秘感的东西，否则我不会动笔，写起来也没劲。比如我刚刚完成的一个大中篇《锈色海棠》，和另一部正在创作的小说《谁也躲不过冬天的子弹》也是如此，现实生活加神秘感。再有，我特别不愿意重复我自己，同一种风格的东西，写着写着就腻了，觉得没劲了，就想方设法改变，因此这些年我写作的表达方式一直在变化。有朋友告诉我，这是件挺吃亏的事，因为你没有一个特别醒目的标签，很难被人关注和记住。我知道朋友说的有道理，但我还是忍不住要改变。我特别怕成为特型演员。

林　　岢：也许因为时间，我们的对话不长，你还有哪些关于你的小说创作上的话要表达的呢？

万　　胜：首先得感谢林岢老师给我这样一个谈话的机会。这么多年一直在写，也发表和出版了一些作品，但离满意的作品总是差着距离。都说弄明白一件事其实就是一层窗户纸，但对我来说这窗户纸不是一层，破了一层还有一层，只能一层一层捅下去。写小说对我来说是一种寻找的过程，就像写《王的胎记》一样，我要在我的生活中寻找到一些东西，能证明我自己的一些东西。我经常迷茫，不知道自己是谁，不是开玩笑，照镜子的时候常想，这就是我吗？怎么证明这就是我，而不是我扮演的那个叫万胜的角色？小说是虚构的，但也是真实的，情感、思想都是真实的，是超脱了现实生活之外的真实，离真实的自己最近。所以我觉得小说就像是能够解开作者真实身份的密码，现实生活中的我们都是被异化了的，不真实了。我希望最终能达到这个目的。最后再次感谢林喦老师，谢谢！

  林　喦：期待看到你新的大作，祝好！

从"典型文本"到"一般文学史"书写的当代文学理论建构

——与文学评论家周景雷的对话

评论家简介:

　　周景雷（1966— ），男，文学博士，博士后出站，二级教授，博士研究生导师，渤海大学副校长。主要从事中国现当代文学史论研究和当代文学批评；已发表学术成果200多万字，入选教育部新世纪优秀人才支持计划、"辽宁省百千万人才工程"百人层次、"辽宁省优秀人才支持计划"和"兴辽英才"计划哲学社会科学领军人才，先后主持国家社科基金项目、辽宁省社科基金项目等各类项目多项。从事中国现当代文学研究和教学工作。

　　任何一位文学评论家都会站在历史与时代的坐标上，从历史传统文化和现实社会的复杂关系中确立自己对文学现状与发展的有意义判断，进而有效地形成一种文化胆识与文化自觉。对于评论家而言，优质的文学评论不可能脱离文化的生态环境、脱离社会、脱离政治谈文学，文学研究仅盯在文学自身而没有其他视野是不完整和不全面的，也不能得出既符合文学自身规律又不脱离社会现实的成果。文学评论的基本原则是运用文学的基本理论去研究、探讨和揭示文学的基本发展规律，进而指导文学创作的实践活动。这就要求文学评论家在研究的过程中既要符合文学生产与发展的基本规律，也要有属于符合历史与时代要求的个性与创新，要求评论家必须坚守符合时代要求的文化立场，去建构自己的文学批评理论体系和文化符码。文学评论家周景雷在近20年的学术研究中，始终坚守理性化和智性化，并将其融入他的文学理论观念之中，力求让其文学批评成为对当代社会和思想文化富于洞察力的有效回应。

　　从文化的地域性而言，现当代文学研究领域也有地域性特征。复旦大学中文系有着良好的文学批评氛围并涌现出大批享誉文学界的评论家，形成了比较有代表性的南派文学评论风格。文学评论家周景雷曾在复旦大学攻读文学博士，深受复旦大学文学评论文化氛围浸染和熏陶，但他又是地道的北方人，在北方的大学工作，从事文学研究的教学和科研工作，南派的精专细腻与北方的沉稳旷达皆在不知不觉地融入周景雷的文化性格之中，表征在其文学研究的特征之内。以文化学者的姿态介入文学研究领域之后，在近20年的文学研究的道路上，他用勤奋深思、笔耕不辍的治学精神，以时代变化与文学发展互文思考，以文学发展的宏观梳理和具体文本解读相交织并行，提出了个人的独到见解和研究理念，出版和发表了200多万字的学术成果，进入当下文学研究界的排头兵之列。

笔者在做专栏主持之后，便有与其"对话"的想法，一方面是因为同在一所大学工作，相互之间甚为熟悉，虽年龄较小于他，但也见证着他的学术发展修为和学术之路，我们之间是有着所谓的"学术有话可说"；另一方面，在辽宁的文学评论家中，周景雷这些年的学术成果受到了学术界和文学界的高度认可和赞誉，具有极大的代表性，与其进行对话是在情理之中的事情。但与其对话又有一个顾虑，他是现任的《渤海大学学报》主编，在自己主编的杂志上刊发"自己"，总有一些所谓的嫌疑在里面，因此一再推辞，但因笔者作此栏目已是坚持很久的事情，为保持栏目的持续性和研究范围的连贯性，也就让访谈对象勉为其难了，才有了这篇对话。

林　岳：我们之间是非常熟悉的。你从2000年之后，进入中国现当代文学的研究领域，到今年大约有20年的时间，在这20年的时间里，你发表的文章和出版的专著总计有二三百万字，其中《茅盾与中国现代文学》《文学与温暖的对话》《小说走过新时期——新时期以来中国小说的文化研究》《叙事的嬗变与转型——21世纪前十年长篇小说的研究》等专著都提出了一些比较有创见的学术观点，产生了一定的影响力。从整个研究的体系上，你是比较观照三个层面的，一是现代作家的文学创作与文艺理论研究，二是当代作家的研究，三是马克思主义文论研究。三个层面相互独立又相互关联，从目前的成果情况看，文学研究理论体系比较完整，也趋向于成熟，构建了比较系统完整的文艺理论研究体系，成为当下国内比较有影响力的文学评论家。

周景雷：林先生刚才的表扬实在过誉，自己身在高校，又走上了教学与研究的道路，不做些研究和提出一些自己的认识实在也是不对的，至少对不起自己所从事的专业，也对不起自己所教的学生，更对不起已经存在的文学事实和文学现状。正如你所言，这些的研究确实在不同阶段有所转向、有所变化。出现这种情况是由多种因素决定的，一是和兴趣点有关，二是与现实需求有关，三是与问题域有关。但是不管怎么变化，从左翼文学研究开始，经过对延安文学到对社会主义文学的关注，这条线索其实是隐含了一种比较鲜明的内心倾向。我认为我们必须立足已经存在的文学现象、文学事实来开展研究，这是比较笨拙的方法，也是比较诚实的方法。你刚才说的体系性的问题对我来说确实不敢当。我自己的理论积淀和知识储备以及对文学的思考还有很多欠缺的地方，甚至还是比较肤浅的，构建一种体系对我来说是梦想、是理想，在现实上还是有着较大差距的。如果说在研究中有些系统性的思考，这个我还是能够接受的。实际情况也是如此，特别是后来我在从事当代文学批评的时候，在每一篇批评文章中，我都试图将自己的这种思考说清楚，也确实提出了一些有针对性的认识和见解。我想从那些批评文章中是可以看出这些思考的。

林　品：你的代表作品既有宏观整体的研究，也有个案的单篇文章见诸各大核心期刊。我曾经对你的专著《小说走过新时期——新时期以来中国小说的文化研究》一书做过一个短文评述：理论上讲，线性的历史叙述是最常见的叙述方式，其优点是能够清楚地表达历史发展的连续性和承继关系，历史的"客观性"也似乎会更清晰地得到体现。在"线性历史叙述"方式的研究基础上，周景雷先生又进行了思维的大胆突破，他又把"文化的阐释"融入新时期小说研究这一比较"显学"的问题中，二者相得益彰、融会贯通、严丝合缝，从而使整部作品凸显出研究思路的严密性、理论研究的系统性和文学研究的完整性的特点。《小说走过新时期——新时期以来中国小说的文化研究》从"转换""人物""幸福""苦难""阐释""主题""环境"等七个方面入手，深入地探讨了新时期以来中国小说的发展、变化的内在逻辑、现实需求、审美倾向和创作特征。从这部专著上看，新时期的中国小说不仅确立了在十七年文学时期所形成的新传统的地位，更接继了五四新文学以来的文学传统和文学精神，无论是在个人主体身份的确立上，还是在个人与时代关系的纠葛上，都达到了一个前所未有的深度和高度。

周景雷：我一开始进入学术界从事学术研究是从现代文学研究开始的，这与我大学时期接受的文学教育和对现当代文学的认识有关，所以早期的一些文章都是这方面的内容。到今天为止，当我反思那个时期的研究时，我认识到，那时对文学的理解虽然不深刻，但有一点是十分坚定的，那就是始终坚信文学是离不开政治的，尤其在现当代文学发展阶段更是如此。我们人为地进行文学与政治的拆分，是对文学现实的漠视，甚至是扭曲，这个观点到今天为止我仍然坚持。所以你可能已经看到我基本上没有离开社会谈文学的时候。文学研究仅仅盯在文学自身而没有其他视野是完成不了研究的，也不能得出既符合文学自身规律又不脱离社会现实的成果。《小说走过新时期》也是基于这样一种立场的写作，同时我也是自己从专注现代文学研究转向当代文学研究的一部著作。那时正在北京师范大学做博士后研究，合作导师张建先生建议我要关注一下当代文学，于是我就从新时期文学小说中找到到切入点。中国新时期文学是一个很特殊的文学时段和文学存在，后来的研究为那段文学赋予了沉重的意义和浓烈的价值期望，是非常重要和有意义的话题。我在写这本书的时候，其实是想从七个方面讨论三个问题：一是新时期文学的传统是什么，这个传统当然包括所谓的正传统与负传统，这些传统是基于什么背景和环境发生和形成的。当然这个话题也是一个公共性话题。二是新时期文学与其所处时代之间有着怎样的一种互动，这种互动造成了什么样的结果，我们能否近距离和在细部观察这种结果。在谈论文学发展的时候，我非常喜欢使用"互动"一词，也非常习惯在一种互动的背景下进行文学研究。我始终认为，我们必须面对并积极主动地接受文学与社会互动的局面，这样才能更客观，更令人信服。另外，文学发展自身有着比较复杂的肌理，有的需要在研究中通过一种简便的方式给指出来，我个人不太喜欢把一些复杂的问题更加复杂化，喜欢提炼一些内容，将之条理化。之所以在《小说走过新时期》这本书中拎出来七个关键词，正是基于这样的一种考虑。三是考虑到了新时期文学的历史化问题。我们得承认，对当代文学的研究，不管是对几十年的发展过程还是针对当下正在发生的文学而言，我们都有将之迅速历史化的冲动。比如在文学批评中，尤其追风式的文学批评中，经常有试图盖棺论定的判断，甚至还没有进入读者的视野，历史性的结论就已经出来了，这是当下文学批评的问题。当时写作这本书的时候，我也有这种将新时期文学历史化的冲动。但历史化的途径有多种，我试图从文化的角度来对其进行判断，所以当讨论完一些主要的问题之后便引入了文化视角，这是文化热的一种表现。但实事求是地说，文化的视角确实也是历史化的一种非常有效的途径，至于是否达到了目的，自己不好妄下结论。

林　岚： 在你的著作《叙事的嬗变与转型——21世纪前十年长篇小说的研究》中，你的"绪论·21世纪前十年长篇小'量'点掠影"中，用比较多的篇幅和文字梳理了21世纪前十年长篇小说创作的情况，从我个人的角度讲，这份梳理的意义极大，从历时时间的长度讲，21世纪前十年，是一个比较完整的时间段，到今天，这段时间也是经历了后十年文学阅读的检验，基本上形成了比较稳定的文学事实，可以对这十年的文学进行整体性总结了，你的梳理恰到好处。同时，在行文中，你提出了"文学上的'生活'其实就是我们过去一直习惯的'题材'"。你主张用"生活"来替代"题材"的提法，"因为作为具有特定意义的'题材'观念正在终结，而生活则是'一个巨大的空间，是众多领域和生存属性的综合'"。这种提法会从文学创作的本质上开拓出众多作家和评论家对传统意义上"题材"的认知纠结。

周景雷： 正如你所言，21世纪第一个十年的文学的确是一个比较特殊的存在，但选择这样一个区间进行研究并不是我自己的独创。以十年为基本的时间单位开展文学研究是现代文学研究的传统，当然历史地看，这种时间段的划分不仅仅是文学意义上的，而更是社会学、政治学意义上的，就像我前面所说的，这是文学与时代、与社会互动的结果。十年、三十年这样的时间区分很有意思，既符合我们的心理期待和认知习惯，也符合文学和社会发展在互动过程中所形成的基本格调，这里有着比较复杂的因素掺杂其中。如果我们一定想要这样做，总会从不同的角度为其提供文学的或者历史的依据。所以，我常常认为，在文学研究中，尤其是在文学史研究中，客观因素和主观因素之间到底应如何分配它们比例确实是一个费思量的事情，也可能会是个很有意思的事情，值得去琢磨、分析。当然了，这也可能带来另外的问题，那就是当我们无法确切地把握一个长时段的文学发展史的时候，这种分法无疑是个最好的办法。

我刚才说了，21世纪第一个十年是一个比较特殊的存在，那么它特殊在哪里？我以为首先它特殊在从一个新世纪开端进入文学史，符合我们对时间政治学的预期，它或许对文学创作起到某种暗示作用。这种暗示作用到底有没有或者是否发生了作用，那么进入到文学中就会自然明了。其次，它的特殊还在于这十年的文学是一个转型时期。这个时期的文学在经历了20世纪90年代的蓬勃和膨胀之后，开始不再使劲地打旋了，有些平铺直叙的厚重了。文学不能那么一直喧嚣、奔腾，这似乎不符合河流的特征，所以这个时候我们能从中看到一些东西。再次，我们也看到一个事实，在这十年当中可以说从文类的角度上说，小说一家独大的现实超过以往的各个时期，这就令我们思考它的深层原因是什么。由此，自然也就牵涉到了你刚才所说的"题材"和"生活"的关系问题。关于这一点我在那本书中已经做了简要的分析。在这里我要补充的是，这或许仍然是一个基于时代环境的判断，在今后的研究和认知中也不可能不发生变化，这是一个探讨和逐渐认识的过程。

林　喦： 从你的专著和文章中可以看到，在对现代文学思考的基础上衍生出来的中国当代文学，整体上看，你很愿意从社会变迁到文化转向的内在逻辑和外部环境去思考作家的文学创作以及作品的呈现，而不单单是简单的文学鉴赏，这一点你把握的基本尺度是遵循着文学的生产机制的，这个过程充分地呈现出你的文艺理论观念。

周景雷：我觉得你这个概括还是比较符合我的实际的。你可能已经看到，我不论做文学批评还是进行文学史研究确实不大喜欢在文学本体上进行过多的纠缠。文学创作的确有自身的逻辑和规律，有其自身的独立性，有专属于自己的审美范畴，这也就是为什么我们不把历史著作看成是文学作品的主要原因，这是文学创作中的"怎么写"的问题，而我更喜欢关注的是"写什么"。"写什么"和"怎么写"既是一种观念，也是两种观念，两者之间的区别就在于我们对文学功能的认识。我始终不太愿意接受那种"玩文学"的观念，这是卖弄、炫耀，也是对文学、对读者的不尊重。严肃、正规的文学创作一定要表达一种除了"怎么写"之外的东西，那么这种之外的东西是什么？我以为这正是社会条件、环境、文化背景和现实需求等诸多因素，是这些因素造成了文学创作的诸种面貌，文学作品正是被这样生产出来的。按照勒内·韦勒克的观点，这属于外部研究。外部研究似乎更能呈现文学的意义，更能显现出文学作品创生过程和在此过程中所应遵循的相关肌理。

林　品：你也提出了"典型文本"到"一般文学史"书写的理念和可操作的方法，我也曾经把"典型文本"式的文学史书写称为"革命范式"的书写，但"一般文学史"的提法，可能更有广泛性、全面性和客观性，是随着时代文化更迭确立文学研究趋向于规范的一种重要的思想维度，也是构建你的文学理论的重要部分。

周景雷：提出"一般文学史"的概念是基于我对文学发展与存在的一种认识。文学是我们日常生活的一部分，这是我们的一个基本判断，谁也离不开文学，文学以不同的方式漫漶在我们的生活中。在此基础上我们还有一大批专事文学创作的人，在这些人中，有的在创作上贡献了很大的力量，代表了所处时代的文学的最高成就，今天我们评选各种文学奖项实际上就是对这种最高成就的一种确认。这些创作有很多也超越了时代，或者被一代又一代读者所接受、解读，进而形成经典。当然也有一些创作可能就文学成就自身而言未必是所处时代的最高典范，却可能是具有另外的标志性意义的创作。今天我们看到的文学史基本上都是由这样一些作品、现象或者思潮所构成的，我称之为"典型文学史"。事实上，文学史的构成和存在并不完全是这样的。更大量地淹没在典型文学史之中的却是那些一般性的文学存在，它们才是所处时代的最具有一般意义的文学创作，代表了那个时代的普遍性成就，这些被我们所忽略了。我认为我们的文学史写作也要关注这一部分文学存在。这种关注无论是从文学自身而言还是从社会文化发展而言都具有重要的意义。所以我才提出一般文学史的问题。这方面还没有更好的理论探索，也没有被更广泛地接受。现在我们能够看到很多地方性文学史正在做这种努力，我觉得这是一个可喜的现象。它甚至有可能超越文学自身而向其他领域扩展。前些年我们流行"底层文学"的说法，仿照这个概念，我认为一般文学史可能更接近于底层文学史，值得我们去研究和关注。

林　品：真正意义上的文学史研究规范也是思想的规范，是研究理念的规范，是通过正常的思想交锋和辨析从理论上清除思想界的陈腐、偏颇之见，在具有基本思维能力的研究者中形成某些共识。这就要求，我们在对当代中国文学进行研究的时候，一方面要尊重文学事实，包括文学发生的时代背景和客观存在，另一方面，要尊重文学发展的内在逻辑，要努力从文学发展的历史观和现实中寻找文学生产的某种基本规律，并且能够做到符合规律的自圆其说。从中国传统的文艺理论的角度讲，我国是有比较传统且很扎实的文艺理论传统和基本要求的。但随着时代的发展，晚清以来，特别是在新文化运动以来，文学创作的理念在割裂了中国文化传统且积极接受西学之后所衍生的新文学过程中，特别是中国现代一大批文学家受到西方文学创作理念的影响，不断以一种所谓全新的文学创作理论进行文学创作，相应并行的是一大批文学理论家也秉承了西方的文艺理论研究理念，进而对中国现当代文学进行研究。但从研究情况看，大致可以分为三类：一是作品文本研究，属于文学鉴赏式；二是史料研究；三是综述式，既有个案作家作品的综述，也有某一类型作家的创作综述，还有文学史式的综述。

周景雷：这个话题涉及如何看待中西之间文学理论的差异问题，更涉及在这种差异之中如何处理和面对我们的研究对象问题。在现当代文学研究史上或者学术史上关于这一点是有很多争论的，这种争论和交锋造成了现在的丰富性和复杂性。即使全部面向和接受西方外来理论，在这中间有时也是有着重大分歧的。比如左翼文学理论和其他的西方理论之间的交锋与冲突等。具体到研究方法和路径，其中的差别可能会更大。但我认为，不管我们使用什么样的理论方法，通过什么样的路径，使用了什么样的材料，一定要注意三个问题：一是要注意到文学间接性问题，即要注意到文学与人的关系，尤其是要注意到与整个社会生活的关系，要符合一般性常识，这是一个基本的立场，只有秉承了这样的立场才能够进入文学。二是要立足于文学，而不是从文学脱身，过多地指涉别类，甚至完全跨越。有一段时间，我读一些所谓文学研究的文字的时候，常常产生文学已逝的感觉，这其实就是离开文学太远。文学研究与社会科学各领域总有千丝万缕的联系，互相启发，互相借力，但终归还是要回到文学自身。跨界跨领域研究是新的增长空间，便于我们返观文学自身，但它终究不是文学自身。三是文学研究要及物，要面向对象说话，要从对象出发进行研究，而不能云里雾里不着边际，这除了炫耀学识之外，没有其他好处。如果这三点能够把握得住，其他的都是具体的技术问题了，倒是没有什么特别之处。

林　喦：这些年，随着社会文化的发展，在文学创作领域，人们越来越感觉到文艺评论家的价值与作用，作家与评论家的融合度越来越紧密，对于曾经比较尴尬的文艺评论家而言，这是一个好事。您最近有一篇文章《新阶段新时期新时代与当代文学建构的再思考》一文，谈到了中国当代文学的发展历经三个时段，即毛泽东《在延安文艺座谈会上的讲话》的发表使中国文学进入了"新阶段"，开启了当代文学进程；邓小平在第四次文代会上《祝词》的发表，标志着当代文学进入了"新时期"；以习近平在"文艺工作座谈会上的讲话"发表为标志，当代文学进入到"新时代"。三个时段的当代文学前后衔接并不断丰富和创新，始终与中国社会发展相适应，始终与时代并行发展，在重要的历史节点和具有重大标志意义的典型现实中获得自身使命和发展目标。各个时段的文学，既有其各自鲜明的时代特征，又有始终不变的社会主义文学的本质属性。这种总结和梳理是符合社会主义文艺观和当前文学艺术发展方向的。

周景雷：现当代文学史写作这几十年来一直广受青睐，出版了众多的文学史著作，有的已经产生了很大的影响，这些文学研究和所提供的结论基本上确定了现当代文学史的结构和逻辑。当然，伴随着我们对文学理解的加深以及其他环境、史观等变化的影响，我们学术界也一直在进行着某些确定性的讨论。所谓确定性的讨论，就是一方面我们遵从着那些盖棺论定的地方，另一方面又试图在此有突破。正是基于这种状况，出现了面貌众多的文学史论。当然，每一位论者的论述或结论都是基于一定的文学史观得出的。不同的文学史观或者不同的文学史倾向都会产生不同的结论。就我个人而言，从开始进入或者从事现当代文学研究的时候就一直比较关注左翼文学—延安文学—解放区文学和社会主义文学这条线索，或者说对这条线索情有独钟。这种关注和情有独钟，不仅仅是文学研究上的需要，也更多地包含了自己在从事文学研究时的情感态度。记得很多年前，我与别人讨论这些问题时不仅争执得激烈，甚至为此差点葬送了朋友间的友谊，之所以如此，还是有一种非学术的情感在里面的。在你提到的这篇文章中，我对当代文学的发展线索做了一种新的思考，这种思考并没有改变当代文学的整体结构和文学事实，而只是基于文学与社会互动的关系进行了一次重新认识。这里的核心问题是我们承不承认文学与社会发展之间的关系。我认为在一个动态的文学发展过程中，讨论文学史问题，不能静态地讨论文学自身，一定要看到社会发展对文学的形塑作用以及文学对社会发展的适应性问题，只有这样才是客观的、公正的，也只有这样才能真正地把文学史事实说清楚。

林　品：你知道，我这些年一直很关注辽宁的文学创作队伍和文学作品，特别是与作家的对话系列，受到了作家和学界的认可和赞同。通过梳理和研究了解到，辽宁文学是有人数可观的创作群体的，与其他省份相比，辽宁文学创作群体的实力不可低估。从问题上讲，无论是诗歌、散文、小说，包括儿童文学、影视剧本创作，都有很多比较出色的代表作家和作品。但我们也看到我们文学创作存在的不足，比如，近年来，长篇小说创作有崛起之势，但有影响力的作品甚少，因此仍需作家努力。这些年，你在文学研究的时候，也是极力关注本土文学发展的，对诸多个人作家、作品也是有涉猎研究的，你如何看待当前辽宁文学的现状与未来的发展？

周景雷：辽宁有着非常好的文学传统、文学基础，文学资源丰富，从事文学创作的作家也比较多，无论是在文学史上还是在当下都占有重要地位。比如，我个人认为，真正意义上的社会主义文学就是在东北、在辽宁诞生的。我认为，辽宁文学现在要思考的是这样几个问题：一是如何挖掘和继承我们已有的优秀的文学传统，并且如何对此传统进行创新和创造。二是如何进一步丰富和提炼我们的文化资源。因历史和地理的原因，辽宁有着诸种文化不断交叉叠加的文化基因，内蕴深厚，历史悠久，空间广阔，弹性充足，地域特色鲜明，这为文学艺术发展提供了资源和想象。三是如何进一步加强文学深刻性的引导。这是一个不言自明的问题，满足于走马观花和浅尝辄止是写不出好作品的，这需要我们在深刻性上做进一步的开拓。这不仅是写什么的问题，而是怎么写的问题，可能主体性更强一些。现在辽宁文学界一些优秀作家仍在笔耕不辍，渐入佳境，另外有一些年轻的写作者也正在崛起，并产生了较大影响。我对辽宁文学的未来充满信心。

林　品：你对辽宁文学的未来充满信心，我也相信，我们的作家们只要埋下头去、静下心来，踏踏实实地深入生活，立足民族文化、本土文化和地域文化，自觉地接受着广袤黑土地的元气，去吸收本土资源优势，吸取本土资源营养，力求在葆有自己文化灵魂的基础上，去创作可以竖置文坛的优篇佳作，一定能开创一种历史与现实相互激荡融合的新时代文学气象。也祝你的文学研究更上一层楼。

走在文学批评的前沿

——与文学评论家孟繁华的对话

作家简介：

　　孟繁华（1951— ），男，北京大学文学博士，沈阳师范大学特聘教授，中国文化与文学研究所所长，中国社会科学院、中国人民大学、吉林大学博士生导师，北京文艺评论家协会主席，中国当代文学研究会副会长，中国作家协会小说创作委员会委员，辽宁省作家协会副主席，《文学评论》编委等。曾任中国社会科学院文学研究所研究员、博士生导师，当代文学研究室主任。著有《众神狂欢》《1978：激情岁月》《梦幻与宿命》《传媒与文化领导权》《游牧的文学时代》《坚韧的叙事》《文学革命终结之后》《新世纪文学论稿》等30余部以及《孟繁华文集》十卷。主编文学书籍100余种，在《中国社会科学》《文学评论》《文艺研究》等国内外重要刊物发表论文500余篇，部分著作被译为英文、日文、韩文以及在我国台湾地区出版繁体版等，百余篇文章被《新华文摘》等转载、选编、收录；2014年获第六届鲁迅文学奖文学理论评论奖，2012年获华语文学传媒大奖等。

　　孟繁华先生作为当代著名文学评论家行列中的重要一员，他的文学批评成为当代文学批评的灵魂与路标，他的评论思想能够洗涤创作者浮躁的心灵，并使灵魂得到升华。可以说，孟先生富有生命力的文学批评作品审视着当代文学的创作。

　　孟繁华先生的评论一直作为文学批评的一种独特方式存在着，他对文艺创作进行着思想内涵与独特的美学价值的挖掘，进而体现出其独特的思想品位与美学格调。孟繁华先生的文学批评是具有独立性的，同时批评不仅具有自己的态度、立场和批评空间，更有责任感与使命感。

　　文学批评继承和发展了中国传统文化，并具有当代中国意义的批评理论话语与体系，这也是孟繁华先生文学批评的特征。他的评论文章不仅仅体现在理论原创性上，更为难得是批评的本土化、民族性。有学者认为当前的文艺批评与传统的文艺批评发生了某种程度的断裂，文艺批评者舍弃传统，在寻求本土化方面努力不足。而孟先生在追求中国话语阐释的同时给我们提供了文学批评典范。他从当代文学批评实践出发，传统与新思想结合，坚持正确的价值观念和审美观念。可以说，孟繁华建立和完善了具有鲜明时代特征的、符合文学实践的、能够引领文艺创作者思想的、正确的、科学的批评范式。

孟繁华先生的文学批评视角是多元化且具有深度的。他的文学批评总是全方位地立体辐射开始，进而创造出一种独特的审美特征，从新的视角去发现新的艺术世界。他的文学批评并没有被生存的具象所羁绊，而是呈现出了一种开放性的气度，并且形成厚实阔达的审美品质。他的评论不仅仅是历史、文化的反思，更将心灵、情感等多元因素汇聚成一片宽广的海洋，形成一种独具魅力的文化、文学品格。

同时，孟繁华先生的文学批评不墨守成规，善于创新，他不断地涌现出新的批评话语、新的思维，总能聚焦于当代文学的前沿问题，并且以自身独特的思想引领着学术前沿。他的文学评论是与文学创作共振的，因而具有深刻的价值意义。他的文学批评通过形而上的视角对文学现象的存在进行追问与反思，进而体现出一种理性的哲学思考，一种强烈的思辨力。因此，他的文学批评具有很高的哲学深度与艺术品位。

林　品：孟先生在当代文学批评领域可谓是一种典范，以敏锐的洞察力与深厚的文化、文学底蕴审视着当代文学的发展。孟先生出版了很多著作，比如被译成五种语言的《众神狂欢》，还有《1978：激情岁月》《想象的盛宴》《中国20世纪文艺学学术史》《中国当代文学发展史》《共和国文学50年》等，还在《中国社会科学》《文学评论》《文艺研究》等报刊发表理论评论文章50余篇，特别是还出版发行了《孟繁华文集》十卷。显而易见，孟先生在当代文学批评、文化研究以及文学史建构等领域做出了重要贡献。可以看出这些年来，您一直是在文学现场的。那么，您当初是如何走向文学批评的道路的？如果将您文学批评的思想划分为几个时间段，每个阶段呈现的状态是怎样的呢？思想源泉是什么？

孟繁华：读大学以前，我是一个知青，业余写诗，曾经发表过100多首诗。当然那些诗已经随风飘散了。读大学后，老师告诫我大学不培养诗人，要认真做学问。然后我就不写诗，改写文学评论了。你问我的"文学批评的思想划分为几个时间段"，这个问题有些过于重大。实事求是地说，像我这样的批评家，至今仍在学习过程中，根本就谈不上什么"思想划分"。但也大致有一个可以识别的不同阶段。（20世纪）80年代我就写评论，在《十月》《新文学论丛》和《文学评论》丛刊等发表文章。但那时也就是能够写评论而已，还没有能力进入文学的核心话语。对最重要的文学问题还插不上嘴。1989年我到北大做访问学者，师从谢冕先生学习，接着考取了他的博士研究生。毕业之后分配到中国社会科学院文学研究所。应该说，我的文学批评活动是从90年代才真正开始。

至于思想来源，这是一个很复杂的问题。当下学者的思想来源都是非常复杂、非常多样的，既有中国传统的儒家入世的思想，也有"五四"以来现代知识分子这种国家民族关怀的思想，同时也有西方关于知识分子的思想或理论的影响。今天每个人的思想来源都不可能是单一的，各种思想能够被自己认同的都会成为一种重要的思想资源，然后在自己的研究和写作里面能够表达和渗透出来。

林　昂： 当下的文学批评者缺少独立性，缺少担当，以至于其作品缺少独创性和批判精神，甚至一些人开始怀疑作品的真正艺术质美之所在、真正的批判性之所在。其实，我们的文学批评要有深刻的批判价值，能够保持持久的批评生命力。文学批评要深入到本质进而才能为创作者指引方向。可以说，您的文学批评是有责任担当的，正如有学者对您的评价："有浪漫豪情，但是经由思考所过滤；有敏锐表达的思想识见，建立在对文体、形式敏感的基础上，以自己的批判来宣示对理想主义人文精神的坚守，通过'苦其心志，劳其筋骨'的广泛阅读，'别林斯基式'地勘查各个时期的文化现象和创作实情，来描述趋向、揭示症候、发现新质、预言前景，为从事当代文学这个行当的人们提供了富于启发性的见解。"您是如何做到坚守自己的独立思想的？您是如何看待当下的文学批评的？

孟繁华： 坚守自己独立思想谈何容易。首先要问自己的是，我们是否有独立思想？我实事求是地说，我只能说在文学批评领域能够有一点"独立的思想"，这个"独立"也是相对的。也就是对具体的作家作品或文学现象，说一些与别人不一样的话而已。

如何看当下的文学批评，我倒可以说几句。40年来的文学批评，应该说取得了巨大的进步。元理论的终结和多样性批评声音的崛起，从一个方面表达了当代中国巨大的历史包容性和思想宽容度。这是大国文化的体现。但是，一方面是文学批评的历史进步，一方面是对文学批评的强烈不满。没有人知道这个"憎恨学派"在憎恨什么，指责文学批评的人在指责什么。那些浅表的所谓"批评的媒体化""市场化""吹捧化"等，还没有对文学批评构成真正的批评。因为那只是，或从来都是批评的一个方面而不是全部。或者我们从相反的方向论证，假如"媒体批评""市场化批评"等不存在的话，批评的所有问题是否就可以解决？

可以这样说，改革开放40年来，文艺批评不仅在学院体制内，补上了因长期闭关锁国对西方文艺理论批评不了解的课程，培养了数目巨大的专业理论批评人才，而且那些一直在场的文艺理论批评家，在建构中国文艺理论批评新格局、推动理论批评建设、参与推动文艺创作、阐释或批判文化现象等方面的努力一直没有终止。对各种新出现的文学、文艺现象的阐释、解读，比如对现代派文艺、先锋文学、新写实小说、市场文艺、网络文化、时尚文化、底层写作以及各种文化、文艺现象批判的声音从来就没有停止过。对批评的不满，应该具体分析。更多的人习惯于80年代的思想方式，一切都有答案，而且是清晰的非此即彼的答案。今天的情况已大不相同，一切都是不确定的。因此，一切都没有不变的答案。对这种纷纭甚至纷乱的声音的不适应就在所难免。一方面，元理论或普遍性的丧失，使文艺批评也失去了统一的标准或尺度，它再也不是非此即彼式的二元世界。因此，不满意应该是元理论、普遍性或不确定性带来的问题，不应该完全由文艺批评来承担。正像前面提到，中国已经成为最大的文化试验场，一切问题都让文艺批评来解决是不现实，也是不可能的。事实上，在文艺生产领域，参与、影响或左右文艺的因素越来越多，而这些因素是文艺批评家所难以掌控和改变的。

另一方面，当下的文学研究和批评，又被一种巨大或莫名的迷茫所笼罩，既没有方向感，也缺乏有力的理论和方法。这种状况已经持续了许多年。虽然文章照样发表，学术刊物照样出刊，但有影响、有力量、有创造性的著述凤毛麟角。维持这种局面的主要"学术杠杆"，是"项目"和各种评估指标在起作用。这是文学批评和研究界的现状，这种学术体制的问题日益显示出来，但仍然以惯性的方式滑行空转，并且是"学术生产"最强大的控制力量。这是学界没有言说的共同苦衷。文学批评自身存在的问题，在80年代中期就开始被提出，甚至有人用"危机"来概括。几十年过去之后，这种困境不仅没有缓解，甚至有过之无不及。这个困境不止是他们个人的，也是当下文学批评整体性的。我当然也概莫能外。我也试图找到一条能够缓释这一困惑的道路或方向，但一直不得要领。我们知道，从80年代初开始，向西方学习业已成为宏大的时代潮流，西方繁复的文学观念和方法，极大地开阔了我们的文学视野，也以镜像的方式清晰了我们的文学位置。但是，许多年过去之后，源于西方文学基础产生的西方文学理论，也遇到了他们自身的纠结或难题。

因此，西方文学理论在阐释文学共通性问题的时候，确有明快和通透的一面，但是，任何国家民族的文学，也总会有其特殊性。面对特殊性的时候，仅凭西方文学理论往往捉襟见肘、词不达意。于是，从实用性的角度考虑，我经常向古代文学研究者的方向张望，希望能够从他们从事的研究中汲取新的资源和方法。特别是身边一些优秀的古代文学学者的研究成果，常常让我耳目一新深受启发。古典文学研究界的文论研究，尤其是古代诗学研究，取得了诸多重要成果。像罗宗强、蒋寅、郭英德、蒋述卓、袁济喜、以及海外华人学者张隆溪、叶维廉、叶嘉莹等。这些学者的具体研究而不是空泛的云端话语，发掘了相当丰富的、值得当代文学批评实践吸收的本土理论话语资源。

从批评的角度说，许多年以来，学院批评已经成为主流。同时，我们也应该看到，学院批评经过制度化，也逐渐没落。背离了当初"拒绝庸俗社会学强侵入"的初衷，越来越千篇一律，无论格调还是文风，枯燥乏味。这样的文章什么都有，有哲学、社会学、历史学、心理学、版本学、文献学等，就是没有文学。因此，我们已经到了非改变批评现状不可的时候。我想，通过同行们持久的坚持和努力，文学批评的困局终会被打破，新的批评局面就一定会到来。

林　品：您的《中国当代文学通论》《当代文学发展史》对当代文学史的史学建构起到了重要的作用。其实，文学史的建构存在着史学编纂者立场与标准的选择问题，文学史编纂者站在何种立场进行史学建构，这对于文学史的呈现至关重要。然而，史学编纂者对文学史的建构总是逃脱不了将文学置于历史性、时代性与政治考量中做整体观照这一事实。因而，书写者的文学史观反映在文学史文本之中。那么，对于当代文学史的建构，我们如何清晰地进行轨迹描述与价值评定呢？或者说，您对当代文学史的建构问题有哪些思考呢？

孟繁华：关于当代文学史的建构，我在2019年第5期的《文学评论》发表的《建构当代中国的文学经验和学术话语》中已经大体表达了。概括起来可能是这样：70年来，不同的历史语境，那些含有内在力量的、有生气的、有潜力的存在，以不同的方式控制或影响当代文学史的书写。因此，当代文学史在70年不同历史时期的内涵并不完全相同。用洪子诚先生的观点，"当代文学"的概念是被构造出来的，"当代文学史"当然也是被构造出来，任何一种历史都是被构造出来的。70年不同的历史时期，由于不同历史语境的规约，当代文学史大体可以概括为三种不同的形态，即社会主义文化空间的构造，文学史观念的对话与建构，当代中国文学经验和学术话语的整合。三种不同的文学史形态，与不同的场域或历史语境有直接关系，这一点与现代中国对五四的阐释不同。

当代文学史三种不同的"构造"，是一条线性的关系。但是，当代文学史与不同历史语境无论是同构还是错位，可以肯定的是，中国当代文学研究的历史，都是一部带有不确定性、不断试错、不断从外部走向内部、不断从社会政治走向探寻文学历史真相的历史，也是更加合理化、更加学术化的历史。因此，这三种文学史研究形态，都是构建当代中国文学经验和学术话语的一部分。如果是这样的话，那么，当代文学史形态的变化，也恰恰从一个方面表达了当代中国社会文化场域的变化。无论是文学创作还是文学史书写，时代期待的是"风卷红旗过大关"，但是，风卷红旗过后，却是"万花纷谢一时稀"。或者说，在梁生宝、萧长春、高大泉的道路上，中国共产党和广大的中国人民并没有找到希望找到的东西。这是中国实行改革开放的前提和基础，正因为不好，才需要改革开放。1980年前后，在改革开放的思想的环境下，出现了古华的《芙蓉镇》、周克芹的《许茂和他的女儿们》等新乡土文学作品。在这些作品中，我们看到的"豆腐西施"胡玉音、工作组长李国香、乡村流氓无产者王秋赦以及老许茂和他的女儿们的吃食、衣着、目光、肤色等，与阿Q、祥林嫂、华老栓、老通宝等，没有任何变化。也就是说，真正的革命并没有在广大的中国乡村发生。这是中国改革开放思想战略的现实基础，如果不实行改革开放，广大的中国还将处于贫困之中，僵化的思想和情感方式还将持续蔓延。是改革开放思想战略的实行，中国的社会环境和思想场域发生了根本性的变化。这个变化在当代文学史领域的反映，就是文学史观念的变革和对话。

1985年前后，对于中国当代文学来说是重要的年代。文学界经过"人道主义""西方现代派""寻根文学"以及"先锋文学"的讨论，虽然乱花迷眼，却也极大地拓展了中国文学界的视野，无论参与者持有怎样的观点，有怎样不同的身份和背景，可以肯定的是，文学界看到了更多的可能性。更重要的是，在那个给所有人以希望的大时代，预示了中国文学走向现代的坚定信念和决心。文学史观念的变化，离不开这个时代的整体氛围。因此，对40多年的中国当代文学研究来说，80年代是一个走向新的开始的年代。

代表中国当代文学史领域最高成就的，还是洪子诚先生。他的《中国当代文学史》1999年8月出版后，不仅是国内高校使用最多的教材，而且已有英文、日文、俄文、哈萨克文、吉尔吉斯文等译本，韩文、意大利文正在翻译当中。洪子诚是一位致力于中国当代文学史研究的学者。从80年代中期的《中国当代文学的艺术问题》，到后来的《作家姿态与自我意识》《中国当代诗歌史》《一九五六：百花齐放》等，都保持了他对当代文学史的一贯思考。及至《中国当代文学概说》的出版，应该说，洪子诚已经形成了他比较成熟的、个性独具的中国当代文学史研究风格。在那本只有170页的著作中，他纲要性地揭示了当代中国文学发生发展的历史过程，不仅第一次以个人著作的形式实现了中国当代文学史的写作，同时也突破了制度化的文学史写作模式。由于是港版著作，它的影响力还仅限于为数不多的学者之内。但从已发表的评论中得到证实，洪子诚的研究引起了广泛的注意，他作为第一流的中国当代文学史研究者的地位得以确立。这是我对中国当代文学史发展的一个基本看法。

林　品：回首孟老师的几十年的文学批评生涯，可以说您影响了也正在继续影响着一批批文学研究者。治学的严谨态度、专业精神与文学的浪漫理想情怀、积极的人生，深深感染着每个关注您的人。可以说，孟老师总是站在文学时代的前列，为文学把脉，为创作引领方向。那么，您从事文学研究与批评，似乎学术与批评成为您一种独特的人生，您是如何看待这一问题的？

孟繁华：我不敢这样认为。实事求是地说，我只是在可能的情况下，做了一点文学批评应该做的事情。如果对青年没有不好的影响我就非常满足了。刚刚说过，进入北大之后，我才真正开始了问学生涯，才有可能认真清理反省自己走过的道路和精神历程。在北大进行学术训练的时候，谢冕老师搞了一个"批评家周末"。这个学术沙龙从1989年10月开始，一直坚持到了2002年。除了谢老师带的博士生以外，访问学者、外校的教师以及其他青年学者等，参加的人非常多，包括外地到北京来的学者也都经常去。"批评家周末"固定是两周一次，非常紧张。有时候还要作报告，也要讨论，由谢老师主持，我们每人写一段，笔谈式的，每次都要发表。当时在学界很有影响。就是在这些活动中，谢老师提出了"百年中国文学"和"学院派批评"等概念，我和谢先生还主编了《百年中国文学总系》的写作以及《百年中国文学经典》的编选。现在来看，自由讨论和畅所欲言，不仅缓释了那一时代青年学者的抑郁心情和苍茫感，同时，它宽松、民主、平等的环境，更给参与者以无形的熏陶和浸润，并幻化为一种情怀和品格，而这一点可能比它取得的已有成果更为重要。或者说，"批评家周末"首先培育了学者应有的精神和气象，它以潜隐的形式塑造了它的参与者。我们的这些活动既没有经费也没有赞助。但是，所有参与者都心无旁骛，一心问学。这些事情对我影响非常大。我17岁下乡当知青，27岁读大学，1982年以后到北京进入大学教书，现在快40年了。也可以说是一辈子在从事文学研究和教学。我非常热爱自己的工作，这也是能够坚持这些年的主要原因吧。

林　品： 改革开放40年来，当代文学创作一直在探索、追寻着如何讲好中国故事，而中国叙事最鲜明的特征就是强烈的时代精神。尽管不同的时代具有不同的精神，但总会有一条不变的主线，其牵引着时代，凝炼着时代精神。那么文学反映时代，您作为文学批评家对新时代的文学发展有什么样的期待与预见？

孟繁华： 其实，谁对未来都很难发出什么预见。这是由世界发展的不确定性决定的。因此，我们只能依靠现有的经验，大体看一下未来的走向。你知道，很长时间以来，我们一直听到一种声音，就是"中国的严肃文学不断边缘化""中国的严肃文学越来越小众化"。谈"边缘化"和"小众化"有一个比较的背景，这个比较往往是与80年代作参照的，80年代严肃文学几乎一统天下，我们的《人民文学》发行100多万册，《诗刊》发行将近百万册。当时中国人民感情宣泄、感情交流的唯一管道就是严肃文学；90年代后我们各种杂志、各种文化消费形式都出现了，比如星巴克、嘉年华、桑拿浴、健身房、书吧、电影院等，文化消费的形式越来越多，它们把原来的文学人口分流了，文学人口越来越少，这是很简单的算术问题。在80年代我们呼唤的是，让我们的文学环境越来越自由，让我们的文化消费形式越来越多，能够不断满足人们日益增长的文化消费要求。当90年代将其实现之后，又去抱怨严肃文学的"边缘化"和"小众化"，那么我们到底要的是什么呢？我个人认为今天的文学状况回到了它应有的位置，文学不是"边缘化"，因为文学也从来没有"中心化"过，即便在80年代，社会生活也没有以文学为中心，没有"中心化"何来"边缘化"？所以这个感慨是不存在的。

文学越来越"小众化"是合理的。其他的文化消费形式有人觉得更适合他，他从文学中分流出去了，那是他个人的自由和选择。如果你认可让每一个人的文化消费形式有越来越广阔的空间、越来越自由的形式、越来越拥有更加自由的权利，那么不满文学的"小众化"是很没有道理的。文学为什么不能"小众"，文学为什么一定要无限风光地被无数人举到天空中去，这种心态本身就是要不得的。所以，当下文学的"小众化"，文学人口的被分流，我认为是很正常的现象，但是你一定要坚信，不管文学如何"小众化"，人口如何被分流，文学一定会很好地存在下去，这是没有问题的。

林　品： 谢谢孟老师，感谢您在方便之余聊了这么多，很是受益和受启发，也是一种享受，期待有机会与您继续聊聊。祝您身体健康，文思泉涌。

作家须始终持有并面对自身精神难题
——与作家高晖的对话

作家简介：

　　高晖（1966— ），当代重要作家。制造一切文本，包括小说、散文、诗歌、文学批评、艺术批评等，还包括毛笔字、写意猫、写意虎等。代表作长篇小说《康家村纪事——关于一个村庄的非结构主义文本》，文图综合集《高晖写字写猫集》（人民美术出版社，2020年9月第1版）。迄今，评述其作品的各种资料凡120万字，均收在《走出与返回——高晖批评研究资料》（辽海出版社，2020年10月第1版，张清芳主编）。从2014年起，高晖开始担任"诗意的幸存者——中国当代诗人视觉艺术巡展"总策展人，该展于当年12月24日在上海首发，并被誉为中国文化界年度标志性事件；2015年至2020年间，连续参加第一至六届北京诗歌节。现为辽宁省融资担保集团高管，中道六合（北京）文化机构签约艺术家。

　　高晖自20世纪90年代初期发表作品以来，创作势头一直稳健且风貌独特，其特立独行的创作，具有其自身的连续性，我们甚至很难发现新时期以来不断变化的文学潮流对他的影响。也许，正因为这样，高晖的作品总能引起批评界、学术界的关注，"可以肯定的是，我们很久没有感受到作家缎子般的心灵了——就像那将溢未溢的水，还有水面那形而上的薄雾……有细部，有沧桑，还有震撼……"特别是《康家村纪事——关于一个村庄的非结构主义文本》出版以来，高晖的创作引起国内一些重要作家、批评家的密切关注。

　　林　喦：其实，我与你是有缘的，虽见面机会不多，但有话可谈，特别是你聊起读书、写作，哪一次都是侃侃而谈、语言鲜活、观点独到。在作家中，习惯阅读的人很多，应该说，大多数作家都是要经历阅读过程，你也谈谈关于阅读与作家创作吧。

高　晖： 从内容上讲，"读书"是一个宽泛的概念，文学、哲学、科普、杂项，总之通常是指读那些纸质读物。在辽沈作家里，我应该算是个读书较为庞杂的人。你可能想象不到，我的第一本读物竟是中央文件，这种超前行为让我养成了读各类各种文件的癖好。我读过一遍《毛泽东选集》，话说得明白、有劲，真正的口语方式必须得有节奏，有适度的停顿。

我读的第二本读物是本小说，那时称之为大书，封面是胖墩墩的一个男孩的半身像，我记得是穿着蓝衣裳。书的名字叫《新来的小石柱》，谁写的我早就记不清了。讲的是一个体操队员小石柱的故事。一个乡下孩子，一个会翻筋斗的乡下孩子，偶然被教练选中，来到少年体操队。这孩子是新来的，功课、生活还有专业都跟不上，于是他就刻苦适应，赢得了小伙伴的佩服和教师的夸奖，最后在一次大型比赛中拿了冠军。似乎还有一个孩子，被安排成有些资产阶级生活习惯的孩子，爱吃一些小食品，后来他没比过小石柱。

就是这么一本普通的故事书，很多人也许记不得书名和情节。我记得这本书在我的童年乃至少年生活里举足轻重。当小石柱在集体中孤独的时候，常常到一片小树林里，在这小树林里想家、练功。其中有这样一个细节，我始终难忘，这片小树林里有一棵笔直的小树，小石柱每隔一段时间，就在上面划一道痕，盼望自己能快些长高。就是这种成长的愿望让我迷恋了许久。其实，这是多么普通的愿望，对于我却成了某种象征，它象征着我童年和少年积极向上的那一部分生活。想来，这本书不过是极普通的一本儿童文学读物，一定不是深沉博大的那种书。不过，这没关系，这本书诱导了我对自己生活中向上那部分东西的理解，没有比这更重要的了，特别是我当时那个年龄。小石柱成了我那一时期生活中的一个榜样，单纯、善良而勤劳的榜样，特别是能自己默默地承受一些东西的榜样。总之，《新来的小石柱》给我带来了丰富而温暖的阅读感受，小石柱在练功之前对树的默想，上单杠前对奶奶的思念，这里面就包含了梦想、祈祷和信仰。其实，这类书籍对人的启示常常在于诱引，诱引出与自己当时精神契合的一种场物质，这种场物质会笼罩或长或短的一个时期的个人心灵生活。刚开始的时候是一种临摹般的人格仿真，这样的仿真久了，也就逼向心灵深处。

林　喦： 一本好书的作用是极大的，好书就是能使人走进去，这是对大多数阅读者而言的，但对作家而言，读书会有另外的意义和作用了。

高　晖： 我想说的是，一本书你能读下去，就是对你重要。一个人是否适应某些书，这最重要。读好书就是剥离自己的过程，就是将自己内心被层层包裹的东西剥离出来，显露出内心最原初、最柔软、最丰富、最具想象力的东西。你不喜欢书，书也不一定喜欢你。读书能在一定时间内改变你对这个世界的看法。读书也不必拘泥于一种读物，可以是多种，想看什么就看什么。据说，科学已经测定，在五个月之后，从残留在大脑皮层的印记上看，快读和精读是没什么分别的，我认为读书就要快读。其实，我掌握一些快速阅读的方法。

林　品：是的，有一定道理，上次你说的阅读是写作的近邻，观点也很独到。

高　晖：一个作家为什么读书呢？阅读是写作的近邻。我认为应该有这么几个目的：一是模仿。其实，每一个写作者都是从模仿开始的。开始写作的时候，你会不自觉地在模仿一些你喜欢的作家的手法，甚至是后来这种模仿也不能幸免，最后才是隐退形式追究其内容。我曾经说过，新时期文学的20多年，从某种意义上说，就是中国作家模仿外国作家的20多年。二是思考方式。比如，君特·格拉斯的《铁皮鼓》给我们提供一种思考方式，一个人内心成长的过程和强烈的表达愿望往往是成反比的。三是形成内在的语言系统。我认为，感受自己内心的真实需要，是形成稳定的内语言系统的根基。语言问题不在于语言本身，而是我们观察问题的方法。作家形成什么样的语言系统和模式，与读什么样的书关联很大。写作层级与阅读层级彼此相对应和呼应。四是感悟。读书无论怎么重要，与写作本身相比都显得逊色。写作就是写作，它是上天安排给人类一小部分人的特殊任务，是以作家内在生命的感悟作为支撑的，作家的生命仅仅是一块试验田地、试验器皿，本来无须用自身生命以外的东西作相关支撑，但是书籍可以诱引，诱引出形式感甚至内容。比如，我在一本1973年出版的科普读物《怎样养兔》里读出另外一种东西，于是写出中篇小说《杀人犯吴玉刚印象记》。当时，我写小说，找不到特别的形式感就觉得没有话说，憋得不行。很多书籍让我看到小说的形式感，于是，有了第一句就有了第二句。

林　品：好书，特别是好的文学作品是创作的引导，好的文学评论也是对创作有这样的作用的，但我记得你曾经说过："文学评论家不应作为单独的行当存在，一个单独以评论家面貌出现的人值得怀疑。评论家首先应当是个写作者。假如文学评论家独立存在，那他一定要大于作家，能给写作者以指导。"这种观点会不会引起评论家的不良反应呢？

高　晖：我承认，我是在某种场合说过这样的话。在我看来，目前，文学评论大体有以下两种情况：一是学者在对现代当代的文学现状进行研究。但这些与作家的关系不大，一般的状况是你研究你的、我写我的。有些人写的东西可以看，比如陈晓明，他提出的"欲望化写作"和"新状态写作"在当时就很有意义，他具有良好的工作习惯，一招一式很像回事。这些批评家里，只有其中很少的一些人说起话来能尖锐而精准，遇到这样的批评家我准会脱帽致敬。二是作家对作家的评论。我比较欣赏这类批评，同行批评同行，往往一言中的。余华写的《我们的内心冲突》就是这样的文章，还有莫言解读贾平凹，将阅读退回到阅读之初，都是不错的文章。其实，写作的过程就是唤醒、剔除的过程。作家生命之初的东西，已经被莫名其妙地覆盖，需要慢慢地剥离。作家成长的过程是不断蜕变的过程。写作可以使敏锐变得木讷，也可以使勇敢变得懦弱。我发现自从写作之后，自己已经变成另外一个人。

林　晶：是的，比如评论家说新写实主义。

高　晖："新写实主义"现在是个时髦的用语，是文学评论家制造出来的。新写实最大的错误，就是将大家熟知的东西再表述一遍。用自己感知的东西，来影响大家也是错误的。近百年来，中国从来不缺"贴着地面行走"的东西，缺少的恰恰是幻想性元素和浪漫元素。我们这个民族，在先秦、在唐宋，精神领域曾经达到过很高的峰值，在20世纪80年代，中国知识分子的想象力和创造力也曾经达到一定峰值。事实上，新时期以来，已经出现很多当代经典，只是因为时空的原因，我们不愿轻率地把大师的桂冠给那些优秀的作家。

林　晶：可以这样说，你既是一位作家，也是一位文学评论家，虽然你的评论文章不多，但你在各种讲座的内容里，常常要评论古今中外一些具有特殊性和代表性的作品，例子信手拈来，出口成章，很多见解都能引起听者的认真思考。同时，你的工作比较繁忙，但依然没有影响到你的阅读和创作。就创作而言，每一位优秀的作家都会谈到童年记忆，这方面你也是有话要说的吧？

高　晖：自然造人的前提应该是公平，每个人都具备从事各种职业的可能性，也就是说几乎所有人在一开始，即童年时都具备成为作家的可能性。但伴随着成长，大多数人丧失这种可能性，原因是他们的脑子里长出成堆的概念并被这些概念无情地控制。于是，他们在各种各样老师的支持下，开始追求条清缕晰，也就失去鲜活、丰富地表达世界的愿望和能力。一些极少数的人，那些对世界保持着最初印象的人，开始有能力选择作家这一职业。也许，他的选择是以牺牲其他可能性为代价的选择，这里不排除他选择别的职业会比选择作家更出色。影响中国一代写作者的苏联散文家康·巴乌斯托夫斯基说过一句让人难忘的话："我们对生活富于诗意的理解都源于童年时期的馈赠。"不忘记童年的人就肯定是一位好诗人。

我发现，自己10岁以前的生活随着成长而越发清晰，一些细节在一天天地凸现出来。我知道，跟我一起共同生活的其他孩子，包括我的弟弟妹妹，他们肯定会与我的记忆有所偏差，他们肯定会记住另外的东西。我愿意认为，我拥有的记忆是神圣的，同时也是不可言说的，是上帝赋予我的密码。我童年时候，我妈妈等一些大人常常认为我没长心，但据我现在的推测，我比其他孩子更敏感、更自尊，经常可以感受生活中那些尖锐的东西。在四岁时，我就可以把自己和别人完全分开，而且能记住每个人对我的态度，甚至可以感受到生活因变故而发生的那些不可控制的变化。在我成年以后，这些构成文学的重要因素。

一个作家的语言在童年时期就已经定型，后来我们做的事情只是发现。我的意思是说，一个作家的表达境界在童年时期已经完成，一般来说是以口语方式存在。在童年的生命里形成一个语言流，很多细心的成年人肯定会发现这些。有时候，我们说一个作家是天才就是这样的。表达的境界决定着作品的境界，那么，到底是什么决定着一个作家的表达呢？童年经验。我始终认为，文化是先天的、先验的，它先于一个人的生命而存在，母体的羊水中就已经饱含特定民族区域的文化。这些东西，都不是后天可以改造的。这样，语言作为文化的一个因素，也是先于个体生命存在，势必永远落后于人生命所能体验到的绝大部分东西。比如，关于死亡和性爱的感受，通常是无法用语言无法来描述的，迄今为止所有的表述都不真实、不精准。从这个意义上说，语言作为交流工具的同时也障碍着沟通。人类从开始能够思考自己命运那天起，就被他自己所制造的概念淹没了。在被胡言乱语海洋淹没的时候，总有个别人能像孩子一样叙述出尖锐的生命经验，并慢慢靠近人类命运的真实，直到在某一个瞬间能够抵达那么一下。这个人，我们通常称为哲人或作家。在一个失去英雄的时代，个体生命的勇气和力量几乎具有决定性意义。

林　品：那么，现在，我们说说你自己的创作吧。

高　晖：我就是一个业余写作者。业余写作者面临的难题就是出卖写作时间换取生活资料。这样，势必导致写作常常被中断。我认为，业余写作者的核心问题是怎样使自己迅速地进入一种情境和状态，就是想写就写的状态。这样，写作应当做到表述的随意，没有必要搞像年轻人结婚、商号开业那样隆重。顺畅的写作应该就像说话一样，写不下去就停下。首先，要克服一种形式感、庄重感、隆重感、神圣感，如果有那种写便条的感觉这就成了。我现在就没有练到我想要的状态。现在，我们的作家散落在群众里面，不能轻易地被指认出来，作家已经开始变得非常平和可爱，这也是一种很好的状态。我想，作家应该尊重普遍性法则，尊重日常生活。现在，我们与他人不一样的地方，常常是我们身上有人家身上没有的那些毛病。在价值标准混乱的当下，作家应该为确立一种价值标准做出努力。现在遗憾的是，长久以来，我们像社会精英一样处在缺席和失语状态，并使我们逐渐成为弱势群体。终有一天，我们会醒悟过来。我们是作家。

写作带给我很多麻烦，我常常放弃现实生活里的很多利益，主要原因就是懒得要。写作没有带给我骄傲，只有极少的时刻才有些许满足，比如，我自认为知道一点文学秘密的时刻。关键是，一个人写不出东西的日子是那样漫长，真的有点像童年。就在我们说话的这段时间，文学使我产生些许骄傲，我在一家省直机关负责事务性工作，间隙里，偶尔还可以写作，这时就觉得自己很了不起。其实，当一个人将对各色生活的体验变为目的以后，一些外在的干扰其实是不存在的，剩下的就是怎样同自己的弱项斗争，以及怎样管理时间。

林　品：现在，我们谈谈《康家村纪事》好吗？

高　晖：其实，这部书，对于我的写作是一个转折，从此我受到理论界大面积关注啦。到现在，一部20万字的书，批评研究的文字已经超过100万字。我写出一部能让批评家愿意参与讨论的书，这是我始料不及的。这期间，始终有人问我：高晖到底想写什么？我从来没有回答过。其实，我是在写一个人的心灵成长，写到40岁以内。如果不满意，我就再说几句。我在写童年生活对一个人心灵的投影。我是在写人的尊严，写一个人从童年到青年的自我启蒙过程、一种苏醒过程，也是一种心灵解放的过程。假如，你有一个长篇小说的写作计划，并且从来没写过长篇小说，那么，我建议就先从非虚构出发，暂时不要编那些乱七八糟的故事。这样，可以避免首次虚构对长篇叙事造成难以弥合的伤害。

比如，余华的《在细雨中呼喊》，《收获》上首发时叫《呼喊中的细雨》。作为一个叙事文学作家，一定要看这本书。这本书最牛之处就是用一部短篇的结构，构成一个长篇世界。没有一部长篇小说能像《在细雨中呼喊》这样拥有短篇的精致、短篇的封闭，更重要的是有短篇的张力。余华能写出这本书，即使不再写《活着》《许三观卖血记》，也不妨碍《在细雨中呼喊》成为经典。《在细雨中呼喊》无疑就是天才制作，这里面包含着叙述文学的全部要义、全部精髓、全部语言密码、全部要件。在这里，我想说的就是，一个作家完成自我启蒙以后，其思想最好的状态就是重新回到混沌，思想只有在混沌状态下，才能抵达叙事文学的神秘核心，才能回到叙事文学的私密处，否则，过于激进的思想会伤害叙述本身。

林　晶：那么，你怎么解读非虚构写作呢？

高　晖：新时期以来，中国叙事文学作家已经学会一种写作技巧、一种叙述话语方式，旨在推动一个来自现实或超越现实的故事，上述技术的核心就是想象和虚构。这样，非虚构文学的叙事难度更大，但从非虚构角度入手理解叙事文学肯定会简洁、更有意味一些。当现实故事已经发生，其本身已无须虚构，接下来，作家所做的工作仅仅是如何将这个故事还原。首先是作家如何看待这个故事，其次是作家语言的修为问题。我认为，只有进入非虚构文学创作时，才能将叙事文学拉回到作家本身，将叙事文学拉回到语言本身。小说家给人的感觉与诗人有所不同，他更接近正常。小说家的脸上常常呈现一种宁静的孤独感，更像一个生活的旁观者，他时刻在观察外部世界的细微变化，然后试图将其描绘出来。诗人往往是一件生活样品、一种容纳与承受的器皿，当诗人成为容器的时候，他就会自己给自己做化学实验，同时，总在感受自己心灵的化学变化，然后，他就静静地注视着细微变化，并用意外的语言将它传达出来，就这样，诗歌被生产出来。

林　晶：我也像你所谓的评论家一样，制造了"新东北作家群"的概念，你可以不谈这个概念，简单地评述一下当代辽宁作家吗？

高　晖：近年来，你集中关注辽宁作家，并且做了若干基础性工作，我觉得，这件事的意义将随着时间凸现出来。至于"新东北作家群"，我还是不敢苟同。不过，总得有个集合概念吧，这样至少便于表述。当然，辽宁作家离你我最近，并且你专题研究的这些作家大都是我的朋友。以前，中老年作家始终向我们灌输传统，其实，他们自己也不懂这些。我个人认为，传统绝对不是土气。马原的东西是一个坐标，马原绝不依赖知识体系说话。看过马原之后，就可以读读博尔赫斯。洪峰早期作品也值得一读，比如《离乡》，纯净与忧伤并重，可以重读。再比如《极地之侧》，具有较为浓重的形而上意味，现在仍然可以看看。近期，孙惠芬的中篇《舞者》可以看看，有变化。白天光对语言的感觉是有才华的，但过多的炫技淹没、伤害了重要的东西。原野的散文，常常充满睿智与灵气，《在西瓦窑看二人转》写得很好。津子围的小说叙述的节制和平稳性比较好，但还是缺乏一些东西，是什么呢？应该是意义和冲突。他们离我们太近了，真的没法细说。

辽沈地区有一些优异诗人，我常常读他们的诗，他们可能都不大知道，比如李轻松、柳云、林雪、哑地、麦城、李犁等等。麦城，那个大连诗人。哑地就是我弟弟高岩，他们的诗我几乎都读过。阅读诗歌，得训练自己的思维进入一种非常态，想象诗人每句话是在什么情景下写出来的，并还原他内心的情绪活动。比如，怎么听音乐我还能讲清楚一些。我听音乐一般在晚上，而且必须独处、必须黑暗、必须关灯、必须抽烟，最好还有蜡烛，最好躺下，然后，放松放开，听一两个小时。其实，在体制内工作，我之所以能对美保持些许的敏锐性和灵动性，原因就是音乐教育始终伴随着我。这就是我的密码。

林　晶：对一些文学写作者你有什么建议呢？

高　晖：我觉得，作家上路的时候应该准备好行囊，并做出最坏的打算。不能创作的时候痛苦和寂寞怎么办？对坚定的东西发生怀疑怎么办？这时候，要学会停顿和遗忘，然后重新进行整合。知识和经验会使人变傻，要学会遗忘。成年人的生活，其实是一种垃圾似的生活，我们怎样挣脱、摒弃那些本来并不想要的东西，一定要学会抛弃、放弃。我觉得，两个文件名不相同的文件，在计算机内部是不能覆盖的。虚构不下去时，就应该退回到童年。比如，我们可以看看老照片，这时很多想法会被激发出来。

林　晶：你认为作家在当下应该持有一种什么样的姿态呢？

高　晖：目前，在当代中国语意繁杂的意识形态话语系统里，在左中右派话语的交织下，作家应该有自己的独立判断，时刻保持头脑清醒。千万不要忘记，我们的首要任务是写出作品，并让作品本身说话。我曾经说过，优异的作家是以自我生成为主的化学反应器皿。作家的独立判断是发现发掘诗意和诗意精神的前提。拥有这个前提，就能保证可以在坚硬的现实里发现人生给予我们的最伟大馈赠。

我说过，中国新时期文学的作家和作品始终有一种无法回避的精神难题，就是这种可贵精神难题所形成的精神焦虑，成为这一时期中国叙事文学的内省力、内生动力，从而完成了怀疑、否定、批判、重组、再建等一系列动作。我要说的先锋小说的贡献之二，就是持存着这种可贵的精神难题，之三是语言的自觉。与此同时，恰恰是上述关键环节导致先锋文学对现实的疏离感、缺乏现实关联，并对读者群的筛选度较高。在中国新时期文学后期，出现陈忠实的《白鹿原》，我觉得，这部作品几乎集合起新时期文学的全部优异因素，并持存着先锋文学的核心精神，如同暗夜火烛，堪称经典。我们比以往任何时候都需要先觉者的冷峻呼喊。通过审视冷酷的历史真相并割除生活的毒瘤，捍卫个体叙事，彰显国人的尊严和价值。

林　晶：今天就说到这儿吧，也辛苦你了。找时间我们再聊。

童真时代的抒写与自我情感的表露

——与儿童诗人王立春的对话

作家简介：

　　王立春（1965— ），女，满族，儿童文学作家、诗人。中国作家协会会员，一级作家。作品入选小学和师范院校教材。出版《王立春大奖儿童诗（六卷本）》等儿童文学作品40余部。儿童诗集两次获得全国优秀儿童文学奖。供职于辽宁文学院。

　　"童心""童真"和"童趣"，这是我们初对儿童文学的理解。而儿童诗作为儿童文学的一个重要组成部分，是以儿童的视角将纷繁的世界与丰富的内心情感展现于众的，诗人通过丰富的想象力拓展诗歌的叙事张力，使得诗歌具有独特的美学价值与现实意义。

　　诗人王立春一直坚守着儿童诗歌的创作，如果把儿童诗分为以童趣见长和以抒情见长两类，那么，儿童诗人王立春是游走在两者之间的。在王立春身上萦绕着独特的诗歌气质，她有意或无意地在具体的创作过程中体现着一种童年的审美之光。她的诗歌作品总是将读者带入一条美好童真而又情感丰沛的诗路之中，诗人时而游走于记忆的世界之中，通过幻化的各种"生灵"与读者相通，时而又回归现实的场域，似变作老者抒发内心的情感或寄托期冀。在王立春的诗歌世界里，无论是诗歌的意象还是诗歌的语言或是时空的表达，都存在着童年的浸润印痕。"老菜园子""白云""风""雪""星星"，一个个具有童真的意象，以孩子的视角营造着曼妙的乡土世界，带有东北色彩的土窗，影子印在炕上为格子纸，以菜园草木为笔，蓝天、白云为伴，可谓童真童趣一览无余。孩子眼里的连绵雪山、整齐的菜地、清冽的垄沟、脚下的菜香……这一切为我们展现着独具特色的北方之美，这种儿童视角下的意象群给我们以特殊的诗美体验，诗人用这种儿童的独特的感知思维方式进行着艺术表达。

王立春先后出版了《骑扁马的扁人》《乡下老鼠》《写给老菜园子的信》《贪吃的月光》《跟在李白身后》《梦的门》等儿童诗集，总计篇目近400首，这些诗歌丰富了儿童文学，也为儿童诗歌增添了一道璀璨之光。王立春的每首诗歌都是有灵魂的，她的诗并不是简单地将童趣、童事建构于诗歌之中，而是每首诗歌都呈现出一种灵魂的纯真，诗人诉说着一切，抒发着内在的情感。王立春的儿童诗是具有个性魅力的，更是具有独特的艺术品质的。在儿童诗歌创作中，她的诗歌有不可替代的位置与分量。

林　品： 我们大家都熟悉儿童文学，对于儿童文学的理论建构早在五四文学革命时期就已见端倪，当时"儿童本位"的思想以及"五四"期间提出的一系列儿童问题更加促进了作家对儿童的关注。冰心、茅盾等作家除了创作成人读者所接受的文学外，同时他们也都肩负起了儿童文学的创作使命。到了新中国成立以后，专职的儿童文学作家纷纷涌现并进行大量创作，儿童诗歌创作也在其列。面对当今儿童文学热的现象，你是如何看待"儿童文学"这一概念的，或者说结合你的创作来阐释下儿童文学的内涵与外延。

王立春： 我认为儿童文学就是适合孩子各个年龄段阅读的文学作品。因为孩子的年龄段不同，儿童文学的内涵也不同，内容和形式都不同。儿童文学所涵盖的年龄段应该包括3岁到18岁之间，包括幼儿文学、童年文学、少年文学和青春文学，每个年龄段需要的文学作品都不尽相同。儿童文学是渐次成长和不断转变的文学。离开儿童的年龄来谈儿童文学是不准确的，是泛泛的。越小孩子需要的越要有趣好玩，越趋向于儿童性，越大孩子越要有故事性、抒情性，再大一些更需要哲理性、思想性，也就是说越要具备文学性或者诗性。儿童性和诗性流淌在童年成长的两端，随着儿童的成长渐弱渐强。儿童本位这个提法应该更多倾注在小学中年级阶段，比如二至四年级，也就是童年时代，这是更多作家的作品指向。作品定位越准确，作品的温度和质感才越强，也就是越被读者所认可。比如，图画书就是给尚不识字的幼儿的，而插画书就是给小学低年级孩子的，而文字书写就是给高年级以上的孩子的。因为读者的兴趣点不同，我们作家的写作定位也要有所不同。

而题材上，儿童文学也包括了文学的所有样式：儿童小说、儿童诗歌、儿童散文、儿童戏剧，且比成人文学又多了专属的两项，童话和幼儿文学。这些丰富的题材使儿童文学成为一个独立的世界，自成体系，这个世界有分工，有层次，有递进，有承接，有高度。

当然定义儿童文学还有更多的范畴。比如从广义来讲，它有诗性和童趣的高度统一；从狭义来讲，它有浅语性、故事性、教育性、知识性等特质。

林　岬：作家怎样完成自己的儿童文学书写？

王立春：写作者把自己的文学观转化为儿童所能接受的文字，需要有一种深入浅出的文学表达能力，这样才能把自己的文学观、艺术观、教育观用浅显易懂的叙述渗透到孩子成长的每个年龄段，用孩子看得懂并感兴趣的语言表达出来。我觉得这是一个作家向儿童本位倾斜的一种技能或技巧。

一个好的儿童文学作家的作品，应该是自己对世界深刻观照和对儿童世界精细探索的综合体验和表达。他应该是把深刻的思想或生活的哲理隐藏在浅白简练有趣的文字之下，孩子能够感兴趣的，畅快地通过文字的通道抵达作家的世界。那种浅白是儿童乐此不疲的，而那些审美的探底是作家想要真正给孩子的。或许许多年之后，孩子还能够想起小时候阅读的作品来，也才能忽然体悟作品中蕴藏的美，得到一种审美的回味，我觉得这应该是一部好作品的品相。一个好作家，他也一定会为这种既浅显又深刻、既有乐趣又有寓意、既有意思又有意味的探索作为自己的最高追求。

当我们长大，总会一而再再而三地想起小时候阅读安徒生和王尔德的童话的体验，而那种回味随着年龄的增长，对作品的感悟却是那么不同。一百个人有一百种不同。多年之后，当我们想起卖火柴的小女孩，想起皇帝的新装，想起那个快乐王子，还依然为它蕴含在童话故事中那种印记，感到心疼、快乐、悲伤等诸多的情绪。再如，日本作家佐野洋子的《活了一百万次的猫》，小时候看就是一个关于猫的热闹和奇妙的经历，而成为有经历的大人后，再读就是一种对爱与死的无限感慨和深度体察了，我们会情不自禁地落下眼泪。这样的儿童文学作品才是真正伟大的作品。

所以我觉得如果儿童文学有外延，那就是作品既是给儿童读的，又是给成人读的。安徒生、王尔德、佐野洋子及很多优秀的儿童文学作家作品，就具有这样的审美价值。尽管安徒生在他的晚年一再地说，他的作品不是写给孩子的。但作品一旦脱离了作家，就是一个独立的存在了，已由不得作者，全世界的孩子都像饥饿的人遇见面包一样扑上来，不是孩子的也是孩子的了。

而我自己在创作儿童诗的时候，时时把这种外延意识贯穿在自己的作品里面，努力追寻着伟大作家的足迹，争取让自己的作品在具有儿童性、趣味性的同时，也一定具有文学性，让儿童和成人都会从不同的层面感受。那浮在上面的给孩子，那沉在底下的给成人或有一天长大的孩子。

我自己前期的作品，是对童年的诗叙述，在《骑扁马的扁人》中有所集中体现。我在诗中用了更多的孩子能接受的语言体系、童话语境，有故事，有情节，有节奏，有动感，还把幽默风趣好玩的语言加以夸张和放大，同时又把忧伤、疼痛和对生活的深刻体悟放进诗中。孩子不一定都能感觉到，但喜欢读就够了。当他有一天感觉到了突然降临的情感的美，哪怕某一个审美瞬间让他记得，我也觉得写了一个比较成功的作品。

林　　晶：诗歌是体现一个时代的，更是体现一个诗人的灵魂的。面对目前文学创作场域，大家对诗歌的认知似乎缺少了应有的耐心与感悟的本领。但文学与时代总是我们绕不过去的话题，诗歌更是一种个人对时代的情感迸射，那么，你在创作儿童诗歌时又是如何表现时代的以及抒发个人情感的？

王立春：诗人的思想应该超越时代，因为他看得见过去现在和未来。诗歌是一个时代最敏感的触角和探测器。如果把文学创作比作一场熔炼的话，那么情感应该是火焰，时代的各个场景应该是火焰熔炼的对象。被情感燃烧过的时代意象，会生出崭新的文学形象。

情感是向内的，而时代是向外的。情感越向内，它的热度越高，熔点越高，冶炼出的时代意象越有个性越有特色；而时代的意象越高远越深长，由情感熔炼出来的文学形象，就越丰富越蕴藉。

白居易有"情根"一说，意思是说感情是生成诗歌的根。当我用诗歌回望童年，就是用纯真而热烈的情感把成长阶段的我呼唤出来。亲身经历的童年生活在感情的炙热熔炼之下生成了诗歌形象，那已不是原来的我，也不是原来的时代原件了。那是我独一无二的感受，也是我的时代、我的地域对我诗歌的最好的赋予。

我的童年，成长在"文革"时期，成分为地主的母亲工作被分配到乡下，我的整个童年时代是笼罩在一片阴影里的。妈妈是大地主，我是小地主嘛！我写过一首诗，叫《小地主》，我说我是藏在农民庄稼地里的一棵隐着细叶子的地主草，当同学从远处把我呼作"小地主"的时候，我觉得那一声声像鞭子一样抽打在我的身上。这种体验现在想起来还心悸。这是成长回避不了的伤痛，当我把它写入作品中的时候，一次一次地泪流满面，一次次地心被揪疼。有了这种情感，写出来的作品不管好坏，我都觉得那是我内心中感情和时代最深刻的交融，无可替代，弥足珍贵。包括我写的《粗布衣裳》。爸爸给我买回几尺粗布来做过年的衣裳，丑丑的，我一点也不喜欢，但爸爸说结实。衣裳穿了四季还新鲜如初，我终于明白，"为了不让窘迫的日子／露出肘弯／为了不让我的童年／摞满补丁／爸爸才买了这件／穿不破的粗布衣裳"。我记得有一次在家庭聚会时我兴奋地把这首诗读给爸爸听，读到一半我就哽住了，读不下去，妹妹只好接过去帮我读完。起初是向爸爸炫耀一种写出这首诗的得意，但读下去才发现，我那不知积攒了多久的委屈像堰塞湖一样泄了流……我爸爸当时一声没吭，作为一个父亲，他又是怎样愧疚和心酸呢？我现在想起来还为自己那时的做法感到难过。

以上我说的是我诗歌中的过去时代。过去的很多诗我是以自我本位创作的。

说到现在，我试图以更多的孩子视角、儿童的本位去写作。我有一首诗叫《作业家》。孩子一天到晚做作业，"学玉米那样做算术／一直算到长出了胡子／一直算到头发灰白／／还要像稗子／明知道结不出什么／但也要认真地又种又长／……我每天都在春种秋收／我的一天就是四季"。这种体验是我对我自己孩子没完没了写作业的一种痛斥，也是当代所有孩子的成长之痛。当你站在孩子的角度去看问题的时候，这个世界又完全是儿童所能够呈现出来的样子。以儿童的本位体验儿童的情感，它应该是一种作家的责任心。代替儿童发出声音，向应试教育发起挑战，是一种呐喊和呼救。

当然，诗人更多地是望向未来，是写出那些永恒的存在。我觉得这应该是诗人的未来观。他的人性观、宇宙观、自然观都应该在诗中体现，是面向未来的书写。我觉得在某种角度，孩子是预言家，他是定义这个世界的人。孩子用自己的目光和心灵解密世界，它区别于科学和实用主义的解释。当孩子来定义和体悟这个世界时，和科学的世界和现实的世界是完全不一样的。我曾写了一首《鞋子的自白》。孩子的鞋子，就像一个小孩子一样奔跑跳跃，抱着孩子胖乎乎的小脚丫，摇头晃脑四处跑，她不像大鞋子，挂着名牌，规规矩矩，他却翻着跟头踢小石子，上树荡秋千，拉着沙子满地跑，他会和路旁的小蜘蛛说话，嘴唇豁豁了也不哭，牙齿掉了也不喊疼，最后写，"小孩的鞋子能让脚长大／大人的鞋子却让脚变老"。再比如说写到《星星钉子》，"为了使黑暗不至于／掉下来／砸到大地／星星钉子左一颗右一颗／钉满了天空"。还有一首《花儿一岁》："……全世界的花儿都开了／全世界的花儿都一岁了／美丽的花儿啊／一岁／就是一辈子呀"。

这样的一种对物事的定义，应该是儿童诗特有的品质。掌握了这样一种定义方式，或许对儿童诗的认知就会达到另一个高度。儿童诗是儿童对美的一刹那的凝视和凝固，是对世界永恒的观照。

林　昷：你在《看上去根深叶茂》中说道："在这之前，我写过朦胧诗，是很朦胧的那种，朦胧得有时自己也不知道在写什么……我真的是很幸运的人，虽然浪费了许多时间，绕了许多弯路，终于在十年后再下笔时，找到了一条适合自己表达的艺术方式：写儿童诗。"我们可以看出，你之前有过写朦胧诗的经历，朦胧诗是20世纪80年代出现的诗歌热潮，朦胧诗影响了一代人，这种影响自然有时间的广度与深度。而对于你来说，十年沉积，跃然勃发，这里是否有朦胧诗对你的影响？那么，朦胧诗成为一个诗歌流派毋庸置疑，你觉得儿童诗具有什么样的文学史意义呢？

王立春：我是从80年代后期开始文学创作的，那个时候中国新诗已行进到朦胧诗时代。朦胧诗的诗人在那个时代是最多的，朦胧诗派以绝对优势占据着诗坛。那个时候，青春的我在辽宁文学院上学，被分到了诗歌组。看大家都在写朦胧诗，我就学着一起写。写爱情诗。爱情诗和朦胧诗是双胞胎。故意把一个特别明白的情感，写得特别不明白，要有跳跃性，要有朦胧感，让大家尽量地看不懂看不透，仿佛只有这样才具备一种好诗的样子。写来写去，我觉得快把自己转掉了。但有一个好处，那就是获得了很好的诗感。这种创作体验，使我学会了深刻的思考，学会了语言的凝练，学会了跳跃的艺术，学会了偶然性到必然性的建构技巧。我的诗心得以丰盈，为以后创作儿童诗磨炼了一定的诗艺。

后来我停滞了写作十年。当我有了自己的小孩之后，我学会了跟孩子咿咿呀呀地说话，我整天看着我的孩子像神一样的神情和发音，她做着神的事，说着神的话，我被她弄傻了，傻得许多次都如雷轰电掣。我诗歌的潮水开始涌动，我预感一切将要开始。我执念很强地决定，用自己喜欢的方式写，用孩子听得懂的语言写。从朦胧诗跳脱开，我逐字逐句挑选那些浅白简练的文字，写自己用心血酝酿出的诗意。我在给一本杂志写的儿童诗创作谈中写道，我仿佛从厚重的茧壳里爬出来，飞成了轻盈的蝴蝶。说实话，这种转变的过程是痛苦的。毛虫能成为蝴蝶需要蜕变，而蜕变是疼痛，是牺牲。当我牺牲掉我诗歌中浓郁的叙述，回到素朴的童稚语境，我确实有些不甘心。但当一个柔软真实质感的自己在通透的诗歌中走出来，我的惊喜也随之而来了。这是一种痛并快乐的体验。我与生俱来的性格里的痴傻、笨拙、愚钝、执拗，还有明朗、自在、清澈、透明都跑回到了诗里；每一个灵感上生出的小小嫩芽都恰如其分地镶嵌到了诗里。我觉得儿童诗于我，是一种随性赋形的崭新的艺术创造，从这里能抵达一种极致的快乐。这是我一直寻找的诗歌理想，我十年的寻找和等待是值得的。

再说说儿童诗的文学史地位和意义。我觉得儿童诗本来就是新诗的一种，它区别于朦胧诗之后的那些诗歌流派，像一股清流独自流淌，流淌成自己的小溪、自己的江河，奔流向海。"五四"以来那些重要的、著名的诗人，他们的诗中或多或少都有一些可以让儿童喜欢的，这些诗的文学品质是很高的。比如冰心、朱自清、闻一多、郭沫若、艾青等人的诗作。更重要的，诗人们显示了他们的童心，显示了孩子可以欣赏的趣味。这些诗虽然没有标出儿童诗，却是很优秀的儿童诗。这一部分儿童诗应该在文学史上有它的地位。

20世纪70年代后80年代初，儿童诗诗人们开始以群体的姿态出现了。比如柯岩、任溶溶、鲁兵、金波、圣野等，他们的诗歌在中国儿童诗坛呈现出自己的艺术品相，各自独领风骚。儿童诗人群体发力的时候，它彻底摆脱了其他诗歌派别的束缚，浩荡而汪洋了。

林　品： 在你的儿童诗集里面，大部分诗歌作品具有浓厚的地域乡土气息，童年的回忆成为诗歌创作的源泉之一。你在《我的斯卡布罗集市》中提到，11岁的时候，你从辽西乡下搬到了城里，可以说乡村童年的生活给了你创作的灵感，有小说家曾经说过小说的创作就是回忆，是对生活的回忆，是人生阅历的采撷。当然，这种回忆需要我们的文学加工，通过想象的翅膀而使其跃然纸上。其实，成人作家将其童年回忆通过儿童视角来进行诗歌创作，面临的难题就是成人与小读者之间的沟通。一般成人写儿童总会以成人的主观情感进行表达，尽管一些作品直接写儿童及其生活，但总会有成人的影子，特别是对儿童内心的挖掘，成人与儿童的内心世界是不一致的。有些儿童诗虽以儿童外在行为作为书写的主体，而对于诗中的情感性则显得光芒暗淡。因此，诗人以儿童的感觉、儿童的情感为出发点成为儿童诗能否被合理化规约的标准之一，我想对于这一点你是认同的。那么，在进行儿童诗创作的时候，你是如何对这样一个难题进行处理的？也就是说诗人记忆里的童年与儿童世界里的童年如何在诗歌中达到融通的。

王立春： 很多成人作家也在为儿童写作，却觉得他的叙述方式，他的儿童观，怎么也抵达不到儿童的内心世界，这是为什么呢？

我觉得第一方面是因为他没有和儿童互换位置，如果能够完成和儿童的位置互换，或许一切会变得不一样。比如当你化成一个儿童，你看世界就不是居高临下，而是展开了仰望的视角。顽皮和任性将主宰你的世界。你可能是奔跑着、倒立着、仰躺着、斜着、歪着、笑着、哭着来观望那个庞大的世界，你会每天都要问十万个为什么。因为不懂所以创造，因为没有所以想象。这样才是完全的、完整的儿童世界。会和我们模拟的、想象的儿童世界不一样。

这种互换，应该是作家主动把自己造就成一个儿童文学作家或诗人的过程。

但是，最好的儿童文学写作者就是像别林斯基说的那样："儿童文学作家不是造就的，而是生就的。"顾城的诗天生就带着强烈的童话倾向，因为他骨子里就是个孩子。回望我们的儿童诗人队伍，作品最受小读者欢迎的作家，一定是天生性格里就住着一个孩子的作家。另外，母性作家也带有对儿童天然的亲近感，比如像冰心的作品，傅天琳母亲视角的诗歌，都一样也为孩子喜欢。

当然，还有一种抵达儿童世界的方法，就是我们试着去找到和儿童心灵相通的一条桥梁。找到自己的心灵和儿童的心灵交接在一起的一个点，让我们的感觉顺利地抵达儿童的世界，把我们的善与美传导给那些纯良的心灵。

我觉得自己骨子里应该具备了一些好的儿童特质。我的好多作品就是用这样两种方式来和读者进行交流的。互换的时候我的作品是儿童本位的，心灵相通的时候我是自我本位的。我试图把自己和儿童的世界做了一个搭建，才会有一种自己和他们完全一体的相融。我的一首诗《一条小河遇见另一条小河》似乎表达了我的这种感觉：一条小河和另一条小河／在桥下见面了／他们绕着圈／打量对方／用水话互致问候／哗哗击掌／再交换彼此的小鱼／然后勾着脖子／一起／向远方跑去。

所有的童年都是一致的，童年是一种生命的共性。作家的童年和孩子的童年放在一个等高线上，就能把这两个童年变成一个童年。我们的笔只有伸到童年的深处，孩子才能和你感同身受。

林　喦： 你的儿童诗除了那种童真纯净之美之外，爱是贯穿其中的。这不禁让我们想起著名作家冰心，冰心的文学作品中充满着爱，爱自然、爱母亲、爱孩子。在你的诗歌中，我们也同样感受到了这样的内容。你通过独特的语言以及意象、意境的营造，给予读者爱的洗涤。我想你的作品不仅是童趣的书写，更是深层次地抒发了自我的情感，表达着人间之爱。因而，你的作品获得冰心儿童文学新作奖、陈伯吹儿童文学奖便成为自然的事情了。那么，作家冰心也好，其他的儿童作家也罢，他们是否对你有所影响，谁成为你走上儿童诗写作道路的推动者？

王立春： 一路阅读，一路创作。阅读是另一种创作。在阅读的过程中，我先后遇到了泰戈尔、傅天琳、史蒂文森和特朗斯特朗姆等特殊气质的诗人。泰戈尔对印度风情丰富浓郁的描述给我强烈的震撼；傅天琳的诗歌形象生动，充满了灵动意境；史蒂文森的风趣幽默，他对儿童的认同、全方位的儿童视角对我的触动很大；而特朗斯特朗姆的诗性是深沉的、多元的、丰盛的，一个诗人的内在修为会在他那里得到映照。

至于那流淌在血液里的中国传统诗歌，陶潜、李白、苏东坡、杨万里、袁枚的诗歌，那种不求形似而求神似，那种追求简朴和晓畅，那种在广袤空间和时间里诗人的谦卑，那种在对生命宇宙中不断延续的直接领悟，以及对人之外和人之内的生命形式都以同样关切的领悟，对我都提供了取之不尽用之不竭的养分。

林　品：纵观诗歌，我们可以看出，你并不满足于目前的儿童诗歌创作现状，你的儿童诗歌除了具有表现多种题材的可能性，我觉得你在努力追求诗歌的独特的自我表达方式。或者说，你在努力寻找、建立属于自己的儿童诗风格，也可以说是一个属于自己的诗歌创作方向。在此，你能否谈谈对自己诗歌作品的文学史定位以及未来的创作风格问题？

王立春：对自己诗歌史的定位，我觉得还是应该由读者和批评家来定位吧。我说不清楚，也没有办法定位。

一个作家是用作品说话的，他的作品就是自己的声音。如果他独具个性，有自己的艺术风格，他就应该在所执着追求的这个艺术领域留下自己的痕迹。

对自己未来风格的追求，我觉得这个可以说说。自打创作儿童诗以来，我写了一定数量的作品，两次获得了全国优秀儿童文学奖，部分作品应该算是在质量上也得到了专家和小读者的认可。但是，我觉得自己进入了一个狭窄的通道，我不知道怎样在这条路上走得更远。目前，我写得不多，但是我总能隐约感到有更宽阔的领域等着我。于是，我要做一种改变，改变自己的写法。除了写一些儿童长篇小说、儿童幻想小说，还出了一些散文集。但我所有的努力都是朝向儿童诗的，在别的艺术技艺里我始终打磨的是儿童诗。我知道我从没离开过儿童诗，它以最强劲的半径吸附着我。一切都为更好的它做准备。最近，我暂停了一切创作，开始向低幼文学的领域走。有人说，不写幼儿文学还算不上是一个真正的儿童文学作家。于是我把自己的笔触伸进了幼儿文学，试着用轻浅到泥土里的语言打磨自己的童诗感觉。我用自己惯用的快乐幽默的艺术表现来进行童话诗创作。我写了一个系列的童话诗，把东北的风俗和民俗、情绪和情调都融到了里面。这是我之前一直想表达而未能表达的。我的性情里带着丰盈的满族调性，我所受的那些民谣童谣的熏陶，或许有更深广的挖掘空间。这是我更自在的精神领地，是我的独一无二。

我不会忘记向自己内心的探寻。越向自己的内心才能得到越大的格局。儿童诗叙事，是向更深的孩童及自我的探索。我觉得这是一个儿童诗诗人的职责，是对读者、对自己负责的创作姿态。我应该尽到我的社会责任，担当起自己的担当。

林　品：好一个担当起自己的担当！谢谢王老师，你辛苦了！

附：部分辽宁作家对林喦对话的评价

安　勇：林喦与省内作家对话系列已经做了10年，和省内60余位作家进行了交流，在省内产生了一定的影响，首先请您对林喦的对话系列做一总体评价好吗？

孙惠芬：没有读到林喦老师与其他作家的对话，很难做出一个整体评价。但用10年时间，与省内60余位作家进行交流这个事实，足够让人佩服。因为谁都知道，与作家对话，需要大量的阅读，需要全方位地了解作家作品。

韩春燕：林喦此举对辽宁文学贡献极大。

李轻松：林老师多年来执着关注省内作家，近10年来的研究证明了他选择的正确性。60多位作家，不同的对话形式，他切入了一个作家的内核，并与这片土地的呼吸相接。所以他的访谈是有温度的，是可以触摸的。他以与作家同样的地域身份，提出与作家本身相契合的不同问题，各有角度，篇篇不同。这是一项系列工程，无论是对作家本身，还是对辽宁文学史，都具有重要作用。如此大规模地、全方位地、立体化地研究与访谈辽宁作家，林老师应该是有史以来第一位，在此，我向他表示我由衷的敬意与谢意。

张鲁镭：非常棒！拉近了作家和评论家之间的距离。

宋晓杰：林先生与省内作家的对话系列，是一种具有前瞻性、建设性、系统性的学术工程，是关于辽宁省作家思想脉络和思维活动的细心梳理、认真考研，如一份有价值的备忘，必将为辽宁文学的发展与回顾提供一份特别的参照。像一份特别的礼物，随着时光的流逝，它必将更具史料价值。

丛培申：林教授与省内作家的对话，严格地说，不仅仅限于文学范畴，他已经触碰到哲学的高度。每个人的回答也突破本身的文学上限，是灵感的、是顿悟的、是人性温度的点燃。一问一答，体现的不仅仅是创作经验问题，更是方法论的问题。言语间极其接近于"经"的内核，是长期积累下的人生感悟被瞬间提纯。就像妙手于花丛间提炼花香。所以每位回答者都感到莫名兴奋，不能自已地暴露心扉。

周建新：林喦的对话影响很大。通过对话，他第一个对全省作家进行了系统分析。他对老藤、孙春平、孙惠芬、李铁、刁斗、于晓威、津子围、陈昌平、苏兰朵、张鲁镭，包括最近对班宇的分析，都是非常到位的。具体地说，首先，他通过文本细读，对作家创作风格和脉络的形成有较为清晰和准确的判断和剖析。其次，他把辽宁文学的特征进行了全面分析。同属新东北作家群，辽、吉、黑作家是不同的，他让我们看到辽宁作家的特征。再有，他对辽宁作家在全国文坛的地位有较为清晰的定位和判断。

白雪生：这是一部类似以主持人访谈的方式，对活跃于当代的新东北作家群体的整体扫描。其显著特征就是主编林喦仿佛一根丝线，串联起整个东北作家这一特殊方阵，采用面对面心灵对话的形式，让作家敞开心扉，展示了他们独一无二的人生态度和文学生涯，织就了一张纵横交错的网络。通过这一文化网络，让人们借助作家所拥有的文学高度，分享其心灵底蕴，共同思考时代关注的话题，体味一个更为深远的文学世界。

薛　涛：这个对话非常接地气，这是指林喦老师立足于辽宁本土作家，为深入研究地方文学创作做了踏踏实实的工作。这个工作涵盖面广泛，并且很有深度，也有新意。

李见心：文坛大音，辽海升维。思想花香，贿赂永恒。

力　歌：利用学术平台推荐辽宁作家，推广作家作品，进行学术交流，在社会和学术圈内有着广泛的影响。

张艳荣：林喦老师与省内作家对话系列做了9年，并与40余位作家进行了访谈，付出了一定的时间、精力和辛苦。做一件事能坚持9年之久，是件非常不容易的事。这件事做出了特点，做出了风格，做出了文学某一个领域的气质和方向标。我首先表示感谢，能成为这40余位作家之一，也深感荣幸。林喦老师的访谈，是对被访谈作家作品的系统精心梳理和高度分解分析。犹如让被访谈作家稍停下创作急促的脚步，蓦然回首，看见不一样的风光，同时也看见不一样的自己。林喦老师具有学者的博学，他的访谈，关注文学作品的艺术性和审美取向，在充分了解作者文学创作历程和文学作品特点的基础上，进行文学问题的理论批评和文学作品美学价值的阐述。

王文军：与林喦的对话于我个人而讲是一个敞开心扉的过程，在坦荡的交流中又引领你上升，他的对话会引领你灵魂和精神的成长，很巧妙，是在不知不觉中完成的一个过程。他的谈话系列我都读过，每一个谈话里都有学者的风度、智者的深度、朋友的温度。

高海涛：对于高校学报而言，这个访谈是具有开创性的，面向地域，面向作家，面向创作实际，对辽宁作家群体是具有前瞻性和学术品格的巡礼、扶植和推介，有利于辽宁及东北文学的经典化，也为地方高校的学科建设提供了新的经验和话语。

李　铁：是对省内作家的创作情况做了一次系统梳理，涵盖面宽，在中国文坛具有一定影响。是对辽宁文学的一种探究和展望，功莫大焉！

于晓威：该对话系列不是简单的对话，而是深具科学性和学理要素，蔚然大观，几成体系，正如我当年（2013年）在对话里赞扬的那样，它对提高渤海大学的学科影响指数、大学学报刊物建设，提高辽宁作家的外界影响，起到了特殊的作用。今天看来，它的意义更加难得，因为它几乎仍是辽宁截至目前所有文学活动中，人数最众多的和唯一的一次作家对话集结。

贺　颖：正如大家将林喦老师对话系列称为"立足文本，探讨文学"一样，"立足文本，探讨文学"无疑是此对话系列文本的灵魂，是对话多维外延的精神硬核。自己有幸成为其中一员，深深体会到，正是基于林喦老师与自己，共同对多年来自己创作作品抽丝剥茧的心灵历程，使我再一次深度审视了经年以来赖以创作的内在文学经验，这样的历程于我而言，与其说是文学的碰撞，不如说是美学的实验更为妥帖。这样的对话，在终极指向上，显然完成了一种基于美学意义的文学经验重组，非常珍贵。

李　皓：有高度，有站位，评价中肯，学术水平达到了一定的水准，对作家作品的总结很全面，也在一定程度上校正了作家的写作方向。

曾　剑：我觉得林老师的对话很成功，对整个辽宁文坛进行了梳理，也给了作家们对自己多年创作进行一个认真的梳理、回望和总结的机会，对辽宁文学整体现状是个宣传，对我们辽宁作家的个体也提供了很好的宣传平台。

陈昌平：这样全面、系列地梳理、研究省内作家，几十年来也是第一次。特点有三：第一，全面与系列，显然是最大特色。省内老中青三代作家，甚少"漏网"。第二，深入。该系列每期都组织几篇评论文章，从不同角度研究文本。第三，角度。林教授与作者的对话，其实是对作家写作的一个回顾，尤其是使得作家有一个自传式的自我分析。

刘嘉陵：我觉得这个"对话系列"做得非常好，无论对辽宁作家群体还是对每位作家个人，都会有很大的促进和提升作用。

刘　庆：林喦教授的访谈能持续这么多年，本身就是一件非常不容易的事情。

长期关注一个地域的创作，碰撞作家们的所思所想，已经具备了地域文学的史学意义。

苏兰朵：我觉得这个对话系列非常有意义，为辽宁当代作家画了一幅群像，有助于读者和文学研究者了解当下辽宁文学创作的全貌。这件事以往少有人做，林喦以润物无声的耐心和严谨的治学态度为辽宁文学做了一件必将影响深远的事情。

宋长江：这是一个系统工程，为辽宁文学做出了独特贡献。希望能够坚持下去，打出品牌效应。

宁　明：林喦老师是一位有战略眼光的文学评论家。他策划并实施的与辽宁作家对话系列，是一项具有战略意义的浩大工程。一是梳理了辽宁文学的创作队伍，摸清了重要作家的家底，搞清了他们的创作方向；二是向外界推介了辽宁重点作家和重要作品，使作家和他们的作品在全国形成了具有强大冲击力的重要影响；三是在辽宁作家中形成了"导向效应"，让作家们尤其是青年作家有了更明确的目标感，有利于形成"赶超"的氛围。

王永铎：林喦老师的对话系列透彻利落，把握作家作品的能力极强，往往与作家之间有着"曲径通幽"的微妙关系，让对话过程始终如饮烈酒般畅快。

安　勇：林喦的对话系列"立足文本，探讨文学"，既关注到作家的成长，也剖析了作家的作品，在和林喦的对话中，您最喜欢哪个问题？

老　藤：林喦教授的作家对话不囿于某一部具体作品，往往小口切入然后大开大合，这种发散式对话方式能最大限度挖掘作家的思想和情感贮备。我比较喜欢那些有关文本创新和以地域为审美视角的对话，因为我对如何催生现象级辽宁文学概念特别感兴趣，想从林喦教授与作家的对话中得到些启发。

孙惠芬：当时长篇小说《秉德女人》刚刚出版，与林喦老师交流最多的是关于我的家乡、家族、乡村土地，关于我家乡家族背后的百年历史。当时发现，林喦老师不但对这部小说的人物故事如数家珍，对我出生成长的这片土地给予我创作的影响也投以了热诚的关注和解读。印象最深的是这样的表达："文学是自由的产物，在某种程度上，我们完全可以说，在文学创作的世界中，作家主体心灵自由的意义深刻而直接地影响着其文学创作的价值和质量，其意义甚至超过了作家生存的外部客观环境的自由，你怎样看待你在个人创作中的自由度问题？"一个心灵臣服于秩序和程序的人是不会有任何创造力的。渴望自由的灵魂，在程序和秩序的世界里不断冲撞，那神经受挫的部分、疼痛的部分、流血的部分，会呈现精神生活的勃勃生机，从而见证人类精神生活的纷繁和丰富。这是我当时的回答。作为一个文学评论家，林喦老师探讨的不仅是写作者的成长背景，艺术手法、技巧的形成，还有创作者灵魂的自由度，这一点让我特别有共鸣也特别受用。

韩春燕：喜欢他提出的给被访谈者更大发挥空间的问题。

李轻松：我比较喜欢林老师提的关于访谈题目的那个提问，《在一个盛夏的时节想到雪》。盛夏与雪构成了我的美学悖论，既盛大又衰微，既热又冷，既大众又个人，既热烈又悲伤……

张鲁镭：小说创作常常摹写"虚拟的人生幻象"，既包括奇幻的想象，也包括现实，前者是虚构自不必说，后者的虚构性也显而易见。在你的小说中，你也有你的虚构，对现实的虚构，如《靴子沟里的文化人》《双黄蛋》《歪子有张风光脸》《俺家有台"神舟七号"》，这些虚构是否意味着你对现实的生活有着独到的理解和阐释？

宋晓杰：我最喜欢他关于我诗歌的评价，特别是访谈的标题：《一匹马，就是自己的远方》。我惊讶于他是"伯乐"。因为标题是我的一篇散文诗中的句子，这恰恰是我关于诗、关于写、关于活的基本态度。而那时，我们互相还没有见过面，我更不知道他是盘锦人，他却一眼看穿了我——像远远地望见在课堂上溜号儿、打小抄的学生。

周建新：他的问题都很好，我都很喜欢。我从和林喦的对话中找到了快乐，找到了共同话题，和他对话很愉悦。

白雪生：在我们的对话中，林喦尖锐地提出："恕我直言，国内许多重大历史题材文艺作品，包括不久前播出的电视作品，还是文献价值大于艺术价值，社会学意义大于美学意义。当然造成这种现状，问题很复杂。在这方面，你的《辽沈战役》有意从潜在窠臼中超拔出来，从形式到内容都走了创新的路子。"

薛　涛：我有一部作品，主人公叫满山，林喦老师的儿子也叫满山。所以我和他都是满山之父。当我俩以这个切入点开始对话时，我俩满脸堆笑。这个话题我最喜欢，它让我欢喜。

李见心：最后一个问题，问得最专业，它关乎一首诗的诞生和秘密。"伽达默尔认为，一切话语都是桥，同时也是墙。作为一个成熟的诗人，你在搭建与拆解的劳动中，是如何前行的？在诗歌创作中，你认为语言和思维哪个更重要？感觉和经验哪个更重要？"

力　歌：两个方面兼而有之，作家的作品往往反映出作家的成长过程。

张艳荣： 在和林喦对话中，我最喜欢他问的这个问题："你在小说创作上，总有自己的突破，短、中、长都涉猎，同时，除了军旅题材，你也涉足了谍战和匪事，不断在开拓着'大军旅题材'写作，我想，这好像对你也是一个挑战，长篇谍战小说《特务》洋洋洒洒近40万字，在谍战影视剧层出不穷的时期，创作谍战小说理论上是有风险的，但你的这部小说把战争作为了背景，把谍战和爱情糅合在一起，开启了"谍战+爱情"的新模式。"单从这个问题字面上看，林喦评论家知我、懂我的小说。单从一部小说来讲，因为在未做访谈的时候，我们已经针对《特务》这部长篇小说进行了讨论、沟通和建议。我惊叹于林喦老师的阅读力、记忆力和执着力。特别对于写作者来说，写出的作品能有人细致地阅读，这是对写作者莫大的鼓励。等我们再回过头来进行这个访谈对话时，也就倍感熟知、亲切和深入思想了。

王文军： 我最喜欢他问的现实与文学中互为冲突又和谐共存的问题。他没和你对话时，你是纠结的，和你对话时，他以他四两拨千斤的绵柔力量，帮你理顺了、缓解了。而你也是在和他对话的过程中，块垒全消、风烟俱净。他问的问题是帮你解疑释惑的，他问了，你答了，然后就知道怎么办了。有些什么你是不自知的，他是站在一个高度而又以平角和你对视对话的，让你通过作品重新认知自己，重新认知的自己重新审视自己的作品时，是一个新生的过程。

高海涛： 林教授所提的问题都比较恰当，可谓知人论世。我最喜欢的是关于散文艺术和美学观的提问，这让我有机会说出对散文精神和美学精神的个人理解。这种理解可能不同于别人，却是我的审美理想，包括马克思主义的"总体性"，我觉得正是现代人所缺乏的高度和视野。

李　铁： 对作家写作过程的回顾。

于晓威： 最喜欢关于作家文本的追问和探讨。

贺　颖： 最喜欢的是关于神秘主义的问题："你说自己是一个比较笃定的神秘主义者，相信这个世界自有它的安排，你说相信万物有灵，这个世界上的一切事物都有着独特而自我的灵魂。在您的作品中，是怎么体现这种思想的？"正是这个问题，令我将经年盘桓于心魂深处的神秘主义，以及神秘主义与自己作品间隐秘不绝的异样互文，得以醋然审视，尽兴而快慰。

李　皓： 都喜欢。

曾　剑： 我喜欢林老师的一个问题："你笔下的小说人物大都是军队普通的士兵，这样的底层叙事，你有什么创作意图呢？"我觉得关于"创作意图"这个问题问得好。我以前不重视创作意图，现在越来越重视，创作也更加理性化。我现在明白，一个作家写一部作品，还是要明白他的创作意图，想好要写什么，表达什么。这不一定是主题先行，但一定要想一想，想好了再写，这样会使作品更明朗，作家自己也少走弯路。

陈昌平：我最喜欢的是对话这个环节。此环节逼使作家向内转，研究与分析自己的创作缘起、心理成长与文学师承。这对作家非常有益，对读者理解作家也很有裨益。

刘嘉陵：我更喜欢对具体的创作文本做内行式切磋的问答。

刘　庆：林喦和我的访谈中，我认为是分了访和谈两个部分，能够感觉到他的大想法，一方面是记录，一方面是研究，这就让他的访谈更灵活、更真诚、更有创造性。他没有许多批评家的刻板和先入为主，也没有记者为获得信息的倾力认同，是一种很有建设性的交流，是平等思维的碰撞和彼此激发。

苏兰朵：林喦教授问："当下的大众文化消费，影视作品、短视频、电子游戏占据了重头戏，在这种情况下，你认为文学的空间会被无限地挤压吗？文学的独特价值和意义在哪里？"

宋长江：林喦先生不仅仅关注作家的成长和作品剖析，他总是能够与当下文学现象紧密联系，哪怕是微小的。比如，他问我连续出版两部小说集为什么不找名家写序，甚至其中一部连个后记都没有，以及当下小说同质化问题、作家创作的数量与质量问题，等等。

宁　明：林喦老师在设计对话时，颇具匠心，既感到对答亲切，又很有学术价值。他是一个真诚地放下架子在做学问的人。他设置的所有话题，我都愿回答，都会畅所欲言。

于永铎：我最喜欢林喦老师提到的"成熟"问题，这个话题如果展开应该能做一个大的专题，作家的成熟与否和作品的成熟与否都在林老师的视线之内，这很让人吃惊，也很迷人。

安　勇：您觉得林喦的对话对您有帮助吗？若有，帮助何在？

老　藤：帮助肯定是有的，三人行必有我师焉。

孙惠芬：和作家一样，评论家也需要有一手的生活，一手的生命体验，好的评论家总是能将自己置于生活的洪流，而不是隔岸观火。一个评论家是否参与到作家创作文本的生命体验中，直接影响了交流的价值和意义，而在这一点上，林喦老师显然做得非常好，从他的提问中，你始终能够感受到他与生活、与作家笔下生命的同频共振，这不但突破了评论和被评论的障碍，还使二者在有限的碰撞中拓宽创作思维。

韩春燕：提问可以激活记忆和灵感。

李轻松：当然有。我喜欢与独特视角的人对话，尤其是林老师来自我的家乡，有着一种熟悉又陌生的气氛。说熟悉，是因为他带着那一片土地上的温度与气息，我是在那种氛围中成长起来的；说陌生，是我长久地离开，又重新置身其中时的那种近于迷惘的眷恋与伤感……

通过林老师的访谈，首先激发了我内心里秘而不宣的那部分的倾诉与确认，是一次重新的发现与认识。其次是使我重新打量与审视我生长过的那片土地，在精神返乡中得到一种初始的能量补给，又重新回到起点，使我对自己的创作也有个梳理。再次是在回望的过程中，更加理解自我与世界，并在对话过程中开掘出以前并不明晰的意义，对今后的创作实践是一次校正。

张鲁镭：当然有帮助！可以站在读者的角度再次审视之前的作品！

宋晓杰：当然有帮助。看了他的访谈，我会仔细想想在别人、在专业评论家眼中我的"形象"——相当于跳出自我看自己，上升到哲学层面了。但作用的确如此。那时，我已写了许多年，应该是停下脚步、回头看看脚印的时候了。恰巧，林先生做的就是这件好事。

丛培申：非常有帮助，他让我发现自身灵魂的污浊，他让我找到无数业界的老师。我从未有过地想以学生的身份出现与在场。我在沙漠中看到了金子，原来每个人的心灵深处都有光耀千古的能量。我感慨于辽宁文学军团的另一面，竟然如此震撼人心。他们的内心更加美好的那部分，是文学不足以表达的。我爱他们。

周建新：作家需要共鸣，尤其需要与高明读者的共鸣。林喦善于找到和作家的共鸣点，他对作家很了解，所以交流过程让人很愉悦。帮助有下面几点：一是他对我的作品进行了文化梳理，让我意识到了我小说里蕴含的地域文化特征。二是他的对话把感性和理性有机地融合在一起，让我对自己的作品有了一次理性判断和思考。和他对话有一种同频共振的愉悦。三是他的对话让我对自己的创作进行了一次回顾和自身比较，对自己的作品以及创作走向有了更清晰的认识。

白雪生：林喦作为问题提到："在一定意义上说，写好英雄人物，决定着中国当代文学的思想艺术质量，是中华民族的重要精神标识，是主流意识形态在文学中的重要体现。"于是，当年的《张鸣岐》的创作，也在一定创作指导意义上，助推了我时下创作的长篇电视剧《解放前》的创作实践，比较深入地探索了塑造的主旋律的英雄形象。借以讲好中国故事。

薛　涛：他认真读了我很多作品，帮助我梳理了创作的脉络。当一条清晰的脉络摆在我面前，我分明看见了创作的方向。

李见心：有。他帮我以鸟瞰又审细的姿态疏通了多年来创作中的积习和漏洞，使我能跳出自己的舒适区，抵达更陌生澄明的境界。

力　歌：对本人在文学圈子内制造出了影响，也帮助了个人创作能力的提高。

张艳荣：林喦老师的对话对我有帮助。很喜欢这种文学探讨形式的对话，也很珍惜这样一个表现文学的形式，别具一格。

王文军：不但有，而且是巨大的。他的对话最大的好处是他不让你有任何压力就化解了你最大的压力。譬如他不做任何优劣的评述，但他对生活与文学的独到见解和认知，会让你从一个很逼仄很窄迫的地方离暗出明。

高海涛：我与林先生的这个对话，让我有机会对自己的读书和写作进行了一次总结和梳理，也奠定了我和林先生个人的友谊及对渤海大学的认知。

李　铁：帮助很大，对话过程就是理清创作思路的过程，写作者写作时一些理性的东西往往是模糊的，通过对话，有些模糊的东西清晰了，通过对话得以刺激，使一些创作新思路萌芽。

于晓威：很有帮助。因为它促使作家比较完整地对自己的文学生涯和创作进行某种回望和总结。

贺　颖：很有帮助。多年来的创作历程一如一次未曾停歇的文学长旅，路途之中除了收获的作品文本，更有蕴藉这些文本的精神历程与灵魂认知，想来更弥足珍贵。而每每匆匆赶路之间，竟果然没有停下过脚步，静下心神细细打量。这次与林喦老师的对话，恰恰为自己弥补了这样不得已的缺失，使得一个作者内在的文学思考体系与创作而成的艺术作品，形成了多重维度的审美闭环，非常感谢林喦老师。

李　皓：帮助很大。有了理论高度的对话，是作家暗夜里的一盏明灯。

曾　剑：林老师的对话对我帮助很大。我以前就这么低头拉车，不抬头看路，哪怕是走过的路。林老师的对话，让我在被动的状态下，很深情地"回望"了我自己的创作历程，通过这种"回望"以及回答林老师的问题，我找到了自己的不足，同时，说真话，我也被自己这么多年能坚持下来而感动。有些语句，是在那特定年代写就，现在恐怕不一定写得出来。林老师的对话让我觉得，坚持和坚守是有意义的。

陈昌平：评论家的文章，使我换个角度看待自己的作品。对话，更使我面向内心，梳理自己的创作。

刘嘉陵：帮助很大，首先，让我们重新审视自己的全部创作轨迹、长处和短板，做到了"知己"；其次是横向间互相深入了解整个辽宁创作团队，这又是"知彼"了。从前似乎早已知道，现在方知那样的"知己知彼"还很粗浅，而且是陈旧未变的。

苏兰朵：肯定是有帮助的。比如，他在阅读了我的作品后，把我的大部分小说归类为"社会问题小说"。这是以往的评论者忽视的一个角度，我也是由于他的提出，才注意到了这一点。以往我的创作对于社会问题可能是有意无意关注的，那么，当他提出这个新的研究视角后，我会意识到这可能是我的特点，是我比较擅长的方面。在以后的创作过程中就会更加自觉地把这个方面写得更深入。另外，他也是第一个提出我的有些作品主题有些"灰"的人，这让我更多地思考自己的小说观和价值观，意识到在那些灰色地带，作品的力量感尤其重要。

宋长江：当然有帮助。首先起到自我警惕作用，其次是自我反省。不知警惕、不知反省的作家，难以创作出具有独特个性的小说。

宁　明：与林喦老师对话，收获很多。重要的有两点：一是开阔了视野，增强了对创作的理性认知；二是强化了对自己创作上的思考与规划。由无意识或潜意识创作逐渐向有意识创作过渡。

于永铎：当然有帮助了，对话前后的一段时间，我情不自禁地审视自己的作品，甚至是以一个陌生人的眼光在审视，我警惕"过去"的那个我，又要警惕即将出现的下一个"我"。

安　勇：我们都知道《巴黎评论》的作家访谈，好多世界级作家都接受过他们的采访，这几年国内已经有合辑出版。您觉得与《巴黎评论》相比，林喦的对话还有哪些方面需要改进？

老　藤：《巴黎评论》虽然有"巴黎"二字，其实是美国人办的杂志，办刊人的全球站位决定了《巴黎评论》访谈选择作家视野的高端与开阔。林喦教授的访谈有鲜明的地域特点，聚焦的是当代东北作家，重点是当下文学辽军骨干，所以不宜将两者简单类比。但可以肯定地说，与《巴黎评论》这个世界级作家访谈相一致的是，两者都注意到每位对话作家思想和文学观的梳理，都想通过一次访谈把这个作家从浴缸中赤裸裸地拎出来。

孙惠芬：不觉得需要有什么改进。每个人都有自己的限制，地域、文明、成长环境，因此每个人也都有这一应条件所赋予的愿力、使命，如果都去访那些世界级的大作家，如我一样的小作家就没人关注了。愿林喦老师一如既往。

韩春燕：不能如此比较。

李轻松：《巴黎评论》的初衷是"与其让别人来谈论作家，还不如让作家来谈论自己"。这里便有了一个自由度的问题。它强调的是作家的主观色彩，不被别人定义，不被过分解读，不被随意引导，而是更加尊重作家自己的思路。林老师的访谈我认为多少也有这样的意味，好的访谈者就是更多地了解与探索被访者的作品特性与人生经历，发现其与众不同的气质，挖掘出甚至连作家本人都不一定意识到的隐秘，激发作家对自身潜能的再认识。

《巴黎评论》下设了三个子集：小说的艺术、诗歌的艺术、戏剧的艺术。林老师也做了分类，但不是以作品的体裁，而是以代际作为分类的，便有了每十年的一个界限。当然还可以更加灵活地分类，比如地域、作品的秘密通道、不约而同的共性、题材的选择、精神气质的相通等。在提问上，可以更加个人化、私密化一些，尽可能地规避大众认识的普遍性，而归结为作家命运与作品命运的内在联系上，通过由陌生到熟悉，建立起彼此的信任与理解，在倾诉与倾听、参与与启发、发现与激发的过程中，共同达到一种默契的高度与广度。

张鲁镭：更具体化更细节化！

宋晓杰：这个类比很有趣，我都有点沾沾自喜了，因为《巴黎评论》中受访者都是世界范围内的著名作家。因此，《巴黎评论》出版一本我买一本，很受用。鉴于视野的局限，林先生的作家访谈我只看到了自己的，真的。所以，这个问题我没有发言权。我倒是觉得，应该以某种方式让林先生这9年的访谈结集出版，让更多关心辽宁文学创作的专业人士，或者干脆说让辽宁写作者之间更好地彼此沟通，以便更好地促进创作与交流。

丛培申：我觉得不需要改进，更没必要与其他什么相比。混沌状态能生天地。林教授的访谈就是混沌初开时的第一束光，剥去心灵的层层蒙尘，让我们看到赤子之心与真理的模样。这个世界上，我唯独想对林教授说：走自己的路吧！

周建新：这个不好对比。如果说有什么建议，我觉得林教授对诗歌、散文关注度有点低。另外，我还希望他多做些和评论家的对话。辽宁的评论家阵容非常整齐，水准也相当高，尤其是大学评论家队伍建设很完备，有必要进行系统研究。我觉得评论家和评论家之间更容易擦出火花来，对话的水准也会更高。

白雪生：作家访谈是美国著名文学杂志《巴黎评论》最持久也最著名的特色。

自1953年创刊号中的E.M.福斯特访谈至今,《巴黎评论》一期不落地刊登当代最伟大的作家的长篇访谈,最初冠以"小说的艺术"之名,逐渐扩展到"诗歌的艺术""批评的艺术"等,迄今已达300篇以上,囊括了20世纪下半叶至今世界文坛几乎所有最重要的作家。作家访谈已然成为《巴黎评论》的招牌,同时树立了访谈这一特殊文体的典范。所以,我们的"林喦访谈",很好地发扬了这一文体特色,与此相比,也许我们面对的作家对象,更多是有潜力的发展中的作家,鉴于此,则更可以采取跟踪式访谈,对一些作家,不见得就是一次采访定终身,可以根据他的文学发展,逐年不断地跟进,可以更能有针对性地发现问题,更能形成特色。

薛　涛:我不了解《巴黎评论》。林喦的对话不能改进,只能继续,便是最好的改进。

李见心:引导作家更真实地吐露物哀幽玄。

力　歌:我没看过也不知道《巴黎评论》,但我估计这与林喦的对话是一脉相承的。要说改进的话,应该增加体量,这样可以通过对话更加全面深入地了解作家的创作心路和写作意图。

张艳荣:林喦的对话如果需要改进,只能是林喦自己想要改进,否则听取了太多别人的改进意见,那就不叫林喦对话了,失去了特质。那样,岂不是成了别人的对话。

王文军:《巴黎评论》也并不是那么完美的,东西方文化的不同造成了价值观与发语观的不同。《巴黎评论》犀利而中的,但有时血淋淋的让你不敢正视现实和自己的内心,非黑即白,但理想主义更希望有一条灰色地带,也就是温和精神,这样才不至于太逼仄。而林喦老师就处在这个温和带上,这是我需要的。但从个人的私心上讲,我希望他黑化一些,因为有些撕裂不是毁掉是重生,因为我更想借助他重生的力量。

高海涛:《巴黎评论》访谈的中英文版我都看过,感觉和林先生访谈不同的地方,主要在于前者更自然随意些,往往会涉及作家的身世、成长历程、兴趣爱好、生活和读书习惯、居住和写作环境等。这些非学术的问题也许同样有其价值。中国的评论文章,也包括访谈,普遍有点紧、有点板,不一定太紧扣主题,海阔天空一点更好。所以如果说改进,我倒想建议以后的访谈增加一点"在场性",如果不能亲临作家的居所,至少可以提些相关的问题。

李　铁:喜欢《巴黎评论》对话中的作家独特的生活与写作的关系。

于晓威:正如《巴黎评论》收纳的不仅是巴黎作家,也不仅是法国的作家,它放眼于世界。林喦的对话虽然立足锦州和渤海大学，但他放眼的是整个辽宁和历史时间中的作家群体，他做的是一件打造辽宁地区高标的事业。已经很好了。如果需要改进的话，我倒是觉得许多对话严肃有余、谐趣不足。某些话题更可以放松一些。因为谐趣更跟自由、文化和人性有关。当然这也需要作家们的配合。还有，很希望该系列对话能够结集出版，为后世做研究和留存见证。

贺　颖：众所周知，《巴黎评论》作为世界文学意义与高度上的访谈类典范，已然是至尊版的经典，而林喦老师近年来的对话系列，虽然只有省内的50余位作者，但是可以说已经深谙这一类文体的艺术精髓，其间无疑浸润着林喦老师及其团队的巨大心血。今后如果在对话的作者群体、提问的涉猎视域上有所扩展，相信未来更多的对话一定会更加丰富而绽放异彩。

李　皓：我不知道《巴黎评论》，我只知道林喦和《渤海大学学报》。做学问不能好高骛远，要接地气。林喦做到了！

曾　剑：我觉得可以更广阔一些，比如与同类作家进行略加比较等，但这个有难度。

陈昌平：如果说全面与系列是"对话"的最大特征的话，那么，问题也出在这里。改革开放之后，人员流动剧烈，有些作家不好用地域来框定。同样，有些跨文体写作的作家，感觉还没有涉及。还有一点，林教授作为一名学者，应该用学术的而不是作家协会的眼光来衡量作家。对一些成长中的作家，也许缺乏发现，也许也欠缺一点刺激吧。表扬多了，就像糖吃多了，是不是对身体也不好呢？

刘嘉陵：与世界范围内的经典访谈相比，我们自然是晚辈后生，但相信会越来越好，终成辽宁文学研究的新兴品牌。

刘　庆：我们大可不必将林喦教授的访谈和《巴黎评论》去比较，形式和内容，还有访谈者和被访者之间都没有可比性，但我认为林喦的访谈完全可以起一个《渤海评论》的书名。

苏兰朵：正像好的文学没有唯一的标准一样，好的作家访谈也没有唯一的标准。林喦的访谈无须以《巴黎评论》为标准来谈得失。如果非要说有什么建议的话，我觉得，或许多关注一些作家写作之外的小事、琐事，更能够让读者窥见作家不为人知的内心世界。

宋长江：林喦先生应该有别于《巴黎评论》的作家访谈。不存在改进问题，访谈中不够多的幽默感，应该保持和发扬。

宁　明：林喦老师的"对话"会越做越好。这一点，是肯定的。

于永铎：实在是抱歉，这个问题我无法回答，我还从来没有思考过。

安　勇：如果让您自己提问，还想回答哪些问题？

老　藤：我会问两个问题：一个是隐喻与真相的关系问题。当真相以假面呈现的时候，是不是还有隐喻的必要？另一个是质疑与批判的可能性、合理性问题，很多写作者因为没有把握好这个"度"而惹上麻烦。我自己对这两个问题尚在思考，所以才想提问。

孙惠芬：没有想过这个问题。

韩春燕：问啥答啥是被访谈者的本分，不过好的被访谈者有时候可以引导话题走向。

李轻松：出生地与成长地对一个写作者的影响究竟几何？作家的地理故乡与心灵故乡是否存在差异？如何依赖地域又突破地域的限制？东北作家的混血儿气质、自然崇拜与野性基因能否给中国带来"拉美文学"似的爆炸？

张鲁镭：关于写作的技术问题。

宋晓杰：基本都涵盖了，没有什么额外的补充了。

丛培申：我提问：文学既然没有立场，当年的作家为何奔赴延安？答：文学当然没有立场，它属于自由的灵魂。但文学需要一个相对合理的表达环境。这个合理性体现在与真理的融合度有多深。仅此而已。人类有史以来，文学始终在寻求独立。但文学的脆弱性，又使它始终面临种种野蛮的挑战。文学向谁靠近的时候，并不意味着要投靠谁。

周建新：林喦做学问很扎实，在对话时，他会启发作家自己提出问题，并且抓住问题和作家展开互动。他的问题都很好，和他沟通很愉悦，我没有什么需要补充的。

白雪生：在与批评家林喦的对话中，限于篇幅，没有就属于主旋律重大题材范畴的影视剧，作为"新国剧"的创新实践突围，作为宏大叙事的"新立意"，从而在历史剧创作中努力攀登"新高峰"，这几个方面，做出比较深入的解读。

薛　涛：创作的动力来自哪里？有多大比例来自生命的追问、灵魂的拷问、灵感的捶打？

李见心：有没有被忽视，自己却非常满意的一首诗？有。是《越走越轻》。我一直信奉一首诗主义，偏爱用一首诗把人世沧桑一贯到底。我感觉这首诗做到了。经典的例子是博尔赫斯的《一生》，叶芝的《当你老了》，米沃什的《礼物》。

力　歌：这个我没想过，因为我也没有林喦先生那种对话技巧和能力，也许会形成"鸡对鸭说"的那种局面。

张艳荣：如果让我自己提问，没有想回答的问题了，即使有也期待留给以后吧。从小说的角度来说，好像问题不宜回答得太透彻吧，若隐若现。

王文军：诗歌是什么，诗歌写什么，诗歌做什么。

高海涛：我还想谈谈自己的经历，以及喜欢读哪些书。

李　铁：生活与写作之间的尴尬关系，其实也回答不好。

于晓威："写了许多男女爱情方面的小说，你对爱情有什么看法？你觉得小说里的爱情跟现实有什么不一样的事物吗？"答：爱情是人类的本能和天性。我觉得，仅从生理来说，一个人能爱和被爱，首先意味着他的身体没有衰老，这是生命最大的胜利。当然也是他能够继续写作的第一保障。只有病入膏肓的人没有爱的能力。其二，从精神来说，无论尼采还是弗洛伊德，都已经揭示了创作的密码，即，艺术，是爱情（包括性爱）多余或节制的产物。此外，爱情远远早于婚姻制度的产生，如果爱情是一条自然的河流，那么产生于私有制之时的婚姻制度就是一围堤坝，从哲学的自洽法则来说，堤坝客观上为河流产生了一切哲学的悖论、矛盾和景观，以及动能和力量。一切存在都是合理的，这是我对爱情的看法。

对艺术家来说，小说里的爱情是世俗爱情的一面镜子，从它的角度来看，你的左边在它那里是右边，你的右边在它那里是左边，这意思是，在现实里，我们不相信爱情的时候，在小说里要表达相信爱情的信念。在现实里盲信爱情的时候，在小说里要表达不相信爱情的想法。艺术就是作为调和，这对一个健康的人甚至艺术家极有好处。爱是折腾和过程，这就像一切美好的生命一样，就是折腾和过程。你经历了，你表达了，就是接近于上帝赋予的完美。

贺　颖：文学即人学。决定一个作者文学作品品质的核心要素，是作者的精神视野与思想深度，而这一切，皆源于作者精神世界的哲学素养。我更期待也更愿意关注自己精神的隐暗幽微，因为探索一个人对哲学的认知，是进入文学最为必要而迷人的深邃秘境。

李　皓：林喦已经做得很全面了，在现有的版面和体量下，林喦做到近乎完美。

曾　剑：我觉得林老师的对话，还可以加一个问题"下一个创作计划"，或"近期创作计划"。

陈昌平：与作家对话，这个环节略为雷同。需要针对不同的作家，设计不同的问题。就是说，问题更有针对性，会逼使作家说出甚至发现一些更尖锐的问题。

刘嘉陵：我这期的访谈多蒙林喦团队的尊重和耐心、反复切磋，最终敲定的都是我愿意回答的可以激活思维的好问题。

苏兰朵：我觉得这篇访谈把我当时最想说的话都说了。

宋长江：此一时彼一时，随机想问的问题很多，一时不知从何问起。

宁　明：与文学创作相关的作家生活，有利于读者了解作家。这方面，林喦老师已问到了。问：你还有什么想法？答：我想和林喦老师喝酒，畅谈！我们好久没见面了。

于永铎：我想问，你还有动力继续创作下去并且要完成你的梦想吗？我想答，是的。

安　勇：林喦的作家对话系列与传统意义的文学批评不同，采用了一种对话体的形式，您觉得这种形式怎么样？是否具有广阔的发展空间？

韩春燕：这种形式的价值和意义在于问题的设置。

李轻松：林老师的对话系列更加灵活多样，根据不同作家的特点打造，具有针对性，有强烈的个性化风格，我非常赞同。我反对那种千篇一律的套路化的僵尸化的访谈，因为它不是严格意义上的文学批评，没必要搞得太郑重其事、太学术化。喜欢林老师带有温度的对话，不喜欢从理论到理论，那种硬邦邦的问答，那样只要读理论书籍就可以了，就没必要再做对谈。这种形式肯定大有空间，可以更加随意更加灵动，更加具有个人风格，可以一人一面，面面不同。事实上，林老师已经做到了，这也是他与其他访谈不同的地方，所以它才格外具有价值。

宋晓杰：这样的工作非常有意义。这已不是单纯的一问一答这么看似简单的对话了，它已上升到文本、文体及文学的发展与走向等诸多问题的探索与发现的意义了。更重要的是，一位教授要在繁重的教学之余、著书立说之后，创造性地发挥主观能动性，主动地难为自己，而且一做就是10年，这份坚持实属难能可贵。试想，他一定是在对全省作家作品进行全景式扫描之后，才确定了具有代表性的作家进行访谈，再提出恰当的、有针对性的问题，并做到千人千面、有的放矢而绝不雷同。其实，他更多的时间花在访谈后面无法呈现的时间里。说实话，这两件事的难度系数都挺大。而他的访谈，既有评论家的思辨，又有作家的优美——我指他的文笔。这更难得！

丛培申：这种形式非常好。但我想形式是外在的，能让灵魂产生碰撞、烛照苦难的人间，才是使形式成为永恒的关键。林教授的对话系列已经做到了这一点。他甚至可以面向任何领域、任何学科。空间就这么广阔，关键是他在用文学挖人性的根，根须往往是相连的。

周建新： 林喦首先是一个优秀的读者，然后才是一个评论家。他是集作家、读者、评论家为一身的对话者。评论家和作家是两种思维方式，多数评论家是拿作家说事，而不是拿作品说事，林喦则成功将两者融合在一起。他这种对话形式很好。

白雪生： 这种与作家面对面的心灵对话，最大的好处就是不装。大有开拓、发展空间。

李见心： 很好，对话就是思维的碰撞、思想的对冲，有时会产生意想不到的火花和启示，有无限缤纷的可能。

力　歌： 这种对话平易近人（读者），容易让人接受，最好扩大推广成为全国评论界的品牌，加以发展提高。

高海涛： 我觉得这种形式很好，可以称为"对话批评"。特别是当前，一般读者要了解一个作家，可能更喜欢看访谈，而不是枯燥的评论文章。访谈的空间可以扩大，除了本省的还可以有外省的，除了作家还可以有学者，包括对评论家本身的访谈，对在某一领域有研究成果的教授的访谈，也是可以尝试的。其实学者也可称为作家、著作家。

李　铁： 对话形式是作家与评论家共同讨论文学与写作的最好形式，发展前景广阔。

曾　剑： 这样的形式更活，而不是纯粹地文学评论那样拿出一种高高在上的语气，这样的对话很接地气，容易让读者接受。被访谈的作家，也不会有那么大的压力。非常棒！

刘嘉陵： 我认为对话体形式非常好，完全可以取代那些过于沉闷、传统、了无生气的单一方的文学评论。文学评论从根本意义上讲本来就该是评者和作者之间的对话，双重的，而不应只是单一方的"缺席审判"或"背后颂扬"。今天的所有文艺访谈节目（包括纸媒对话）都倍受欢迎，已经预示了对话体的发展前景。

苏兰朵： 从普通读者阅读的角度来说，我觉得对话体比评论文章更生动，让人感觉离作家更近，同时也更有阅读趣味。如果我是普通读者，可能更愿意阅读访谈类的文章。它有阅读的闲适感。对话体的受众面相对更广一些，是一条值得继续探索的道路。

宋长江： 我个人不喜欢八股式评论。我主编的杂志《满族文学》，把评论栏目改作"评与说"，是想为评论形式提供多种可能，包括对话访谈。

于永铎：确实如此，林喦老师的对话很有深度，而且，以对话的方式回顾作家的创作之路及创作思想，彼此之间很平等，表达出来的东西也相对准确一些。我认为这是一个值得坚定地坚持下去的形式。

安　勇：林喦在2012年提出了"新东北作家群"的概念，将东三省的50、60、70、80四代作家涵盖其中。您觉得这个提法合理吗？提出这个概念对东北作家群研究有意义和价值吗？

韩春燕：这个概念的提出意义重大。如果能够再对这个概念的内涵进行深入的文学性辨析更好。

李轻松：赞同林老师的提法。以代际为分界线，事实上也是科学的、可操作的。因为年代烙印、成长环境、语感认同、血质相近，很容易找到相似的心理依据与写作轨迹。"新东北作家群"这个概念具有合理性，因为整个东三省确实拥有相同的文化基因，相同的气候特征，相同的民俗风情。林老师这个概念的提出在于一个字：新。这个"新"字，不仅仅是指年代的新、年龄的新，还应该指精神的更新、灵魂的翻新，更是与老一辈东北作家群的区别之处。抒写这片土地上人们的生死爱欲，不仅是家国情怀，也是精神脉络与国民性的整体考量，人与自然的天然共生，都在这个"新"字上呈现出不同的样貌。

宋晓杰：挺好的。我觉得，这样以代际作为研究对象探讨创作中的诸多问题，是相对比较公允、读者和评论家比较好接受的做法，国内的研究者也基本用这个办法来搞研究。"新东北作家群"这一概念是相对于"东北作家群"而言，既是纵向时间轴上的续接，又是横向时间序列中新局面的呈现，使东北作家群的创作研究具有更加深远的历史性、时代性，也是对未来辽宁创作研究的一个引领。从表面上看，林先生研究的是辽宁省一系列作家的个体创作，实则他研究的正是东北文学乃至文学的全部肌理及本质。

丛培申：这个提法是合理的，也具有昭示作用。文学的地域性是文学的彩色照片。没有地域性的文学比孤儿还惨，简直是乞丐。以上四代东北作家的作品都读过一些，地域性是至强还是至弱？我以为是至弱。最具有东北特色的作品当出自萧红之手，后来随着文学空间的拓展，东北作家们在逐渐流失自己的本色。我想林教授也发现了这个问题，适时提出"新东北作家群"的概念是有其苦衷的。地域的也是世界的，这是不变的真理，否则世界该有多么灰暗。黑土地，有非常独特的风化，我们应该紧紧拥抱她。林教授让我们张开了双臂。

周建新： 林喦提出"新东北作家群"这个概念，是符合辽宁文学发展趋势和特征的。我们都知道老的东北作家群，新世纪以来，新东北作家群也形成了规模，但我们一直缺少一个系统的梳理。作为辽宁文坛来讲，50、60、70、80甚至90后作家已经全面崛起。尤其是对于小说创作而言。值得深思的是，"新东北作家群"的概念虽然有了，但目前还缺少一个启动的力量，如何在东三省范围内共同推出，还需要认真思索。比如说，从"铁西三剑客"往出推，我觉得就是一个很好的突破口。再有一点，要对几代作家进行全面系统的研究，形成一个较为理性的概念，把东北作家群的创作特点、风格、优势和文化背景等元素探究出来，也就是说，要深入发掘"新东北作家群"这个概念的内涵。

白雪生： 其实，当年的东北作家群，是表现同一的东北抗战题材、出身于同一个区域的作家群体。限于时代所限，究竟给中国文学史产生多大的文学影响，尚难确论。而这次林喦提出的这一概念，假以时日，对于推动东北作家的创作，对于促进东北作家的研究，对于东北文学队伍的建设等方面，相信在中国当代文学史上必有影响。

李见心： 挺合理！一切文学始于地理。地缘文学像地缘政治经济一样靠谱。这对于"冷处偏佳，别有根芽"的东北作家群更具有集束轰炸和代际识别。

力　歌： 本来就有这种提法，不是什么问题，落到东北作家群，更具有研究意义和价值。

高海涛： "新东北作家群"的提法我听林先生多次讲过，很有见地，当下有许多辽宁青年作家引起关注，被称为东北的"文艺复兴"，更证明了这个提法的重要性。20世纪80年代我曾参与编选过一本《当代东北作家论》，也是同样的意思。"新东北作家群"也好，"当代东北作家群"也好，这些命名都是功能性的，还需要更深入的描述。30年代东北作家群的文学与精神遗产，有优势，也有不足，新东北作家群在哪方面继承了，在哪方面扬弃了，都是值得研究的。当代辽宁及东北作家，如何克服唯京沪作家评论家马首是瞻的局限，真正实现从边缘到先锋，从边缘到中心的自我超越，也许是更值得研究的。

李　铁： 这个概念的提出，是对东北文学的贡献，相对老"东北作家群"是传承，有利于对新时期几代东北作家做系统性和针对性的研究。

曾　剑： 我觉得只要归纳好，不是生拉硬拽到一起，不是很勉强，而是很自然地把四代作家进行梳理研究，就是合理的，有意义的。关于这一点，我很期待。

刘嘉陵："新东北作家群"的提法不错，四个代的划分也没什么问题（当然允许有交叉，比如50、60年代作家的共性），有助于更有针对性地深入研究。剩下的问题就是，辽宁的做完了，吉、黑那边也得继续做下去。

苏兰朵："新东北作家群"值得作为一个概念提出。一方面，相对于萧军、萧红、舒群那一代"东北作家群"来说，这个提法对当下的东北作家是个激励，东北风格的写作需要传承。东北作家不应该淹没在同质化写作的汪洋中，而应有不同于别处的东北味道。另一方面，"新东北作家群"也有别于萧军那一代东北作家，在风格上求新创新也是摆在当下东北作家面前的课题。我不是研究者，所以无法概括它在研究上的价值和意义。但作为写作者，这个概念的提出会让我反思自己的创作，继而会促进我的创作。

宋长江：提法是否合理，并不重要，留给历史检验。意义和价值毫无疑问。

于永铎：我很认可林喦老师提出的"新东北作家群"的概念，也是这个概念的受益者。能提出这个概念并且一路践行下来，确实很了不起，这其中付出的巨大的努力是能看得到的。我相信随着时间的推移，意义和价值会更加凸显。

安　勇：您觉得林喦对当代辽宁作家的研究，对"讲好辽宁故事，塑造辽宁形象"，是否具有积极作用？

老　藤：我认为林喦教授是一个有家乡情怀和文化担当的批评家，与其说他青睐于辽宁作家，不如说他更深爱着辽宁这片有情有义的土地。辽宁有大美，辽宁也有大爱，辽宁形象的塑造离不开文人之笔，林喦教授的作家访谈有意无意将会激发一些作家书写辽宁故事的欲望，当然，这也许是林喦教授的意外收获。

韩春燕：有。

李轻松：当然。我们可能地处边缘，不在中心位置上，也许对某些正统来说是一种遗憾，但对于文学创作来说恰恰是一种优势。我一直喜欢"边缘化"这个词语，它意味着不主流、不主旋、不主动。这就强化了个体的活力与自由的言说，说到底文学不是喧嚣的，而是寂静的，就像我们漫长的冬天。万木萧条，白雪覆盖，但那种深埋在冰雪下的春之萌动格外有力量。相对于中原所谓的正统来说，我们边地正透出一股强大的透明的空气，人鬼低飞、巫气弥漫，这意味着我们与大地自然、世上万物距离更近，更容易挣脱那些有形或无形的限制，无限地接近我们的生命本质，我想这不能不说是一种幸运。

宋晓杰：是的！积极作用深远。当下的辽宁作家群体在全国处于什么位置是我们有目共睹的。近年来，不断有锐不可当的创作力量冲向前沿，续接着辽宁作家的好传统，使更多目光聚焦辽宁，这是当下辽宁作家的倾情奉献。在新形势下，辽宁作家正以自己的好作品塑造更好的辽宁形象，我们已惊喜地看到。

丛培申： 最具有雕刻历史的积极作用。文学被污名化很正常，也很悲哀，也有作家们的品格不够。讲不好辽宁故事，塑造不好辽宁形象，是辽宁作家的失职。这种研究的积极作用就在于，他能让作家内省，然后练好内功。我们从哪里来，又到哪里去？林教授在帮我们刨根问底，然后问地穷天。

周建新： 辽宁作家都是以讲述辽宁故事为主的，我们省作协在工作报告中提出过河海江土四种味道这个概念，这四种味道就是辽宁文学的形象。从这个角度上讲，林喦的每一个对话都对"讲好辽宁故事，塑造辽宁形象"具有推动作用。

白雪生： 当然，塑造辽宁文学的积极作用，无可置疑。建议对于一个动态的不断前进着的辽宁作家群体，仅有一次性的关注、一次性的访谈是不够的。应该过一段时间后，可以再访、三访、四访，必能形成一种影响广远的文学现象。

李见心： 当然积极了。让故事讲得更有文学性、先锋性、典型性。让形象更鲜明立体生动。妙笔雕刻，活色生香。

力　歌： 当然！

高海涛： 我觉得是有积极作用的。辽宁作家主要是讲辽宁故事，是以访谈的方式推介辽宁作家，显然有助于将他们推向全国视野。

李　铁： 具有促进、刺激、鼓励等积极意义。

曾　剑： 林老师对辽宁作家的研究是准确的，准确本身就是一种积极作用。林老师以对话的形式，采访了众多辽宁作家，对辽宁文学做出了贡献，向他致敬！

刘嘉陵： 当然有积极作用了，这还用说？但问题是，辽宁作家不仅要讲好"辽宁故事"，更要讲好"中国故事"，我们的视野岂能囿于辽宁本土？

刘　庆： 对地域文学的关注和对地域文学的批评同样重要，这是地域文学研究的两个使命，而放大比较的作用之意义更是非凡，林喦教授的努力已经有了清晰的方向，有了很好的工作，值得每一个受访者尊重、感谢和激励。

苏兰朵： 肯定有积极作用。写出最真最美的东北，写出东北味道，也就讲好了辽宁故事。作家把故事讲好就是对社会最好的回报。

宋长江： 当然有。

于永铎： 是的，这是一个了不起的工程，也绝对是重塑辽宁的形象工程。

安　勇：丛大哥，跟林嵒聊起过您二位的对话，我注意到，当时林老师基本上是把您当作一位文学新人看的，对此您有何感想？通过上次的对话后，您的创作有什么变化吗？

丛培申：实在讲，这个感觉我反倒没有。可能是我不太注重新人旧人的关系吧。如果说有，一定是通过对话，我感觉自己越来越像学生；如果说没有，一定是我读懂了林教授。创作的变化一定会有的，等我创作下一部作品时才能看得出来，看看是否地域特色更浓烈了。

（作家安勇提供整理）

后　记

一

时间真的如白驹过隙，转瞬即逝，2020年就这样即将过去。无论这一年里发生了什么事情，它都将成为历史，而我们还将继续努力做着我们应该做的事情。对于本人与当代辽宁作家"对话"这件事，我自认为做得很有意义。这话还得从2010年我到学校学报编辑部做主编说起，说实话，我还是比较愿意做学报主编的，这绝不是个人的心理安慰和不得已而为之的托词。在我看来，从传统大学的兴起到现代大学的建立以来，曾经在一个历史的维度和人们的认知中，在大学里，应该是学问家才能胜任学报主编和图书馆馆长的工作，当然，在现代大学快速发展的今天，权力意识使当下高校学报和图书馆逐渐被边缘化，甚至成为安置休闲人的场所了，这是一个另外的话题。但对于我而言，在学报工作的时间里，是我灵魂自在和身心最为愉悦的流光记忆。

在高校工作，我主要从事文学与传媒的研究和教学工作，经常在课堂上讲理论给学生，时间长了，总觉得还是有点空，到学报做编辑、做主编也是个人的一次锻炼，总是要将一种理论赋予实践，这样再讲理论就有话可说。做了主编就要考虑刊物建设和发展的问题，我经常阅读各种刊物，尤其是学术刊物，我觉得今天我们的学术刊物不接地气，离阅读越来越远，越来越"学术"。大家都知道，地方高校的学报不仅是展示地方高校教师科研成果的平台，更应该参与地方的文化建设。怎么办？要思考。我个人觉得，要办好地方学报，就要围绕本校的学科、专业和教师的科研成果实际，同时也要关注区域文化，我们的刊物是有文学研究的栏目的，但据目前所谓的文学研究文章而言，空而不实、远而不近、涩而不鲜、义小而不大。作为一本学术期刊，我不期望它脱离社会现实，变成一种无意义的学院式智力游戏。但在高校学报极力竞争所谓核心的时候，作为一家省级的学术期刊，所处窘境也可想而知。所以，我就策划了一个我自认为是接地气有意义很现实的文学研究栏目——"当代辽宁作家研究"，并亲自主笔与作家进行对话，充分表征主编办刊理念和主编意识。我始终满怀热忱地期望在一种真诚、敏锐、自在并具有鲜明的批判意识的学术精神指引下，直面我们的学术现实，尤其是针对我省当代文学创作的现实，重新用一种相对理性的态度回到生活、回到作家、回到作品，秉承学术精神，坚持探讨和研究立场，建立新的现实的研究谱系，切切实实为我省的文学创作和研究做出努力。即使本人因工作调整离开学报，我也坚持主持着这个栏目。《渤海大学学报》"当代辽宁作家研究"栏目经过10年的经营，于2014年和2019年两次全国高校学报研究会评比中被评为特色栏目，受到学界、业界，尤其是省内外作家的认可和好评。

这次由省作协抬爱结集出版《文学辽军对话录》，是对我10年来研究成果的一个认可，也是对"文学辽军"创作的认可。就这部结集而言，收录了近10年来我与辽宁作家46人的对话，行文50多万字，当然这不是我对话作家的全部，而是选择了其中的大部分，还有一部分期待未来再有机会结集出版。

二

10年的时间，坚持与作家对话，这符合我做事善于坚持的原则，坚持也是我做事的一个习惯，我常说，做任何事情，只要想好，坚持住，就会有成效有收获的。其实，做与辽宁作家的对话，也是我经常阅读辽宁作家作品、关注辽宁作家的一个结果。我曾在一篇文章中说，我们坚持对当代辽宁作家整体创作情况和个案作家、作品进行研究，并秉承历史赋予的使命，坚持客观纯正的立场，发扬严谨务实的作风，高举"辽宁文学创作与地域文化发展"的旗帜，承接"东北作家群"研究的传统，开辟新时代研究的新思路，探讨当代辽宁文学发展的新世界。从近10年的研究来看，当阅读当代辽宁作家作品的时候，我们总会有一种感觉，他们真的很关心东北这片热土，关注在这片热土上生活的人们，字里行间都透着一股子东北气息。结合20世纪的"东北作家群"创作实际，我们不得不承认，今天的作家对当年的东北作家是有继承性和相似性的，因此，我提出了"新东北作家群"的概念。在当代辽宁作家的作品中，会感受到他们对这片黑土地的极大热爱。现在看来，越发越觉得"新东北作家群"的概念命名有合理性，这一点，也被很多研究者和作家认同。

十年磨一剑，在与每一位作家的对话或者阅读他们的作品过程中，我都能感觉到他们从骨子里就透着"东北味道"。其实，就这个"对话"而言，我的压力很大，与作家对话，要阅读他们的作品，工作量很大，很多作家的作品很多，阅读花费时间也多，还要总结和梳理出一些问题与作家交流，很感谢网络，因为有网络这样的媒介，我与作家的交流就更方便、更快捷。关于"对话"，我个人觉得这是一种文体，不是我发明的，古代就有。对话是一种口述，中国古代文化史上的诸多经典文献都是用口述的方式记录的。先贤孔子的《论语》，就是我国春秋战国时期一部语录体散文集，主要记载孔子及其弟子的言行，以对话为主，其中所记孔子循循善诱的教诲之言，或简单应答，点到即止，或启发论辩，侃侃而谈，富于变化，娓娓动人。而且《论语》教给了后人如何为人处世的诸多道理。也就是自孔子《论语》开始，这种独特的口述语录的文学风格便逐渐成为一种文体流传下来而被接受和使用。汉代司马迁的《史记》篇中也有大量生动、翔实的口述史实。梁启超曾经在《中国历史研究法》中说过："采访而得其口说，此即口碑性质之史料也。司马迁作史多用此法。"梁启超说的很有道理。我们翻阅《史记》的时候能深切感觉到，这点在太史公作西汉开国君臣列传的过程中有明显的体现。比如司马迁在《淮阴侯列传》中写道："吾如淮阴，淮阴人为余言，韩信虽为布衣时，其志与众异。其母死，贫无以葬，然乃行营高敞地，令其旁可置万家。余视其母冢，良然。"他又在《樊郦滕灌列传》中云："吾适丰、沛，问其遗老，观故萧、曹、樊哙、滕公之家，及其素，异哉所闻！"上述《史记》中的例子很能说明司马迁曾去过这些历史人物的家乡进行走访考察，即"问其遗老"获得口述而收集到相关资料。另据王国维的《太史公行年考》中所研究："与太史公交往而文献可征者有十四人，其中贾嘉、樊他广、平原君朱建子、冯遂、田仁、壶遂、苏建、董仲舒、孔安国、李陵、任安十一人，《史记》都提到名字，或有事迹记载。如司马迁曾向当时有影响力的学者董仲舒、孔安国二人访学。《汉书·儒林传》也记载：'（孔）安国为谏议大夫授都尉朝，而司马迁亦从安国问故。'"我这里讲这些，主要想说的是口述实录是一种文体，古人早就在用着，而且很富于真实性和可读性。"口述历史"这一概念由美国哥伦比亚大学史学教授艾伦·内文斯于二战后不久提出，在录音机面世以后，口述历史的收集和研究就日益发展起来，到今天，已成为史学界非常热门的一个学科。

同时，在我看来，用这种与作家对话的方式，也是一部特殊的"文学史"，所谓的特殊，其实是指"隐藏在民间的文学史"。因为，我所对话的这些作家都没有写进当代典型性中国文学史的教科书里，对于现行的"文学史"是具有特殊典型性的命题不是我说的，因为这也是一个事实。也就是说这些作家还属于那种隐藏在民间的大众中的一员，但集合到了一起，其实是具有"一般意义文学史性"的，这个意义不是一般的意义，在他们的口述中谈到了创作的技巧、创作的心理、作品的形成以及创作的诸多观念，如此集合焉能不是一部"文学史"。况且，这些作家的作品也是具有影响力和珍贵价值的。所以，当把这46篇对话集结在一起的时候，至少有"当代辽宁文学史"的感觉，或者说至少是传统意义上典型性文学史的一个有力补充。有一部这样的文学史，才会使真正的文学史完备起来，甚至耐人寻味和引起思考。当然，我不排斥典型或者经典，但我也看重大众和民间，这是我们不能忽略的一部分。

这里我还需要解释，对话是一种访谈，但又区别于访谈，我不是记者，对方也不是我的采访对象。对话双方是平等的，是交流的，是各自交流体会的，是能够有交叉、辩论，可以有不同见解和表达各自观念的，对话双方都有表达观点的权利。而我们所谓的采访，一般是指新闻意义上的，属于传播学的一个名词，意思是指新闻工作者出于大众传播的目的，通过观察和访谈等方法，对可能受到广泛关注且鲜为人知的信息的搜集活动，是新闻写作的前提，是一种特殊的调查研究。采访是采访者对客体事物的认识过程，是采访者运用自己的新闻观点、知识积累和思维方式，通过亲自观察、倾听，经过思索而做出分析判断的过程。但就"对话"而言，由于对话双方是在特定时间和地点就某一话题或某一类话题集中谈论，口语化比较多，就像我的"与作家对话系列"一样。从语感上讲，灵动性、意趣性、随意性比较强，鲜活生动，娓娓道来，至少和目前枯燥的学术性语境中的论文相比较而言，具有易懂性，尤其对读者而言，看着舒服，容易理解，虽然有些问题还有跳跃之感，连贯性不强，但会让读者产生阅读欲望。

因为是与作家对话，那么作家一定要谈自己的创作意图、创作心理、创作观念、创作技巧以及作品中的人物构思、行文章法与结构等诸多问题，这对于读者而言，也是多维度了解作家和作品的一个契机。作为对话中的我，既是我本身，也是另一个读者或者说可以代替大多数读者和作者进行的一次对话、一次交流。从这样的意义上讲，我又是带着读者在作家与作家的作品中旅行的导游。通过与作家的对话，我更加了解了作家和作家的创作、作家的表达，能够深入地理解一部作品的意义，这也是一次学习的过程。其实和作家对话的时候，我始终惴惴不安、提心吊胆。一方面自己学识有限，害怕交流有障碍，说得不好或者不对，让人家觉得自己无知，丢掉了所谓学者的身份，会掉份儿的。事实上，自己确实对于有些作家不熟悉，作品也不熟悉。虽然在与作家"对话"之前都做了比较充分的阅读准备，但难免百密一疏、挂一漏万；另一方面，也不了解诸多作家的为人与态度，愿不愿意，对不对等，够不够级别，对这些存在着诸多想法和担忧。但通过与诸多作家接触，我发现，他们真是很好的朋友，前辈的宽容和关怀，同辈的兄弟情谊，都特别配合和支持。正是这些作家的配合与支持才让我有信心坚持了10年。如王充闾先生是全国有影响的历史散文家，可先生依然和蔼可亲；谢友鄞先生、滕贞甫先生、白天光先生、鲍尔吉·原野先生年长于我，不仅赠书，而且多次沟通，平易近人；白雪生先生我们很熟悉，老大哥，同城市，如兄长般关怀我；王秀杰是未谋面的老乡，但同乡之谊尽在电话之中；丁宗皓、周建新、陈昌平、津子围、李铁、宋长江、力歌等诸兄虽大我多岁，但仿如同辈，交流起来十分亲切；林雪、李轻松、宋晓杰、李见心、张鲁镭等几位女性作家细腻而爽朗；张学昕、周景雷、韩春燕都是当代辽宁评论家中的翘楚，没有学术架子，对我帮助极大；同城的青年作家安勇时时给我鼓励。其他作家就不一一在此点名了，在此也一并感谢。以上所陈述皆为事实，因此，没有造成"对话"之任何障碍，使我在"对话"中比较放松，话也就自然多了，所以也就很顺利地完成了"对话"。

我做"对话"，还有另外的一个想法，我想改变一下目前我们学术文章的文风。按理说，学术文章是有着严格的学术规范和行文章法。但就目前的情况看，越来越走向僵化和晦涩。其实，我一直在教学和科研中强调一个观点，不管某种理论多么深奥，都能用最常俗、最易懂的语言表达到位。但现在的学术文章都弯弯绕绕，引经据典，句句晦涩，有些文章即使是从事学术研究的人也不愿意看。以前，我们曾经批判过所谓旧时代科举考试中的"八股文章"，现在看来，我们目前有些学术文章还不如"八股"呢，甚至比形式上的"八股"还"八股"。我们如果比较一下，按照今天的学术文章写作模式而论，宗白华的《美学散步》就不是学术文章了。这里我多说几句，《美学散步》是已故一代美学宗师宗白华先生的代表作，也是他生前唯一一部美学著作，几乎汇集了宗白华先生一生最精要的美学篇章，其文章篇幅短小，词句典雅优美、充满诗意，是中国美学经典之作和必读之书，阅读这本书本身就是一种艺术享受，作者用他抒情的笔触、爱美的心灵引领读者去体味中国和西方那些伟大艺术家的心灵，待得我们散步归来，都会发觉自己的心灵得到了净化与升华。我觉得任何一个爱文化的人，任何一个热爱艺术的人，都应该读读这部《美学散步》。

三

与作家对话系列中，我选择的作家是有我自己的选择标准的。我对文学创作有几个观点：一是，对于作家而言，创作出具有鲜明个性特点且被读者认同的优秀作品是一项发明亦是发现的事情。虽然每一位作家的创作经历有所不同，但其承担的对民族文化有深刻理解、对生活有深刻思考、对读者有深刻启发、对问题有深刻揭示的文学责任应是一致的，作家的坚持与坚韧精神是创作的驱动力。二是，无论是小说、散文，还是诗歌，能引起读者的阅读兴趣，对于作家而言不仅是一件幸福的事情，也是一种创作的助推力。有些时候，读者对作家的鼓励和期待构成了作家创作的有效动力。当下，受大众文化和消费文化极尽功利的影响，一些作家原创力减弱也是一个不争的事实。我觉得作家不仅有"传承文明、开拓创新"的神圣时代使命，更应该有对社会、人生思考并引起读者思考和反省的责任，文学家不要只追求创作上的数量，而应严格要求文学创作的质量。三是，作家不是历史学家，但作家应该有历史学家的责任，在纷乱无序、平凡普通的生活里理清人的命运和历史发展的脉络，理清在历史境遇中人的意义和价值。四是，作家要本着"视野向下"的创作理念，关注社会生活的底层，用日常生活叙事观照质朴纯粹的生命，在现实生活中着力捕捉小人物的琐碎之事，进入作者笔下的有"幸福着""快乐着"的人与事，也应该有对于底层人们生活状态的深刻思考，这和当代一些作家坚守的"底层写作"有着本质的区别。五是，我做对话，首先考虑的是当代辽宁作家，因为他们离我很近，他们属于我提出的"新东北作家群"系列。如果说，他们依然延续着"东北作家群"创作理念的话，那么这种理念就体现为这些作家们对东北地域文化的坚守和对乡土家园的眷恋。无论时代如何变迁，这些作家们都虔诚地扎根于东北这片热土，执着地热爱着这片土地和在这片土地上生存的人们，他们目光敏锐、善于捕捉，用或深沉或欣悦的笔调描绘着东北人们生活的原生态。

基于上述的想法，我选择作家的标准就是要符合这样的要求，可以简单归结为"三界五行"。所谓"三界"，应该是指一个作家或者作家所创作出的作品在"作家""研究者"和"读者"三界中有一定的影响力，缺一不可；所谓"五行"，一般是指作品"主旨""结构""情节""人物""语言"都要行，正所谓"跳不出三界，又必须在五行"。在与作家"对话"的过程中，我也经常和三类研究当代辽宁文学的评论家们一起探讨。所谓三类评论家，一是对当代辽宁文学创作基本情况比较熟悉，有一定教学和学术实践的评论家；二是青年学者或评论家，他们不落常规的写作俗套，有一定文学研究基础；三是优秀的具有一定鉴赏力的读者。在我身边，有一个相对广泛的研究当代辽宁作家和作品的群体，我们经常在一起切磋，形成了一个比较好的研究当代辽宁文学的氛围，这对我进行对话帮助很大，在这里，我对他们也表示感谢。

实在地讲，辽宁文学研究也确实需要有目的、有计划地组织一批人对其进行有效的梳理和总结，在文化大发展大繁荣的时代，打造"辽宁文学旗舰"的文化品牌对辽宁文学的发展具有极大意义。我一直相信，文学作为文化的典型符码，是一个时代、一个区域、一个民族、一个国家的文化名片。那些全力展示地域文化特色的文学作品无疑会成为这张文化名片中最具鲜活魅力、最具华章色彩的一张。关注时代、关注地域、关注活生生的人，文学才有生命力。当我与每一位作家对话的时候，我都能感觉到那种从作家言谈中喷涌出来的"东北味道"和东北情结。众所周知，文学的确是一个地域文化的有效名片，古今中外因作家和作品而扬名的城市、地域数不胜数，一首《枫桥夜泊》使所描绘的江南深秋夜景中的寒山寺名扬天下，至今仍为旅游胜地；电影《芙蓉镇》让一个名不见经传的江西古镇王村成了著名的旅游景点，而且名字也改为"芙蓉镇"了。就如同当你想到俄国著名文学家、伟大的诗人普希金就想到俄罗斯第二大城市圣彼得堡，当你想到创作世界名著《尤利西斯》的詹姆斯·乔伊斯的时候，就能想到他体现的是爱尔兰岛东岸中心点的都柏林的文化精神，陀思妥耶夫斯基也是圣彼得堡的象征一样，就我们辽宁而言，要研究文学在区域发展中的重要作用和巨大意义是时下很重要的课题。

在《文学辽军对话录》即将付梓的时候，写这篇后记，我要感谢辽宁省作家协会主席滕贞甫先生多年来对我"与作家对话"系列的认可与推介，感谢金方女士的关心与帮助，感谢辽宁省委宣传部文艺处王雪女士的支持，感谢春风文艺出版社，特别是编辑姚宏越先生所付出的辛苦，感谢多年来帮助和支持我的辽宁作家朋友，感谢作家安勇，他利于业余时间为我的对话系列做了与作家的回访，形成文字后，便有了本书后面的《部分辽宁作家对林喦对话的评价》部分，感谢我所在单位同事和我的家人、亲人以及我的学生们的支持，无以报答，唯有努力。

最后，用我曾经写过的一句话作为结尾——我总相信，在各种艺术形式之中，文学是敦厚的、灵性的，她可以涤荡人心中封尘的阴霾，唤醒一个人或一个时代的梦想；文学是青春的、纯净的，她可以激扬生活、舒展记忆、拾拢情感。每一部作品都是一种态度，是作家的态度，是时代的态度，也是历史的态度。无论作家还是评论家都真诚地期望人们能够诗意地生活在这片土地上，这也是我们人类共同的追求和理想。

林 喦

2020年12月于渤海大学